心魔

II

汤国建／著

北京时代华文书局

图书在版编目（CIP）数据

心魔．Ⅱ / 汤国建著．-- 北京 : 北京时代华文书局，2017.5
ISBN 978-7-5699-1552-5

Ⅰ．①心… Ⅱ．①汤… Ⅲ．①长篇小说－中国－当代 Ⅳ．① I247.5

中国版本图书馆 CIP 数据核字（2017）第 086377 号

心魔Ⅱ
XIN MO

著　　者 | 汤国建

出 版 人 | 王训海
责任编辑 | 宋　春　龙凤鸣
装帧设计 | 孙丽莉　赵芝英
责任印制 | 刘　银　訾　敬

出版发行 | 北京时代华文书局 http://www.bjsdsj.com.cn
北京市东城区安定门外大街 136 号皇城国际大厦 A 座 8 楼
邮编：100011　电话：010-64267955　64267677
印　　刷 | 河北鹏润伟业有限公司　010-80261198
（如发现印装质量问题，请与印刷厂联系调换）
开　　本 | 710mm×1000mm　1/16　印　　张 | 24　字　　数 | 329 千字
版　　次 | 2017 年 11 月第 1 版　印　　次 | 2017 年 11 月第 1 次印刷
书　　号 | ISBN 978-7-5699-1552-5
定　　价 | 45.00 元

1

周宇坐了三夜三天的火车，终于到了乌鲁木齐。他伸展了一下腰腿，跟着旅客下了车，又随着客流走出了火车站。他看着在火车站大门前人们各奔东西，自己感到很茫然。这时有一帮人向他围拢过来，向他推荐廉价旅社的，要为他找工作的，喧嚷声不绝于耳。他推开人群，走到一位卖地图的妇女面前，买了一张乌鲁木齐市区地图，便向火车站正前面的一条大街走去。他走出了一段路，在一个昏暗的路灯下面停了下来，这才展开地图研究起来。他从未到过乌鲁木齐市，在来之前下了一番功夫，对它的风土人情做过一番研究，但他当时在内地能找到的都是一些过时的地图。所以他在火车上就想好了，下车要买一张这个边疆城市的最新版本的地图，再来研究一番。他在地图上研究了好一会儿，觉得心中有了几分成算，这才抬起头来，睁大眼睛望向这座陌生的城市。只见这座西北边城刚刚睁开睡眼，还笼罩在蒙眬的烟霾之中。他这时才感觉到身上有着丝丝的寒意。他从地图上查到离这儿不远有一个公交汽车站，便打定主意从那儿上车，走过两站路再找个小旅社，先住下来再做下一步打算。他迈开步向前走去，这才觉察出脚下发出吱嘎的声响来。他低下头看见地面上还残留着冬季的冰雪，他感觉寒气就像无数个小蚊虫，伸出细长的尖嘴无孔不入地向他袭来。

他站到车厢里这才瞅清四周有一些高鼻凹眼的异乡人，这时在他的心里才第一次产生了“独在异乡为异客”的感觉。他发觉原先觉得是深思熟虑的想法，到这里有点拿捏不准了。他下了汽车走过一条岔路，进了主干路边的一条羽状街道。走南闯北的经验告诉他，这样地方的旅馆要比大马路旁的旅馆价钱便易得多。

他顺着堆砌着冰雪的街道往前走，碰到两家门脸装潢华丽的宾馆都越门而过，走进了一家叫“火焰山”的小门脸旅店，只见一个穿着灰色羽绒衫的中年妇女坐在火炉子旁边打毛线。他看了一眼墙上的房间价码表，要了一间三人住七毛钱一晚的床位。为他登记住宿的妇女问：“你是第一次来乌鲁木齐吗？”

他点了点头。她看了他一眼说：“有贵重的东西要小心保管好，这里的小偷比你们内地要多得多。”

周宇说：“谢谢大婶提醒，我也没带什么金贵的东西。”

大婶问：“你是从哪里来的？是来办公事的，还是做私活的？”

看来这个大婶是个话痨，也可能是这个小旅店来的人不多，少有说话的机会。这正合了周宇的意。

周宇顺嘴说出了他早就编好了的瞎话：“大婶，我是从苏北来的，想到这儿来找点零活干，挣点钱养家糊口，家里地少人多，没法子啊！听说这里的钱好赚呢。”

大婶惊讶地嚷道：“哎呀，俺们还是老乡呢。我们是北徐州的！”

在新疆能遇上家乡人，真是一件难得的好事啊，大婶满脸的欢喜。

周宇说：“哎呀，真是天无绝人之路呀！在这么个地方，还能遇到乡亲。大婶，请你多关照啊！”

周宇虽然撒了一点谎，但这只是他初出茅庐的谨慎，并没有恶意。

大婶高门大嗓地说：“这没说的，你先住下吧，有什么难事，就找婶子。我是六二年跟你叔支边来的，这边的山东、安徽人多，我们江苏人还真的没有几个，这下好了，我们又多了一个老乡。”说着话她提了一瓶开水，把周宇送到了他的房间说：“这是一块钱的房间，你住着吧，没有特殊情况我不往这房里安人。你婶在这个单位说话还算点数。”

周宇谢了大婶，心中暗暗地庆幸，真是祖国处处有亲人啊，随口一句话，就带来了这么大的实惠，真是福人自有天助。坐了三天三夜的火车，挤得浑身上下汗湿了几天，他感到十分的疲乏，喝了一杯热水，便倒在床上就睡。

一觉醒来，他感到时间都到晌午了。他洗了一把脸，走出房间，看见还是那个老乡大婶值班，便问大婶说："这一觉就睡到了中午，这里在哪儿能买到饭吃？"

大婶乐呵呵地说："还睡到了中午呢，这要是在内地呀，天早就黑了。你看看墙上的挂钟，现在都快到下午六点钟了。"

周宇看了挂钟，他不敢相信自己睡了这么长时间。再看看天色，也只是太阳偏西，像是一两点钟的样子。大婶说："新疆时间要比我们家乡晚半天呢。小老乡，我姓孙，你就叫我孙婶吧。这儿晚上天黑得迟，要到头十点钟太阳才下山。你出了门往上走，见第二个小街拐进去，那里羊肉汤两毛钱一大碗，一个馕五分钱，足够你吃的了。"

周宇说："孙婶，你就叫我小周吧。我想在这儿找点活干，你能帮帮忙吗？"

孙婶说："新疆这地方养人，只要肯卖力，就能挣大钱。现在都改革开放政策了，我想你吃了饭，先到二道桥子大巴扎去转转，那里就是我们内地人说的大卖场。到那里找一找，看你都能干些啥。不是我说你呀，年轻人出来就是要闯一闯，兴许就能走出一条路子来。如果到时候你真没办法了，婶再给你找份活做，挣点小钱也不难。"

周宇脸都红到脖颈子，说："孙婶讲的是，我就照婶子教导的去做。"

他出了门不大一会儿又回来了，孙婶问他咋的了。他说："这往上是往哪边走呀？"

孙婶笑了，笑得直不起腰。周宇被她笑得不知所措。孙婶笑够了，一边擦着眼泪，一边把他拉到旅馆的门前，往大街的一个方向指去。周宇问："孙婶，是我说错了什么引得你笑话了，你说出来，我今后改。"

孙婶又大笑不止，她说："这不是你的错，是我的错。在乌鲁木齐这个鬼地方，不分东南西北，只是讲上边去，下边去。你刚到这儿来，还不知道这里识别方向的习惯，我忘了这茬了。"

周宇出了旅店门往上走，按照孙婶讲的方位，还没走进小吃街，就闻到了羊肉的飘香味。他走进一家小门店，只见放着四张通体泛着黑色油腻的四方桌子，他坐到一张背对大门的桌子边，坐了半晌也不见有人来招呼他。于是，他看见新来的客人都是自己端汤拿馕，他也就入乡随俗，自己走过去端了一大碗羊肉汤，拿了一个馕，不管不顾地吃起来。一块馕下了肚皮，他感觉肚皮还很松快，于是又过去拿了一个馕吃了下去，付了钱心满意足地离开了羊肉店。

2

周宇老远就听到沸沸扬扬的喧闹声，他寻着声音走过去，只见前面人来人往热闹异常，他想这可能就是孙婶说的到了乌鲁木齐市的二道桥子大巴扎了。他走进了一个立着圆柱形，类似门垛的建筑，里面是栅栏扎起来的大卖场，这儿开辟出多条道路，道路两旁商埠林立，摊贩一个挨着一个，有放柜台的，有摆地摊的，也有在低矮房屋里吆喝的，一眼望去无边无沿。只看见穿着各式民族服装的人，操着各种各样怪怪的腔调，相互间讨价还价着。也有人流攒动，来去匆匆，为客商送货的人。还有一些不买不卖，悠闲自得逛商埠的人。

周宇随着人流往前走动着，好奇地打量着各族人的形象外貌，瞅着从未见过的奇装异服。他在心里想着能找个地方卖出自己的苦力。他走到一个卖铜锡器工艺品的摊位前，只见琳琅满目都是些大大小小的亮盘子，小小大大的各种镂刻着纹饰的手壶，还有各种图案的装饰盒。主人穿着一身维吾尔族的花边短衣，不喊不叫，只是在专心致志地做着手中的一把翘嘴酒壶。周宇怯生生地向他打听着酒壶的价钱，试图引他抬起头来，能够有个交流的机会。但是主人只是报了个价，始终没有抬头的意思，他只好又往前走去。拐过一道弯路，这一条甬道的商埠都是卖丝巾的。他问了价，主人报了价，他也弄不清这价钱是高了，还是低了，丝巾是好了，还是坏了。听说新疆地毯最出名，他想到那边一定缺人手送货。他打听到卖地毯的甬道，便朝了那个方向走过去。正在这时他突然看见前面出现一阵骚乱，只听见有人大声呼叫着：“抢东西了，抢东西了，抓住他，快抓住他……”

人们纷纷往叫嚷的地方看过去，只见有几个穿着皱巴巴西服的年轻人迎面狂奔过来，领头的瘦切青年大喊大叫着，手中还挥舞着一把匕首。人们纷纷向甬道两边躲闪开。跟在他们后面有两个年轻女人一边紧追不舍，一边声嘶力竭地呼喊着。周宇闪身躲过了挥刀的青年，不失时机地伸出腿把跑在他后面，手中抓着一个米色坤包的人，绊了个狗吃屎摔倒在地上。跟在被摔倒者后面狂奔的人猝不及防，都纷纷迅捷地从他身上跳了过去，在前面不远的地方刹住了脚，调转过身子来，恶狠狠地扫视着人群。紧接着两个年轻的女人追赶上来，紧跟在她们后面又跑过来几个人高马大的维吾尔族汉子。

周宇上前踩住了跌在地上抢包人的手，从他手中夺过了米白色的小坤包，递给了追赶在前面的姑娘。姑娘接过坤包，转身递给了后面跑来的女人。这时周宇转目注意到接过坤包的是个白皮肤、高鼻梁、眨着蓝灰色眼睛的外国女人。这时抢包人的同伙迅速向他们靠拢过来，其中瘦切的青年上前一把封住了周宇的衣领，操着新疆土话高声地嚷道：“你干吗抢这位女士的手包！”

后面追上来的几个膀大腰圆的维吾尔族青年中，走出一个大汉上前挡开了他的胳臂说：“算了吧，你别玩贼喊捉贼的鬼把戏了。抢东西的家伙就躺在地下呢！”

抢包一伙人看见他们人多势众，也都拉开了架势。瘦切青年吹了一声口哨，这伙人扬长而去。跑在前面的姑娘对着刚才讲话的维吾尔族青年嚷道：“你们刚才都跑到哪里去了，差点让玛总挨了刀子。”

维吾尔族青年抗辩道：“我不就是同老乡说了几句话吗，你凶啥凶！”

灰眼睛的外国女人向他们摆了摆手，走到周宇面前小声地说：“小伙子，谢谢你了，你快走吧，不要让这伙人盯上你。”

周宇听她说一口纯正的普通话，突然冒出一句：“你的普通话说得真好，就像咱中国人一样。”

玛总说：“你是从内地刚到新疆来吧？这是我的名片，有事你可以去找我。”

她用力推了周宇一把，那意思是要他赶紧离开大巴扎。她也在同伴的陪同下往大巴扎里面走去。周宇接过名片，发现下面还压了二百元钱，他赶忙跑过去把钱塞给了她，说了声“谢谢”，转身走开了。他走出了一截路又顾盼地回眸一瞥，正好看见她也在回头看他。她还向他轻轻地摆动着脑袋嫣然一笑，周宇也不知为什么情不自禁地向她挥了挥长胳膊。他本不打算今天就把自己卖出去，只是想来探探行情，将来能卖个合理的价钱。这时他想回去同孙婶商量一下，先在大巴扎找份临时工做，等到站稳了脚，再做下一步打算。有了主意心情也就轻松了许多。他一边往前走着，一边想着回去怎样向孙婶张口。他走出大巴扎拐了一个弯，猛然立住了脚，只见刚才抢包的那伙人挡住了他的去路。周宇放慢了脚步，迎着他们走过去，从咬紧的牙关里冒出一句话来：“把路让开！”

抢包人也不答话，一窝蜂地向他猛扑过来。他们刚一近身，只听到几声“哎哟”的惨叫，冲在前面的三个人都倒在地上满地打滚。两个冲在后面的青年见事不好，立马从身上拔出匕首，从左右两侧向周宇猛扑过来。周宇一个箭步跃到左边来人的面前，没容他抬手，便手起一掌将他劈倒在地。紧接着来了个白猿翻身，只见右边的家伙已经抵到了面前，正操手上刀向他刺来。周宇一个旱地拔葱跳将起来，同时踢出旋风腿，正扫在他的手肘关节处，只听“嗖”的一声，将他手中匕首踢得飞了出去。周宇一落地，便一个跃步上前，对着他的右肋下就是一记通天锤，早把他打得飞出两米开外。这时为首的家伙一声大叫，剩下的人就一窝蜂地一起向周宇扑来。

周宇刚拉开架势，正想施展拳脚打它个遍地开花，就听到身后传来几声枪响，在场的人都惊住了，站在原地像僵化了一般，一动也不敢动。这时只见有一队巡警提着枪，操着器械跑了过来。还没等周宇明白是怎么回事，突然瘦切的青年大叫一声，轰然倒在地上，抱着大腿缩成了一团。周宇还认为他是见了民警到来，想要耍无赖，蹿上前一把将他从地上抓了起来。那青年非但没有挣扎，反而伸手抓住了周宇的衣领，号啕大哭起来。他又是撕打，又是喊叫，仿佛周宇是他抓到的嫌犯一般，周宇听不懂他在叫嚷些什么。巡警从三个方向把他们团团围住，厉声喊道："都不许动，抱头蹲下！"

这时站在后面的人转身就想溜之大吉，一个巡警蹿了过去，用电警棒对着他身上一捅，他立马大叫一声，扑通一下摔倒在地上。这时天也快黑下来了，来了很多围观的群众。巡警打开手电筒，照着同周宇撕扯在一起的青年看了看，用新疆普通话对周宇嚷道："你老小子，下手够狠的啊，动了手还不过瘾，还用上了凶器！"

周宇头脑轰地鸣响一下，低头一看，只见这小子大腿上插着一把匕首。他抬起头来赶忙辩解道："这不是我的匕首，他们是在栽赃陷害。"

巡警对他当头猛甩一掌，厉声叫道："还不放手，蹲下，抱头蹲下！"

周宇无奈，只好丢开抓住的家伙，双手抱着头蹲到地上。一个巡警赶紧用报话机，将这里所发生的事件向上级做了汇报。另个巡警走过来，用手掌猛拍周宇的肩头说："看你能耐的，出门还带着凶器呢，站起来我搜搜看身上带没带手枪。"

周宇急忙辩解道："同志，我是被他们殴打的人，他们是一伙地痞……"

巡警未容分说，对他劈头又是一闷拳，说："那你就是流氓了。你要是被他们打的人，他们为什么倒了一地？你是大侠霍元甲啊？"

这时围观的人群中走出几个维吾尔族青年对着巡警嚷道："你们不要打他，这小伙子是好人呢，这几个坏家伙经常在大巴扎抢东西。这小伙子没有刀，是这伙人陷害他的。这些人刚才在抢两个姑娘手包的时候，被这个小伙子看见了，他帮着姑娘夺回了手包，这些家伙就是截道报复的，刚才是我们打电话报的警……"

巡警不屑地说："你怎么知道得这么清楚啊，看来你是他的同伙吧！"

维吾尔族青年向巡警解释说："我们是维吾尔族，他是汉人，我们根本就不认识的。"

周宇睨视一眼，看见那两个被抢了手包的女人就站在维吾尔族青年的后面。这时警车鸣着警笛开了过来，紧接着救护车也开来了。巡警把周宇和抓住的几个人都塞进了警车，让医护人员把扎伤的人抬上了救护车带走了。到了派出所，巡警把他们都铐在一间破旧的牢房里便走开了。过了很长时间进来两个人，把周宇的手铐打开，将他带到一间办公室里，问讯了他事件发生的前因后果。周宇把今天在大巴扎的事情叙说了一遍。审讯他的警官讥讽地说："要是真像你说的这样，那雷锋叔叔又活过来了。你是曹操倒霉遇到蒋干了！对你说实话吧，外面有人为你说了情，看来还不能把你同他们关在一起呢。"

他把周宇带到了一间关押嫌疑犯的牢房里。周宇走进去，看见牢房里已经关了六七个人。有人正睡得迷迷糊糊的，听见"咣当"牢门响，知道又来了新人，骂了句："又塞进来一头鸟货，这里也不是羊圈牛栏，臭味都像马厩一样了，还嫌不够。"

屋子里灯光昏暗，周宇抬眼扫视了一下，牢房里的人都睡在干草上，身上只盖了一床被子，只是自己没有铺盖，只好蹲到靠近牢门的墙角边，依着墙坐了下来。刚才骂骂咧咧的人睡在被子里，头也没抬地问道："你是干了什么扒屁眼子事进来的？"

周宇没搭茬。他虽然没坐过班房，但是他在香水河砖瓦厂时听说过牢房里许多事，他知道每个班房里都有一个牢头，他估摸着发话的人就是这个班房的牢头。他听杨文章说过，新犯人刚进班房，牢头是要给你下马威的，你得百依百顺听从牢头的话，挺过入监关，融入了他们的团伙，才能在牢房里忍气吞声地待下去。牢头见新来的人没搭理他，一骨碌从地铺上爬起来嚷道："你小子还成精了，刚进来就这样糙，问你话咋不言语呢？"

这时有人出来打圆场说："老大问你话呢，好赖你倒有句人话呀！"

牢头瞅见周宇是个彪形大汉，说话的语气也就软了下来。他说："都是吃牢饭的，还棍气个球，说出来看大伙能不能帮你出个主意，减轻点罪责。”

周宇听说过在牢房里你把话说得越硬，这牢房里的人越是敬畏你。他咬牙切齿地说：“杀人了。”

牢头听了这话，一边倒下一边说：“不就是杀个人嘛，只要不是小头犯事就行啊。小头痒了，放到床沿上甩甩，也不能让它丢咱老爷们的脸……”

过了不一时，一个还没有脱掉稚气的少年拖着被子，轻轻地挪到了周宇的身边，他掀起了被子的一角盖在周宇身上。周宇没想到已经到了四月天，乌鲁木齐的夜晚还是这样寒冷彻骨，就像是在家乡寒冬腊月似的。他把递过来的被子往身上拢了拢。这一天来周宇真是从天上掉进了地狱，他静下心来想了想，也怪自己是多事有事。

3

牢房开门的声响把周宇惊醒过来，他睁开眼睛又是天光大亮了。他见身边的少年正在往外提着尿桶。过了一会儿他又提着刷干净的尿桶走进来。到吃早饭时每人一个馒头，一碗能照见人影子的稀粥。几个年轻的嫌疑犯还要把自己的馒头揪一块下来，交给一个有些岁数的黑大汉收集起来，然后送给倚在墙角睡着的牢头。本来那个黑大汉也想向周宇收馒头的，牢头说：“算了，新兵蛋子肚子空，免征了。”于是，黑大汉向他点了点头走了过去。这时周宇看到他就是昨天晚上劝解他的那个人。

一个上午提审了两次嫌疑犯，却无人问周宇。一直到了下午太阳偏西，班房的门又一次打开了，送进来了一个二十四五岁的年轻人。他进了班房扫了一眼坐在墙角的人们，便走到周宇身边问：“老哥，这儿没人吧？可以坐吗？”

周宇没说话，点了点头。于是他便坐到周宇身边。黑大汉看了看牢头，对新来的人说：“新兵蛋子，进来了也不通名报姓，还懂不懂规矩了？”

新人立马说："大哥，你是说我吧，我姓袁，叫袁冷杉。"

"什么烂事发芽了，掉进来了？"

"小事，小事，和别人闹了点小误会，借了几毛钱用用……"

"说来大家听听，也不要不好意思，不会是干活时不走正门，走了后眼子吧……"

大伙儿哄堂大笑。新人也没有觉得难为情，也跟着大伙笑了。

他赔着笑脸说："经济问题，经济问题。"

牢头说："那你是肥户了，都带进来了吗玩意，给大家分享分享啊！"

袁冷杉说："各位大哥都是知道的，进来是要被搜身的。我除了这身衣服，就是一个光活活的身子了。"

黑大汉说："那你就把衣服扒下来，让大伙看看你白嫩的身子吧。"

他色眯眯地向大伙使了一个眼色。同室人就像打了鸡血一样，都噌地蹿了起来，如同苍蝇一般扑向新来的年轻人，一下把他按压在地上。牢头说："上身也没有大奶子，要看就看他的'下里巴人'吧。黑老霍，给他开个后庭花。"

说着众人就七手八脚地扒下了新来人的裤子，黑老霍乐不颠地从裤裆里掏出了硕大的家伙，硬邦邦地便向袁冷杉凑了过去。袁冷杉大惊失色，赶紧向周宇呼救道："兄弟哎，快来救我，我是为了你才进来的啊！"

周宇听了这话厉声叫道："你们这帮人也太下作了吧。"大伙都吓得停下了手脚，沉默了许久。牢头阴森森地说："我看你来日无多，给脸你不要脸，黑老霍干他。"大伙一窝蜂地将周宇扑倒在地，不容分说七手八脚地扒下他的裤子，黑老霍便挺着家伙直向周宇后身插去。周宇挣扎了几下，无奈好汉不敌众手，他被众犯人按压得动弹不得。牢头小声喝道："轻声点，别惊动了看守。"黑老霍急不可耐地就要将家伙挺向纵深。猛然间他只觉得似有一把钢钳夹住了龟头，痛得他浑身发抖，瞬间出齐了一身冷汗。那真是进去容易出来难，早被周宇运足了内力，夹住使它动弹不得。他用尽吃奶的力气试图将它拔出来，身后一帮人正在顶着他的腰和臀部往前使劲，只痛得他扯开嗓子妈妈娘娘地叫救命，吓得众人立马撒开了手。这杀猪般的叫喊声惊动了看守，三个人跑过来急忙打开牢房，只见黑老霍还光着腚贴在周宇身后。其中一个中年狱警看了这场景十分气愤，用力一脚将他踢到了墙根下，说你他妈的真是个大畜生，到这里还敢发情欺负新犯人。上去又是排了几板脚。黑老霍只是倚着墙根，抱着黑大肿粗的家伙嚎叫不止。周宇一脸的可怜和委屈，穿上裤子坐到袁冷杉身边。狱警愤愤地对他说："他们要是再敢欺负你就大声地喊，老子来对他们上手段。"三个人锁上牢门走了。

牢房里恢复了平静，周宇眯上眼睛想休息一时，正在他迷惑的当口，突然有人捂住了他的头，接着拳头板脚就像雨点一般向他砸来。周宇双臂一较劲，抡起一个云手，众人就像触了电一般，横七竖八地摔向四方。众人疼得鬼哭狼嚎，趴在地上没敢挪窝，直把眼睛溜向牢头。周宇甩开蒙在脑袋上的被子，只见牢头眯缝着恶毒的眼睛，低呼道："杀人犯，留着大路你不走，偏要来蹚沙窝子。兄弟们，也显显大伙的能耐呀！"

众人从地上爬起来望向周宇，都心生畏惧，没有一个敢于冲在前面。只有黑老霍还在捂着家伙哼哧不止。这下牢头挂不住了脸，他腾地从墙角蹿将起来，直扑周宇，一把抓住周宇的领口，猛地往前拽去。他用劲扯了几下，周宇纹丝未动。他举起拳头照着周宇脸面便狠狠地砸过去，周宇只是头一偏，他的拳头一声爆响，狠狠地砸在了墙壁上，疼得他一甩手连叫几声"哎哟"。他觉得这个脸面丢大发了，跟着飞起一脚，对着周宇裆下踢了过去。周宇稍一转身提胯，他还没感觉到是咋回事，便像被弹回的废物包一般，重重地摔倒在对面的墙角下，发出"轰"的一声闷响，半晌没了言语。周宇说话了："兄弟，人都到了这种田地，还逞什么威风，你们做事也太下作了……"

正在这时两名看守跑了过来，厉声责问他们又在闹什么。这时没有人敢说一句话，班房里像死一样沉寂。少年赶忙跑过去说，老霍叔在给我们讲笑话呢，讲笑话。看守恶语道，动静放小一点，便走开了。牢头挪到墙角坐下再也不言语了。到了吃晚饭的时候，黑老霍只顾着哼哼，再也没有帮着牢头收馒头了。袁冷杉悄悄地问周宇："哥，你真厉害，尊姓大名呀？"

"我叫周宇，是从内地来找工作的。"袁冷杉说："我叫袁冷杉，在一家公司当业务经理，为了一点经济上的事，别人把我告了，这不就进来了。"袁冷杉又说："我们新疆不像你们内地，这个季节已经是春暖花开了。我们这里早晚温差大，没有被子盖是要坐下病来的。"

说着他起了身，走到牢房门前敲了几下牢门，便有人走了过来，他说要向所长汇报一点情况，于是便被带了出去。不一会儿他又回来了。他坐到周宇身边，两个人有一句没一句地闲唠着。周宇告诉袁冷杉，外公在过世时，让他到新疆来寻找服刑的表哥。表哥犯罪的时候他还很小，没有什么印象了。他只是想完成外公的嘱托，不想让老人家死不瞑目。

袁冷杉问："新疆有好几十座监狱呢！你知道他关在哪座监狱吗？"

周宇说："就是不知道啊，知道就好办了。"

袁冷杉说："你讲的也可能在阿尔泰那边，那里山高地荒呢。"

周宇记住了"阿尔泰"这个名字。他问袁冷杉："看你也不像是新疆人啊，怎么就到这个地方来了？"

袁冷杉说："我父亲是安徽人，妈妈是苏北人，父亲是随部队进疆的，妈妈是五六年支边到这儿来的。我是在新疆出生的，老家都没去过，听说穷得很。就听说苏北、皖北的，也不知道是个啥样子。"

这时牢门开了，有人喊："袁冷杉，你家送铺盖来了。"袁冷杉赶忙迎到门口，接过来两床大半新的铺盖，放到周宇身边。看守又喊道："还有东西呢。"袁冷杉又走过去，提回一个沉甸甸的布袋子。他把一床铺盖给了周宇，自己留下一床。两个人又唠了起来。等到天黑透了，袁冷杉便悄悄地打开送进来的布提袋，从中拿出一个塑料包裹着的东西递给周宇。周宇在微弱的灯光下打开，看见是一块块切好的馍夹羊肉。他真是大喜过望，做梦也没想到，这新兵蛋子还能把吃的送进到牢房里来。他问袁冷杉："还有吗？不能说我们俩吃，让牢友们干看着。他们就是闭上眼，也能闻到羊肉的膻味呀！”

袁冷杉知道他的意思，说：“有是有，一个人分一份肯定是不够的。”周宇说：“那就一人分半个。”

他把少年叫到面前，让他给大家平均分了馍夹羊肉，让他给牢头也分半拉。大家一见馍夹羊肉连声说：“谢谢周哥！”

周宇笑了，说：“谢我干吗，这都是袁兄弟弄来的，应该谢他才对！”

大家又纷纷掉过头来说：“谢谢袁哥！”到了晚上大家钻进了被窝，再也都沉默不住了，馍夹羊肉鼓动得大家都像憋了一肚子的话要说似的，叽叽喳喳地说个不停，直到看守来敲了两遍门才消停下来。

第二天牢头主动坐到周宇和袁冷杉身边，说他叫阿狼，是为了倒换钱币的事进来的。他一个劲地同周宇套近乎。周宇也没有冷落他，时不时地同他答上一句半句的。这一天牢房里时间过得仿佛特别地快，牢头和三个人被提出去问了话。到了下午，袁冷杉也被叫了出去。晚上他附在周宇的耳朵上悄声地说：“明天上午我可能要解放了，周哥你有什么打算？”

周宇说：“进来都三四天了，也没见到有人提审我。那个自残的家伙也不知道怎么样了。要是他有个好歹，我也脱不掉干系。”袁冷杉说：“这个你不用怕，真金不怕火炼。就是你出去了想干点啥，兄弟我能助你一臂之力。”

周宇说他想在新疆找点事做，先立住脚，再设法打听表哥的下落，了却外公的一番心事。

袁冷杉说：“这样吧，正好外面还没提审你。要是他们提审你时，你就说你是疆欧国际贸易公司的员工，是陪了董事长玛丽亚去考察大巴扎遇上了这伙坏人的，你是在保护董事长后受到这伙坏人攻击的。别的你就实事求是地讲就行了。记着千万不要讲你是从内地刚到新疆来的。”

周宇睁大眼睛，惊诧地看着他说：“你编得有点神乎其神了，哪来的什么国际贸易公司，还有什么玛丽亚董事长，都是天方夜谭吧。”

袁冷杉说：“你别管那么多，他们要问你疆欧贸易公司在什么地方，你就说在北京大道中央就行了，你别的什么都不要多说。我出去了立马就会派人来保你出去，不能在这里受瘟罪。”周宇若有所思地问：“那我出去到哪儿去找你？”

袁冷杉谆谆地对他说：“不用你找我，我到看守所门前来接你。我说的话你要放在心里，别的你就跟他们来个一问三不知。”

周宇疑惑地说：“行，先出去再说。你真的能把我保出去？。”

袁冷杉说：“你就按我说的办吧。”

4

第二天上午十点多钟，看守来让袁冷杉收拾东西出去。袁冷杉特意又附在周宇耳朵上叮咛他千万要按照他说的去做。他出去不大一会儿，就有人来提审周宇。到了审讯室，他就按照早先编好了的台词回答审讯的干警，可能是这类案件也多，人家也没有多问，就结束了他进牢房以来的第一次提审。过了午时，看守叫了周宇的名字。他认为这是又要提审，心里埋怨不问一放就是几天，这一问还问个没完没了。看守看他只身走了出来，说是收拾好你的东西，有人保你出去呢。周宇愣了一下，他根本不敢相信自己的耳朵。看守说：“你还愣什么愣，这个破地方还没住够咋的。”周宇赶紧回到牢房，把自己要出去的喜讯告诉了狱友们，大家都站起来同他握手表示祝贺。他把袁冷杉留给他的铺盖给了牢头一床，给了少年狱友一床。少年抱住他哭了。他喊过牢头，告诉他要照顾好少年狱友，不能让人欺负他。牢头是满口答应。他附在少年狱友的耳朵上说：“出去找我！”少年狱友破涕为笑。周宇在看守的带领下，在看守室里签了名，走出了牢房，他已经记不清了那天晚上是怎么被押进来的了。

他出了牢房，强烈的阳光照耀得他有点头晕目眩，睁不开眼睛，他举目看向前方，只见有一个人夹着阳光向他奔跑过来。他转过头看了看身后见也没有人，于是又看向前面跑过来的人。

“周哥，你在找啥呢？”

周宇听出来了，跑过来的人是狱友袁冷杉。他说：“哎呀，你咋穿得西装革履的，我都认不出来了，还认为你是跑过来接我身后面什么人的呢。”

袁冷杉嚷道：“我就是来接你的，你身后有个鬼影子呀！”

俩人才分开半天，就像久别重逢的老友一样紧紧地拥抱在一起。袁冷杉似乎还在激动中，他狠狠地在周宇的脸颊上吻了一口。周宇不停地拍打着他的肩膀，对他的言而有信表示感谢。这时他才发现，在袁冷杉后面还站着一位身材魁梧的维吾尔族汉子。袁冷杉赶忙转过身来给他介绍说：“这是咱们公司的副经理，格里木大哥。”

周宇上前向他弯腰鞠了一个躬。他伸出手来握住了周宇的手掌。他的手很大，也很有力量。开始周宇并没有带劲，只是礼节性地握了握手，很快他就感觉到来自对方的力量。他立马运气提力，使用内功压制住了对方。他在脸上还含着笑意，看向对面这个高出半个脑袋的维吾尔族大汉。只见他长脸多髯，浓眉大眼，凹陷的眼眶，大鼻子高鼻梁，灰色的眼球炯炯有神。当他感到了来自对方手上的力量越来越大时，自己先松开了手，哈哈大笑起来。周宇也笑了。格里木竖起大拇指，用维吾尔族人的普通话称赞道：“顶呱呱的，有股子力气！”

这时周宇才想起来，这人好像在什么地方见过面似的。但他马上又否定了自己的想法，他才来到新疆第五天，在大牢里倒登了四天多，他摇了摇头笑了。格里木也望着他摇了摇头笑了。袁冷杉看他们俩人笑，也跟着笑了。

袁冷杉说：“走，周哥，你不是说你到乌鲁木齐来，还没分清东南西北就进了看守所吗，今天就带你认识认识我们的乌鲁木齐。”

他们把周宇带上一台“城市超人”的小轿车，拐上了解放路一直朝苏州路开去。在经过自治区政府、五星大厦、六道湾时都停下来让他走走看看，也算给他开开眼界。其实南方的大城市周宇也走过几个，这座城市只算是一个没有开垦的处女地，对他来说也没有什么新奇的。倒是街上走着的穿着少数民族服装的各色人群，吸引着他的眼球。袁冷杉本来认为，周宇在这个大都市面前会表现出惊奇的神色，但是他感到很失望，从表情来看，他没有一点新奇感。他们在城市兜了一转，周宇提出要到他住的小旅店去看看，不要让孙婶为他担心。格里木说，公司已经为他在新的酒店安排了住宿。周宇说，他还有些东西放在小旅店里。格里木问他住在哪家旅店。周宇说，他也说不清楚，只知道离着火车站不远，在一条小街道上。袁冷杉说："格里木，我们从河滩路回去，到克拉玛依路你下来回公司，我陪他去拿行李，晚上我们一起为周哥接风洗尘。"

到了克拉玛依路，格里木下了车。袁冷杉说他们的公司就在离这儿不远的地方，有时间一定带他去参观。袁冷杉看着格里木走去的背影，向他嚷了一嗓子说："别忘了把笑梅喊上。"

格里木回过头向他眨了眨右眼。袁冷杉掉过车头，向火车站方向开去。他们到了周宇说的方位，不大工夫就找到了火焰山旅店。孙婶一见周宇就嚷开了："你个死孩子，刚到乌鲁木齐，还没有一个对时就玩失踪，我的魂都被你吓到天池里去了，还以为你都出了啥子事了，我还向当地派出所报了案呢。"

周宇歉意地对孙婶说："对不起了，我在这儿遇到了朋友，被他拉去喝了几天酒，我要是不坚持回来，他们还死死地拉着不放我走呢。"

孙婶快人快语地说："你一个内地来的孩子，到这人生地不熟的地方，有什么朋友啊，不要是被坏人骗了吧？"

袁冷杉笑着说："孙婶，你看我像坏人吗？"

孙婶上下看了看西装革履一表人才的袁冷杉笑了，说："穿戴鲜亮也不一定就是好人。"

袁冷杉笑嘻嘻地说："好人也罢，坏人也罢，我们拿家伙走人。"

孙婶嚷道："那可不行……"

袁冷杉笑呵呵地说："该多少房钱咱们一个大子不少，你就结账吧。"

孙婶有点急眼了说："不，不是那回事，我孙婶还能欺诈老乡吗？"

袁冷杉说："那倒不至于，不就是四五天的住宿费吗。"

孙婶涨红了脸，嚷道：“不是的！不是的！我见小周好几天没回来，害怕他出了事，就向派出所报了案，把他留下的包裹也送到派出所去了……”

袁冷杉皱了皱眉头说：“哎呀，这下可还真要惹麻烦了……这样吧，周哥，包里有没有什么要紧的东西，如果没有什么要紧的东西，用钱能解决的都好办。”

周宇有些急眼了，说：“哎，那可不行，我包里有‘良民证’，还有家中的通信地址，换洗的衣服呢。”

袁冷杉说：“那这样吧，麻烦孙婶你到派出所把东西要回来，我们再结账走人。”

周宇说：“这也不是孙婶的错，我们一起到派出所去说明情况，取回东西吧。”

孙婶说：“这样也好，我也好当着派出所的面把话说清楚。”

他们开着车子到了派出所，费了一番口舌，才把周宇的行李取了回来。袁冷杉就要结账走人，周宇说：“刚到新疆，好不容易认了一位老乡孙婶，还是就住在这儿吧，等到将来找到了稳定的工作再搬家也不迟。”

孙婶说：“下次你要是出去时间长，先跟我打个招呼，不要又闹出误会来。”

袁冷杉见犟不过周宇，也就依了他。他要为周宇结账，周宇说什么也不让。袁冷杉掏出一张十元大钞说：“以前的账我结了，今后再产生的账你自己结。这个面子你再不给，咱就不做哥们了。”

周宇只好同意了他的办法。袁冷杉又对孙婶说：“孙婶，帮我周哥调个好一点的房间，咱不差钱。”

孙婶说：“你这死孩子，在乌鲁木齐还有这么铁的朋友，还说不认识人，是怕孙婶找你借钱还是咋的！”

周宇红着脸无言以对。袁冷杉载上周宇，开着车直奔克拉玛依路，到了市府斜对门的一幢五层楼前，他按了几下喇叭，格里木带着一个姑娘从楼上跑了下来。格里木给他介绍说："这是我们公司的总办主任陆笑梅小姐，是我们董事长的三陪保镖。这位就是我的朋友周宇。走吧，到昆仑山酒店，那里我们订了一个包间。"

周宇看着陆笑梅就觉得有点眼熟，像是那天在大巴扎被人抢了手包的姑娘。但是那天天色近晚，又是来去匆匆，也只是一眼而过，人家没说出来，自己也不好把红帽子往头上戴。他们在一个三层酒楼前停了下来。老板热情地让服务员小姐把他们送进了一个小包间。袁冷杉说："周哥，你到新疆来，就要学会吃穆斯林大餐，这里可不像你们内地天天有大肉吃。咱们这里主菜就是牛羊肉，还有大碗鸡。"

周宇说："行啊，我是'四海'人，吃啥只要能填饱肚子就行啊。"

菜端了上来，还真的都是以牛羊肉为主，冷煎煮炖，上了八道，又送上了四瓶伊犁烧酒。格里木在每人面前放上一瓶酒，自己先打开了酒瓶盖，说："先是每人一瓶，喝干再上。"

陆笑梅喊来老板，要他再上两道蔬菜。她看见周宇面有难色，便说："你也不要全听他的，他是在吓唬你呢，你能喝多少就喝多少。格里木大哥，你也不要强人所难。"

于是大家便拿起瓶子，嘴对嘴地喝起来。格里木一边喝着酒，一边让周宇吃菜。周宇从内地到乌鲁木齐坐了三天三夜的车，也没吃饱，也没睡好。到了这里只睡了一觉就进了班房，这又是几天煎熬，肚子里饿得都能装下一头小绵羊了。他见到这一桌热气腾腾的荤腥，馋涎欲滴，也顾不得许多，先吃下一块清煮羊肉，端过海碗喝了两大口热汤，这才拿起酒瓶喝酒。他这个劲头真有一股山大王风采，一对半人连声叫好。这也正投了格里木的脾气，说这才像咱新疆爷们。他举起手中的酒瓶要同周宇提一口。周宇也是真性情，举起酒瓶和他碰了个嘎巴溜脆，一扬脖子，一大口酒下了肚子，接上又拿起烤羊腿往嘴里塞。陆笑梅说："周哥，听小袁说你在大牢里没动声色，就把五六个人打得人仰马翻，你是拜过少林寺呀，还是投过五台山！"

周宇心情一好，便说道："陆主任，让你笑话了。我一不知少林门往哪边开，二不知五台山在何方。民间自有高人，我师傅霹雳掌，号称打遍准河无敌手，威震长江撼河山。我只是跟着师傅学了一小手，皮毛而已！"

陆笑梅笑容可掬地对周宇说："小妹敬你一口，点到为止，点到为止。"

格里木问："那你又是为啥到咱新疆来了呢？"

周宇说："我是来找表哥的，他在这里蹲大狱呢。我公公临走时要我来看看他，答应过老人家的事就要办啊……"

周宇知道自己酒喝高了，他想克制住自己，但是嘴上已经收不住话头了。好在他脑子转得快，藏匿下了心中的惊天秘密。

陆笑梅又敬了周宇一口酒，说："看你这言谈语吐也是个读过书的人，怕也走过不少地方吧？"

周宇抬头又是一大口伊犁烧滚落肚中，他说："哎呀，要说读书就丢人现眼了，咱就是个大学漏子，考了两年大学，只是几分之差上不了重点，丑死人也，羞死人也。"

酒后他是怎么回到火焰山旅店的，怎么脱衣上床的，便没有了一点记忆。

第二天他感到口干舌燥，睁开眼睛已经是天光大亮了，他一口气喝了小半瓶开水。然后洗漱一番回到房间，只见袁冷杉已经在他房间里坐着。

袁冷杉说："周哥，昨晚你说要加入我们公司，和我们一起共事，这话还算不算数。我可拿你的话当真了，我来之前请示了老板，她同意让你先实习两个月，月薪三百，在家管住不管吃，出差三包。你看这个条件怎么样？"

周宇喜出望外地说："哎呀，你看我这样能行吗？我也不知道你们公司都做些啥，我能不能干得好。再说了，我一时半晌地还不知道我表兄关在什么地方……"

袁冷杉说话还带有扣手，原来董事长听了他们三人的汇报后，说周宇如果愿意留在公司，参照部门副经理待遇，底薪三百。袁冷杉见周宇没有讲到待遇问题，于是说：“咱们公司什么赚钱就做什么，现在新疆旅游业势头见好，咱们正在往这方面拓展业务，已经干了二年多了。到了秋季棉花上来了，咱们就要进军购棉行业，这算是我们的老本行了。咱们公司大头还是在边境上的进出口生意，那是我们最早开辟的主业……”

周宇不无担心地说：“这几个行当我都没干过，我在公司能做些什么呢？”

袁冷杉适时地抛出了喂子，他说：“咱们老板在上层认识很多头面人物，你要是进了公司，对寻找你表兄也是有好处的。你想呀，她要通过高层帮你打听个把人来，那还不是小菜一碟。”

周宇的小眼睛里闪过了一道喜色，说：“她会帮我吗？”

袁冷杉笑了，他知道周宇上钩了。他说：“那就要看你咋样对待她了，咋样对待公司了，人心换人心嘛。”

周宇试图做出漫不经心的样子，说：“好，老板要是能帮我打听到表兄的下落，那我就到你们公司干……”

袁冷杉说：“你要是同意了，还有些手续要办一下。”

“还要办手续？”

袁冷杉笑着说：“那当然。我们是正规中外合资的大公司，别说是乌鲁木齐，就是在全疆也是有名头的。你要先填个申请表，写个自传，还要有个身份证复印件，当然这些都是走过场，公司总得给你建个档案吧，要不然不就成了黑头人了。”

他从公文包里拿出了一张表格和几张公文纸，递给周宇说：“你先把表格填了，再写个自传，其他事我来办。从今以后你的住宿费用也由公司支付。你要是认为这里方便不愿搬动也行，但是要同孙婶说说，我们长期包房是要优惠的。这个事你就不用管了，都由兄弟我来代劳。你上午就填表格写自传，特别是特长要写清楚。下午我来拿文件，你就算是我们疆欧公司的人了。”

周宇说：“哎呀，我到你们公司都能干啥，你总得给我交个底吧，不要弄得我心里七上八下的。”

袁冷杉说:“公司的人事部门说了，打算让你先易后难，先跟在陆经理后面做旅游，等你熟悉工作了，再参考你的特长，重新安排工作。你看咋样? ”

周宇一听说有人带着他做事，便爽快地答应了!

袁冷杉又说:“我在公司是负责购销棉花这一块的经理，本来我是向董事长要求你跟着我做的。但是我的重头戏是在九月份以后，劳累一个冬天，到来年初夏。现在手头活不多，董事长只好让你跟着笑梅她们跑旅游。这几天也没有要紧的团队带，我就开着车子陪你在乌鲁木齐周边转一转，也算带你熟悉工作环境，我要的材料你晚上写，明天给我也行。你看怎么样，算你老兄造化，谁让我们是狱友的呢。”

周宇高兴地说:“行啊，我听你的!”

5

周宇进到疆欧公司都快二十天了，也没见到董事长是啥样。他问袁冷杉，袁冷杉说，公司想在阿勒泰地区开发搞旅游，玛总到内地去邀请专家来考察去了。她原先是个大学教师，在这方面人脉资源雄厚。你不要看她不在公司，这里所发生的事情她都一本清册，陆经理就是她的耳朵。在这段时间里，陆笑梅让他熟悉有关新疆的旅游资料，还安排他作为副导游跟随旅游团跑了伊犁草原和天池，又到火焰山和葡萄沟走了一遭。有两天闲暇无事，格里木和袁冷杉还开着车子邀他到拉拉提草原去学骑马，说是这在新疆是一等一的大事，将来到了牧区和山地，是少不了要骑马的。这天当他们正在草原上学习骑马的时候，陆笑梅打来电话要他们赶紧回去，说是接了一个重要的团队要他去当副导。他们只好收住了性子打道回府。原来有十多个外省党政要员从党校学习结业后，受邀来新疆考察。自治区政府安排他们公司负责接待，还安排了专人陪同。玛总从外地打来电话，安排由陆笑梅亲自担当主导，周宇担任副导。玛总在电话中特别要求他们要慎之又慎。为此陆笑梅还做了两天的功课，把一切都考虑的细致入微，做到滴水不漏。她带着周宇天一亮就赶到了宾馆，张罗着客人们吃了早餐，前面是警车开道，随后是二辆中巴车，陆笑梅和周宇各坐一辆随车服务。几个景点走下来，大家的热情都很高，每到住点都有当地首脑机关接待，真是吃得好，住得好，玩得好，每位游客都表示非常满意。这最后一天游了魔鬼城，然后便大功告成，就要打道回乌鲁木齐市了。进了魔鬼城正是艳阳天，景点给每台车上都配派了最好的讲解员。两台中巴车在奇形怪状的魔鬼城的土公路上缓缓地行进着，年轻的讲解员把大家的注意力一时引向左，一时引向右。有人说讲解员把那被风沙剥削的奇山怪陵比喻得真像怪兽，有人说真是神似了，也有人说只是相似。这时讲解员说前面正赶上有一个剧组在那里拍电视剧，六小龄童也在这个剧组里。大家都纷纷想下去看一看，特别是随团的几位领导家属，强烈要求。在自治区领队何主任同意下，中巴车停靠在了拍摄现场边上。周宇上前同剧组一位副导演进行沟通，剧组同意他们在不影响工作的前提下就近观看。开始大家好奇，看得有滋有味。半个多小时一过，游客们就失去了兴趣，有人便提出来往前赶时间。陆笑梅说现在走还能赶上点吃中午饭。游客们上了车一点人数少了两个人，再一查验，何主任大惊失色，原来少的俩人是考察团团长毕书记和他的夫人。大家对魔鬼城又不熟悉，也不敢乱走，那边人家拍摄组还在紧张地拍戏，也不允许他们东找西寻。加上烈日当空，气候炎热，本来都是养尊处优的高级领导，哪里受得了这魔鬼城大太阳的暴晒，游客们上了车就再也不愿下来了。何主任急得团团转，但是在这魔鬼城里，寸草不生，滴水不见，真是叫天天不应，叫地地不鸣。中巴车开着空调，在到处都是奇形怪状的丘陵中干等着他们也不是那么回事，半个多小时过去了，还不见他们的踪影。陆笑梅急得呜呜地哭起来，何主任也急得六神无主，车上人也是百般的烦躁。这时周宇和两个地导寻找了半天回来，还是没有见到毕书记夫妇。周宇想了想，走到何主任面前说：“领导，你看这样行不行，客人们还是往前走，出了景区，找个能息脚的地方再停下来等一等。不然的话空调这么开着，要是车子上的汽油用完了，那可真要闹出大事来。”

何主任拖着哀腔说：“那毕书记两口子怎么办？把他们丢在这荒山野丘里，白天不被这毒太阳晒坏，晚上也会被寒风冻僵的，这个责任就大海了去了。”

周宇也顾不得斯文了，他脱下衬衣只穿着一个背心说：“这样吧，陆经理陪着各位领导先走。何主任您面子大，我看了摄制组有台213吉普车，你带我过去借他们车子用一下，我们开着车再往远处找一找，两位领导肯定是走迷了路，如果我们不及时找到他们，很难说不会惹出大麻烦。”

何主任满面愁容地说：“假设车子借到了，谁又会开车呢？”

周宇大包大揽地说：“这个不难，我来开车。”

陆笑梅睁大了眼睛看着他，那分明是在告诫他：这可不是吹牛上税不上税的事，你可是在同自治区领导说话呢。认识你都快一个月了，还从来没听说过你会开车呢。

何主任到底是领导，思虑缜密，他说：“这也算是没有办法的办法。小陆啊，你们出了魔鬼城赶快给自治区政府打电话，汇报这里发生的事情，让他们赶快想办法救人啊。”

陆笑梅不容分辩地说：“不行，我是这个团的导游，丢了人我是要负责任的，不能一走了之。先让地导把游客们领出魔鬼城休息，我得同你们一起寻找失踪的首长！再说了我对这里的路径也比你们熟悉。”

何主任思索了一下，认为她说的也有道理。他把向自治区办公厅汇报的事委托给了地导。

车子发动了，车上有人嚷了起来，说是毕书记没回来大家都不能走。何主任上车向大家解释说，由他带队留下来继续寻找毕书记，大家边往前面走边等消息。中巴车开走了，何主任带着周宇借到了213吉普车。周宇又多了一个心眼，他向摄制组借了一支长筒手电和望远镜，三个人开着车向魔鬼城腹地驶去。何主任对周宇说：“我们总不能像无头苍蝇一样，在这魔鬼城怪圈中东奔西闯吧。”

周宇说：“我先前在寻找领导的时候就查看过了，有两行脚印就是往这边走的。”

他们在这怪堆林立的魔鬼城中走出一段路，再下车寻找一番，只要是能寻找到痕迹便继续往前开进。他们在一个被风沙剥蚀得像城堡似的土堆根下，发现了有人坐过的痕迹和凌乱的脚印。周宇见何主任脸膛发暗，衬衣的前胸后背上都透出了汗碱，他怕何主任岁数大了，又长期做室内工作，吃不了这地蒸日晒的苦头，便劝他坐到车上去，自己带着陆笑梅向前徒步去找寻。他们在沉积着千万年的飞沙尘土地上，又往前走出了二里多地，突然一阵狂风骤起，飞沙走石，周宇赶紧拉起陆笑梅躲到一个圆柱形的土堆后面避让。等到大风渐过，他们走出土堆来便感到晕头转向，只见面前都被一片黄土尘沙覆盖了，再也找不到丝毫的寻人踪迹，甚至连路在何方都摸不清了方向。他们七拐八弯花了四五十分钟的时间，蹚着没过脚面的烫沙热土，摸回到吉普车跟前，当周宇拉开车门时，还把酣然入睡的何主任吓了一跳。他大呼一声“谁”，猛地坐直身子，一不小心“咣当”一下，将头顶在了车篷上。他也顾不得疼痛，赶紧问找到人没有。其实他从俩人狼狈不堪的神态上便可一目了然，陆笑梅禁不住又呜呜地哭了起来。斜阳西照，三人无言。周宇示意大家上了车加上油门，再向前方开去。周宇将车开到一个隆起的土堆下面，把车靠到土堆边上。他喝了几口水，用满是沙土的手背擦了一把嘴，从车的后边拿出望远镜，脱下鞋子跳上车顶。何主任赶紧问他要做啥。他从车顶上一个纵身跳上了高高的土堆顶上，举起望远镜四下里察看。这时何主任和陆笑梅站在土堆下，仰着头瞅向周宇。何主任心中暗想，这个玛丽亚真是好能耐，也不知道从哪里淘来了这块活宝，都快累了一天了，还能跳跃如飞地上到那么高的土堆顶上，真是英雄当数少年啊！他希望周宇能从高土堆上给他们带来好兆头。周宇站的土堆顶上不足两个平米，他举起望远镜，仔细搜寻着怪堆旷野，想从中找出一点毕书记夫妇失踪的蛛丝马迹。只见尽收眼底的都是些怪堆凹土，没有一点人的迹象，他感到失望至极，从望远镜里他看到众多的寸长人影正在往魔鬼城外撤走。他向高土堆下的何主任和陆笑梅摇了摇手，走到停放吉普车的一侧，长长地叹了一口气，正想抬腿跳到车顶上，突然听见空中传来“啾啾”的烈叫声。他抬眼看去，只见两只高原苍鹰，在离他们不远的天空盘旋着。他收起了脚步，立马举起望远镜向着苍鹰鸣叫的地方看过去。他稍一思索，立马从土堆上跳将下来，穿好鞋子，让何主任和陆笑梅赶快上车，他一边开足马力向苍鹰鸣叫的地方驶过去，一边说：“这鹰叫得有奇巧！”

不大工夫车子开到了苍鹰盘旋的地方，周宇打开车上的喊话器，让陆笑梅大声呼喊着失踪的毕书记。他狠命地往苍鹰盘旋的中间地带奔跑过去。他跑出一段路隐约听到有人在呼救，他向发出声音的地方跑去。他突然发现有几只灰色的动物在眼前移动，不禁身上惊出一身冷汗。他拼出浑身力气疯狂地向前奔跑，只觉得一双双充满野性的绿眼睛在他身后垂涎欲滴。他不知道自己跑出了多久，突然触目惊心的一幕场景呈现在眼前：只见疲惫不堪的毕书记衣履不整，头发乱作一团，斜靠在一垛土堆下面，他的夫人更是披头散发地躺在他的身边，一只脚穿着皮鞋，另只腿光着脚丫。周宇大喊一声：“毕书记……”

毕书记一见到来人，立马就像掉队的士兵见到大部队一般，用嘶哑的声音，声嘶力竭地向夫人狂叫道：“快起来，快起来，我们的救星来了！”

他一骨碌从地上爬将起来，迎着周宇跑过来，紧紧地握着他的手说：“我听到了你们在送话器里的呼唤声，但是我们筋疲力尽，再也挪不动步子了。”

周宇安慰他说：“没事了，没事了，来接你们的车子就停在上边，快看看阿姨怎么样了。”

他们扶起夫人，只见她双目紧闭，满脸涨红。周宇伸手在她额头上试了一下，发现她额头热得烫手。周宇喊了两声阿姨，她睁开眼睛，从地上爬了起来，一把抱住周宇放声大哭。周宇和毕书记劝了半晌，她才平缓下来。他们扶起她往前走了十来步，她又要瘫倒在地上。周宇问毕书记还能不能坚持走。这时看上去他走路也很艰难，但他还是咬紧牙关，坚持说自己能走。周宇知道现在就是放下他们俩人，自己跑回去也是无兵可搬，况且周围还有绿眼睛在窥视着他们。他一下腰背起了身材微胖的夫人，再让毕书记搭着他的肩，三个人一起向停车的方向走去。这时太阳已经失去了光芒，天气也渐渐地凉了下来。三个人纠成一团，往前艰难地挪动着。毕书记发现了身后还尾随着不离不弃的绿眼睛，心惊胆战地说："小周啊，好像是有什么野兽紧跟着我们呢。"

周宇说："不用怕，在我们新疆这儿是常有的事。只要有我在，谅它们也不敢闹出什么大动静来。"

其实这是他拿话来宽慰毕书记呢，他才来新疆几多天啊。周宇早就瞄见了有一群瞪着绿眼睛的狼在他们身后尾随着，不知何时只要它们来个三级跳，就能蹿到他们面前，立马将他们撕成肉块尸片，饱食一顿人肉大餐。周宇想与其让它们主动，还不如拼命一搏，从险中杀出一条血路来，方能保住毕书记夫妇的性命。这时他们正好走到一个立柱形的土堆前，他放下夫人，让毕书记扶稳她，吩咐他们千万要坚持站立着，做出不惧一搏的战斗架势来。万一狼群蹿到了面前，也要拼了性命地同它们缠斗，他会在片刻之间赶过来营救他们。他将毕书记夫妇安排好后，让他把先前用来当作拐杖的树棒横握在手中。周宇运足了内力，"哗啦"一下从腰间抖出九节钢鞭，收入掌中。他一声杀天震地的嚎叫，一个健步蹿向狼群。本来毕书记夫妇行将到了崩溃的边缘，却被他这惊天动地的一声呐喊注入了胆气，立马挺直了身子，提起了三分精气神。周宇几步就蹿到了狼群前，有的狼兽早被他的磅礴气势吓得退避三舍，迅速掉转头逃之夭夭。也有胆大的家伙，只是往后退了退，并没走远。更有那吃了熊心豹子胆的并未退却，反而伸着血红的舌头，想瞅一瞅这来者要做些什么。周宇裹着尘土，夹着风沙，蹿到狼群前，来了个旱地拔葱，一纵身跳到半空中，只听见"哗啦"一声响，他早就抖开了掌中的九节钢鞭，用足了十二分的力气，"呜"的一声砸向了一头大个的前锋狼。他人还没有落地，就听到一声惨叫，那只恶狼一下蹿向半空。当他站稳在尘土中时，那只狼紧跟着也重重地摔到地上，只见它抖动着灰色的身子，在尘土中翻腾了几下，抽搐着便睁着眼睛咽了气。周宇再瞅四周早就没有了狼的踪影，他赶忙收住了钢鞭，将它握在掌心，奔回毕书记夫妇身边。虽然这时天色已经暗淡下来，但这一切毕书记夫妇看得是一清二楚。他们看到除去了后顾之忧，又见周宇如此勇武，也生出了浑身的力量。周宇就着还没有减退的气力，上前背起毕夫人，毕书记借着手中树棒的撑力，三个人向停放吉普车的地方走去。

周宇为了让何主任知道他已经寻找到了毕书记夫妇，也是为了给他们壮胆，他不停地朝着停车的方向“嗷嗷”地呼叫着。毕书记知道他是在吓唬身后的狼群，也是在为他们壮胆，他也跟在周宇后面“嗷嗷”地大叫不止。听到了他们的呼叫声，陆笑梅赶紧跳下车来，也学着他们的呼叫声，迎着走了过来。当她看到迎面走过来的三个灰头土脸的人时，简直不敢相信自己的眼睛，怎么才半天的工夫，三个人都变得像土行生一般。她奔过去就要来扶持周宇身上背着的夫人，周宇艰难地向她摇了摇头，扯着沙哑的嗓子，让她赶快过去扶持住毕书记向前走。他知道像毕书记这样的高官，哪里受过这种折磨，真是难为他了。不大工夫他们就看到了停放在土堆中间的吉普车，周宇回头看了看狼群再也没有跟上来。这时何主任迎了上来，毕书记伸出手来，本意是想同何主任握手表示感谢，当他们双手握到一起时，眼泪哗哗地淌了下来。何主任连忙说：“首长啊，辛苦了，都是我们关照得不周啊。”

毕书记只是一个劲儿地摇头，一句话也说不出来。大家帮着周宇从背上扶下夫人来，搀扶着她坐上了吉普车后坐。周宇打开一瓶矿泉水递给她说：“阿姨，你喝口水吧。”她接过矿泉水，一口气喝下去半瓶，然后把剩下的半瓶水递给了毕书记。毕书记喝了几口水，放下了瓶子。陆笑梅将一块馕掰开来，递给夫人和毕书记。毕书记接过馕吃得急了些，但还是不失斯文。夫人接过馕饼三口并作二口就往嘴里塞，狼吞虎咽的样子，就像是几天没吃过饭似的。正在这时一块馕噎在了她的食道里，噎得她只瞪白眼。陆笑梅赶忙上前帮她揉胸拍背。毕书记不满地斜了她一眼。在车子返程时，毕书记这才讲了他们的遭遇。原来是在大家去看拍摄电视剧时，夫人要方便，毕书记只好陪着她，避开人群找了一个僻静的地方。但是一走再走，夫人还是说要再走远一点。他们走出了一段路，等夫人方便后，他们顺着来时的路却摸不回原地了。他们也知道在这魔鬼城里，如果不尽快地走出去是要发生危险的。他们越走越急，越急越走，数次休息，数次行走，直到听不到任何声响，才意识到事态的严重。他们拼命地四处奔走，声嘶力竭地呼救，但是招来的却是一双双瘆人的绿眼睛。好亏是两个成年人在一起，绿眼睛没敢贸然出击。他们已经是筋疲力尽，实在是挪不动步子了，只得找了一个大土堆做掩护，依着它坐下来听天由命。也算苍天有眼，就在这万分危急的时候，周宇找到了他们。夫人在车上一个劲地夸赞周宇是他们的救命恩人，要不是他及时赶到，他们夫妇不饿死、晒死，也会被野狼当作人肉团子生吞活吃掉。说回去后一定要好好感谢小周同志。毕书记还绘声绘色地给他们讲了周宇冲杀狼群的壮举，他学着周宇杀声呐喊的样子，逗得大家都笑了起来。周宇开着车说，那也真是急了眼。陆笑梅夸口说："他是从少林寺出来的和尚，练就了一身的好武艺，在大巴扎初遇时，七八个拿刀使棍的地痞都近他不得，反而被他打得满地找牙呢！"

周宇好奇地问："这你是怎么知道的？"

陆笑梅说："我就在现场啊，难道你真的忘记了？"

周宇说："我看着你有些面熟，你咋早不说呢？"

陆笑梅诡秘地一笑。何主任好奇地说："哦，我说你身手那么敏捷呢，我还在想玛总是从哪里请来了这位世外高人呢。"

周宇开着车心里急得就像猫掏似的，对回去的路他只能分辨出个大致方向，找不到了准确的路径。天色渐暗，怪风惨烈，车窗外到处呈现出魔鬼城的狞恶怪貌。周宇几次将车子开进了狭小地带，又凭着机灵拐到了能够行车的土路上。他问了陆笑梅两次道路，都见她嗯嗯呀呀的不置可否。周宇知道在这个时候问她也是瞎子指路，更加重车上人的心理负担。他横下一条心，干脆凭着感觉走。但他又发现油表显示只剩下十多公升的油料了。他焦急地往车窗外瞄了一眼，发现绿眼睛似乎又在后面闪动。他尽量把车子往西靠，因为公路就在太阳落山的一边。何主任也看出了其中的不妙，但是他老年持重，不言不语，害怕给毕书记两口子带来惊慌。正在这时周宇看见前面有几束强光在晃闪，大家不约而同地欢呼起来。在这魔鬼城的夜晚，双方都发现了对方，两边都对着强光开了过去，很快他们会合了。三台车上的人都下了车，本不相识的人就如同久别的老朋友一样，欢呼着，拥抱着。来救寻他们的车上还带来了医护人员，他们立即为毕书记夫人诊治，让她吃下了退烧药。大家一路纵队开出了魔鬼城。

6

周宇正在睡梦中被袁冷杉叫醒了，他让周宇赶快穿起来，说是玛总来了。周宇赶忙穿上衣服，洗了一把脸，忙着跑到旅店门前，只见门前停着一辆激情红的宝马牌跑车。袁冷杉上前拉开车门，示意让他坐进去。他一低头钻了进去，刚一抬眼吓了一大跳，立马像是被马蜂蜇了似的，从车子里迅速退了出来。这时车里传出了咯咯的笑声。袁冷杉睁大了眼睛看着他问："咋的了？"

周宇冲着袁冷杉嚷道："你小子搞什么鬼！"

还没等袁冷杉答话，车子里走出来一位穿着黑色真丝连衣裙的灰眼睛女人，她向周宇伸出手来说："怎么，老朋友，吓着你了？"

周宇这才认真地瞅向面前这个满脸含笑的女人。只见她高鼻梁，凹眼睛，亚麻色的头发，白洁的面孔上散落着少许的灰色细斑点。周宇见她有一米七多的个头，几乎比他矮不了多少。匀称的身材，长胳膊细腿，标准的一个大美人。她称呼他是老朋友了，但他对她却没有什么印象。灰眼睛女人向他俏皮地眨了眨右眼说："一个多月前，大巴扎……"

周宇恍然大悟，憋得满脸通红。

袁冷杉嚷道："这是玛总，玛丽亚董事长啊。"

玛丽亚还没等他说出话来，便热情地上前拉住他的手说："我们的大英雄，上车说吧，上车说吧。”

玛丽亚让袁冷杉开车，他同周宇坐到了后排。这时周宇才看清副驾位子上还坐着陆笑梅。陆笑梅讥笑周宇说：“你同玛总才分别个把月就不认识了，看把你吓成了什么鬼样子。”

周宇嗫嚅地说：“上次在大巴扎只是一眼而过，哪里就能过目不忘呢。”

陆笑梅打趣地说：“你的眼睛长在脑壳顶上了，这么个大美人你都视而不见啊！”

玛丽亚为了不使周宇尴尬，连忙说：“周宇，你是我们的大英雄啊，为我们公司挣得了大面子。自治区领导亲自打电话来感谢你嘞。毕书记夫人回来后就住进了医院，我们今天一起代表公司去看望她，她想再见见你呢。”

周宇谦恭地说：“那是我的分内工作，也没什么好谢的。”

玛丽亚说：“我听笑梅说了，你表现得非常勇敢，何主任说如果不是你担当，别说毕书记夫妇，就连他们也要同魔鬼打一夜的交道呢。”

说着他们来到了第一医院，何主任已经在门前等待他们了。他最先上前同周宇握了手，连声说谢谢。玛丽亚干咳了一声说：“见到新朋友，忘了老朋友，有点不够意思吧！”

何主任哈哈大笑着说：“哎哟，我们的玛丽亚小姐也会吃醋了，好亏小周是个男的，要是个大美女，我是跳进天池也洗不清啊。”

他上前同玛丽亚来了个热情的拥抱。他把他们引到六楼毕书记夫妇的病房。这时毕书记夫人正在打着吊水，毕书记站起来同他们一一握手，表示感谢。当握到周宇的手时，他出人意料地上前紧紧地拥抱住他，声音有些哽咽地说：“小伙子，谢谢你，真的谢谢你了……”他不断地用细长的手指拍打着周宇的后背。袁冷杉向夫人献上了一篮新疆时令水果，陆笑梅奉上了一个精巧的工艺盒，盒子打开里面是一对玲珑剔透的和田玉雕盘羊。毕书记赶忙说：“这个要不得，要不得。”

他们的病房足有八十平米，除了放两张病床外，就是沙发和一张宽大的办公桌。大家一边说着客气话，一边落了座，这时玛丽亚走到夫人面前向她百般问候。夫人同她寒暄了几句话，就招手让周宇到她面前，拉着他的手对玛丽亚说：“玛总啊，你这个小周啊真是个好孩子，前两天要不是他啊，我老太婆就要落到魔鬼手里去了，他真是我和毕书记的救命恩人啊！”

周宇谦卑地说：“阿姨，你的话严重了。你们走失是我的责任。再说了，把你们这样尊贵的客人带丢了，还让你同叔叔吃了那么大的苦，我们心里都很自责。今天玛总领着我们就是来赔不是的。”

玛丽亚连忙说：“对，对，周宇说得对，我们是来赔罪的。等阿姨身体康复了，我做东道为您二位压惊，在座的各位作陪，何主任帮我带信给书记和秘书长，我在这里也邀请他们帮我陪客。”

何主任乐呵呵地说：“这个信我一定带到，一定带到。”

这时阿姨从病床上坐了起来，对着毕书记招手。毕书记走到她面前，俩人耳语了几句，他摇了摇头，笑着用眼神制止了夫人提出的要求。夫人瞪起一双美丽的大眼睛，一个劲地在向他撒着娇。毕书记走到玛丽亚面前说：“这次真给你们添麻烦了，出院后由我来做东请各位，以表谢意。”

这时夫人把何主任叫到面前，同他耳语了一通。何主任把玛丽亚拉到一边又是一通耳语。玛丽亚咯咯格地笑着说：“啊，宣布一个新闻，我们公司要同夫人结成亲家了。阿姨要认周宇做干儿子，这是个大好消息啊。”

大家一下欢呼起来。这时医护人员也不知道发生了什么事，都拿着急救器具急迅奔跑到病房来，他们一看大家都在欢笑，因为这是首长的病房，他们也没好说什么便走开了。这时夫人从小坤包里拿出了一个白玉的招财童子，要送给周宇做认亲礼。周宇只是笑而未接。夫人说：“你要是认我这个老亲妈，你就收下这个小童子。我这一走又是千山万水，到时候你有空去看看我们，这也是一个信物。孩子，我一看见你就喜欢上。我家还有一个女儿，比你大一些，就算你姐姐吧。回去有时间我让她也到新疆来旅游，到时候你为她做向导，也让你们见见面。”

玛丽亚上去接过夫人递过来的招财童子，将周宇推到夫人面前。夫人拉着周宇的手，让他坐到自己的床沿上，一个劲地笑个不止，问长问短。大家说天到地，直到病房送中饭来，他们才告别了毕书记夫妇。下了楼，何主任说听说你到北京请专家去了，自治区领导对这件事很重视，旅游局的买买提局长委托我过几天邀请你吃顿饭，咱们在一起谈谈到喀纳斯考察的事。玛丽亚笑着同意了。

7

天刚露鱼肚白，陆笑梅就敲响了周宇的房门，周宇同她来到旅店门前时，玛丽亚从跑车的驾驶位上走了下来，示意让周宇坐进去开车。周宇愣了一下神，陆笑梅伸手推了他一把，向驾驶位上努了努嘴。周宇是开过大大小小的车型不少，但是开这样昂贵的跑车还是头一回。他只好硬着头皮上了车，陆笑梅坐到副驾位上，玛丽亚坐在了后座。周宇开始有点心慌意乱，车子起步往前纵了一下，好在这里是羽状岔路，路人稀少。车子开上了马路，很快就顺畅起来了。周宇按捺住狂跳的心，尽量将车子开得平稳一些。不大工夫他们就到了自治区医院的高干楼门前，这是个带着休闲花园的小院落。这时自治区领导的车已经停在了小院落的门外面。何主任迎过来说："领导们马上就要出来了，我们就在这儿等一等吧。"

果然不大工夫自治区领导陪着毕书记夫妇走了出来。玛丽亚上前向自治区的领导问了好，他们也都主动伸出手来同她热情地握手，显然他们都是十分熟悉的。毕书记走上前握着玛丽亚的手说："玛丽亚女士，这么一大早还惊动了您的大驾，真是不好意思啊。"

玛丽亚谦恭地说："哪里，哪里，听说你们今天就要走，你们这次到新疆来考察，我们接待不周，还让你们受了惊吓，真是罪过啊，带我们领导都受过。这也没玩好，更没吃好。我还没有来得及尽地主之谊，你们就要走了，连赔罪的机会都没有了，过来送一送，也算表示我们的一份歉意吧。"

何主任怕耽误飞机起飞时间，便说："先上车往机场走吧。玛总你上哪辆车？"

玛丽亚笑容可掬地说：“何主任，麻烦你的车就带上笑梅吧，宋主任坐我车子走，路上我们也好说说话。”

周宇赶忙上前一边问老亲妈好，一边为夫人打开车门。夫人一见是周宇，高兴得眉开眼笑。他们一路进发，直奔飞机场。宋主任说：“你认了我这个老亲妈，就要尽到当儿子的义务。将来要是回内地去，一定要去看望我们。”周宇当然是满口的应承。夫人说：“那天我实在是没有了一点气力，只记得四周有许多绿眼睛在晃动，到现在也不知道是真情还是在做梦。”

周宇说：“阿姨，那是魔鬼城的野狼呢，让您老受惊吓了……”

宋主任嗔怪道：“按习惯你得叫我老亲妈呢，都认了亲还不改口……”她转过身子对玛丽亚说：“你当时真是没看见，我这个儿子真像天神一般，那一声吼叫，真是地动山摇。他就像会飞一样，一个健步就蹿到了狼群中，也不知道他手中挥动了什么兵器，只是一声嚎叫，那头老狼就被打得脑浆迸出，一蹦老高，摔在地下，就再没能爬起来。跟在它后面的那群狼啊，稀里哗啦一下就逃得没有了踪影。我们毕书记当际还大叫一声，真是神勇之人！”

周宇红着脸，叫了声老亲妈，然后说：“那时狼群离我们太近了，我再不做最后一搏，恐怕书记和老亲妈会出意外呢。”

宋主任动情地说：“这样的狼群，我在内蒙古当知青的时候也见识过，好多个牧民骑马带枪地对付它们，有时候还要吃亏。哎呀，我同毕书记这两条性命还真是多亏了周宇呀。我们这一辈子都忘不了你们呀。”

玛丽亚插话说：“夫人咋不多住几天呢，等你养好了病，我们陪你多玩几个景点。”

宋主任不无感慨地说：“那天就是天上太阳晒，地下魔鬼地蒸，心中又急又怕，急火攻心，落下这病痛来。我住在这里倒没什么，只是毕书记丢不开工作，他要赶快回去，家里还有一大摊子事等着他回去处理呢。回去住到省内医院也方便些，也不能总是给自治区领导添麻烦嘞……”

玛丽亚赶忙说：“夫人说这话就见外了。你这走得仓促，我同小周怕打扰你和叔叔的治疗，本准备明天再去看望你们的，不想你们就要走了……”玛丽亚说着从车的后座上拿出一个镶着金边的精巧的工艺盒，递给夫人说：“本来想等您身体康复了，请您品尝一下我们新疆的大餐。可是你们走得也太突然了，这是我自己把玩的一件玉器，料子还可以，是块山流水羊脂玉呢，也是老苏州师傅的手艺，我就代小周献给老亲妈吧。”

夫人谦和地说：“哎哟，这可要不得，要不得。你看这几天都给你们增添了多少麻烦啊，有些话我都不好意思说了。”

玛丽亚把它放到夫人手中，说：“小玩意，不值一提的。”

市区离飞机场也不远，他们进了机场，机场负责人已经在恭候了，他们直接进了贵宾厅。不大工夫就登上了飞机，送行的人这才离开了机场，玛丽亚让周宇将车子开往市区。

回到乌市，玛丽亚让周宇把车子开到了大红山脚下的自家别墅，她让陆笑梅同她一起上楼去，说是要梳洗一下，又让周宇也回去简单洗漱一下，换一套晚礼服，同她们一起参加晚上的宴请。周宇回到火焰山旅店稍作梳洗，换上了袁冷杉帮他买的银灰色西服，配上金利来的白底红花领带，登上耐克棕色皮鞋，便赶忙开车往大红山别墅赶去。在车上他又想到袁冷杉对他说的，笑梅当他是心中的偶像，让他不要同她套近乎，想到这儿周宇摇了摇头笑了。

车子开到别墅门外，他按了声汽笛，不大工夫玛丽亚同陆笑梅走出了别墅。她们是满面春光，焕然一新。只见玛丽亚重新梳过的亚麻色大波浪头发披在肩上，穿一身黑色的连衣裙，登一双银灰色的高跟皮鞋，显得格外典雅。陆笑梅发髻盘至头顶，穿了一身淡红色的连衣裙，着一件白色小背心，登一双白色的高跟皮鞋。她们看见周宇下车来开车门，玛丽亚说：“转过身来，我看看。”然后说：“衬衣还是旧了点，下次注意，在客人面前要精神点，这是公司的面子，不能有半点马虎。”

她让周宇将车子开到一家服装专卖店，领着他进去换了一件红白条纹的衬衫。这才一车开到了天外天大酒楼。何主任和旅游局的买买提局长早就在那里等候了。何主任说：“两位小姐姗姗来迟，是要罚酒的啊！”

陆笑梅打趣地说：“这才九点多钟，我们女士总要美容一下，才能来见二位大官人吧，这也是为了尊重领导。还没上台面就要先发制人，看下次谁还敢陪你们喝酒嘞！”

买买提局长说：“今天来到天外天，就吃天山羊吧。”

办公室主任早就做了安排，很快烤、烧、熘、煎全羊宴就上齐了。陆笑梅说上四川的五粮液吧。买买提说那酒不够劲，还是上伊犁王吧。玛丽亚说：“好酒我是带来了，你不喝，不要怪我小气啊。”

何主任提议说：“今天酒不要喝高，三瓶为限。然后换节目好不好？”

玛丽亚附和地说：“行啊，只要领导高兴，玩到东方欲晓也没问题。”

何主任说：“这次营救毕书记夫妇，小周可是立了头功。毕书记临上飞机时还要自治区领导代他问你好呢，要你回去一定要顺道看看老亲妈。”

然后，何主任向买买提绘声绘色地讲述了周宇在魔鬼城勇战狼群，营救毕书记夫妇的故事。

玛丽亚站起来说：“救毕书记夫妇的故事我是耳听为虚，听宋主任说他一声嚎叫，伸手把头狼打得脑浆迸裂，狼群都吓得跑得无影无踪了。”

大家听后都赞叹不已。

买买提局长高高地举起酒杯说：“玛总，你的这位勇士救了毕书记，我是听何主任讲的，刚才又听了你们的叙谈，我真是很佩服。自古英雄出少年嘛！来，勇士，我敬你一杯酒，舍身救游客，这也是我们旅游人的职业操守，在我们旅游战线一定要大张旗鼓地宣传！”

陆笑梅用眼神提醒周宇，他立马站了起来，将酒杯举到买买提局长酒杯的下端，谦逊地说：“那都是玛总要求我们做的，分内事，不值提，谢了，领导。”

他一口喝干了杯中的酒。

何主任夸奖道：“好酒量，好酒量。”

玛丽亚见两位领导对自己的部下夸赞有加，心中像是吃了哈密瓜一样的甜美。她举起杯中酒要敬两位领导。何主任说："玛总，我们请各位喝酒，一是为了感谢你们圆满接待了毕书记的考察团，二来也是想听听专家到喀纳斯考察的准备情况。"

玛丽亚同两位领导喝下了酒后说："这事你们就放心吧，都是新疆人，那地方我也熟悉。就在最近考察团队就能过来。我们要引进德国人的工作作风，重考察，注实效，不干则已，要干就得争第一。"

买买提局长较真地说："你的人马何时能到位？"

玛丽亚显出强势的本色，声调高亢地说："我的人马正在北京集结，不出三天便能飞到乌鲁木齐来。这次我请来的专家队伍，不敢说是国际星爷，也是国内一流。你们别跟我较劲，我也是名牌大学的名教习。"

买买提很实在地说："那我就向阿勒泰地区通报了，你们还有什么事要我们帮助解决的就说出来。我们厅虽然钱财不多，小事情还是能够帮点忙的。"

玛丽亚乘机说："你要说到这儿我还真不客气了，借一辆动力大的越野车给我。到阿尔泰去，上那高山真悬啊，现在那边又在修公路。一般车辆不好使呢。"

何主任爽快地说："玛总，这事我给你解决了，我为你准备了一辆八成新的进口越野车，怎么样！你玛总为人仗义，做事漂亮，帮了我很多忙，我何主任讲义气，重当报偿啊！"

玛丽亚连忙表示感谢，她招呼大家说："酒喝到此为止，下个节目转场。到大板城欢乐大世界去，跳它个汗流浃背，唱它个彻夜难眠……"

8

周宇刚洗漱完，孙婶便敲门走了进来，说："你这孩子是咋的了，一出门就没了人影，属老鼠的三更进门，上午不起床，一天三顿并作两顿吃。不用节省粮食的，现在也不用粮票了。"

孙婶给他端来一大碗冒着热气的饺子。孙婶说这是牛肉馅的，是她早上上班时带来的。她都来了两趟了，见他睡着，也就没忍心叫醒他。现在见他起床了，这才给他热一热送了过来。孙婶让他趁着热乎劲儿赶快吃了。周宇吃着饺子还感觉太阳穴有点跳跳地痛，这是昨晚喝多了酒的反应。他想今天可能没有事了，下午要给姐姐打个电话，就是魏大娘家的那个女儿。他要把到新疆来的情况向她通报一下，也好让他们放心。这些年来姐姐一家人没有把他看外，姐夫是桥梁公司的领导，知道他有些文化基础，总是想着法子让他多跟在工程技术人员后面干活，好让他多学一点技术知识。时间长了一些技术活也交给他做，工人们都叫他周工长、周工短的。

这次到新疆来，他是精心准备，下定了决心的。一想到妈妈不明不白失踪的事，就像有个老鼠在啃咬着他的心。正在他想得入神时，突然耳边爆起了一声炸响。他吓得立马回头一看，原来是陆笑梅和袁冷杉两个人站在他的身后。陆笑梅打趣地说："在想什么呢，又是在想昨天晚上那个'天涯歌女'吧。我发现你多数时候总是寡言少语，甚至有点多愁善感，只有到了关键时刻，方显英雄本色呢。"

周宇被她夸赞得有点难为情地说："没有，我是在想我大娘的事呢。快坐吧，快坐吧。"

袁冷杉为了给周宇解围，赶忙说："笑梅是在同你说笑呢。我们来是有事要同你商量。明天要接一个大团，有三十多号人呢。路线也好，就是大巴扎、天池、五彩池、魔鬼城、吐鲁番，送鄯善上火车。四天时间。笑梅说这趟美差让你走。"

"怎么就是美差呢？我们不是昨天晚上才回来吗？"

袁冷杉开导他说："你个生瓜蛋子。咱们干旅游公司，不就是为了赚钱吗？靠一个月那点基本工资还不够糊口的。重点是要带团。到南疆费时太远，到边地山高路险，到草原少了土特产，只有这条线才有大头赚。"

周宇便问道："这里怎么就有了大头赚？"

袁冷杉给他授业解惑地说："我们新疆的名特产不就是葡萄沟的葡萄，鄯善的瓜吗？来的游客都是要带一些回去的。这条旅游线路好走，点又近，名特产又多，只要你会忽悠，回扣是不会少赚的。就是不会忽悠，凭着游客们高兴，也会赏你一些辛苦钱。所以笑梅特意把这趟美差派给你。”

陆笑梅说：“过几天玛总可能要陪科考队到阿勒泰去，那里正在开发喀纳斯，他们要拉玛总过去搞投资呢。玛总对那里也是比较熟悉的，她丈夫就是在那边找金矿时出的事。那边还有她师兄在当领导，将来发展潜力大着呢，她是吃过洋面包的人，眼光独到。”

周宇想了想说：“谢谢你们帮了我的忙，想来现在是我离开你们的时候了。”他这话一出，就像一瓢冷水，泼得俩人是一头雾水。他们问是谁得罪了你。

周宇说他来新疆的目的是要寻找表兄董成虎的，现在八字还没见到一撇，他已经拿到了三个月的工资，现在他要去寻找表兄了。陆笑梅快人快语道：“那不行，玛总费了九牛二虎的力气才把你收编了，你不能说走就走啊，总得对玛总有个交代吧。”周宇说：“玛总和袁兄弟把我从看守所里捞出来，我也是知恩图报的人，等我找到了董成虎，告诉他公公已经去世的事，如果有机缘我再回来找你们。”

周宇想到了妈妈和公公，眼泪在眼眶里打着晃。陆笑梅说：“新疆这么大，靠你一个人去打听，到猴年马月才能找到人啊？玛总已经答应帮你打听表兄的下落了，她会说话一言九鼎的。”袁冷杉说：“她让我扮罪犯，进牢房把你捞出来的大事都做了，这点小忙她一定会帮你的。”陆笑梅说：“只是你今后不许再说离开我们的话了，这样会伤了玛总同大伙的心。”周宇说：“只要玛总帮我打听到表兄的下落，我就死心塌地地跟着你们干。”

这时周宇想起来问：“你们说的‘喀纳斯’是个什么地方，我到新疆总是听人提起这个名字……”

陆笑梅不无感慨地说：“那个地方是我们新疆旅游业未来的明星啊。它地处阿勒泰地区的布尔津县，是新疆同蒙古国、俄罗斯、哈萨克斯坦三国的交界地。更有名的是水怪出没的喀纳斯湖，那里景色独特，植被奇异，四季不同，各显奇美。更怪绝的是在喀纳斯湖畔居住着一群图瓦人，那可是个神秘的王国，他们有着自己独立的语言、服饰和民族习俗，但他们却说自己是蒙古人。那个地方早就被旅游界看好，只是山高路远。有人说蜀道难，难于上青天。我看去喀纳斯比蜀道还要难，那是山连山，峰叠峰，而且都是在海拔二三千米以上。人家说一天三变，到了喀纳斯，老天就像得了神经病一样，你也说不清它一天能有几多变，六月天能下雪，七月天还下冰雹呢。你说奇不奇，你看怪不怪。”

袁冷杉听了一时兴起，便高谈阔论起来。说这也没什么好奇怪的，我们国家就是一个地大物博、民族众多的大家庭。有案可数的就有五千多年的文明史，这期间争争打打，你吞我，我融你，就像走马灯一样，最终都是弱小的人群要想生存下来，就得往山高路险的地方跑，这些都是自然环境比较恶劣的地方。他们人少，又同外界交往少，知识贫瘠，所以对大自然知之甚少，他们崇拜大自然，迷信奇山怪水，所以对自然风貌破坏的就较少。不像我们不长毛的脑袋聪明，战天斗地，移山造地，填海围田，若干亿年形成的奇山丽水都被弄得面貌全非了，所以大好风光都留在了险途边塞。

陆笑梅故意睁大着眼睛看着他说：“哎哟，我同你共事二三年，这还是第一次听到你如此宏观大论呢。我觉得你说的似乎是有一番道理啊！”

袁冷杉说：“说真的，这次玛总到阿勒泰去，笑梅你这个大管家是一定会跟着去的。我还是看家的命，这个我理解，我是棉花郎，你们是旅游姐。玛总这次去也会带上格里木，那边他人熟路熟，他们在那边还有机密事要办呢。他们要是去了，周宇你就在公司主持旅游部的活吧。我们俩人要当留守大员了。”

陆笑梅说：“那也不一定，小周是玛总高看一眼的人，开车技术嘛，玛总也是考察过的。再说了，到那边翻山越岭还要会骑马的。”

周宇摇了摇头说：“玛总啥时考察过我，陆小姐又在开涮我。”

陆笑梅一时高兴，将玛丽亚要他们烂在肚子里的话给抖了出来：“你有今天这一步，都是因为你在大巴扎积的德。你帮玛总夺回了手包，玛总可能对你有了好印象。她知道后来你会遇到麻烦，便让格里木在暗中保护你，没承想你还是个功夫小子，把那几个小地痞打了个落花流水。你认为小袁就那么巧，能同你关在一个牢房里啊？那都是玛总精心打点和安排的。当玛总听说你在魔鬼城里救了毕书记夫妇之后，对你产生了更浓厚的兴趣，这才让你陪着她开车送客人，那也是亲自在考察你的能力呢。这要是放在二旁人身上，这个过程至少也得用一年的时间。你别看玛总是个俄罗斯女人，她做起事来精着呢！这是她在提携你呢。你啊，算是碰上贵人了。”

周宇看出格里木同玛丽亚关系非同一般，于是问道：“格里木是公司的元老吧？”

袁冷杉说：“他呀，是玛总哥哥亚历山大的发小，一起在草原上骑马长大的。玛总才拉公司那会儿，他在欧洲的哥哥不放心，让他丢下家里的活来帮衬着玛总，他真得算是这个公司的元老了。他这个人不坏，就是人大心眼小，处长了你就知道了。这样吧，你是半夜接飞机，下午能睡就睡一觉，我们先去办点事，晚上八点钟来找你，到大巴扎去吃烧烤。有话再慢慢唠。”

9

周宇从睡梦中被叫醒，赶到旅店门前时，只见格里木开了一辆213吉普车在前面，玛总开了一辆八成新的日本三菱越野车跟在后面。玛丽亚向他招了招手，要他开着车跟着格里木走。

在车子往机场行驶的路上，玛丽亚说：“你寻找表兄的事笑梅同我说了，只要你说的人是在新疆，我就会帮你找到他，也还负责让你同他见上面。不过正如你知道的新疆太大了，你要耐住性子，容我抽空托朋友们打听。”他们走进机场大厅，飞机还没有落地，又传来了晚点四十分钟的广播通知。玛丽亚只好到贵宾候机室等候客人。玛丽亚让周宇为自己要了一杯咖啡。格里木坐到玛丽亚身边，也要了一杯咖啡。周宇便坐到一边眯着眼睛想打会儿盹。就在他迷顿时听见格里木同玛丽亚说：“这次到喀纳斯去，要翻越阿尔泰山，小周是新手，你坐我的车保险。”

玛丽亚轻声慢语地说：“不行，正因为他是新手，我才要坐在他的车上。这一路上还是你当开路先锋，阿尔泰山山高路险，你车开得放慢一些，不要仗着路熟要车技……”

格里木倔强地说：“那你得让我开日本三菱车，这吉普车开着不顺手呢。”

玛丽亚说：“那也不行，你还说小周是新手，还讲要维护我。你就是这样维护我的吗……”

下面他们又说了些什么，周宇就听得似是而非的了。当他被格里木扯醒时，就看见玛丽亚同一个女人在嚷着、叫着、拥抱着。周宇听不懂她们说的语言，便问格里木。格里木不屑地说：“她们说的是维吾尔语。”

她们转向一个中等个子的年轻人，似乎是在向他介绍着什么。玛丽亚走上前去同他拥抱，然后转过身同站在最后的瘦高个子男人握了握手，算是打了招呼。看来他们俩人既熟悉又随意。这时格里木已经上前同女客人打了招呼。玛丽亚转过身来把周宇叫过去，对女客人介绍说：“这就是我在电话里同你说的周宇。”她又向周宇介绍说：“这位是古丽老师，是西北农学院的教授，著名的植物学专家，也是同我一起在教育学院长大的闺密。”

这时只听古丽用维吾尔语同玛丽亚说了句什么。玛丽亚笑着瞥了她一眼，然后俩人嘻嘻地笑起来。周宇知道她们是在说他呢，但是说的是什么他却不明白。玛丽亚打了古丽一巴掌，然后转过身来又为周宇介绍那位有点黑瘦的中等个头客人说：“这一位可是大学者刘援疆啊，是我们国家地域经济学教授。这是古丽帮助我们从北京中科院请来的，是国宝级的大熊猫啊。”她又指着他后面的瘦高个子，白白净净的男子说：“他叫鲁洋，是我的小老弟。也是中南矿业大学的大教授，是地质矿物学专家呢。”

鲁洋乐哈哈地说：“哎呀，玛丽亚小姐，你不要总是这样把我介绍给陌生的朋友。你干脆利落地介绍说，你妹妹是我爱人，不是更直截了当吗。”

玛丽亚说：“对，对，他的弯子比我拐的直多了，就是这么回事。他还想介绍说他是我的老哥，是我爱人夏生培的同学谦室友。这里只有小周不知道咱俩的关系，别人谁不知道啊！”

她又指着格里木说：“这位你们多数都认识，是我们矿业公司的总经理，你们一看就知道他是维吾尔族人，是从我一开始拉杆子，就跟了我打江山的老将黄忠。”她又回过身来，拍了拍周宇说，“这位是我要隆重推荐给大家的，他是我们新加盟的伙计，也是我的助理。到我们公司不到两个月，就连连出手不凡，不但搭救过我和笑梅，还为我们公司挽回了极大的政治影响。这样吧，先上车，这里的故事来日方长，容我慢慢道来……”

于是，周宇本来是要帮着鲁洋拿行李的。鲁洋让他帮着刘援疆拿了行李。他们一车开到了绿原大酒店。陆笑梅早就在这里为大家安排好了住宿，玛丽亚征求古丽的意见，是不是先事休息一时，然后再把各方面的情况碰一下。刘援疆说：“时间宝贵，还是先凑一下情况。看一看还有什么资料要在这里找的，也好让北京传真过来。不要到了山里边，想找些资料都没有办法。”

玛丽亚当际让陆笑梅安排了一个会议室，有关人员都去汇拢情况。事先自治区旅游局也派来了代表。会议开了一个满天，并决定第二天一早，就向阿尔泰山进发。在他们开会的当口，袁冷杉已经为他们准备好了远程后勤保障，他要留守公司看门守户。

10

第二天一早，周宇赶到公司，拿出三菱越野车的钥匙，正想打开车门，只见格里木端坐在驾驶室里。他昨天在机场接客人时，就听到了他同玛丽亚的谈话，知道格里木想开这台动力大又威猛的日本越野车。于是他便走到213吉普车边上，但他没有这台车的钥匙，只好等在一边。这时陆笑梅同玛丽亚跟了过来。陆笑梅一看就明白了是怎么回事，她走到三菱越野车前，一把拉下格里木，对他脚后跟踢了一脚说：“都三十好几岁的人了，还不让玛总省心，快到自己车上去。”

格里木像没事人一样，吹着口哨走到周宇身边说：“小子，上了路跟紧了，阿尔泰山不是你们内地的大马路，魔鬼见了都会哆嗦的，不是格里木吓唬你啊。”

他们把车子开到绿原酒楼门前停下，三位客人已经在大厅里等候了。他们赶忙上前接过客人的行李，将它们放到车的后备厢里。陆笑梅同鲁洋坐到格里木的吉普车里，他们的吉普车走在前面。玛丽亚陪着古丽坐在三菱越野车的后排，刘援疆坐到副驾位上，车子跟着格里木驶上了开往布尔津的公路。

这时已经天光大亮了。格里木的吉普车出了市区，便挂上了高速挡，一路风驰电掣般地奔向前方。玛丽亚知道格里木是在有意赌气，她让周宇将车子开得慢一点，不要去追赶前面的车。周宇嘴上答应着，可不大工夫他就追上了格里木的吉普车，时紧时松地咬住他不放。开出了一百多里地，格里木从倒车镜里看见周宇还是在他车后三四十米远，不慌不忙地跟着。

他们朝发夕至，途中简单地吃了一顿便饭，当西天燃烧起火烧云时，布尔津县的办公室主任便早早地在城外的红柳林边等待着他们，他们一路将科考队带进了县政府的招待所。县政府招待所很简陋，就是几排砖瓦房和一幢二层小楼。主人们按照传真来的名单，给他们安排好了房间。专家和玛丽亚安排在小楼里居住，其他人只能住在平房里。

萨特县长早早结束了手头的会议，他赶到招待所时太阳还没落山。萨特是玛丽亚母亲的学生，本来就很熟悉。所以她开门见山地说：“还是先开个碰头会，把明天的事情安排一下，不然会耽误时间的。”

散会后萨特说：“小师妹呀，上个月我们三道街新开了一家烧烤店，听说很有特色，有我们额尔齐斯河出名的冷水狗鱼、花子鱼，还有布尔津河著名的大红鱼呢。我这次托你们的口福，也去开开洋荤。今晚我就安排你们吃烧烤。对了，这还是你们的民族烧烤店，叫作俄罗斯老奶奶烧烤店呢。”

大家一听说是去吃烧烤劲头都来了，坐上车跟着萨特县长一路开了过去。主任早就等候在那里了，那只是个十来米长的红布帐篷，支在几棵大树下面，就做了烧烤的大卖场。来来往往的人还真不老少，看来生意兴旺得很。主任怕县长在这里出现不雅观，便在附近借了一间民房，摆了两张桌子，让烧烤店把烤好的鱼菜往这边送。说是烧烤，其实也有几道地道的新疆特色菜肴：大碗鸡、熘羊杂、烤羊排、爆炒牛头。不大一时就上了一桌子菜。刘援疆说他带了几瓶北京的红星二锅头，请大家尝尝北京的酒味。

萨特说："今天你得给我面子，就喝我们新疆的茅台——伊犁特曲。不然将来我见了玛莎老师，她会指着鼻子说，你还好意思当师兄啊，小师妹带了客人去是给你长脸呢，你还好意思喝客人的酒。要不得的。"

萨特县长中等个头，长得壮壮实实，浓眉长眼，高鼻梁，红脸膛，颚骨微突外拔，给人一眼就能看出来是条新疆汉子。他见刘援疆还想讲话，便先声夺人地说："你的酒带来了，我也不会大方地让你带回去。我这几天把要开的会都开了，要做的事都做了，明天我陪你们翻过阿尔泰山，到图瓦村去，我也有半年多时间没有回去看看了。老爹又要骂我是个喂不家的狼崽子了。"

他的话说得大家一下热腾起来，于是好一场酒肉穿肠过，直喝下六瓶伊犁特曲酒，才在玛丽亚的力阻下住了手。玛丽亚说："明天天不亮就要上路，不然天黑还要蹬在阿尔泰山顶上过夜呢。"

回到招待所安排的都是两个人一个标间。洗漱以后古丽对玛丽亚说："陆经理是一个人住吧？"

玛丽亚说："是啊，格里木和小周住一间，她不一个人住还能同谁住呢？"

"那让她同你住吧，我到她房间去住。"

"你这是抽的哪根筋啊？"

"你别管我的事，我不习惯俩人住一间。"

"你这是啥时落下的毛病，那我到笑梅房间去住不就行了吗？"

"玛丽亚，我也不蒙你，晚上我是要同刘老师住在一起的……"

"你们是……很久了吗？"

“是的，很久了，这事我今后再细细地告诉你……”

“多大的事啊，我讲呢，你怎么把这尊神给请来了呢，原来是用了美人计啊……”

两个人都笑了起来。

11

第二天大家都从梦香中被早起铃声叫醒了，出了小楼的大门天才麻丝亮。萨特县长指挥着秘书和驾驶员从伏尔加车上往他们车上搬运着货物。

玛丽亚说：“萨特大哥，这么一清早给我们送什么礼物啊。”

萨特打着哈哈说：“今天我搭你们的便车回家，带些小物件送给穷兄弟，你个大富姐哪里还稀罕我送礼啊。”

鲁洋好奇地问：“怎么，县长还带个医药箱做什么？”

萨特一边往车上拿着药箱子，一边说：“不是过去我在图瓦村时跟着老爹学过蒙医，当过赤脚医生吗，村里现在还是缺医少药的，我带了一些常用药，有空再给乡亲们看个小病什么的。”

陆笑梅上去摸着格里木背着的一支折叠枪说：“哎，格里木，你从哪里弄了支这个。这叫什么枪啊，这样精致？”

格里木得意地说：“小姐，少见多怪了吧。这是微冲，二百米内都具有杀伤力呢。”

萨特解释说：“山大林子深，走的又多在边境线上，时常有野兽出没，格里木兄弟不是当过兵吗，我让人送一支家伙过来，带上以防万一呢。”

萨特说：“早餐都给你们准备好了，矿泉水管够，两个鸡蛋一张阿尔泰馕。晚饭到哈尼的白房子吃了。走这样的山路，我的坐骑‘伏尔加’不好使，也让老哥尝尝你们日本三菱越野车的滋味。”

萨特的驾驶员和秘书把一包包食品递到各人手中，格里木嚷道：“县太爷，你这阿尔泰馕跟天山馕、和田馕有什么不同吗？”

萨特哈哈大笑着说：“阿尔泰姑娘，亲一嘴就知道它又香又美了。”

格里木还真咬了一嘴馕，包在嘴巴里咀嚼起来，说：“县太爷说得对着呢，还真像阿尔泰姑娘的脸蛋又香又美呢。”

陆笑梅坐在副驾位上讥讽地说：“拜托你了，说像你们男士的脸蛋好不好！”

格里木顶真地说：“不行，我们爱男士，那还不成了同性恋了吗！”

大家一阵哄笑。

车子开出了布尔津县城天才放亮，大家便在车上吃起了早餐。玛丽亚剥了一个鸡蛋递给周宇，周宇知道这不是客气的时候，便把鸡蛋放进嘴里，一边开着车，一边咀嚼着。萨特县长回过头来说：“小师妹，这点活我来做好了。我们下基层经常是顶着星星出，披着月亮还到不了家。我这一亩三分地就是人少地多路难走啊。按人口算要是放在内地，我也只能算个乡长而已，要是论地域算，我可要换他个小省省长当当呢。”

他说着从自己的馕上撕下一大块递给周宇说：“小伙子，上了一辆车就是一家人，你就是马，你就是牛，你不填饱肚皮我们一家人就不能行走。我们这千奇百怪的地方你来过吗？”

周宇诚实地说：“没有。”

萨特说：“那你就听我的。趁现在能吃我递给你就吃，能喝我递给你就喝。过了额尔齐斯河，那边的路就是咱布尔津的跳舞厅，你想吃也吃不成了，想喝也喝不成。”

说着他哈哈大笑起来。他打开一瓶矿泉水递给周宇说：“小马驹，你就喝吧。我现在要把你侍候好，你现在就是咱们天山下的小野马，宝贝啊。等过了白房子，咱就把你丢一边去了。我就成了老野马了，你们全员都得听从我萨特县长的指挥。”

出了县城走了不大时间就是砂石公路了，坐在三菱车上还是比较稳当的。车窗外的草原上一群群牛羊已经在啃食着绿草，放牧的人们骑在马背上，欢快地跟在牧群后面游荡着，远方还不时地传来悠闲的牧歌声。由于这里靠近河流，水润土肥，草木丰盛，有的绿草长出有半人多高。玛丽亚让周宇把车窗打开，让大家尽情地吸吮着原野上的芬芳气味。萨特说：“你们赶上了阿尔泰最美的季节来了，尽情地陶醉吧。”

玛丽亚兴奋地说：“我们就是要选择这个季节来的。你看那草原、湖水、蓝天，这里有天茫茫，地茫茫，风吹草低见牛羊的塞北风光啊。”

快到中午时分车子便进入了阿尔泰山坡地，显然颠簸的道路使车子减缓了前进的速度，人们也在车厢里东摇西晃起来。萨特见大家都不讲话了，便打趣地说，见到我们布尔津的跳舞厅了吧。这只是牛刀小试，还有无限风光在后面呢。

又往前走了一段路，两边都是石头山，山地呈十五到二十五度的仰角向着前方展开，山路两边多是光秃秃的石头，很少见到树木和绿草。车子越过了两座山峰，在一个山凹坡地中停了下来，陆笑梅赶紧跑下车去呕吐不止。后面车子跟上来，古丽也下了越野车，蜡黄着脸也陪着陆笑梅呕吐起来。当她们还没喘过一口气感到好受一点时，萨特便催促大家赶快上车，说是赶到前面白房子再坐下来喘口气。周宇还是第一次开车走这么高的山路，他只感到前面好像有爬不完的山坡似的。他问萨特县长这是咋回事。萨特县长说我们已经爬上了海拔两千多米的山峰了，我们新疆就是这样怪，戈壁滩上只长骆驼草，石头山上只长石头不长草。我们这里是沙漠尽头有绿洲，绿洲走尽是戈壁，戈壁连着石头山，山连山，峰连峰，一直连到友谊峰，无限风光在雪峰。一车人都给他绕口令逗得哈哈笑。

玛丽亚对周宇说：“咱们新疆同你们内地是两种地域，路宽车少，地广人稀，山多路险，风高雪猛，别把这儿看成是你们的内地，还能朝发夕至。新疆一出门三五天回不了家那也是家常便饭。”

周宇着急地说：“哎呀，走这么长时间也没同孙婶打个招呼，回去她又要‘剋’我了。”

古丽好奇地问:“什么叫‘尅’，孙婶是你什么亲戚?”

周宇说:“孙婶是我住的旅店负责人，也是老乡，她对我很关照。‘尅’是我们家乡的土话，就是批评人的意思。”

玛丽亚从手包里拿出一个红色的手机，问清了火焰山旅社的电话号码，她给孙婶打了电话，说是周宇跟她们出差了，要有一段时间才能回来。要她先把他的房间撤销了，把他的用品保存好。

车子又往前爬上了一个又长又陡的大坡，这才柳暗花明，看见下面出现一段长长的缓坡，山坡下面是一个豁然开朗的大片谷底盆地，进山的公路从它左侧穿行而过。公路的右边是一个有百十来公顷的山坝草场，绿茵茵的草地上漫步着一大群如云似雾的羊，还有散走在羊群边上的马和牛。在绿草、牧群、山峦之间，有两个穿着五花彩衣的哈萨克姑娘，骑着马跟随在羊群后面悠然地漫步着。牧场四周群山环抱，远远望去峰峦叠嶂，无边无垠。在公路左边的山脚下搭着七八间的白色毡房。萨特说:“白房子到了，下车息息脚吧，晚上就在这儿吃口热乎饭。”

12

下了车大家争先恐后地往草场上奔去，到了草场上走出十多步便坐到草地上，张开嘴巴，尽情地呼吸着这片净土上的草香。三个女人干脆就躺在了草地上，仿佛是要吮吸着山坝草原的乳汁。古丽随手采摘了一朵粉红色的花朵，插在陆笑梅的头发上，问她这是什么花。

陆笑梅说:“我们平时都忙得脚后跟冒烟，哪里有时间来关心它们姓啥名谁?”

古丽嘻嘻地笑着说:“她跟你是同宗不同源，它叫作八角梅。”

陆笑梅说她是信口拈来编派她的。玛丽亚抬起头来看了一眼，告诉她说古丽讲的是对的，这就是北疆草原上常见的八角梅花，在这方面还真得听古丽的，她对这些花花草草的比咱们在行得多。

这时一个穿着哈萨克族长裙的姑娘，从羊群后面掉转了头，骑着一匹白马向他们奔跑过来。玛丽亚站了起来，说这是果儿姑娘。果儿姑娘跑到她们面前，将遮在脸面前的丝纱巾撩到红花帽顶上，笑着问候玛丽亚姑姑好，她说你们一走下草场我就认出来是你和萨特大叔来了。说着她从马上弯下腰，把手伸向玛丽亚，两人一合掌将玛丽亚搭上了马背，果儿带着玛丽亚跑向了路边的客人。到了人群边上她们下了马，果儿姑娘向萨特县长行了弯腰礼，萨特问她是和谁在揽放着牧群。果儿说她是在帮着阿妈吾孜木汗放牧呢。

大家这才看清楚，果儿姑娘十八九岁，俏模样，高挑的个头，椭圆形的脸蛋，鼻梁有点宽平，生着一对清纯有神的大眼睛，面色上显出淡淡的红晕。萨特牵过她的马缰绳说："去告诉你爷爷，玛丽亚姑姑带着客人们要在这坝上草原住一宿，让他帮着收拾两顶毡房。"果儿高兴地说："玛丽亚姑姑，你们来得真巧，今天晚上为庆祝旅游节，我们草场上要举办篝火晚会呢，现在四方的客人都在往这儿赶来，我还认为你们也是来参加篝火晚会的呢！"格里木说："果儿古丽，快去让你阿爸多准备些奶酒吧，今晚咱们要可心地喝，可心地跳啊。"果儿笑盈盈地向公路左侧的毡房跑去。

果儿去了不大一会儿，飘着白花胡须的哈尼老爹便领着老伴和儿子吐耶拜，还有一群穿着哈萨克民族服装的老人和妇女，从毡房里走了出来，他们迎向了草地。玛丽亚和萨特向迎接他们的人们致意并互相问候，哈尼老爹邀请大家到毡房里去做客。

夜幕降临，篝火点燃。哈尼老爹走到火堆前，他向大家介绍了布尔津的萨特县长，邀请他来致篝火晚会的开幕词。萨特县长站到一个事先准备好的大凳子上，手握送话器说道："今天我们在阿尔泰山上的坝上草原，召开一年一度的旅游篝火晚会，请首先允许我向大家介绍美丽的俄罗斯女士，疆欧公司的玛丽亚董事长，她为我们邀请来了尊贵的北京、兰州和乌鲁木齐的贵客们，他们从祖国的首都和大都市，来到我们阿尔泰坝上草原，是为了开发阿尔泰旅游和山中沉睡着的资源来的，为我们边疆民族带来了致富的福音，众位游客是为了观光阿尔泰奇山丽水而来的，所以我们要举办这么个篝火晚会，来答谢我们的客人。大家尽情地唱吧！尽情地跳吧！把我们阿尔泰山脉的青山绿水打造成欢乐的天堂吧！”

他的话音刚落，果儿古丽就按下了双卡录音机，高音喇叭里传出了欢快的哈萨克圆舞曲，姑娘小伙子们一起围着篝火劲舞起来。一曲落幕，人们欢声笑语，兴奋异常。慢舞曲响起，有些人随着跳起了慢步，有的人喝起了马奶子酒，吃着小点心。很多人跑到烤全羊前面，拿起了小花碟，向吐耶拜要着切割下来的烤羊肉，品尝着哈萨克人烤全羊的美味。

有一群青年奔向玛丽亚，他们都争先恐后地邀请玛丽亚共舞一曲。格里木一见玛丽亚处在人群的包围中，赶忙跑到玛丽亚身边，试图挡开求舞的年轻人。这群小伙子误认为格里木是来同他们争抢舞伴的，于是大家掉转了矛头，向他发起了进攻。只听到一阵“嘿嘿”声，小伙子们一下将他压倒在草地上。这时一位高挑的青年凑到玛丽亚身边，保护人正要挡开他，玛丽亚主动走上前牵起他的手，俩人翩翩起舞。立刻舞场上掌声雷动，尖叫声，口哨声，响彻一片。

周宇在跳集体舞时还可以滥竽充数，一到单打独斗，他早有自知之明，悄然地躲到一边凉快去了，生怕有人再来寻他跳舞。他想好亏玛总让陆笑梅事先教了他几个招式，要不然今天晚上这洋相就出海了去了。他站在黑暗中的一个山坡上，看着草原上的夜景，四周山峦是一片黑色，黑得无边无沿。这时他听到舞场上又响起了热烈的欢呼声、尖叫声和“嘿嘿”声……只见游客们主动地围成了大圈，跳起了集体舞蹈。周宇端着奶茶正喝着，突然被人夺了过去。他一看来人是玛丽亚，她不容他开口，拉上他就下了舞场，同大家一起跳起舞来。接下来又是一首欢快的舞曲，几个哈萨克姑娘和老人在高高的火焰四周跳起了节奏明快的哈萨克劲舞。篝火晚会一直到深夜一更天才散了场，客人们依依不舍地走向了四面八方，很快消失在茫茫的黑夜中。

13

这个季节坝上草原的深夜还夹着丝丝的凉意，但是篝火烧得正旺，大家正在兴奋头上，萨特让吐耶拜夫妇提来马奶子酒，还有剩余的烤羊肉和点心，大家边喝，边吃，边说着闲话。陆笑梅说："玛总，我跟你读了二年多书，这又跟着你打拼了好几年，关于你的故事，我只是听别人说过只言片语，还真没有听你亲口讲过呢。今晚正好大伙都没有睡意，你就给我们讲讲你的故事吧……"

玛丽亚说："我的故事可不轻松啊。我也从来没有同别人说起过，只有萨特大哥和古丽知道我童年往事的碎片，今天托哈尼老爹的福，劲舞了一晚上，心情愉快，我就来说说往事吧……"

果儿古丽和陆笑梅都向玛丽亚靠拢了过来，篝火的亮光照着萨特那张国字形的脸膛，只见他皱起了眉头，仿佛也浸入了沉思。玛丽亚轻声慢语地说起，她父母那辈人就在乌鲁木齐教书，六七十年代受了一些冲击，父亲就是在那时候自杀的。后来恢复高考后，她兄妹三人都考上大学。后来哥哥大学没毕业就跟着妈妈去了海外做生意，先是到了澳大利亚，后来又到了欧洲。她大学毕业后在法国、瑞士工作了几年，赚了一些钱，又回到母校教书。并跟自己的同学夏生培结了婚，但是夏生培后来在野外考察中出了事故。哥哥为了让她排解孤独，便让她为他打点些在国内生意上的事情。渐渐地她从生意中发现了市场，便辞去了教职，从玛丽亚老师变成了玛总了。她说："我们是遇上了好时代了。有空我带你们到我们草原上去，也见见我的姨妈和她们的儿女。好了，现在天近更夜，明天睡个懒觉，再吃一顿哈尼老爹的手抓羊肉，喝一餐马奶子酒，攒足了劲还得翻山越岭呢……"

14

第二天，当周宇睁开眼睛时，见到天光泛亮了。他看大家还都在睡着，便走出毡房想活动一下筋骨，练两趟拳脚。这时他看果儿正骑了马，从栅栏里赶出羊群和牲口，要到草地上去放牧。他走过去问怎么是她一个人去放牧。果儿说阿妈要留在家里帮着奶奶为大伙做早餐呢。周宇说那我帮着你去放牧吧。于是果儿古丽把自己骑的白马让给他骑，自己跳到一匹裸马背上，两人赶着牧群到右边的一块长势好的鲜草场上去放牧。

当太阳升上东边的山峦时，格里木骑了马来叫周宇回去吃早餐。周宇同他回到毡房前，大家都坐进了一间大毡房，围着几张矮桌子坐在了地垫上，吾孜木汗帮着母亲将一碗碗的奶茶端到大家面前，地桌上放着哈萨克的坚果和小点心。陆笑梅招呼周宇坐到身边，同大家一起吃起来。刘援疆喝了一碗奶茶还想要一碗，古丽说："你中午不吃饭了？"

玛丽亚说你就让刘教授多吃一些吧，下午到什么时间能吃上饭还真是个未知数。鲁洋用筷子夹起一个油果子，放到刘援疆前面的盘子里。阿尔泰大山里的作息时间很特别。打春以后，一般是早上九点吃早餐，中午三点吃中餐，晚上十点多钟吃饭也不算晚。到了冬季，进餐的时间就更没个准头了。今天因为要赶路，便把晚餐的四菜一汤安排到了早餐，都是手抓羊肉、烤羊排、烩牛肉……今天有北京客人来，加上了大碗鸡，羊杂汤也换成了清炖羊肉汤。好在周宇在陪果儿去放牧的时候，发现草原上生长着许多野菜，他同果儿一起用随身带着的新疆腰刀，挖了一大包野菜，给大家现做了两大盘凉拌野菜。开始只有他同鲁洋、古丽和刘援疆伸筷子，吃着凉拌野菜。后来别人看到他们吃得香美，也就跟着吃了起来。萨特吃了凉拌野菜，用筷尖指着玛丽亚说："小师妹啊，小师妹，不是老哥批评你啊，你这小资思想也太严重了……"

玛丽亚不解地问：“萨特大哥，我又咋的了？”

萨特一本正经地说：“你到山里来考察，带车是必需的，再带上御厨就不合适了吧？我也算是看着你长大的，有钱也不能脱离国情吧？”

玛丽亚丈二和尚摸不着头脑地问：“我们啥时带厨师来了？”

萨特又夹了一筷子野菜放到嘴里咀嚼起来。大家都跟着他吃起了野菜，不大一时，野菜盘子就被吃了个底朝天。这时大家才回过味来，原来萨特是在夸赞周宇挖来的野菜做得好，这才哈哈大笑起来。哈尼老爹用大塑料桶提来了马奶子酒，倒在大碗里请大家喝。萨特说：“到了我们哈萨克人的毡房，哪有不喝酒的道理，那还不让四国八方人笑掉了大牙。”

他一仰脖子，咕嘟咕嘟喝了几大口，一大碗马奶子酒便淌进了他的肚皮。哈尼老爹高兴得连声赞“好”！

玛丽亚说：“好是好，最多只能再喝一碗，下来还要翻山越岭呢，不然明天晚上都赶不到图瓦山庄。”

哈尼老爹拉下了脸子生气地说：“玛总，我们是老朋友了，你做什么既带人来到咱的毡房，又不让客人喝咱自家酿造的好酒？你要是这样做的话，咱们就没有朋友做了。”

玛丽亚是在草原上长大的，她知道哈萨克人好客的秉性，何况今天还有北京客人和萨特县长在座呢。于是诚恳地说：“哈尼老爹，我们今天晚上还要赶到图瓦村庄，这时间不够用了，下次我们再来时喝他个一醉方休。”

萨特向哈尼眨了眨右眼说：“老爹，玛总说的都是实话啊，你得给我们准备八匹好马，前面在修公路，车子是开不过去了，我们得走山路。这酒你就打一桶放在我的马鞍子上挂着，让萨特带着路上喝吧。这我还得留一口给我萨勒达老爹尝尝呢。”

狡猾的萨特这话把哈尼老爹说得高兴起来，他端起酒一口气喝下了大半碗说：“这才像我们阿尔泰山的县长嘛，我给你马上系上两大桶酒，你让老村长好好喝喝我这刚酿出来的马奶子酒，看这味道有多纯！”

“我替老爹谢谢你了。这次玛总他们进山还得住些日子，我们也带了很多东西，这个山道峰高路险啊，带不得许多东西，你放着吧。我回来时在你这里美美地喝上一餐。”

“好的，县长说话要算数，一句话就是一座冰山啊！”

哈尼老爹让家人端来了手抓饭和羊肉汤，这顿饭吃的肉食还剩下不老少，蔬菜连汤带水都被一扫而尽了。吾孜木汗和果儿古丽帮着客人们往马背上收拾了行李，一家人送着大伙上了山路。他们往前爬上了一个山峰，这才发觉不见了格里木。玛丽亚赶紧带着陆笑梅骑马奔回白房子去找他，只见他同吐耶拜喝得搂头抱脖子的正在兴头上。陆笑梅上前拉了他一把，他一扬手把她摔出了老远去。陆笑梅气急败坏地嚷嚷道：“酒鬼，玛总来请你了！”

格里木抬头看了看玛丽亚，憨憨地笑了，嘴里咕噜着想从坐垫上站起来，但是站了两次都摔坐了下来。吐耶拜嘴里还在一个劲儿地嚷嚷说：“都不要走了，都不要走了，晚上叫你们那小子再整个野菜来，咱草原上有的是野菜、野草……”

玛丽亚拉着陆笑梅走出毡房，只见吾孜木汗站在一旁乐呵呵地笑着。玛丽亚说：“这样他也上不得马了，就让他在你们家息一夜吧，明天让他开车回乌鲁木齐去吧。”

吾孜木汗说：“男人们都是这个德行。玛总你放心，在我家格里木兄弟也不是一次两次了，他酒不醒我老爹是不会让他走出这片草场去的。”

萨特听说格里木酒喝高了，笑着说：“是条汉子，小周这支微冲你得背着。我们一二一，开步走吧。”

他们骑着马在山间行成一路纵队，向阿尔泰大山腹地走去。

15

萨特是从这个村庄走出来的，打小就在图瓦村长大。他还记得小时候他父亲是村供销社的主任。其实供销社也就两个人，还有一个人是他的母亲。在他十多岁的那年冬天，他的父母亲一起赶着爬犁去布尔津进年货，那年月一切物资都要凭计划供应。他们一去就再也没有回来，人们四处也没能找到他们的踪影。这阿尔泰山大了去了，那时候野兽成群结队地出没，人烟又稀少，弄丢一两个人也是常有的事。这样萨特就拿着父母的遗属补助，跟着当队长的叔叔过生活了。后来搞“四清”运动，有人检举说他父母亲投靠了苏联，但也没有什么真凭实据，只是传言而已。叔叔害怕影响到已经上了高中的萨特，就把他送到阿勒泰的妹妹家里去读书。萨特心里知道要想跳出这个边境小村子，只有读书一条路。他才到阿勒泰上高中时，成绩是全班倒数前三名。到了高考时，他的成绩高出分数线一大截呢。在政审时，又有人提出他父母下落不明的问题。那年是玛莎来招生，她说：“在那样的恶劣天气下，为了人民群众能过好年，把性命都搭上去了，多好的人啊！何况萨特是图瓦人中为数不多的优秀学生，我们不是口口声声说要培养少数民族人才吗，怎么到时候都成了毛主席批评的那种叶公好龙式的人物了呢？”

她的这句话救了萨特，他如愿以偿地上了自治区师范学院，而且玛莎老师还是他的外语任课老师。她特别喜爱萨特这个认真学习、自强不息的孩子，在学习上关心他，生活上照顾他。逢年过节别的孩子都回家了，萨特家太远回不去，玛莎老师便把他请到家里，借口让他为三个孩子复习功课，总是为他做一些可口的饭菜，让他像在家一样过得愉快。玛莎让玛丽亚兄妹都叫他萨特大哥。那时候在萨特心里也暗暗发誓，如果将来自己有能力了，一定要报答玛莎老师。在“文革”中虽然因为父母下落不明的问题日子也不好过，但是他还是尽力关照着玛莎老师一家人。就这样他们在那个畸形的年代，建立了特殊的友谊。后来玛丽亚回国后，同他取得了联系，走动也就频繁起来了。

阿尔泰山南麓中段有一块较小的盆地叫喀纳斯，她像母亲般将山川流淌出来的冰流雪水拥进了怀抱，形成了一个美丽的湖泊叫喀纳斯湖，冰山雪水经过她的孕育梳理后，注入了喀纳斯河，奔腾流淌的河水穿山过峡，滋润着千山万壑之间的树木和草场，周而复始地繁衍生息出喀纳斯的山水人家。外山客要想踏进喀纳斯湖畔的图瓦人村落，都要沿着喀纳斯河逆流而上，翻山越岭才能到达在西北边陲的图瓦村庄。萨特县长带领科考队从海拔一千多米的白房子出发，要翻越过海拔两三千米的崇山峻岭，走过大片的原始森林，数次穿越河谷，涉过河滩湿地，才能回到图瓦村庄。他们走的是一条图瓦人祖辈踏出来的进出喀纳斯的古道，越往西北走山路越崎岖，几乎是一直在爬坡前行，他们胯下骑着的马儿已经出齐了一身大汗。前面又是一个二十几度的长坡，为了节省些马力，萨特县长说："男同志能坚持的就下马走一段，上了这个坡就是一个高原草场，上面还有敖包，碰巧的话还能遇上转山的人呢，到那里大家就可以坐到草地上休息喝口水了。"

这句话勾起了大伙的兴致，玛丽亚从五花马上跳下来，走在萨特和鲁洋的后面，听着他们边走边唠着嗑。鲁洋说："在这人烟罕至的深山里还有人信奉佛法吗？"

萨特放慢了脚步，边走边说："是啊，我们图瓦人是蒙古族群的一个分支，信奉的是喇嘛教。上了年岁的人还是按照祖辈传下来的教义方式生活着。边陲荒野地，也没有什么大庙宏宇，礼佛念经，转山朝圣，就成了他们生活中的功课了。这一带大山里也还住着其他民族兄弟，也都在按照各自的信仰转山礼佛呢。"

说话间他们爬上了山顶，果真让萨特说中了，在山顶的一片草场上，有一对老人，老汉穿着黑色的长袍，老奶奶穿着棕色的棉袍，围着插着幡旗的敖包，虔诚地摇着经筒，嘴里不停地念着经文转走着。跟在他们身后还走着一个四五岁的小男孩，他看见草场上来了这么多的陌生人，便停下了脚步，睁着一双好奇的大眼睛，瞅着这帮牵着马走上山地来的人。

大家为了不打扰两位老人转山，骑上马跟在萨特县长后面，继续往前面的山道走去。他们越过了几座山峰，见到地下还残留着冬天的冰雪，天气也寒冷了许多，马的脚步渐渐地慢了下来，有人感到心中有些发闷。再往前走是积雪融化了的花白山峰。山坡上都是些次生乔木，还有一些刚刚露出芽尖来的小草和野花。西天的阳光照在身上似乎有了一点暖意，但是脚下发出吱嘎吱嘎的声音，却提醒着人们雪融未尽。刘援疆张了张嘴打了个响亮的嗝。这一下就像传染病一样，古丽、周宇和陆笑梅也都跟着他打起了“嗝”来。陆笑梅对萨特说：“阿尔泰山真是块风水宝地啊，客人到了这里，不用吃饭就先打起了饱嗝来。”

萨特哈哈大笑，指着山下那条正在修筑的蜿蜒公路说：“你们下次再来，想上这高山顶上来观光也不会有机会了，更不可能让你们骑着骏马到这高山上来看风景呢。”

大家向他手指的山脚下看去，只见远处一帮小人儿小车在山脚下修筑着公路。前面是一个长长的大下坡，好像是望不到尽头似的，路也宽出了许多。走下了山坡大家都说感觉好受了许多。他们走进了一片冷杉树林带，萨特县长说：“刚才我们爬上去的是海拔三千六百多米的高山，那时你们不是在打饱嗝呢，那是高山缺氧的反应。在山峰上我没敢同你们讲实话。现在已经下到了两千来米高的山路了，人的感觉当然是要舒服了许多。”

刘援疆好奇地问：“你怎么就知道现在到了海拔两千多米了呢？”

古丽插嘴说：“这个很简单，阿尔泰的冷杉松就长在海拔两千米左右这个高度。你回头看看，山顶上是没有高大的灌木了。”

他们看见了蜿蜒流淌着的喀纳斯河。这片山坡上长着油绿绿的青草，盛开着七彩的野花，远远望去，层峦叠嶂，蓝天白云，还有星星点点放牧的牛和羊。刘援疆由衷地欢呼道：“这多么像是一幅风景秀丽的油画呀！是人到了这里灵魂都会受到净化的！”

“这只是喀纳斯的一点小皮毛而已，大美还在后头呢。”萨特县长听到北京专家夸赞家乡，真是浑身透着喜悦。他乐滋滋地说：“再往下走我们就到了喀纳斯河了，它就是以山下面这个隘口为界，往上是喀纳斯河，往下就流进了布尔津河。我们要沿着河流往上走，一直走到喀纳斯湖畔的图瓦村落。那里的风光比这儿要美气十倍。”

大家如痴如醉地走在这风景如画的阿尔泰山中，走过了蜿蜒的下山坡道，来到了高低不平的公路上。这时突然跑过来一位“二黑哥”，鬼慌日忙地叫嚷道：“你们真是胆大包天，就是旅游也得找个好去处。还不赶快往前跑，马上就要放炮炸山了。”

萨特让大家骑上马赶快往前走，不要耽误了他们开山放炮。大家往前走出了一段路，找了一个下坡，走上了沿河流的小路，这时才听见后面传来轰隆隆的炮响。

周宇说：“这人真逗，离这么老远才放炮，还说危险呢。”

鲁洋说：“他这也是没话找话讲。在这大山里筑路，早上是星星，晚上是月亮，他们很少能找到人搭话呢，何况我们这里还有三个大美女呢……”

16

科考队走过了河滩，前面便是一段峡谷。河水贴着山谷奔流不息，图瓦人把路建在河边的崖石上，在崖路的尽头有一座拉索桥，连接着左右两岸，过了桥往前走上几十米便出了峡谷。峡谷的右岸是一片山脚下的平川，这便是走进图瓦村的最后一道关隘，前面就是两山夹一凹的盆地平川，喀纳斯河从平川的一侧流过，把平川一分为二，沿着河流直达图瓦人家。喀纳斯河遥遥数十里的河水流进峡谷，将行马由缰的宽阔水面猛然收缩，仿佛是把平缓的水流装进了喇叭口，一下使河水奔流激荡起来，就是离开峡谷五里开外，也能听到“哗啦啦”波涛奔涌撞击的声音。虽说这时尚是夕阳西照，但是走进峡谷还是给人眼前一黑，阴森森寒气袭人的感觉。

在走进峡谷之前，萨特县长调整了队形，他要过了周宇背着的微冲，走到队伍前面领路，跟着他后面走着的是刘援疆，刘援疆后面跟着三位女士，周宇断后，鲁洋走在他的前面。

萨特要求大家在峡谷中行走，不要大声说话。因为峡谷离开崖壁有数百米高，千余公尺长，回音较大；马与马之间要保持一定距离，过桥时前面的人都要喊一声“过桥小心”，提醒后面的人加以注意。他们在峡谷中行走了一段路程，眼睛才渐渐地适应过来，这才看清靠近悬崖边是一条两米来宽的山道，上面是一线天数丈悬崖，外沿是峭壁深崖，数丈以下便是汹涌翻滚，急速流淌着的喀纳斯河。青石路上刻有一道道防滑槽，马蹄走在湿漉漉的青石路上，发出嗒嗒的清脆响声。

萨特过了桥，便让玛丽亚领着队伍往前走，他在铁索桥的拐弯处等着后面的人走过桥来。他看见陆笑梅快走到了桥头，后面的人已经勒紧了马缰绳上了桥，心才稍稍地放了下来。正在这时，河对岸谷口处突然传来一阵的马蹄奔跑声。萨特赶忙将马闪过一边，招呼陆笑梅放开马缰快步走。陆笑梅一过了桥，他就一边叫鲁洋和周宇拉开马的距离，一边向对岸飞奔而来的人喊道：“桥上有人，放慢脚步，小心路滑。”

策马来人听见对岸有人喊话，便一边大喊大叫着，一边快马加鞭往对岸奔来。他这一呼叫不要紧，本来平静的山谷里立马回音四起，惊吓得正走上桥面上的鲁洋和周宇的坐骑昂首一声怪叫。他们立马感到大事不好，正要勒紧马缰稳住坐骑，却不料后面的马却追到了桥头。这铁索桥本来就是悬空在河床上，仅靠两边岩石上嵌入的钢铆拉扯着。桥面上铺垫的是白桦树的木板，被这后面快马一撞立马晃悠起来，从而使一前一后紧跟着的两匹马儿受到了惊吓，立刻乱了步法。刚上桥的马还好，只是收住了蹄脚，但走在桥中间的马却一抬脚蹄，失去了重心，身子向桥边歪斜过去，只听到“啪”的一声摔倒在桥面上。

走在前面的鲁洋还没明白是怎么回事，只觉得身体被一股强大的惯性猛推一把，头一晕便掉进了五里云端，紧接着只感到一声巨响，自己像被摔在什么硬物上，浑身刚有一阵火辣辣的感觉，马上一团刺骨的冰寒便向他劈头盖脸袭来。他摔倒时无意间憋在肺腑中的一口气，在落到水面时还没有吐出口，却又被冰刺的河水灌进了鼻孔，还没等他来得及想到这是怎么回事时，整个人就像石头一样，直往水下沉去。情急之中，他心闪一念：“天杀我也！”

周宇看见鲁洋的马摔倒在桥面上，本想收紧自己坐骑的缰绳，谁知道上桥后两匹马儿跟得太紧，也是事发突然，还没等他反应过来，他骑着的大青马就被前面的枣红马绊了个黄狗晒蛋。周宇连桥栏都没沾着，头脑“嗡”的一声，便飞身甩下桥去。

萨特在桥头眼睁睁地看着俩人都甩下水去，顿时双眼一黑，差险掉下马来。他急忙稳了稳神，向桥对面看去，这才看清楚桥对岸站立的是格里木。他大叫一声：“你啊，你啊，早不来，晚不来，咋就在这个节骨眼上凑上来了呢！”他赶忙跳下马，奔到桥上往下看，只见桥下是湍流翻腾的河水……

他瞪大了眼睛在浪涛中仔细地寻找了好一会儿，也不见有个人影冒出来。他只好把倒在桥上的马儿拉了起来，交给呆若木鸡的陆笑梅，让她把马儿牵出峡谷去。他奔过桥去，对着格里木大喊大叫道：“你还不赶快到谷口下游去，搜寻他们啥时能冲出峡谷口。”

格里木知道自己闯了大祸，只好麻溜地掉转马头，向峡谷的出口处跑去，看能不能发生奇迹。萨特县长从桥西跑到桥东，心就像被揉搓碎了的泥巴团子似的瞅着浪涛翻腾的水面，他清楚虽说这阿尔泰山已是初春季节，但这河水却是冰融雪化成的，加上又在这峡谷之中，那水的寒点更是深不可测。从这里掉下桥去，不但要在翻滚的急流中披荆斩棘，搏涛斗浪，还要经受得住来自雪山冰水的袭浸。在这窄小峡谷的河床中，急浪奔涌的河水里，还不知道有多少明礁暗石，别说是两个来自内地的汉人，就是土生土长的当地识得水性的好后生，也是十有八九难闯这道鬼门关。他恨不得自己一头钻到水里去，代替两个落水的科考队员。

周宇在甩下桥去的瞬间头脑里是一片空白，很快他脑海中就闪过了落水的概念，他倒吸一口凉气，本能地展开了身体，尽量使自己能形成一个在香水河畔跳水的姿势。没有容他多想，突然感觉一股彻骨冰水向他劈头盖脸地打来，接着河水就像冰刀雪剑一般地撕扯着他的皮肉，整个人就如同掉进了冰窖似的，身子猛然矮去了一截。他连忙憋住气，尽量放松紧张的心情，任凭身体向水下蹿去。

很快他意识到冰凉的河水将自己的身体掉转了方向，急流在将他快速地向上托起，他不失时机地使出浑身解数，拼命地向上游去。突然他觉得自己的脑袋就像冲破了樊笼一般冒出了水面，他急速地换了一口气，四肢向八方猛地发力，嗓眼里迸发出了“嗷”的一声嚎叫。还没等他分清东西南北，一个猛浪打来，又将他压到了水下。他迅速调整姿势，顺流而动，乘势而上，很快脑袋又一次露出了水面。他尽力保持身体平衡，使劲眨了眨眼睛，不大时间在黑暗中一切都渐渐地清晰起来。他仔细地观察了一下，发现自己正好落在河水主流的边上，他挥动双臂，转身向回流水域游去。

这时他突然听到头顶上有人在“喂、喂”地喊着，举头望去，看见仿佛是萨特县长。这时萨特县长已经在峡谷里的沿河崖路上心急火燎地期盼了好几分钟，突然听见河下发出一声吼叫，心头像亮过闪电般激动。他赶忙寻声看去，却什么也没瞅见，他想难道是自己出现了幻觉，睁大了眼睛向着黑暗的水面搜索去，忽然看见河水中冒出了一个黑球似的人头来，他心中“咯噔”下收紧了，心想至少还有一个人活着。但他不知道这活着的人到底是谁，于是便向他大声地喊叫起来。

这时周宇已经游到了回流中，他想起来在自己落水之前，鲁洋也掉下河来了。他向公路上喊了一嗓子：“喂，萨特县长，我是周宇，没事了，鲁老师怎么样了？”

萨特连声喊：“好，好，你没事就烧高香了。鲁老师还没上来，你在下面赶快帮忙找一找。”

听见萨特县长这一嗓子，他赶忙踩着水，将头伸出水面向四下里观察了一番，只见水流和浪涛，不见人的影子。他向上面喊了一嗓子：“没见到有人啊……”他伸展双臂，快速地向下游划去，不时地将头伸出水面四下里打探着。他在心里想，鲁洋是先摔下桥来的，也应该落在他前面的水域中才是。可是他顺流划出去了十多米远，也没见到鲁洋的身影。他又往前游了一段水路，只听见岸上萨特在喊:“小周，你快往主水流那边看，好像是有个人。”

周宇踩着水，仰起头，看向主水流，果真是有个黑点。他喊了两嗓子，河床上只有轰鸣的水浪声，没有人的回应声息。他看了看河中的主水流，瞅准了一个当口，拼命地游了过去。进到主水流，他尽量把握住自己，避开浪涛，随波逐流，借力用力，这样反而比在回流中省出了一些力气。但是鲁洋还是杳无音信。

由于他在水中高负荷运动，体内产生了热能，也提升了抗寒能力，加速了下游的速度。这时他看见对岸的崖路上有几个人影在晃动，山色蒙胧，光线暗淡，人影也就模糊起来了。尽管他们在大喊大叫，但他却听不清他们在喊些什么，他心想无非是要他寻人罢了。他不再去理会他们的叫喊，调整了一下思路，借着快速流淌的水流，保持着最省力的蛙游，不时观察水面上有无异物出现。这时他发现身后有个黑影向他活动的区域冲来，心中一阵紧张。由于在水面上是平视，只能见到一个黑点，他放慢游速，渐渐地感到有一些失望，因为越来越靠近的黑点比较僵硬，时浮时沉，没有一点摆动的迹象，不像是落水的人体。当黑色的物体接近他面前时，这才发现原来是从上游冲下来的一棵树木。他心中还是松快了一下，上前揽住它，将它搂到胳臂下，借助树木的浮力，更能将双眼抬向高处，从而使视野放宽了许多。

玛丽亚一行在谷口外面的草地上等待着后面来人，她一看陆笑梅哭丧着脸，牵着几匹马走了过来，心中一沉，感觉到大事不妙。陆笑梅一见玛丽亚便放声大哭起来。玛丽亚赶忙问她到底出了什么事。陆笑梅泣不成声地把鲁洋和周宇摔下河去的事情说了一遍，便说萨特传话来不让大家再进峡谷去，他正在同格里木抢救落水的人呢。

玛丽亚一听这话，顿时浑身就像爆裂了一般，鲁洋不但是自己的妹夫，还是亡夫的同学挚友，又是自己下海挖得第一桶金的引路人和鼎力支持者。他要是为了自己的事业，在这大山里丢了性命，不要说她无法向妹妹和母亲交代，就连自己的良心也将受到终身煎熬。再说了，周宇是自己费了心血才揽得的多面手人才，这才“小荷刚露尖尖角”，就这样被那个浑球一阵马蹄声响，丧命在喀纳斯河中，也真让她抱恨终身。她上前夺过陆笑梅手中的马缰绳，向他们大呼喊道："你们谁也不许回去，就在这里等我的消息……"

她飞身上了马，向峡谷中急驰而去。她来到桥头，看见萨特正在对岸同一个人向河中张望着，她撒开缰绳，奔了过去，对着萨特身边哈着腰披头散发的男人劈头就是一马鞭。那男人被她没头没脑的一鞭子打得一蹦三尺高，回头喷着满嘴的酒气，厉声叫道："你这娘们是喀纳斯湖的水怪啊，怎么见人就咬！"

萨特一见玛丽亚怒目圆睁，就知道她是误会了人家，赶忙说："你怎么能乱打人呢！他是图瓦村的萨满巴尔山，路过这儿听说我们的人落水了，是来帮助我们救人的。"

他又转过身来对巴尔山说："老哥，对不住了，她是我请来的客人玛丽亚，可能听说朋友落水了，误会你是罪魁，心里犯急动了手……"

"哎，哎，快看，出来一个人头……"巴尔山没有再理会被打的事，指着急流涌动的河面大声喊叫起来。

但是那黑点在激荡的水流中稍现即逝。周宇在水中听到了喊叫声，急忙踩着水流抬起身，只见一个黑团正在向水中沉去，他双手奋力抢水奔了过去，一个猛子扎下湍急的水流，伸手抓住了淹没的黑团，奋力提起，他感觉到分量不轻，立刻将他提出了水面。周宇深深地喘了口气，这才意识到自己抓住的是人的头发，他在心里想这一定是鲁老师了。周宇将他翻了一个身，使他面部朝上，然后迅速抬起眼睛，寻找着刚才推开的树木。他发现树木已经被浪涛打到了急流的边沿，他知道这时能抓住树木就能保住两条人命，这是他们在这一泻数十米峡谷河流中的唯一救星。

周宇死死抓住鲁洋的头发，乘着急流的冲浮力，很快抢到了树木的前面，他转过身，拖着鲁洋立刻游向了树木，很快就挟持住了它。周宇一只手抱住树木，另一只手把鲁洋脑袋拉出水面，借助着峡谷中暗淡的光线，看见他已经重度昏迷，也不知道他还有没有喘息。周宇将他的一只手举到树木上，鲁洋潜意识里还知道试图用力扒住它。他看了看水流，估计自己带着他是冲不到岸边去，况且两边还都是悬崖峭壁。

周宇喊了两声鲁老师，见他没有一点反应。他抓住鲁洋的手潜到树木的另一端，面对面地拉紧手，抱住树木游向回流区。周宇清理了一下思绪，这时他想起来在峡谷的下游有一道美丽的瀑布，将汹涌的激流阻截了一下，河水翻到它的下面就行成了宽阔的河床，水流便平缓起来。现在只有顺其自然，先游出峡谷急流，再想方设法另作打算。

天色暗淡下来，但是萨特他们还是隐约地看到了两个人趴在一个浮动的物体上，向下游冲去。萨特一看他们是在水流的另一方，也就想到他们是再也没有力量游到主水流的这边来了，他对玛丽亚说，我们还是要分分工。你往峡谷的下游走，格里木在那里等着救人。如果人落到这边，你就同他设法救上人来。巴尔山兄弟哎，你得跟我到对岸的谷口外边去，搭救我这两个落水的兄弟。巴尔山爽快地答应了萨特的要求。

萨特看着玛丽亚向谷口下游跑去，这才翻身上了马，带着巴尔山向桥对岸急驰过去。

玛丽亚出了谷口，只见格里木蹬在不远处的一块滩涂地上，两只眼睛死死地盯着从峡谷口流出来的瀑布，竟然连她走到身后都没有发觉。只到她拍了他的肩膀，他才吓得一个激灵，“嗷”的一声大叫着站了起来。他看到面前阴沉着脸的玛丽亚，“哇”的一声号啕大哭起来。玛丽亚瞪了他一眼说：“不要哭，盯紧了瀑布和河面，救人要紧。”

在冰冷的河水中，周宇感到水流湍急起来，四周轰鸣，浑身麻木，好似是有一根无形的绳索在束缚住他的身体，他不停地用脚踢着对面的鲁洋，使他在水中活动起来，他是害怕他会被冰水冻僵。周宇在他耳边不停呼喊着鲁老师，他听说这样做便能唤起处于危境中的人保持头脑清醒。他突然看到前面的天空明朗起来，他呼喊着：“鲁老师，吸气、猛吸气……”

他自己也深深地吸了一大口气。正在这时他感到自己连同树木被硬物猛地撞击了一下，立即被抛上了浪尖，紧接着翻了一个身，又被冲到了水流落差之下。他觉察鲁洋的手一下要松开树木，他想到这时千万不能放开他的手。周宇松开了树木，死死地抓住了鲁洋的手。他感觉两人一下跌到了水下，他拼命地挥动双手，绞动两只脚掌，拉着鲁洋向水面上蹿去。他感到肺腔里的最后这口气快要憋不住了，仿佛要炸裂了一般。突然他像从十八层地狱中冒了出来，一下觉得水面宽阔了许多，他本能地吐出了肺腑中的浊气，就像饿痨似的深深地喘了几口大气。他连忙从水中将鲁洋拉起，使他重见天日，早些吮吸到河面上的新鲜空气。他转了转脖子，看见离开河岸不远处有一个滩涂，他返手抓住鲁洋的头发，用尽吃奶的力气向滩涂游去。

这时鲁洋已经失去了知觉。他也不知道用了多长时间才游到岸边，当他双脚触到了河水下面的滩涂时，试图站了几次，却都摔倒在了冰水中。他就像一匹行将用尽最后气力的烈马，再也没有气力站起来了，他只好拼命手腿并用，往滩涂上尽力地挪动，混沌中他用尽最后的力气将鲁洋推向滩涂，自己仰面躺在冰水中失去了知觉。他也不知道过了多长时间，只听见遥远的什么地方传来了人们的喊叫声，他觉得有人在将他往岸上拉扯。这时他觉得有一把无形的刀，将他的灵魂与肉体割成了两张皮，怎么也贴不到一起去。

他下意识地努力睁开眼睛，看见一个披头散发的陌生人把他放在草地上。他觉得自己是光着身子的，陌生人在给他搓揉着身体，然后把一个圆状的东西塞进了他嘴里。这时似乎有一股沁人肺腑的酒香流进了他的喉咙。他在潜意识中仿佛看见陌生人同萨特一道，把鲁洋的身体面向夜天的星空放在马背上，拉着他在滩涂上颠着小步。也不知道过了多长时间，遥远的地方传来陌生人的喊叫声：“吐水了，吐水了。”

又过了不知道多长时间，他听到哇哇的呕吐声。他仿佛还抬起头，似乎看见鲁洋的身躯在抽动。他在心里想：好了，总算没有白费力气，我们从阎王爷那儿走了一遭。他不知道睡了多长时间，就感到有一只大手在抚摸他的额头。他睁开眼睛，看见萨特县长说：“小子，你真是钢打铁铸的汉子，今天鲁老师要不是你，说不定就被冲到北冰洋喂了大鲨鱼了。”

周宇没有力气说话，他努力地想笑一笑。又不知道过了多长时间，他感觉到有一只温柔细软的手掌在不停地抚摸着他的脸颊，似乎还能嗅到女性的温馨和芬芳。他听见纤细的话语说：“谢谢你，你真是我的救星！”接着他觉察到有一张润润的香唇，对着他的嘴唇轻轻地吻了一下，他没有力气睁开眼睛。

这时他听到萨特县长说：“现在都人疲马乏的了，大家再坚持一下，离这儿不远有个山洞，到那儿再休息吧！”

17

周宇感觉到有人在用衣服包裹住自己的身体，一个高大的身躯将他背起，还有一双手托着他的腰身，往什么地方走着。当他再一次恢复意识时，只觉得面前有股强烈的热气，他睁开眼睛，看见面前生起了一堆篝火，熊熊燃烧的火焰，烤得他暖烘烘的。原来他们都出了滩涂，越过了几道山梁，来到了一个山崖下的山洞前。

由于山洞狭小，难以承接下他们所有的人，萨特决定先把落水的人和女人安排到洞里休息。这阿尔泰大山中的夜晚寒气逼人，不要说是刚刚才从冰水中救起来的人了，就是当地人的健壮身板也难敌北疆夜晚的风寒。萨特县长让巴尔山带上格里木到山上拉来了冷杉树枝，在洞前的坡地上点燃熊熊的篝火，让大家围着篝火取暖驱寒。鲁洋在熊熊火焰照耀下也清醒了过来，他觉得浑身软软的没有丝毫的力气，便依在山洞里的一块大石头上。巴尔山喂了他一些牛奶子酒，过了半晌他才有气无力地开口说话，感叹道：“今天都是周宇兄弟救了我一条性命啊！”

当他看见格里木瞪着眼睛看着他时，便问他是什么时候回来的。格里木耷拉着脑袋，紧闭双唇，一言不发。周宇在河滩头听到了萨特同玛丽亚说的悄悄话，知道这场大祸是由格里木闯下的，因此他什么也没问，只是说：“你们谁带馕了，好像肚子都要饿空了。”

一句话提醒了萨特，他让陆笑梅到自己的马褡子里拿来几张馕，顺手拿起一根树枝，穿上馕放到火边烧烤起来，顿时一股馕香钻进了大家的鼻孔，诱得大家心里痒痒的，但是谁也没好意思伸手去拿。萨特县长先掰了半块递给周宇，他拿着放到嘴前，看见大家都没有动手，也停下来，没好意思把馕放进嘴里。萨特县长又递了半块给格里木，他晃了晃大脑袋没有接手。玛丽亚轻声地说，拿着吧，人都没有被淹死，还能让饿死！格里木这才接过了馕，拿在手中并没有往嘴里送。

周宇觉得是饿急了，先咬了一大口馕狠命地咀嚼起来。大家随后也都拿起了香喷喷的烤馕吃起来。只有格里木和鲁洋没有动嘴。鲁洋是感到浑身发软，一点胃口都没有。巴尔山将酒壶递给周宇，他接过去一仰脖子便喝下去两大口。

萨特县长让巴尔山同格里木往前面去，多找些柴禾来，留待黎明前用。他说，我们现在待的这个山洞叫贾登老爹洞，这个山呢，也叫贾登峪。

古丽好奇地问：“怎么叫了这么个名字呢？”

萨特说：“这里还有一段咱们图瓦人的历史……”

萨特说：“好吧，巴尔山，你就给大家讲讲贾登老爹的故事吧。他是咱们图瓦村的萨满，这些传诵奇文是他的家学。”

巴尔山笑了笑说：“既然萨特兄弟要我讲，那我就给你们这些远道的客人，讲一讲咱图瓦人的贾登老爹吧……

“那是在一个动荡的年月，我们图瓦人族小群少，为了安全起见，大家都住在喀纳斯这个能挡风避雨的地方。但是住在阿尔泰北山的强人们，经常乘着大雪降临的时候，骑着良马，带着快枪，翻山越岭来袭击图瓦人。起先我们族人只好丢下家中的马、牛、羊跑进大山里躲藏起来。

“那时候在这一带的山上，住着一家图瓦老猎户，族人都叫他贾登老爹，他有妻子和儿子。他见大伙没有了过冬的食物，就把村里的青壮年汉子组织起来，到喀纳斯河里去撺冰捕鱼，进大山里去狩猎，采松子，扒蘑菇度过了寒冬。来年，他又带着大伙用兽皮、木材从山外换来了马匹和牛羊，凭着我们一年辛劳，刚刚使族人生活有了一点起色。到了大雪降临的时候，这些高鼻子、黄头发的山北佬，又来偷袭我们的村庄。这一次贾登老爹早就派了他的儿子带着十多个好后生，一边在强人经过的路径上狩猎，一边侦探他们的动向。当强人们进到喀纳斯草场时，贾登老爹让他儿子带领几十个强壮的后生，杀进了强人的队伍，就像切瓜砍柴一样，杀得这帮强人哭爹叫娘。当强人们发现图瓦人只有几十个骑士时，便策马嚎叫着发起了反攻，一路追赶到了我们现在这个地方。图瓦人在贾登老爹的率领下，先用乱箭射杀强人的马队，接着冲下山去，刀砍斧劈这帮强人。短兵相接，强人手上的快枪失去了作用。我们终于杀得这帮强人丢盔弃甲，就在他们狼狈逃窜时，又被老林子里杀出来的老爹儿子带领的骑士们一顿好杀。

“那一次我们虽然给了强人致命的打击，但是快枪还是打死击伤了我们一些好后生。贾登老爹的儿子，就是在那场战斗中负了伤，当年冬天就升天了。贾登老爹把儿子葬在这山上的第三个山峰旁。他说那第一个山峰是留给自己的，第二个山峰是留给老伴的。

“第二年，到了春雪融化的季节，他的老伴思儿心切，也离开了老爹走了。老爹就把她葬在了第二个山峰旁。人们见贾登老爹孤苦伶仃，便请老爹回到村子里来居住，也能好好地服侍他。老爹说自己一家人都住在这山上不能分离，他就住到我们现在身边的这个山洞里，守护着妻子和儿子。打这以后，村里人就很少看见他。但是谁家缺吃少穿，有了困难时，很快就会发现在自家门前的木屋檐下，挂着大小不一的野物。谁家的孩子昼夜哭泣，第二天就会在自家木屋前的马桩子上，看见放着的几把草药。村里人也把做好的牛奶子酒和好吃的食物放在木屋檐下、马桩子上，有时他也会取一点走，但是从来没有多拿过。有一年冬天，遇到困难的人家发现自家门前没了野物，小孩子半夜哭闹，第二天马桩子上也没有了草药，他们放着的酒和食物也还是原封未动地摆在那里。人们赶忙到这儿来看望老爹，只见老爹双眼闭着安详地睡在山洞里的兽皮上走了。全村男女老幼都为失去了恩人痛哭不已。后来族人把贾登老爹安葬在后山的第一座山峰旁，让他们一家人永远安眠在一起。从那时起图瓦人就把这座山叫作贾登峪，把这个洞叫作老爹洞。图瓦人每到老爹去世的日子，都会到这里来祀拜他……”

18

当太阳升上了树梢时，巴尔山熄灭了篝火。金色的太阳照在贾登峪的青山绿树上，泛着灿烂的光芒，山峦叠嶂，薄雾缈缈。萨特县长让大家收拾了行装，重新骑上马。周宇的马掉进了河里，被波涛卷走了。巴尔山说我骑的是蒙古白马，不怕压的，于是邀他共骑一匹马。玛丽亚骑着五花马走过来打趣地说：“算了吧，两个大男人骑一匹马，巴尔山大哥嘴上不说，心里可承受不起啊，小周还是同我骑一匹马吧。男女搭配，干活不累嘛。”说得大家笑了起来。萨特让巴尔山领头，大伙随后，自己断尾，形成一字队形向图瓦村进发。

玛丽亚掉转马头，让队伍停了下来，她问巴尔山这里离喀纳斯还有多远。巴尔山说：“不远，也就是三十来里路吧。从这里往下走不出七里地，就到了喀纳斯河边，沿河有条砂石公路往上走，直通到咱们图瓦村的神仙滩，萨特的叔叔萨格达老爹就住在神仙滩呢。”

玛丽亚说：“萨特大哥，我们是不是调整一下工作思路。我们就先从贾登峪考察起，上不了山的人就跟着巴尔山大哥先回老爹的神仙滩，也好为大队人马安营扎寨做个准备。学者教授们留下来，到贾登峪山上去考察一番。‘三宝’教授，你经受了喀纳斯河的雪水洗礼，身体还没有恢复，也就跟着巴尔山大哥先回村子去养息……”

鲁洋坚定地说：“哎呀，我现在好多了。昨晚听了巴尔山大哥讲的故事，让我对贾登峪产生了浓厚的兴趣。就是你不安排先考察贾登峪，我也要抽空到古战场上去看一看的。还不如同你们一起上去，还可以同刘、古两位大学者讨教一番。像我们干地质的，遇到一点小灾小难也是稀松平常，我没有那么金贵。”

萨特县长也知道专家们的时间宝贵，这样抓紧不走回头路，也不失为一个好办法，便点头同意了玛丽亚的提议。玛丽亚又说：“这样吧，几位教授和萨特大哥还有我留下来，其他人就跟着巴尔山大哥先回神仙滩做准备工作吧。”

萨特把一双眼睛直盯着周宇看，他说：“哎呀，总是还要留个把人下来打个下手吧，要是再遇上个什么事，光靠你们几个书生，到节骨眼上不敢保险啊……”

这正中周宇下怀，但格里木也执意要留下。萨特县长见他们争得不可开交，便说：“这样吧，格里木，你是老喀纳斯了。小周对我们这里还不熟悉，我看还是你先回神仙滩，同巴尔山到喀纳斯河里弄些狗鱼、大红鱼的，你要为我们办个像样的烧烤晚宴，也好让我那多日没见面的老爹和老婶一起乐和乐和。”

玛丽亚说：“行啊，就按照萨特大哥说的去办。笑梅，你同格里木骑一匹马先到神仙滩去，把你的小红马留给我。”

于是，两队人马分道扬镳。一队在巴尔山带领下向神仙滩走去，另一队跟着萨特县长向贾登峪山峰登去。

19

太阳爬过了阿尔泰山顶，萨勒达老人看见巴尔山领着一男一女两个人朝神仙滩走来。他迎了出去问道：“是哪阵山风把你们给吹来了？”

巴尔山说：“老爹哎，是穿开裆裤的兄弟萨特派我来的。昨天晌午酒喝高了，骑着马到谷口的河边去溜达，在路上遇到了我兄弟萨特县长。他正领着格里木兄弟在铁索桥上抢救落水的两个大专家呢，我见了哪能袖手旁观呢，便帮着他忙前忙后。没承想人还没救上来呢，倒挨了他带来的女水怪劈头盖脸地打了几马鞭。”

格里木连忙对萨勒达嚷道：“老爹，打他的是我们董事长玛丽亚，玛总。她不是水怪，她是我们草原上的俄罗斯姑娘。”

老爹说：“哦，是玛丽亚啊，前几天萨特来电话就说她要来，怎么到现在也不见个人影子啊。”

他让老伴递给巴尔山一个羊皮酒壶说：“喝一口吧，好好说。”

巴尔山竖起酒壶，喝了两大口酒说：“两个人都捞了起来，都还活着呢，就是掉到河里去的大青马没了踪影。您老看，咱们这不是三个人骑着两匹马吗？”

萨勒达老爹说：“只要人没事比什么都强，马从我的马群里给哈尼老弟拉一匹去不就得了。那你们昨天晚上没吃没喝吗？”

巴尔山说：“萨特兄弟有心，带了半面袋子馕，白房子哈尼老爹又给带了一桶子马奶子酒。我们吃了馕，喝了酒，还有喀纳斯河里的雪山冰水。”

萨勒达老爹问：“那怎么就你们三个人回来了，萨特他们呢？”

陆笑梅见他竖起酒壶又要喝酒，接过话茬说：“萨特县长是让我们玛总请专家来喀纳斯考察资源开发的。他们今天就在贾登峪考察了，傍晚才能回来。这次科考队要在这儿多住些日子，我们是来打前站的……”

萨勒达心里就明白了，他喊来了老婆子，说明了事情的来龙去脉，赶忙把客人让进了木屋。

陆笑梅说：“老爹，这次我们来了八个人，三个女性，连萨特县长在内五个男性。县长说了，大伙就吃住在老爹这神仙滩了，这要让你们老人家多操心了。”

老爹眉开眼笑地说：“早就听萨特讲要请专家来给我们这个边地大山把脉会诊了，都到家里了还说什么外道话。这村里人都知道，萨特在家是我的侄儿不错，但是在工作上，他就是布尔津的父母官啊，从公从私这都是我的分内事呢。”

说着萨勒达老人从一个大塑胶桶里倒出两大碗酒来，递给格里木和陆笑梅各人一碗说：“住进了我家木格楞子屋就不说两家话。先喝碗牛奶子酒解解渴，昨天才酿出来的。”

他们两人笑着接过了酒碗，陆笑梅抿了一口，把酒碗放到了桌子上。格里木也是渴了，他一口气喝干了碗中的牛奶子酒。巴尔山喝干了壶里的酒，又到坛子里挖了一碗牛奶子酒喝起来。老奶奶进了里屋，端来了奶豆腐、油馓子、松子等放到客人面前，让他们先吃点垫垫肚子。巴尔山没等客人动手，先下手拿了块奶豆腐放到嘴里，吧嗒吧嗒咀嚼起来。老人说：“你就不要息着了，帮着你婶到村子里去，借两顶大毡房来，再从谁家揽点蔬菜回来，城里人都喜欢吃点带蔬的东西。”

老奶奶带着巴尔山到村子里去了，萨勒达老爹等他们吃了一时，便问格里木说：“你是城市里长大的，还是在草原上疯大的？”

格里木说：“伊犁草原生，伊犁草原长……”

“那好，你就帮我到滩头的羊群中抓两只大肥羊杀了，一头清炖，一头用来烤全羊，招待你们这些远道来的客人。”

萨勒达老爹睁着一双眼看着格里木说，他的两撇花白胡须还时不时地抖动着。

格里木是个实诚人，他喝干了碗里的酒，又拿了两个奶豆腐，说了一声：“好嘞……”便跨出了木屋的门。老人怕冷落了陆笑梅，便对她说：“姑娘，你也去帮着格里木兄弟搭把手吧。”

陆笑梅这才想起来老人再一走，屋里就只剩下她一个人了。她说了一声好，便出门去寻格里木。

20

萨特县长从马鞍子后面的面袋子里拿出几块馕分给大家，又递给了每人半袋子马奶子酒。刘援疆打开袋子口，闻到一股浓烈的马奶子酒味，浑身打了一个酒颤说：“怎么这一大清晨还要喝酒啊？”

萨特晃了晃脑袋说：“对了，这就是我们图瓦人的生活。”

他们骑在马背上，边走边吃着馕。山路越走越陡，好在人是骑在马背上的，这些马都是山地驯养出来的良种，翻山越岭也算是常长便饭。它们走过了一大片碎石坡，来到片绿油油的草场。萨特说，这里是一片春季牧场，大伙都下马息口气，也让马儿吃会儿这山场上带露水的鲜草。

大家纷纷跨下马来，只见这片山腰草场果然长着二十来公分高的鲜嫩茅草。萨特县长让大家从马褡子里拿出羊皮垫坐到草场上。玛丽亚和古丽看见绿绿的草地上开着五颜六色的花儿，就赶在马嘴前面不停地采摘着，说是这些花儿让马吃了糟蹋了美丽。

古丽问刘援疆说："你是研究地域经济的，你知道这朵粉红色的叫什么花吗？这种紫色的又叫什么花？"

刘援疆摇了摇头笑了。

古丽说："这是高山八角梅，属梅科。这紫色的齿丝山韭，是阿尔泰草场上特有的多年生草本花卉呢。"

萨特若有所思地说："那古丽老师，我要请教你，我们这个草场都生长着些什么样的植被，能移植到较低的山场上去吗？你看在那些低坡带都是砂石地，要是能把这么好的草场移植到那里去就好了。虽说我们布尔津县地广人稀，对将来发展可能更会有意义。"

古丽十分认真地说："萨特县长，你乔老爷不要乱点鸳鸯谱啊。在你的辖区，多数是古代断层形成的山峦草场，它是由若干万年沉积物覆盖，又经历了若干万年的优胜劣汰才形成了如今的物种，这才构成了阿尔泰山得天独厚的春、夏、秋、冬四季牧场，这都是自然造化，人力不可为。"

萨特自嘲地说："是啊，像这样的荒山不毛之地，在我们这个高寒山区比比皆是，就是想改造它也是痴人说梦呢。"

这时刘援疆被高山草场的太阳照晒得精神起来，他半依着草地，随手摘了一朵小白花说："这话看怎么说了。正像唐朝诗人李白说的，'天生我材必有用'。普天之下，万物造化，各司其职，各有所用，尺有所短，寸有所长。比方说老爹洞前的那片砂石坡地，现在你看它是荒芜不毛之地，只要加以规划，充分利用，适度开发，它也可能化腐朽为神奇呢。世间就没有无用之物，就看你如何去认识它，从而充分地去利用。冰雪无用，它滋润了大半个新疆；沙漠无用，它喷出了黑色的石油；湿地无用，它是大地的肺腑；垃圾无用，它是新能源的源泉。”

玛丽亚夸赞道:“说得对!说得好!今天我请你们各路神仙来，就是要你们帮着找一找，看一看，还能在这边陲瘠地搭上国家开发的这班车，做点什么既靠谱，又利民，又惠域，又赚钱的好事。行啊，我们上马再往山上走吧。”

大家跨上了马，形成一字队形，越过了山坡上的一片冷杉林，马儿几乎同山坡形成了近30度角，往山上艰难地行走着。玛丽亚突然跳下马背，大声地喊道:“古丽，古丽，你快看，这山崖上还开着这么一大丛墨红色的花呢。”

萨特正全神贯注地爬着山坡，被她的喊叫声吓了一跳，他连声嚷道:“玛丽亚大姐呀，你不要在这高山上一惊一乍的，吓死人是要偿命的。”

古丽从马背上跨下来，走过去看了一眼说:“你真是有眼力，这是阿尔泰山特有的黑牡丹，是一种稀有的观赏花卉，根和茎还是名贵的药材呢。”

玛丽亚高兴地嚷道:“你们谁带刀了，我是要把这么个美丽的黑牡丹挖了带回去。”

萨特像哄孩子似的对她说:“大小姐，不要挖了，在你离开喀纳斯的时候，我一定让人挖两棵比这漂亮的给你带回乌鲁木齐的家中去。”

玛丽亚兴高采烈地说:“真的，一言为定。”

大伙跟在萨特县长后面，沿着一条牧民踩出的斜坡山道往贾登峪山上攀援着。萨特县长本来是想下来拉着马走的，但是他回头看了一眼，跟在后面的这支队伍，不是女人就是受过摔伤和水淹的人，况且来的还都是娇生惯养的大都市人。如果后面的人也学着他的榜样，牵着马上山，那还不累倒了一片啊。他咬咬牙，只得狠了狠心，打马往山上走去。这时太阳已经火辣起来，他回过头招呼女人们罩上面纱，男人们戴上遮阳帽和太阳镜。他说这高原上紫外线强烈，不要灼伤了皮肤和眸子。

萨特县长先到了山顶。其实在山下看到的山峰还不是山顶，它们只是山腰的几个高峰罢了。山顶上是一片高山草场，长着二三寸长的鸭茅草，还有几十株稀稀疏疏的红桦树。萨特让大家放开马吃草，他领着大家走到红桦树荫下往山下鸟瞰，只见喀纳斯盆地就像是个青绿的宝葫芦，在它北面的喀纳斯湖上游就如同是个葫芦嘴，湖口上方连绵的水流恰似一条白色的银藤，将美丽的喀纳斯盆地，连接在阿尔泰山这棵盘根错节的大树上。

萨特又让大家调转了方向，指着远方的一片雪峰说：“你们看那座最高的雪山就是友谊峰，它终年冰雪皑皑，放射出寒光异彩，只有到了春华夏暑时，它才冰融雪化，它的一部分冰水流进了喀纳斯湖，在湖的下游便形成了喀纳斯河。喀纳斯河翻过了隘口，同其他山流水系一起汇入了布尔津河，我们的布尔津县就是因了这条河而得名的。布尔津河往下汇入了哈巴河，就行成了我们新疆的第二大河流额尔齐斯河，它是我国唯一的一条流向北冰洋的河流。你们看这儿的景致多么像一幅美轮美奂的油画呀！”

大家向前看去，只见天蓝如碧，群山叠嶂，雪峰并起，霞飞云涌，景色真是美不胜收。

鲁洋从背上的地质包里拿出了望远镜，察看着喀纳斯盆地的山川地貌，嘴里不断发出“哦、哦”的声响。玛丽亚拍了拍他的肩膀说：“三宝教授，把你的宝贝借给别人用用呗？”

鲁洋嘿嘿地笑了，把手中的望远镜递给了玛丽亚。玛丽亚接过望远镜，随手递给了刘援疆。刘援疆也没客气，接过望远镜对着山谷仔细地观察起来。

古丽拉了一把玛丽亚问：“你咋叫鲁先生是‘三宝’教授呢？”

鲁洋解释说：“她不就是调侃我们搞地质的，到野外作业，带的三件工具嘛，望远镜、罗盘、地质锤。”

刘援疆感叹道：“这个贾登老爹啊，怎么就寻到了这么个好居处呢。你看它的地形地势多像一把古人所用的太师椅，背靠青山，面朝绿水，风刮不到，水淹不到，雪大埋不到，雨急打不着，真是一块风水宝地啊。”

一行人走过了两道山梁，下面又到了冷杉林，突然从树林中迎面跳出两只牧羊犬来，一只是黑白相间的花狗，另一只是条棕色毛发的大狗。它们见到马队只是低呼了两声，便从山道的右侧向山上蹿来。

在两只大狗的后面跟着走来一大片恰似云彩般的羊群，它们悠闲地边爬山坡，边吃着山上的绿草。玛丽亚看见羊群心中一阵激动，便跨下马，弯腰抱起一只棕白相间的花羊羔搂在怀中。突然，几声狗叫，羊群很快闪开了一线小道，两条牧羊犬直向她奔来。

玛丽亚一见两条凶神恶煞般的牧羊犬，狂奔过来，顿时吓得不知所措，周宇立刻从马上跳下来，挡在她的面前。这时只见一个穿着紫红色蒙古袍的姑娘，骑着一匹头上呈着一块宗色斑毛的大白马，打开羊群走了过来。她轻轻地吹了一声口哨，两只牧羊犬“汪、汪”地吠叫起来，停下了进攻的姿态。

萨特县长老远地嚷道：“阿云娜，小姑娘怎么对待山外来的客人的。”

姑娘转头一看是萨特，嘻嘻哈哈地掉转了马头向山上走去。她吹了一声响亮的口哨，两只恶犬不声不响地跑在了羊群的后面。姑娘往山上爬了十多米坡地，回过头来大声喊道：“舅舅的客人，刚才是逗你们玩呢。到图瓦村去找我阿云娜，我请你们喝牛奶子酒……。”

玛丽亚问萨特说：“这姑娘是你外甥女，咋这么俏皮……”

萨特骑着马走在队伍前面说：“说你是外来人吧，你还不承认，我们图瓦只有两千来人，拐着弯讲大家都是亲戚。”

他们走进了半山腰的冷杉林，在这半山的森林里，本来就没有什么路，只能认定一个大概的方向走去。行走在森林里静悄悄的，不时有几缕阳光透过树荫折射进来，马蹄敲击在松软的坡土上，发出“啪、啪”的声响，使科考队员们产生了一种走在秘境中的感觉。

出了红桦林，再往前就看见有一大帮人跪倒在一棵几人合包的大榆树四周，向它顶礼膜拜着。他们走近一看，这棵大榆树粗壮敦实，历尽沧桑，树干上已经长出了疙疙瘩瘩的树瘤，在它繁茂的枝杈上还拴满了红色的布条。

刘援疆不解地问萨特县长这是在干什么。萨特笑了笑说：“本来这就是一棵平常的山榆，因为这片是次生林带，一般也长不出这样粗大的榆树来。加上它生长得怪异，更奇的是在它盘根错节的树根下方，长年冒着一股清泉，夏天冰凉，冬天还会冒出热气来。过去我们这个边塞地区，缺医少药，贾登老爹便让人们喝这个泉水，很多病都能不治自愈。大凡治好病的人，都会把红布条拴到榆树枝头，来还个愿。”

这时西天的火烧云已经浮现，大伙又饥又渴，听他这么一讲，都纷纷跨下马来，跑到大榆树下面的泉水边，排着队喝起水来。

萨特领着科考队走到沿河公路上，再往前走不远就到了神仙滩老爹的家了。

21

萨特县长带着科考队人马走下了神仙泉下面的公路，路上人来人往多了起来，有时还能见到摩托车来来往往地接送着客人。他在心里暗暗庆幸，幸亏前两年就搞了规划，跑自治区要了投资，去年就开始修这条进山的公路了，现在已经接近了尾声，再有半拉月就能试行通车了。

他又在心中盘算，这一次要想方设法把玛丽亚这个大老板留下来，让她在这里搞个大投资。想到这里他放松了马缰绳，加快了步伐。跟在他后面的人只是在中晌吃了一点馕饼，喝了一些马奶子酒，早就饿得前肚皮贴着后肚腔了，刚才在神仙泉喝水时，萨特把剩下的馕都分给了大家，自己却一口没吃。大家在他的感召下什么也不好说，只有强打着精神，望眼欲穿地跟着他后面走。

萨勒达老爹正倚着树睡觉，突然被一个熟悉的声音唤醒来。“老爹，你咋靠在这大树上就睡着了，现在虽说是春天了，扫河风也会着凉的啊。”

他连忙睁开眼睛，看见侄儿在面前同自己说话呢。他一时也没有闹清，这是梦境啊，还是现实呢。他转过头向身后看了一眼，见还有几位客人牵着马站在侄儿身后。萨勒达老爹站稳身子，向着木格楞屋喊道：“老婆子哎，萨特他们回来了……”

这时老奶奶正带着巴尔山和格里木在木屋后面，为大队人马的到来搭建着临时厕所。一听说侄儿回来了，赶紧放下手中的活，跑过来迎接他们。

老奶奶把客人们迎进了毡房，格里木、陆笑梅、巴尔山都抢着为他们来拿马背上的行李。就是周宇光杆司令，他的坐骑连带行装都掉到了喀纳斯河里去了，就连现在身上穿的衣服还是大伙匀给他的。

大家把东西放置好，陆笑梅帮着老奶奶端来了奶茶，拿出了奶豆腐一干食品让大家先吃着垫补下肚子。萨特县长看到大家都安顿好了，便拉着叔叔和巴尔山到毡房外面说："玛丽亚现在可是个大财主，我这次就是拉着她来帮助我们搞发展的。这可是一等一的大事情啊！你去跟村支书说，就说是我说的，要把他们当成贾登老爹一样来看待呢。"

萨勒达老爹不愿意了，他说："你胡说甚呢？贾登老爹是我们的神灵呢！"

萨特说："老爹，我们要是把喀纳斯这盆死水盘成活水，让我们的后人过上好生活，我们也就成了后生们的神灵啦。"

萨勒达老爹说："你是县长，你说了算，但是不能乱认神灵。"

萨特对巴尔山交代道："这样吧，巴尔山你还是村上的副村长吧。你同村长说，我安排你为科考队搞服务，每天五元钱的补助，吃喝费用都有县里供给。他们出外考察时你帮着领路，交通工具你得张罗，你还要保证科考队的安全……"

巴尔山高兴地说："萨特兄弟，这你就放心吧，补助不补助的都不大紧，这酒你管够就行。"

玛丽亚走到他们身边说："这次科考经费由我们公司出，你们政府也是补贴性财政，就不要同我们这些先富起来的人讲面子了。另外，你再从村里找个勤快的姑娘，帮着老奶奶做做饭，跑跑脚，工钱也由我们来支给。"

巴尔山眼睛一转说："你看我家阿云娜来干这个活行不行？她是巴掌、皮鞭、嘴一起上的主，性子快，手脚也勤，工资多少都不讲究。"

萨特哈哈笑着说："就是在山上放狗咬小周的那个姑娘？手脚是快了点，不过不打不成交嘛！"

巴尔山做出气愤的样子说："什么？这丫头在山上放羊碰到了你们，还放狗吓了你们，看我晚上回去怎样收拾她。”

回到木屋里，老爹说：“实在是对不住啊，现在天气转暖了，村子里来的游客太多了，都跑来看风景，把木屋、毡房都占满了，我让老伴到村子里找了老半天，只借到了这一顶毡房，今晚就对付着住一宿吧。明天，赶明天我再想法子多借两顶毡房来，让大家住得宽绰些。”

刘援疆喝着奶茶说：“这就很好了，有这么奇特美丽的景色观赏，有崭新的花毡房安眠，还有手抓饭、烤全羊款待，这么好的日子我连北京都不想回去了，就到你们这儿来落户吧，在贾登峪山坡下盖几间小木屋，乐不思蜀啊。同老爹做个伴，当个邻居，您老收不收我啊？”

老爹哈哈大笑着说：“听说你是大学教授，我们要是把你拐到这大山里来，党中央还不开除我老汉的党籍啊。”

老爹说：“这住家过日子，第一等事就是要讲究卫生。我让巴尔山在这木房山墙头的林子里搭了一个厕所，当地习惯厕所不分男女，反正都是自家人用的，谁要上厕所喊上一嗓子。这喊一嗓子很重要，不要闹出误会来。”

萨特说：“这要委屈大家几天了，今晚早点吃饭，也早点休息。”

老爹说：“早听萨特捎信来，说你们要来帮助我们图瓦人搞活经济，我特意酿了两坛子牛奶子酒，还有两坛子羊奶子酒，你们想喝啥就喝啥，喝个痛快！”

玛丽亚赶忙说：“你们几位大教授注意啊，这酒上口好喝，但是后劲大，你们留点量，不要喝醉了。明天睡个懒觉，下午到湖上考察的计划不能改变啊。”

这牛奶子酒，喀纳斯河冰水炖的阿尔泰白羊肉，还有红松木烤就的全羊，萨特县长还特意让周宇做了两道蔬菜，大家酒喝得东倒西歪，饭也吃得肚大腰圆。

晚上的月亮又大又圆，河水在静静地流淌着，宝石蓝的河水中游动着一轮明月，晚风吹来雪山上的丝丝凉意，青辉照着远山近水乌蒙蒙的。

当大家都回到毡房去后。只剩下玛丽亚、古丽和刘援疆时，古丽一把抱住刘援疆说：“我就是要同你住在一起。在北京不能大鸣大放，到兰州又要注意影响，回到新疆了还要收着压着，我真是受不了。在这儿我就是要同你形影不离，晚上睡觉啥也不做，就是要挨着你睡。”

刘援疆喃喃地说：“那怎么能行呢，不是说了男女要分开睡吗？”

古丽抱着刘援疆的胳膊不愿放手，说：“不行，我们就是在毡房外的大树下也要睡在一起。”

玛丽亚想了想说：“你们在这里叙一会儿话，我先回屋了。”

她回木屋叫出来萨特县长，把这边的大致情况同他说了说。她提出一个临时作息方案：就是老爹他们不动窝，萨特还是跟着老人家睡一屋。科考队都睡到毡房里，等借到了新毡房再男女分居。有可能的话再租个小毡房，让古丽他们住。萨特说：“这样不是委屈你们了吗……”

本来古丽从小就过着娇生惯养的生活，养成了任性的毛病，到了这喀纳斯河畔的毡房里，能睡在自己爱人的身边，听他发出轻轻的鼾睡声，也是心满意足了。她知道这趟边疆行，他是为了她才来吃苦的。也正因为这样，她在心里才产生了一种强烈的满足感。她同刘援疆是在兰州读大学时的同学，因为俩人都有着在新疆生活过的大背景，便走动得近乎起来，到了大三便确定了恋人关系。在大学分配时，刘援疆留校当了辅导员，古丽分到了甘肃一所大学任教，后来刘援疆又考到北京读了研究生，接着又公派到英国留学，回国后便留在中科院一家研究所工作，在那里同一位北京的同事结了婚。正在他感到生活烦闷时，古丽打电话来找他，说玛丽亚邀他参加考察阿勒泰边疆区经济发展工作。这正是他研究的地域经济的课题，刘援疆一张飞机票来到了兰州找到了古丽。

古丽这些年过得也不如意，现在兰州农学院任教。她有过一段短暂的婚姻，后来经过多方打听知道刘援疆回国成了家，日子过得也不舒心，并到北京找到了他，两人又建立了联系，正好这次玛丽亚邀请她同刘援疆一起回阿勒泰搞经济科研考察，这正中她的下怀，两人一拍即合。

古丽悄悄地将手从被子下面伸到刘援疆的被子里，抓住了他的手掌。刘援疆已经劳累得轻度入睡，但心里还明白着事理，他推了一把古丽伸过来的手，怕她在众人面前做出过格的事。古丽却是不管不顾地上去一把抓住了他的手掌，使劲地将它攥在自己的手心里。他稍有挣脱的意思，她便攥得更加紧。刘援疆知道她很任性，也只好随她去了，反正隔着浓浓的夜色和铺盖。

很快大家都进入了深度睡眠。直到夜起三更，玛丽亚才被膀胱中的排泄物折磨得醒来，她推了一把身边的陆笑梅，她在睡意蒙眬中抬起头来低声问道："玛总，是要起夜吗？"

玛丽亚对她耳语道："这里是边疆，听说有狼群出没，叫上周宇为我们保驾护航吧。"

俩人轻轻地钻出了铺盖，披上外罩，哈着腰，穿上鞋。玛丽亚稍先走着，陆笑梅蹬到周宇的铺盖前，听见他鼾声如雷，便产生了同他闹恶作剧的想法来。她弓起腰，想在他脸上轻轻地糊弄一把，将他弄醒来。但是到了动作时却改变了方向，她把手伸向了他的胸膛，想轻轻地拍打他两下。过去她同小袁也常玩这种小把戏。她的手往被窝里一伸就感觉到有些异样，但她没能收得住手劲，还是将巴掌拍了下去。这一拍不要紧，吓得她"啊"的一声尖叫起来。原来在睡觉时她看见周宇是穿着睡衣的，而且他的胸膛上都是挺拔的胸肌，但她在黑暗中拍到的胸脯上满是挺硬的胸毛。她的叫声惊动了睡着了的人们，只有被她拍打的人还在酣然大睡。周宇被惊醒后，第一个动作便是从枕在头下的衣服底下抽出了九节钢鞭，"哗啦啦"地一下抖开来。大家都把手电筒光束照向发出尖叫声的地方，也没见到什么异常，只是面面相觑。这时陆笑梅已经奔到了毡房门前，同玛丽亚站在了一起。玛丽亚恼怒道："这深更半夜的叫什么，你看把大家都吵醒了吧。"说着她便走出了毡房门。毡房里的人受了一场莫名其妙的惊吓，都认为陆笑梅是睡得梦魇了，便倒下头又睡了过去。玛丽亚上厕所时问陆笑梅为啥大惊小怪的。陆笑梅说："昨晚不是周宇睡在你边上的吗，怎么又一下变成了格里木？我叫醒他时拍到了一手扎人的胸毛，吓了我一大跳。"

玛丽亚不大相信她的话："不会吧，昨晚上不是你给他们安排的床铺吗？怎么会是格里木睡在我身边呢？"

陆笑梅说："手电光照得真白的，不信你回去再瞅一瞅。"

玛丽亚说："那你也不用大呼小叫的呀，弄得大家还不知道发生了什么事。"

回到毡房里，她借着照在地上的手电筒光看了一眼，在她身边睡着的果然是格里木。她在心里叹了一口气，钻进了自己的铺盖中，将身体转向了陆笑梅……

22

当周宇听见鸟儿啼鸣时还没分清这是在梦中，还是在现实生活里。他努力地睁开眼睛，看见四周还透着乌朦，他又转动脑袋向上方看去，只见毡房的天窗外透出一抹淡淡的宝石蓝色。年轻人的身体就像这草原上春草芽儿，虽然经受了一场磨难，但是经过了一夜踏踏实实的沉睡，就像充足了气的小皮球，浑身都透出生机勃勃的活力。

他这时意识到自己已经在边陲的神仙滩头，恢复了生气的肌体使他再也按捺不住了，他从地铺上爬起来，穿上紧身的内衣，悄然走出毡房，走向河边一块昨天就看好的平坦草地，他要趁着天亮之前，舒展一下筋骨，压压腿，练练功。练武人有句口头禅，说是"练功不压腿，等于活见鬼"。他蹿过红柳林，向河滩的草地上走去，突然间他发现草坪上有一个身影，在步履矫健地练习着拳脚，他停下脚步观察了一会儿，觉得这是一位功力深厚的老者，而且在这块场地上练武已非数日。于是他便在林子旁，一边活动身体，一边观看老人练功。这时老人已经舒展开了筋骨，他站了一会儿桩，练了几个单式，便练起了套路。那一招一式苍劲古朴，出手矫捷，招招险狠，腾挪跳转，敏锐异常，踢脚出掌，神出鬼没。

周宇看傻了眼，这武功他还从来没有见识过，只听师傅说过塞外有高人，果不其然，今天在这人迹罕至的地方见到了高手，他情不自禁地大叫一声:“好功夫!”

他这一声大叫不要紧，把练功的老者吓了一跳。他一个鹞子翻身，将身体转向了周宇，两个岩羊跳步，就到了周宇面前。来者看见偷看他练武的人原来是周宇，“嘿嘿”笑着说:“小兄弟，你也喜好武功，为啥不下场子来走一趟，在这柳林边练习要不开呢。”

这时周宇也看清了来者便是房东萨勒达老爹。周宇见老爹邀他一起练武，也正想向他讨教这塞外功夫，于是便随了他来到了草地上。他向老爹一抱拳说:“老爹，小的先走一趟，请您老指教。”老爹见他是个爽快人，也就点头同意了。周宇上来一个朴步，转身犀牛望月，白鹤亮相斜劈掌，打开了师傅教给他的入门功夫白虎拳……老爹见识过许多内地武行，多是些花拳绣腿，今天看了周宇练的白虎拳，虽然实用招数不多，但是它的套路编排，如行云流水，一气呵成。老爹虽然身在塞外，也是见多识广，他知道年轻人同自己萍水相逢，初次见面，也只是切磋而已。不知不觉中太阳已经升上了树梢，巴尔山走过红柳林，大声地喊道:“看你这爷俩还说得没完没了了，大家都在等着你们吃饭上山呢。”

老爹哈哈大笑，说是今天开了眼界。他拉起周宇向木屋中走去。边疆的早餐说简单也简单，只是牛奶加馕饼。为了照顾不同民族的饮食习惯，萨特县长让巴尔山加了一个大米粥。这大米粥做得太一般，米是米，汤是汤，没有一点“粥”的意思。说这顿早餐不简单，也真是不简单。老爹提上了一大塑胶桶的牛奶子酒，还让巴尔山烤上了几条大红鱼为大家做佐酒的菜，吓得大伙直吐舌头。

只有老爹、萨特县长、巴尔山、格里木拿了大碗去倒酒，就着烤鱼和馕饼喝起了早酒。其他人都端着碗喝牛奶和大米粥，掰了一块馕吃早餐。老爹端了一碗牛奶子酒走到周宇身旁，笑着递给了他。周宇放下手中的米粥碗，接过牛奶子酒举过头，碰着老爹酒碗的下口，喝下了一大口酒。他们一边吃着烤鱼喝着酒，一边亲切地谈武论道。格里木不时地用眼睛瞄向他们。

酒足饭饱后，马匹也准备就绪了，巴尔山领路，带着科考队一班人马向哈拉开特后山走去。

格里木走到古丽前面，上前拉了周宇一把。周宇回头问他有什么事。格里木讲就想同你说说话呢。于是俩人让开了行人，走到队伍的后面。格里木问："你小子真能耐，喀纳斯河那么大的水流硬没咋的你，转眼间又成了一匹活蹦乱跳的小马驹。今天咋就起得那么早呢？同老爹混得像老朋友似的，你们都在说些啥呢？"

周宇不愿同他说练武的事，以免引起误会。他说："活动活动筋骨呢，还能做啥？"

格里木不无嫉妒地说："你糊弄人呢，你同老爹手拉手，有说有笑的，像是亲爷儿俩似的。"

这时周宇冒出了一种想做恶作剧的念头，他回过身向格里木招了招手，示意他将耳朵伸过来，说："我也不知道我们是在干什么……"

这时他们走到了邻近喀纳斯湖边的山峰下，游客们都在沿着这条山梁上的石阶直接登上观怪亭。玛丽亚拉了走在前面的萨特说："萨特大哥，息口气吧……"这时她看到有的男士们爬起这陡峭的山梁，已经累得满头大汗了。这儿正好有几平方米的息脚地，还有两棵冷杉树为它撑起了一片阴凉。在他们之前已经有几位游客在这儿小息，他们看到后面爬上来的人都累得气喘吁吁的，便主动站起来，将隆起的树根让给他们坐。

萨特县长让巴尔山把背上来的矿泉水分给大家。科考队员们都张大嘴喘息未定，抓过矿泉水急切地打开瓶盖，"咕嘟咕嘟"地喝将起来。这时古丽问萨特，听说这喀纳斯湖里时常出水怪，这是真的吗？

萨特县长笑着说："这个喀纳斯湖啊是一个古代堰塞湖，又处在荒僻的四国交界处，千万年来人迹罕至，水中生存几个说不清、道不明的大物种也不奇怪。"他指着巴尔山说："巴尔山大哥同水怪有过近距离接触，让他给你们讲一讲吧。"

巴尔山说："那是在头几年的一个晌午，我和女儿阿云娜赶了一群羊，几匹马，在喀纳斯湖上面的草场上放牧。我让阿云娜在草场上放着羊，我牵着马到湖边给它们饮水。我就躺在柳林边的沙滩上，一边喝着牛奶子酒，一边看着天上的云彩。正在我要打盹时，突然听到马儿撕心裂肺的惊叫声，我一骨碌爬将起来，只见哗啦啦一声爆响，水中掀起来一股两米多高的水柱，水柱中还包裹着一个似红又青的大家伙，随着水柱的落下，它也沉入了水中，只是露了两次像蛇又像龟的头，慢腾腾地向深水区游去。当时，我愣了半晌，这才想起来清点我的马匹，独独少了我那匹和田买来的五花良种马。那是我们村里最好的种马啊，人家要用三匹成年好马换我的我都没答应，今天想起来还心痛呢。这事是真白的，图瓦人不兴说瞎话，况且我还是村里的大萨满呢。"

古丽特认真地说："我们没说不信啊，这事要不是你亲眼所见，谎言是编不出真实来的。"

萨特县长说："信则有，不信则无。就看今天大家有没有缘分，同喀纳斯水怪谋上一面了。大家一个跟着一个，不要慌，不要挤，按照现在的顺序，依次向哈拉开特山观怪亭进发。"

23

萨特压住了队伍，让他们尽量走在一起。这时山上的空气越来越稀薄，上山的人们都放慢了脚步，张大着嘴，喘着粗气。也有的人溜了一眼万丈深渊的湖面，便兵不打自退悄悄地溜下山去。鲁洋习惯性地从随身挎包里拿出望远镜，向湖面上观看去。他突然大声地叫嚷起来："水怪，水怪，水怪出现了！"

游客们立马都将眼睛瞅向了湖面。由于是在高空鸟瞰湖面，连湖岸边走着的人和马都像木偶一般大小，可想而知在水中的动物更是难以看清楚。鲁洋手中拿着望远镜，对露出水面的两个庞然大物看得是一清二楚。在他的指引下，很多人找到了两个在水面游动的活物。它们在靠近山崖一边的深水区，将水面犁出了四道剑状的水棱。这时有人高叫道:“后面还有一只,后面还有一只!”

为了看清湖中水怪的模样,便有游客向鲁洋借用望远镜。但是望远镜一旦借出了手,便像击鼓传花似的在游客们手中传递开了,大家都争先恐后地要过望远镜,试图一睹湖中水怪的庐山真面目。这下可苦坏了鲁洋,他脸皮薄,抹不开面子要回望远镜,只得跟着望远镜走。这时一个年轻人向湖水里观看了水怪后,一位女游客便要向他借用望远镜。年轻人一扬手,举起望远镜说:“十元钱一看,有偿服务……”

那位女游客二话没说,立刻掏出钱来,便要递给青年人。鲁洋一见有些气愤填膺,上去就要夺回望远镜,他对女游客喊道:“不要给他钱,望远镜是我的。”

年轻人上前一把封住了鲁洋的领口,举起望远镜嚷道:“你能把这个望远镜喊答应了,它就是你的。你是皮肉紧巴了吧,想要松一松!”

鲁洋没想到在这旅游胜地,光天化日之下,还有这样的无赖之徒,简直气得他浑身发抖,连话都说不出口来。这时旁边有人劝他,好汉不吃眼前亏,不要为了一个物件伤了身体。鲁洋一股犟劲儿上来了,上去抓住望远镜的挂带,从牙缝里挤出了几个字:“你不要恃强凌弱,强取豪夺。”

年轻人嚷道:“我就强取豪夺了,看你能把我怎么样?”

正在这时格里木上去一把抢过望远镜,一边抡起粗壮的胳膊,就要砸向年轻人,一边嚷叫道:“你这狗毛胆子也太大了,还敢抢大学教授的望远镜……”

这几个人一看格里木凶神恶煞的样子,又见他身后还站着怒目金刚一样的周宇,首先就心生几分畏惧,又听他道出了萨特县长的大名,而且听说他们抢的是位大学教授,连忙丢下望远镜,掉头就要开溜。周宇拦住了他们的去路,勒令他们给鲁教授赔礼道歉。

几个年轻人赶忙向鲁教授鞠躬赔罪,转身恨不能生出三只脚来,狼狈地向山下蹿去。古丽拿过了望远镜说,这下谁都不借了,由她来保管。这时湖中的三个怪物游成了一排,悠然地游进了喀纳斯湖的大湾里,消失在人们的视野中。

在往山下走时，科考队员们见到山腰有片云杉林，阿云娜正在林子边外等候着他们。她穿着红色长袍，像一团火似的蹦跳着向他们招手。科考队员们从火辣辣的太阳地，一下钻进到了阴凉的树林里，立马有了透心凉的感觉。格里木看见周宇靠在一棵大树身上眯着眼睛，还以为他是爬山累了不想挪窝，便端着酒走了过去。周宇接过他递来的酒碗，喝了一口说："这酒还是你喝吧，我喝不了这么许多。"

格里木一屁股坐到周宇靠着的大树根下，深深地喝了一大口酒，哈出一口气说："兄弟哎，玛总把你招收来这么些日子，我也真的看出来，她挺有眼珠子的，你是个非凡的人物。但是我有话说在先，玛总是打小跟着她哥哥和我一起在草原上长大的，打小她哥就是我的好兄弟。他把她交给了我，我就要像做哥哥一样地保护好她。别的事都好说，我不能让你离得她太近乎了。"

周宇觉得他对玛总的感情有些特别，本来不想搭理他，见到他老是用两只暴突的眼睛盯着他，于是便坦诚地说："你也太小心眼了，端谁碗，服谁管，我只是按照玛总的指示办事，也没碍着你啥，我到新疆来还有自己的事要做。如果就是为了糊嘴，我还不至于跑到这风吹草低见牛羊的塞北来呢。"

格里木喝了牛奶子酒后对周宇说："我就是看不得你个小汉人，长着一双湖水般的亮眸子，把我们草原上的女人都看傻了。她们会做出傻事来呢……"

周宇看他又要把酒喝高了，便站起来说了一声："不可理喻！"就要离开他。格里木上去一把抓住他的胳膊说："你还要和我理论，那就理论吧，理论啊？"

他的高嗓门一下吸引了大伙的关注，大家把目光转向了他俩。周宇本来想一抬手把他掀翻在地，但一看大家都在瞅着他们，也就没好意思动手。玛丽亚见事不好，一头蹿过来，夺下格里木手中的酒碗，递给了陆笑梅。又拉开了他的手，把他推到另一棵大树下面坐下说："也没见你喝多少酒，干吗要耍酒疯。能喝你就喝一口，不能喝就别出洋相……"

格里木低头瞄了玛丽亚一眼说："我是想同他谈谈，他却要同我理论呢……"

坐在一边的鲁洋说："人家是说'理喻'，不是要同你理论。文化呀，文化，人家都不想同你说话了，你还缠着人家不放，还理论呢！真是秀才遇到兵，有理讲不清。”

陆笑梅把周宇拉到了树林的另一端，她让阿云娜给他倒了一碗水，劝慰他不要生气了。周宇端起水来猛地喝了一大口，到了嘴里他才感觉到，阿云娜原来递给他的是牛奶子酒。他当着人面也不好吐出嘴来，只好皱着眉头把它强咽下了肚子。阿云娜见他喝下了酒，便向他眨了眨漂亮的杏仁眼走开了。这时玛丽亚走过来坐到他身边，安抚地说：“我都听鲁老师说了，这事不怨你，毛病出在格里木身上。还是世面见识得少啊，你不要同他一般见识。”

玛丽亚不无自责道：“我太看重他同亚历山大是发小了，从来都不愿给他一点难过……”

24

上午大家一饱眼福，远距离地看到了数载难见的水怪，在云杉树林里又恢复了体力，他们听说前面还有美丽的风景，于是精神头更足起来。只有格里木靠在大树上呼呼大睡。玛丽亚上去叫醒了他，让他走在鲁洋后面看护着队伍。这时已经过了午时，阳光柔和起来，加上从雪山上刮来了凉爽的风，大伙儿感到舒适了许多。

他们翻过了一座山峰，看见在前面高低起伏的坡坎上，长着一片奇形怪状的老榆树，它们粗大的树干长得千姿百态，皱褶炸裂的树皮就如同化石一般。在它们前面的山坡上，长着一溜挺拔的冷杉，树冠已经开始从墨绿转变成了翠绿色。科考队员们骑着马走过了山坡的乱石过渡带，山路变得陡峭起来，灰暗的山石和洁白的雪山交织成狼牙交错的雪线，在夕阳照耀下，阿尔泰山层层叠叠，云雾缭绕，远远望去，山峦之间呈现出一片壮丽的冰雪世界。高高的友谊峰耸立于群峰之巅，挺拔屹立，就如同一座圣洁晶莹的玉峰，在夕阳照射下，金光四射。大家惊呼道：“真的是世界奇美啊！”

周宇问:“这美丽的雪山高峰，是我们国家的吗?”

萨特县长眯缝着眼睛，看着友谊峰说:“它是四个国家共有的，在她的四周有中国、蒙古国、俄罗斯和哈萨克斯坦四个国家呢。”

刘援疆无限感慨地欢呼道:“真是大美无疆啊!”

25

玛丽亚的科考队走遍了喀纳斯附近的山水和草场，昨天回到神仙滩已经很晚了，他们看到木屋边上又搭起了两顶毡房，大伙知道这是老爹为了他们的考察方便临时借来的毡房。酒喝到了更深时分，早晨起来又是一个艳阳高照天，大家边吃饭边议论着下一步的工作重点。

这几天周宇已经同萨格达老爹结成了忘年交，他们每天都是顶着星星起，谈武练拳，各露手段。老爹终生就练这一套拳法，这套拳法是从他爷爷手中传下来的，据说是成吉思汗的大王子术赤在多年的南征北战中，汲取百家之长，糅合自家功夫创建出来的，只有大王子的亲兵随从才能得到授传。当年爷爷传授这套拳法时就一再叮嘱他，这门功夫有三不传:不练习到五十岁以后不得传人，看不准的后生不得传，心术邪恶的人不得传……

直到这次回来，每天都到太阳升上了树梢，大婶才打发人到屋后叫他们回来吃早餐，他又是一准同周宇谈笑而归时，这才引起了萨特的注意，一问才知道他们还有着这份武缘。这一老一少谈得投机，周宇也就露了几手看家本领，什么形意拳、罗汉拳、武松脱铐、三十六路板凳花，看得老爹是连声叫好。当老爹问起这些拳击要害时，他也毫不隐瞒，把这些拳路的攻防要点一一告诉了老爹。

老爹见这个后生不但诚实，而且聪慧好学，是个寻找了多年能传授衣钵的好苗子。听说今天他们早餐要开会安排下一步工作去向，刚见到一个好后生，又不知道要到天南海北去了，心中觉得有些惆怅。本来他是不大同科考队一起吃早餐的，他想人老了，要自重一点，不要讨人闲，说你倚老卖老。

今天他心里有事，便悄悄地走进科考队的毡房坐到一个角落里，想听一听他们下一步去向。大家一见老爹来了，都站了起来。老爹笑了笑说，想听一听大家说话呢，也顺便陪科考队吃个早餐。因为今天早餐会后决定有人要走，特别是萨特县长是一定要走的人，老爹来陪大家吃个早餐也是人之常情，大家也就没往深处想。大婶和阿云娜端上了油馓子、奶疙瘩、玛仁糖，又给大家送上牛奶子酒。

萨特见食物上得差不多了，便招呼大家边吃边商量。巴尔山是不管三七二十一，先给老爹倒上一碗牛奶子酒，再给自己倒上一碗酒，便不管不顾地喝起来。萨特要玛总先说说，玛丽亚把球踢给了专家们，说："我是领队不算专家。古丽、刘老师，还有大洋，你们先说说吧。"

古丽看了刘援疆一眼说："喀纳斯这块风水宝地打造得好，不但在中国，就是在世界也能跻身第一旅游方阵，完全不比欧洲的阿尔卑斯山逊色。你们看这里的旅游资源古朴自然，可以讲胜过欧洲的名胜景迹，只是缺乏统一规划和精心打造……"

古丽越说越激动，玛丽亚怕她又犯书生意气，赶忙在暗下拉了刘援疆一把，示意让他打断她的话头，因为只有他才知道她下面要表达的意图。刘援疆端起一杯茶水递给古丽说："喝口水，下面的话我来讲。"

古丽喝了一口水说："我的话我来讲，你的话你去讲……"

鲁洋说："你到现在还饿着肚子呢，吃一点吧，刘老师已经是饭饱酒足，能量积蓄得要喷薄欲出了，你就行行好，让他一吐为快吧！"

鲁洋的话逗得大家哄堂大笑。刘援疆慢条斯理地开口说，至于说喀纳斯的旅游资源毋庸置疑是世界顶级的，古丽老师讲的是在开发之前如何保护好天然资源的问题。我讲一点具体意见，萨特县长，我建议你以县政府名义派一个强有力的工作组，把村规民约抓起来，把资源保护起来。

萨特说："你们的意见我回去就研究落实，在公路通车前，我就把工作组派进山里来，落实你们的意见。玛总，这里的山山水水你们都考察了，就在这个把月进山的公路就要试运行了，接着再把电通上。你们是大企业家，在你萨特大哥这里发展，肯定能赚大把的票子嘞！”

鲁洋没等玛丽亚说话，先开了腔说：“这个地方确实是块风水宝地，但是条件艰苦，开发难度大，疆欧公司起步时间也不长，要参股打造这么大的旅游产业，显得有些心有余而力不足啊。”

萨特胸有成竹地说：“我们几方来合伙打造嘛。疆欧公司作为一方，我们拿资源，你们拿出一定的资金我们合股算作一方，你们可以作为大股东享有管理权，玛总你看这个条件怎么样？”

玛丽亚斜着眼睛看向萨特说：“喀纳斯是块风水宝地，谁捷足先登，谁赚钱这是不容置疑的。但是几千万元的投资也不是一个小数目，我们还要再看一看。说句不中听的话，在商言商，小投资可以靠感情，大投入还得靠理性啊。话说白了，萨特大哥你是铁打的衙门流水的官，现在我们在这儿投个几千万有您罩着，行事可能方便一些，若干年后你老哥飞黄腾达了，我们失去了你这棵大红松，还能靠谁去乘凉呢？我们做事业要注重前期科研，一旦看准了，不但要把好事做好，还要兼顾到方方面面。”

萨特见她把话说到了这个份上，只好说：“玛总是我的小师妹，你要相信萨特大哥，不是好项目是不会拉你入伙的，如果你在我这里吃了亏，我萨特为了这顶乌纱帽也愧对老师，愧对朋友啊。假设有朝一日我飞黄腾达了，也会一辈子驮着良心债呀！”

玛丽亚知道投资如何，还要取决于考察结果。她看着古丽说：“你和刘老师还要多住些日子，我们还有很多地方要进一步考察。”

古丽一把抱住玛丽亚高兴地说：“英雄所见略同，我们原来也打算在这里再住一段时间，有些问题我们只是形成了个初步想法，我还想对阿尔泰山的植物做进一步研究。刘老师还要对这里的地域风情、周边经济状况做深入调研，他想做一篇对西北亚地区完整的经济考察报告。”

萨特赶忙说："那就谢天谢地了，这对我们的经济发展一定大有益处。"

谁也没想到老爹这时开了腔说："且慢，老汉也要说句题外话。你们不是要丢留守人员吗？我看就把小周留下来吧，就算为了我这个老头子，这早早晚晚的也有个能搭上手、说上话的人啊。"

萨特一见老爹提出了要求，感到有些为难，赶忙说："老爹，你……"

玛丽亚赶忙打断萨特的话头说："这也正是我们的安排，周宇留下来为我们搞服务，忙后勤外事。格里木陪着鲁老师先把笑梅送到阿勒泰机场，飞回乌鲁木齐去，把乌鲁木齐公司的工作抓起来，现在公司就小袁一个人负责也忙不开。"

格里木喝得满脸通红地说："我要留下来，这个地方我比周宇熟悉，各方面事情也好办些，还能陪着老爹你和巴尔山大哥喝酒呢。老爹酿的牛奶子酒我还没有喝够呢。"

玛丽亚没搭理他，说："来、来、来，我们干一杯感谢这些天老爹对我们的关照。"

大家一饮而尽。老爹朗声地说："晚餐把桌子搬到河滩上的红柳林前面去喝，让巴尔山给你们念叨念叨我们图瓦人的故事，我来为他吹'苏尔'。"

26

格里木睡了一觉醒再次找到玛丽亚，犯了倔脾气说什么也要留下来。他的理由是你哥哥对我说的，要我好好保护你。我不能把你一个人丢在这荒山野洼里。玛丽亚抬起手捋了捋他的络腮胡子说，小哥哥哎，谢谢你的关心，我也想把你留在身边呀，但是我们公司能独当一面的就这么几个人。你说这陪着鲁教授进小金岭你不去，还能叫周宇这个生瓜蛋子去啊，你长着个大脑袋就是摆设啊。

格里木尽管心中一百个不乐意，但玛丽亚几句话说得他心里暖暖的，只好听从她的安排。这时陆笑梅走进毡房，说是野餐都准备好了，就等着他们入席了。玛丽亚先走出了毡房，陆笑梅拉了格里木一把说："咋样，又挨批了吧。我说你啊，四肢发达，大脑简单，玛总说的事你照办就得了，不要吃着碗里的还看着锅里的。"

格里木没好气地说："臭丫头，还教训起我来了。"

他们来到河畔的柳林前，大家都喝开了酒。萨特县长抱着冬不拉，巴尔山左手拿着一块空木板，右手拿了一个晾干的红柳条，两人边上还放了一张小桌子，桌子上放了些食物和羊皮酒壶。他们坐在离开柳树林有一丈来远的一棵红桦树下，就像是一个天然的遮阳小舞台。萨特县长见大家都到得差不多了，便开腔说，今天就算我们为科考队开个欢迎会，节目就是一个，听大萨满巴尔山用我们图瓦人的"好来宝"说说我们图瓦人的故事。我们的"好来宝"有说有唱，说唱结合。巴尔山你就尽量用新疆汉话来表演，这样山外人才能听明白。

巴尔山只是眯着眼，喝着酒，点着头并不言语。萨特轻轻拨动琴弦弹起了冬不拉，老爹拿出一根像竹笛似的乐器，他告诉大家这是图瓦人的乐器叫"苏尔"，他跟在萨特的冬不拉后面吹了起来。这时太阳已经落到了西山顶上，洒出了万道彩色的光霞。老爹背对着五彩缤纷的晚霞和落入彩霞的河水，盘腿坐在草地上，就像一尊披着圣光的大佛，他眯着眼睛吹着苏尔，那优美绵长的乐曲声，就像是从河水中荡起的一般，游客们从未听闻过这样苍凉低浑的音乐，仿佛是一种远古的穿越，听得人们如痴如醉……

当天晚上，科考队员们男女分开来居住了，玛丽亚安排古丽和刘援疆住在靠近最里边一间的毡房。

27

天蒙蒙亮，周宇来到河滩草场上，见老爹正在练站桩，他向老爹问了好，见他身旁有个中等个头的年轻人在蹲马步，老爹介绍说这是他的徒弟名叫加克达，你不在家时我让他过来练练手。两人一抱拳算是敬了礼。

他们活动了一下身子，老爹让加克达练了两个单式，又打了一路拳脚，算是让周宇认识一下自己的高徒。过后老爹也练开了一路拳脚。周宇一边活动身体，一边注意观摩老爹的拳路。过后周宇问：“老爹，你这套拳路近打格杀了得，都叫什么名字？”

老爹不紧不慢地说：“你们汉人都爱给拳脚说个名姓，我们的拳脚无名无姓，都是祖上传下来的，都是大王子在实战中得来的，你要想叫它有个名字，就叫‘大王拳’吧。”

“老爹，我想拜你为师，学习你的大王拳……”

“我们的拳脚同你们的拳脚不是一个林子里的树木，好多功夫是要从根本上学起的，也不知晓你们能在咱喀纳斯住多久，也没有很多时间来教授你这许多，只是在一起练一练吧，说不上师不师的。”

周宇说：“论年龄，论武艺，你都应当是我师傅辈。我当拜你为师傅……”

说着他双膝跪下向老爹磕了三个响头。老爹含笑拉起他来，算是答应了他。

28

阿云娜带着科考队来到贾登峪山坡下，刘援疆同玛丽亚、古丽又从高坡上用望远镜向前面的喀纳斯河畔观看了一番。刘援疆劝玛丽亚说这是一块难得的风水宝地呀，下定决心不要犹豫了，这可是将来通往西北亚诸国的咽喉要道啊！古丽看了玛丽亚一眼说，话不要说得太满，我们还是到山上观察一番再作商量。

于是，他们骑着马顺着羊肠小道向贾登峪山上攀登去。这时玛丽亚刚想转身，一只脚却掉进了牛蹄窝里，只听得“哎哟”一声尖叫，跌倒在草地上。周宇赶忙上前扶起她坐到草地上，脱下鞋子和袜子，只见脚面上已经红肿起来。玛丽亚疼痛不止，周宇上去就要给她搓揉脚面子。

阿云娜连忙叫住了他，她跑到草场边的灌树丛中，捋了几把树叶子，又从草地上找了两三种花草，用手揉了揉然后递给周宇，要他放入嘴中将它们嚼出汁来，敷在玛丽亚红肿的脚面上。周宇犹豫了一下，心里想干吗偏要我来嚼，这不是作弄人吗。阿云娜看出了他的心事，解释说："这种草药男人用要女人来嚼，女人用要男人来嚼才能见效，这是真的，不相信你回去问老爹，这还是他教给我的呢。"

周宇接过草药放进嘴里用心地咀嚼起来，他感到这草药在嘴中开始有点辣辣的，后来有点麻麻的，再后来就感到口腔里有点失去了知觉，仿佛在慢慢地膨胀起来。他把咀嚼碎的草药吐到手掌心中，在阿云娜的指导下，将带着汁水的草药敷在玛丽亚的红肿处。阿云娜让周宇把玛丽亚背到右边生长着西伯利亚红松的树荫下，说是敷上这种草药最好是待到冷杉或是红松树下，不要一个时辰就能下地走路了。

玛丽亚说："趁着现在天还早，不要浪费了好时光，你们一鼓作气再上一个大坡，到上面的草场去看一看。特别是要观看靠西北方向的山地，将来有了客人来，登上千米大山啥也没看到，那才叫败兴呢！"

古丽嚷道："不行，你都伤成这个样子了，还能把你放在这儿不闻不问，你叫我们于心何忍啊！"

玛丽亚涨红了脸说："那也不能因为我耽误大伙的工作吧！"

刘援疆调和地说："玛总说的也是。这样吧，把阿云娜留下来陪着玛总，我们三个人还是到上面的草场去考察一下。回来我们再把上面的情况向玛总汇报。"

古丽向玛丽亚瞄了一眼说："留下阿云娜谁给我们带路，要留就留小周吧。玛丽亚要想挪动一下，小周还是个帮手呢。"

周宇听古丽说得在理，便说："行啊，我留下来照顾玛总吧。"

刘援疆他们拿了几块馕，背上水壶，骑上马向右边的山峰上攀登去。古丽在上马时向玛丽亚挤了挤眼睛，暧昧地笑了。玛丽亚见他们已经绕过了山崖，便对周宇说："看你浑身的衣服都汗湿透了，这里也没有别人，把衣服脱下来放在草地上晒一晒，不要半个时辰便能晒干。你们这些小伙子啊，就是不会照顾自己。"

周宇笑了笑没有脱下衣服晾晒的意思。玛丽亚挤对他说："怎么，见我在这里还不好意思啊。脱吧，别把我看得就像黄花大姑娘似的，我早就过了脸红的年岁了。"

周宇只好脱下上衣，把它铺到松树林外面的草地上晾晒。玛丽亚说："把衣服铺平整了，不要放得皱皱巴巴的，干了穿在身上都不平服。真是个没有人疼的毛头小子。"她看到周宇赤膊着上身无所适从的样子，扑哧笑了起来，她向他招了招手说："过来，过来，把牛奶子酒递给我喝一口解解渴。"

周宇赶忙拿过羊皮酒壶递给玛丽亚。玛丽亚双手接过酒壶，打开松木塞子，咕嘟咕嘟喝了两口，然后拍了拍身边的草地让周宇坐下，把酒壶递过去，要他也喝几口。当他放下酒壶时，玛丽亚睁着一双漂亮的大眼睛看着周宇，举起拳头在他胸大肌上捶了两拳头说："小伙子浑身都是腱子肉，还生得一副聪明的好脑袋，咋就不考大学呢？"

"考了，差一点没考上本科。"

玛丽亚说："阿云娜这小丫头弄的草药，敷在脚上还真是好多了。"

周宇感慨万千地说："单方气死名医嘛。这塞外边疆的文化融合了很多民族和外来的元素，真的有点不看不知道，看了真奇妙的感觉。""玛利亚让周宇帮她扶到森林深处，处理一下个人问题。周宇见过了半晌也不见玛利亚招呼他，只好在林子外面等候着。过了好一时他才见到她，呲牙裂嘴地扶着红松树，往森林外面慢慢地挪动着。周宇赶紧跑过去，搀扶住他，埋怨道：你脚崴的不能挪窝了，喊一声让我来背你，也能减轻些痛苦啊。"

玛丽亚岔开话头说："小周啊，还得求你帮个忙，我这脚一动就疼得钻心，你得帮我系一下腰带。"

周宇先是一愣，立马便应承了。他在帮她系腰带时看见她的皮肤不但很白嫩，而且腰围也很细润。他帮着她整理好裤腰和衣服，便把光脊背靠向了她。玛丽亚伏到他的后背上，柔声娇意地说了声："谢谢。"

周宇只感到头脑乱哄哄的没话找话说："玛总，你的腰带上怎么还有一个个气泡呢。”

玛丽亚笑着用手轻轻拍着他胸脯说：“小傻瓜，这是鳄鱼皮束成的腰带，是泰国原产地品，冬暖夏凉，这条腰带要好几千元呢。这话只能你知道，不要同任何人说啊，这是女人的隐私！”

周宇感觉到玛丽亚在用湿润的手心轻柔地抚摸着他的胸肌，他浑身哆嗦了一下。玛丽亚嘻嘻地笑起来，抚摸得更加温柔了。周宇把玛丽亚放到红松林边的一棵大树旁，扶着她坐到绿草地上，又把用剩的草药放到嘴里咬嚼出汁来，敷到她的伤脚关节处。玛丽亚说你的衣服已经晒干了，拿到林子里来晾一晾就可以穿了。

夏季喀纳斯的太阳很炽热，早晨十点钟过后男人都要戴遮阳帽，女人要披遮阳纱巾，不然暴露的皮肤极易灼伤。但是一到树荫下，马上就进入了清凉世界，而且温差还特别的大，待长了还要到阳光下面晒上几分钟。玛丽亚要周宇穿上衣服坐到自己身边，她伸手拍了拍周宇的肩膀说：“我在大巴扎第一眼看到你时就产生了一种直觉，就觉得你是个可造的人才。果然你进公司工作三个多月来，证明了我的眼睛没有欺骗我。来日方长，只要你认真做事，我会用心栽培你的。还有，以后你在没人的时候就叫我亚姐吧！”

29

周宇听玛丽亚说，他们是因为受到夏生培的指引才来到这个大山里的。他忍不住地问：“亚姐，你们在大山中都找到了什么宝贝？”

玛丽亚诡谲地一笑说：“现在还不到告诉你的时候。”

她把话头岔开了说：“我想问你一件事，希望你能如实相告。你到新疆来就是为了完成公公交办的任务吗？你找到表兄以后还有什么想法，能同我说说吗？让我心里有个底，也好为你将来筹谋。相见相交就是缘分啊！”

周宇思谋了一会儿，喃喃地说：“来的时候也是一头兴就是为了找表兄，但跟玛总后面干了这阵子，觉得心中踏实有了奔头，也觉得自己过去的想法有些浮躁，真的想跟着你后面多干几年长长见识。但是，公公的临终嘱托也是不敢忘记的。”

玛丽亚若有所思地说：“有你这话我心里就有底了。我已经托可靠的人去帮你打听。你见到表兄后，还能不能留在我身边，你最好也交个实底。”

周宇挺了挺胸脯说：“我向真主发誓，亚姐能帮助我见到表兄，我会知恩图报，贴着心跟定你好好干。”

玛丽亚笑了笑说：“亚姐也不要你赌咒发誓的，这应该是两厢情愿的事嘛。丑话说在先，你要有好的去处，我也不强留你，按照你的为人和本领，也是此处不留爷自有留爷处。只是要来去说明白，光明正大就好！”

周宇说：“亚姐，这个你放心，我要是觉得你亚姐有对我不住的时候，说实话小亏我就忍了，大发了我也会明来明去同亚姐你讲清道明，不会做那种偷鸡摸狗的小人。”

玛丽亚想了想说：“现在有些事还看不明白，政治不稳定呢，苏联解体了，我们地处边疆，也不知道是好事还是坏事。你还年轻，记住了经商也要关心国事啊。这个道理再过几年你会明白的，我也不用揠苗助长了，这就是人们常说的经历和阅历吧。”

周宇听了她这些话感到有些茫然，玛丽亚自嘲地摇了摇手。她弯了弯腿脚说是感觉好多了，她让周宇扶着站起来走了几步，说是脚虽然还有些疼痛，但也还能忍受得了。

周宇扶起她走了几步，感到她脸上总是显出痛苦的神色，于是便蹲下身子要背她到北边的山坡去。玛丽亚说自己能坚持走。周宇没容她分说，上前背起她一路小跑，来到了草场的北面山坡。这里向北看去云遮雾绕，山峦叠嶂，给人以登高极目、一览众山的万千气象。

这时他们就听到身后传来了马蹄声，回过头看去时，只见古丽他们骑着马，已经站在离他们不远的草场上。刘援疆惊诧地说：“这会儿时间您的脚就能走动了，阿云娜的草药还真是神了呢！”

古丽哂笑着说：“走动还不行，你看这不是还要小周扶持着吗！”

玛丽亚故意将周宇往怀里搂了搂说：“上面的草场风景如何？”

刘援疆感慨地说：“上面的草场比这里更秀丽，四周的风光更是无限了。把建筑放在青山脚下，进可观河，退可看林，有山有水有平川，一步一景，一山一貌，东仰旭日，西临暮霞，真是好一派山光水色啊。”

玛丽亚有感而发：“要是能在这高山草场上再建些亭台楼阁，供游人遮风挡雨，观日看月就更好了。”

刘援疆连忙说：“玛总，你可不要这么想，大自然的恩赐是最宝贵的财富。这些山地草场、高山花卉都有极高的欣赏价值，这里的自然景观都是无价之宝，不要轻易地去人为地改变它。将来它们都是极品旅游资源呢。”

玛丽亚说：“高山上有些建筑，只要设计奇巧，也可以起到画龙点睛的妙用。你看黄山、庐山、阿尔卑斯山上不都有着很好的建筑吗？不也都成为了休闲度假的胜地了吗？”

刘援疆叹息说：“人类破坏了多少圣山洁水啊。弄脏了的白布再洗也不可能恢复原样，喀纳斯的开放最先就要从规划做起，能少动一木则少动一木，能不动一草宜不动一草，这是对子孙负责呵。”

古丽见他们又较上了劲了，便说：“下山吧，你们看西边都升腾起了火烧云。”

玛丽亚同刘援疆停下了争执，大家都骑上了马。玛丽亚的脚还是没有好全，她骑上五花马走在队伍的后面，周宇紧跟在她的后面保护着她。

30

回到喀纳斯的当天晚上，阿云娜又给玛丽亚换了一次药，弄得周宇这一天来吃饭都觉得索然无味，但玛丽亚的脚第二天早晨起来果真奇迹般地康复如初了。

第二天，周宇睡得正香却被毡房外的汽笛声吵醒了，他赶忙穿上衣服跑出门一看，鲁洋和格里木开着213吉普车，停在毡房前只望着他笑。周宇也不知道他们是从哪儿来的，便高兴地一个劲招呼他们快进毡房。大家一听说鲁老师和格里木来了，都跑到周宇的毡房来。玛丽亚把鲁洋拉出毡房说了一阵话，便让阿云娜张罗着开饭。吃了早餐，各随其便。大多数人又去补觉了。阿云娜到村子里租了两床铺盖，放到周宇毡房里让鲁洋和格里木休息。周宇正睡得香美时被一阵激烈的讲话声吵醒了。他从被窝里坐起来一看，是玛丽亚和鲁洋在争执。

鲁洋有些激动地说："资金链要是出了问题，整个公司运转是要瘫痪的。"

玛丽亚说："这一点我算过账，我们在喀纳斯投资可分三期，今年开始投资是前期工作，投资额度有限。我们只要把优惠政策拿到手，征地下了基础，下面的事也就好办了，对萨特大哥也就有了说法。今年秋冬季应该是棉花的大年，赚他一个大数应该没有大问题。山那边的矿山风险可能要大一些，我们把矿山的阵线往后撤，吃矿心把矿皮放一边待将来再说，这样也能赚回一个相当的数目。明年到了投资高潮期了，有这两个大数支撑，就能向银行贷出银子来。只要我们把前期投入搞得有声有色，就不怕几家银行不拿我们当香饽饽待。"

鲁洋一字一句地说："大姐哎，能不能修改一下计划，我们给喀纳斯投个几百万也算是对萨特大哥的支持，这个边陲荒山要想把旅游开发搞红火也不是朝夕之事，不能操之过急啊。公司还是把精力放在现有的三个主攻方向上，再说了放着现成的活钱不赚，去搞固定资产投资，恐怕有点得不偿失吧。"

格里木突然发话说："我支持鲁老师的意见……把以前赚的钱都投到这羊马不下崽的地方来，公司还办不办了？"

鲁洋一听格里木的话显得心胸过于狭隘，赶忙说："我说的不是你那个意思。我的意见是投资不但要讲效益，还要量力而行，量入为出，不然搞不好就会资金断链，崩盘而终。”

格里木翻了鲁洋一眼，心里想我在帮你说话呢，真是狗咬吕洞宾不识好人心。

玛丽亚没想到格里木会横扫一竿子，于是说：“这样吧，周宇去把刘老师和古丽老师都请到这儿来，大家一起商量商量。”

玛丽亚让刘援疆先讲了讲这次考察的成果和看法，然后再谈一谈他对投资贾登峪盖高档宾馆的意见。

刘援疆按照他所起草报告的意思说了这次考察的成果，然后讲了投资贾登峪盖欧式高档宾馆的时机、基础和有利条件。

鲁洋看了一眼玛丽亚说：“刘老师说得非常到位了。但是刘老师想没想到，这里一年只有半年的旅游旺季，半年时间没有收益，业主还要请人照料房产，这也是一笔不小的开支啊。”

刘援疆笑了笑说：“鲁老师是地矿专家，严格意义上来讲，资源是很少有闲置的，这要看我们如何使用。喀纳斯是我国滑雪发祥地之一，又是我国唯一具有西欧地域风貌的胜景，这里的河流都是流向北冰洋的，这就是它的卖点啊。我们再把冬季旅游业打造好了，不是更有意义吗？”

鲁洋和格里木又分别发表了不同的意见。

玛丽亚转过头来问周宇：“你的意见呢？”

周宇摸了摸脑袋说：“这次我跟着科考队学到了很多东西，前前后后你们商讨这个问题我大多数时间也在场……”

玛丽亚严厉地说：“少讲废话，单刀直入。”

周宇说，他认为这是一个千载难逢的好机遇。机遇不是单等着我们的，见到机遇不抓住，后悔药是买不到的。几千万的大投资，不能笼统地讲投资或是不投资，要算细账。更重要的是这只是我们单方面意见，还没有同方方面面沟通，到底优惠政策给多少，总盘子有多大，都要有个预测。搞这么大的工程还要有行家里手来管理，当然这是下一步的事，现在也不能不想到。如果方方面面都论证清爽了，我想意见也就统一了。我觉得事情有百分之七八十的成算就可以干，凡事都有个万一，谋事在人，成事在天嘛。我也不知道说得对不对。”

“对啊，有些问题刘老师都计算过了。天也不早了吃饭吧，饭后转一转，晚上再接着讨论。”玛丽亚先自站了起来，算是宣布了散会。

格里木捅了鲁洋一把说：“没想到周宇这老小子是老财主的脑袋还很滑头啊，说的什么鸟话我都没有听明白。”

鲁洋没搭腔走出了木屋，玛丽亚让阿云娜又加了两个菜，上了牛奶子酒。

31

周宇骑着马顺着公路奔到白房子，把马儿交给了吐耶拜，见三菱越野车还停放在原来的地方，他拉开伪装罩，打了一盆水把车子里里外外清洗了一遍。正在这时萨特带着分管副县长和经委黄主任乘着伏尔加车就来了。

萨特让大家把带来的哈密瓜和几个纸箱子搬到周宇的车子上去，便让驾驶员开车返回县城去了。

太阳落山了，大家还坐在喀纳斯河畔的草滩涂，欣赏着西山头五彩缤纷的落霞，看那高低起伏一点点暗淡下去的阿尔泰山脉。直到涟漪的河面刮来了凉飕飕的风，大家这才拿起坐垫回到毡房里去。

按照萨特的想法，现在已经由疆拓公司同县里组成了合资公司，共同投资开发喀纳斯湖的旅游，但是两家在项目资金上都有较大的缺口。再说了县里把土地、林产都押上，对方在投资额上还是占着优势。他知道玛丽亚的疆欧公司实力雄厚，还有亚历山大的欧疆公司当后盾。

在县里几个主要领导碰头时，设想如果把疆欧公司拉进来，将来喀纳斯旅游业就行成了三足鼎立之势，在处理山林水路等问题上，也便于县里从中斡旋。从萨特个人角度来说，这件事要是做成了，也为他这次升迁加重了砝码。上午会议先是由古丽代表专家组宣读考察报告，然后由鲁洋汇报投资意向。鲁洋的汇报在分析了喀纳斯的优劣势后，建议由疆欧公司独资在贾登峪建设高档宾馆。这样一来就打乱了萨特的如意算盘，完全突破了他们原先的构想。县经委黄主任在鲁洋发言时就不时地将眼睛瞄向萨特县长。萨特县长开始还睁大眼睛听着他发言，但是越听坐在屁股下面的坐垫发出的声响越大，他几次想插话，又怕给人以不敬之嫌，欲言又止。

黄主任知晓领导思路，当他察言观色到萨特县长坐立不安时，在鲁洋发言刚结束，他便抢先说了话："如果我没有理解错的话，鲁博士的意思是在你们加盟喀纳斯旅游业之外，还将在贾登峪独资建一片高档宾馆，这个想法是一个新课题，也彰明显出贵公司的雄厚实力啊……"

鲁洋打断了他的话说："我想刚才我表述得比较清楚了，由于喀纳斯旅游公司已经由疆拓公司捷足先登了，疆欧公司就不再炒熟饭参与合资共建了。但是为了表示疆欧公司的诚意，我们意向在贾登峪独资建设一家高档宾馆，也算是为开发景区做配套工程吧。大家也知道这个边陲之地旅游资源再丰富，说白了每年也只有五个多月的可用时间，黄金季节就更短了。因此，疆欧公司投资份额的多少，也要看当地政府能给我们优惠待遇的厚薄来定，我们希望是能同疆拓公司一视同仁。"

萨特说："我的意见你们还是先帮帮忙，把当前的景区打造成4A级，哪怕是3A级也行。先把红旗树起来，我们再来建配套宾馆，这不是两全其美的事吗？"

玛丽亚眨了眨眼睛，压低声音对他说："小哥哥哎，你当我是世界银行首席执行官啊。我被你拖进旅游业来投资，还有力量再去打造高档宾馆吗？跟你说实话吧，就是投资宾馆的事我还没同亚历山大哥哥商量呢。再说了这二年我摊子铺得过大，哥哥还在紧锣密鼓地要我收缩战线呢。"

萨特说："他在国外不了解国内的大好形势，更不了解我们新疆的经济升腾的趋势。说实话投资喀纳斯你吃不了亏，就凭我是你师兄老哥，还能不看准了就拉你下水。”

刘援疆赶忙过来打圆场说：“萨特县长，我是局外人，我来说两句吧。其实你们的目的是一致的，都是要建设好喀纳斯风景旅游区。你要想到建一个4A级的风景区，没有个相应的高档宾馆做配套是不会被认可的。现在你们已经把疆拓公司招为麾下，可能是在当下资金有点紧张。但是再招一家公司同步展开配套工程，不也是一件两全其美的事吗？资金有缺口可以融资嘛，引进竞争机制可是当前经济发展的潮流啊。”

萨特听了他的话愣了一会儿，然后看了一下腕子上的手表说：“哎呀，时间过得真快呀，都到吃饭的时间了，剩下来的事我们再商量吧。”

原来昨天在休会后，玛丽亚和刘援疆找来了鲁洋，同他说出在贾登峪建设高档宾馆的前景，使得鲁洋茅塞顿开，恍然大悟，这便有了上午他在汇报会上的发言。

32

周宇他们把野菜拿到河边分类洗净，回到木屋厨房做出四道菜蔬。今天不但有炖羊肉，烤羊排，爆炒牛杂，还上了一道萨特带来的清炖驼峰肉。老爹见人多了便把饭桌摆到了周宇住的大毡房里。萨特说：“大家要少喝酒多吃菜，你们来到喀纳斯都快一个月了，也没抽空陪你们游一游喀纳斯湖。下午放上半天假，我陪着诸位乘小艇畅游喀纳斯湖。”

阿云娜和老奶奶一听他这话，赶忙撤了小桌子，收拾毡房。萨特又嚷道：“都方便方便去，吹吹喀纳斯河里的凉风，然后回来再开会。”

萨特瞅准这个机会把他带来的人召集到一起商议了一下对策。河风一吹人都清醒了许多，大家回来后坐到地毯上。

萨特说：“玛总，你先说吧，投资意向有没有什么松动。”

玛丽亚说：“我们也简单碰了个头，还是认为鲁教授的意见符合意愿。我们这也算是投石问路吧，单门独户的关系单纯，便于操作，利于管理。”

萨特说：“看看别的同志有什么要说的，知无不言嘛。”

黄主任瞄了萨特县长一眼说：“如果你们真要独资建设宾馆也好，都是为了喀纳斯旅游事业的发展嘛。既然要在图瓦村盖宾馆，这个宾馆的建筑风格就要符合地域特色，贴近图瓦人的风情。最好也建成图瓦人的木屋形式，可以比图瓦人的木屋高大一些，也可以建成二层三层的建筑。喀纳斯的空土闲地有的是，盖他个十里连营，蔚为壮观，给游客们一眼就能看到我们图瓦人的美好生活。”

副县长附和地说黄主任这个提议有思想。

玛丽亚说：“黄主任这个思想我们将会在建设中加以充分考虑。我们想在这里建宾馆，不盖则已，要盖就同国际接轨，请国内一流的建筑设计家来规划设计，在必要时也可以拿到国际上去招标。多投点钱不要紧，关键是要使它成为阿尔泰山的标志性建筑，做到百年不落伍。当然这个建筑也要征求方方面面的意见，也可以放到自治区政府网站上去，征求人民的意见。你们看行不行！”

黄主任说：“玛总说的话气魄很大，其实我们县里也有设计室，他们最了解当地的情况，也可以敲敲边鼓，帮助做些工作嘛……”

萨特一听他这话觉得不对味，赶忙说：“我的意见是地区和县里的设计室都不要插手这件事。业主负责制，规划图出来了我们再谈下一步，只是时间上要当年动工两年完成。现在就分一个工，地方上的事由我们来解决，规划建筑图纸你们去做，双方同意签字后动土。”

周宇一看这个会就要落幕了，赶紧写了个字条递给玛丽亚。玛丽亚看了一眼，又递给了鲁洋。鲁洋扫了一眼立马出了一身冷汗。他捋了一下思路说：“你们讲的都是从大处着眼，我来讲讲小事情吧。第一，我们来投资总得给些优惠政策，不然我到你这边陲荒野来投个几千万做什么。我们只要求你们能一视同仁，一个标准。第二，工程场地的四通一平，县政府要在建设开工前做好。还有……”

副县长说：“我们回去还要向县委汇报一下，尽快把县里的意见反馈给玛总。”

萨特说：“你们放心，会后商量一个细则，双方以盖章为准。”

散会时分已经是晚上九点多钟了，鲁洋和格里木又去同黄主任商谈具体协议。刘援疆同古丽到村子里去溜达。玛丽亚陪着萨特县长到河边散步，她叫上了周宇。喀纳斯初夏早十晚九正是一天中的最好时光。

萨特说：“你们的方案也不失为一步高招，但是与我们的初衷却不尽相同。我知道你们这也是为了给我撑面子，你说建设宾馆要到国际上去招标是真的吗？”

玛丽亚说：“我们这边敲定了合同，那边就由亚历山大联系南方建筑工作室和欧洲的建筑师，共同来规划和设计这个宾馆。哥哥哎，你是知道的，我的主业是搞矿产商贸的，最头痛的就是管理和建筑团队这些婆婆妈妈的事，想起来都是一头雾水。我知道哥哥现在正是到了关键时刻，也该到我来回馈你的时候了。到喀纳斯投资的事再难我也会咬紧牙关顶上去的，在这一块赚钱不赚钱再说着了，只要不赔得裸奔我就谢天谢地了。”

萨特县长说：“妹妹这个人情我领了，但你也不要太为难自己。你的这个小跟班是内地来的吧，我看他是个有头脑的人。你探探他的口气，看他有没有办法帮你排忧解难。”

玛丽亚回头瞥了周宇一眼说：“小伙子是块好料，也很智慧，但是年纪轻轻的，恐怕在这方面也没什么道根。”

她回过头向周宇招了招手，周宇从后面跟了上来。玛丽亚对他说：“我正在同萨特大哥说这建设宾馆的事呢。规划设计要请人，这施工队伍、现场管理、材料运输都是个问题啊，你从内地来，走的地方多，见多识广。我们想听听你的意见。”

周宇先是一愣，他抬眼看了看玛丽亚，又转过头来望了望萨特，过了半晌说：“别的都不是什么难事，搞建筑后期工作就是钢筋、水泥和砖瓦，我就不知道这些材料要从哪里运过来。”

萨特看了玛丽亚一眼，那意思是说好像有戏。他说：“那当然要从布尔津，甚至是阿勒泰往山里运了，有的可能还要求兵团支援呢。在这大山里干成一件事不容易啊！”

周宇好像是在自言自语地说：“砖瓦的开支要占建筑总量的不小比例。这些东西都要翻山越岭，从那么老远的地方运进来，那不是把豆腐盘成了肉价钱了吗？我在跟专家考察时看到黑熊沟光秃秃的，树木很少，草也不深。我问过鲁老师，他说那是冲击性的沟口形山丘，我看了那里是黄黏土，是做砖瓦的好材料。如果在那里拉上两根电线，架上变压器，放上一台制砖机，支上两三座砖瓦窑，再招上百十个工人，这砖瓦不但能自给自足，还能赚点小钱。”

萨特试探着往前说：“那谁会这门手艺呢？我们这里人往前几辈子只会放牧喝酒，盖房子都是砍倒树木，搭建成木格楞屋，全县也找不到这样的手艺人啊。”

周宇若有所思地说：“这倒不是一件难事，只要出比内地高出三分之一的工钱，待遇再好一点，人倒是能找到的。不就三两年时间嘛，这里的建设也就初具规模了，当地的人才也能培养出来了。”

萨特说：“钢筋混凝土和预制件呢，我们自己也能做吗？”

周宇说：“我跟姐夫在桥梁工地上干过，那都是眼见活，只要有水泥和钢材，我带着熟练工人就能做出来啊。”

萨特又问：“这样的师傅内地能找到吗？”

周宇说：“要是专门去找还真的费劲。只要价钱给得合适，我有几个师兄弟请过来是一定管用的。我还有个同学是建筑学院毕业的叫吴有德，我想能把他给动员来，这建宾馆的事也就不用烦大神了。”

萨特往周宇肩膀上猛拍一掌，高声嚷道：“高招！还能为我们布尔津的建设引进一支队伍来。”

玛丽亚抬手拍了拍周宇的脸颊说：“你小子一肚子的点子为啥不早说呢？”

周宇憨憨地说：“你也没问过我呀。”

33

昨天晚上在神仙滩头大家围着篝火吃烧烤，酒喝到二更天才入眠。第二天早餐都上了桌子，古丽还赖在被窝里不愿起床，玛丽亚三请四邀她才出了被窝，鬼慌日忙地洗了漱，坐到地桌边的皮毛垫上。

吃了饭大家分别上了两辆越野车，向喀纳斯湖畔驶去。他们把越野车停放在柳林边，从湖边架起的一棵粗大的独木跳板走上小游艇的前平台。巴尔山好不容易才找到了三件红色的救生衣，只能给两位女士和萨特穿上，他们在船舱里按序坐成五排。船舱还有一个后舱门通往游艇后平台，用一圈钢筋做成船栏，供游客们观光。

小艇开启后在湖面上慢速地行驶着，大家看着广阔的湖面蓝天碧水，右岸是湖堤长长的绿色林带，左岸是耸入云霄的悬崖峭壁，山上和岸边还有星星点点的游人，顿时都感到心旷神怡，悠然自得。黄主任和鲁洋都站了起来，想走到艇后面的平台上，呼吸一口湖面上的新鲜空气。巴尔山赶忙说：“两位领导，你们还是坐稳了，不敢走动，我带你们在这第一湾的大湖面上兜一圈，就要进六道湾去，那里是逆水而上，小艇加速不稳当。”

两个人只好坐了下来。巴尔山接过了方向盘亲自驾驶起小游艇，在一道湾宽阔的湖面上绕了一圈，到了水宽流缓的二道湾口，他便“呜”地加大了油门，提高了船速。游艇在湖面上疯狂地呼啸着飞奔起来，他有意让游艇在湖面上侧身得拐弯抹角，湖水激起了箭状的浪花，撞击得艇身颠簸起伏，发出了嘭嘭的响声，刺激得游艇上人发出“嗷嗷”的尖叫声。特别是古丽和阿云娜的叫声，就像是湖面上的钻天炮又尖又响，显得格外撩人。巴尔山把这种尖叫声当成是鼓励，脸上现出自鸣得意的神色。他把游艇开得更加侧斜，更加颠簸，有时还故意让船舷几乎贴着水面走，使浪花滚上了船头。

突然，他大喊了一声掉转船头。阿云娜说，阿爸是让大家坐稳了，他要带你们开进六道大湾去了。游艇果然从湖面靠近山崖的一侧向大湾纵深驶去。这时人们透过清澈的湖水都能看见水下三四米深处的游鱼闪避的身影。正值午时阳光正旺，从上游雪线流下来的冰水汹涌澎湃，喀纳斯湖的中间主航道上的水流也比早晚大出了许多，虽然巴尔山将游艇开在靠近山崖一边的深水区，也是主航道的回流水，游艇的马达还是发出了高亢的欢叫声，游艇迎着明涛暗流此起彼伏，乘风破浪地冲向水湾。往前走水面时窄时宽，窄处水急，宽地水缓。巴尔山觉得游艇已经走入了常态，他把舵盘交给了周宇。

大伙感到十分好奇，这小子啥时又学会了驾驶游艇了。他将游艇减了点速，走了一阵，大伙见他开得有模有样，也就把悬着的心放了下来。这时举目望去青山绿水，左边的山势平缓下来，右边抬起了山形，过了几道时宽时窄的湖面，前面出现了一道开阔的水面，湖水也平缓了许多，顺着水流望去前面是一排长长枯木堆起的长堤，高高的枯木树堤拦住了游艇的去处，清澈透明的水流从数米高的枯树缝隙中倾泻而出，在枯木堤的中间有个三四十米的瀑布飞流直下。萨特不无自豪地说：“这就是我们喀纳斯湖的千米枯木长堤嘞，它随着水势起落，始终压住了水头！”

周宇在巴尔山的指挥下把游艇开近长堤，大家看到这数以千年，从遥远的冰山雪线冲刷下来的枯树，似乎是鬼使神差般地堆积成了这遥遥千米的长堤，使人无不叹服大自然的鬼斧神工。大家纷纷钻出了船舱，伸出手来试图同长堤和隙缝间泻出的冰山雪水进行亲密的接触，古丽和玛丽亚喊着要鲁洋给她们照相留影。

萨特说：“巴尔山、小周你们不能光顾着看热闹，要用眼睛盯住大家的安全。”

巴尔山把握着舵盘，他让周宇和格里木一个站在船头，一个站在船尾，不停地提示大家注意，有时还要伸出手来扶一下，拉一把。大家游兴正浓，古丽张开手掌让枯木缝中泻出的清水从手中流过，刘援疆用手中的树枝敲击着长堤上白色的枯木。这时虽然是烈日当空，但是湖水中渗出的清凉让他们感到十分地爽意。在长堤前停留半个来小时，巴尔山招呼大家进到游艇舱里坐稳，他在六道湾的宽阔湖面上兜了一圈，掉转了船头顺流而下。巴尔山放开了手腿将船速提高了两挡，水急船轻，游艇就像离弦的快箭，劈波斩浪直奔湖口驶去。这时船头高高地昂起，船尾几乎埋进了水里，清澈的湖水被利箭般的船头犁开两道水浪，激起的浪花拍打着两岸峭壁发出啪啪的巨响，震荡着收窄了的水湾湖面发出嗡嗡的回音，真如同当年孙悟空大闹龙宫一般热闹。这时周宇接过了舵盘快意盎然，又把船速向上提高一挡，船的马达声发出了尖利的呼叫，游艇上的人们都欢呼雀跃起来。小艇劈波斩浪地正过五道湾宽阔的水面，坐在后排的鲁洋突然惊呼起来：“快看那是什么，快看那是什么……”

大家齐刷刷顺着他手指的方向看去，只见在游艇后面四五十米的地方，并排四道凸出水面的波浪尾随他们而来。水浪前端有两个隆起的部位，在午时阳光照耀下，折射出刺眼的粼粼光芒。巴尔山惊恐万状地喊叫周宇赶快速减。当游艇速度减慢下来以后，后面的波浪也放慢下来，它们不紧不慢地尾随在游艇后面。游艇进到了三道湾水面，后面的波浪离得他们只有三十来米远。游艇掀起的水浪加上水中两个怪物掀起的浪涛互相撞击着，拍击向两岸悬崖，发出了更加恐怖的怪响。开始大家只是好奇，格里木还指着水中怪物喊着要它追上来。两个水怪越跟越紧，进到二道湾时游得离着游艇只有二十来米了。大家都抬起身子来想看个究竟，突然间它们消失得无影无踪。巴尔山让周宇加快一点速度，赶快走出水湾到宽阔的一道湾水面去。他的话音刚落，只听到游艇的右边船舷处发出了一声闷响，游艇一下向左边倾斜过去。游艇还没驶出三五米，左边的船舷也发出了比刚才更加沉闷的响声，游艇又向右边倾斜过来。小艇开出去还没有几米，接着右边又传来了撞击声。就这样游艇前行着，水怪在下面撞击着。游艇在湖心中就像喝了酒的醉汉，东倒西歪地走着牛尿步往前行驶。船舱里的人顿时紧张起来，有大呼的，有尖叫的。有人紧紧地抓住了前面座位上的木靠背，两条腿死命地抵住脚前的物件。黄主任和刘援疆开始没注意，都被摔倒在船舱中，古丽刚想伸手去拉刘援疆，右边的撞击又一次冲了过来，她一下被船身倾斜的力量掀得砸倒在刘援疆身上。阿云娜死死地用身体挡住坐在她里边的玛丽亚，不让她摔出座位去。玛丽亚对着格里木大呼道："保护好萨特大哥！"

格里木横过身体死死地抓住两边座位的靠背，用身体挡住萨特县长不让他摔倒。顿时船舱里乱作一团。巴尔山也顾不得许多了，他一把夺过周宇手中的舵盘，挂上高挡就想往前冲去。他抬头一看不禁惊出一身冷汗来，他发现在船的前面不远的水面上，又浮现出两只水怪，正迎着他们冲过来。有一只还举起桌面大的尾巴，拍打得水面发出"啪啪"的声响。周宇正想站起来到船舷边拿起红柳矛枪，船身一倾斜把他一下摔倒在船尾的平台上，他顺手抓住了一根船上的备用缆绳，就势躺到船尾，用绳子将自己绑在船舱门上，这才从船舷边拿起了红柳尖矛，跌跌撞撞地站了起来。他看见水下有个影子肆无忌惮地向船帮冲过来，便举起尖矛就向水中猛然扎过去。只听见水下哗啦啦一声惊响，这水下怪物只是轻撞了一下船帮，船也往前蹿出了好几米去。他连忙移步到船舷右边，只见又是一只庞然大物正在快速地向船帮冲来。这次他看准了，对着它的头部猛刺过去，只听到水下哗啦啦一阵闷响，船边的水面上翻起了一团大浪，船帮只受到了轻微的撞击，它又往前蹿出去了十来米，船舱里面相对也平稳了一些，乘了这个机会船舱里摔倒的人们爬了起来。巴尔山大声对周宇叫喊道："我的个小哥哥哎，你咋个就这样大的胆呀，那是水怪啊，你不要命了，还叫我们一船人跟着你丢了性命！"

他的话音还没落，只见一个巨大的影子裹着水浪"砰"地下砸在船舱的窗子上。窗上的玻璃"哗啦"一下被打了个粉碎。水浪涌进了船舱。巴尔山喊道："小哥哥哎，你可不敢再同它们打斗了，马上我们过了一道湾加速靠向岸边就虎口脱险了。你就听我一句劝吧！"

周宇没有理会他，还是注视着水下的动静。他突然看见又是一只怪物向小艇冲来，他对准了要害又是狠命的一矛枪，只听得哗啦啦一声巨响，怪物虽然没能砸到船帮，但举起的尾巴却把他手中的红柳矛枪给带跑了，周宇本想夺回矛枪，没想到一下被惯性带得狠狠地甩到船尾的甲板上，多亏了舱门上拴着的绳子拉住了他。他一骨碌从甲板上爬起来，迅速拿起了另一根矛枪，看向游艇两边的水下，过了一时只见水怪跟在游艇后面，时不时地将蛇形的头半隐半昂地伸出水面，用尾巴拍打着湖水，发出"啪啪"的声响，就是没有再敢靠近游艇的意思。游艇开进了头道湾宽阔的水面，周宇手握矛枪像一尊守护神般靠在船舷上，警惕地观察游艇两边的水下。这时玛丽亚看见水怪远远地尾随在小艇后边，那根红柳矛枪还时不时地高高地斜竖在水面上，时浮时沉不停地摇晃。巴尔山开足了马力将游艇靠了岸，船上的人惊慌失措地走出舱门，下到湖边码头的沙滩上。这时人们看见周宇手中还握着矛枪，铁青着脸站在船尾的甲板上。萨特让巴尔山赶快把他拉下游艇来。他转过脸来对玛丽亚说："水怪也怕勇者啊，真是一员虎将！"

玛丽亚从云杉树林边离开了人群，走到草场上的一棵独立生长的红桦树下倚着坐了下来，她眯缝起美丽的灰眼睛，亚麻色的眼睫毛时不时地抖动一下。萨特远远地看见她像尊雕塑样倚坐在树干下，实在是有些心痛她，又有些怜悯她。

萨特说："明天我一早就要回县里去了。要把你们改变投资方向的事同班子里的几个头头脑脑通个气，还要向地委、行署报告，争取方方面面的支持啊，礼多人不怪嘛。不能让你的'领袖像'投在我这一亩三分地上打水漂啊，那我真成了千古罪人了。"

玛丽亚感激地说："谢了，萨特大哥哎，我也要回乌鲁木齐去，要把我们商定的事告诉亚历山大，到了真干起来的时候，还得他来撑腰呢。"

34

第二天一早两辆越野车一前一后上了试行的喀布公路。县里领导坐在周宇的三菱越野车上走在前面。玛丽亚和鲁洋坐在格里木213车上，他们在车上商量着进山的事情和下一步公司运作事宜。

喀纳斯离开布尔津县城有二百来公里，都要翻山越岭走盘山公路。原来骑马走小路，要顶着星星出，摸着月亮归。

后来有了山间简易公路也是朝出夕至。现在修了柏油路也要半天时间才能赶到布尔津县城。他们中午赶到布尔津正是吃饭的点，县里几个领导一听说玛丽亚来了，都在办公室恭候她。

玛丽亚吃了饭就坐上周宇的三菱越野车直奔阿勒泰市，进到阿勒泰市区前，已经有一辆伏尔加车在路口的树荫下等候他们了。他们跟着马专员的伏尔加车进了市区，住进了天山宾馆。

玛丽亚被安排住在三楼的一个套间里。周宇住在她斜对门的一个标间。

周宇进房间看了看，房间整洁倒是很整洁，就是没有洗澡间。到了傍晚这里要比在喀纳斯的气温高出一些，但也只相当于内地的初春季节，时暖乍寒。他想给香水河砖瓦厂挂个长途电话，想趁着还没下班找到小六子问一下那边的情况，他们也有很长时间没有联系了。

拨了电话号码，原来这房间的电话仅供市内使用。他想了想给玛丽亚房间打了个电话，他听到仿佛送话器里传来隐约的水声。玛丽亚听说他要出去找电话给内地挂长途，便要他到308她的房间去打长途电话。

周宇只好到玛丽亚房间敲了敲门，听见玛丽亚在里面叫他进去。他走进房间这才看见这里的布置很别致，中间是一栅博古架把里外间隔开，博古架上放着新疆的各色工艺饰品，有一道幔帘拉起便隔开了内外视线。里面就是一张大床和床头柜，还放了一张贵妃椅。外间是一对棕色的真皮沙发，后面竖起一台渡苹的高杆灯。地上铺着的是维吾尔族的大花图案的地毯，墙上挂着的是喀纳斯风景的壁毯画。茶几上放着新鲜的葡萄，还有一盘切成块的哈密瓜。这时卫生间打开了一个缝，柔和的顶灯光从门缝里泻了出来。从里间传出了玛丽亚的声音："我在洗澡，没事的，你就在客厅给内地打电话吧，正好我也想听听他们的信息呢。茶几上有水果，你先吃一点再打电话。"

"玛总，我还是过一会儿来吧。你先忙着……"

"你个毛头孩子，你打你的电话，我洗我的澡，真是小家子气，快打电话吧，迟了内地可要下班了。"

周宇只好拨通了香水镇砖瓦厂的电话，接电话的人不认识周宇，一听说长途电话要找小六子，便说你电话打来得巧了，小六子师傅就在旁边的会议室里同人下棋呢。周宇随意地问了声，这大忙的天下什么棋。对方说："现在厂里正搞改制呢，他是大师傅，没他多少事。你是谁啊？黄师傅脾气大，你不说清楚了他会熊人呢。"

周宇说："你就说他师傅要找他讲话。"

不大一会儿话筒里传来了说话的声音，"喂，你是谁呀？摆这么大的谱，还敢冒充六爷的师傅。有屁快放，别说六爷不给面子啊……"

周宇一听这小子谱子大了，便骂道："你个狗崽子也敢跟我说这么个大话……"

小六子一听声音吓了一跳，赶忙说："你、你、你是，你是……"小六子只听得这声音贼熟，就是猛丁地没有转过弯来，激动得话都说不好了。

周宇没好气地说："我是周宇，你看你个狗崽子口气有多大！"

小六子这才醒悟过来，在电话里大声地叫嚷道："师傅，师傅，小六子不知道是你老人家啊，师傅，这些年你都跑到哪里去了，想死我啦……"说着他放声大哭起来。哭了一阵他又说道："听说你去姐夫那里，年前我还到南京市里找过你，姐夫说你又走了，不知道你脚底抹油，云游在何方，姐夫还怨你没有长性子呢。你现在在哪里呢，快告诉我，小六子去看你！"

周宇问："杨文章现在都在做啥呢？"

小六子说:“你说政治犯啊，这老小子头脑活泛，你走后不久，他就下海了，搞建筑承包商发了，现在手下有百十号人马，都是个十万元户了。我也正想联合几个兄弟，承包个乡镇轮窑厂呢。哎，说了半天话，你也不告诉我你在哪里呢，现在都干些什么呢?”

周宇说:“我同你说了，你小子千万不要告诉别人啊。”

小六子说:“你还不放心我吗，我是你亲生的徒弟，你就说吧!”

周宇说:“我在新疆呢，在这里遇到了贵人，还是个从欧洲来的俄罗斯的大学教授，杨文章那十万元户算个什么啊，我现在给她开的车子都是大几十万的日本三菱。我打电话找你就是想动员你过来跟我一起干，包你赚大钱。”

小六子鬼精地说:“现在办公室人多嘴杂，到晚上我再给你打电话，具体情况再说吧。”

周宇说:“行啊，你把杨文章找到，你们在一起给我打电话，晚上十二点，就打到这个号码来我准能接着。”

周宇放下电话就要离开玛丽亚的房间，这时洗漱间的门打开了，玛丽亚赤身裸体地从里面走了出来。她不慌不忙地打开了内室的顶灯，走到床边拿起毛巾擦着身上的水珠。周宇一见这种光景头脑“嗡”的一下愣住了。他从博古架的空隙里看见玛丽亚的身体，就像玉石雕刻得一般洁白通亮，两只挺拔的乳峰骄傲地向前伸展着，白色的腰围圆圆的，腰间还有一道淡红色的腰圈，紧密的臀部向上翘起，修长的双腿就像两根玉笋……

周宇想离开房间却挪不动了步子，他慢慢地低下头但眼睛还在向内室瞄着。

玛丽亚问:“刚才那个小六子是谁呀?”

这问话声音纯净平和。周宇喃喃地说:“玛总，你忙着，我待一会儿再来。”

玛丽亚瞥了他一眼说:“没见过女人的裸体啊，大方点，我是你姐姐，在问你话呢!”

周宇低头瞄了一眼玛丽亚，喃喃地说:“那是我徒弟，是个烧窑的好把式。”

玛丽亚穿好内衣内裤，然后套上睡袍从里间走了出来。她又问道:“那政治犯又是怎么回事?”

周宇说:“是我的一个老哥,叫杨文章。政治犯是他的诨号呢。他是一个很有智慧的人。听小六子说他早几年就出去搞建筑承包了。要是这两个人能过来,建个砖瓦厂是手拿把掐的。”

玛丽亚说:“你不是说还有一个同学学建筑的吗,也把他给动员过来,我们建宾馆需要这样的人才啊。”

周宇说:“我们也有好些年没有同他联系了,听说他也到南方去找生活了,我正要通过朋友找到他的联系地址呢。”

玛丽亚眯起笑意绵绵的眼睛看着周宇问:“找生活,找什么生活?”

周宇说:“找生活就是跳槽找新的工作。人往高处走嘛。”

玛丽亚收回了视线,想了想说:“这样吧,你们家乡不是离南京很近吗。你把他们的地址写给我,我让笑梅给他们每人电汇一千元钱去,让他们从南京乘飞机到乌鲁木齐来,再让小袁到机场接他们。告诉他们进疆的吃、住、行费用都由我们管,就算是到这边来看朋友的。看好了就留下来共事,看不好送飞机票回去。事情不成仁义在嘛,就当你请他们来新疆旅游一趟了,晚上就这么跟他们说吧!”

玛丽亚的话说得周宇心里暖融融的。

他正想站起来回自己的房间去,玛丽亚起身从壁橱里拿出一个紫红色的手提箱来说:“刚才我去买换洗衣服时也给你带了一套里外件。出席外事场合要讲究仪表,穿着还是要注重的,这也代表着公司的形象呢。”

周宇正要接过手提箱,玛丽亚问:“你卧室有洗漱间吗?”

周宇压根没有想过这个问题。他说:“没、没有……”

玛丽亚说:“那你拿着衣服到哪里去洗浴啊?我已经把卫生间冲刷干净了,就在这里洗一把吧。”

周宇感到很突然,他口吃地说:“我、我……”

“什么你、你,我、我的,不要穷讲究了,这房间也没有别人,我也吃不了你，洗澡间闲着也是闲着，你就快去洗吧。”

玛丽亚没容他分说，连人带手提箱都推进了洗漱间。

周宇头脑中一片混沌，他就像中了邪似的放水、脱衣、走进浴缸，直到被凉水一激才清醒过来，他放进浴缸里的都是凉水。他赶忙放掉大半盆凉水，然后再放进热水，这才又一次走进浴缸浸泡在温水中。这时他听见玛丽亚不停地在往外打着电话，一时讲中文，一时说外语，有时还中文和外语混杂着讲。

他躺在浴缸中听着玛丽亚在会客间打着电话，感到头脑嗡嗡作响，她都讲了些什么他一句也没听明白。他从浴缸中走出来擦净了身子，打开手提箱，把里面的衣服都翻出来看了看，从内裤到衬衣还有一套米黄色的夏装外套。他试着穿在身上很合身。这时他看见箱子里还有一根考究的牛皮裤带，系上也很适中。他小心翼翼地把自己换下来的衣服简单地叠了一下走出浴室，只见玛丽亚还在抱着电话打个不停。她用手指着靠墙的长沙发让他先坐下，等她放下了电话，这才问他洗个热水澡是不是舒服一些了。周宇腼腆地点了点头。玛丽亚从坤包里拿出一把牛角梳子走到周宇面前，周宇刚想站起来，她轻轻地将他按得坐下来，柔情似水地为他梳理着头发。然后轻快地拍了拍他的脸颊说：“这才有个孩子样呢，做人是要讲究质量的。去，从衣柜里拿两个手提袋把换洗衣服放进去。”

周宇赶忙说：“玛总，这衣服我来洗吧，用不了多少时间的。”

玛丽亚说：“留着点力气吧，男子汉要把精力用在事业上，不要为这些琐碎的小事情伤神劳力的。”

她按了一下电铃，不大工夫门铃响了。周宇赶忙打开门，只见一个穿着齐整的服务生站在门道上说：“请问先生有什么需要我服务的？”

玛丽亚让他把两包衣服拿去洗了明天上午要用。服务生拿了衣服转身就要走。玛丽亚又叫住了他说：“那套女装裤子是亚麻的，上装是羊毛绒的，要用人工轻搓揉，不要放太热的水洗，你关照一下洗衣服的师傅。”

这时她的手机响了。她忙着接手机，用另只手指着葡萄示意让周宇吃。

她开始几句说的是外语，后来可能觉得周宇在场，说外语有点不礼貌，于是改用了普通话。这次周宇听懂了，她是在同什么人讲着融资的事，口吻中似乎还有点撒娇的意味。周宇听出来好像是同她哥哥讲话似的。她放下电话拿起一牙哈密瓜吃了起来。周宇看她放下了瓜皮没有再吃的意思了，赶忙到浴室拿来洗面巾递给她。正在这时门外铃声又响了起来。周宇上前打开了房门，只见门前站着两个男人，他们后面还跟着一个年轻的女人。

玛丽亚连忙站起来迎了上去，同走在最前面五十多岁的男人热情地拥抱在一起，嘴里喊道："哎呀，马专员啊，我可真的好想你！"

马专员哈哈笑着说："玛总啊，我们也很想念你呀，听说你来了，害得我会都没开好。"

玛丽亚把来人让进客厅，马专员指着身后的男士说："来，玛总，我给你介绍一下，这位是我们分管工业和土地的拉赫专员。"

玛丽亚上前一步同他握了手，来人有四十多岁，高个子，一张略长的脸膛，高鼻梁凹陷的眼眶，一看就知道是边疆民族的汉子。

马专员又指着走在后面的女士说："来看这一位……"玛丽亚抢上前拥抱住她说："啊，哈依娜主任，都快二年没见了，您是越长越漂亮了。"

哈依娜嘻嘻笑着说："玛丽亚妹妹，你越来越会用甜言蜜语给我们抹唇膏了，说得我是满心欢喜啊。"

玛丽亚将两位专员让到两张宽大的单人沙发上坐下，她拉着哈依娜的手，两人坐到长沙发上。她指着周宇介绍说："这是我的助理叫周宇。"

马专员看着周宇说："听萨特说你身边有个守护大神是武林高手，很是了得，在喀纳斯河急流中救了鲁教授，在喀纳斯湖里用矛枪打败了水怪，看来说的就是这个小伙子啊！来、来、来，给我看看，真是个棒小子。"

马专员转过头来说："玛总哎，算你福气，赶上自治区正要打造西北角旅游区，把天山、魔鬼城、五彩池的旅游线路往喀纳斯边境延伸呢。现在你看它是荒山野岭，要不了几年这里就是我们新疆的金三角啊。"

玛丽亚不想看到马专员得意忘形的样子，做出十分不情愿的姿态说："那敢情好啊，我也不想趁火打劫，我们还是回乌鲁木齐做自己的小买卖去吧，到时候去喀纳斯做个观光客也好。"

马专员一听这话马上变了调门说："玛总，你还是有眼光的，听说你把中科院的专家都请来了。你放心，你到这里来投资，老马是不会让你吃亏的。给你透点官方消息，自治区就要来对萨特县长考察了，如果顺利的话，他就要更上一层楼了。"

玛丽亚撒娇地说："萨特是我老大哥，你马专员是老朋友，你让我在这里投资我就投。我已经打了电话给我哥哥亚历山大了，他也说相信我的眼光，他的欧疆公司就是我的辽阔后方……"

哈依娜见时候不早了，站起来走到马专员身后，附在他耳边提醒了一句。

马专员和颜悦色地说："洗尘酒都为你准备好了，是不是边饮边谈？"

玛丽亚说："哈依娜主任，我想明天飞回乌鲁木齐处理一点事情，我还有一点私事想耽误马专员几分钟……"

大家一听说是私事，只好站起来走到房间外面等候。周宇走在后面，他听见玛丽亚对马专员说："我答应小周帮他个忙，他有个亲戚十多年前在内地搞'严打'时被送到新疆来了，我想求你帮个忙，请人打听一下，有没有一个叫董成虎的人。有就行个方便，让他们见上一面，我记住你的人情呢。"

马专员说："行，等两天我让秘书找司法局长打听一下再给你回话。"

晚饭后，玛丽亚要周宇陪她到步行街去逛逛商店，步行街上有点冷清，逛夜市的人不多。他们走进一家闪烁着霓虹灯的豪华商场转了转，也没什么好买的。于是他们走到了手机柜台前，玛丽亚见新到一款黑色的翻盖手机，服务员一个劲地给她推销，说这款手机很好卖，信号特强，带电能用上一个星期，特别适合成功人士使用。玛丽亚让服务员将手机上了通话卡，包好放进手提袋中让周宇拎上，她在一边刷了卡。这时周宇看见在一个橱柜里放着几款铝合金制的旅行壶，他走过去看了看说：“这个壶放在车上出远门就能喝上热开水了。”

玛丽亚说：“那就带一个回去放到你车上。”

周宇问了价钱，要二百八十元一个。他想这都是一个普通人两个月的工资了，掉头就想离开。玛丽亚说：“拿一个最好的吧。”

服务员从货架上拿了一个铝合金的壶递给玛丽亚。周宇赶忙接了过来，刚要掏腰包，玛丽亚挡开了他的手，将信用卡递了过去。年轻的女服务员一边刷卡，一边夸赞说：“还是夫人内行，一分钱一分货，娶得起洋老婆，就要舍得花大钱！”

周宇一听服务员的话脸皮立马涨红了，赶忙解释说：“你不要胡说，这是我老板呢。”

服务员可能是平时光顾的客人少，缺少练嘴皮子的机会，便有意同他斗嘴。“老婆也好，情人也罢，能付钱的都是老板……”

周宇还想同他理论，玛丽亚拉了他一把。他回头看她脸上泛出不屑的神色，只好跟在她后面走出商场。

回到宾馆，本来周宇是要回到自己的房间去，但是手上还拎着玛丽亚的手机袋子没法脱身，只好送她到房间门口。他帮玛丽亚打开房间门，放下手机袋就想离开房间。玛丽亚说：“这么快就要走啊，你不是还要等你徒弟的电话吗？”

周宇这才想起了这档子事，只好坐了下来。玛丽亚递给他一块哈密瓜，自己也拿了一块吃起来。

正在这时电话铃声响了，周宇认为是小六子打来的，他正要接电话，玛丽亚向他摇了摇手，她接了电话。原来是鲁洋打来的电话。说是布尔津县委、政府开了联席会议，讨论了他们的投资方案，意见目前还不能统一，书记还是想让他们对景区建设进行直接投资。两种意见准备上报行署定夺。

玛丽亚告诉他说这边工作已经同马专员说好了，要他就住在布尔津等到有个准信再进山去。她放下电话似乎心情有些沉郁。周宇问她还要不要在内地找技术人员了。玛丽亚想了一会儿说：“一切照旧，我们的工作不要停步。是我们投资，哪能让他们做主。行署有马专员呢，如果阻力再大，我回去让自治区领导直接给他们打个电话。这事说干就一定要干成。”

这时电话铃又响了。玛丽亚接过话筒一听，刚喂了一声，对方连忙说：“啊呀，打错电话了？”便放下了电话。玛丽亚说是小六子的声音，周宇刚要拿话筒，电话铃又响了。小六子一听是周宇接电话，赶忙说刚才打错了电话，是个声音脆波波的娘们接的电话。周宇害怕他说出不敬的话来，便问他找到杨文章没有。小六子说：“我把你的电话号码给了政治犯。我放电话了，你打过来吧，这都用了我好几毛钱了呢。”

他放下了电话。玛丽亚在一旁翘起嘴角笑起来。周宇按照小六子的电话号码打了过去。小六子接了电话就说：“我查了第一个电话号码打得是对的，怎么是个女的接的呢，师傅，是师娘吧！”

周宇赶忙解释说：“你又在嘴上放马，胡说什么呢，是我老板玛总呢，正在等你的电话。你说说你那边的情况。”

小六子说：“现在正有两三家乡镇企业贴着屁股找我去烧窑呢，价钱给得高出工资一倍还要多呢。现在我们香水镇砖瓦厂不行了，人心都给承包弄散了，几个技术尖子都被乡镇企业挖走了。不是吹的，师傅当年教我的手艺在我们这一带也是响彻云霄，现在厂里烧窑就靠小六子顶着呢，我在厂里就像当年的魏大伯一样牛了去了，厂长见我都要让三分。”

周宇说：“你别穷吹了，你到我这来工资比你那儿多得多了，要不这样……”

周宇把玛丽亚开出的条件同他讲了一遍，小六子听了周宇的话心也动了。他说：“既然师傅要我去，我小六子也是‘四海’人。一日为师，终身为父，况且我这条命还是师傅救的。师傅叫我向东我绝不向西，师傅让我撵狗我绝不追鸡。政治犯说他今天要盯着浇灌大梁，没时间给你打电话，明天下午一准按我给他的电话号码给你把电话打过去。师傅，你狠命地剋他几句，不要光顾着挣钱，就不要生死弟兄了，看他老小子怎么说。他要不去，我就是想去一个人也不敢走这么远的路呀。师傅要不要我在走之前到你家去一趟，告诉师爷爷一声……”

周宇说：“你小子，不要没事找事啊，我家的事我会处理的，你不要多事。”

周宇放下电话，玛丽亚说：“看来这个小六子是你的死党啊。”

周宇把他在香水河砖瓦厂的经历，以及同小六子的故事对玛丽亚叙说了一遍。玛丽亚这才知道他同小六子是生死之交，这样她心中感到踏实了一些。她又问：“那个政治犯杨文章能过来吗？”

周宇说：“这个不好说啊，分开都有好几年了。当时在砖瓦厂时苦得很，按条件他劳改释放后是可以回原籍的，他念着在落难时工友们对他的一份情意便留了下来。现在人都掉到钱眼子里去了，他变没变还真是说不准。”

玛丽亚看着周宇，扑闪着一双灰色的大眼睛说：“你看建这个砖瓦场在我们来说经济吗？”

周宇认真地说：“在内地土地要钱，人事、青苗、植被要钱，连水和空气都要钱……”

玛丽亚不解地问：“空气还要钱？”

周宇说：“环境污染费啊。在这里目前这一切都不存在了。另外就算你从布尔津往贾登峪运送物资，要翻山越岭，人员采购，费用要多出百分之二十都不止。还有他们要搞景区建设，边防口岸建设，都要用砖瓦和建材，再卖给他们那赚头就更大了。玛总哎，这笔账我在心里早就盘算了个八九不离十了。”

玛丽亚高兴地跳起来说：“你真是我的福星啊，来，拥抱一个！”

周宇不习惯她这个洋礼节，浑身颤悠了一下，向她道了晚安就要往外走，玛丽亚喊住了他，指了指装手机提袋说：“把这个手机拿去吧。”

周宇一惊说：“玛总，你帮我的忙我记在心了。这么贵重的物品我不能收。再说了喀纳斯也不通手机啊，说实话就是手机费我也付不起！”

玛丽亚板起脸说：“这是工作用机，现在喀纳斯不通手机，别的地方还能不通手机吗，再说了就这个把月喀纳斯就要通手机了，萨特他们正在抓紧安排这个事呢。不然我也不会给你买个聋子耳朵。”

玛丽亚把手机袋塞到他手中，将他推出房门去。

35

按照玛丽亚的安排，周宇住进了她原先住的房间，他一觉睡到天色泛黑，准备下楼弄点吃食填饱肚子，突然电话铃声响了。他接过电话，送话器里传出了对方激动不已的声音：“你真是老憨子吗？好多年都没有你的消息了，我咋听小六子讲你跑到新疆去了，我还骂他胡说八道呢……”

周宇把到新疆的情况简单地同他说了说，接着把玛丽亚邀请他们来创业的事情说了一遍，并且说明了优惠条件。

杨文章沉默了，过了半晌说：“这样吧，路费不路费都好说，只是我手头还有一支上百人的建筑队伍要吃饭。按理讲你我兄弟好几年都没见面了，就算去看看你也是应该的。老汉我也想到塞外去逛逛新疆城，开开眼界，看看满头都是辫子的大姑娘。但是我这支队伍拉起来可是不容易啊。兄弟啊，民以食为天，你得让我思想斗争斗争。”

俩人说了一个来小时的闲话才放下话筒。

周宇乘着热乎劲接着又拨打吴有德的手机号码，还是没有开机。吴有德的手机号码他是从别人那儿找来的，准确与否他心中也没有底。他想了想编了一个短信，把自己的手机号码和公司电话号码都写明白了，有当无地发到他手机上。周宇想这如果是吴有德的手机号码，他是会反馈信息的。退一步说就不是他的手机号码也没有什么大碍。

他这时真的感觉到肚子饿了，下了楼在一个小吃店要了一大碗手抓饭，买了五毛钱一碗的羊肉汤，三下五去二地吃了个肚子圆。又到夜市按照玛丽亚的吩咐帮老爹买了一箱伊犁特曲，然后回到宾馆在玛丽亚躺过的床上美美地睡了一觉。

第二天睁开眼睛，天才泛亮，他想赶早回到喀纳斯。他在送玛丽亚去机场的路上，她千叮咛万嘱咐，要他关照好刘老师和古丽老师，当他赶回到神仙滩驻地时正值黄昏。

36

老爹家新落成的木屋迎来了陆笑梅带来的第一个旅游团队，办公厅的何主任亲自打电话给玛丽亚，请她一定要不惜代价关照好这批客人。为此，办公厅还专门给他们派来了一台进口中巴车。县里为这事还专门召开了会议，决定由萨特县长亲自出面安排，提前一个星期就从阿勒泰买来了崭新的家具、新床新铺盖送到神仙滩，将木屋地面又加铺了红桦木的地板，而且加盖了洗漱间，安装了两台热水器和抽水马桶。按照萨特县长的说法是洗不洗澡是他们的事，但是有了洗漱间就上了一个档次，也让北京来的客人看到我们的诚意。

这次北京来的客人是国家旅游局的要员，自治区旅游局局长买买提亲自陪同。玛丽亚正在忙着融资和贾登峪宾馆设计团队的事走不开，她考虑这边有了周宇配合，便派了陆笑梅以旅行社总经理的身份，带了两个精明强干的男女导游全程陪同服务。

客人们一路从天山、魔鬼城、五彩池走过来，到了神仙滩正是喀纳斯河畔夕阳落日、彩霞满天的最美时光。

陆笑梅对客人说这是喀纳斯河畔最美的时候，大家不约而同地走出了木屋，穿过了河滩的红柳林，坐到河滩头的草地上，观看着碧波奔涌的河水，乌蒙蒙的远山，蓝蓝的天宇，西天的彩云。

阿云娜领人端来了凳子请客人们就座，北京来的温局长说：“不用了，我们就坐到这绿肥红艳的草地上，接吮着边疆神奇土地上的地气，欣赏着胜似油画的美景。”

大家都坐到了草地上，有两个年轻人跑到河边，抄起冰凉的河水洗着手脸。他们感到这里的一切都是新奇的。

陆笑梅告诉客人们，这里是疆欧公司投资新盖的内部宾馆，只有这五间木屋，你们是第一批尊贵的客人。这里所用的木材都产自阿尔泰山，器具都是用高山冷杉、针叶云杉、白桦树、红桦木和西伯利亚红松树建造起来的，是一等一的绿色环保住宅。说得客人们满心喜欢。

巴尔山、周宇带着人在滩涂上架起了两堆篝火，搭上烧烤架子，把早就准备好的各色河鲜和牛羊肉抬到河滩，放到离篝火不远的案板上的盆子里，还有一碗碗的香料和各种图瓦人家的小吃。开始是巴尔山父女和周宇、陆笑梅帮着客人们烧烤，不大工夫大家都主动拿着自己爱吃的原料烧烤起来。

这时，周宇让阿云娜从村里请来的能歌善舞的小伙子和姑娘们也赶来了。立马喀纳斯河畔的神仙滩热闹起来了，录放机里飘出了一首首舒心的歌曲，大家尽情地唱，尽兴地跳。

老爹、老婶看到天更夜晚了，说是老人熬不得夜，要早睡早起，便回木屋里睡下了。周宇因了这阵子劳累，加上明晨要起早陪老爹练拳脚，到了子夜也回毡房里睡下了。在他刚睡下时还能隐约听见木屋后面的欢声笑语，渐渐地进入了沉睡中……

就在他睡意蒙眬中，仿佛有一股轻风从他脸上吹过，他的大脑皮层中出现了一片片绿色的高山草场，看见了天边的血红残阳，云彩是紫色的，草地是白色的，树木是橙色的。这时有个女子从树冠上轻盈地飘落下来，坐到了他的身边只望着他笑，笑得是那样凄婉。他觉得这双慈祥的眼睛是那样熟悉，他苦思冥想也记不起她姓啥名谁……

他问她：“你是谁？”她哭了。

他想坐起来，却怎么也翻不动身子，他说：“你不要哭，我看你怎么那样眼熟呢。请你告诉我你是谁。”

她嘤嘤地哭着抬起了头，睁着一双杏仁眼说：“小豹子，你没良心啊，你把妈妈都忘记了……”

“啊，啊……”他想坐起来，妈妈惩罚了他，坐在他的胸口上。他挣扎着想翻身爬起来。这时妈妈又心痛他，像往常一样伸手抚摸着他的胸膛。他上去想握住她那柔和的手，她却把手挪开了，她飘然而起，周宇伸手想拽住她的衣摆，却一下从地铺上坐了起来，嘴里还在不停地呼喊着：“妈妈你不要走……”

他睁开眼睛看见面前是一张惊恐万状的面孔，但他一时脑筋转不过弯来，又叫不出她的名字。她上前拍着周宇的脸颊说：“周宇，你怎么了？你怎么了？”

周宇狠狠地挡开了她的手，抱起头痛哭不已。陆笑梅吓了一跳，她愣了愣神说：“你是怎么了，是做了噩梦……”

周宇恶狠狠地说：“闭上你的嘴巴，让我痛快地哭一会儿不行吗？”

陆笑梅走也不是，留也不是，只好静静地坐在他身边的铺盖上。周宇不愿让别人看见自己的软弱，他想尽量压抑住自己的哭泣，以至于浑身憋得不停地颤抖。陆笑梅想要帮助他，但又不知道从哪里做起，她试探着上前搂抱住他，轻轻地拍打着他的后背。她感觉到周宇没有反感的意思，反而同她贴得更紧密了，于是她便放开胸怀将他拥抱到怀中。过了半晌他从她怀中挣扎起来，擦了擦眼泪说：“对不起啊，刚才吓着你了吧。”

陆笑梅看见他恢复了平静，关切地问：“是做了噩梦？”

周宇两眼直直地望着陆笑梅说：“不，是梦见了妈妈……”

陆笑梅这才如梦初醒，她拿来湿毛巾为他擦着满是泪痕的脸颊。这时周宇才想起来问：“篝火晚会结束了吗？你怎么到这儿来了呢？”

陆笑梅想缓解一下他的情绪，于是说：“你把晚会准备得很热烈，北京来的客人和买买提局长都十分高兴，到后来他们都走进草场同大家一起共舞了，直到二更天才尽兴而归。这不客人中那两个年轻人是情侣，要借用我住的木屋，我便漂泊无着到你这儿来借宿了。”

周宇看着她说：“你是在闹着玩吧？我们俩可是孤男寡女的啊！”

陆笑梅伸手打了他一巴掌说：“你是孤男，我可不是什么寡女啊。这都深更半夜了，瞌睡虫都爬上了眼睫毛，谁还有心思同你打哈哈。”

周宇涨红了脸说：“这黑灯瞎火的……”

陆笑梅说：“这不是开着灯吗，哪里就是黑灯瞎火了。你看你一个大男子汉，哭得像泪人一样倒在我身上就不孤男寡女了，现在又怕我个小女子。放心吧，都是成年人了，我不会非礼你的。说实话我倒是很佩服你，每到关键时刻你都能表现出男子汉的气概。我对你呀，还真有点个人崇拜呢。但是不是能为你献身，那还真难说呢。”

说着她把铺盖往边上挪了挪说：“放心吧，我相信你是个好人。还是同你做一回地下党员假夫妻睡一头吧。冲门睡要是受了贼风，不要弄个歪嘴斜鼻子的，贴到你身上甩都甩不掉。”

她先脱了外罩，穿着衬衣钻进了被窝。周宇知道她要睡在自己的毡房里，是铁板上钉钉改不了的事了，他感到上下眼皮直打架，伸手就要关掉电灯。陆笑梅连忙说：“哎，你不要关灯啊。要是发生了什么意外，我还要看个明白呢。”

周宇头脑迷糊起来，喃喃地说：“两个大活人能出什么意外啊。”

陆笑梅翘起头来，向他鬼诘地一笑说：“不好说！”

第二天陆笑梅睁开眼睛，早不见了周宇的身影，她伸手摸了摸他的被窝都没有了热乎气。她起床走出毡房赶忙跑向西边的厕所，只见晨曦下赤膊的周宇正跟着老爹腾挪跳跃，拳打脚踢地练着武功。她撇了撇嘴，自言自语地说：“真是个棒槌！”

回到就餐的木屋里，客人们还没到齐，她让阿云娜和小导游把一切都准备就绪了，买买提局长才陪同北京的客人姗姗而来。吃了早饭陆笑梅和阿云娜带上客人骑马直奔喀纳斯湖。周宇陪着两位教授到哈巴河方向去考察，他们天黑回来时，陆笑梅他们已经坐上中巴车到下一个旅游点去了。周宇站在木屋前，看着蒙眬的山色，呆滞地发着愣。

37

周宇为图瓦人家安装上了电话，电话放在老爹的木屋外间。他接到的第一个电话是玛丽亚从乌鲁木齐打来的，说是明天她要到喀纳斯来，要他开车到布尔津去接她。他把这个消息告诉了老爹和古丽。

第二天吃了早餐他便开上三菱越野车向布尔津驶去。进了布尔津县城，他找到了西亚大酒店。这是布尔津县去年招商来的一家号称四星级的酒店。他停好车，到服务台问疆欧公司玛总订的房间，服务员很客气地让他稍等片刻，她打了个电话给什么人，不大工夫从楼上下来一位三十岁左右、穿着黑色制服的负责人，问他："玛总在哪里？"

周宇说："我是从喀纳斯来接玛总的。"

她"哦"了声，很礼貌地让服务员带他到二楼一个标间里去休息，说是玛总来了服务员会打电话通知他。进了房间，他有点迷糊，昏昏沉沉地坐在椅子上睡着了。也不知过了多长时间，电话铃声吵醒了他。他接过电话，只听见吧台服务员柔声细语地说："玛总一行到了，在楼下的大厅里。"周宇赶紧下到接待大厅，只见玛丽亚穿着一套橘红色的西服，在袁冷杉的陪同下站在大厅中央。周宇连忙喊了一声："玛总好，一路辛苦了。"

玛丽亚转过头来看着他怪怪地笑了。他心里有点发慌，赶忙看了袁冷杉一眼，只见他也在怪怪地笑。他有点丈二和尚摸不着头脑，怎么见了面都在怪怪地笑，难道是陆笑梅借宿的事东窗事发了吗？他感到心里有点虚。

突然他听到大厅一角发出了声嘶力竭的喊叫："师傅……"他浑身一阵颤抖，觉得这声音十分的熟悉，立即转头向大厅客座看去，接着热泪夺眶而出，一边嚷叫着，一边快步奔向来人。他上去一把抱住了长高了许多，梳着油光锃亮头发的小六子，喊道："兄弟，你怎么来了，事先也不打个电话。"

小六子泪眼婆娑地喊道："师傅，我想你啊……"

周宇说："我也想你，想政治犯，想老海叔啊……"

"啊，还算你小子有良心，还想着政治犯呢……"

周宇回头一看杨文章就坐在沙发上，假模假样地拿着一张报纸遮掩着脸。周宇丢下小六子上去同杨文章紧紧地拥抱到一起。

周宇兴奋地嚷道："哎呀，哎呀，你们真不是东西，给我来个突然袭击啊。先来个电话也好让我提前几天高兴啊。"

杨文章指着袁冷杉说："早几天你的电话手机都不通啊，后来我们把电话打到你们公司去了，玛总听说我们想来看你，还特意汇去了两千块钱，让我们坐飞机到乌鲁木齐来。袁兄弟还开着小车到机场去接我们，真是好感动啊！"

玛丽亚和袁冷杉看着他们三个人兴奋不已的样子，也不好打扰他们，只是在一旁笑着看热闹。这时经杨文章一提醒，周宇这才感到失礼了，他低声地对两位老友说："你们稍等一会儿，我去把玛总安顿好。"

他快步走到玛丽亚面前。玛丽亚向他摆了摆手说："你先把朋友们安排好，由小袁陪我上去就行了。我住在608房间，过一会儿萨特县长要来，我再打电话让你们过来一起用餐。一会儿小袁还要返回去，公司里没有干部在家不行啊。"

他们向杨文章、小六子摆了摆手，说晚餐见便上了电梯。大家坐下后周宇问他们都来了几天。杨文章说："来了都四天了吧。你们这个玛总真是好啊，我们说要早点见到你，她说不急不急，让陆小姐陪着我们跑了乌鲁木齐大巴扎，玩了葡萄沟、火焰山。今天天不亮就亲自陪着我们上了天山看天池，又玩了魔鬼城，这下我们真的开了洋荤了。我说你小子就是命好，怎么总是能遇上贵人呢。"

小六子说："啊，师傅，这个玛总长得真漂亮，你看那高挺的鼻梁，忽闪忽闪的灰眼睛，让人都不敢抬头看她。你要是能抓住她做我师娘多好啊。"

杨文章上去重重地打了小六子一巴掌，说："你这小脑袋瓜子成天都想些啥呢。中国人还没泡到一个，又想泡外国人了。真是愿在花上死做鬼也风流啊！”

小六子说：“你都说啥话呢，我是让师傅泡她，我小六子最多就是饱饱眼福罢了。”

杨文章说：“不要光讲我们了，也讲讲这几年你是怎么混的，怎么就跑到这天涯海角来了呢？”

周宇说：“我也没什么好讲的，以前的事你们也知道。就是魏大伯走了，铃子也没了。我便先到南京跟着魏家姐夫到处修大桥，魏大娘也就跟着我走，跑了不少码头，干了许多工种。去年魏大娘也走了，我听说我那个不争气的表兄被送到新疆来了，公公总是托梦要我来找到他，也就是想找到他看一眼，这不就来了新疆，不想在大巴扎巧遇了玛总。”

小六子说：“师傅，听说那个漂亮的女老板是俄罗斯人，她怎么到新疆来做生意了呢？”

周宇就把玛丽亚的情况扼要地说了一下。

这时有人敲门，小六子开门一看原来是袁冷杉。他走进来说，公司里没有负责人在家，玛总要他赶回去，就不能再陪他们了。大家站起来要送他，他只让周宇送下楼去，说是有事要同他讲。周宇送他到了小车跟前，问他有什么事要交代。他思考了片刻说：“你同笑梅没怎么吧。”

周宇心里一紧说：“她上次就是陪买买提局长来住了一晚上，能怎么的啊？”

袁冷杉说：“那她回去好像对你意见不小呢。下次看在我的面子上对她好一点。天南海北走到一起不容易。”

周宇看着袁冷杉苦笑着说：“行啊，兄弟，回去你帮我解释解释，下次来一并赔礼！”

周宇送走了袁冷杉便折回头往二楼跑，进了门小六子端上茶递给他。他还没喝上嘴手机响了。玛丽亚让他们过去，说是萨特县长来了。

杨文章说：“你有手机干吗不用？我都拨了你多少次了也打不通。”

周宇说：“我在的那个地方还没通手机呢，你怎么能打通呢！”

杨文章说：“还真是个不毛之地啊。”

周宇说：“布尔津的萨特县长来了，玛总要我们一起过去呢。”

杨文章说：“我懒得同官爷们打交道，我同小六子上街转转。你把手机号码打到我手机上，交换个号码。”

周宇说：“这里是边城，街道不大，倒是很整洁。记着九点前回来吃晚饭。”

周宇赶到玛丽亚房间，只见她同萨特正在争执着什么。黄主任也在座。萨特让他坐下说：“听玛总说你请的两个师傅都来了。”

周宇说：“来了，他们要到街上去转转，好像对这儿的事兴趣不大。”

萨特县长说：“那就要看你小周师傅怎么做工作了。”

玛丽亚说：“贾登峪那块地都没定下来，人家哪里会来冒险呢。”

萨特县长有点为难地说：“我这头上还顶着个县委书记呢，在常委会上讨论时，我反复把你们的意见说了，但是多数人还是想劝你们参股景区建设，这样好集中力量做大事。”

玛丽亚说：“我都跟亚历山大说了，他支持我们独资建设贾登峪大酒店，以此为起点再扩展其他项目。你看这周宇都把技术人才千里迢迢地从内地请来了，你这不是叫我夹在中间两头都不好做人吗？”

周宇听出了门道来，他赶忙说：“我们老家那边经济上干得热火朝天，三天一层楼，俩月一个厂。他们忙得屁股后面都冒烟，好不容易抽出时间过来看看。他们每人手下都带着一二百号人呢，时间可耽误不起啊。”

萨特自知理亏，想了想说：“这样吧，我看好事多磨，你们照你们的办，我心中有数，还是那个话，不能让妹妹你在老哥这里栽跟头。”

周宇看了玛丽亚一眼，见她还是紧绷着脸，于是说：“我打电话让他们早点赶回来，我们提早一点去包间，到那里说话也赶趟。”

他们又说了一时闲话，秘书来电话说可以到餐厅去了。萨特同黄主任坐了电梯下楼去了。

玛丽亚对周宇说：“我知道萨特大哥遇到了难处，话是说给黄主任听的，让他把话传过去，侧面帮帮萨特大哥的忙。”

玛丽亚走进里间拿出两个衣服提袋来说：“这是一套夏装，还有一件衬衣，都是我在乌鲁木齐帮你购置的。这山里的早晚就像你们南方的晚秋季节。来，你先试试看亚姐为你挑选的衣服怎么样。”

周宇感到有点诧异：“亚姐，这、这……”

玛丽亚快刀斩乱麻地说：“别扭扭捏捏的，这里就你和我，穿穿看合适不。你跟着亚姐全心全意地工作，亚姐就要把你当成亲人待。你在这边又无人料理，我不关心你谁关心你。”

玛丽亚打开衣服袋，从中拿出一套白色的T袖衫和休闲裤来，周宇刚想自己动手来换衣服，玛丽亚把他的手挡开了，他只得有点难为情地随着她的摆弄换上了衣服。玛丽亚轻轻地把衣服拉好，又让他走几步，她见这套衣服穿在他身上就像量身定制地一般合适。她又拿出了一件红花格子衬衣，在他身上比试了一下。她问周宇感觉怎么样。周宇看了说非常好，谢谢亚姐关照了。玛丽亚听了周宇的感谢显得有些激动，情不自禁地吻了他的脸颊。周宇没有退让，他感到很幸福。玛丽亚说：“小伙子真的好漂亮，就穿着它去共进晚餐吧。”

周宇有些羞涩地说：“谢了，亚姐。”

38

玛丽亚他们来到餐厅包间，只见萨特同杨文章他们谈得正热烈。玛丽亚问萨特县长：“萨特大哥，你想了解的事情都问了吧？”

萨特说：“你来得正好，小周真帮我们请来了大能人。他们不但能办砖瓦厂，还能办预制厂、修配厂，他们手下还有一大帮子能工巧匠呢。玛丽亚妹妹哎，我真没白在你们身上下功夫啊，我们这里边陲荒野，传统是放牧伐木，工业上就是一张白纸，你们来了画的就是第一笔图画呀。”

玛丽亚故意淡淡地说：“那还不一定呢，还看两位师傅愿不愿意垂青呢。”

萨特县长也装成生气的样子说：“你个死丫头，就是跟你哥唱对台戏。今晚哥哥多敬你两杯酒该行了吧。黄主任，上伊犁特曲，要大碗鸡，烤全羊，烤两条狗鱼，两条大红鱼。不要亏待了我们这个俄罗斯的大小姐。”

这时小六子拉了拉周宇的衣袖，从桌子下面指了指萨特问：“师傅，他真的是县长啊？”

周宇知道他从来没有见过这么大的官，便有意对萨特说：“萨特县长，我这个朋友问你是不是真县长。”

萨特笑着说：“有假包换，这个玛总可以作证。”

杨文章讥诘地对小六子说：“这下牛吹大了吧，几个厂你都能办，我看你怎么收场。”

小六子憨憨地笑了说：“我是说我们三个人，主要还是你和我师傅，我是挂边找零的。”

大家被他这憨态可掬的神态逗得哈哈直乐。周宇赶忙为他解围说：“在内地一个县动辄几十万人，多的上百万人，我们都生活在社会底层，哪里能随便就见到像萨特县长这样的大官呢。”

杨文章赶忙补台说：“是啊，在我们来说见到厂里的一把手就算是大官了，哪里能见到县太爷呢。”

黄主任不失时机地说：“你们今后跟着玛总干，见到县长、专员都是常有的事，连自治区领导也是能见上的。”

杨文章赶紧说：“我们这趟来就是为了探望周宇兄弟的。这兄弟仗义，在我们落难时他都不离不弃，患难之交啊。人家也是县委的干部子女呢！”

周宇知道这是杨文章在为他长脸呢，于是说：“菜都上了，六子开酒。”

酒席上大家不断地敬萨特县长的酒，他是有来不拒，还大言不惭地说：

“咱图瓦人从小就是泡在酒坛子中长大的，喝起酒来也就像韩信带兵——多多益善啊。你们到喀纳斯打听打听，林子里的黄雀都能喝二两。”

这话说得杨文章高兴，他嫌小杯子敬酒不过瘾，要了大茶杯一连敬了萨特县长两大杯。萨特酒多心不醉，主动发起进攻说：“杨师傅哎，你能帮我建一个厂，我再回敬你一茶杯酒，你只要在我这肥田沃地上干一天，我萨特说话算数，免费供你老酒。”

小六子见杨文章不是萨特的价钱，也端起了倒满酒的茶杯走过去说：“县长，我们只是个手艺人，你看得起请我们喝酒，我们也不讲孬种话，也来敬你一杯。”

萨特说：“小弟兄，你这话我爱听。我对杨师傅说的话，对你小师傅也管用。来，喝，喝他个杯底朝天！”

39

第二天周宇睡得很沉，直到玛丽亚打来电话才把他从睡梦中吵醒来。大家在一起吃了早餐，玛丽亚穿了米黄色的套装坐到副驾上，杨文章和小六子坐到车的后排，他们一路向喀纳斯方向驶去。杨文章和小六子还是第一次坐这样高档的越野车，感到车子噪声很小，跑在柏油马路上发出嗞嗞的声响，又快又稳当，他们悄悄地在车后座沙发上使劲地颠了颠屁股，觉得这柔软中还富有弹性。他们看见这一带水清草绿，还有耕地和草场，只是人烟稀少。小六子说：“今天跑的地方跟昨天的不一样，怎么有这么多的田地没有人种呢。”

玛丽亚说：“咱们新疆的面积占全国的六分之一，但只有一千多万人口，地多人稀啊，就等着你们来建设呢。”

周宇领着他们一边爬山，一边讲着贾登老爹的故事，登上了山顶观看了山前山后的风光，他们觉得从来没有看过这么美的景致，都是赞不绝口。乘着这个当口周宇把这里是四国通途的咽喉要道，刘博士要在这儿建设贾登峪宾馆的意思同他们叙说了一遍，讲得杨文章直点头说：“学问家就是学问家，高瞻远瞩啊！”

他们下了山，玛丽亚问：“杨师傅啊，你看这里的风光如画吧。”

杨文章看着眼前的景色，简直都不敢相信自己的眼睛了，他喃喃自语道：“我还真没想到在地球上还有这么美丽的地方啊，真是仙山圣水啊。”

巴尔山和老爹一听到刹车声，都从木屋里走了出来。周宇给他们做了介绍，问他们都愿意住在哪儿。还没等杨文章说话，小六子便喊着叫着要住毡房。玛丽亚问刘老师他们到哪儿去了。巴尔山说，阿云娜带他们到哈巴河的山里去采集植物标本了。巴尔山把她的行李和手提箱拿到靠近老爹住处的一间木屋里。周宇把杨文章和小六子带到了自己住的毡房里。他们照着周宇的样子脱了鞋走上地毯，小六子说：“师傅啊，这晚上就睡地下吗？”

周宇说：“这里的民族都是睡地铺，下面垫的是羊毛毯子，就像睡木板床似的，还能接上地气！”

周宇帮他们整理好物件，便说要带着他们去观赏神仙滩的落日。他们坐到喀纳斯河边的草地上，看着河水中摇碎了的晚霞，坦诚相见叙说着各人这几年的生活和感受，都觉得对方有了许多变化。

周宇觉得杨文章不再是那个政治犯了，他更多的是讲究实际，经济账算得嘎嘎地响。杨文章觉得周宇比过去成熟了，心路开阔了许多。他们彼此都更加欣赏对方。

小六子听不大懂他们说的语意，他在心里骂道：“臭读书人酸了巴唧的，都不知道满嘴扯些啥。”但这是他所敬畏的两个人在一起说着云山雾罩的话，他插不上嘴，也不敢表露出来心中的不满和烦躁，便躺在草地上睡着了。这时巴尔山走过来说：“刘老师他们回来了，玛总让你们回毡房里去喝酒呢。”

杨文章叫醒了小六子说：“这么好的光景闭着眼睛欣赏，你真是枉跑了几千里路了。”

小六子说：“我也知道这花红柳绿的好看，看过了不就得了，走吧还是去喝酒！”

今天玛丽亚因为杨文章他们是客人，有意要照顾他们，用小地桌把晚饭摆在了他们住的毡房里。他们走进毡房，只见烧烤羊肉串和各色烤鱼都端上了桌子，两位老师和玛丽亚、老爹、巴尔山都在座……

40

严格地说小六子睁开眼睛不是自然醒，而是被尿憋醒的，他看见杨文章还在睡着，周宇已经不见了人影，头脑还有点发蒙，不知道自己是怎么睡到这个大圆房子中来的。他穿上裤衩开了门便往毡房外面跑，想着把肚子里的黄货放到哪里去。他憋得心里发慌，见到毡房右边是一片红柳林，便一奔子跑进红柳林，掏出家伙就要卸包袱。正在这时他猛地听到身后传来一声大叫：“你是哪里来的野客，怎么敢随便在这里胡尿乱吐的！”

这一叫把小六子吓得不轻，他浑身一哆嗦惊出了一身小汗，以迅雷不及掩耳的神速收藏了家伙，转身只见是一个穿着红色长袍的年轻姑娘正从小路上走过来。他吓得转回头就往毡房里跑，进了毡房一头钻进了铺盖中。这姑娘见他钻进了毡房，还是不依不饶地跟着追进了毡房问：“你们是干什么的？”

她这一叫把杨文章也给吵醒了。他一骨碌爬将起来，只见一个怒目圆瞪的姑娘吵进了毡房，还认为是小六子一清早做出了什么出格的事，伸出脚来对着小六子就是一板脚说：“你天一亮就闯下了什么祸！”

小六子见姑娘追进毡房，正不知道如何是好，只得用被子蒙住了头。他听见杨文章这么一吆喝，害怕他误会自己真是做出了什么见不得人的勾当，立马从被窝里伸出头来嚷道：“我做什么了？我做什么了？不就是要撒尿找不到地方吗！”

杨文章问姑娘他都做了什么。姑娘听了小六子的话，扑哧笑喷了口。她问道：“你们是干什么的，怎么睡到周大哥毡房里来了。”

小六子一下来了劲，得理不饶人地说：“周宇是我师傅，我们是他请来的朋友。你是谁？一个大姑娘家还追进屋里来了？”

阿云娜听他这么一嚷，想起来他们早就在议论要请做砖瓦的师傅，想着他夹着双腿，捂着裤裆跑的样子，不禁又嘻嘻笑起来。她说：“你们是想方便啊，方便的地方在毡房右边的云杉树林里，你怎么往散步的红柳林里跑呢？”

阿云娜一路笑着走出门去，连毡房的门都没帮他们带上。杨文章赶紧跑过去关上了门说：“这边疆的疯姑娘胆子贼了大，大老爷们撒尿硬给她吓得憋了回来。六子，下次万万要小心行事啊！”

小六子被这一闹早把撒尿的事忘得一干二净了，他从被窝里爬起来问：“你说这女子是房东家的姑娘吗，昨晚喝酒时咋就没见到她呢？哎，你别说这丫头长得还真俊呢。”

杨文章说：“你别长着眼睛就盯着女子看，小心惹祸上身。”

小六子从被窝里蹦了出来，嚷道：“世上溜溜的女子任我求，只要我有情她有意，你杨老叔帮我保个媒，也算解决了一家困难户，我也是二十大几的人了。”

小六子三下五去二穿上衣服，一边跑着一边拔着鞋后跟。他出了门姑娘早就没了人影，他就顺着这屋前屋后瞎转悠，转到木屋后面隔着一片高大的柳树林，看见周宇在同老爹练武功，他只好穿过林子，本来是想问他穿红袍的姑娘是谁，但一看他们正练在劲头上，只好改口向周宇打听厕所在哪里。黄六顺着他指引的方向转到右边的云杉林子里边，有一条小道通向两间小木屋子，他走到近前正要抬头看男女标记，突然从一间门里走出了阿云娜。小六子本心是想找她却没见到，现在猛然下见到了她却慌了手脚，不由自主地抽动起脸部肌肉做了个鬼脸子，转身就想逃之夭夭。阿云娜被他的滑稽样给逗乐了，赶忙说：“你站住，这不就是厕所吗，你还想到哪里去乱吐乱尿。”

小六子一想是啊，我不就是来上厕所的吗，干吗要跑呢，像是做了什么亏心事似的。他侧身让过阿云娜，然后他又回头看了阿云娜一眼。阿云娜也在心里想这人真是好笑，见到自己就想逃之夭夭，可能是刚才被自己吓着了。她不由自主地回过头来看他，俩人正好看了一个对光。这下他看清了阿云娜生着一双清澈的杏仁眼，淡黑色的细长眉，稍长的脸蛋上五官摆放有致，隆起的鼻梁两旁还撒着稍许的灰色斑点。阿云娜对着小六子莞尔一笑说："你是请来的砖瓦师傅吗？不认识字啊，那门上画的有男女头像呢。"

小六子赶忙接上了茬说："我是新来的烧窑黄师傅。请问你是谁，昨天晚上怎么没有见到你？"

阿云娜说："我叫阿云娜，是萨满巴尔山的女儿，也是图瓦人家的管理员。"

小六子说："哦……"

阿云娜笑着走开了。小六子进了厕所还在想着阿云娜灿烂的笑模样。回到毡房里，他兴奋地把巧遇阿云娜的事对杨文章说了。杨文章说："我们不是讲好了吗？来了就是为了看看周宇，玩几天就回去，你不要臊烘烘的惹是生非，给周宇找麻烦。"

吃早饭前玛丽亚把周宇叫了去，他见刘援疆也在她的房间里。玛丽亚说，刘老师他们这几天要整理标本装箱子运回去。本来你的朋友来了是该让你陪着他们玩两天的，但是装标本是件细致活，刘老师意见是要你带着巴尔山来做。今天就让阿云娜陪着他们到喀纳斯湖周围转一转，有时间了我们一起陪他们往远处走一走。周宇说回去同他们解释清楚就行了。昨晚，杨文章听了刘老师关于喀纳斯未来发展前景的话有些心动，他还想进一步向他打探清楚，心中也产生了一些新想法，好在这一两天他们还不会走。

41

当阿云娜领着他们来到喀纳斯湖畔沙滩上时，这里已经有很多游客在漫步游览，观赏湖光山色了。早晨湖面上风平浪静，泛着微微的涟漪，时而有一两只水鸟从湖面惊过。在宽阔的湖对面，像刀削一样的山崖，从水面上拔地而起，直冲天际。隔湖看去陡峭的山崖上，几寸高的行人已经成行成队的向主峰上挪动，登上主峰的人都在欢呼雀跃，欢声笑语都传递到了湖对岸，搅得小六子心里痒痒的。小六子和杨文章穿着从阿云娜那里借来的蒙古袍和羊皮坎肩，牵着马在湖畔的沙滩浏览着湖光山色。

这时有人看见小六子奇异的打扮，好奇地问：“你们是图瓦人吗？”

小六子快人快语地说：“是啊，我们就是图瓦人。”

问话的是两对情侣，其中一个男青年问：“你这马和服装租用吗？”

小六子感到很有趣，顺嘴诌道：“租啊，你要吗？”

小伙子问：“什么价钱？”

小六子本来是闹着玩的，没想到人家把玩笑当真了。这猛然的急转弯，他还真没有转过筋来，只把眼睛看向杨文章。杨文章从容不迫地说：“我们只租给照相用，马十元，衣服十元，现场使用不转场子。”

这下青年人高兴了，都想在湖边摄影留念。于是小六子只穿着羊皮坎肩，不时地扶人上马下马，杨文章一边收钱，还一边吆喝着，让租用马匹和衣服的人站好队，不要拥挤。不知不觉太阳就升到了半空。这时阿云娜骑着乌云马来到湖边沙滩上，一眼看见他们俩人在那里忙得不亦乐乎。她骑着马走了过去。这时几个排队的人等不急了，走到阿云娜面前提出要租她的马。

杨文章一听这话，大声地斥责道：“你这个人怎么不讲道理来抢别人的生意呢？”他抬头一看是怒目金刚样的阿云娜，赶忙把她请下马来，说这都是应付游客的请求，他们也是临时起意做好事呢。他劝阿云娜有钱不赚还真是傻瓜蛋呢，他把收到的钱往她手里一塞，牵过她的马去，又加入游人照相的行列。

他们一直忙到过了午饭时间，才把游客们打发完。阿云娜让小六子穿上晒干的衣服，满脸不高兴地说：“你们还真行啊，反客为主了，这衣服平时我都舍不得穿，看你们把它弄成啥样子了。”

小六子没想到会无事生非，一下子傻了眼。杨文章笑呵呵地说：“姑娘哎，我数了一下，半个上午整整赚了四百六十元钱啊，比我们内地工人一个月的工资还要多呢。给你再做上五件蒙古袍也绰绰有余啊。”

阿云娜没好气地说："这马、这衣服是你们的吗？不是你们的东西你们怎么能自作主张呢，要做生意就要征得主人的同意。你们还冒充我们图瓦人！"

杨文章看她认真了，连忙说："啊呀，姑娘，这是我们的错，我们这是闹着玩呢，都把这儿当成是自己的家了。罪该万死，罪该万死啊。"

阿云娜看见他们不知所措的样子，想来也是好心，便扑哧一下笑出声来说："算了，算了，我带你们去吃午饭吧。"

她把手中的钱递给小六子，小六子说什么也不愿要，她又把钱递给杨文章。杨文章说："这马和衣服都是你的，我们只是代劳而已，你中午用这个钱埋单就行了。"

他们从林带中间走出了湖边森林，外面是一片绿油油的草场。他们把马拴到云杉林边，放长了缰绳，让马儿吃着鲜嫩的草，然后朝草场南端的一排大木屋走去。大木屋外面有一排小店铺，卖的是烧烤和图瓦小吃，阿云娜走进大木屋对着桦木做成的大案板，回头问他们想吃些什么食物，却没看见他们的身影。她赶忙跑到木屋外面，只见他们俩人正在同一个烧烤摊主打听羊肉串的价钱。她没好气地对摊主呼道："不要卖给他们！"

烧烤摊主果然掉过头去同别的客人搭话。阿云娜对他们嚷道："你们不是说饿了吗，还站在这儿干啥？"

俩人只好垂头丧气地跟着她走进大木屋，只见厚厚的案板后面摆放着各色食品。阿云娜说："你们想吃啥自己点。"

小六子看花了眼，想要馕，又想来点馓子，还想来点油饼。阿云娜让人给他们送来两碗羊排汤，碗中就一块羊排足有三两重。她自己也要了一碗羊排汤，拿了一个馕，就着羊排汤坐到他们边上吃起来。不大一会儿刚才的烧烤摊主送来十多个烤羊肉串，杨文章起身又要去付钱。阿云娜一把将他拉坐下说："让你吃你就吃，你乱什么乱。"

杨文章见她凶巴巴的样子，又怕惹恼了这位凶大姐，只好随她去了。吃了手抓饭，喝了羊排汤，只吃了两串羊肉串，说什么也吃不下去了，他们只感到喉咙里有一股羊膻味要往外涌。他们赶忙站起来就要往外走，阿云娜说：“把吃剩下的羊肉串带上，到了下山的时候就是好东西了。食物是神灵赏赐的，不能浪费。”

她从案板里面要了一张草纸包起羊肉串，用几根茅草拴紧，递给小六子让他拎着。他们骑上马朝着湖对岸的山峰走去。阿云娜一路给他们讲起了周宇在湖中痛打水怪的故事。这姑娘继承了说故事的家学，添油加醋讲得绘声绘色，把个杨文章和小六子听得五迷三道的，根本没把它与周宇联系到一起。不知不觉中他们就到了山腰的白桦树林前，阿云娜让他们将马交给了护林人，要小六子背上牛奶子酒壶，自己背上水壶，三个人徒步向哈拉开特山上走去。走出一段路，她回过身来要同小六子换背酒水，杨文章问她是不是怕小六子偷酒喝。她说不是怕他偷酒喝，是我想喝酒了。小六子一肚子不高兴地说：“政治犯，你把人都看扁了，好歹我也是个烧窑的大师傅！”

他们走上湖边的山崖一步步地登高，看着湖面就像是万丈深渊，小六子恐高，感觉到头有些眩晕起来，他一屁股坐到离观怪亭还有百十来个台阶的石梯上说：“我是要坐一会儿了，从湖对面看这边山上也不见有多高，这上了山往湖面看还真是吓死人呢！”

阿云娜说：“这山还叫高啊，它离着水面还不到千米。我们同周大哥一起上友谊峰，都爬到三千多米高了。你不是说我们这里没有雪山吗，你再坚持一下爬到那个高峰的观怪亭上，就能看见雪山和友谊峰了，那里就是我们国家的边界。”

小六子不想让阿云娜看不起他，便一骨碌从石梯上爬起来，拼命往山上走去。阿云娜见杨文章走在后面有些吃力，便折回头走到他身后，用双手推着他的腰板往上走，惹得杨文章哈哈大笑。他们登上观怪亭，这时中午太阳正毒，游人也少。他们站到观怪亭上，见没有什么人上来，阿云娜喘息未定地指着西北方向让他们看，果然那边是一片洁白无瑕的山峦，在阳光照耀下闪着熠熠的金光。杨文章说：“真是啊，这世间还有这样绝顶的风光啊，这趟新疆没白来。”

阿云娜又让他们回过头来观赏湖面，看看他们上午走过的路线和沙滩，又指着周宇打水怪的湖面让他们看。小六子说："你说这湖有六道湾，站在这里我们只能见到二道湾，还有四道湾都藏在那边的山峰里面吗？"

阿云娜说："是的，听我阿爸说你们还要在这里住下来，帮我们办砖瓦厂，时间还长呢。有时间让我表叔开了游艇，送你们到千米枯树长堤去，那里有几里路长的古树堆积如山，随着水涨水落，那里的景色真是蔚为壮观呢。"

小六子看了看杨文章不敢搭茬。杨文章正在兴头上，朗声答道："那是一定要去的，那是一定要去的！"

他们在观怪亭上站了一时，大太阳烤得他们满脸通红，浑身是汗。阿云娜说我们还是先下山去吧，到了山腰的白桦林里就有阴凉了。走到半山腰阿云娜感到口干舌燥，转过身子来找小六子要水喝，只见到杨文章跟在她后面走着，却没见到小六子。她问杨文章："小六子师傅呢？"

杨文章这才想起来回头看，却不见了他的踪影。这下俩人吓得不轻。阿云娜赶忙说："我不让他背酒壶，就是怕他在后面酒喝高了，再从山崖上摔下去吧，真是怕事有事！"

杨文章说："今天他没喝酒，应该不会有什么事吧。"

俩人折回头就往山上爬，阿云娜见杨文章实在是跟不上趟，便让他在后面慢慢走。她甩开了身子一鼓作气往来时的山路上走去，绕过了一道山梁，只见小六子正同加克达吵得不可开交。

加克达气得满脸涨红，脖颈上青筋暴起。他看到侄女走过来，怒气更大了。就这个模样的人，他还敢冒充是科考队的。科考队里的人他都见过，也没见到过像他这样粗陋的人。

加克达一看阿云娜果真认识他，便放缓了语气问他是做什么的。阿云娜说他是周大哥的朋友，是科考队请来的烧窑师傅。加克达一听这话，便把语气放平和了说："看你也是第一次来到我们喀纳斯，不了解我们这儿对植物保护的政策，你什么花不好采，偏要冒着危险攀到那悬崖上去摘这棵黑牡丹。放你一马吧，算我违规。不放你吧，你说得也对，还真的不能要了你性命。这事我得向村长汇报看他咋处理，换了二旁人都不能轻饶了你。你说的周宇我也认识，我们还是师兄弟呢。这样吧，你把花放在这里，跟了阿云娜下山去吧。”

小六子经阿云娜一说，才知道这黑牡丹的妙处，也明白了，自己真的是犯了错。但心里还是老大不服气，想着我差险从悬崖上摔下去，才摘了这两朵红牡丹花，本来就是想送给阿云娜的，不想你老小子熊了我半天，还要我放下这花儿。他感到忍无可忍，脖颈也斜梗起来，青筋鼓出老高，厉声嚷道：“头可断，血可流，手上这棵花儿不能丢。”

阿云娜上去就要夺他手上的花，气急败坏地嚷道：“你个大老爷们，要这花啊草的做什么？”

小六子把花儿往身后一藏，理直气壮地说：“这花我是为你采摘的，不能白瞎了这两朵红牡丹！”

阿云娜一听他这话，气得差点憋过气去，正要向他大发雷霆，加克达却给他逗笑了，说：“行了，行了，也真是遇上了一个真性情的人，这也是加克达的前生造化。阿云娜，天也不早了，你带他走吧……”

阿云娜上前推了他一把说：“还不快走！”

小六子想了想，只要手中这两朵花儿没被他夺去，别的什么都好说，他拿着花往山下走去。转过了弯路正碰上杨文章悠悠地往山上走着，一眼看见他便嚷道：“你小子咋就屁眼插芦柴一去就不来了呢。”

小六子不理不睬地越过了他，顺着山路往下走。这时杨文章看见阿云娜从后面走下来，便问她是怎么回事。阿云娜愤愤地指着小六子的背影嚷道：“采花大盗，采花大盗！”

她这话一出口，吓得杨文章出了一身冷汗。在这朗朗乾坤、游人如梭的山崖旷野，他竟敢做出这等不齿之事，他转过身就向小六子追去，追上了一把抓住他的衣领大声喝道：“你真是丢人丢到国界上来了……”

小六子也被他吓了一跳，说：“我做啥丢人事了？”

杨文章气急败坏地追问道:“你在山上采花了吗?”

小六子理直气壮地说:“采了,那老小子把这红牡丹说成是黑牡丹,还要罚我十张老人头呢!”说着他转过身,把手中的黑牡丹花在他眼前晃了晃。杨文章看到他手中的花,嘘了一口气说:“我当你采的是什么花呢。”

小六子说:“不就是这红花吗,还能是什么花?阿云娜还帮着人家说话,说这花是什么镇山之宝,我采花不都是为了她吗!”

杨文章纳闷地问:“怎么是为了她呢?”

小六子说:“我这不就是为了她摘的吗!我看她今天晌午为了租马和用了她袍子的事不高兴,从山上下来时,看到山崖上长着一丛漂亮的花,要不是他们说这是牡丹花,我还真不知道呢。我想女孩子都喜欢花啊草的,就冒险攀岩摘下两朵来打算送给她,逗她开心。没想到她还把我好一顿数落。”

这时阿云娜也跟了上来,没好气地说:“你知道吗,你采的是图瓦人心中的神花。它长在悬崖峭壁上,预示着来年的风雨气候。她当年要是开三朵花,预示着喀纳斯来年肯定要干旱;要是开五朵花来年一定是风调雨顺;要开七朵花那一定是要发大水的。我们这里几百年来都是靠了这棵黑牡丹花预示来年草场的长势,从来没有出过差错,所以我们图瓦人把它看作是神花,是镇山之宝。今天是加克达表叔当班,他是周宇的师兄弟,也是老爹的关门徒弟,要是换了二旁人也不会轻易放过你。原来这崖上开的是五朵花,你摘了两朵别人不知道,还认为来年天旱少雨,草木长得不发旺,今年冬天就不敢多留母牲畜,来年牲畜就会少出很多,牧民家收入就要少出一大截。你还说要把这神花送给我,我才不敢要你的花呢。你啊,你就是个啥也不懂的大狗鱼!”

42

天还没亮,萨特县长带着黄主任就从布尔津县城出发了,伏尔加车都开过了白房子的山顶,才看见红太阳爬上了山腰。玛丽亚一行已经早早地骑着马在通往黑熊沟的路口等候他们了，萨特县长和黄主任一下车就换上了马匹加入了他们的队伍。巴尔山带领大家从山口折向东北方向，走上十来里路就到了黑熊沟。

小六子看到这几座黄土山情不自禁地大呼道：“这些山要是在我们家也能用上个十来年的了，那可是金山呀！”

黄主任左右盼顾地说：“这儿离路口也太远了点，我看来的路上就有泥土山能用嘛。”

刘援疆说：“我们跑遍了这一带就觉得这儿是个盆地草场，没有森林和次生林，使用以后也容易恢复植被，对喀纳斯景区也没有多大影响。而且在小河东边不远的地方还有备用资源，将来扩大生产只要在这条季节河上架一座简易的桥梁就行了。这里土质是鲁教授和周宇做过实验的，适合做建材。”

这时大家都把眼光看向杨文章。他没说话，只是骑着马让周宇带着他山上山下、河前河后跑了一圈，又问了一些情况。萨特县长说：“杨师傅，你看这地方建砖瓦厂怎么样？”

杨文章说：“建一个砖瓦厂不复杂，重要的是它的需求量有多大，后续市场有多长。”

萨特说：“我们国家在这个西北角有三个大的景区在规划，可持续发展要五十年之久，当务之急就是喀纳斯景区和贾登峪宾馆，要数以亿计的砖瓦。”

杨文章说：“不是说贾登峪宾馆的事还没有定下来吗？”

其实萨特心里明镜似的，宾馆地址不定下来就让他们建砖瓦厂，那是向大姑娘要孩子有些过分了。有些话他也不好明说，疆欧公司要独资建设贾登峪宾馆，县里的想法是要拉他们入股建设喀纳斯景区。

他只好当着众人面拍胸脯，同意他们在贾登峪建设高档宾馆。政府常务会议也通过了这个方案，一百个头都磕了九十九个，就剩下放这最后一个响屁了。萨特同县委书记通过气，他说按程序在常委会上通过一下就可以签订合同了，万万没想到就这最后一个屁没放响。原来书记知道上级考核萨特反响很好，剩下来只是个如何使用的问题了。本来书记对经济建设就不大感兴趣，他认为作为多民族的边疆县域，只要能保持稳定就是成绩，经济上靠着上面支援，得过且过就行了。

萨特看出来杨文章是建厂的关键人物，他想同他玩点小手段来个激将法。杨文章沉默不语。实际上这里的地形地貌杨文章都听周宇讲过，心中大概有个数。有关建厂情况他也同周宇商讨过。他胸有成竹地说：“萨特县长要眼见为实，你得先给我两个条件，不出半个月，我们就能在这块土地上烧出第一窑砖来。”

萨特最爱听他这话，急忙讲：“你说，你说。”

杨文章说：“第一，你在十天之内修一条这里可以通到山口公路的简易车道来，同时给我安排二十个壮劳力，其中要有六个年轻的妇女。第二，你一周内给我运五吨煤来，并把这一片土地划归砖瓦厂专用。另外借两辆自卸车给我。”

萨特说：“修简易路不难，黄主任你现在就打电话给交通局长，让他们来一位副局长负责，从修白哈巴的路段上调两台推土机、一个筑路班组来。我看了这条路只要炸几炮，推推压压，加股劲儿七八天就能完成。巴尔山你是村长，调用劳动力的事就由你负责，一切听从杨师傅调用，工钱找玛总要。哎，你要六个女人干什么，让她们为你们唱歌做饭吗？”

杨文章故意卖关子说：“这等小事不劳县长操心，山人自有用场。”

萨特县长眼睛一转说：“好，不问就不问，给你就是了。这六个人由阿云娜带领，还是听他的指挥。这山道通车后我就给你运十吨煤来，这事黄主任你负责办。另外，黄主任你想办法给他弄两辆农用自卸车来。巴尔山你跟村长说，这片土地现在划归玛总他们使用。就说是萨特县长我说的，谁要是敢到这儿来捣乱严惩不贷。手续黄主任你协调抓紧补办好。这儿除了山上的树你要动得先跟我老爹说一声，让他去找护林站长，可以先动用后备案，其他的都跟你们自家的一样想咋用就咋用。半个月后天上下冰砣子我都按时来看‘眼见为实’。”

玛丽亚一看杨文章被萨特激将法拿住了，也真是高兴，她赶紧说：“杨师傅，你看还有什么要我做的？”

杨文章说:“玛总啊，我们现在都成了一根绳上的蚂蚱了，有什么事让你帮忙的，我们回头再讲。”

玛丽亚听了他这话，更是乐在其中，连声说好。

43

回到神仙滩吃了中饭，萨特就返回了布尔津城。第二天玛丽亚在杨文章的要求下，召开了一个有关人员的会议。

虽然杨文章夸海口说半个月出砖，过后他也感到心中不踏实。这话要是放在老家说一点不为过，但是在这里是人地生疏的北疆边陲，说到底也只有周宇和小六子两个帮手，刚招收来的工人还是一盘散沙，如何完成这么大强度的工作量，现在想起来他觉得有些意气用事了。

当时他看过了刘援疆的《对喀纳斯三角地带旅游经济发展的科研报告》后，被他说的道理征服了，对他们高屋建瓴的分析和前瞻性的预测佩服得五体投地，对当地政府把这么大的科学家请来，又拿人家的意见不当回事感到义愤填膺。出于义愤他要用自己的技能压一压萨特这帮官僚的威风，帮衬玛总他们一把，所以才叫出了半拉月出砖的板。

话是说出了口，事情还得脚踏实地地干。当下他把自己的想法告诉了周宇和小六子，要他们不吃馒头争口气，将说出去的话，画上个漂亮的句号。他知道周宇是玛丽亚倚重的人，又是自己的患难兄弟，他会有百分力量不出九十九的。他倒有点担心小六子是黏疮腿看戏没有长性子。小六子一听说要他留下来烧第一窑砖，也是喜出望外。

周宇明白杨文章的想法，这便是他要留下来创业的信号。

周宇送走了玛丽亚，购买了杨文章清单上要的东西，塞满了一车子连夜赶回了神仙滩。在路过山口时，他看见筑路队已经往黑熊沟边测量边推路碍了，他在心里想这次萨特县长是来真的了，他回到神仙滩把这消息告诉了杨文章。

杨文章催促大家抓紧手中的活，他也不分白天黑夜，带着两个木工赶做急用的器具。很快黄主任就派人送来了两辆自卸农用车，这正赶上用场。杨文章指挥着大家把做好的绕草机、小板车等器具装上农用车，他又带了一些晾干的红柳条，让周宇和小六子开着车，顺着刚推出的路基往黑熊沟运送。到了黑熊沟，他带上周宇把绕草机往割过草的空地上一架，将晒过了几个太阳的茅草放在绕草机上，周宇一转动，他把茅草一撮撮地安放到结起的绳头上，立马一根草绳子就出来了。然后杨文章一边把茅草接到绳头上，一边往后退着走，草绳子便很快延长起来。一台机器上挂了五个绕绳的挂钩，一个人用手工转动机器，一台机器就用上了六个人。这时大家才明白杨文章向萨特要六个女工的用途。他同周宇一演示，立刻吸引了割草的工人们纷纷跑过来看稀奇。这下他们才晓得这茅草还有这番妙用。有的人感到好奇，就要跟着杨文章学绕草绳，他们觉得这活又新鲜又刺激。周宇解释说："今后比这新鲜的活还多的是呢，绕绳子是女人们干的活。"

杨文章让巴尔山留下五个工人，其他人都回去继续割茅草，因为割过草的场子还要派用场。他又手把手地交给工人们平整场地，并在场地中央竖起了一根两米多高的白桦木桩。然后让周宇带着一组工人从黄土山下挖运来泥土，围着白桦树桩堆成半米高的土堆。他带着两个工人在收拢过茅草的地上，撮土培起一道道笔直的土埂来。与此同时，他让小六子手把手地教给妇女们学习打草绳。图瓦村的妇女们平常在家都是好劳力，打草绳这活一学就会。妇女们开始都感到这活很新鲜，叽叽喳喳地向小六子打听这草绳子同做砖瓦有什么关系。小六子卖了个关子，说是到时候你们就知道了。

杨文章又让巴尔山调来两个工人，在山坡的云杉树林边上平整出一溜平地来。再让巴尔山带人到神仙滩把三顶毡房拉了过来，在云杉树林前的平地上架立起来，他让阿云娜带来了全套饮具，在山脚下的空地上支起了锅灶。他对工人们说，从现在起就要做好早上顶着太阳出，黄昏披着晚霞归的准备了，砖瓦厂免费提供每天的中饭。忙忙碌碌的一个上午就溜走了，到了下午两点多钟，大家就着云杉林的树荫下开了中午饭。

为了鼓足干劲，杨文章让烧饭的二嫂从早上就用大锅炖了一只羊，煮了一大锅的白米饭，他要按家乡的习俗，请工人们吃顿开工饭。大盆的羊肉端到了林子边搭起的云杉树长板桌上，坐着的男人们没有人去盛饭，他们像变戏法似的拿出了牛奶子酒，呼三哈四地喝起来。喝到兴头上，巴尔山站起来双手拿起羊胯骨，一边敲打着一边唱起了图瓦人的好来宝。本来女工们是围在另一张桌上坐着的，当她们看见男人们又是喝酒又是唱歌，也都按捺不住兴奋，溜到他们圈子里坐下，跟着他们一起喝着酒听起好来宝来。

杨文章一见这情景多少有些自责，原来他怕中午喝酒耽误下午干活，就没让提供酒水。他一见大伙既然这样了也难得开工高兴，便招呼周宇、小六子一起加入大伙的圈子里来喝酒唱歌。这酒一喝开了头就收不住了口，也不知道他们是从哪里弄来那么多的酒，一直喝到太阳偏西还没有罢手的意思。他们一人喝酒众人帮，一人唱歌众人和，只要喝了几口酒就会有人主动来唱歌。杨文章几次皱起眉头看太阳，心中暗暗叫苦，他跟工人们也不熟悉，只得把周宇叫到一边，问这下午的活还干不干了。如果每天都像这样弄下去，不但完不成半个月出砖的军令状，这建材基地的设想也要泡汤。周宇说他也没见过这阵势，这时候再找巴尔山他已经是九（酒）老爷当家了，他只好把阿云娜从桌子上拖下来问她怎么办。阿云娜也喝得满脸通红，笑呵呵地说：“你们这些汉人啊，做错了天大的事还不知道毛病出在哪儿。你们是萨特舅舅请来的客人，又是为了图瓦人做事情，大伙这才敬着你们，没有砸锅翻桌子就是给你们面子了！”

周宇说：“我们都做错了什么事了，阿云娜你说清楚呀！”

这时走过来一个小伙子一把抱住阿云娜的腰，便把她往桌子上拖。阿云娜向着周宇大声地喊道：“你们动山土敬山神了吗？！”

周宇想了想对杨文章说：“杨哥，我现在就开车到神仙滩去找老爹，乱是乱不了，麻烦点。”

杨文章满脸愁云地说：“那你还不快去！”

周宇开上车直奔神仙滩，把这里的情况与老爹一讲，老爹二话没说，跟上周宇就来到了黑熊沟。只见喝了酒的人们都东倒西歪地躺在树荫下，横七竖八地睡着，还有几个人靠在草堆的东边睡得不亦乐乎。杨文章和小六子两人可怜巴巴地蹲在一棵云杉树下正六神无主。他们一见周宇领着老爹走来了，就像见到了大救星似的立马迎了上去。杨文章自责道："这事是我欠思考，老爹你看咋个办！"

老爹同他们一起坐到树荫下说："我们图瓦人自古以来就信奉萨满教，图瓦人认为万物都有神灵主持，如果想使用外界的东西，都要得到神灵的允许，事先要祀奉神灵取得他的赞同，不然就是对神灵的大不敬，要受到报应的。今天能选到黑熊沟来干活的人，还都是些有文化的年轻人，要不然真会惹出大麻烦来。可能是巴尔山怕你们说他封建迷信，没敢同你们说这事，错在巴尔山，不在你们。"

杨文章对老爹说："这样下去我对萨特县长可要食言了，本来十五天出砖期限就紧巴，这一闹又不知道要耽搁多长时间。"

周宇见他急得满头大汗便递话给他说："你是聪明反被聪明误啊，这事老爹不是在这里吗！"

一句话点醒了杨文章，他赶忙求老爹给拿个主意。老爹说："我们图瓦人祖辈都靠放牧狩猎为生，后来种点地也只为糊口。也就是这几年搞开放，大伙才对'钱'字有了更多的念想。大家悠闲生活过习惯了，干重活没有长性子，这大热天的正午时就让大伙息一会儿吧。在我们图瓦动大土之前是要拜山神的，要拜山神就要请萨满来做法事，要供上牛羊头，敬上牛奶子酒，让参加动土的人都跳起祭神舞，如果天无异象就能动土，有异象则当月不可动土，下次再拜再议。"

杨文章一听这话心中暗暗叫苦，什么叫异象，这个伸缩性就海了去了，这在很大程度上好坏都在萨满一张嘴上。他问老爹村上祭神的萨满都是谁。老爹说村里也没有专职的萨满，平常这类事都是巴尔山在张罗，他家是祖传的萨满。周宇笑着说："巴尔山兄弟咋不早说呢，带我们绕了这么大的一个弯子。"

老爹说：“今天就让大伙息过太阳头再叫醒他们，下午干点其他活，等明天早起祭过山神再动土吧。”

周宇怕这后面还有什么说头，便问老爹祭山神过后还有什么事要做。老爹想了想说：“如果没有异象就可以动土了，最好当晚要在这黑熊沟搞点动静，按老辈人的意思是要取乐山神爷爷。这具体事情你就听巴尔山的吧。”

44

周宇找到巴尔山询问他祭山神的事情都要怎么做。第二天一早巴尔山穿上朝拜山神的祭服，把大家都召集到黄土山下，面向大山用图瓦话呼喊了几声，然后口中念念有词地祷告一番，只见风和日丽，红霞满天，他说山神爷爷同意把祭拜大典放在晚上进行。

周宇把这事告诉了杨文章，杨文章便把事先想好的工作分配下去。女工们在阿云娜的带领下还是做编草活。全场工人都感到很新鲜，他们想看到这稀软的泥土是怎样做成像石头一样坚硬的砖瓦的，大家对分配到的工作都干得十分卖力气。

太阳渐渐地毒辣起来，杨文章让巴尔山把加克达和另一名工人从割草组调了下来，让他们到村子里去租两头大花牛牵到草场来。到了晌午吃中饭前，杨文章把周宇、巴尔山、加克达三个人叫来说：“中午吃饭时每人只许喝一碗酒，然后女工们在最右边的毡房，男工们在另处两座毡房里息晌。下午四点钟起来干活，七点加顿简餐，再干到晚上九点息工，然后洗漱祭山神。大萨满你看这样安排行吗？”

巴尔山说：“这晚上祭山神还让不让喝酒，贡神可是件大事情啊。”

杨文章说：“贡神当然少不了酒。我让老爹准备了一头羊，老爹已经用作料腌制上了，吃了饭你就派人挖上地窝子把它烤上，晚上吃烤全羊。”

巴尔山说：“要说烤全羊全村就数我巴尔山了。我就牺牲一个下午，劳我大驾亲自动手烤全羊吧。”

周宇赶忙说：“不行，你还要领人在山上挖泥土呢。”

杨文章说：“这样吧，你还是抽个能干的年轻人安排给老爹，让他老人家受累指导着烤全羊吧。”

巴尔山不乐意地斜了他一眼。杨文章说：“大萨满，这次在黄土山上挖泥土非同一般，这是我们挖的第一座窑洞子。这口窑洞虽说挖得不大，也要烧制出万把块砖头来，这事少了你办我不放心。”

巴尔山一看这是把他当个“官儿”来用的，于是满心喜欢。杨文章对周宇说：“下午让小六子带两个人去拉水，给土堆喂上水。我来教加克达他们踩坯泥。你同巴尔山盯着取土挖塘口。”

巴尔山问：“杨厂长，今后每天中午只给喝一碗酒吗？”

杨文章说：“中午只能喝一碗酒，谁喝第二碗酒谁就不要来上班了，工厂讲纪律，这是纪律。”

开饭了，中午伙食上是不供酒的，但是男人们都自备了羊皮酒壶来，吃饭前都要喝上一口。女人们虽说没带酒来，在这个村子里不是亲就是邻，伸了碗也就有人给她们筛上酒。这可把杨文章看傻了眼，他走到周宇身后要他提醒巴尔山每人只能喝一碗酒，息过晌午还要干活呢。周宇点了点头并没有走过去告诉巴尔山，他要看一看他们还有没有自控能力。喝过一碗酒，巴尔山带头上了饭吃起来，大伙跟着他都吃起饭来。这时杨文章才把提到嗓眼的心放了下来。中午时分骄阳似火，大家劳累了一头晌，都钻到毡房里躺下了。直到周宇让阿云娜叫起他们，大伙才十二分不情愿地从干草铺上爬起来，按照事先分工干着各人的活。杨文章又在草场另一处立起了一根白桦木桩子，让周宇往新设的场地上拉黄土，堆成一米来高的土堆。他只穿了一件裤衩站到泥堆上面，拉了两头大花牛，手把手地教着加克达围着木桩子，在浸泡了水的泥堆上转着圈踏踩泥土。在加克达掌握了踩泥要领以后，杨文章又带着另一个工人同自己一道，拿起铁锹不断地将踩垮塌下来的泥土重新翻掀上土堆，使它们反复得到踩踏。他们的工作立刻吸引了女工们跑过来看稀奇。杨文章不怒也不恼，他一边带着工人翻腾着泥巴，一边嘴里还哼着香水河的过山小调。女工们看着他悠然自得的样子，都在一旁斜着眼偷偷地龇着牙笑。他旁若无人地一边唱着小调，一边有节奏地往浸过水的泥堆上翻土。女工们看够了稀奇便回去重新干起自己的活。杨文章让翻泥工同加克达轮换着踩泥塘，他在一旁不停地指点着他们，直到他们都基本掌握了踩泥塘的技能，他才到水桶里洗净了手腿，到阿云娜那边检查她们编草活。草帘子是把干茅草编制成九十公分宽，再用两根草绳有序交错地把茅草编至一丈来长扎住头，然后折放在砖瓦坯子架上，作为挡阳遮雨的工具。草盖子是取四根红柳条，分成两组，用铁丝扎住一头，将茅草铺平放入中间扎成一尺半宽、一米二长的草盖头，放在砖瓦坯架上遮阳挡雨。女工们都是从村里妇女中个拣个挑的，很快就学会了编草活。她们还时不时地变换出花样来，把这草帘子、草披盖编扎得美观又结实。杨文章看了自然是十分高兴。

这天一直干到西山峰峦飘起了晚霞，大伙才到小河边洗漱一番，三三两两地来到黄土山下的草地上。老爹牵来了一头早就准备下的翻卷头角的大公羊，加克达点燃了三堆篝火，巴尔山穿上萨满的盛装，手中提着大板斧走到人群前，他拉过了老爹手中牵着的白色大公羊，将它拴到旁边的一棵红桦树上，嘴里念念有词地唱着神歌，猛然间挥起手中的大板斧，用斧锤照着公羊的脑门上猛砸过去。只听见一声闷响，半人高的大公羊没有发出一点声息，轰然倒在地上，瞪圆两只大眼睛，口耳流出鲜血，四肢急烈地抽搐不止，吓得在场的许多人发出一声尖叫。老爹轻声地告诉周宇说，这在过去是要用烈马来祭祀的，现在马金贵，改用头羊了。这时阿云娜带着女工们在用冷杉树拼凑起来的案板上，摆放了六盘点心和大盆的牛奶子酒，端上了做好的羊肉串和鱼匹子烧烤，加克达把滋滋冒着油香的烤全羊扛上案板。大家随意地站成一片。巴尔山领着十多个穿着祭祀舞装的青年，披红戴绿光腿赤脚，面向黄土山跪成一排。巴尔山将双手伸向天空，撮嘴一声长啸，惊飞了山林里的云雀。他向着黄土山深深地鞠了一个躬，然后用低沉的男中音吟唱着法咒。他唱的是图瓦语，外来人自然是听不明白。周宇小声地问老爹他都在唱些啥。老爹说他是在颂赞山神的功丰伟绩呢。周宇在心中想神仙也喜欢听恭维话呀。接着巴尔山请老爹上前点着三炷高香，青烟在晚风吹拂下袅袅飘起，升向高空。这时披红带绿的青年抬上击杀的头羊等供品，恭敬地奉送到黄土山前搭好的土台子上，巴尔山向山神休休不止地诉唱着。周宇问老爹他不是已经颂扬过山神的伟绩了吗，这又在向它敬奉什么。老爹说他这是在向山神倾诉着村民们的清苦，祈求动用山土烧砖做瓦，改善生活境遇呢。接着巴尔山转过身来大声宣布由阿云娜领着大家唱颂歌。阿云娜的歌声清脆又嘹亮，像夜莺一样飘过了草场、山谷，穿过了云彩，响彻了黑熊沟的山水。紧接着大家都跟着她唱起了颂神曲，巴尔山领着青年们跳起了祭祀的舞蹈。巴尔山把一块红布挂到山坡上的一棵大云杉树上，他请老爹割了一块烤全羊的鼻尖肉扔到山坡上。巴尔山让全场人将双手举起向着天空击掌，嗷嗷地呼唤一阵，然后跪地又给山神磕了三个响头，祭神的仪式便结束了。然后大家便可以自由地喝酒吃肉了……

45

阿云娜在这个不到两千人的小村庄算是个见过世面的姑娘，她人长得漂亮，在布尔津城里读过中学，人又好强，长辈们也都高看她一眼。巴尔山因为是村上的萨满，又当着副村长，过去只是喝酒、放牧、做法事，哪儿干过泥水活。几天泥水活干下来腰酸背痛的，到了上班时，找到机会便要倒在草地上想偷懒。

正好阿云娜就在不远的地方编草帘子，看得一清二楚。她跑过去对他嚷嚷道：“别人都能干你咋就干不了呢，还有脸当干部！”她将衣袖一捋，裤脚一卷跟着男人们一起踏起了砖坯子。周宇说这是爷们干的活，她说自己就是要学一学，而且很快就上了手，做得有模有样的。周宇害怕累着她，要把她换下来，她还说什么也不让。巴尔山看着不好意思才接替她换了手。女工们干的都是编草活，每到息晌时她都要跑过去接替阿爸拓会儿砖坯子，让他抽支烟喝两口酒，惹得别人直瞪眼，都说巴尔山生了个知冷知热的好闺女。

阿云娜见烧窑是个技术活，有时早晚便往窑洞里钻。小六子见她主动到窑洞里来问这问那，也乐意在她面前显摆自己的烧窑本领。一来二去两人便接触得多了起来，阿云娜要向他学习烧窑技术，小六子满嘴应承，就是不讲要领。阿云娜看着小六子从煤堆上挖了几铲用水打湿的煤，从窑灶门里伸了进去，均匀地撒到灶膛里。她在心里默读了几遍，觉得差不多有数了，便从他手中抢过煤铲子，挖了一锹煤，学着小六子的样子，将煤铲伸到灶膛里使劲一抖，一锹煤成团子盖在火头上，吓得她往外猛抽煤铲子，“哗啦”一下把灶门的砖坯拉掉下两块来，煤铲子还是没从灶膛里抽出来。小六子就势上前踮起脚，伸手握住了她的手，轻巧一挪便把煤铲子从灶膛里抽了出来。他紧紧地握着她的手说：“没磕过头就想扛大铲子，哪有那么容易的事。”

阿云娜问：“磕头，是祭拜神灵吗？”

小六子说：“是拜师傅，不陪师傅睡觉就想上灶，哪有那么容易的事啊。”

阿云娜一听立马反驳道：“你胡说八道，要姑娘陪睡觉在我们图瓦人可是件天大的事。”

小六子说：“在我们那里拜师傅是要备烟、备酒、备大肉。要在众人面前给师傅磕三个响头，侍奉师傅三年整。师傅睡在屋里，你得睡在屋外面，随时听候师傅召唤。”

阿云娜说：“男徒弟还好说，要是个女徒弟怎么办呢？”

小六子说：“难就难在这上面，我还没见过有烧窑的女师傅。在我们老家连师娘都不让进窑洞。”

阿云娜瞪着杏仁眼说：“我偏要学烧窑你说怎么办？”

小六子嘿嘿笑着说：“那、那只要我师傅点头，我就手把手地教你烧窑。”

阿云娜不依不饶地问：“那还要我陪你睡三年觉吗？”

小六子赶忙说：“那都是成规陋习，你可不能传出去。”

阿云娜得理不饶人，上去揪住小六子的耳朵说：“我就要告诉你师傅周大哥，还要告诉老爹……”

小六子赶忙上前握住她的手，嘴中不住口地求饶着，装出一副可怜巴巴的怪样子，逗得阿云娜嘻嘻笑起来。

打这以后，小六子三七开的小分头梳得贼拉顺溜，八月天的正中午时也不打光膀子了，也不再穿两根筋的背心了，他穿上了当家的黑色T恤衫。走起路来故意把胸脯挺挺的，同别人讲话时，特别是有阿云娜在场时，他都想着把话说得像师傅和杨文章那样有点文明度。

阿云娜也看出了他的变化，她是在草场上放着牛羊长大的姑娘，没有那么多的小心眼，只是随口一说：“小六子讲话同刚来的时候不一样了嘛。”

小六子非常认真地对她说：“不管怎么说我也是个大师傅吧，不叫师傅也就罢了，你总不能对我指名道姓吧，连周宇师傅都抬举我叫我大名。”

阿云娜说：“那我叫你啥？”

小六子说：“还叫啥，你就叫我大名“黄六”。小六子只能师傅叫你懂吗！”

阿云娜听他这么一讲，寻思了一会儿大声叫道：“小六子师傅！”

小六子听了她脆波波的叫声，心里高兴得就像是浇上了香油，朗声答道：“哎，这样最好，这样最好！”

46

阿云娜白天要带着女工们分成几摊子干活，只能抽着晚黑的时间跑到窑洞来，跟着小六子学烧窑。现在烧窑分成了黑白班，砖窑点上火就不能离开人。

吃饭的人多了又请了加克达妻子纳仁花做厨娘，夫妻俩人也是多半时间在厂里，加克达值班时阿云娜便陪伴着她。阿云娜叫她表婶，厂里多数人把她叫作二嫂。八月天山里晚上说冷也有限，多半是晚上男人们没有事就聚在一起喝牛奶子酒，阿云娜和二嫂就给他们做饭菜，菜饭上了桌子阿云娜便给小六子送饭去，在窑洞里盘桓一时才回来。几天下来也习以为常了，也有人背下里说她同黄六师傅在谈情说爱。

这天阿云娜又给烧窑的小六子送饭去，她进了窑洞就见小六子笑眯眯地接过饭盒去，把它放到灶膛下暖着饭菜，他从窑壁洞里掏出一瓶烧酒来。然后又从灶膛煤渣里掏出两个大泥团，他用半截砖坯猛地砸泥团，烧焦的泥团立马炸裂开来，一股香味扑鼻而来。小六子拨开泥巴，里面包裹着的是松毛，松毛里面是一条烤熟了的大狗鱼。他又打开另一包烤焦的干泥团，只见里面是一团动物肉。他撕下一个大腿递给阿云娜，要她乘着热乎劲吃下去。她咬了一嘴觉得香酥烂熟又可口。小六子把酒瓶递给她让她喝一口。她喝了一口酒说：“烧酒比奶酒辣多了，但是回香也要浓烈得多。小六子师傅，你这烤的是啥东西啊，怎么就这么好吃呢！”

小六子摇晃着脑袋得意地说：“好吃你就多吃些，你对我好，我也一心想着你。这酒是我刚来时师傅送给我的，我还没舍得喝，等着你来一起喝呢。”

阿云娜站起来说我来给灶膛上遍煤。她拿了铁铲子打开砖坯挡着的灶门，挖了一铲煤就往窑灶里送，煤铲子进了灶膛却抖撒不开煤。小六子走上前去，双手握住她的手，轻巧一抖，铲子上的煤便均匀地撒在煤火上。晚间窑洞里是一片黑暗，只有灶膛里的火光映着阿云娜的红脸膛，显得格外动人。

小六子在阿云娜的身后握着她的手，前胸贴着她的后背，感觉到了她的温暖，他浑身颤抖起来。阿云娜也感觉到了小六子的异样，她刚想放下手中的铁铲子，没想到小六子一把将她搂到了怀里。牧羊姑娘野性大，她想挣脱他的双手，但他那双搬砖举瓦的手，就像一把钢钳死死地抱住了她的身体。阿云娜平时也跟表叔学过几招，她运足气力，提起脚对着他的脚面上便是猛地一脚。

只听见小六子“哎哟”一声惨叫立刻松开了手，疼得他一蹦三尺高，嘴里还一个劲地叫唤道：“哎哟哟，你个好狠毒的姑娘啊！”

阿云娜喘了一口气，哈哈大笑地说：“看你下次还敢不敢学坏了，还想吃我的豆腐，你左眼发烧，右眼淌浓。下次我认了周大哥当师傅，不要你这个臭流氓当师傅。”

说着她气愤地把手中的铁铲子往煤堆上一扔，冲出窑洞消失在黑夜中。阿云娜走掉后，小六子这才回过神来，知道自己没有把持好闯下了大祸，他一连抽了自己几个大嘴巴，然后蹲在灶膛前的地上呜呜地哭起来。

阿云娜跑到东边山腰的云杉树林里冷静了下来，她想着小六子一蹦老高的样子觉得怪搞笑，凭着姑娘的直觉她知道小六子是真心地喜欢上了自己，这对姑娘来说是一件从心里往外偷着乐的好事，只是她觉得小六子不像周宇那样气宇轩昂一表人才。

阿云娜是进过城读书的姑娘，她有着自己的想法。她回到毡房时纳仁花已经累了一天睡下了，但是电灯还给她留着。现在村里已经架上了电，他们到黑熊沟来便把科考队架在神仙滩的风能发电机给带了过来，架到山上的风口处，这样窑厂就有了路灯，毡房里也有了灯亮。

阿云娜睡下后，只听见表婶的呼声直往耳朵里钻，闹得她翻来覆去地睡不实。从门缝中看见外面还是夜色，她从被窝里钻出来披上衣服就要往外走。纳仁花醒来问：“要不要我陪你一起去？”

阿云娜说：“半夜里外面凉，你还是睡着吧，有路灯呢。”

她出了毡房门本该往左拐，那边有座简易的厕所。她图方便往右边一拐绕到后面山坡边，走到树林边蹲下身子就要放便。这时她突然觉得林子里面有异样，吓得她猛提裤子站起来，大声地喊道：“是谁，你站出来！”

纳仁花在毡房里还没有睡实沉，她一骨碌爬起来，赶忙拿起抵门杠子迎了出去。她看到了惊慌失措的阿云娜，俩人赶紧跑进毡房里，这时她们听见跟来的家伙已经到了门外，还用什么东西吱吱地在抓着毡房门。她们一边抵紧门一边拼命地大呼大叫起来。旁边毡房睡着的人听到了她们的呼救声，急忙跑了出来喊开了她们的门，问她们出了啥事情。大家听了她们的叙说，提着棒子拿着铁锹，追到毡房后面的山坡上转了一圈，根本就没发现什么异常。巴尔山咕嘟道："你们不是在自己吓自己吧，大家都忙活了一天睡个好觉不容易。"

大家见天还没亮透，只好回头再去睡回笼觉。纳仁花也埋怨她大惊小怪地扰了大伙睡觉。阿云娜生性要强，经他们这一埋怨心中积起了一堆恼火，回到毡房里再也睡不着了，她翻来覆去地想，只有小六子昨晚吃了她的亏，一定是他生着法子又来调理她。

她见大伙吃了早饭上班去了，还是越想越生气，便一头钻进挑东头的毡房里，只见别人的铺盖都卷了起来，只有小六子下早班还在地铺上呼啊哈的睡得正香。

阿云娜满腔怒火直冲脑门心子上撞，上去一把抓住他的被头，猛地将被子揭开扔出老远去。小六子这下是从热被窝里一下掉进了冷水里，吓得他猛地睁开眼睛，就看见阿云娜怒目金刚样地瞪眼瞅着他，他的心脏猛地一收缩，下意识想到她一定是来报昨晚一箭之仇的，他"腾"地站起来。

阿云娜从怒目而视忽然间转变成了惊慌失措，原来站在她面前的是个一丝不挂赤裸裸的小六子。这时他才强烈意识到面前站着的是一位姑娘，立马张开双手紧紧地捂盖住了男根，瞪着惊恐万状的牛眼望着她。阿云娜本来只是想来找他问清楚，天亮前后山偷窥的人是不是他。没想到揭开被子见到的却是一个光腚男人，她正怒火中烧，扬起摔鞭子的牧羊手，放开手对着他屁股蛋子上就是狠狠的一巴掌。这一巴掌下手也确实狠了点，立马在他的屁股上凸起了五道紫冷子。

小六子一来是被阿云娜打得疼痛难忍，二来也是真怕她再来痛下狠手，便像杀猪一般地叫喊起来。阿云娜没想到男子汉这么不经打，掉转身子就往门外跑。这时巴尔山和周宇正在中间毡房里商量事，听到西边毡房里传来杀猪般的嚎叫，他们立刻奔了过去，还没进门就看见阿云娜满脸涨红地从毡房里跑出来，头也不回地奔下了山坡去。他们跑进毡房，只见小六子还手捂着男根在大喊大叫。巴尔山一见这模样觉得脸上也挂不住，赶忙问："你这是干啥？你这是干啥？"

小六子一看是师傅和巴尔山，忙着哭喊道："大叔啊，大叔，你要讲公道，我下了夜班刚睡倒，这疯丫头跑进来掀开被子，不分青红皂白对我就是一顿毒打，你们看我这屁股都被她打得肿起来了！"

周宇马上意识到阿云娜是为了天亮前的事怀疑上小六子了，便厉声问道："早下班前你都干什么了？"

小六子哭着腔说："我不是在西边的窑洞里烧窑吗。不是你讲的吗，这头窑砖是生窑坯，要格外小心，我都每天顶着夜班上，难道师傅你还不知道吗？"

周宇不依不饶地问："你天亮前都干什么了？"

小六子哭着腔说："除了烧窑我还能干什么，这黑熊沟一没有赌场，二没有妓院，我能干什么！"

周宇拉了一把巴尔山，对小六子说："你先睡吧，可能是闹了误会了。"

巴尔山也听出了其中的机巧，他晓得闺女的火暴性子。人家可能是吃了冤枉不好讲，屁股上还被闺女打出了冷子来。他只好安慰说："兄弟哎，你先睡吧，这闺女我来教训她，还真是天不管地不收了。"

小六子一听他讲这话，也害怕昨晚的事情露了馅，赶忙说："算了，算了，好男不同女斗，只要大叔有句公道话，我小六子自认倒霉就是了。"

他裹上被子睡下了。周宇拉起巴尔山走出毡房说："走，我们到后山坡上去看一看，阿云娜讲后山坡上有人跟着她，也可能不是空穴来风吧。"

俩人走到毡房后面的山坡上，仔细察看，只见上坡的次生林中有一条倒伏的草木路，他们顺着倒优的草木走过去是一片草地，在草地上现出了两排大脚印，伸延到云杉林里。巴尔山看了看大腿印说："这是黑熊的掌印。"

周宇说："看来阿云娜没有说瞎话，今后在这儿住着还真要小心点呢。"

巴尔山对周宇说："你说这小六子也是的，干吗晚上睡觉要脱光个腚呢，他这是什么意思……"

周宇笑着解释说：“小六子是个孤儿，从小没钱做衣服，就一件别人给的旧衣服还要在白天穿出门，为了节省衣服，晚上就是光腚裸睡的，久而久之习惯成自然了，现在生活好了，也改不了这个臭毛病！”

巴尔山打趣地说：“我还认为你们内地人都是光腚睡觉的呢。”

周宇对着他肩上拍了一掌说：“巴尔山大哥，不兴这样糟践人的啊！”

哈哈哈，两个人笑着走下山去。

47

一清早工人们都听说要出第一窑砖，大家都想目睹这泥砖坯是怎样烧成铁砖头的，也都早早等候在拱门下。当他们看见头上包着白毛巾的周宇拉着一车耀眼的红砖走下山坡时，都兴奋异常地盯着小板车上的砖头目不转睛地瞅着，就像是在看什么宝贝似的。他们跟着周宇一路小跑到草场上，巴尔山急不可耐地伸手抓起一块红砖头，周宇赶忙大呼道：“莫伸手，砖头烫……”

但他已经把砖头拿到了手中，只听到他“哎哟、哎哟”地一阵乱叫，只得把手中的砖头抛向天空，但又怕它掉在地下摔碎了，连忙又伸出另只手试图接住它。周宇喊：“不要用手接，让它掉在草地上……”

巴尔山这才缩回手。砖头在空中翻了几个身，掉在草地上砸出了一个坑，稳稳地斜插在草地中，没有丝毫的损伤，引得在场的人们称赞不已。

杨文章戴着羊皮手套抓起两块砖头，相互敲击了两下，只听见两块砖头发出了“当当”的金属声。他又从车上取了两块砖，用力地互相敲击了几下，砖头没有破碎。他大声地说：“这窑砖是砖之上品，往后去应该比这个质量不差。周宇啊，现在可以向玛总、萨特县长报喜了，等他们来再出砖也不迟。”

周宇得到了这话，也没来得及换衣服，从草场上拉了一匹马骑上直奔神仙滩。老远地老爹就看见周宇骑着马跑了回来，他站到木屋前问他出了什么事。跑得火急火燎的周宇告诉老爹，第一窑砖出来了，质量棒棒的，回来就是打电话给玛总和萨特县长报喜的。老爹捋着胡子笑了。刘援疆和古丽听说都从屋里跑了出来，要同他一起去黑熊沟看烧出来的红砖头。

周宇很快就同玛丽亚通上了电话，她听到这个消息高兴异常，说是明天就同萨特赶到喀纳斯来，她要见证喀纳斯出的第一窑砖，还要给他带来一份大惊喜。

果然第二天傍晚，玛丽亚和萨特县长带着一干人马直接来到了黑熊沟，这时砖头出窑已经接近尾声。窑拱门小，仅够小板车出入，稍不小心拱门墙壁不是擦着手，就是碰着胳膊。

杨文章和加克达在窑里装着车，周宇和小六子轮换着从窑拱门往外拉着砖头，巴尔山带着工人往草场上转运着砖头，把砖头四十块一层码成方垛。巴尔山看到这么多人来看他们出红砖，心中就像是吃了野蜂蜜一样甜美，他学着杨文章的样子从砖垛上拿起两块砖，用力相互敲打着，故意让它们发出“啮啮”的响声，逗得观看的人喜笑颜开。

玛丽亚领着客人们进了毡房，阿云娜和纳仁花早就为大家准备好了奶茶和奶酒，还有图瓦人的小点心。萨特说晚上就在黑熊沟喝顿庆功酒，他要随行的人把他带来的酒和菜都拿下来，又让阿云娜到村子里买些吃食来。

他对玛丽亚说，能不能把你那个小周找来帮帮忙，他做菜在我们布尔津找不出第二个人来。在乌鲁木齐不敢讲，就是在阿勒泰也难见这样的厨艺人。

萨特和玛丽亚对这窑砖的质量是非常满意的，杨文章谦逊地说：“还是你们这黑熊沟的泥土好啊，我们只是尽了力而已。掐指算来今天正好是离着我们上次立军令状后的十五天，好在我老杨还算没有食言。”

萨特说：“哎呀，老杨你还记着这个事啊，君子风范，君子风范啊！”

玛丽亚赶忙说：“杨师傅，你讲讲我们下一步该怎么办！”

杨文章看了萨特一眼说：“我是看在弟兄周宇的分上，从这个大山凹子里把黄泥做成了砖头，你们的人我们也手把手地教会了，连最原始的制砖方法我们哥几个都毫无保留地教给他们了，我们的人情也就做到这儿了，你们的人就这样也能做出砖瓦来。我在老家还有几百张嘴等着我要饭吃呢。”

萨特眼睛发了直，他张了张嘴问：“老杨啊，你这是什么意思？”

玛丽亚顿时也出了一身冷汗：“你这不是姐姐不在家逗妹妹玩吗？你这一撒手谁能收拾了这摊子啊？”

杨文章不紧不慢地说：“本来我到这儿来就是为了看我的小兄弟的，也没打算在这儿建功立业，只是同萨特县长较了一回真章，也是为了我们兄弟民族培养一些人才，这才露了一小手。民以食为天，在你们这里再好也不是个家啊，也看不到事业的影子，还是归去来兮吧。”

萨特一拍身边的地毯说：“怎么没有事业的影子，喀纳斯景区施工设计图自治区已经审批了，今年就要求动工。还有玛总的贾登峪大酒店今年就设计，明年雪化就实施，接踵而至的是哈巴河口岸、禾木景区都在设计中，老杨啊，把你的队伍开过来，我们新疆金三角大有干头嘞……”

杨文章不无讥讽地说：“萨特县长哎，不是我说你们的，玛总一个小小的宾馆用地都迟迟办不下来，还讲什么新疆金三角呢，要是在我们老家啊……”

杨文章故意不再往下讲了。萨特还没意识到钻进了他的圈套。他对身边的黄主任说：“就这么说了，我们也来个深圳速度，你以最快的时间把贾登峪坡下那块地划拨给玛总他们，要按照景区同等优惠待遇，做到四通一平让他们进场地。十天内办好土地转让手续，以县委、县政府名义给有关单位发个通知，要像支持我萨特工作一样支持玛总他们。老杨，你看我是真心诚意的吧，说干就干！”

黄主任赶忙补充说：“现在我们萨特县长不但是阿勒泰地委委员，还兼着我们县委书记呢，是加强版的一把手啊。”

玛丽亚笑着说：“我在自治区早就听讲了，只是你老哥好沉得住气啊，一路上一点口风都不露。”

这时候，坐在玛丽亚身边一个戴着眼镜的年轻人彬彬有礼地问：“请问布尔津县有建筑工程设计室吗？”

黄主任说：“没听说过。”

年轻人又问：“有水利设计室吗？”

黄主任说：“这个水利局有。”

年轻人说：“那主任就帮人帮到底，让他们把那块地先测量一下，也便于下一步规划设计用……”

萨特看了玛丽亚一眼：“你老妹是有备而来啊，看来你又请了一位内地高人。”

玛丽亚笑着说：“老人家在世时不是叫我们不打无准备之仗吗？你都当了布尔津王了，还不兴我请个把天山高手来。来，我给你们介绍一下，他叫吴有德，是江南设计院的高级工程师。萨特大哥呀，刚才吴工说的事你能办不能办啊。”

黄主任接过话茬说：“萨特书记日理万机，这点小事我全权代劳了。玛总，我办事你放心！”

正说着话，周宇走进毡房来，进门就说：“萨特县长好，玛总好……”

玛丽亚也不答话，只用眼睛对着吴有德看。吴有德也不说话，只是抿着嘴笑。周宇看到他一下跳了过去，俩人就像是久别重逢的恋人，也顾不得是在众目睽睽之下，紧紧地拥抱到一起。满毡房的人都被他们这突如其来的动作搞傻了眼，都愣愣地看着他们俩人，只有玛丽亚在一旁哧哧地笑着。萨特用胳膊碰了一下玛丽亚说：“难不成又是你这个福将给你带来的福音吗？”

玛丽亚不无自豪地点了点头。玛丽亚等他们亲热了一时才说：“来日方长，都坐下来说正事吧。”

周宇坐到吴有德的身边说：“我们是打小的同学，都有大几年没有见面了。”

杨文章说：“哎呀，你就是吴有德啊！这么多年来老是听周宇念叨你，幸会，幸会！”

杨文章又问周宇：“窑上的事你都安排好了？”

周宇说：“都有小六子和巴尔山在忙活呢，下午准备准备，明天就能装新窑。”

48

送走了萨特一行人，玛丽亚回到毡房里说：“来继续喝酒。杨大哥，我先敬你一杯酒，我三个月没办成的事，你几句话就搞定了，难怪都说你是政治犯呢，有思想，有胆识，来妹妹敬你一杯。”

杨文章谦逊地说：“还是玛总大气魄，一介书生，白手起家，整出几个大企业来，真令我辈汗颜了。”

周宇见到吴有德心中高兴，酒也喝高了，他嚷道：“杨哥，玛总是留洋的博士，你讲话来点现代派，不要老是夫子翻跟头——文屁冲天的……”

玛丽亚打断他的话茬说：“杨大哥，听说刘教授的科研报告你读过了，从长计议这个地域是我国对西北亚进出口的桥头堡，真佛面前不打诳语，我是想在这里打下一颗钉子，好为将来所用。你是个有见地的人，请你还要助我一臂之力啊！”

杨文章喝了一大口牛奶子酒，说：“既然玛总把话说到这个份上了，我如果再不一吐心声，也显得我辈不仗义了。先说说建窑的事：现在建的这个小窑只是牛刀小试，做个试验。接下来可以用这些砖建成四门轮窑，每窑能出砖十多万……”

玛丽亚听得入神，她向杨文章面前移了移坐垫，端起酒碗说：“来，杨大哥，喝一口酒再说。”

杨文章喝了一口酒，接着说：“接下来是最重要的一步，巧妇难为无米之炊。有了大窑砖坯要供上。在我们内地砖坯始终要保持是窑中砖数的五倍之多。在当地我想是韩信帅兵——多多益善。为什么呢？喀纳斯听说只有半年的无冻期。在这半年时间中，我们最好能做出够一年烧的砖坯来。这就形成了两个侧重点，开冻期重点是砖瓦坯子生产，封冻后烧窑是重点。因为到了寒天就不能做砖瓦坯子了。”

巴尔山睁开醉眼说：“杨师傅，你说将来干得好让我当主任，就这样天天跟着你摔砖坯，就是给我当主席我也不干，我还是去喝酒放牧吧。我这一辈子的力气都让这二十来天耗尽了。”

加克达接着巴尔山的话说：“我们就是肯吃苦，我们这个村子也就几百号男子汉，总不能男女老少齐上阵吧？”

周宇说：“你们不要打岔，听杨师傅慢慢道来。”

杨文章又喝了一口酒说：“现在这个砖瓦厂就算搭起个架子，厂子要是真正办起来大家也不需要这样辛苦。大部分都是机械化作业。这第二窑砖点上火我就打道回府，我原来的厂新进了一部制砖机，是沈阳重工出的，质量是全国一流。但是在它还没到货时，我们厂子就被乡镇企业挤下马了，人才都外流了。”

小六子在一旁不服气地说：“你那个工程队顶事的不都是我们砖瓦厂里的人吗！”

大家先是一愣，紧接着就是哄堂大笑。周宇笑着指了指他说：“谁让你插嘴的。杨哥，你接着说……。”

阿云娜提着羊皮酒壶给杨文章的碗里又倒上了奶酒，她接着给周宇、吴有德的碗里倒上八分奶酒。小六子见她就要越位而过不给他筛酒，急忙小声嚷道：“哎、哎，能丢一村不丢一户啊。咋忘记给师傅我筛酒呢？”

阿云娜白了他一眼，给他酒碗倒上十分满，又对他耳语道：“欠揍！”

小六子听她这话先是一愣，然后嘿嘿地笑了。他在心里想打是亲，骂是爱，不打不骂就见外了，况且打的还正是地方……

杨文章接着说：“刚才说到有一台新砖机到厂没用上，我回去折价把它买过来。这里暂时还没有供电设备，我再想方设法弄一台配套的发电机，如果可能的话再买一台制瓦机和一些必要的设备来，半个月二十来天就能打个来回。到时候兄弟们也还要吃上一番苦，遭上一番罪，因为寒冬将至，时不我待，要尽可能抢在封冻之前做出一批砖瓦坯子来，好利用冬闲时间多烧砖瓦。来春一开冻贾登峪大酒店工程设计图也就出来了，这样就能形成了砖瓦等人不窝工。我粗算了一下，总投资有五六十万也就差不多了，不知道玛总在资金方面有没有难处。”

玛丽亚思考了一会儿说：“杨大哥，砖瓦厂建起来后，你还有什么想法没有？”

杨文章说：“要讲没有想法是假话，但是眼下得先走好第一步。我帮朋友忙，也为了自己搂草打兔子，开辟一个新战场，使我的一帮弟兄从中挣些钱。新疆离内地虽然遥远，总比漂洋过海到国外去当劳工强，况且这儿还有过命的兄弟，只要我们出力干成了事，相信玛总会给我们一个公道的。”

玛丽亚说：“你还是把下一步打算说出来，看我能不能帮上你的忙。”

杨文章说：“那就是开冻了再利用当地山里资源，配套建个建材预制厂，再有可能的话搞个修配厂，在您的大旗下拉一个建筑公司，等待机会杀出阿勒泰去。”

玛丽亚兴奋地说：“你能思想的这么远是我没预料到的，做人就是要有大眼光，才能做出大事业来。不瞒诸位，在新疆秋季一到棉花大战就将开始，收到棉花翻过年去就是钱。我们公司正在融资准备棉花大战。但是杨哥要用的钱不成问题。我在乌鲁木齐给你们办个建筑公司执照，前期投入和周转资金由疆欧公司承担，等你们上了马再能自负盈亏，能办的事由你们自主办，办不了的事由总公司设法帮助你们办。你们的公司隶属疆欧公司。我建议周宇担任董事长，杨哥就任总经理，吴工你屈就做个总工吧。由周总和杨总、吴总、小六子、巴尔山组成公司董事会，重大问题由董事会集体研究决定。董事会解决不了的事报总公司裁决。公司才开始办，从盈利中提留百分之六作为再生产资金。至于其他事你们实践一段时间再商量，你们看这样行不行？”

杨文章没想到这个美艳的俄罗斯少妇算盘打得这么精细，早把一切都谋划好了，就等着请君入瓮了。他的小九九也只能在她二尺半的腰围里万马奔腾，他想眼前就是一片未知的海洋，有着无数的资源等待着他去开网捕捞，但是自己是一无船二无网，只有两只肉攥肉的拳头，在这里只有搭人家船出海，借人家网打鱼，才能在大风大浪中一显英雄本色。况且玛总既是为了扩充她的实力，也是最大成度地照顾他们的利益。他慎重考虑了一下说：“玛总开出的条件真是优厚了，但这事还是要同哥儿几个商量一下。明天再具体同玛总汇报吧。”

小六子看了阿云娜一眼，急忙说：“杨叔，这还商量个啥，就这样决定了吧！”

吴有德说：“我只是来看周宇的，也没打算留下来，这个总工我是难以为任的。”

玛丽亚看了他一眼说：“你就帮忙充个数吧，用你的金字招牌加重新公司的技术含量。过一段时间想留你就留，想走你就走，没谁当你的拦路虎。这是个大事，杨哥说得也对，凡事预则立，不预则废。你们再好好想一想吧。”

接着大家又喝起酒来，直到月上中天才回毡房里睡下。

49

回到毡房后吴有德感到很新奇，他还是第一次来新疆，第一次睡在草场上住毡房。本来周宇是想问吴有德是怎么一下就变出来了的，但是小六子帮他们铺好铺盖后，杨文章生气地对周宇说：“这都是你同玛总设计好了的吧，我们是投奔你来的，就是你们有预谋也得先同我们通个气吧。”

周宇分辩道：“玛总来还是你们先见面的，我也没同她单独见过面，怎么说通过气呢？你个政治犯啊，什么都好，就是小心眼。”

小六子抢过话头说：“就是通过气了又怎样，师傅和玛总都是为我们好，在这里赚钱比家里多一倍，钱也不咬手！”

周宇横了他一眼说：“不是钱不钱的事，要学会尊重人，你不要乱说话。”

杨文章想周宇说的也是实情，这一天他都在忙着出窑砖，于是语气缓和地说：“就是玛总事先同你商量了也没啥，反正是无利不起早。你看按她说的能不能干。”

周宇抬腿一脚把球踢给了杨文章说："你说呢？"

杨文章想了想说："这是个成大事的好机遇啊。机遇不是时时都有的，只是当机遇出现时看我们能不能抓住它。你别说，这个俄罗斯娘们真不愧为喝过洋墨水的，考虑事情细致又周到，讲起话来明白透彻，道是道，理是理的。"

周宇笑着说："人家是大学教授嘛，学的又是国际贸易，那可真是云彩里露出的腿——不是凡脚啊。"

杨文章说："她说的好是好，但是这个经理还是你来干，我来做副手。你不要打岔，听我把话说完，一来我不熟悉这里的风土人情，跟人打交道费劲；二来我才来到这新疆不过二十多天，不要让人家对咱存戒心。"

周宇说："我还不想当这个董事长呢，生产技术上你是权威，行政上还有她玛总，我夹在中间算怎么回事啊。我还是当副手吧，小六子烧窑已经是老把式了，这一摊不用烦神，我做做后勤保障工作就行了。"

杨文章说："那不行，看出来你是她的心肝宝贝，是她的代言人，在当地你有老爹和萨特书记罩着，还有巴尔山、加克达这帮铁哥们，没有你这头驴拉不转喀纳斯这盘大磨！"

周宇摇了摇头说："杨哥，没有你们这帮兄弟帮衬着，我才真玩不转呢！明天这事你去同玛总说吧。"

杨文章说："行啊，你老弟不要怪我刚才起疑心，你也是走南闯北的人，小心无大错嘛。你想烧砖瓦这活在我们那儿算个技术活，乡里请个烧窑的大师傅，最多乡长陪你吃顿饭、送点烟酒了不得了。你看人家这里、县委书记、大主任陪着，玛总这么个大教授陪着不说，还睡在这荒山野岭的，多给面子啊。我算了土地、水、油都白供，还给投资和周转资金，政府还承诺五年不纳税，砖瓦价钱又比我们家乡还要贵出一多半来，这真是天上掉馅饼的大好事啊！不出二年我们就能积累资金拉出一个像样的公司来，到时候你看我们兄弟要给他们看……"

周宇很少看见杨文章这么兴奋。他还要同吴有德说说话，两人都有十来年没见面了，他对杨文章说："杨哥，睡吧，睡吧，天也不早了。"

他回头一看，吴有德已经钻进被窝里呼一哈二的睡得正香。

这时候他又听到杨文章呼声如雷。他想趁着没睡着出去撒泡尿，好一觉睡到天光大亮。他走出毡房刚想往厕所拐，猛见山坡上坐着一个人，披着一件长衫。他立马问是谁。玛丽亚听出了他的声音，转过身来说：“你怎么还没睡呀？”

周宇说：“同杨哥说话呢。亚姐怎么这么晚了也没睡？”

玛丽亚说：“看到你们白手起家烧出了第一窑砖，质量真好，我真是心潮澎湃啊。听了杨师傅的话更没有睡意了。过来，过来，陪着亚姐坐一会儿。”

周宇走过去，坐到她的身边。玛丽亚把自己的长衫拉出一半搭在他的身上问：“我说的事你们商量了吗？”

周宇笑了笑说：“都按你说的办。杨哥这个人行事谨慎，是个聪明绝顶的人，他能看出来玛总是为他们好。”

玛丽亚笑着说：“只是对他们好吗？就没有对你好？真是个不讲良心的白眼狼！对他们好都是从你这儿派生出来的，我开始也不认识他们啊！”

周宇不好意思地说：“谢谢亚姐，我心领了。我这个人不善于言表。”

玛丽亚说：“只要你心里有数就行了。呃，你托我办的事我一直放在心上，争取在冬季前能给你一个交代。还有你要想方设法把吴工留下来，我已经同亚历山大商量好了，最近有一个高级建筑设计团队就要过来。他要愿意留下，我就动员设计团队吸纳他一起搞宾馆设计，这可是个学习的好机会呀。”

周宇说：“行啊，我尽量挽留他吧。”

她在周宇的脸颊上轻轻地吻了一下说：“快去睡觉吧。”

周宇站起来急忙向厕所跑去。

50

这些年来吴有德在婚姻问题上屡遭挫折，第一次短暂婚姻后，又谈了几个女朋友都因前妻捣乱而不得善终。正在他又一次躲开有权有势的前妻家，找到厦门一家新单位上班才半年多，突然有同事对他说有个电话在不断地寻找他。开始他还认为是前妻在找他，于是有意地回避。后来他的同事把手机号码给了他，他见是乌鲁木齐的手机号。他想自己与那座城市没有任何瓜葛，本来不想回这个电话，但是好奇心还是驱使他拨通了这个来自天山脚下的电话。

接手机的是一个非常有磁性的女性声音，她异常敏捷，马上问："你是吴有德吗？"

吴有德吃了一惊，手机里的女人怎么知道他的名字？通过交谈他知道原来她是玛丽亚。当他晓得周宇已经在这边扎根创业时，他便决定要到新疆来。

周宇也说了自己这些年的经历，又把玛丽亚在喀纳斯的设想同他叙说了一遍，并把玛丽亚邀请世界知名设计师来规划设计贾登峪大酒楼，想邀请他参与的想法告诉了他。这又一次出乎了吴有德的意料，这对他来说一来可以躲过前妻的纠缠，二来也能跟在国际高手后面学习业务，还能同儿时的伙伴朝夕相处共谋事业，真是千载难逢的好机遇，他高兴得一口答应了。只是要周宇为他保密，不要把他婚姻家事透露出去半点一星。

51

周宇正在同吴有德谈得热火朝天，玛丽亚推门走了进来笑着说："青天白日的，两个大老爷们关在毡房里说个没完没了，知道的说你们是久别重逢，不知道的还认为你们是在做啥呢。"

说着她先嘻嘻地笑起来。周宇也笑了，吴有德闹了个大红脸。玛丽亚说："最近刘教授和古丽要回去了。正好这次来还没看见老爹老婶，他们又要骂我没长良心了。你们就陪我一起到神仙滩去看看他们，把我们的想法也同他们唠一唠，征求个意见。顺便让阿云娜领着吴工游览下喀纳斯的山水，现在可是喀纳斯旅游的黄金档期啊。"

周宇说："这样也好，有德才来，还没欣赏过这座上帝的后花园呢。"

他们同杨文章打了个招呼，喊上阿云娜，开着车子驶向了神仙滩。到了神仙滩他们才知道萨特他们天没亮就走了，说是赶快回去安排测量队来测量什么地块。老爹夫妇看见玛丽亚和周宇一起来了，还带了一个斯斯文文戴着眼镜的青年人，自然是喜出望外。老奶奶说：“姑娘啊，你们的家搬到黑熊沟了，倒是没把我们老两口子给忘到阿尔泰山窝里啊。”

玛丽亚搂着老奶奶笑着说：“哪里会呢，就是忘了天山的云彩，也忘不了老爹和老婶啊。”

她把吴有德介绍给老爹和老婶，老爹上上下下打量了他一番说：“你们俩人一文一武，简直就是玛丽亚的哼哈二将嘛。”说得大家哈哈大笑。老奶奶拉着玛丽亚的手说：“好姑娘啊，自从你为我们添置了这几间木屋，加上阿云娜他们又都到黑熊沟去了，我每天都忙得连腰都直不起来。这不又从村里请了两个姑娘来，还是从早忙到晚。每天这木屋就没空闲过，还有人要长期包房呢。我把古丽夫妇放在最里面的木屋里，同我们老两口紧挨在一起……”

老爹拉了老奶奶一把说：“刘教授他们还有正经事呢，看你人来疯，一见到来人就说个没完没了，都成了话痨了。”

阿云娜拉来两匹马，在栅栏边的空地上为吴有德做了速成培训。然后领着他向喀纳斯湖边走去。

周宇说：“阿云娜只骑她那匹乌云马。”

老爹说：“那是她阿爸送给她的成人礼物，是从哈萨克斯坦草原上买来的。”

太阳的光辉变成了火红色，玛丽亚让周宇到黑熊沟把杨文章和巴尔山接到神仙滩来。她要杨文章把他的宏伟计划告诉刘援疆和古丽，请他们帮助出谋划策，加工补充。然后玛丽亚对杨文章说：“明天两位教授就要回北京去了，我想让你同他们一道走，将配套设备尽快运进喀纳斯来。要不要抽个人陪你一起去？”

杨文章说：“只要到乌鲁木齐上了火车，鼻子下面通京城，问也问到家了。现在人手紧，别人去了也帮不上忙。”

玛丽亚说:“我让笑梅都为你们买好了回去的机票，她会送你们到机场的。”

杨文章说:“这趟回去还要再请几个技术人员一道回来，抓个紧机械设备能买到，还要多买些小配件，回到这里再想弄配件就费事了，还会把豆腐盘出肉价钱。我回去尽早回来，争取在上冻前能多做出一些砖瓦坯子来。”

杨文章想了想又说:“玛总，在我离开黑熊沟这段时间，周宇是要盯在那里寸步都不能离开。要是讲烧窑小六子是呱呱叫的大师傅，出不了纰漏，但是全面工作他拎不起来……”

周宇说:“这个你放心吧，你又不是大姑娘下扬州一去不回头，这边有我在你心总该踏实了吧！”

杨文章看见巴尔山在发愣，便推了他一把说:“明天厂里的事就由你负责了。记着每天都要把码上架的砖坯用草帘子和雨搭子盖好，不然砖坯会发酥的……”

玛丽亚说:“没问题的，两天时间周宇就回来了。”

杨文章瞄了一眼玛丽亚说:“玛总啊，这一天时间都不行。你们新疆同我们内地大不一样，昼夜温差太大了，稍不小心几天的辛苦就白干了，工人们费劲做出的砖坯子不容易啊！”

正在这时阿云娜领着吴有德走了进来，周宇问他感觉怎么样。吴有德兴奋地说:“你们真会找地方，这哪里是上帝的后花园啊，简直是人间的天堂啊！”

因为听说要为两位教授送行，老爹悄悄地烤了一只全羊，这是献给客人最尊贵的食物。既然有了它，这吃烤全羊的礼数就不能少。巴尔山做了祭祀司仪，他高唱着祭神曲，礼赞着神灵慈爱无疆，祈祷他对人们的宽宏大量，感激他赐予美食琼浆，然后请两位教授端起酒敬了天地和神灵，用刀子在羊鼻子上割一小块肉扔到木屋顶上，大家一起三声欢呼，这才开始喝酒吃肉。

巴尔山即兴给大家唱了一段蒙古长调，阿云娜领着姑娘们跳起了图瓦人的舞蹈。老爹酒喝到妙处，站起来为大伙吹了一段图瓦人的苏尔，那如歌如诉的低沉乐曲，吹得人们都流出了眼泪。玛丽亚说老爹吹得太伤感了，我来给你们跳一段俄罗斯旋转舞，她拉起周宇两个人就跳了起来。她已经教会了周宇一些俄罗斯的舞蹈。古丽也跳起来拉起刘援疆一起跳起舞。因为第二天还要赶路，他们喝到月亮升到半空便散了席。巴尔山还是觉得不过瘾，偷偷地带了一皮囊奶酒回到黑熊沟的毡房里，自己把自己灌了个醉卧草场，直到天光大亮也没能爬出被窝。

第二天，周宇开上三菱越野车载上玛丽亚、两位教授和杨文章告别了老爹老婶，驶上了去阿勒泰的公路。越野车开过了喀纳斯河大桥，杨文章还在吧嗒嘴说，他同周宇都离开了黑熊沟还是有点不放心。昨天晚上他看见巴尔山喝高了酒，走出木屋上马时抬腿踩了几次空，还是阿云娜扶着他脚才找到马镫眼子，可是跃了几次还是上不去马，还是阿云娜在他身后猛托了一把才骑上。

周宇说："这个巴尔山啊，什么都好，平时接人待物、组织个大事小情也还得体，今后就是要控制他这喝烂酒，他这酒一喝高了很多事情都做不好了。"

玛丽亚说："你说这怎么办呢，酒就是图瓦人的命，今后你们控制着他一点。"

杨文章不乐意地说："谁能控制住他，我看也只有他的闺女阿云娜敢夺他的酒壶，再一个他还能听周宇的话。我是见到他喝酒心中就发毛，别说控制他了，我还控制自己躲他远一点呢。"

杨文章的话逗得一车人笑得前仰后合。玛丽亚笑的流出了眼泪，她说："明天我回到乌鲁木齐就要迎接棉花大战了。我们今年一定要扭住棉花这根筋，赚他个缸满盆满，来年启动宾馆工程才能财源宽绰。"

周宇看着玛丽亚疲惫的倦容，关心地说："玛总，你还是要多注意休息啊，你的身体老是这样透支可不行呵。"

玛丽亚笑着说："有了你这话我就知足了，比我睡一大觉都舒坦，谢谢你啊，小伙子也知道心疼人了。"

刘援疆从背后拍了拍周宇的肩部说："小周啊，你是要多关心玛总啊，她是个为了事业宁愿舍弃生活的人！"

古丽也说："小周啊，你是玛总身边亲近的人，我们见玛总把你当作弟弟一样看待，你们更要关心她、体贴她才是啊……"

周宇一边开着车，一边真诚地说：“那是一定的……”

玛丽亚眼睛湿润了。

52

周宇送走了玛丽亚一行，第二天就急着往回赶，进到黑熊沟已经是黄昏时分了，他看见草场上没有工人的身影，便把车子开到毡房山下，这才看见大伙都在往山上指指点点的议论着什么。他顺着人们张望的方向瞅过去，只见巴尔山举着一把铁锹正在满山遍野地追赶小六子。周宇一见火冒三丈，朝着看热闹的人群呼道：“你们都不是厂里的人啊，看到有人闹事不阻止，还在这里看热闹！”

人们一听是周宇的呼声，回头就往坯场上跑。周宇叫住了一个女工，问她巴尔山为啥要追打小六子。女工说：“男人嘛就这样，酒喝多了要散散酒气。他说黄师傅不给他面子，这不就追着他打了嘛……”

周宇一路小跑到窑上，只见加克达还在窑洞里没事人似的烧着窑，便批评他说：“巴尔山打你师傅，你怎么不去拉开他们呢？”

加克达分辩道：“谁说不拉了，都拉了几次了。他酒喝多了，谁能拉得住他呀。阿云娜又到喀纳斯去陪吴工了，黄师傅让我回来看着窑火。他喝得那个醉样能追上谁呀，就是瞎闹腾呗。”

周宇赶到巴尔山身后，倒吸一口山风，屏住气大喝一声：“你干啥要追打黄师傅？欺负他身子单薄，还是因为他是外乡人？”

小六子高叫道：“师傅，是小六子，小六子……”

周宇真是急了眼，掉头向小六子咆哮道：“我知道你是谁……”

巴尔山被他吓得一哆嗦，心从口出嚷道：“他小六子欺负我的阿云娜，欺负小姑娘算什么本事，我、我要同他单打独斗！”

周宇说：“你看你那个宝贝丫头，胆子大得敢上蓝天摸月亮，敢下湖水捉水怪，在这一亩三分地上只有她欺负人家的份，还有别人敢惹她？”

巴尔山龇着牙笑了说："对了，你说对了，我闺女长得俊，我闺女身材好，就是人野了点。小六子看着眼热，想同我们阿云娜交好，为啥不敢上？他就是个熊包，我就是要追他，打他，打到他敢追我们阿云娜为止。"

周宇给他胡搅蛮缠得直发笑，他上去把巴尔山从山坡上拉起来说："我要不是看你酒喝多了，就把你举起来扔到有德河里去，还有你这样为闺女保媒的？"

巴尔山说："你扔啊，你扔啊，扔到河里我也还要讲，小六子没有我们阿尔泰山人爽气，爱人家姑娘又不敢追，不就是怕打个屁股吗，痛一阵、麻一阵就过去了。哪怕是打个头破血流，也要生命不息，追求不止啊！"

周宇说："原来你是为了这事在追打黄师傅啊，追得对，打得好，这事是黄师傅有毛病。听到巴尔山大哥的话了吗？你今后要叫巴尔山大叔……"

小六子赶忙说："师傅，叫小六子，叫小六子……"

小六子还没回过神来，巴尔山以疯作邪地对周宇嚷道："你老小子，也老大不小的了，你看玛总对你有多好啊。她是个孤独的女人，她那语里话外难道你听不明白？你是嫌她是俄罗斯人啊，还是嫌她大几岁？这都没什么，大几岁好，知道心疼呢……"

周宇见他越说越来劲了，上去一把扭住巴尔山笑着说："你个大萨满，心中还真装着不少事呢。快别说了，到山下去让大伙把上架的砖坯子都遮盖上……"

巴尔山说："嗯，这是时候了，昨天的砖坯都是我亲手用草包盖好的。你别认为我成天就是喝酒，我心里装着事呢，要不然在这么个两千多人的村庄，也不能让我当这个副村长。"

周宇知道他这时酒是全醒了，便随声附和道："那是啊，那是啊，下次中午不许你喝这么多酒，你是副村长，还是副厂长，你这样喝得满山追着小女婿跑，就不怕别人看笑话？还是大萨满呢，我看你就是大满萨（撒）吧。"

巴尔山有点难为情地说："周老弟说的是，我巴尔山不就是这点毛病吗。在我们边屯别的事会有犯错的，追姑娘犯不了错。"

草场上人看见三个人一起往山下走来，都从心里佩服周宇，认为他一上去就把大萨满这个老横牛牵下了山。

53

正在窑砖出到一大半时，进来拉砖的工人说外面来了一辆吉普车找周宇。周宇出了窑拱门，只见山坡下停着一辆212吉普车，前面还站着两个人。来人看见周宇穿着一身加厚的劳保服，戴着一双劳保布的厚手套，头上扎着羊肚兜毛巾，脖颈上还搭着一个沾满灰尘的花格子毛巾，脚上蹬着一双翻毛牛皮鞋，土头灰脸的只剩下眼睛、鼻子、嘴还能看出个人模样，有点不大敢相信自己的眼睛。其中一个戴眼镜的中年人睁大了眼睛看着他问："你是周总？"

周宇笑着说："有假包换，有事请讲。"

戴眼镜的中年人自我介绍说："我姓戴，你就叫我戴组长吧，是黄主任安排我们来帮助你们测量土地的。"

周宇一听喜出望外，立马摘下手套，把手伸了过去要同他握手。戴组长往后退了一步笑了笑。周宇也笑了起来，他回过头喊了声："黄师傅，你过来一趟。"

他对戴组长说："这是我们的黄厂长，让他带你们到我们总部去，我们负责这项工作的吴总在神仙滩总部。"

他又把小六子拉到一边说："你开车带他们到神仙滩，让吴有德和阿云娜领着他们去贾登峪测量土地。你到那儿就回来，这边都是生手，我忙不开呢。"

小六子一脸的不高兴说："师傅，巴尔山大叔不都说要我追求阿云娜了吗？你怎么总是把她往姓吴的那眼镜身边拨拉，你是不是见他是你的老同学，帮着同学挤对徒弟啊？"

周宇给他这话逗乐了，说："人家有家有业的，抢你哪门子老婆啊？阿云娜是本地人，你连喀纳斯的东南西北都分不清爽，你个四六不分的东西！"

小六子转悲为喜地说：“你要是早告诉我他有家室，我也省了这些天心里总打鼓。”

周宇说：“小六子，我还告诉你，现在阿云娜还没有同意和你相处呢，你可要小心一点，不要把事情给搞砸了。”

小六子乐呵呵地说：“这个我懂，追姑娘求丈人，最后还是姑娘说了算。师傅放心，母鸡不点头，公鸡不敢登上头。”

周宇笑着说：“给你一次亲密接触的机会，快去快回啊。”

小六子满面春光地带着测量队到神仙滩去了。

周宇领着工人们连夜把窑砖出完了，他打算一鼓作气再把这一窑砖给装上，在杨文章回来之前再烧两窑砖。他知道杨文章拉回机械后，便要以安装机械为中心了。

第二天装窑才过两个多时辰，阿云娜就火急火燎地骑着马跑到窑上来，她叫出了周宇说是村里有人把吴工和测量队给包围了，说他们惊骇了贾登老爹的魂灵，扰动了山神地仙，不让他们开展测量工作。周宇赶忙喊来巴尔山，他们调整了装窑人员配置，让小六子和加克达负责厂里工作，两个人骑了马就向贾登峪奔去。到了贾登峪只见有一百多号人骑着马，把吴有德和测量队成员都圈在中央，有人还挥动着手中的鞭子，叫嚷着让他们赶快离开。但是村民们又把他们紧紧地围住，不让他们走动。巴尔山一马当先提起马缰跑了过去，大声地嚷道：“都是乡里乡亲的，有话说话，干吗围住萨特书记派来的测量队，不让人家丈量土地。”

这时一个粗壮的汉子打马走了出来说：“巴尔山，你来得正好，他们都是些什么人，敢到贾登老爹这场地来敲敲打打的。我们问过村长他说闹不清要做什么。你来了，我们就要问问你。”

巴尔山说：“这事我知道，是萨特书记安排他们来测量土地的。”他又指着周宇说：“这是他们的周总，请周总把事情原委告诉大伙吧。”

壮汉说：“不要听他的，巴尔山是村上的萨满，他都不敬神灵了，我们还能听他的鬼话吗？”

巴尔山高声地叫道：“你们听周总讲完话，然后再说你们的意见。”

骑马的人们一下掉转马头，把周宇和巴尔山围到了中央。这时有人嚷道：“他是内地的汉人，是不敬神灵的。他们还在黑熊沟砍树割草，搬泥动土，挖山建窑，我们得把他们赶出去。”

“对，把他们赶出去！”

骑马的人群一下朝他们蜂拥而来。周宇一看可能要出大乱子，他从马背上站起来对着巴尔山喊道：“保护好吴工和测量队。”

巴尔山立刻将坐骑横挡在马群前面，大声地喊着：“你们再往前上，先从我和马上踏过去……”

壮汉大声狂叫道：“别听他的，他已经背叛了我们图瓦人，还拿着他们狗屁公司的钱呢，抓住他们，把他们扔到喀纳斯河里喂狗鱼。”

骑马的人们立刻呐喊着就要往前冲来。周宇立马脱了上衣，从马背上站了起来，露出浑身的腱子肉。他打着马围着测量队员们绕着圈子奔跑起来。他时而马上，时而马下，当跑到人群涌动的地方时，他将身体翻滚得呼呼起风，村民们纷纷向后退，这样保护测量队的圈子也越来越大。骑在马上的村民看见周宇在马背上腾、挪、转、跃，看得是眼花缭乱，大气不出一个。这时有人说：“听说这个周总是关内的武林高手，还是老村长的徒弟，都往后着点，给他碰到了不死即伤。把他弄出个好坏老村长也饶不掉我们。”

正在这时，老爹骑着马在阿云娜陪同下来到了贾登峪山坡下，巴尔山对着周宇大喊一声说：“老爹来了！”

周宇听到了喊声，一个猿臂翻身骑到马背上，他勒着马慢跑下来。老爹挥起手上的马鞭对着壮汉就是一鞭子，喝说：“就是你在这儿带着闹腾啊。”

壮汉掉转马头就想走。老爹喝道：“你别走，把话说清楚。”

壮汉说：“叔，我们听说有人在砸贾登老爹洞，就是过来看看的，看见他们在这儿又竖杆子，又照镜子，问他们做啥，他们又不说，我们这才要赶他们走的……”

阿云娜说：“你胡说，我告诉你了，这是县上派来的测量队，在这里测量土地要搞建设呢。”

壮汉说：“这喀纳斯是大家的喀纳斯，凭什么只有他们这几十个人有活干，能拿公司钱，大伙就没有份呢？”

周宇笑着说：“兄弟啊，原来是为了这么个事啊。好说，好说，我们杨经理已经到内地去买机械设备了，机器一架上，只要你们不怕累，有的是事干，有的是钱赚。万事开头难，我们这几个月都是在调查搞试验，要用的人手也不多，最先见到的人就先招收了。这事也怪我们只顾着埋头忙事情了，没有同大家说清楚，也是对不住大伙了。有空请各位到黑熊沟砖瓦厂去做客，牛奶子酒管够啊。”

这时候太阳西沉，一些人已经骑着马溜走了，还剩下几十号人也都说：“周总把话都说到这份上了，我们回去等信吧。”

村民们走散后，戴组长扶着眼镜对周宇说：“没想到你年纪轻轻的，这能耐还真不小呢，今天要不是你，我们都要被扔到喀纳斯河里喂鱼去了。我刚开始见到你人时，还真没大看上你呢，这内地真是藏龙卧虎啊！”

吴有德说：“我真不敢想象，现在你真是浑身都是本事了，我今天算是开了眼界。”

周宇说：“这都哪儿跟哪儿呀，都是老爹镇住了不明真相的人，虚惊了一场。”

老爹见天色已晚，便同大家一同骑上马往神仙滩走去，这时西边的天际已是一抹晚霞。

54

第五窑砖坯装到一多半的时候，黑熊沟开来了两辆加长的大货车，车上用雨布盖得严严实实。正当人们好奇地瞅着它时，从第一辆大货车的驾驶室里跳下一个人来，草场上的工人眨巴眨巴眼睛直朝来人瞅，巴尔山突然大声地喊道：“那不是杨厂长吗，我的娘哎，拉了两大卡车的机器来呢。”

立马人们都放下了手头的活奔向汽车。周宇正同加克达在窑洞里装窑，拉砖坯的车子出去了老半天也不见回来，他们正在纳闷着小六子跑进窑拱门，高声地嚷嚷道：“师傅哎，你快出来呀，政治犯回来了，还押了两大卡车的货呢！”

周宇一听这话，喊上加克达一起就跑出了窑洞，杨文章看见周宇他们从窑洞里跑过来，便大声地向他嚷道：“伙计哎，这下我把该买的都买来了，你赶快组织人卸货，安排二嫂给驾驶员做饭吧。”

周宇还没跑到汽车跟前，只见从后面车驾上跳下两个人来，他们叫喊着向他奔跑过来。原来他们都是当年香水河砖瓦厂的工人，一个叫夏守富，一个叫郑大鹏。

他们在这天高皇帝远的喀纳斯见到了周宇，大大出乎他们的意料。现在他们都是杨文章建筑队的领班，在动员他们来新疆时，只说是小六子已经在这边占住了场子，压根就没提周宇的事，杨文章打算给他们带来份意外的惊喜。

他们一跳下车就认出了周宇，一边叫喊着他的名字，一边向他奔跑过去。周宇先是一愣，当认出他们来时，也是激动无比，三个人拥抱到了一起。夏守富问周宇说：“兄弟，你是什么时候被杨经理给骗过来的？”

周宇回头看着杨文章说：“你老小子，没跟他们说是我骗你过来的吗？”

杨文章得意扬扬地晃悠着脑袋说：“我压根就没同他们说你在这里，看你当了董事长还认不认得老朋友！行了，行了，晚上喝牛奶子酒时再亲热吧，赶快组织人把机械都卸下来，车子还等着要回去呢。”

夏守富正领着工人们卸机械，周宇对杨文章说：“剩下的人让小六子和巴尔山带着去装窑吧。赶着明天一早就要点火。”

杨文章一脸惊诧地望着他说：“这么急做什么啊？”

周宇叹了一口气说："哥哥哎，你回家躲清闲去了，我这头都搞大了。现在景区办事处、解放军边防站都来人要砖头，不知道怎么连大漠里的劳改农场都知道我们这里出砖头了，都好几次派人来要我们支援他们，甚至说愿意出比市场高出三分之一的价格来买我们的砖头。开始我说这砖头做了是自家用的，后来连马专员都亲自打来电话，说是军分区首长都找到他，一开口就要十几万块砖，用作维修过冬的营房。我说今年我也烧不出十万块砖来啊，你先拉两万块砖去救个急吧。兵团的劳改农场不但要给高价，还提出我们要什么他们给什么，以物换物。我的老天爷呀，我知道你还要建大窑，盖过冬的房子，我们手头上这点砖还不够塞牙缝的呢。"

杨文章打趣地说："没想到你小子走红运了，连大专员都求你帮忙了。所以说你小子想抢着多烧砖头是吧。"

周宇说："那你说叫我怎么办？好在现有的人拼死拼活地摔砖坯将就将就还能供上小窑用。你没看我把几个力气大的妇女都用上去摔砖坯子了吗？前几天在测量贾登峪场地时，村里就去了一百多号人不让测量，原来他们也想到厂里来做工，你没回来，我也不知道下一步能做多大，便没敢答应他们。"

杨文章说："只要有人愿意来做工就好。我一路上就在想先把机器架上做出砖坯来。我们先把车间基础打下去，等出了砖坯我们再盖厂房，虽然互相之间有点小碍事，但是能提前二十多天出砖坯子，一天加加紧，出两万多块砖坯是能够做到的。这就抢出四五十万砖坯来。听说这里上冻早，今年铆铆劲做出百万砖坯还是有可能的。"

周宇说："你账算得是精道，现在要装机械、盖厂房、建大窑、盖过冬房，那边还在测量土地、搞宾馆设计，这些事都堆到一起来了，是要好好排排座了。"

杨文章说："我正想同你商量呢，第一步机械和厂房一起下基础，要打钢筋混凝土的基础。这就要用你那位同学吴总来设计了。你还要向萨特书记要水泥、要钢筋，这都是屎抵屁股门子的急事，还要马上到位。这大山里石灰石好找，我带了一台小型破碎机，石渣的问题能解决。我带来的这两个家伙都是多面手，夏守富这小子就是维修机械的高手呢。只要有设计，有水泥和钢筋，其他技术问题都能解决。”

周宇高兴地说：“敢情你老哥把一切都算计好了，那就这样干吧，我马上开车去把有德给你找过来，我们边吃晚饭边合计。”

杨文章赶忙说：“别的了，我还有好多事要同你商量呢，接吴总的事就让小六子去吧。”

周宇说：“不行啊，这山里手机信号不通。你不是还要我找萨特书记要水泥钢筋吗？再说了，你带回来这么多机械，我总得跟玛总汇报一下吧。你跑了一路七八头十天才到这里也该息一息了。还有那两个兄弟新来乍到，我到老爹那里弄半匹羊来，犒劳犒劳你们呀。”

55

周宇开着吉普车带回了吴有德，拿回了半匹羊肉和一大塑料桶奶酒。萨特书记听说机械运到了，高兴得在电话里一个劲地表扬他们。一听说要水泥钢筋，他非常积极，马上安排人去落实。

但是就在周宇回来的路上他让秘书打来了电话，说是钢筋过两天先给他们送十吨进来，这是他凭了面子找人家工地上借的，但水泥是一包也没找到，很多工地都在停工待料，等着水泥倒楼梁呢。周宇又打了玛总电话，她说现在棉花大战打得正是万马战犹酣呢，不过据她所知道，新疆都跑到宁夏、甘肃去抢水泥钢筋，又在开展水泥钢筋大战了。杨文章一听这话，顿时额头上冒出了汗来。周宇安慰他说：“玛总还在想办法，还是先把计划安排好。”

周宇让纳仁花把半匹羊都煮了，做成羊肉汤和手抓肉。又让她做了一大锅米饭，他从车上拿下来一面袋子馕。杨文章说：“你是想请全厂的人吃饭还是怎么着？”

周宇笑了说："我只请装窑的工人吃饭，你们先吃点东西垫一垫，等装好了窑我再来陪你们喝酒。"

杨文章爽快地说："行啊，我也舍命陪君子，先停下工来，一人一碗羊肉汤一块馕。然后你带巴尔山、夏守富在坯场指挥，我带郑大鹏、加克达去装窑。小六子让他先息着，点了火就交给他，我们再喝酒。"

喝了羊肉汤吃了馕，分配了任务，讲明了目标，大家都玩命地干起来。

第二天早晨还不到八点钟，杨文章就把周宇叫了起来，俩人披着被子小声地商讨起这一天的工作。当务之急是确定机器和厂房的位置，从而确定下钢筋混凝土的基点。接着要有足够的石头和沙子。沙子河湾就有，石头还没有着落。

周宇自告奋勇地说这带地方他熟悉，他带着加克达去找石灰石，找到后就地开山拉回来。杨文章想了想说今天还是离不开你，我们俩要带着吴工确定机器厂房的设置，设计全厂的布局。

杨文章同周宇在确定下了各种机器摆放的位置后，便到毡房里找到吴有德，这时他把厂区建设草图都大致画了出来。杨文章看了草图直点头，一个劲儿地说："行，行，吴总大才，这下我们要省老劲了。"

杨文章说："先安装机械，后盖厂房，再解决住宿办公。房架构用当地的冷杉木也能办到，但这暂时还没有瓦，房顶怎么办呢？"

吴有德想了想说："这也没有什么大问题，就吸收图瓦人的建房方法，屋顶里面用木板，上面用油毡，油毡上面再加盖一层茅草，如果害怕山地风雪大，有条件在茅草上面再加一层钢棉瓦，也像图瓦人那样做成三角形小尖顶，用上个十年八载是没有问题的。我们把它设计得美观一些，也让图瓦人的建筑元素在这大山沟里放放光彩。"

杨文章心里想这个书呆子还真是个人才啊，他让吴有德抓紧把图纸拿出来，然后让周宇按照吴总的意思安排工人放线挖基础。

一天忙忙碌碌如闪电般地过去了，周宇让加克达又到村子里招收了一批工人，原有的工人还在忙碌着做砖坯的工作，新工人都在夏守富带领下干着下基础建厂房的活。

周宇一天的电话都打得发烫了好几次，连水泥的影子都没听到，玛丽亚只是一个劲地说，正派了人在到处寻找水泥。很快萨特书记派人把大小型号的钢筋送进来了。石灰石的原料也找到了，但是还在大山里面要使用炸药爆破。周宇只好给边防站打电话请救支援。边防站派出一个工兵小组，帮助他们开山炸石。杨文章让巴尔山组织马队把石料从崎岖的山路上驮到沟口，再让小六子开着农用车把这些石料运回黑熊沟。他马不停蹄火急火燎地奔回厂里，看这水泥弄到了没有。他到路口见到周宇正在向马专员求援，周宇放下手机大声呼道："哥哥哎，天不助我呀，现在是万事俱备，只欠水泥呢！"

突然手机铃声又响了，杨文章跳起来嚷道："快看看，是不是玛总找到水泥啦。"

周宇看了手机显示屏有气无力地摇了摇头，他打开手机对方亲切地呼道："周总啊，我是劳改农场的老易啊，还是想求你支援我们几万块红砖的事……"

周宇苦着脸对他说："易场长啊，我还正有事要求你呢……"

易场长非常热情地说："周总，你说，你说，只要我能办到的，我脱裤子下天池都帮你办。你可得帮我一个忙，给我三万块红砖，修理一下牢房和干部宿舍，不然这个冬天要是出了事，我这吃饭的家伙就要出问题了。"

周宇说："易场长啊，我也遇到了难题了，我这几十万的机械设备到家了，就是缺少水泥下基础，你能帮我想办法解决个几十吨，你要的红砖我就是不建新窑、不盖厂房都帮你解决。"

杨文章在一旁急不可耐地说："小哥哥哎，口气不要这么大嘛，真是倒驴不倒架，说什么几十吨，就是十吨、八吨也能解燃眉之急啊。"

易场长说："水泥我来想办法。几十吨有难度，我尽量给你多弄点吧。那咱们可得互通有无，你得给我三万块红砖啊。"

杨文章一听说“水泥”有了门路，当下安排开启了柴油发电机，开始破碎石头。安排人到河湾拉河沙，安排工人按吴有德定的桩位挖桩基，顷刻之间黑熊沟忙碌得热火朝天。三天过去了，全厂工人从早忙到晚，也没见到劳改农场的车子来，周宇心急如焚，几次要打电话询问易场长是怎么了。

杨文章按住了他，说是现在是比耐心的时候，原来是他们先打电话来求我们的，那说明他们是等米下锅，现在我们表现得要从容一些。这样就握有主动权。

一夜过来周宇嘴上都急出了火泡，他又给萨特和玛丽亚不停地打电话。杨文章也是火烧火燎，但是他只是不断地到各个工地上去转悠，检查工作进度，脸上还是平静如水一般。吴有德也从神仙滩搬到了黑熊沟的毡房里来同周宇住一起，他每天除了到工地上来指导挖桩基外，还在绘着他的工程图。

眼看着太阳又升到了半空，气温也升了起来，周宇同杨文章开着车子到沟口打了一通电话，各地来的都没有好消息，他们垂头丧气地掉转车头，准备打道黑熊沟，突然手机铃声响了。周宇打开手机，见是易场长电话，杨文章急不可耐地催他赶快接电话。

电话中易场长说他带着两车水泥已经翻过了山，进了喀纳斯的岔路口。杨文章说：“咱们到村子里买上半匹羊两只鸡，好好招待这个活神仙，你看他一时把我们举到火焰山上，一时又把我们按到喀纳斯湖底，要想在这儿干事，这些神仙还真是要敬着呢。”

他们从村里买了鸡羊回来，让纳仁花赶快炖上。直到太阳偏西易场长才押着水泥车走进黑熊沟。易场长是军人出身，黑黑参参的山东汉子。周宇迎上去把他和驾驶员接到毡房里坐下，亲自为他们端上奶茶和奶豆腐，让他们先息口气。杨文章立马组织人力卸水泥。易场长对周宇说：“我费了九牛二虎的力气，给你弄了八吨半的水泥，你可得按实数供给我三万块砖头啊。”

周宇说：“都是站着撒尿的爷们，喝了酒带着砖头走路。今年我们是试生产，明年开冻你要砖瓦尽管张嘴，小弟用手托着你呢。”

说着话巴尔山就让人把酒菜端了上来，大家坐定喝开了酒。新疆人无酒不成席，有了酒八辈子不碰头也成了朋友。易场长本来是带着干粮来的，他准备卸了水泥装上砖就回转，农场还等着砖用呢。他见主人不但上了奶酒，还端来了大碗鸡、手抓羊肉，还有喀纳斯的烤狗鱼，知道人家是把他当上客待了，便高兴地说:“周总是个爽快人，对咱当兵的脾气。听周总口音，是关内给地方人?”

周宇也正想同他套近乎，说:“同你家离得不远。听说你们劳改农场有不少都是内地送来的重犯，有我们无极来的吗?”

易场长说:“我们农场关着上千号犯人，听说十多年前送来过一批华东来的。有没有无极的说不好。”

周宇说:“回去你费点心帮着打听一下，有的话给我来个电话，我去看你也顺便认认老乡。在这天老地荒的边疆，能碰到个老乡不容易啊。”

易场长喝了一大口酒说:“是啊，罪犯是罪犯，改造还是要改造，老乡还是老乡啊。”

周宇端起酒碗说:“我们都是关内来的，家离的也不远，也算是大老乡了，来喝一碗。”

易场长端起碗喝了个精光，他把碗底朝周宇和巴尔山亮了亮。酒喝到七成周宇对易场长说:“现在水泥紧张，你在这个时候能弄到这玩意，不简单啊。”

易场长说:“什么不简单啊，我同天山水泥厂厂长是老战友，他厂里工人的副食品靠我帮他解决，水泥就是再紧张，我向他伸手要个十吨八吨的面子还是会给的。这次是虎口拔牙，从客户手里硬抢来的。他给了我水泥，你给了我砖头，我就能赶在冬季来临之前，把菜窖子盖起来，一冬天场里干部职工吃菜问题就解决了。干部宿舍牢房也能维修了，兄弟哎，你可帮了老哥大忙了。”

周宇举起碗敬着易场长说:“老乡，你回去帮我留心一下，你们那里有没有一个无极县来的姓董的犯人，叫董成虎。听说十来年前送到你们这边来了。如果有你也不要同他讲，先给我来个电话就行。”

易场长说:“行了，有这个人我就打电话告诉你，欢迎你到我们沙窝子里面去做客，虽然我们那里条件艰苦些，但副食品可比你们这里要丰富多了，羊啊猪的都是自产自销的。赶明天我让驾驶员再给你送一车水泥来，给你捎几只我们沙窝子的芦花鸡来做大盘鸡。你得给我装一车红砖回去。赶明年你们扎住了根，少不得还要来打扰你。”

易大安是个老军人，时间观念还很强，酒喝得东倒西歪了，还是爬起来坚持带着驾驶员拉上砖头返回沙窝子农场。吴有德是个有心人，他暗下让周宇多准备了一些钢筋混凝土材料。当天下午，他把倒钢筋混凝土的工作事先检查了一遍，这才回到毡房里休息。

天麻丝亮周宇就起了床，他走出毡房下了山坡，见杨文章和吴有德都到了工地现场。他们把全厂壮劳力都组织起来分成两个班。第一班由夏守富带着早早地吃了饭，上了工地由杨文章指挥浇灌钢筋混凝土，一鼓作气干到太阳偏西。又换了由郑大鹏领班，周宇现场指挥直干到东方破晓。原来这浇灌钢筋混凝土工序需要连续作业一气呵成。第三天傍晚，沙窝子农场驾驶员开着车子又送来了水泥，这样就由小六子组织剩下的劳力去卸水泥。小六子陪着沙窝子农场驾驶员吃了饭，安排女工为他的车辆装上红砖满载而归。这个易大安也是个性情中人，他果真让驾驶员带来了八只大个的芦花鸡。周宇让纳仁花都宰了炖上，分两次让浇灌钢筋混凝土的工人加餐。这几天他们一直干到繁星当空才息气。吴有德虽说是技术指导，但他为了保证工程质量连轴转，从头跟班到结束。砖瓦厂工人大多数都是牧民转行，劳动强度又大，工作上难免有些疏漏，吴有德丝毫不放松，搞得大家见了他都有点紧张兮兮的。浇灌工作完工后，他还要周宇派人抱了几捆干茅草将桩基盖上，防止晚上温差变化大影响桩基质量。

56

机械设备走向了正常，每天出的砖坯堆满了半个草场。工人们也渐渐地熟练起机械制砖的工作套路。吴有德送走了测量队，每天都是背着手在草场上东走走西转转，有人问他成天在这草场上转悠个啥。杨文章说，这些读书人的脑袋瓜子啊，你永远琢磨不透。

其实吴有德想在这块土地上实现自己的梦。他知道这要取决于玛总和她请来的团队。现在贾登峪的地形地貌他可以说是烂熟于胸了，他要在这里一展雄心，规划出贾登峪的远景蓝图。

厂房已经封顶了，吴有德让周宇打电话要玛丽亚带几桶蓝色的油漆来，他要把这厂房做成红墙蓝顶的色彩，同这阿尔泰山里的大自然浑然一体。杨文章没有心情顾这个色那个调，他同周宇分了工，周宇领着巴尔山带着一批工人们出砖坯。夏守富两班倒看着机器，还要带着一个班负责指导工人们出砖坯。他带了郑大鹏、加克达一边领着工人用自卸车为制砖车间运泥土，一边没天没夜地垒建着四门大轮窑。整个黑熊沟从早到晚机器轰鸣，夜间也是灯火通明。简易的板房当作了食堂，眼一睁就有人要饭吃，不到半夜炉灶不能停火，周宇又给纳仁花加了两个帮手，还屁股打着后脑勺忙得不亦乐乎。吴有德说："在这阿尔泰的山沟里，还真让你们干出了深圳速度。"

周宇接到玛丽亚的电话，要他明天开车赶到布尔津去接她。杨文章说可能是听说我们的机器设备出砖了，想来看新奇。周宇一路风驰电掣地赶到布尔津西亚大酒店，吧台小姐认识周宇，便对他说陆经理来电话订了四个套间，看来这次你们的人来头不小啊。他让服务员给了他一间客房钥匙。周宇进了房间倒头就睡，直到被电话铃声吵醒。电话是玛丽亚打来的，他们已经到了大酒店一时了。他赶到玛丽亚的房间见到三个陌生人，其中还有一个黄头发蓝眼睛的老外。另外两个人很搞笑，一个大腹便便的胖老头，看上去有六十大几岁。一个高个的干瘦老头，看上去比胖老头还要年长些。

玛丽亚笑着拉了他坐到身边，向三位客人介绍说，这就是喀纳斯疆欧公司的董事长，是专门开车来迎接贵宾的。三位客人听说董事长亲自来接待，都很高兴地站起来同他握手。玛丽亚向周宇介绍说："这是上海'三剑客'设计院的徐老和诸老，都是国际上著名的建筑设计师。这位是欧洲著名的建筑设计师法国人威廉，他有个中国名字叫鲁班，也是‘三剑客’设计院的合伙人。”

周宇明白了，他们是玛丽亚请来设计贾登峪酒店的团队。玛丽亚说：“徐老他们是第一次来新疆，我陪着他们考察了两天，过一时萨特书记还要来。他听说你们砖瓦厂办得是风生水起，也想同我们一起到黑熊沟去一睹为快。你也想一想乘机要挟他解决点实际问题。”

说着话萨特书记带着黄主任敲门走了进来，玛丽亚给大家做了介绍。萨特书记同大家一一握了手表示欢迎。萨特说，听说妹妹请了三位著名的建筑大师来为喀纳斯画眉点睛，我把常委会会议都挪到上午开完了。晚上我特意用布尔津的烧烤冷水鱼来招待各位专家。这只是接个风，等到了喀纳斯，我用咱图瓦人的烤全羊招待各位客人。说着酒店经理来请大家入席。晚上的酒喝得不尽兴，主要是两位客人不胜酒力，早早地收了场。送走了萨特，玛丽亚和周宇陪着客人们逛了一时街。布尔津是个居住着几千人口的边境小城，建筑虽然比较陈旧，三层以上的楼房就算是凤毛麟角了，但是很有特色，可能是多民族杂居的原因，建筑呈现出多种样式，反映出各种文化元素，特别是红绿相间的屋顶，给人一种仿佛走进童话世界的感觉。徐老说：“这是一个非常有特色的小城，在它的基础上加以创新和发挥，完全能够打造成为一个多元文化缤纷的边城来。”

玛丽亚说：“徐老的点拨高屋建瓴，我一定把这个重要信息传达给萨特书记。”

他们回到了大酒店，玛丽亚要周宇送三位专家回房间，然后到她这儿来商量事情。周宇来到玛丽亚客厅时，她已经为他泡上了一杯普洱茶。周宇说了如何解决水泥的问题，还说要想在边疆扎下根来做事情，就要同友邻单位搞好协作。

周宇看着玛丽亚比一个多月前明显消瘦了，不觉心中泛起了怜悯，他问今天怎么没有让小袁送他们过来。玛丽亚说现在新疆正是棉花大战，公司都是一个人当作三个人用。资金缺口大，融资来一批款子，还没等缓过劲来就用完了，她就成天地跑银行找贷款，陪财神们吃、喝、玩、乐，都成了“三陪”专业户了。

她听说三位建筑师要来，只好向哥哥伸了手，借来百万美金，这才解了燃眉之急。她这才得手陪着三位建筑师到喀纳斯来。但是棉花收进来更让她提心吊胆。要收储好，保管好，还要不失时机地抛出货，这些事都靠着陆笑梅带着一班人在调度。连孙婶的丈夫都被他们拉来派上了用场。袁泠杉成天带着一帮人跑兵团到农场，同人家讨价还价，集小批成大批，运输储藏，还要找可靠人看护棉花仓库。

周宇心痛地说："亚姐，你瘦了许多，脸色也不大好，要保重好身体啊，钱是赚不完的。假如身体垮了，忙碌还有什么用呢？"

玛丽亚听了他这番话心中一阵酸楚，眼泪夺眶而出。自从丈夫在阿尔泰山区出事以后，她就想用事业来打发寂寞和苦闷，这几年来家里人和朋友们都非常关心她的婚姻生活，也帮助她介绍了几个条件相当的异性。她总是拿人家同亡夫夏生培比较，感觉到差距太大。当她第一次见到周宇时，心中有种激情，特别是相处了这段时间后，她有时静下来也琢磨到周宇，难道说真有人中极品吗。但是他那双忧郁的眼睛后面又隐藏了些什么，她采用多种方法探索它，还是感到云遮雾罩不得其要。据他说到边疆来就是为了完成公公的临终嘱托，这又似乎有点说不过去。但是从他到来的所作所为，仿佛就是她的高照吉星。有几次酒后她想乘着酒劲儿向周宇表露出自己的爱慕心声，但是按照中国人的择偶习惯，她又比他大上几岁……

周宇的一番真心实意的关切引得她泪雨滂沱，心中翻起了万千波浪。周宇紧皱眉头，起身将纸巾递给玛丽亚，想安慰她却不知道如何说是好，他想这个女人心中有着太多的心结，让泪水化解她心中的痛楚可能会更好些。玛丽亚就势拉住了周宇的手哭得更加伤心。

周宇坐到她的身边，她将身体倾倒在周宇身上哭诉道："兄弟啊，只有你还把亚姐放在心上啊，我是个女人，也需要有人疼，有人爱，多么想有个知暖知冷的家呀。但是我的事业走到今天，也是费尽了心血打拼出来的啊！别人只看到我的无限风光，没看到心力交瘁啊。夏老师走了，把我的心也带走了。我是个俄罗斯女人，我们民族的血脉中流淌着太多爱的情愫。时间久了我多么想有个真诚关心我的人，爱护我的人，能支撑起我脆弱身心的人啊，哪怕只是一年二年也好啊，让我在繁忙的工作中丢弃孤独和烦恼。兄弟啊，亚姐也怕天黑，我只能用事业来打发孤寂。事业已经做到了这一步，不好轻言放弃的，在我身后还有一群人要吃饭啊。我也想用自己的能力来证明我的存在。女人啊，一旦走入事业场就像被挂上了飞奔的列车，永远也停不下来了。”

周宇受到了震撼和感动，他搂抱着玛丽亚丰满适度的身体，轻轻地抚拍着她颤抖的肩背，尽量让她感到舒坦和慰藉。玛丽亚伏在周宇厚实的肩膀上，渐渐地平复了心潮，停下了哭泣。她挪动身体想坐立起来，但是周宇还是紧紧地把她搂抱着，试图用自己健壮的身躯稳定住她激荡的情绪。就这样两个人相拥着坐了很久，彼此默默无语。

过了很久玛丽亚挪开了身体对周宇说：“对不起了兄弟，你的话触动了我脆弱的神经，我有些失态了。对了，我这次来给你带了一套小羊羔皮的衣裤，往后边境的天气变化多端，特别是早晚你可要注意身体啊。哎，你赶紧回去吧，明天还要翻山越岭呢……”

周宇愣了愣神站了起来说：“亚姐，要不我再陪你坐一会儿……”

玛丽亚伸出手拍了拍他的脸颊说：“去睡觉吧，兄弟，还有明天呢……晚安……”

“晚安！”

57

顶着晨曦，萨特一行就驶上了布喀公路。他们过了喀纳斯大桥，先在贾登峪盘桓了半晌，赶到神仙滩早就过了吃中饭的时间。徐老听说有个硕士早在这里做了一些工作，便提出让他先来谈谈情况。周宇拿了一块馕边吃边开车，到黑熊沟把吴有德拉到了神仙滩。

吴有德下了车看见徐老，三步并作两步跑了过去，一把拉住徐老的手激动万分地说：“老师，您怎么到这个地方来了，我听他们讲徐老、徐老的，心中还在想该不是老师您吧。真是无巧不成书啊……”

徐老瘦削的脸上抽动了几下显得很诧异，他万万没想到在新疆边陲能见到自己的爱徒。原来徐老是吴有德在同济大学读硕士研究生时的指导老师。徐老笑逐颜开地感叹道：“这一别都快四年了，只听说你走南闯北，万万没想到你走到了新疆。”

鲁班一到新疆就听说这里有个吴工，他想可能是山中无大草，蒿子称大王吧，也没把他放在心上。没想到这个吴工还是中国名校的硕士生，竟然还是徐老的弟子，他不无感慨地说：“世界真小！”

萨特一听说吴工是徐老的学生，立马说：“那就好了，这一摊子事就交给你们师徒俩人。玛总，我们这就去看看黑熊沟的砖瓦厂吧。”

周宇开了车带着萨特一行进了黑熊沟，这时已经到了上班时间，夏守富正带着一个工人爬在制砖车间顶上给钢棉瓦房顶刷蓝漆。砖瓦厂里到处都是奔走的工人，一派繁忙景象。他们下了车就听见机器轰鸣，老远看见从山坡下红砖蓝顶的车间里，拉出砖坯的小板车六七分钟一趟，运送砖坯的小板车来来往往，原来空旷的草场上大多都堆上了一行行的砖坯子。在小窑前的山坡下，堆放着红彤彤的红砖垛。萨特书记高兴地操着大嗓门嚷道：“杨师傅呢？杨师傅到哪里去了？”

周宇说：“他正带着人在砌四门大窑呢。”

萨特说：“听说你们这小窑一次能烧一万多块砖，那这四门大窑能烧多少块砖啊？”

周宇说：“能烧十来万块吧。”

萨特说：“啊，听说你们的红砖很抢手啊，有人开后门都开到行署领导那里去了。走，到你们的大窑里去看看。”

周宇让大家上了车，把车子开向北边的山坡。他说其实就现在来说，出的砖自己都不够用，眼看着就要过冬了，连自己的房子还没有砖瓦盖呢。

他们来到了山坡下，周宇要喊出杨文章来，萨特劝阻了他，他要亲自到这大窑堂里去看一看。他们一行人在周宇的带领下从窑拱门里走了进去，萨特见窑堂里有六个工人分成两组，正在给大窑的顶上挂砖。周宇对着站在近十米高的窑顶上，正在忙碌着的杨文章喊道："杨哥，萨特书记、玛总、黄主任来看你了。"

杨文章在窑顶上忙着嚷道："叫他们不要进来，这里危险……"

玛丽亚朝着窑顶上的杨文章喊道："杨师傅，你当心点，你们站在高处才危险呢！"

杨文章用手势叫停了往上面递砖头的加克达，敏捷地从脚手架上攀爬下来。萨特让他不要下来，说他们看看就走。

周宇领着他们出了窑洞走下山坡。萨特说："我真没想到你们工作效率这么高。这下我有了你们这个企业在手，在这边陲说话就有了分量。周总，我看轰隆隆响的是柴油发电机吧，黄主任啊，你协调一下，把架到喀纳斯的高压线拐个弯，拉到黑熊沟来，尽快让这儿通上高压电。"

周宇说："书记啊，您能每月批给我们二十吨农用柴油就行，省得我还要去求爹爹拜奶奶的。另外，您能不能关照一下架通黑熊沟的手机信号，不然同外面联系个啥事都要开车跑到沟口外面去。"

萨特望了一眼黄主任说："这两件事半个月能办好吗？"

黄主任说："行啊，这两件事我负责督战，办不好你打我屁股。"

玛丽亚连忙圆场说："没那么严重，尽快办就好！"

周宇说："我们打算抓紧今年的小尾巴制出百万砖坯，那可要累出几身汗，脱掉一层皮啊。"

萨特问："往下你们还准备怎么办？"

周宇说："明年天气转暖了，我们就着手再建四门大窑，往下还要建个预制厂、修配厂，建筑工程要做到配套成龙，争取在这西北角建筑材料不过额尔齐斯河。"

萨特兴奋地说："周总啊，我就盼望这天早日到来啊。"

说得大家哈哈大笑起来。

萨特说："周总啊，你看这四大窑什么时候能建好啊？"

周宇说："就顶上那点活了，今天晚上能收工。明天找找零再晾几天就能装窑试火。"

他们回到神仙滩正值一抹夕阳，徐老他们四个人还在木屋里没有出来。直到月亮爬上了树梢，黑熊沟的人也都来齐了，他们还紧关着木屋的门。玛丽亚只好再次去请了他们就餐，他们才走出木屋来到餐厅。玛丽亚为大家一一做了介绍，这才吃起喀纳斯的烧烤，喝着图瓦人的牛奶子酒。大家你来我往，觥筹交错，喝着奶酒，说着酒话，老爹是眉开眼笑，好些日子没有这么热闹过了。徐老很兴奋，来者不拒，同大家频频举杯。吴有德生怕徐老喝高了酒，他不停地帮着徐老代酒，以至于把自己喝瘫在地上。鲁班是个中国通，他来自浪漫之乡，见到大家对他很热情，也是来者不拒，到后来同巴尔山搂头抱颈子，别人也不知道他们是喝到什么时候结束的。第二天鲁班都爬不起床来了，还一个劲地说中国奶酒没有法国葡萄酒香。

第二天萨特和黄主任走了。一整天徐老他们都在关门商讨。玛丽亚同周宇回到了黑熊沟，杨文章把手头的工作吩咐了下去，他同玛丽亚、周宇到毡房里坐下商讨起下一步工作。直到第三天下午，徐老他们才让周宇开着车在喀纳斯景区内外跑了两天，也到砖瓦厂里看了看，然后坐下来说了他们建设贾登峪宾馆的思路。

总体说就是在这大山里不宜盖高楼大厦，在这二十多顷土地上，做成各式不规则的红砖绿顶的联体或单体的三四层楼房，兼顾商贸、文化、娱乐、休闲为一体的宾馆模式。其中建一幢主体楼，对外号称大酒楼。玛丽亚在这里盘桓了几天，不停地有电话来催促她回去，棉花大战又到了关键的当口。这边会议一结束，徐老向玛丽亚提出要吴有德同他们一起回南方做设计，玛丽亚同意了，他们一道飞回了乌鲁木齐。

58

四门大窑建成了，试火遇到了麻烦，窑堂中间出现了结心砖，拱门边的砖块烧过了火。周宇、杨文章和小六子一起会诊，对窑堂进行了改造，调整了装砖坯的排列。

就在点火烧第三窑砖的时候，西伯利亚的寒风今年来第一次亲密接触了喀纳斯盆地。当天晚上天气骤然冷得出奇，加克达说天要变脸。夜里天上就飘起了雪花，这大大地出乎了杨文章的意料。这在内地只能算是中秋季节。他听说阿尔泰山说变脸就变脸，大雪一倒下来就有一二尺厚，搞不好这喀纳斯就要同山那边的布尔津断了交通。

杨文章把周宇和巴尔山找来，说天寒地冻也不能再做砖坯了，先把机械设备拆卸了保养好，等到明年开工时再用吧。

周宇打电话给玛丽亚汇报了这边的安排，玛丽亚也同意他们的意见。由于单是烧窑也用不上夏守富和郑大鹏，家里的建筑队正缺人手，杨文章安排他们赶回去带着建筑队把手中的活做好，好来春组织一批人过来建设贾登峪大酒楼。

他要周宇把他们送到阿勒泰机场，坐飞机到乌鲁木齐，玛丽亚派人到机场接站。等到晚点了一个多小时的小飞机上了天，周宇才给玛丽亚打了电话，告诉她夏守富他们飞往乌鲁木齐的时间。

第二天，周宇见天空还是阴沉着脸，当他开车过了额尔齐斯河时，天气变了脸，寒风夹着鹅毛大雪发出尖厉的咆哮声，刮得天昏地暗，地面上堆起了积雪。周宇顺着公路放稳了车速往前开去，直到过了午时他才赶到白房子。哈尼赶忙招呼吾孜木汗给他做饭，上手抓羊肉。周宇拿出了伊犁特曲酒同哈尼一家人喝了起来。

在这样的大雪天，进出山区的人都很少，山里人家都喜欢来个客人串串门，见见陌生的面孔，说说新奇的话题。周宇同哈尼一家人说了大半宿的话，最后在主人的毡房里睡下了。第二天起床时已经到了中午时分，主人热情地用羊排汤招待了他。周宇走到毡房外面见大雪是停下了，但是地面堆起了厚厚的积雪。他抬头看着面前的阿尔泰山峦是一片雪国，这时不要讲翻过眼前这座大山了，就是看一眼满山遍野的白雪也让人不寒而栗。

哈尼笑着说现在有两条路供你挑选：一条路在这儿等着看什么时候有车队路过，你同他们结伴进山去。二是回去，到布尔津城里再想办法。从这儿过了额尔齐斯河雪就会小一些的。

周宇想了想，他干脆利用这个空当到沙窝子去会会易大安，也看看能不能碰上寻找了多年的仇人董成虎。他从哈尼这里将车子加满汽油，沿着哈尼指点的道路驶向沙窝子。

59

玛丽亚联系不上周宇，于是给杨文章打去了电话，一打吓一跳。周宇已经出来三天了也没回去，也没有一个电话。她再打他的手机又没有信号。玛丽亚又赶忙给萨特书记打电话打听周宇下落。

萨特亲自给哈尼打了电话，这才知道周宇到沙窝子去找朋友了。萨特赶忙给易场长打去电话，易场长说他没听说周总要到他那里去啊。玛丽亚听说了这情况吓出了一身冷汗。

她立即给鲁洋打电话，要他赶到乌鲁木齐来坐镇。她立马飞往了阿勒泰，向军分区求援。军分区付政委立刻派出了熟悉那一带地形的边防科参谋别克，带着一名上士开上边防越野车，带上枪支弹药和给养，载上玛丽亚顶着满天的大雪向沙窝子进发。

60

那天，哈尼见周宇执意要去沙窝子，便想让儿子吐耳拜陪他一同去，吐耳拜认识路。但周宇趁着这个机会去趟沙窝子，明着里是去看望易场长，实质上是要去探究那个姓董的是不是他的害母仇人，因此谢绝哈尼好意。哈尼把自己的半自动步枪和两梭子弹拿出来让他带上，说是在路上防止个万一。

周宇开着三菱越野车驶过了额尔齐斯河大桥，果然这边的雪下得比阿尔泰山下要小一些。车子开到了一个岔路口，他看见有三个骑马的牧民正赶着羊群往雪原的南边迁走，他赶忙停下车问清了去沙窝子的路，便拐了一个弯向前方驶去。

黄昏时分天上飘起了雪花，转眼之间雪越下越大。周宇庆幸自己听了哈尼的话，没有去硬闯阿尔泰山，要不然自己这时候正行驶在山顶上呢。风雪把天地搅成了一片混沌，雪原上早就分不清道路和沙漠了。他几次将车子开到了路基下面，甚至闯进了沙漠原野上他还毫无知晓，直到车子实在开不过去了，他才又掉转过头来往回开。这样就耽误了他的行程，直到夜色降临了他也没走出荒原雪地。

他将车子停下来，吃了些馕，喝了几口保温壶中的热水，继续开着车子在茫茫的雪原中往前走，只见前面都是灰蒙蒙的飞雪，他觉得前面应该是路，但车轮子下面高低不平总是在颠簸。他想找回到公路上去，却不知道自己身在何处。他看见夜色越来越深，雪花越飘越大，心中不免有些慌张，他想到这儿是千里不见人烟的边塞，说不好稍不留神就会溜到了境外去，他感到脊梁后面冷飕飕的有点不寒而栗。他停下车走出车门，猛然间觉得天气寒冷得出奇，他身上虽然穿着玛丽亚为他置备的羊羔皮袄和皮裤，但寒气还是像千百只小马蜂似的向他袭来，顿时暴露在外面的皮表一下就颤抖起来，浑身像是掉进了冰窟窿一样，从里往外透着寒冷。

他鼓足勇气抬起头来向四周看了看，到处都是灰蒙蒙的飞雪，寒风像无形的蛇蝎一般无孔不入地只往他颈领里钻。他赶忙退回到车里，心里想都说新疆冷，没想到会冷成像掉进冰窖一样。到了这时他才真正懊悔起当初没带上吐耳拜一起来。

往往事情都是越急越出乱，越乱越着急，到了天空泛亮时他这才想起来要掏出手机，向易场长和萨特书记打求救电话。但是慌乱中手机也不知道放到哪里去了，翻遍了全身上下、车上车下也没找到手机的影子。这一来他真是急得六神无主了，只好开着车子在一尺多厚的雪原中横冲直撞。

天亮了，他看了看仪表盘上的油表，见只剩下不到二十公升的汽油了。他平生第一次感到了害怕，要是再找不到出路，遇不到行人，在这一望无际的大雪原上只有死路一条了。他坐在车子里，吃了点馕饼，嚼了几片牛肉干，又喝了几口奶酒，觉得气力恢复了一些。他走出车厢，爬到车顶上向四处张望，这时他看见左边有一块高坡地，便掉转车头向高坡地上驶去。到了跟前这才看出来它是昨夜大风吹起来的雪塄子，雪塄子上都结上了厚厚的冰壳。他下了车爬到雪塄子上再四下望寻，只见离开他不远的地方有一片黑漆漆的树林，他想有树林就可能有人家，或许会有牧民游牧的毡房，他心中一阵狂喜，开着车就往那边驶过去。到了跟前果然见是一片白桦树林，他喊了几嗓子没有人回音。他想汽油已经不多了，再像这样横冲直撞下去，走不出多远就会燃油烧尽，车子窝在雪原中。还不如就在这片白桦林中安营扎寨，最坏打算还能找些树枝生火取暖，只要有火、有水、有吃的，再有一两天坚持，他相信玛丽亚会发现他失踪的，她会动用一切力量千方百计地寻找他。这时他真感激果儿古丽在临走时给了他一个打火机。他打定了主意，从车的后备厢里拿出了小斧子，从林子里砍了一大堆树枝树杈，拉到树林边的一个避风的地方，点燃起一堆篝火。熊熊燃烧的大火烤得他浑身暖和起来，他倚在一棵粗壮的白桦树上烤着火，嘴里嚼食着牛肉干固守待援。他想也许天不灭我，有过路人看见在这雪野中升起的烟柱，也能把他救出雪海荒原。

夜深时分，寒风裹挟着鹅毛大雪像狼吼一般肆虐地刮起来，气温骤然下降了十多度，这时周宇真的体会到了过去读过的一首诗“火烤胸前暖，风吹背后寒”是个什么滋味了。他的上下眼皮打起架来，不知不觉地靠着白桦树合上了眼睛。也不知道过了多长时间，猛然间他感觉到一双双绿眼睛在四周闪烁，他浑身打了一个寒战，睁开眼睛向四周看去，果然有着十多双绿眼睛在刮着白毛雪的夜色中闪动着瘆人的绿光。他第一个反应就是赶快把半自动步枪拿到手中，但枪在车上。

当他回过头来，看见一双绿眼睛正蹲在他的越野车门前，在红色的火光照耀下，伸出舌头，哈着热气，贪婪地瞅着他，大有随时腾空而起，扑过来咬断他喉咙的架势。周宇浑身颤抖了一下，赶忙从白桦树下站了起来，对天一声长啸，吓得绿眼睛往边上退出好几步。他听说狼是怕火的。周宇这还是第一次同阿尔泰山狼打交道，他听说阿尔泰狼比天山狼还要狡诈凶狠十分。周宇心中怦怦乱跳，他想只要把枪拿到手，心中就有了底气。但是那只绿眼睛还是蹲在离开越野车门不远的地方，只是眼睛漫不经心地看向雪幕，余光始终没有离开周宇的身旁。周宇从身上抖出九节钢鞭，将它舞动地哗啦啦得响，别的绿眼睛都惊得向后退出了一段距离，但是坐在越野车门前的绿眼睛，只是站起来抖了抖披雪的狼毛，又重新坐了下来。周宇手握钢鞭，弯下腰拿起一根燃烧着的树棒，猛地向它扔过去。它吃了一惊，敏捷地闪身躲让。但是周宇用足力气扔过去的火棒，迅速在空中划出一道弧光，正好打在它的后胯上。只听见它发出一声凄厉的嚎叫，立马蹿到三丈开外，站在雪地上死死地瞪着闪亮的绿眼睛盯住周宇。周宇又将一根更大的火棒砸向那只老狼，它迅速地跳开了，还是睁大眼睛盯着他。

周宇拿着火棒试着往前走了几步，它便往后退了几步。就在这时他猛然听到身后传来一阵疾风，凭着练武人特有的敏感，迅捷地来了个乌龙摆尾，舞动手中的九节钢鞭猛地发力，迎着风声劈将过去。他只觉得手臂一阵麻震，听到“砰”的一声闷响，迎面的夜空中发出一声惨叫，一只小牛犊般的恶狼倒在篝火旁脑浆迸裂，在雪地上翻滚抽搐了几下便不再动弹了。狼群立马向四处逃散。

周宇趁着这个当口一头奔到越野车前，拉开车门跳进车厢里，端起了半自动步枪，把枪管伸到窗外，将子弹推上膛，对着闪动绿光的地方扣动扳机。只听见几声清脆的枪响，狼群中发出一阵哀嚎，绿光消失了。

周宇心有余悸，半晌没敢从车上走下来。他在车上找了找，见到已经没有了干粮，连一块牛肉干都没有剩下，他只好拿起水壶喝尽了其中的凉水。他觉得这水冷得难受，便提着枪走回篝火堆，把烧焦的死狼从火堆中拖出来扔到一边，从腰间抽出匕首，豁开狼皮，拉出两条狼腿上的腱子肉，再将粗大的树干重新架到篝火上，用树枝穿了狼肉挑在烈火上烤食。他的举动激怒了头狼，只听得一声长长的狼嚎，远处松散去的狼群又一次集聚向篝火逼来，雪夜中闪动着一双双贼绿的狼眼死死地盯紧他。周宇心中发毛，他瞄向闪动绿光的地方扣动扳机。只听见砰砰的枪响，但是很少听到狼的嚎叫。这下它们也学得机灵起来，只要是远远地看见他举起了手中的长枪，它们就急速地消失了，枪声一响它们已经闪进了选择好的隐蔽位置。以至于再后来它们还主动地在离他不远不近的地方晃动，引诱他扣动扳机。直到天亮周宇才发现子弹所剩无几，他知道遇上了狡猾的对手。

他把大树干加到篝火上，让它熬起烟柱来，希望能吸引远方行人的关注，救他于冰天雪地之中。他做完了这一切赶紧躲进车厢里，从车窗向外看去，蒙眬中只见浑身上下披挂着雪霜的狼群围住了越野车，在他的四周远远地游来晃去，有站着的，有卧着的，还有半依半躺着的。

周宇已经劳累了几个昼夜，他感到困乏到了极点，他想轻轻地闭一会儿眼睛，只是闭上的眼睛怎么也睁不开了。他仿佛看见结上冰花的车窗前伸出了一个个张开的血盆大口，似乎还能听见狼爪子撕扯车厢铁壳的声音。他想睁开眼睛，端起枪来与它们决一死战。但是他连睁开眼睛的力量都没有了，他感觉到自己在慢慢地远逝，一点点地面对雪原升腾向雪幕的高空……

61

别克中尉开着越野车在雪原上奔走了一夜，眼见中午时分前面就要到沙窝子，也没有发现一点异常迹象。他们给易场长打去了电话，说是他们也派出了车辆和人员在野外寻找周总，至今还没有消息反馈。别克中尉想了想说，周总是从白房子方向对沙窝子走的，我们还是往白房子方向去寻找吧。玛丽亚越来越感到心烦意乱，到了这个时候玛丽亚已经是六神无主了，只得同意别克中尉的意见，他们掉转车头往白房子方向驶去。

白天在一尺多厚的雪地上行驶虽然很艰难，但是大致方向还能找得到。中尉让上士开着车，他坐在副驾座上拿着望远镜不住地向前方观察。车子上了一个高坡，他突然喊停下，停下，说是在车的右前方好像有烟雾在飘忽。他们立马下了车，从望远镜里看见在靠近额尔齐斯河的方向有一片灰蒙蒙的树林，在那林子的地方升腾着烟雾。这是他们在这雪原上第一次发现有烟火的地方，玛丽亚的心提到了嗓眼，她大声地嚷道："朝那边开，车子朝那边开！"

他们上了车，向着森林的方向开过去。三个人再也顾不得车的颠簸和摇晃，都睁大着眼睛看着升腾烟雾的方向，生怕失去了在这雪原上这显著的标记。玛丽亚心急如焚，不停地低声哀求再加快点儿速度，周宇已经在这冰天雪地里挨冻受饿五天了。

中尉安慰她说："玛总，你坐稳了，我们会尽一切努力的……"

越野车绕过了白桦林，这时老远地就看见雪地中的篝火还在燃烧着最后的树干，一辆堆满了积雪的越野车停在离篝火不远的地方。有几只披霜挂雪的狼蹲在雪地上，还有两只狼伸着长长的舌头，站在车窗外向里面窥探。中尉端起随身带着的冲锋枪，对着狼群上方就是一梭连射。狼群一阵凄厉的嚎叫，仓皇地向阿尔泰山里逃去。

玛丽亚跳下车一边哭喊着周宇的名字，一边奔跑到三菱越野车前，从车窗外往里面张望，冰雾遮挡住了车窗玻璃，里面什么也看不清楚。中尉拉了拉车门知道它是从里面锁上了。他从口袋里拿出一把钥匙环中挂着的小工具，在车门的钥匙眼里透了一时，然后猛劲拉开车门。他们看见车里空空如也，也没一点血迹，这下三个人都慌了神，玛丽亚一下瘫坐到雪地上。这时别克中尉看见篝火旁有一堆披满雪霜的死狼，他叫了上士跑过去拖开死狼，立马岔了声地叫道："人在这儿呢！"

他们看见在死狼下面周宇抱着半自动步枪，窝在一个挖出的雪洞中，好像是睡着了似的。他们喊了他半晌没有一点动静。玛丽亚一把抱住周宇放声大哭起来。中尉拉开玛丽亚，试了试他的鼻孔见还有一丝气息，他说还有希望。他同上士将周宇从雪洞中架了出来，玛丽亚对中尉嚷道："你们快救救他吧，他是我的爱人……"

别克中尉同上士把周宇抬上了车后座，玛丽亚将周宇紧紧地搂抱在怀里。他们商量先把他送到离这儿最近的居所白房子，然后再设法抢救他。别克中尉亲自驾驶着越野车，在一尺多厚的雪地上快速地向白房子奔去。

别克中尉开着车一个多小时就赶到了白房子，哈尼一家看见他背着周宇走进毡房都大吃一惊，当他们知道了事情原委后更是懊悔不已，说是当初这么大的雪就不应该让周总一个人到沙窝子里去的。

哈尼让吾孜木汗赶快弄出一座毡房，铺上地毯和羊皮褥子，他让女人们都出去，让中尉和上士用盆子从毡房外面端来白雪。

哈尼同上士把周宇平放到羊皮褥子上，脱去他的衣服，然后带着中尉和上士抓起白雪，从头到脚挨排地帮他搓揉身体。玛丽亚也脱去外罩亲自上阵，从头到脚一遍遍地帮着他搓揉。哈尼不停地喊道："要使劲，每一个地方都要搓到，尤其是心口窝、胳膊窝、裤裆和脚后跟，还有关关节节都要使劲地揉，一点都不能放过。"

哈尼让吐耳拜夫妇为客人们准备手抓饭和羊肉汤。他让大家轮班吃些食物，说是这样才有力气来为周总搓揉身体。过了一个多时辰，哈尼看见周宇浑身上下由青变红了，脸上也有了血色，他让吾孜木汗拿来被褥放到羊皮褥子上，然后叫大家都到客房里去坐，自己来帮周总做治疗。说着他脱下了自己的外衣，让中尉和上士帮忙把周宇放到被褥里。玛丽亚问哈尼现在还要咋医治。哈尼说现在还不能让周总受大热，只能用人的身体来焐软他的身子骨，使他慢慢地缓过劲来，这样才不至于落下后遗症。

别克中尉和上士一听这话，马上争先恐后地说他们年轻身体健壮，这个工作由他们来做。玛丽亚坚持说，刚才你们为我所做的一切都非常感谢了，当下还要麻烦中尉同志把丢在雪地里的车子弄回来。下面的工作就由我来做吧，我应该尽到做爱人的责任。听了她说这话，别人也就不好再争执了。哈尼想了想说："这是一个很伤身子的活。要不我先来，你息一时，喝碗羊肉汤再来换我？"

玛丽亚说："感谢哈尼大叔了，你就让我来尽一点做爱人的责任吧。"

哈尼说："帮他焐暖的时候要搂紧他，特别是关节和下身都要关照到。"

他又附在玛丽亚的耳朵边向她交代了一些要紧的事，便走出去关上了毡房的门。玛丽亚脱尽了衣服钻进被褥里，她立马就体味到哈尼老爹说的伤身体的含义了。周宇虽然经过了浑身上下的搓揉，毕竟是大寒钻透了五脏六腑，他从身体内向外渗溢着寒气，传导至别人的肌肤上，便有着一种难以名状的彻骨冰寒，玛丽亚不禁打了几个寒战。她一边用肢体轮换地护住他的骨骨节节，一边用手捂住他的裆部。

毡房外面天寒地冻，屋里还不能马上放进取暖的火炉，只能靠着毡房和羊皮褥子给予他们温暖的热源。也不知道过了多长时间，玛丽亚感到周宇浑身像是被放进了冰窖中，没有了一丝的热乎气。又过了一段时间，有人敲门走了进来，玛丽亚抬起头来看见是吾孜木汗，他送进来了火炉子，又端来一碗带辣子的羊肉汤让她喝下去。顿时她感到腹腔里有股热乎气在流动，她想把这股暖流立刻传导给周宇，于是紧紧地把他搂在怀里。她不知道自己是在什么时间睡着的，直到她在迷糊中听到有人在耳边哭泣，感觉到有一股热流滴在她丰腴的乳房上，她努力地睁开眼睛，抬头看见周宇扑闪着一双流着泪水的黑眼睛望着她。她一下翻身坐了起来惊呼道：“醒了，你醒了！”

天亮后玛丽亚起了床，她没让周宇挪动，亲自为他端来了羊头汤，看着他喝了下去。后来她问了周宇是怎么藏在了死狼下面的。原来周宇躲在车厢里，冻的心都快成了冰砣子，他想不能在这里等着被冰天雪地冻死吧。他便在开枪赶跑狼群的间隙，趁着篝火的热温，在雪地中挖了一个雪洞，在里面放上了狼皮，再将近处的狼尸拉来堆在上面。他在篝火上架足了树棒，然后用燃烧着的火棒扔向狼群，再乘它们逃避攻袭的空隙，迅捷地钻进了狼尸下面的雪洞中，这才骗过了狼群……这天她给有关方面打去了电话，告诉他们周宇找到了。她给杨文章打去了电话，让他抓好黑熊沟冬季的工作。

在一个艳阳复始的天气里，由别克中尉开车把他们送到机场，她带着周宇飞回了乌鲁木齐。

62

玛丽亚一下飞机，便将周宇送进了第一人民医院，玛丽亚一直坚持陪护在他身边。

鲁洋也赶到医院来看望周宇，安慰他要好好调养身体，然后飞回了学校去。袁冷杉到医院看见周宇瘦了许多，但是精神还好。他告诉周宇今年棉花收购是历年之最，他们的几家加工厂都在连天加夜地连轴转还忙不过来，内地来调棉花的大公司派驻了专员都抢不到货，原因是行情见涨，卖家买方都想囤货奇居。棉花疯狂了。

为出院的事玛丽亚同周宇闹得不愉快。玛丽亚要他出院后一车开到她的温泉山别墅住下，这样她也好照顾他的生活起居，进一步调养身体。周宇坚持还是要回到火焰山旅店去住，说是到那里有孙婶关照过得自在些。俩人争执了几次，还是玛丽亚让了步。

其实他在火焰山旅店早就退了房，听说他要回来住，旅店特意把他原先的住房调换了房客，又把房间收拾一新。陆笑梅开了车送周宇回到火焰山旅店，他见到的是一个中年妇女，周宇问孙婶怎么没来上班，她说现在小旅店生意不好做，孙婶上个月已经提前退休了，现在是她在当班。

周宇回到原先住过的房间感觉很冷清，举目无亲，感到孤零零的，再也找不到了原先的感觉。

第二天起床他吃了早点，回到旅店房间觉得无所事事，还不如到公司去上班。来到公司，见到很多年轻人他都不认识，也有认识他的老员工把他引进了他的办公室。他打开办公室见到这里已经是焕然一新了，一切都有了现代化办公的气息，不但用上了老板桌椅、高架文件柜、咖啡色真皮沙发，还配备了办公自动化。

这时一个小伙子敲门走进来说："周总，玛总和陆经理都下点去了。陆经理说你近来还是以休息为主，如果你上班了，就负责一下喀纳斯的贾登峪宾馆设计工作。"

周宇坐到办公室里看着窗外又飘起了雪花，于是给杨文章打了电话，告诉他说昨天出院了，现在还感到身体绵软提不起精神来，等到身体恢复了就赶回喀纳斯去。杨文章劝他保重身体，一次性把身体养息好再回去也不迟。他说经过改进的四门大轮窑，烧出的砖瓦质量好得没有屁眼子。昨天轮窑出砖了，通红的一片垛在雪地上，一派生气，煞是好看。

周宇又给吴有德挂了电话，说了自己的近况，问了宾馆设计的进度。吴有德告诉他设计进展很顺利，他们都在连天加夜地工作，他就睡在设计室里，他们想赶在春节前拿出总体设计图纸来，春节一过能召开个初评会，听听各方面意见。再抓紧时间完善一下设计，争取能在三月底前送批。吴有德说他还要赶着出一张结构图等着用，有空再给他打电话。

就这样一直到中午再也没有人来找他，他感到心中失落落的，别人都在忙着，他又不好去打扰人家。下了班他回到旅店还是冷清清的，他想给孙婶打个电话说一声他回来了，但是她家也没有安装电话。只好打开十四寸的小彩电看了一会儿，觉得心烦意乱的，他不时地拿出手机，想着玛丽亚这时要是能来个电话该多好啊，但是一直等到过了十点钟，手机还是平静如水，他只好眼巴巴地上床睡下了。

索然无味的日子过了好几天，这天正准备出去吃羊肉汤，手机铃声响了起来。他接了手机顿时热血沸腾起来了，他像受了委屈的孩子说话声音都变得有些颤抖。玛丽亚没容他多说话，只是让他下班后在办公室里等着她。夜色降临了，只有他办公室还亮着灯，办公桌上的电话铃响了，他急匆匆地来到办公室楼下，拉开红色宝马的车门，只见玛丽亚坐在驾驶位上向着他微笑。他上了车坐到玛丽亚身边，绷着个脸没好气地说：“怎么这么多天也不打个电话？是因为我出院没到温泉山别墅去住，有意冷落我是吧？”

玛丽亚笑着说：“我走得匆忙，手机每天都给打爆了，又忘记了带充电器，也不好用别人的手机给你打电话。在下面住宿的地方都很简陋，连打个私人电话都很困难。不过我也很高兴，这说明你心里很在乎我。”

他们开动了车子向市郊方向驶去。车子开进了一条小街道，拐了一个弯进了一个很不起眼的院门，陆笑梅已经在一幢旧楼门前等候他们了。

这时老板端上了虫草汽锅鸡，又上了一个干煸驼峰肉、红烧羊蹄筋、牛百叶爆炒雪莲，外加了两道蔬菜。陆笑梅说：“无酒不成席啊，玛总整点酒吧。”

玛丽亚说：“行啊，你看着办。”

陆笑梅出去不大一会儿，拿了一瓶伊犁王来，打开酒瓶满屋都是酒香。周宇说：“这酒怎么这么香啊？”

陆笑梅说：“十年老酒，能不香吗！”

饭饱酒足以后，玛丽亚让周宇开车把陆笑梅先送到家，然后再开车送她回去。

车子开出一段路，玛丽亚让周宇停下车子来，她同周宇调换了位置。周宇开玩笑地说：“亚姐，你不放心我的身体，还是不相信我的驾驶技术啊？”

玛丽亚说：“我是心疼你呢。”说着她伸出手来拍了拍他的脸颊。这时天气很冷，车窗外飘着雪花，路上少有行人。周宇握住了她的手，她轻轻地抽出手，柔声地说前面就要到家了。

他们开车驶过温泉路，到了自家一幢三层四开间的独门独院前停了下来，玛丽亚按了两声汽笛，用遥控器对着大门按了一下，只听到一声笛响，大门开了。玛丽亚将车子开进了院子，她先下了车，然后让周宇把车倒进车库。这时院子里的路灯亮了，别墅的大门也打开了，一个中年妇女站在别墅门前招呼道：“玛总，您回来了。”

周宇觉得这声音十分的耳熟。他赶忙问：“孙婶，你怎么到这儿来了？”

孙婶说：“只许你来得，我就来不得吗？玛总听说我提前退休在家，就让笑梅姑娘找到我，让我来这个家帮忙。玛总同我讲了你们俩人的事，说你迟早都会回到这个家里来住的，我们娘儿俩这回真是进了一家门了。”

玛丽亚说：“这是我前两年建的别墅，装修好了还没住过人呢，很少有人知道这个地方。今后我们就住在这个家里。孙婶，我们成天都在外面打拼，这个家就交给你了，你就把它当成是自己的家。”

周宇看这房子中间两间做了客厅，一边一间耳房，对后面还开了两道门。玛丽亚见他只向那边看，便拉着他走过去，打开后门说一间是厨房，一间是饭厅。

他们来到二楼，只见临面是个非常考究的小客厅，地面铺的是新疆维吾尔族图案的丝绒地毯，摆放着红色真皮沙发和红木茶几，还有茶具柜和一块一米多高泛着光彩的沙漠玛瑙石。玛丽亚打开靠右手的一扇真皮大门，走进去打开了多头顶灯，是一个足有四十平米的大房间，里面放着一张六尺宽的红木床，还有一组米黄色的沙发，靠近院内的大窗户下面放着一张红木贵妃榻，几柜上摆放着几件大件玉石、玛瑙摆件，地面铺的是土库曼斯坦的真丝地毯。玛丽亚进了房间，踢掉了真皮鞋拖，一把抱起周宇的脖颈，把他推倒在大床上，压倒在他的身上，娇媚百态地说：“想我了吗？”

周宇愣了一下，翻身到了她上面，把手伸进了她的内衣里面，柔情地抚爱着她。

她坐起身子拉起他来说：“这几天都睡在火焰山上，还是起来洗把热水澡吧。”她把电视打开，让他先看着节目，她出去了一会儿便回来了。她关闭了电视，拉着他到了对门的房间，只见这里已经放上了热腾腾的水，她说你先洗吧。她返身走了出去。周宇见这个足有二十多平米的房间，就放着一张蓝色的三角形浴缸和一个粉红色的抽水马桶，还有一个用玛瑙做成的小洗漱盆和一个玉石的梳妆台。他脱下衣服刚伸下一只脚去，立马感到洗澡水烫得很，他想放点凉水进去，却不知道怎样打开凉水龙头。

正在这时玛丽亚穿着短衣裤推门走了进来。周宇一见她吓得“哎哟”一下，捂着下身便蹲到地上，逗得玛丽亚嘻嘻地笑起来。她调侃地说：“都睡过一张床了，还怕被自己的女人看见真身啊！”

她上去伸手摸了摸浴缸中的热水说：“这浅蓝色的是凉水，浅红色的是热水。”

周宇放开了手脚走下热水，坐到浴缸中。玛丽亚又按下了一个按钮，“哗”的一下迎面的温水缓缓地向他冲来，他感到带着热浪的水波冲在肌体上，就像是无数只温润的小手，轻轻地抚爱着他的肌肤，十分的舒服。他再也不顾玛丽亚那双含情脉脉的眼睛打量着自己，躺下了身子浸泡在热水中，微闭上眼睛尽情地享受着。这时他真切地感觉到有一双温润的手在他胸前抚游，他微微张开手臂，任她柔润的手掌在肌肤上游来划去，她轻盈地洗浴了他的胳肢下面，又为他洗涤起前胸背后，然后慢慢地将手探向了他的脐下。

63

周宇在睡梦中听到了手机铃声响起，只听见玛丽亚在问："怎么他一天天地不见你……说是要我亲自去才付款……真是不讲信义……你存住气，我们再想想办法。行，你等着我的电话。"

玛丽亚放下手机下了床。周宇也从床上坐了起来，他见已经是天光大亮了。玛丽亚一边穿着衣服，一边说："这事与你没有关系，你再睡一会儿……"

周宇看着玛丽亚火急火燎的样子，问她到底出了什么事。玛丽亚瞄了他一眼说，还不是明州那十多车皮棉的事吗。货拉走了，说是钱在路上，都快两个月了也不见个鬼影子。

周宇问："欠咱们多少钱的货款？"

玛丽亚说："连运费一百几十万吧，我们急等着这个钱年关派用场呢。它要是不能回拢，年关职工的奖金都成了问题。还有银行的到期短贷，年后的贾登峪大酒楼的设计论证会……"

周宇听她这么一说也感到了事情的严重性，他赶忙从床上跳下地。玛丽亚说："这件事你前不在中后不在场，也帮不上什么忙，你还是先睡着吧，我到公司去同笑梅和鲁洋商量一下看怎么办。"

周宇一边穿衣服，一边说："看你说什么话，多个人多个脑袋，三个臭皮匠还能顶个诸葛亮呢。"

玛丽亚笑了，伸手拍了拍周宇红润的脸膛说："说得也是啊，我咋就没想到你这个诸葛亮呢？"

他们到了办公室已经是十点多钟了，玛丽亚打电话把陆笑梅叫到办公室。她进来时玛丽亚正在给鲁洋打电话，周宇示意她先坐下。她同鲁洋商量了半天才放下手中的话筒。陆笑梅听出是明州的棉花款出了问题，当即就红了眼圈，说这事她有很大责任，没想到那个郝世菲表面上看彬彬有礼的，以前也空手拿过货，事后都很快补上了款，也没发现有赖账的现象。玛丽亚说现在当务之急是把欠款要回来，眼见就要到年关，大家都在收账回笼，找人贷款都没门，要是不能回笼这笔账，连这个年关都难过。

周宇问："鲁教授是什么意见？"

玛丽亚说："他也是才听说这事头脑发蒙，也想不出什么好办法。"

大家沉闷了一时，想想明州市也只有袁冷杉去过几次，现在他在那边都无计可施了，他们远隔千山万水，能有什么办法可支呢？陆笑梅说："马上就要到年关了，公司里还有一大堆的事情等着玛总处理。郝世菲这个人有些说不出来的味道，还是我去想方设法把这笔款子追回来。"

玛丽亚想了想说："你去恐怕分量不够重，他提出来要我亲自去。不入虎穴，焉得虎子。为了闯过这个年关，还是我去亲自走一遭吧。"

周宇闷了半晌说："就这样吧，我来陪玛总走一趟，就算是有些沟沟坎坎，我想也不至于弄出惊天动地的事情。欠账还钱嘛！"

三个人到小饭堂吃了饭，陆笑梅同机场朋友联系，当天已经没有到南方去的航班了，最早的是明天上午九点四十的飞机，从西安转飞南京，从那里当天就能到达明州。他们便决定了就坐这次航班。玛丽亚立马同鲁洋通了电话，一听说她要亲自去讨债，他也表示出不大放心。玛丽亚说你就放心吧，我带着贴身保镖呢！

鲁洋要周宇接电话，询问了他的身体情况，交代了他一些注意事项，让他遇到棘手事要尽快给他打电话，他也在通过关系找当地的领导通融。

当晚三人回到别墅，周宇亲自下厨做了几个菜，令陆笑梅和孙婶都大为惊讶，玛丽亚只是抿着嘴乐。

席间喝了许多酒，陆笑梅醉意蒙眬。饭后玛丽亚要周宇开车送她回家。

陆笑梅家住在另一个小区的三楼，到了家她邀请他上楼坐一会儿。周宇说夜深了改日吧。陆笑梅说都到了家门口，哪有不进屋喝口水的道理。这是个七十来平米二室一厅的居所，客厅不大收拾得很利落。周宇进了门，陆笑梅让他坐到红色的沙发上，拿出一碟青色大葡萄干放到他面前。周宇捏起几粒放在手中，说你好好睡一觉，明天还有许多工作要做呢。

陆笑梅笑着说：“我同你商量一件事……”

周宇感到气氛有点不大对劲，便问她是什么事。陆笑梅眼中流出了眼泪，上前一把抱住周宇说：“今天晚上你就不要走了，陪我一回……”

周宇轻轻地推开她说：“不要这样，你应该珍惜袁冷杉对你的感情，他是真心爱恋你的。”

陆笑梅把他抱得更紧了，说：“我也不傻，我知道他的心思，不像你，就是不能善解人意。但是我爱的是你……我不奢望你能全身心地爱我，只求你能陪我一个晚上……”

周宇挺拔起身子说：“今晚的话到此为止。我不能做对不起朋友的事……再说，我、我已经同亚姐在一起了……”

陆笑梅松开了手，泪水止不住地往下流，她说：“你骗我，这是什么时候的事……”周宇说：“就是在她把我从沙窝子大雪地中救出来的时候。她对我有救命之恩啊……”

……

陆笑梅瘫坐到沙发上，哭着说：“我真傻，我真傻……”

周宇说：“笑梅，小袁是个好男人，他多次同我谈到对你的感情，你要珍惜啊……”陆笑梅说：“这个我比你清楚。”她猛地从沙发上站了起来说：“你走吧！”周宇说：“笑梅，我们永远是朋友。记住我的话，好好地珍爱小袁的感情吧……”

周宇转身向门外走去。

64

第二天他们从西安转飞机到了南京机场时，天色已经暗淡下来了，袁冷杉租了一辆桑塔纳轿车到机场来接站。从机场到明州市要两个多小时的路程，到了宾馆已经是十一点多钟了。

南方早晨天亮得要比新疆晚一些，八点多钟玛丽亚给郝世菲打电话他没有开机，后来又打了两遍还是没有开机，直到十点多钟才打通了电话，一个女子先接了手机。郝世菲接过手机后，一耳朵就听出来玛丽亚的声音，猴急地问她在哪儿。当他知道玛丽亚已经来到了明州时，兴奋得声音都变了调。问明了她下榻的宾馆，说下午三点钟准时来看望她，晚上尽地主之谊为她洗尘。

下午三时一过郝世菲便打来电话，说已经到了他们楼下。袁冷杉从房间的窗子里果然看见郝世菲从轿车上走下来，还带着一个女跟班。他赶忙到楼下电梯口迎接。玛丽亚带着周宇也到电梯口迎接郝世菲。一见面玛丽亚便很热情地上前同他握手，他把陪同而来的年轻女性介绍给他们，说这位是他的白副总，俩人一起来看望玛总。

玛丽亚把客人迎进了房间，宾主就坐，袁冷杉刚要说话，玛丽亚用眼神制止了他，玛丽亚先向郝世菲介绍了周宇，然后话锋一转说，袁经理也在你这里住了小月把了，这也到了年关，方方面面都等着钱用，银行催着还贷，职工等钱过年，这情景郝总想来也是知道的，大家都在忙着年末收尾工作，又没有什么进项，我们也到了饥寒交迫的时候，不得不来求郝总高抬贵手，把那笔款子打给我们。

郝世菲说，玛总亲自来了，给足了郝某的面子。上午一听说你亲自来了，我就让白总设法调集款项，不出两天就全数打到你们账户上。

白总赶忙说："郝总啊，我们也还有两笔大款子没到账，马上也要发年终工资了……"

郝世菲打断她的话说："你说的这些我都知道。说来先还上玛总的钱这也是应该的。想当初我在新疆拿棉花时，玛总二话没说让我们空手拉走了十几车皮的棉包，连运费都为我们垫上了，那是多大的人情啊！现在我们再难也是自己的事，不能难为帮过忙的朋友。"

他们又叙了一会儿话，郝世菲说他还有些事要办，晚上就让白总过来接他们去酒楼。玛丽亚说了感谢的话送走了客人。回到房间她对袁冷杉说，看来郝总这个人也是个爽朗的人……

袁冷杉头上冒出了汗珠，唯唯诺诺地说："这他还不是看到玛总亲自来了，他们也知道玛总在新疆的威风，不敢同你较真章呢……"

周宇在一旁打圆场说："不要看他话说得好听，还要看他把事办得漂亮。"

天黑下来了，也没见到白总的车子来，俩人有些着急了，周宇到玛丽亚房间听见里面有电视的声音，他敲了敲门，玛丽亚问清楚是周宇便让他进来。她在卫生间洗漱化妆，周宇便坐到沙发上看电视，这时电视上放的是本省新闻。周宇看着看着突然兴奋地喊道："亚姐，亚姐……"

玛丽亚在洗漱间正应着他，这时敲门声响了起来。周宇赶紧去开门，只见白总已经站在门前。

他们一行出了宾馆，一路来到当地最负盛名的望江阁酒楼。酒楼紧靠长江，虽说临近春节，明州市的气温已近常年的低温，但是比起新疆的寒冷来也算是个小阳春了。江边依然是张灯结彩，霓灯闪耀。上了三楼郝世菲已经同几位朋友在这里等候了，他把客人和朋友彼此做了介绍。朋友们都夸赞玛丽亚美得就像美国电影明星梦露，比苏联电视剧《这里的黎明静悄悄》里的冬利亚还要美丽。白总在一旁赶忙催促着大堂经理上菜，上得多是江鲜名菜，拿上桌的是当地名酒。开始主敬客，后来是客敬主，大家你来我往，没用多大工夫三瓶"天之蓝"便下了肚子。郝世菲说光喝酒没有意思，后面白总还安排了文化大餐，到歌厅去高歌一曲。

郝世菲又在后面捅了一下白总，让她劝驾。她上去挟起玛丽亚的手臂就下了酒楼说："走吧，走吧，你就给了这帮可怜人一杯开水喝吧，不然会把他们渴出个好坏来。"

玛丽亚只好跟着他们进了歌厅。大家都争先恐后地请玛丽亚跳舞。白总又从歌厅里请了几个人伴舞，但是她们也只是在玛丽亚下了舞池后才被其他人邀约。玛丽亚一连跳了四个曲子也没能停下来，玛丽亚说实在是太累了。郝世菲说：“行，再跳最后一曲。”

曲子一响他拉上玛丽亚便舞了起来。这时有两个舞女也走过来邀请周宇和袁冷杉跳舞。周宇给袁冷杉使了个眼色，让他去同一个舞女跳起舞。周宇说刚才腰扭了，对不住不方便跳舞了。这个舞女贴上他死磨硬泡。这时白总走过来打圆场：“周总刚才同我跳舞时扭了腰。你去请别人跳吧。”

舞女走开了，周宇同白总相视一笑。他把眼睛瞄向玛丽亚，只见郝世菲将她越搂越紧，将嘴伸到了她耳边，嬉皮笑脸地在同她说着什么。突然周宇看见玛丽亚脸色陡然大变，猛地挡开郝世菲搂在她腰际肥厚的手，怒气冲冲地快步走到周宇身边呼了一声说：“我们走！”

郝世菲赶忙跑到玛丽亚身边低语道：“玛总，不要过分认真，不要过分认真，酒喝高了，钱还是要给的……”

玛丽亚也回过头低声细语地说：“我没听清楚你刚才说了什么，我相信你是个生意人，生意的信义还是会讲的……”

大家都下了楼，郝世菲站在他的车门前，笑容可掬地对玛丽亚说：“玛总，上我的车，我送你回宾馆。”

玛丽亚说：“谢了，我们有车。”

她坐上袁冷杉开的车回到宾馆。玛丽亚让袁冷杉先回去，她同周宇来到房间，气急败坏地将手提包愤愤地摔在沙发上，坐到单人沙发里半晌没有言语。周宇见她怒发冲冠的样子，也不知道郝世菲对她说了些什么大不敬的话，站在一旁也不好问。玛丽亚火冒冒地说：“你怎么不说话了？你倒是问一问刚才都发生了什么事情也好啊！”

周宇冲了一杯热咖啡放到她的面前说：“亚姐，有什么话你同我说，不值得同他生这么大的气。”

玛丽亚想了想说：“我还真是认错了这种人呢，他原来今晚请客设的是鸿门宴啊。这个臭流氓乘着跳舞之际，提出来要我陪他过夜。还说要常来常往，真是欺人太甚！”

周宇听了这话气不打一处来，他忽地站起来就要往外走。玛丽亚赶忙拉住了他，问他干什么去。周宇怒气冲天地说要找他把话说清楚。玛丽亚说：“这人生地不熟的，你到哪里去找他。”

周宇说：“问问袁冷杉，他可能知道这小子的住地。”

玛丽亚拉他坐了下来，她喝了两口咖啡，突然间笑了起来。周宇感到有些莫名其妙：“亚姐，你是不是被这老小子气糊涂了，怎么笑起来了？”玛丽亚说：“窈窕淑女，君子好逑嘛。看见美丽的女人心有所仪这也是人之常情，酒可乱性，喝了酒想入非非也是情有可原。我们来的目的是讨债，只要他们不做得过分，我们也就睁一只眼闭一只眼算了。况且我们在人家的地盘上，今后同他打交道小心一点就是了。”

上了床两个人都没有心情缠绵，也劳心费力到了很晚，只是玛丽亚伸过手来握着周宇的手，很快就进入了浅度睡眠状态。突然间一阵刺耳的电话铃声吵醒了他们，周宇就要伸手去接电话，玛丽亚按住了他欲要坐起的身子，翻身坐到了床的沿口，她怀疑是不是夜半打来的骚扰电话，这样女人接听便能少一些口舌是非。当她接起电话时，送话器里传出的是个男人的声音：“玛总吗？睡下了？晚上在舞厅我说的话是认真的，你可以考虑考虑啊，交个朋友嘛，现在社会上也是很流行的，听说玛总还是个单身贵族，这是于生意、于身心一举两得的好事啊，何乐而不为呢……”

周宇听出了这是郝世菲的声音，他从床上坐了起来，就要接过玛丽亚手中的电话筒。

玛丽亚向他摆了摆脑袋说：“郝总，谢谢你的关心，我是来向你要账的，不是来同你谈情说爱的，请你也自尊自爱一点，免得今后大家见了面不好做人。”

郝世菲死皮赖脸地说：“玛总啊，现在我就在你的楼下。如果不介意的话，我就到你房间小坐片刻，明天你拿着支票走人，一分钱都不会少的：如果我们今晚能谈得投机，我另加五万。我们做一夜露水夫妻，长久买卖，你看怎么样？”

玛丽亚说：“今天太晚了，有话明天说。”

郝世菲赶忙说：“别的啊，玛总，我就在你楼下，你等着我，我就上来了……”

玛丽亚没想到他会这般无赖，她对周宇说：“看来今天晚上是睡不安了，你穿起来，藏到窗帘后面，见机行事吧。你也不要轻易弄事，要记得这里还是他的一亩三分地呢。”

周宇刚穿上衣服稍作收拾就听见了房门有动静，他一个闪身躲到了落地窗帘后面。

玛丽亚刚问了一声“谁”，房门已经被打开了，郝世菲闪身走了进来。玛丽亚还穿着睡衣一骨碌从床上跳下来问：“你怎么有我房间的钥匙？”

郝世菲嬉皮笑脸地说：“在明州这块土地上就没有郝某办不到的事。玛总，我知道你在新疆是个手眼通天的人物，但在明州我就是南霸天，我就是明州的土地爷。

他一屁股坐到床上，两眼眯起，满脸堆起淫荡的笑容说：“我郝某说到做到，只要你顺了我的意，明天另加五万，电汇也行，拿支票也行。你要是不过意，让你的马仔先回去，我陪你在南方玩上一阵子，什么时候想回去我立马送你回新疆，不想回去就在这里同我合伙做生意也挺好，保你万事如意。”

玛丽亚说：“这样吧，现在也晚了，有什么话我们明天再说。到目前为止，我同你还没有摩擦出一点感情的火花来，也请你放自重一些。”

郝世菲拉下了脸子，从床沿上站了起来，他说玛总已经把话说到了这种份上，我郝某也是有头有脸的人，我给你时间想一想吧。

他站起来做出要往外走的样子，突然间他又转过身来说：“今天晚上我已经舍身来了，也向你低三下四地求了半天，我们生意还照生意做，感情的事今后再说。来，玛总，我们来一个俄罗斯告别仪式，拥抱一下，谢谢你的深夜接待。”

玛丽亚平静地说：“对不起，我是俄罗斯族人，但是我是土生土长的中国人，还是用中国的礼节道一声晚安吧，再见！”

郝世菲突然一个健步蹿到玛丽亚面前，一把抱住她，就将她推倒在床上，伸出手从她睡衣里面强行向胸部袭去。他的嘴里含糊不清地咕哝道：“你依了我吧，明天还是明天，我包你不少一块皮肉，拿着钱走路。我的美人，想死我了……”

突然屋里的灯灭了，四下里一片漆黑。郝世菲认为这是玛丽亚害羞，伸手关闭了房灯，他还在一个劲地嚷嚷：“美人，不要关灯，让我看着你……”这时他就觉得“嗖”地一股风从他身后袭来，他的手像被一把钢钳夹住，从玛丽亚的睡衣中被拽了出来，紧接着他被一股力量提到了半空中悬浮起来，在他还没有闹明白是怎么回事时，已经被狠狠地摔在客厅的地毯上。他刚要叫喊肚子上又重重地挨了一脚，他不由自主地蜷曲起身子“哎呀”一声大叫，紧接着屁股上又狠狠地挨了一脚，一下踢得他岔了气发不出声响来。

这时房门突然“咣当”一下被闯开了，郝世菲的同伙叫道：“郝哥，怎么了……”

还没等他反应过来，一个黑影忽地又向他飞扑过去，也没等他来得及伸展手脚，一股强大的力量冲来，把他俩双双狠狠地摔在门外的墙壁上。

这时被惊起的隔壁房间都开了门，伸出头来观看是怎么一回事。有女人骂了句臭流氓，迅速将头缩了回去。彪形大汉从地上一骨碌爬起来，慌忙奔到郝世菲面前，将他从地上扶起来。郝世菲看见他的同伙脸面上鼓起了乌血，脸膛都走了形，赶忙说：“赶紧走人吧，不要在这娘们面前丢份儿了。”

彪形大汉低头一看连忙惊呼道：“郝哥，下面，下面……”

郝世菲气急败坏地嚷道：“快走，都到了要命的时候，还管他上面下面……”

彪形大汉说：“下面出来了……”

郝世菲低头一看，这才明白为什么有女客伸头看了骂流氓。他连忙把拖在外面的家伙收回裤裆里，伸手打了自己一记响亮的耳光，骂道丢死八辈子人了。他在跟班的搀扶下走过大厅，上到停在院子的轿车上，彪形大汉坐到驾驶室里，发动了车子问：“郝哥，这俄罗斯女人还会日本空手道，我再找几个兄弟来教训她一顿。”

郝世菲岔了声地嚷道：“两个爷们被个女人弄成这个熊样，你还教训谁呀？拉倒吧，先回去再说，我这腰眼都疼得钻心……”

在宾馆的房间里玛丽亚听到外面没了动静，他让周宇到外面看了看。周宇到对外的窗口看见郝世菲他们上了车一溜烟地开走了。玛丽亚让他关好门，打开了顶灯。玛丽亚也是衣衫不整，头发乱蓬蓬的，她说：“没想到这小子还带了保镖来。”

周宇说：“后进来的人可能有点内伤。郝世菲只是些皮肉伤罢了，不用怕他明天再来无理取闹。”

玛丽亚说：“这种人就是要治治他，不然还真认为自己是南霸天呢。”

玛丽亚先脱下衣服丢到墙角，周宇看见她的内衣都被扯坏了，前胸还被抓出了几道血痕来。玛丽亚骂了句真是臭流氓，走进洗漱间冲了一把澡，换了一套内衣和睡裙，她让周宇也去冲了一把，让他把宾馆的睡衣穿到身上。周宇说，你被弄脏的衣服要不要洗一下。玛丽亚说经他这么一闹全没有了睡意，那衣服先不要洗，留着他的证据。玛丽亚给自己冲了一杯咖啡，为周宇泡了一杯茶。

这一闹上百万的款项能不能要到就成了未知数，现在是要千方百计地收拢资金，把这个年关度过去。

周宇说：“按照你在乌鲁木齐时说的，不是都到了山穷水尽的地步了吗？还到哪里去想办法？”

玛丽亚说：“办法是人想出来的，比如说我们可以动用一些棉花储备，但是价格上肯定要吃亏。还有把山里的硬通货往银行一丢，也能挤出一些现金来。但是过了年关正是它的升值期，吃亏也是明摆着的事。总之这笔欠款拿不到手，我们吃亏不说，还会有大折腾。首先贾登峪大酒楼设计论证的事就得往后推一推，那么盖酒店的事又不知道要推到哪一天了。”

周宇想了想说：“亚姐，那天我喊你时被白总到来给岔开了。毕书记从新疆回来就调在这个省里……”

玛丽亚眼睛一亮问："你是怎么知道的？"

周宇说："从电视新闻中看到的，他在这儿当省长呢。明天我们就到省城去找毕书记，把这里的情况向他反映，请求他帮我们一把。"

玛丽亚说："明天上午再等一等，看郝世菲还有什么新花招，兴许是他今晚酒喝高了，做出了这样不理智的事情来。等到他酒醒后是会顾及到往后的生意，不敢同我们彻底反目成仇，我们也要做到仁至义尽，少带些钱回去年关也能轻松些。钱在他手里他是大爷，尽量不要撕破脸皮。"

周宇说："亚姐，你不要对他抱有幻想，他都能对你动用这样下三烂的手段了，还有什么事做不出来。"

玛丽亚劝道："再看看吧，希望明天能有一个好心情……"

65

玛丽亚在熟睡中被一阵激烈的敲门声惊醒了，她猛地坐起来四下看却不见了周宇。她听敲门声越敲越紧也吓了一跳，正在犹豫不决的时候房门被打开了。服务员小姐慌慌张张地走进来说："对不起，我们敲了半天门见里面没有动静，害怕又出了什么事，这才打开了您的客房。外面有两个派出所的民警找您，说是昨天夜里在这个房间里发生过打斗。他们接到报案是来进行调查的。"

玛丽亚知道麻烦来了，她正定了一下情绪说："请民警先生在门外稍等一等，我梳洗一下再请他们进来。"

服务员反身走了出去，玛丽亚稍作洗漱修饰，穿好衣服打开房门，请站在门外等候的两位民警进到房间，玛丽亚让他们坐到沙发上。其中一位脸膛较黑的三十多岁矮个子民警，瞪着眼睛对房间瞅了一番问："你是从哪里来？"

玛丽亚回答说："从乌鲁木齐来。"

矮个子民警问："你到明州市来做什么？"

玛丽亚说："你们这里的郝世菲欠我一笔棉花款子，我是来要账的。"

矮个子民警说:“就你一个人来的吗?”

玛丽亚说:“不,还有两个人住在楼下。”

矮个子民警问:“这房间就住着你一个人吗?”

玛丽亚说:“这你不是都看见了吗……”

矮个子民警问:“据有人报案说这个房间昨天晚上有人被殴打致伤,我们来了解一下看是怎么一回事。”

玛丽亚胸有成竹地说:“你们不来我还要打电话找你们的毕省长呢,在他的治下怎么会冒出这么个无法无天的事来。”她走到房角捡起地上的睡衣说:“欠账不还,反而半夜闯进客人房间试图不轨,你们是人民警察,四邻为证,这睡衣上的血迹为证,还要反咬一口,谎报案情说是被殴伤。你们都看见了,我一个外乡弱女子半夜能对两个男人施暴……”

矮个子民警问了一些当时的情况,要把地上的睡衣带走,说是要做进一步了解。玛丽亚没有让他把睡衣带走,不依不饶地说:“你们既然介入了这个案子,就要尽快给我一个说法。地址我的名片上有。”

民警一走她便打了周宇的手机,要他同袁冷杉赶快到她房间来,把刚才发生的事情告诉了他们。

正在这时电话铃声响了,玛丽亚接了一个电话,是个年轻女人的声音:“你们还不赶快离开这个是非之地,郝世菲是个什么人物你们怕是不知道吧,他是黑白两道通吃的主,我看你们是少数民族,才告诉你……”

玛丽亚把这个匿名电话的内容向他们叙说了一遍,袁冷杉说:“这恐怕是吓唬我们的吧。”

周宇说:“在这里我们人生地不熟,宁可信其有,不可信其无。我们也不是没有退路可走……”

玛丽亚听了周宇的话,决定马上离开明州市,他让袁冷杉到前台去结账。袁冷杉走后她问周宇一大清早都到哪里去了。

周宇说,出去锻炼身体了。玛丽亚说好亏你出去得早,不然又要费出很多口舌来。正在这时电话铃声又响了起来。周宇刚要接电话，玛丽亚用手势制止了他，她上前拿起了电话筒。这次电话里传来的是个男低音：“喂，玛丽亚吗，不要问我是谁，我只是想告诉你，劝你趁早离开明州，从上面往下做工作，可能会更捷径一些。要是你走晚了，恐怕就难以脱身了，郝某是明州的一霸，他在市里领导层中有至亲……”

电话挂断了。周宇听清了电话里的内容。他想了想说：“亚姐，你先在屋里待着锁好门，我下去把一切都准备好，让袁泠杉发动好车子再上来接你，什么人来敲你都不要开门……”

玛丽亚点了点头说：“有这么紧张吗，不要是郝世菲他们要的诡计吧？”

周宇说：“我看不像，我还是那句话，宁可信其有，不可信其无。”

他下去不大工夫房门又一次被敲响了，玛丽亚心里猛然紧张起来。这时门外响起了周宇的声音：“亚姐，开门吧，是我。”

玛丽亚开了门，周宇提起她的行李，俩人匆匆下了楼，出了宾馆上了车便往省城驶去。周宇早就打听好了去省城的道路，出了明州城上了去省城的公路，两个多小时就来到了省政府大门前，门卫让周宇到接待室去登记。登记室的中年人一看他在事由栏填写的是探亲，立马给政府办公厅打去电话，不大一会儿有人来接电话，问他找毕省长有什么事。

周宇说：“没有什么要紧的事，就是路过来看望他。”

对方说：“省长出去开会了，你改日再来吧。”

周宇说：“麻烦你同他说，新疆的周宇和玛丽亚来看他，我们是顺道路过这里的……”

对方说：“那你不要走开，我想办法找一下，也不知道能不能找到毕省长。”

周宇怕玛丽亚他们在车上等得着急，从接待室打了个电话给她，把这里的情况告诉她。他等了一会儿，突然有人走进接待室问哪一位是周宇。周宇应承了。来人是个戴着金丝边眼镜的年轻人，他非常热忱地上前同周宇握了手，自我介绍说：“我姓童，你就叫我童秘书吧。毕省长在外面开会，他爱人前几天来了，正住在稻花香宾馆里，我把你们到来的事告诉了她，她非常高兴，让你们马上到她那里去。毕省长也会提前赶回来陪你们共进晚餐的。”

周宇一听喜出望外，他带着童秘书来到玛丽亚的车前。玛丽亚一见来了人立马走下车来，周宇给他们做了介绍。童秘书同武警战士打了个招呼，让他们把车子开到省府大院里，他让袁冷杉的车跟着他的车，在省府大院里绕了几个弯，从后门走了出去。他们顺着一条行人不多的街道走出了繁华区，半个多小时后来到了一片古松翠柏的林带中，往前开了几分钟，林荫中闪现出一道威严的大门，童秘书车子还没到门前，电动门就自动闪开了。

周宇说：“没想到毕书记有这么威风啊。”

玛丽亚笑而未语。

说着他们面前闪过了几幢别墅，在一幢三层四开间的楼房前车子停下来。听到刹车声，宋主任迎到别墅门外，童秘书下了车朗声喊道：“宋主任，我把客人请来了。”

周宇下了车本想跟在玛丽亚的身后，玛丽亚用力把他推向前去的同时，轻轻地掐了他一把，提醒他要主动喊人。周宇明白他的意思，上前亲热热地叫了声：“老亲妈好！”

宋主任上来一把搂抱住周宇，在他前额上笑呵呵地亲了一口，高高兴兴地答应道：“哎，儿子，这么长时间也不来看看老亲妈啊。”

她放下周宇几步小跑到玛丽亚面前，热情地拥抱着玛丽亚，她同在新疆时的情形大相径庭，肢体语言似乎多了一些夸张的成分。她把他们拉进别墅，玛丽亚一见地上铺的是羊毛地毯，她停下来带头换上了棉鞋拖。这是一间六十来平米的接待室，墙壁正前面挂着一幅丈二的山水油画，客厅中央悬挂着十二头的曲线水晶吊灯。四周摆放着紫红色的大沙发。大家落座后服务员为每人送上了茶水。宋主任热情地说：“先喝点茶水，这是开春时节朋友送来的雨前猴魁，都喝一点。”

童秘书问：“宋主任，中餐是送来家还是到餐厅去吃。”

宋主任说："就在餐厅吃吧。"

童秘书应承了一声就要出去。宋主任说："童秘书啊，中午你来帮我陪陪客人。"

童秘书说："我去安排一下就回来。"

宋主任说："本来调到新的地方，就想打电话让你们过来玩一玩的，这请客不如遇客啊，今天你们真的来了，我同毕省长都很高兴。欢迎啊！上次在新疆遇到那个事，好多美景也没去成，你们这一来就好办了。将来有时间我一个人去，就让儿子陪着我。"

玛丽亚说："那我们是求之不得的了，让你儿子开着车陪您游遍新疆。正好我们在喀纳斯风景区建设了一个四星级大酒店，明年夏天您同毕省长到那儿避暑去是再好不过了。"

宋主任笑着说："他哪有那个福分，成天到晚忙得不见人影子。明年夏天我带女儿去，让周宇领着我们玩上一阵子。"

玛丽亚说："那敢情好，一言为定！"

宋主任说："玛总，你们这趟来一定是有什么事吧，毕省长不在家，我让童秘书办也是一样的。"

玛丽亚说："要说有事也还真有事……"她把这趟来的前因后果叙说了一遍。

宋主任不听则已，一听她说在毕省长的辖区还会出现这种无法无天的怪事，真是气得七窍生烟。她想了想说："你们刚到还没住下吧。"

周宇说："老亲妈哎，我们几乎是逃着出来的。我说来省城请你们帮忙玛总还不让，说是太麻烦你们了。我想不请你们帮忙，这一百多万也不是个小数目啊。再说了那小子还夜半偷袭玛总房间图谋不轨，这口气也咽不下去啊。是我坚持来找老亲妈和毕省长的……"

宋主任说："儿子，这就对了。看来要解决这件事得有几天，我正在往这边办调动手续还没上班。我让童秘书给你们就在这个宾馆安排个住处，我带你们四处走一走，让童秘书把这事给办了。"

说着童秘书走了进来。宋主任说："童秘书啊，你给玛总他们就在这个宾馆安排一个住处，离我们家不要太远了，我还要同儿子叙叙话呢。另外还有一件事你要帮着我办好。"

她让周宇把他们在明州的遭遇叙说了一遍，童秘书表示出非常愤慨，当即打电话给明州市长通报了这件恶性事件。明州市长说他马上就责成公安局长查办这件事，并且表示要严惩相关肇事人。然后他又打电话为他们安排了一栋别墅住下。

这之后他们开着车子到餐厅就餐。饭后童秘书让驾驶员送宋主任回家休息，他陪着玛丽亚他们走向住处去。玛丽亚见缝插针地请童秘书帮助订一张尽快回乌鲁木齐的机票，要回去一个人办点事。

童秘书打了电话，得知明天早上七点十分有去乌鲁木齐的班机，预订好了明天的机票。他们已来到一栋二层隐居在秀木中的别墅，服务员已经在那里等候了，童秘书把他们安顿好，丢下联系号码便告辞回去了。

玛丽亚要袁冷杉明天返回乌鲁木齐去，说是让笑梅准备点礼品。解决欠款的事可能还要等几天，这样准能赶得上。

玛丽亚又给陆笑梅打了电话，让她在温泉山别墅的保险柜里拿一只翡翠手镯和一件和田山流水观音挂件，另外买一件上乘丝绒地毯。交代她要把礼品亲自送到机场，并为袁冷杉订好返程机票。她的这种精细安排使周宇和袁冷杉都打心眼里透着佩服。这时她才算稍稍地放下一点心。

她喝着咖啡打趣周宇说："小伙子啊，今天见到老亲妈了，话也说得精刁多了嘛。"

周宇红着脸说："亚姐，你就不要讥讽我了。跟在你后面，没吃过猪肉，还没看过猪走路吗？"

他们上了二楼回到房间，拉上窗帘睡了起来。直到天大黑了玛丽亚才起床，服务员告诉她毕夫人在楼下等了他们好一会儿了。玛丽亚三把两把描抹了一番赶紧走到楼下，只见宋主任坐在客厅的沙发上，一边喝着茶水，一边看着大彩电上的节目。玛丽亚一连声地道歉，说是这几天没能睡好觉，见到宋主任就像见到亲人一样，心情一好就睡过了头。

宋主任微笑着说："是我让服务员不要叫醒你们的，出来办事很辛苦的，我也在基层做过，对你们的艰辛是能够体会到的。今晚毕省长有事回不来，这对我来说已经是家常便饭了。正好我请你们去吃海鲜……"

66

腊月长江下游的城市已经进入了寒冷季节。早晨，周宇送袁冷杉到机场回来已经是八点多钟了，周宇同玛丽亚来到宋主任的别墅，他们就在别墅里吃了早餐。

吃过早餐，童秘书来了。他说昨晚回去同明州通了电话，他们说事情正在调查中，说公安部门说事情可能有点出入，他们正在进一步核实。周宇问他们都说哪些方面有出入了。

童秘书说："他们说你们在要账过程中打伤了他们的人。"

玛丽亚激愤地说："不说这话还不气人，深更半夜地买通宾馆人员，用钥匙打开我卧室的门，对我实施非礼，现在脏物还在我这里保存着呢。现在就拿去化验吗，宋主任你看明州还有没有公理了，连省领导出面他们还敢反咬一口，血口喷人打伤了他们的人。他们两个大男人半夜闯进我房间，我不反抗还能让他们做实坏事。"

宋主任说："玛总，你也不要太着急，有理走遍天下，有罪也要叫他入案。你把事情再对童秘书细说一遍，相信他是能够处理好这件事的。"

玛丽亚又把事情从头至尾细说了一遍，并让周宇回去拿来欠款凭据和脏物。童秘书想了想就当着他们面又给明州杨市长打去了电话。童秘书说："他们欠款凭据和郝世菲买通宾馆人员夜闯玛总房间，落在人家睡衣上的血迹精斑都在。这个很好办，只要通知公安厅来人拿去化验一下，然后同姓郝的身体组织对照一下就出来了。”

杨市长说：“我也在责成公安局抓紧处理，一定会给他们一个说法的。领导啊，事情已经发生了，调查总要有个过程嘛……”

童秘书说：“现在当事人就在省政府坐着，领导接待了他们……如果市里解决不了，省公安厅来办这个案子……”

杨市长说：“我马上就来办这件事！”

童秘书应承了便送他们上了车。在路上周宇说：“老亲妈，我们的事真让您费神了。我同玛总都非常感激你。”

宋主任拍了拍周宇的头说：“你看你这孩子多会说话呀，我有时在家同毕省长还常常说起在魔鬼城的情形，想到就忘不掉你们啊，我们这真是山不转水转，这又转到了一起。这说明了什么，说明了我们娘俩，还有玛总是真的有缘分啊。玛总啊，这人家都说俄罗斯姑娘长得漂亮，我也到过俄罗斯的一些城市，也见过很多俄罗斯姑娘，说实话不是我奉承你，你还真是漂亮里长的最漂亮的，难怪男人们会在背下里对你想入非非。我在家有时还同毕省长说呢，就是你比小周大上几岁，要不然我都出面给你保个媒，招你做个儿媳妇呢。”

玛丽亚咯咯地笑了，她说：“谢谢老亲妈的夸奖，要是老亲妈出面保媒，我倒是愿意的，就是你儿子嫌我老了，私下里都喊我老阿姨呢！”

说着她乜斜了周宇一眼，细长的眉梢微微地颤动了几下，做出风情万种的姿态。周宇赶忙说：“亚姐，你可别拿我开涮啊，我在背后真没叫你老阿姨。”

宋主任赶忙说：“女人三十一枝花，到了这个年龄段女人花才开得艳丽多彩……”

他们说说笑笑一起逛了商场，又在温泉度假村吃了个便饭。在他们泡温泉浴时天上飘起了小雪花。温泉的女经理跑进来说，哪位贵宾的手机响了。宋主任去接了手机回来对周宇说，真是你老亲爸来电话了，要我们赶快回去，他在等着你们共进晚餐呢。

大家连忙上了车往省城赶，一个多小时就进了他们居住的宾馆。车子在一片古色古香的仿古建筑前面停了下来，童秘书和另外一位已经等在了门前，童秘书介绍说："这位是省政府办公厅的乔主任。"

乔主任把他们引进了一道双开的大门，后面是一座宽大的院庭，里面有山有水，更有各色的花草和树桩盆景，华灯四放，轻乐飘逸。乔主任走在前面引着路，周宇挽扶着宋主任，一路走进靠近湖水边的一幢白墙灰瓦飞檐翘壁的古建楼阁里，顿时暖意盎然，正门厅摆设着一株古朴苍遒的腊梅盆景，正透出淡雅的清香。这时有两位身着红色旗袍的姑娘迎了上来，乔主任向她们挥了挥手，她们便站到了一边。乔主任上前几步开启了一扇朱门说："毕省长，客人们到了。"

只听见屋里传出朗朗笑声："欢迎啊，欢迎，我们尊贵的新疆客人。"他们还没走进里间，毕省长已经迎到了包厢门口，他第一眼看到了周宇，上去拥抱住他久久地不愿放手，他的眼睛中饱含着热泪。这时宋主任拍了拍他的肩膀说："不要只顾着同自家人亲热了，玛总还站在这里呢。"毕省长这才放开周宇，转过身来向玛丽亚伸出手去。毕夫人上前打落他的手说："拥抱了儿子，就不同玛总拥抱了？人家可是俄罗斯姑娘……"

毕省长先是一愣，然后大方地张开双臂把玛丽亚拥抱在怀中。在场的人都哈哈笑了起来。

一场欢宴散了，乔主任送毕省长同夫人回别墅休息了。玛丽亚他们在童秘书陪同下，在冬季宾馆的常青树下散着步，他们感到长江下流的冬季就像新疆初春一样含着稍许的寒意。

67

第二天宋主任打来电话要他们早餐后到她别墅去。玛丽亚和周宇按约九点钟便到了毕省长的别墅，宋主任在给毕省长收拾几件随身衣物，下午两点毕省长要到北京去开会。

这时童秘书走了进来。宋主任要服务员给童秘书上了杯茶，然后让他坐下来慢慢说。

童秘书坐到玛丽亚身边说，杨市长亲自召开了专门会议，组织了专门班子侦缉这个案件。案件嫌疑人昨天晚上已经抓捕归案，也承认了犯罪事实，目前正在设法筹资，答应尽快将欠款电汇给疆欧公司。

宋主任说："不说这事了，童秘书把这事办好就行了。外面也是清冷的，我们还是打几板子'斗地主'吧。"

玛丽亚感动地说："宋主任啊，能够结识你们夫妇真是三生有幸啊，你们这样为民办事，不忘旧情，真让我们终身难忘，你同毕省长对我们这么好真使我们无以回报。"

宋主任笑着说："儿子啊，你要是将来在新疆做烦心了，就回到内地来，有我给你撑腰，凭着你的本事和为人也一定能够做出一番事业来的。"

玛丽亚立刻叫嚷起来："老亲妈，你可不能拆我的台柱子。你还说要他娶我当儿媳妇呢！到时候我可要赖在你家里要人啊……"

宋主任把嘴伸到玛丽亚的耳边低语道："要拿出你俄罗斯姑娘的魅力来，俘获他的心，让他沾在你的石榴裙上下不来，我的阴谋诡计不就流产了？"

玛丽亚回头向周宇抛了一个媚眼说："老亲妈这个主意好。"

中午毕省长临时有事没能回来陪他们吃饭，还专门打了一个电话来向玛丽亚表示歉意。他们在宋主任陪同下吃了饭，又说了一会儿闲话，便回到房间休息。他们前脚进门，袁冷杉后脚就跟了进来。

袁冷杉一脸疲惫地说，东西都拿到了，陆笑梅还让他带了一包虫草和一包雪莲，以备他们临时使用。玛丽亚夸赞地说："这丫头越来越会办事了，这样吧，你们先去把下面的事安排一下，我休息一会儿再叫你们。"

周宇同袁冷杉回到房间，周宇问袁冷杉怎么看他神色不大对劲，是不是心里有什么事。

袁冷杉说："哥哥哎，公司里捅了个天大的窟窿，不然我哪能会连夜返回来呢！"

周宇紧张地说："你不要一惊一乍的好不好，快说出来都出了什么事。"

袁冷杉说："白房子哈尼老爹来电话，说是格里木失踪了。"

周宇一听这话大惊失色道："都在哪里失的踪？"

袁冷杉说："还能在哪里失踪，不是在阿尔泰山九道沟小金岭嘛。我刚才都不敢拿正眼看玛总了，笑梅知道我们这边正在较着劲，正好也知道我要回来，就没敢向玛总汇报；她把这件事报告了鲁老师，鲁老师可能正在往乌鲁木齐赶呢。你看，用什么办法把这事告诉给玛总合适。我看到玛总人都瘦了一圈，眼眶都挂上了乌晕……"

袁冷杉呜呜地哭了起来。周宇拍了拍他的肩头说："你也不要自责了，事情既然遇上了就要设法解决。现在这事还不宜同玛总说，免得她急火攻心，也坏了当前的大事。你就不动声色，我来见机行事，在适当的时候告诉她。你也累了，我们先眯一时眼吧。"

周宇靠在沙发上闭上眼睛，感觉满脑子都是事。他看见袁冷杉打起鼾来，便悄悄地走到玛丽亚房间看她睡着了没有。他用钥匙轻轻地打开她的房间，只见她也是靠在贵妃榻上闭着眼睛，他促手促脚地走到她面前看了看，回到沙发上坐了下来。他在脑海中盘桓着选择什么时机把格里木失踪的事情告诉她。正在他想得入神时，突然玛丽亚的手机响了，他急忙要去拿手机，玛丽亚睁开了眼睛，他拿起手机就要递给她。玛丽亚向他努了努嘴，示意他接电话。他拿过手机告诉她是明州的电话号码。这时手机里传来了一个低声下气的声音："玛总吗？真是对不起啊，打扰您休息了，我是罪该万死的郝世菲啊……"

周宇捂住了手机，告诉玛丽亚说是郝世菲的电话。玛丽亚让他打开扬声器看他说些什么。

手机里说："那笔欠款我已经如数汇到疆欧公司账户上去了，另外还加上了五万元的赔罪款……请您看在我们多年生意的面子上，大人不记小人过，就当我是个狗臭屁放过罪人一马吧……”

玛丽亚打手势，让周宇同他讲话。周宇寻思了一会儿说：“郝总啊，我是玛总的跟班。你在什么地方啊？”

郝世菲连忙说：“我在看守所呀。玛总呢？你让我同玛总说话。”

周宇说：“我问你在哪里，就是我同你说话已经是礼遇了，我们玛总没有时间听你这些婆婆妈妈的事。”

郝世菲又是一番软言好话：“周总啊，我是真的被关在看守所里，我要是骗你不是人生妈养的。我这不是看守所里有熟人吗，借了熟人的手机用一用的，你要是不信我让看守所人来同你汇报几句……”

周宇说：“算了，算了，我才懒得管你那份闲事呢。”

郝世菲说：“货款一分不少，已经付出了。另外我多支付那五万元钱，算我赔罪了，您一定要帮我在玛总面前说说好话呀，求她放了我这一马……不然市里真的要治我罪呢。”

周宇说：“郝总，你好自为之吧，我们玛总不会同你一般见识的……”

周宇放下了电话，玛丽亚从贵妃榻上跳下来，上去一把抱住周宇，热切切地亲了他一口说：“我的小伙子，办事越来越精妙了嘛。你把小袁带来的东西留下那个山流水挂件，再拿一点虫草下来，我去给童秘书，其他的东西你都给老亲妈送过去，这次可多亏了她啊，你孝敬她老人家也是应该的。”

周宇犹豫起来了，说是她要是不收怎么办。玛丽亚说别人送的她可能不收，儿子送的还能不收。周宇到毕省长别墅敲开了门，服务员一见是周宇便放了进去，说是宋主任还在休息。

周宇把包裹放到茶几上，摸了一本书在那里看着。也不知道是什么时候，宋主任起了床，她看见周宇正看得入神，也就没有打扰他。她到卫生间洗漱了一番，走到周宇旁边的沙发上坐了下来。沙发的响动声惊起了周宇，他赶忙站起来说：“老亲妈，打扰您午休了。”

宋主任说："我也睡好了，孩子你既然认了我这个老亲妈，我们就是一家人了，你也是个正派人家出身。今后你称呼我就把那个'亲'字去掉吧。"

周宇感到她这话来得太突然，他张了张口："这……"

宋主任说："什么这啊那的，你叫一声给我听听。"

周宇只好怯生生地叫了一声："妈……"

宋主任看到桌上的小包，皱眉说道："哎，我说你这孩子，你拿这包是什么东西啊，我现在还轮到你来给我送礼啊？"

周宇说："不是的，妈，本来从新疆到内地来不碰到这件事，原本也打算来看望您们二老的。第一次来认门子总不兴空着手吧。现在凭妈这个地位还能缺什么呢？我就让玛总帮我参谋了下，也就是表示一点儿子的心意。"

宋主任听他这么一讲更加兴高采烈了，她拍了拍周宇的头说："都打开看看，也让妈妈高兴高兴。"

周宇打开皮包，只见里面是一床新疆维吾尔族图案的真丝地毯，紫罗兰红花的，煞是耀眼。宋主任兴奋地说："儿子眼光不赖吗，这图案喜庆，也适合我们这样年龄的人使用。"

周宇又拿出一个精致的镶着金色花边的工艺首饰盒，打开只见里面放着一件三分是翠绿三分是紫罗兰三分是红色的手镯来。宋主任拿起来一看说："这是缅甸老坑的A货，你看这水种多通透啊，这样的福禄寿手镯在市场上是淘不到的。儿子，你们玛总费心了。"

周宇说："这是玛总多年前从缅甸一个玉石商人手上买回来一块翡翠原料，在苏州请了一位玉雕大师专门雕琢的。"

宋主任说："这个我不能要，这可是一件无价之宝啊。"

周宇说："当时一共雕琢了一对手镯，她那里还有一只呢。妈，这是我送给你的，就留下吧。"

宋主任说："你小子，也学会哄妈高兴了。"

周宇一本正经地说："这是真的，不信您去问玛总。第一次来见二老，也拿不出手，让您见笑了。”

二人又闲聊了一会儿，不知不觉天黑了，晚上吃饭时玛丽亚再一次邀请宋主任和童秘书到新疆去做客。宋主任也爽快地答应了，说是上次去都吓破了胆，将来一定让童秘书陪我一道再去一次，把该走的都走到，该玩的都玩到。玛丽亚说一言为定。

当天晚上回到宾馆已经很晚了，玛丽亚兴奋得睡不着。她提出过年还有几天，我们不是讲过了年把贾登峪大酒楼设计放到三亚召开吗，还不如我们当前这个空当，到三亚去考察一番……

袁冷杉回头看着周宇一脸的苦楚。周宇想了想说：“我们还是先回去吧，出来都十多天了，笑梅一个人在家也忙得不亦乐乎，听说出手了几笔小单生意，都是现钞结账，也没敢同你讲。我们是害怕明州的钱不能及时到账，过年还真的要唱空城计呢……

玛丽亚笑着说：“这有什么好检讨的，你们做得对啊，这说明我们的小伙子们也知道动脑筋考虑事了，我高兴啊。”

玛丽亚笑意绵绵地用眼睛的余波瞄了小袁一眼说：“明天早上去机场。小袁你回去睡个好觉吧。”

袁冷杉先是一愣，然后乖巧地点了点头，带上门走了。周宇闹了个大红脸。

68

玛丽亚他们在乌鲁木齐一出飞机舱门，迎面袭来的便是满天飞舞的鹅毛大雪。他们出机场时看见陆笑梅早就在出机场口向他们频频招手。

上了车，玛丽亚问：“公司里还好吧，没有什么事情吧，我怎么总有点心神不宁的感觉呢。”

陆笑梅愣了一下说：“公司还好啊，我抛出了几单小库存，回笼了四十来万。玛总，我们是先回家还是先填饱肚子？”

玛丽亚看了一眼坐在身边的周宇，她发现他们俩人一路上都没怎么说话，便说：“两个小伙子都饥寒交迫了吧，还是安排一家穆斯林馆子，哄哄这两个小伙子开心吧。虽然受了一些挫折，但总算把款子讨回来了。做生意嘛，就像是在大海上行船，只要不翻船一切都有回旋的余地。打起精神来，吃一餐我们草原上的牛羊肉，严寒过后离开春天就不远了。”

陆笑梅把车子停到常去的一家饭店门前，大家下了车从雪幕中钻进了热气腾腾的饭店。下雪了来吃饭的人不多，他们要了一个小包间，上了几道家常菜，外加一个大葱爆炒羊头肉。陆笑梅从车上拿来了一瓶伊犁王酒，她让袁冷杉打开倒进各人的玻璃杯里。大家只是伸了筷子吃了几块菜，酒也只喝了一多半，周宇说：“上饭吧，这酒喝得没滋味，刚回到新疆可能是时差还没有倒过来吧。”

袁冷杉也说：“是啊，这个酒喝得没有滋味……”

玛丽亚瞄了他们一眼，大家都在躲闪着她的目光，她敏感地问：“你们是不是有什么事情蒙着我？”

周宇赶忙说：“啊呀，这都紧张了多少天了，刚回到乌鲁木齐，就是累了，想早点休息……”

玛丽亚说：“行、行，把杯里的酒喝干吃饭吧，本来想回来好好吃一顿新疆饭，你们都像是饿死鬼投胎似的，那就吃饭吧。”

饭后，在风雪中车子开进了温泉山别墅，远远地蒙胧中看到三楼的灯光还亮着，玛丽亚心中又产生了狐疑。那三楼是留给妹妹和妹夫来新疆时住的，平时只是打扫一下卫生，很少有人到上面去。她也没听说他们来新疆的消息啊。这样想着车子已经开进了别墅院子，他们下了车走进别墅，只见鲁洋一脸严肃地从沙发上站了起来。玛丽亚头脑“嗡”的一下，就有一种不祥的预感袭来，她本能地问道：“你怎么在这个时候来了，也不打个电话说一声。塔吉扬娜和孩子也来了吗？”

鲁洋勉强地挤出几丝笑意说：“你先脱了外罩再说。坐了一天的飞机都累了，坐下来慢慢说吧。孙婶，给大家上点茶，我来帮玛丽亚冲杯咖啡……”

玛丽亚更感到不安了，她一边在周宇帮助下脱下裘皮外套，一边问鲁洋：“是不是塔吉扬娜和孩子有什么事了，今天一上飞机我就感觉到有点不对劲……”

这时陆笑梅带着哭腔说：“哈尼老爹来电话，说是格里木失踪了……”

玛丽亚头脑“嗡”的一下成了个一片空白，她摇晃了几下，急忙问：“这都是什么时候发生的事情，你们怎么不早说呢。”

陆笑梅说：“就是前两天的事，所以我才让袁冷杉跟着夜班飞机赶了回去向你汇报呢。”

玛丽亚高声地说：“我知道你们是好心，是关心我，但是这是人命关天的大事啊，况且我们疆欧公司能走到这一步，格里木大哥是立有汗马功劳的啊！……现在有什么新进展吗？”

鲁洋说：“我到了这里，就同萨特通了电话，请他尽快地帮助我们寻找格里木的下落。我同马专员不熟悉，也冒着你的名义给他发出了求救请求。本来我是准备今天赶到九道沟小金岭去的，昨晚又接到电话说你们今天能赶回来，我也就多等了你们一天。”

周宇让大家都坐下来，玛丽亚也缓过点神来，说：“你们说这事该咋办吧。”

陆笑梅说：“失踪，也不是说人不在了，当务之急就是找人啊。”

鲁洋说：“你们没到过九道沟，也不知道小金岭是个啥样的世界，之所以我们对那里的情况不愿向外人道，也是怕引起方方面面的关注，影响公司在那里的一个支柱性产业。”

玛丽亚拿起手机就要给马专员打电话，周宇按住了她的手说：“再打电话还不是鲁哥说的那么回事，当务之急就是亲临现场，对症下药。宁可在这里干着急，倒不如明天坐早班飞机赶到阿勒泰，晚上也就赶到白房子了，到那里如果再弄不明白情况，干脆就到小金岭去，首先是摸清那里的情况再决定下一步行动。”

鲁洋说：“我觉得周宇说得在理，现在就看哪几个人进去了，我是一定要去的，山里没有了格里木我不放心。那是个高危地带呢。”

周宇不屑地说：“小金岭还能是金三角啊，它不是在中国的版图上啊，我跟你们去。”

玛丽亚说：“这样吧，大洋、周宇同我明天飞往阿勒泰处理山里的事，公司里小袁管外，主要是棉储这一块，要慎之又慎，转年五月之后棉花就会迎来暴涨期，现在拼的就是实力。我们现有手头的钱足够应付年关了。不能把到嘴的大肉让狼给叼了去。笑梅掌全盘，该发的一定要发足，该打点的一定要跑到。具体的你们想好了再同我说，不要过于分散我的精力，现在救人是当务之急。”

陆笑梅说：“玛总，那我就给你们预订明天到阿勒泰的早班飞机票了？”

玛丽亚说：“具体事你们同周总联系，明天只给萨特打电话，我们先到他那里。”

陆笑梅他们走后，鲁洋看到周宇还没有离去的意思，也不好张口问他是怎么回事。他知道遇到了当前这个难题，只有周宇同他们一道进山去，才是最合适的。

玛丽亚让孙婶先休息，他们转到二楼客厅里坐下，对鲁洋说：“现在小周也是我们家庭的一员了。大洋，关于小金岭的事你可以向他竹筒倒豆子说个明白，也便于他有个思想准备。我先冲个澡，你们先谈着。”

说着玛丽亚便起身放洗澡水去了。鲁洋站了起来，有些激动地伸出手拉住周宇的手说：“欢迎，欢迎，欢迎你成为我们大家庭的一员。”

玛丽亚嫣然一笑，转身走进了洗漱间。鲁洋便同周宇说起了小金岭金矿的来历。他不说不知道，这一说，还真的把周宇吓了一大跳。

69

上午刚过，他们就走出了阿勒泰机场。因为心情急切，他们乘的是首班加开的支线小飞机，在天上的颠簸比吉普车跑山路还要抖颤，鲁洋差一点黄胆都要吐出来了。他们乘上军分区派来的山猫越野车，直奔军分区车库，换上三菱越野车急速地奔向白房子驶去。车子跑在公路上鲁洋不停地提醒周宇，要安全第一。周宇只是简单地回复：“知道了。”

他知道这趟出行责任重大。昨天晚上回到卧室，玛丽亚告诉他：“除了格里木的人身安全，矿区还存放着五百多两金粉没有冶炼，如果存放金粉的事情暴露了，格里木生命也就危险了。由于这冶炼技术只有鲁洋和司马北掌握，所以这也是鲁洋必须进山的重要原因之一。”玛丽亚穿着睡衣坐在沙发上，点起一支香烟。从她的叙谈中，他才比较清晰地知晓公司压箱底的秘密。

原来小金岭金矿坐落在九道沟的中段，往前再走上十来里地就是国界线了，出了国界往东是蒙古共和国，往西是哈萨克斯坦，往前便是俄罗斯。而它在我国境内，沟南属于布尔津县管辖，沟北就出了它的辖治，这里真是一个四国八方的深山密林。这里就是当年玛丽亚、夏生培夫妇和鲁洋，多次进行野外地质作业的地方，直到夏生培不幸遇难一年多以后，玛丽亚整理夏生培在阿尔泰山里的考察笔记和资料时，才发现了这个关于金矿的惊天秘密。夏生培在厚厚的蓝皮大本子里，专门记录了他这几年在阿尔泰山南坡发现的金矿分布报告文字及手绘的草图。

玛丽亚和鲁洋把这份报告认真地向系领导做了汇报，但是系领导草草看了资料后，认为这只是一家之言，不能过于认真。

鲁洋利用了一年多时间，把夏生培留下的资料补充加工编辑成文，又找了几个部门，他们却认为这只算是理论研究，并无佐证支持。

后来玛丽亚下海，做生意手头上有了一些资本。他们咨询了在欧洲经商的亚历山大。过了不久亚历山大打来越洋电话说，既然鲁洋是地质专家，你们也在那里做了多年的野外工作，有了比较科学的依据，为什么不去尝试呢？中国现在不是也讲发家致富吗？成功了就是富翁，不成功便是交点学费而已。一二百万美元我还是能够拿得出来的，就当是给了两个妹妹的嫁妆吧。但是你们要同地方政府说清楚，这是你们个人的企业，公家不要染指。

这时正值萨特到布尔津当县长。萨特了解了“金矿”的猜想，当即表示支持他们的构想。并决定利用考察工作的名义，陪着他们一起在哈尼的引导下，骑着马到了九道沟走了一遭，他们在夏生培画的一块地图上，找到了写有“小金岭”字样的地方，看这地形是一块一公里多长带状的山腰坪坝草场，离开谷底有数百米的高度。萨特说：“你们跟乡里签个协议，把这里承包十年，每年给乡里交点承包费，只要你们按程序走、低调行事、不违法犯纪，乡里在承包期内不干涉你们的企业行为。”

玛丽亚说：“萨特大哥，这样做能行吗？”

萨特一跺脚，慷慨激昂地说：“你们只要不怕吃苦头，就到我这阿尔泰大山中来奋斗吧。这是一个贫困县，人口不到十万。将来万一你们真的挖到了金子，只要还记得回报我们就行。我让老朋友哈尼给你们当顾问，他可是这一带阿尔泰山的活地图啊。”

就这样，玛丽亚横下一条心。鲁洋带了几名技术骨干，组织了个三十来人的队伍进驻到大山腹地，继续开始自费科学考察。事业初见规模后，他们又让哈尼一家人在山脚小盆地搭建起白毡房，作为山里的出山基地和物资中转站。

他们按照夏生培留下的资料，经过反复谋划决定先吃富矿。鲁洋在十多个夏生培圈定的矿块内，选择在萨特跺脚的草场北边的山脉坡面上，打开了第一道矿脉，果然是一道有着极高品位的富矿。鲁洋选择了在山沟的低凹水坑边，截流成池，从千里之外购运来铁碾子，支起在池水边，采用混汞提金法，当年一季就炼出了五十多两金灿灿的黄金。

当玛丽亚带着格里木第一次悄悄地将黄金带到乌鲁木齐，拿到农业银行的一个门点去卖时，可把个营业部主任吓了一大跳，他们谁也没看见过这么大的金锭子，更不知道黄金的价码，他们赶忙打电话向上级银行汇报。不大一时人民银行带着公安部门派来的专车，把他们请进了行长办公室，门前还派了两个挎着微冲的武警战士守护着。

这阵势真把格里木吓得浑身颤悠起来，也不知道他们犯了哪门子的法。

一个官儿似的干警查看了他们的身份证，厉声问这黄金是从哪里来的。玛丽亚说："是我们矿山冶炼的啊。"

干警问："你们矿山在哪里？"

玛丽亚说："在布尔津县的阿尔泰大山里。"

干警又问："你们的矿山叫什么名字？"

玛丽亚说："叫小金岭金矿。"

干警同银行的人耳语了几句，他吩咐武警战士看紧了他们，他们走了出去。过了一时他们拿了一张地图来，让玛丽亚在地图上找出小金岭这个地方。玛丽亚看了看地图用手指往大山腹地。询问者瞅了半天说这地图上也没有你说的名字啊。玛丽亚坦然地答道，地图上是没有，但是我们心中有啊。

干警再瞅瞅她也不像是个普通的劳力者，进一步询问才知道她原来是位下海的大学教师，这样他的态度才放温和一点。他当着面打电话询问了新疆的黄金公司。他们说在新疆的版图上就没有小金岭这个地方，更没有小金岭金矿了。

当他们一听说小金岭金矿一下要卖几十两黄金，着实吓了一大跳。黄金是国家统管的硬通货，是不允许地方政府和任何一个组织染指的。他们说马上就派人来处理这件事。

不大工夫黄金公司的黄经理就跑了过来，他看了看几锭黄金啧啧称奇说，这个金锭成色真是好，就是在我们新疆也少找。他问了玛丽亚一些情况。接着又出去打电话找到萨特询问了一些问题。他回来笑着对公安干警和行长说，事情都弄清楚了，他们是大学科研组的专家，在阿尔泰大山考察中发现了金苗头，已经并通报了布尔津县政府。基层也不懂黄金政策，便让他们帮助当地的乡镇企业搞初勘。他们也是歪打正着，国家为了支持老（区）、少（数民族）、边（境）、穷（困）地区的工业发展，对他们刚开口子，允许乡镇企业开采零星金矿。黄金开采是高技术，一般人做不了，幸亏这位县长在地区行署当过经委主任，有文化，鬼精明，才把这批专家说动了，帮了他们的忙。这是科研和老少边穷地区相结合，是一条加快发展的新路子。国家改革开放正缺硬通货，只要黄金卖给国家，我们不但要保护支持你们发展，还要给予经济奖励呢……

就这样误打误撞，小金岭金矿进入了国家管理序列。但是对外它是布尔津的乡镇企业，对内就是疆欧公司旗下的一个分公司。

70

玛丽亚他们赶到白房子时已经是下午的五点多钟了，别克中尉受军分区委派早一天赶到了白房子，他已经把该了解的事情都了解了。周宇听说小金岭情况复杂，特意打电话让加克达赶过来帮忙。当天晚上天刚黑下来，加克达也骑着马赶到了白房子。

第二天天麻丝亮，大家就赶上爬犁，一辆坐人，另一辆装上过年的物资和柴油出发了。他们在每辆爬犁后面还备了一匹健壮的雄马，已备途中换用。哈尼老爹赶着第一辆爬犁，加克达赶着第二辆爬犁，哈尼还在每辆爬犁前面插上了一面红旗。周宇好奇地问哈尼这是做什么。哈尼老爹说，这里紧邻国境线，挂上红旗是表明这两辆爬犁是咱们中国的，一般外国人见了都会礼让三分，轻易不会难为我们。另外，山里大兽多，见了红色旗帜也会远远地避让。

周宇不无感慨地说："真是开眼界了，这红旗还有这么大的讲究呢！"

他们走进山沟时是个艳阳天，玛丽亚为每位进山人都准备了防雪镜。爬犁在两座高高的山脉之间的谷底雪地上飞快地奔跑着，坐在爬犁上的人只见两边山坡上的片片雪景雾凇飞逝着，感觉比吉普车行进在柏油路上还要平稳快捷，周宇和别克中尉坐在爬犁的尾端，他们面朝着后面加克达赶着的爬犁，开始还能看到远处的一线蓝天，爬犁在谷底拐了几道弯后，他们也只能昂起头，看到头顶上的一线蓝空。每当走在前进的哈尼老爹遇到谷底有山上滚落的石头，坡上倒下的树碍，都要高喝道："绕弯哟！"后面赶着爬犁的加克达便会应声道："绕弯了……"

一个上午走得还算顺当，只是谷底没有了太阳，气温也冷到了极致。好在出发前哈尼给大家盖上了老羊皮的褥子，这才使大家减少了许多的寒冷和艰苦。中午时分，他们在林子边上架起了铁架子，挂上水壶和小铝锅，烧起了开水和牛奶，烤上馕和牛肉干，然后在开水壶中放进了稍许砖茶，在这里让大家吃一顿阿尔泰山中的雪山野餐。他让加克达和周宇在山坡上，扒去一片积雪，下面露出了金灿灿的鸭茅草来，把马儿放到草地上啃嚼着冷脆了的鸭茅草。哈尼让大家拿出茶具，每人倒上些牛奶，坐到雪地上吃着馕，嚼着牛肉干。玛丽亚问："现在是什么时间了？"

鲁洋扒出手腕上的表看了一眼说："喔，下午三点十分了！"

大家喝完牛奶，哈尼又拿起水壶给大家倒上茶。周宇悄声地问玛丽亚："你要喝咖啡吗？"玛丽亚说："算了吧，在野外就喝点咸茶好！"

周宇问哈尼还有多长时间才能到达小金岭。他往雨布上撒着黄豆喂着马说："要是一路上都这么顺溜的话，明天夜晚就能赶到小金岭。"

周宇问："那是不是到了小金岭就走到了九道沟的尽头了？"

鲁洋笑了，他说："九道沟长着呢，在我国境内只有三分之一多一点，往前走就出了国界了。"

大家吃饱了，喝足了，用积雪覆盖了林子中的火堆，换了马匹，赶上爬犁下到谷底，快马加鞭地往前赶路。在这大山谷里大家轮班地唱着歌，你一曲我一首此起彼伏。爬犁往前奔腾了两个多小时，突然哈尼拉住了马缰绳，从爬犁上跳了下来，挥手让大家安静下来。这时就听到从前面的山谷里传来轰轰隆隆的响声。哈尼老爹立马神情紧张，脸色陡然大变。他向山脉上看了看，只见右前方有一片杨树林带，他马上招呼大家坐好了，他选择了一个斜坡，赶着爬犁向半山腰的杨树林带中奔去。他们刚跑进树林不大一会儿，只见迎面的谷底奔来一大群野狼，当它们发现了杨树林后就像见到了救星似的，从谷底斜坡冲着林子奔跑过来。看着几十只野狼没命地向树林中跑来，吓得大伙顿时汗毛倒立，浑身出齐了冷汗。别克中尉和周宇立刻摘下背后的微冲，拉开折叠枪托，把枪口对向了狼群。哈尼老爹连忙嚷道："别开枪，别开枪，这是逃生的狼群，它们不会伤人的。”

狼群跑到离着他们不远的森林中站了下来，它们先是瞪着眼瞅向爬犁和人群，很快它们就松散地立在森林里的雪地上，眯缝着眼睛打量起发出响声的方向，但是有一只壮年的灰狼总是用眼睛警惕地盯着他们。跟在它们后面不远是一群野猪，它们见到树林也死命地往山上奔来。它们跑到离开杨树林只有几十米的地方，发现了树林中有人和狼群，便慢腾腾地停了下来，然后又在头猪的率领下向前面的林带急奔而去。

这时轰轰隆隆的声音越来越猛烈。他们站在的山脉是一个拐弯处的后端，只见狂风席卷着雪雾，沿着前面的山沟谷底，夹着轰隆隆的闷响，横冲直撞地泻了过来。数米高的风波雪浪立刻充满了谷底，一些逃难掉队的老弱病残的野兽片刻之间便被埋进了雪涛里。风在谷底发出狼一般的呼啸，雪涛吼出撕心裂肺的沉闷呐喊，沿着沟谷像洪水猛兽般地向前奔涌而去。

哈尼说这就是阿尔泰山的大烟瀑，掀动了多座高山的连锁雪崩，形成了峡谷雪啸。任凭你是千军万马也无法抵挡得住它，所以这些野兽才玩命地奔逃。在这谷底的巨大石头都是它们从远处的山梁上裹挟下来的。一到开化季节就有人赶着爬犁来捡死兽，多的时候几爬犁都拉不完。雪啸过后气温就会骤然下降，在野外的人要赶快猫回毡房里避寒，要不然就会被冻出个好坏来。

过了一个多小时雪啸过去了，加克达急着就要赶着爬犁奔下山坡去，哈尼连忙喝住。他说再等一等，让松软的溜雪结上了冰盖再下到谷底去，那样安全把握要大一些。又等了一个来时辰，哈尼让大家坐上爬犁，下到谷底的雪地上，大家感到确实气温下降了许多，雪流上已经结上了冰壳，他们把备用的马儿也架上了套，赶着爬犁踏着冰雪向前艰难地奔跑去。好在溜雪一冲，谷底便成了平坦的雪路了，随着天气骤然降温，很快冰壳越结越厚实，马儿跑在上面也显得轻松快捷起来。周宇跳到加克达的爬犁上陪着他向前进发。这时天色黑透了下来，好在有满山遍野的白雪反光，把前进的道路照得雪亮，加上雪啸之后一切猪狼豹兽都逃得无影无踪了，两辆爬犁在雪地上就像两艘开足马力的快艇，直向阿尔泰大山腹地奔去。

71

正在大家迷迷糊糊的时候，他们到了一个沟壑的拐弯处，哈尼老爹将爬犁赶到了一个雪坡上，他吆喝着大家都精神起来，说是上了这个大陡坡就到家了。大家立马振作起精神，这才发现太阳已经到了西山顶上。

周宇只感到爬犁几乎是侧棱着身子，一直在昂扬向上，在一个大陡坡上爬了半拉时辰才上到山坡上。爬犁又顺着一片红松林中的雪道向前走了一里来路才停下来。鲁洋跳下爬犁对着山里一阵呼喊，引来了一片狗吠声。周宇掀起了一边的羊卷绒帽耳焐子，听见了有人在说话。他感到寒风刺激着耳朵钻心地痛，赶忙放下耳焐子。加克达大声地问："都听到在说啥呢？"

周宇大声嚷道："说风呢……"

加克达说："怎么选了这么个鬼山场。"

这时哈尼走过来对加克达说这山里路你不熟悉，等我进去后再出来接你们。哈尼赶着爬犁走过前面一段崖路，很快便折回来了。他接过加克达手上的马鞭子，让他们俩在爬犁上坐好，然后他拉着马走过一段只有两个爬犁宽的崖路，通过了一道银灰色的大门走进了一个院落里。哈尼吆喝着一帮人来搬运爬犁上的货物。他上前拍了一下周宇的肩膀说："你们拿好自己的东西快到屋里去暖和一时吧，一路上冻得够呛吧，赶巧又让你们遇上了雪啸，你们看见在这大山里要想挣点钱多不容易啊！"

周宇抬头看见面前是一栋用山石垒砌成的八开间二层小楼，墙壁上是用水泥沙浆顺着石缝沟形成的不规则图形。他顺着哈尼的指引，哈着腰钻进了小石楼的门洞里，顿时就觉得一股热浪迎面而来。玛丽亚把他领到二楼挑北头的一间住宿。他没想到在这大山里面还亮着电灯，只是灯光比较昏暗。他摘下羊卷绒皮帽，脱下羊皮大衣，浑身就感到像脱去了一层硬壳似的轻松。他向四周看了看，这是个套间，外间只有十四五平米。玛丽亚脱去了白色的裘皮外套，穿了件红色加厚的羊绒毛衣，腿上还穿着出发前的长筒毛皮靴。她拍了拍周宇的脸颊说：“小伙子啊，没想到进山一路上有这么艰难吧？这也算让你长长见识！”

周宇喃喃地说：“这山里还能用上电灯？”

玛丽亚说：“两年前就用上了风轮发电了，它不但能照明，还能为矿灯充电，带动小型化验设备呢。”

这时鲁洋推门走进来说：“周宇啊，这一路上艰苦你都看到了，这才是开始呢……”

这时一个又黑又瘦的矮个儿汉子敲门走了进来，对鲁洋说：“鲁老师，大家先息一时，喝点热茶，暖一暖身子，过一时就开饭。”他又掉过头来对玛丽亚说：“玛总，好长时间没有见到你了。”

玛丽亚给大家做个介绍，原来这个瘦削的汉子就是司马北，金矿副矿长兼选矿厂厂长，是鲁洋从山东请来的第一批采矿专家。

通过司马厂长的汇报，大家知道格里木这阵子吃了中饭总是要出去走一走。在这个山沟里自从发现了金矿，忽拉一下也不知道从什么时候起，山岔沟谷里就生出了数以百计的淘金人，后来发展到了四国八方，热闹时足有数千人。但两年下来，能吃得下这大山里苦难的人不多，特别是在冰雪覆盖的寒冻季节里，能坚守在这大山里的人就更少了。

格里木是随着玛丽亚他们第一批来到小金岭开拓的，他对这一带的沟沟壑壑也是比较熟悉的，时间长了也认识了许多淘金客。

在他们发现了金矿的第二年，他们在自治区黄金公司的支持下，建起了一个日处理十五吨金矿石的机械选厂。经过反复衡量，鲁洋决定把选厂就放在夏生培生前圈定的小金岭上。鲁洋决定到这个大山里来开采金矿也有着自己的想法，他要在学兄多年工作的基础上，写出阿尔泰山南坡黄金形成的地质报告来，以完成师兄未成的事业。但是他也知道要做成这件事的艰难和危险，所以选择了谨慎的边探边采、步步为营的采冶方法。他除了玛丽亚之外，能不让外人知道的事情绝不让第二个人知晓。

鲁洋根据生产需要告诉司马北适时地打开哪道矿脉。他在山里深居简出，一到金矿多数时间只是在选矿厂，化验室里做着各种科研项目，轻易不抛头露面，外面的事情由格里木张罗，生产和生活上的事情多由司马北去做。

格里木同鲁洋恰恰相反，他四处张扬，名义上毕竟他是矿长老板，说一不二地决断金矿的事务。到山里来淘金的人大多数都有一股江湖气，他们把格里木的秉性当成是一种仗义。他也是当仁不让，只要是淘金人产生了矛盾和困难找到他，他都尽力帮着决断和解决，久而久之在淘金人中树立起了威信。有时人们看见他陪着玛丽亚在山坡谷地溜达时，他对她呵护有加，都说格里木矿长有个美貌的俄罗斯妻子。

因为这个金矿区分布在三个国家的地界上，小金岭金矿又紧邻边境，偶尔有人到边境公干，或是边防部队从这儿巡逻，都会到金矿来息个脚，吃上一口热乎的饭菜。在这四国八方的争议地带，淘金人眼里小金岭金矿就是国家的象征，有着代表政府的意思，是个神圣不可侵犯的地方。

72

赫赫有名的格里木矿长失踪了，活不见人死不见尸。别克中尉问司马北格里木平时都同什么人来往密切。鲁洋说他的工作性质就决定了，同他来往的都是些淘金人，鱼目混珠，人广事杂。

他这个人表面上看去像是个粗线条的人，其实也有小心眼，只是脑筋急转弯慢一点。他在矿上的时间长了，多少对金矿的采选技术略知一二。特别是对混汞提金法工艺是比较熟悉的。而散户淘金者都是采用这种最原始的方法提取汞金，再用火烤法去汞炼金，这样做所得到的黄金纯度虽然不高，还要再进行二次提纯，但是走私黄金的人就喜欢收这样的毛金。因为它便于在黄金成色上弄虚作假，克斤扣两。很多淘金人技术不精，而有技术的人又是秘而不宣，他们知道格里木在这方面算是个行家里手，便巴结他，求他指点一二。正因为这样格里木在这个大山里名声很大，这也为他的失踪埋下了伏笔。听了汇报，简单议论了一下，玛丽亚说情况大家都清楚了，回去休息一下，再思索看还有什么线索。

第二天，司马北找到别克和周宇汇报了一个情况，说是格里木失踪前同金把头黑老霍经常在一起喝酒，他还帮着黑老霍看过坑口。周宇心里一惊，感到这个名字有些耳熟，但也想不起来在什么地方同淘金人有过接触。

别克问他这个黑老霍是个什么人。鲁洋说这个人在这一带大山里有些名气，他手下有着一帮人马，在淘金上有些门道。据说跟境外黑势力有联系，还倒卖黄金和炸药，不太好的事总和他沾点边。

周宇说："这个黑老霍肯定是有些背景的。别克中尉你暂时不要出面找他，你的军人气质比较浓。这些人都是老江湖，先不要让他们看出破绽来，这是在边境线上，就怕他一有风吹草动，抬脚之间溜之大吉了。还是由我先来同他正面接触一下，看从他身上能不能找出些蛛丝马迹。"

玛丽亚说这样也好，但让他把加克达带上，说是两人在一起有个照应。大家又商讨了一些见面的细节，决定着手准备工作，尽早采取行动。玛丽亚让鲁洋带着新来的人熟悉一下金矿的情况，周宇这才看清了，小金岭金矿是建立在山腰平坝草场上的。靠草场的山谷边上，分布着一条不规则带状的西伯利亚红松林，金矿就隐匿在红松林的后边。山里人把山腰大片的平地叫作平坝。这块平坝草场呈现出一条南北走向的不规则葫芦状，大头在南，小头在北，有两千多米长，最窄的地方只有三四十米宽，到南头有一百多米宽的草场，鲁洋他们在靠着山脉中段盖了十多栋工人宿舍，都是就地取材用石头砌成，水泥沟的缝。选矿厂建在草场的南端。外面人要想进入选矿厂必须通过葫芦口上到山腰草场，再从靠近山谷边的林带走过一条不到四米宽的便道，到达葫芦腰部的栈道，这栈道仅有五六米宽，二十来米长，它的一边是悬崖峭壁，一边是百丈深渊。

鲁洋安排在葫芦腰部的栈道后端砌了一道石垛作为大门，隔离了选矿厂与外界的通道。大铁门一关里外就成了两重世界。在里面他们在最宽的草场上建起了一个十五吨的选矿厂，以及它的配套设施。又在它的北边盖起了二排工人宿舍，还有一幢二层的小石楼，当作化验、办公、小食堂、领导宿舍用，在小石楼的北边还预留了一块场地，准备将来盖成矿区的综合办公楼。这儿是矿山的核心工作区。

这里的建筑都是因地制宜就近用毛石和红松砌盖成的。屋内都砌有取暖的火墙，寒冬里几个关键部位的火炉一点着，整个小楼里便是暖融融的。周宇看了从心里佩服鲁洋，厂区和居住区设计得井井有条。

山里交通不方便，冬季只能用牛车马爬犁来拉矿石，走雪道运输相对要省劲得多。正因为如此在这奇冷的天气里，却是开采矿石的大好时机，也是因为这个选矿厂在冬季里才不能停工。到了冰雪开化之后只能用牛、马、骆驼来驮矿石，稍不小心就会出现事故，甚至会摔死人和牲畜。

这天司马北带来了一个比他还要矮小的工人，在栈道外面同周宇见了面，说他叫小贝，会赶爬犁，也认识黑老霍的住地，让他带你们去见黑老霍吧。按照事先说好的，只说周宇他们是收金客，想通过黑老霍买些黄金。

矮个头工人翻着白眼瞄了周宇一眼，把老狗皮帽脸往下按了按，两个耷拉下来的帽焐子遮掩了他的面颊，他把短下巴缩进了黑腻腻的衣领里，只能看见他的两只结着白霜的眼睫毛在上下忽闪着。

他赶了一匹兔儿灰马拉着爬犁，让周宇和加克达坐上。司马北对他说，这位是我内地来的老乡，要他好生关照着，咋带去的咋带回来。小贝“嗯”了一声，扬手摔起一个响鞭，赶着兔儿灰马便在雪地上跑动起来。

爬犁在斜坡上滑行了一段时间后到了谷底。在山谷里走了五六里地，拐进了一个山沟岔道口，又往前走了六七里地进了一个山凹里，在山凹东边的高岗上有一片雪堆冒出几缕青烟，给人感觉在这深山里还有一口人气。周宇骂了句:“怎么就跟匪徒座山雕似的。”

小贝说:“他算不上座山雕，最多只是个二爷。”

小贝将爬犁赶到雪岗子下边，让他俩先在这爬犁上待一会儿，他进去向黑老霍知应一声。加克达说:“这老小子，谱子还不小呢!”

小贝进去不大一会儿便回来了说:“黑老霍让你们进去呢。”

周宇让加克达拎上一塑料桶散装白酒，跟在小贝后面走进了雪窝里的房子。到了雪房子门前下了三道台阶，这时他们才看清原来这雪房子有一多半是在地下。下到雪房子里面，只能看见有两个人影在晃动。这时他们听到对方干咳了两声说:“来了?”

周宇说:“来了。”

人影说:“坐吧，在这老雪天有能耐进山里来不容易啊。”

周宇说:“是啊，你们在这大山里淘黄货真才不容易呢。”

周宇摘下了头上的羊卷绒帽子，取下了羊皮手套，放到面前的木板案子上。这时他看见小贝从墙边拉动一根绳头，屋顶上射进一道雪亮的光束来，原来是天窗。屋里突然间从黑暗转向了光明，他们的眼睛被刺盲了。周宇适应了一时，这才看清面前的黑老霍仿佛比起自己来还要矮小一些，只是脸膛名不虚传的是真黑。在他身边站着一个头上顶着乱蓬蓬黑发的女人在穿着衣服。黑老霍向她咕噜了一句什么，她便麻利地走了出去。

他瞪着眼瞅了瞅周宇说:“坐。”

周宇坐了下来，加克达站在他的身后，像座小山似的。黑老霍出了门，到雪地里抓了几把雪按在脸上搓揉了几下，然后回到屋里说:“你是来淘黄货的还是来出货的。”

周宇说:“第一次进山，看看行情，听说这山里黄货成色不错，想带一点出去。”

黑老霍嘿嘿笑了几声说:“兄弟哎，这淘黄货就不是人受的罪，前两年为这黄货还死了不少人呢。你没见到这年把进山的人都少了吗?”

周宇说:“人为财死，鸟为食亡嘛!”

黑老霍说:“兄弟哎，我劝你还是做点纸货生意吧。进山发财的不但要吃苦，还要有一手淘黄货的绝活。在这大山里还是吃的小金岭软食，寻着紫太阳的光亮……”

周宇说:“你说的这些像是山里的黑话，我听不明白……”

黑老霍又嘿嘿笑着说:“山里来多了你就明白了……”

周宇说:“你老兄怎么说话我感到有些耳熟呢，见你的模样好像在哪里照过面的……”

黑老霍嘿嘿笑了笑说:“老弟，眼睛不是白吃饭的，还长着记性。小贝这孩子说是你来了我还不相信呢。你不是在乌鲁木齐班房里差点把我干活的家伙夹去的周兄弟吗?”

小贝连忙走到周宇面前，连声呼道:“周大哥，我是跟你一起蹲班房的小贝啊，你进红松林时我就认出你来了!”

小贝摘下狗皮帽子和黑手扪子，上去抓住了周宇的手。周宇问:“你们咋都到这里来了呢，真是没想到……”

黑老霍说:“我们本来就是干这个营生的，那次在乌鲁木齐犯了事，被人黑了才关进了班房。好在我们口风紧，没找到什么疤眼，关了一阵子就放了出来。我们出来还做着我们的黄货生意。这多半年兄弟都在哪里发财啊?”

周宇说:“既然是兄弟，我也就真人不说假话了。我这趟进山是受人所托想找一个人。来、来、来，我给你们介绍一下，这位是我的兄弟叫加克达，是喀纳斯的图瓦人。我们有个朋友叫格里木，前几天在这一带走丢了，这还要仰仗着老哥你帮个忙打听打听啊。”

黑老霍睁着怪眼看着周宇说:“格里木是你的朋友?就是小金岭的格里木矿长?”

周宇说:“是啊，我们是一个锅里挖饭吃的兄弟，只是分属两个子公司罢了。霍老哥，还请你帮帮忙啊!”

黑老霍愣了愣说:“在这大山里本来都是讲交情的，这几年人都过得实际了，没有说法有些事不好办呢……”

周宇心中明白，他说:“霍老哥，有话你就说出来，我能做主的就答应了你，做不了主的再回去向上面汇报，只要能帮我找到格里木就行啊。”

黑老霍说:“找到找不到不敢打包票，但是打听个下落还是能做到的。只是兄弟要破费一点。如果是你周老弟的事，黑老霍仗义不让你掏一个大子，谁叫我们在一起滚过草铺子呢。你老弟仗义我也是知晓的。但是格里木是公家人，我们也只能公事公办了。”

周宇说:“既然你知道我周某讲义气，一句话说个实底。”

黑老霍说:“现在还不知道实底，只能说打探消息的车马费。只能是知道了人的下落才能说清底数来。人要是不在了还有什么底数呢，你说是吧，周兄弟!”

周宇真的有点着急了说:“你说车马费是多少?”

黑老霍说:“不多，不多，一两纸黄金。”

周宇说:“是多少就多少，怎么还有纸黄金的事?”

小贝拉了周宇一把说:“周哥，霍叔说的是一两黄金的人民币。”

周宇还是闹不明白说:“一两黄金是多少钱，你说个数吧，不要跟我打哑谜!”

黑老霍说:“市价三千元人民币吧。”

周宇说:“乖乖，你打探个消息就要三千元，要是格里木不在了，我的钱不是打水漂了吗?”

黑老霍想了想说:“这样吧，格里木如果不在了，老霍只收半数。就这样老霍得先拿到一巴掌数呢。你看你能不能做得了主?”

周宇说:“行，做朋友要讲信用。”

黑老霍说:“周兄弟哎，你把心放到肚子里吧，黑老霍也是‘四海’人。”

这时走出去的女人进来了，她操着生硬的中国话问:“吃饭吗?”

黑老霍说:“来，喀秋莎，给你介绍一下，这是我的战友叫周宇，是个响当当的汉子，当初他要是把我干活的家伙夹断了，你也就不用跟在我后面转悠了……”

说着他肆意地大笑起来，喀秋莎同小贝也跟着哧哧地笑了。周宇这才看清楚这个女人有四十多岁，中等个头，干巴巴的黄肤色，扁平的脸面高颧骨，细小的眼睛纹着乌眼圈。

周宇让加克达坐下来，说这里没事了，都是过去的老兄弟。他们在一起叙说了分别后的境遇，但是只吐五分留一半，毕竟只是在班房里做了几天的狱友嘛。喀秋莎和小贝端来了大盆的白萝卜炖肉，还有一盆蘑菇炖山鸡。黑老霍说:“你喝伏特加，还是喝你带来的酒?”

周宇说:“我带来的酒是孝敬你的，就喝你的伏特加吧。”

几杯老酒落肚肠，大家的话也就多了起来。周宇端起杯子对着喀秋莎说:“嫂子，我来敬你一杯。”

喀秋莎说:“不叫嫂子，不叫嫂子，叫斯巴得斯，斯巴得斯……”

喀秋莎喝了一大口酒，笑着夹了一块肉骨头啃起来。

黑老霍骂道:“都他娘的跟了一个排人打炮，还他妈的小姐呢。不过她们现在的生活是很清苦啊。真是倒人不倒架，都穷到卖笑吃饭的地步了，还要咱们叫她‘小姐’……”

喀秋莎不乐意地斜了黑老霍一眼，向他嚷了一句外国话，逗得黑老霍哈哈大笑着喝了一大口酒。大家都被他笑得莫名其妙。黑老霍看见大家都张着嘴看着他，便停下了笑声说:“复杂的中国话她说不好，但是她能听明白意思。刚才你们猜她用俄国话向我嚷了句什么，她叫我不要在外人面前说自己女人的坏话呢。”

他的话把大家都逗笑了，喀秋莎板着脸显得很不高兴的样子。这时三瓶伏特加酒都喝了下去。周宇对黑老霍说:“老哥哎，这俄罗斯酒不香，下次来我给你带两瓶伊犁烧来，那才叫香呢。”

黑老霍说:“你说话算数，不算数就是二奶养的。小贝，吃了饭你叫独臂宋带他们都下洞扒矿去。我带你们到彼得大帝那里去见识见识。”

小贝立马站了起来就往外面走，不大一时他回来说：“霍叔，我把你的话都传达下去了。”

黑老霍说：“那就收拾收拾吧，我们到彼得城堡去。”

喀秋莎拉住黑老霍的手说：“我也要去。”

黑老霍在她脸上轻轻地拧了一把说：“宝贝哎，那里是你的娘家，缺你不成席呢，帮着小贝套马去。”

他们走出了雪屋子门，天空又飘起了雪花。周宇看见有十多个人在雪幕中往前面的山坡上走去。

73

鲁洋做了几个大样试验，写了几页纸的金矿石试验报告，一直忙到晚上十二点钟，手脚都没洗爬上了床，睡得正香时被敲门声惊醒了，他本想冲着房门叫嚷一句，拜托了，让我休息一会儿好不好，但是他马上克制住了烦躁的情绪，高声应着拉开电灯，穿上棉衣开了门。

玛丽亚走了进来，歉意地说：“大洋，真是对不起了，现在都到下一点了我还得来叫醒你。”

鲁洋又钻进了热被窝里坐着，他想了想说：“姐姐哎，你就放宽心吧，周宇走南闯北，见的世面多了，他就是个人精，我想他不会有事情呢。”

玛丽亚自责地说：“昨天我就应该让别克同他一起去，别克怎么说也是个带枪的军人……”

鲁洋没有再说话。他知道在这大山沟里要是死伤几个人也是稀松平常的事，他也亲眼见到过大雪地里冻死人，也看过从山崖上摔下来死去的人，他也担心周宇出现意外，只是表面上故作镇定罢了。玛丽亚见他不说话，便无可奈何地说：“对不起啊，我越想心里越害怕呢……”

鲁洋安慰她说："姐姐哎，你这是多虑了吧。周宇是个多么精明强干的人啊，你不看这小年把来都遇到多少棘手的事，有哪一件难倒过他。你就放心回去睡觉吧，明天他准能带回消息来……"

玛丽亚听了鲁洋的话，真的回屋睡了一觉。但很早又醒了，起床后用热水简单地洗漱了一下，就要赶到选矿厂门前的栈道去守望，鲁洋叫住了她，说先到厨房吃点早餐，跟我到化验室来，帮我化验金矿样，天黑前周宇一准能回来。

玛丽亚跟着他进了小餐厅。司马嫂给他们端来了牛奶和烤面包，玛丽亚喝了一杯牛奶吃了一小片面包。然后跟着鲁洋进到化验室，很快就进入了状态，众多的矿样编号在试管里呈现出各种不同的颜色，矿样品位高低就是靠这些颜色来区分的。开始她心神还有些没定下来，做出的矿样品位也不尽准确，鲁洋只得一一帮着复查，把写在化验单上的品位更正过来。很快她就沉入了工作之中，分析矿样的品位也准确起来了。

眼看天又黑下来了，但是派出去打探周宇消息的人还没有回来，鲁洋心里急得像猫抓似的，但是表面上还是要保持着沉稳。这时玛丽亚说："现在是什么时候了，怎么肚子都饿了呢。"

他们结束了手头工作走出化验室，来到小楼前面的广场上。玛丽亚说："怎么一天又要过去了，我们的工作太投入了，忙得连中饭都忘记了吃。"

鲁洋喃喃地说："外面天气太冷了，我们还是回屋里吃饭吧。"

他们回到餐厅，司马嫂已经端上了饭菜，还特意给他们烧了个大碗鸡。玛丽亚也真的是饿了，她三口并作两口就扒下去了半碗饭，问道："他们打听到格里木的消息了吗……"

她见人们都不说话，便放下碗，走了出去。

74

小贝赶着马爬犁拐出了山口，他们行走在九道沟谷底。兔儿灰中午加了料，下午在雪地里跑得欢实了一些。黑老霍背靠着喀秋莎，同周宇坐在一边，边走边讲着山里的故事，不大一时酒劲都上来了。

大家都在满天的雪雾中迷糊了，直到马爬犁上坡黑老霍才一下惊醒过来，他无意间挺直了身子，靠着他后背睡着了的喀秋莎立马靠了空，一个仰身倒向后面，这时爬犁正呈十五度左右的仰角，她被上坡的惯性一下摔下了爬犁去，跌倒在山坡上，像皮球一样向山下滚去。周宇和黑老霍赶忙跳下爬犁，拉住喀秋莎，回到爬犁边，将她抬着放上了爬犁。黑老霍对周宇解嘲地说："要不是你手脚麻利，这败家娘们儿还不知道要咕噜到哪里去了呢。"

说着话他们就上了山坡，这是一块很大的高山草场，在草场的西边有着五幢精致的别墅，中间的是六层哥特式加了尖顶的建筑，十二个开间弯出一道月牙弧度，四幢六开间的四层别墅均匀地坐落在它的两边。它们的前面是个近百米宽的长形广场，在它的后边靠近山崖的地方，是几排压着积雪的平房和二层小楼。

小贝熟练地将爬犁赶到最右边的一幢别墅后面停了下来。黑老霍跺了跺脚上的雪，从别墅后门走了进去。周宇走到别墅边上，向对面看了看，那是另一道山脉，满山的树冠都被大雪覆盖了，只有树干还透着依稀别样的颜色，大山通体银装素裹，几座高大的雪峰在它的远方矗立着，只有天空瓦蓝瓦蓝的，煞是美丽。

黑老霍从别墅后门走了出来叫他们进去。这时一个匀适身材的汉子迎着他们走了过来，还没等周宇反应过来，那汉子上前拥抱住了周宇，双手一个劲儿地在他背上用力地拍打着，嘴里只嚷嚷着："兄弟哎，你咋跑到这大山里来了。我还认为这一辈子再也见不到你了呢。"

周宇没敢答话，只是在脑海里高速地翻江倒海，想从脑细胞里抠出这个"老朋友"来。这时拥抱他的人放开了手，将他拉往二楼。他这才看清楚原来拥抱他的人正是蹲班房时的牢头阿狼。前面他见到了小贝和黑老霍，一直就想问他们牢头阿狼在什么地方，但是一直被东岔西岔的没来得及问，这时猛然在这大山里见到还真有些吃惊，他上去一把抓住阿狼问：“真是兄弟啊，你怎么在这里啊？”

阿狼哈哈大笑着嚷道：“周兄弟，这话恐怕应该我来问你吧，我原来就是一只阿尔泰山的狼嘛。走、走、走，上楼喝上茶再叙也不晚。”

阿狼把他们带到二楼的一个会客室里，他们坐定后进来了两个乌发姑娘，她们很有礼貌地为他们泡了茶水。阿狼说：“兄弟哎，到了这里就不要客气了，一切免单。这茶是我春天从国内带来的南方好茶，喝吧。”

黑老霍嘻嘻笑着说：“你现在已经到了俄罗斯，翻过我们后面的这道山就是蒙古国了。刚才进来的两个小姐就是蒙古人。阿狼在这里同两个俄罗斯老板合伙开了这家彼得娱乐城。阿狼就是这个城堡里的主人。”

周宇虽然猜出阿狼是这里的狠角色，但是怎么也不会相信他是这里的主角。阿狼说：“咱们是国际游侠主义，各国人民抬着玩，一起赚钱，共同发财。先不慌，大雪天，喝点茶，你还是第一次从国内来咱这娱乐城。过一会儿我陪你到主楼去转转，也好让你开开眼界，回去也好给咱阿狼扬扬名啊！”

喝了茶，阿狼带着他们从前门走了出去，到了中间的六层主楼。外面大雪纷飞，楼里春意盎然。走进紫红色真皮大门就有两名西装革履的年轻人给他们鞠躬，走过了三米来长的过道，里面有些人在玩着发牌比点子的游戏，两边的老虎机也在嘎嘎地响着，有十多个散客在那里正玩得不亦乐乎。这时一个穿着黑色西装，打着红色领带的黄头发青年跑了过来，向他们深深地一鞠躬，操着熟练的中国话说：“狼总好，先生们下午好。”

阿狼让人给他们换二十个硬币，安排一个华姐陪他们玩老虎机。五个人嘻嘻哈哈玩了不知道多长时间，穿黑衣服的黄头发青年走过来，说是狼总在二楼请他们上去。

这时周宇赢了几十元钱，他回头看到喀秋莎两手空空，便把手中的硬币递给了她。喀秋莎说：“那是你的……”

周宇说：“送你了。”

他们来到二楼，阿狼正在同一个金发青年说着话，看见周宇他们走进来，并拉着俄罗斯青年走了过来。这个俄罗斯青年最先上去同喀秋莎拥抱了一下，然后又同黑老霍拥抱，他同小贝挥了挥手。原来这个金发青年彼得，是阿狼的合作伙伴。站在他们一旁的一位穿着黑色筒裙的金发女郎玛佳小姐，也是他们的合伙人。

玛佳笑容满面地领着他们参观七八桌客人玩着赌钱的各种斗法。二楼上的客人都玩得全神贯注很投入，眼睛都盯在牌桌上。

周宇回头看见黑老霍和喀秋莎已经下了场子跟起点子来，只有小贝还跟在他们后面。周宇问玛佳："这里多是中国人吗？"

玛佳摇了摇头说："中国人不是很多，这里有哈萨克斯坦人、蒙古国人，还有西亚一些国家的人。俄罗斯人也有黑头发的。但是这里下注最大的还是你们中国人。"

周宇问玛佳三楼是做什么的。玛佳笑了，说那里是带包厢的，是住点玩的客人。周宇说："走吧，这里太闷热了，我要下去到门前广场上去透透气。"

玛佳把他们送到门外说："你们不要走远了，狼总还要招待你们用餐呢。"

周宇答应了一声，便走出了隔着两层棉帘子的自动大门，到了院子前边再回头一看，只有加克达还跟在他后边。这时大雪还在飘着，他们走出弧形赌场就见东边的雪地上还停着一架直升飞机。加克达感到很新奇，就想走过去看一看。

周宇叫住了他，领着他绕到别墅后面，向平房子走过去。走过了三排平房，他们看见后面还有一栋二层五开间的小楼，周宇领着他往小楼走过去。突然从楼门里蹿出两个彪形大汉挡住了他们的去路。其中一个黄毛络腮胡子的大汉用俄语哇哇大叫着。加克达对周宇说："他问你是做什么的，到这后边来要干啥。"

周宇故意用手势同他比画着，那意思是要找个地方方便。跟在他后边的彪形大汉上去猛地推了周宇一下。周宇往后退了几步，加克达就要冲过去，被周宇叫住了。

这时玛佳从后面赶来喝住了那两个大汉，向两个大汉说了一句什么，两个人立马嘴里咕噜了一声，向他们鞠了一个躬，转身回到小楼的院子里去了。玛佳把他们引到了西边，指着一座独立的房子说："请吧！"

他们解了手走出厕所，只见玛佳还在雪地中站着。

周宇赶紧说："对不住您哪小姐，还让您在这大雪地里等着。"

玛佳说："没什么，你们是第一次到这大山里来吧，这后边是设备和服务区。后山岔道多，时常还有野兽出没……"

玛佳陪他们走到前面楼房时，正赶上喀秋莎在楼前楼后地寻找他们。一见到他们三个人从平房区走了出来，便嚷道："你们怎么跑到后面去了呢，狼总正在找你们呢。"

他们跟着喀秋莎走到广场上，只见阿狼领着黑老霍正在右边的一幢四层楼房前责备着小贝。看见了周宇他们赶忙迎了上来，将他们引进楼房里。走进一楼靠西的包间，这是一间有着四十来平米的餐厅。

玛佳出去了，不大一会儿两个黑发姑娘端上来几道菜，只见是清炖羊肉，黑糊糊的红烧肉，大碗鸡，一碗马铃薯烩兔肉，一大盘土豆泥，还有一盆红菜汤。黑老霍打开酒瓶子，给每个人面前倒了一大杯酒，还没忘了啧啧舌头说："周总啊，这也就是你来了吧。我们老兄弟来可没有这个高待遇呢。"

阿狼说："在这大山中整些肉食不犯难，你看这羊不是普通的阿尔泰山羊，它是前两天弄来的盘山羊。"

大家正在喝着酒，包间的大门开了，玛佳走进来说："狼总，彼得大帝过来陪客人喝杯洗尘酒呢。"

阿狼说："行，这小子讲义气。周总你得同彼得大帝干上两杯。"

说着话彼得走了进来，他转身把杯子递给了玛佳，上来展开双臂同周宇来了个大拥抱，伸出酒气熏天的嘴在周宇脸颊上热情地吻了一口，用俄罗斯腔调的汉话说："周总，小金岭的周总，是大狼的哥们，也是彼得大帝的哥们，来提一杯，要给彼得大帝的面子！”

他拿过高脚杯一饮而尽，周宇也只好昂首把杯中的酒喝了下去。彼得又同加克达喝了酒，然后同大家举杯共饮。这时玛佳也举起杯子要陪周宇喝酒，“来，喝个交杯酒！”她的汉语说得并不标准，把“杯”字音发成“配”字音了。

周宇听出来了她的意思，故意打趣地说：“交杯可以，交配不行……”大家听出了他的幽默，都哈哈大笑起来。两个人将手臂挽到一起，一昂首喝干了杯子中的酒。

酒足饭饱之后，阿狼嚷道：“就近安排一个会客室，你同我一起陪周总谈谈心。”

玛佳说：“晚上的节目不看了？那就上二楼吧。”

她到外面不大时间就进来了说，走吧，安排好了。她上来就要挽扶周宇，加克达立马上前挡开了她，上去扶起歪歪扭扭的周宇往外走。阿狼笑了，他向玛佳耸了耸肩，做了一个三角眼的怪相。玛佳快步走到前面去带路。他们上了二楼，走进一个四十来平米的小会客室，在羊皮沙发上坐了下来。服务员小姐端来了茶水。

玛佳靠近周宇坐下说，周总，你是狼总的朋友，是要我帮你寻找格里木矿长的吗？听说你是总部派来的，我们也就真人不说假话了。人家正等着你们来寻找呢。你们来了以后，狼总就让我打电话在这一带帮你打听他的下落，工夫不负有心人啊，打听到消息了。格里木矿长现在被人家扣押了，他睡了人家姑娘不还情，还欠了人家的赌债，但那儿不是我们的地盘，你们得拿钱把人给赎回去。您是狼总的朋友，我才直来直去地同你讲这些。

周宇一听说格里木有了下落，酒也醒了几分，赶忙问：“他人没有事吧？”

玛佳说：“人家要的是欠债，犯不着要他傻大个子一条人命。”

周宇问：“他怎么就跑到境外来赌博了呢，你知道他都欠了人家多少债？”

玛佳说：“数额可是不少啊，但赌债不还也是没有道理的。”

周宇说：“你给我说个准数，我也好回去向总部汇报啊！”

玛佳说："黄金二百两！"

周宇吓得一下从沙发上跳了起来，嚷道："什么，二百两黄金，这不是要人命吗？"

阿狼变了一个人似的，冷冷地说："那也没有办法啊，愿赌服输嘛。只有两个办法，一是拿钱，二是丢命。"

周宇想了想说："阿狼，你帮人帮到底，能不能让我同他见上一面，我也好当面问问清楚啊。"

阿狼突然抬高了声音说："周兄弟啊，你是我的朋友，我给你面子，可是人又不在我们的城堡里面，我是说了不算数的啊！"

周宇说："我们公司虽然开金矿，但黄货归国家所有，我们哪里拿得出二百两？"

玛佳笑了笑说："你们的黄金还能比要格里木矿长的性命重要？再说了，这事也不是不能用变通的办法来解决，狼总在这大山里还是有面子的，用纸黄金也行啊。"

周宇说："我这只是听你们讲的，也没见到格里木的人。我是相信你们说的话，但是总部不会单凭我一句话就出二百两黄金吧。狼总，你是朋友就帮我一个忙，让我见上格里木一面……"

阿狼不耐烦地说："这个事我还真是说了不算……"

玛佳说："这样吧，我来同对方通融一下，看能不能给你们通个话，你看怎么样？谁让我喜欢上你这个美男子的呢！"

周宇想了想说："这样也行，回去说总算我是听到了他的声音了。"

玛佳看了阿狼一眼，拿起电话拨了一个号码，很快对方就有人接电话了。他们在电话里说的是俄语，好像还争执了一阵子，然后把电话递给了周宇。周宇"喂"了两声，电话里传来了格里木惊慌的声音："你是谁啊？你怎么找到这里来的？"

"我是周宇，你在什么地方？人还好吧？能吃上饭吗？"

格里木在电话里就像老牯牛一般号啕地大哭起来，他边哭边说着：“对不起玛丽亚，对不起大伙……”

“格里木，你不要想那么多。你快说能吃上饭吗？身体还好吗？”

格里木说：“伙食差点。身体还好，我是上了别人的当了……”

突然那边的电话被掐断了。周宇再喊送话器里也没了声音。阿狼把送话器从周宇手中拿下来说：“别‘喂’了，人家都挂断了电话不让讲了。你看见了吧，我是尽了最大的努力了。”

周宇想了想对玛佳说：“玛佳小姐，能不能请你再给对方挂个电话，让他们善待格里木矿长，给他改善一下伙食。”

玛佳将眼睛瞄向周宇，煽惑地眨了眨说：“你可欠着我的人情啊，情债大似山！”

她拿起了电话拨通了对方，用俄语向对方嚷了一气，然后对周宇说他们同意了，只是他们要你尽快地把格里木欠的债送过来。

周宇思索了一下说，能不能同对方再说一说，我们那边的山里同外界也不通个电话，我要赶回去把这里的情况告诉他们，这得有个时间差。阿狼你出面帮我说个情，一定要他们宽限个十天八天的。阿狼睁大眼睛盯着周宇认真地说，宽泛个几天还好说，时间长了恐怕夜长梦多啊。人不在我的地盘子上，也不是我能掌控了的，你掂量着办吧。

玛佳说：“行了，这事就这么着。明天我给他们头打电话，就说狼总请他帮个忙。”

阿狼沉思了一时说：“还有一个变通的办法……这九道沟里不会就你们那边有金矿。往前走几里地就到了俄罗斯或是蒙古国。他们讲过，要是你们能够帮着他们找到富矿，格里木的赌债也可以减轻一些。”

周宇说：“阿狼，我会把你的话传过去。”

玛佳说：“行啊，这事情讲清楚了，就由我来办吧。走，周总，我陪你们跳舞去……”

周宇说：“还是给我一个地方睡觉吧。为了赶到你们这儿来，这几天都没有休息好。”

阿狼诡谲地笑了笑说：“我就不多管闲事了，周兄弟啊，我们玛佳早就瞄上你了，她的软工可是一流的……”说着他起身走了出去。

周宇还没反应过来，玛佳一把拉起他说：“不行，你还欠着我的人情债呢！”

加克达上去挡开了玛佳的手说：“我们周总不胜酒力，要……”

周宇拉开了加克达，对玛佳说：“玛佳小姐，谢谢你刚才为我所做的事情，你希望我怎样偿还你的人情债呢？”

玛佳上去挽起周宇的胳膊，昂首挺胸地就往门外走，她边走边说道：“周总，你放心，我只是想在舞厅里同你多泡一时，不会勾引你上床的。”

加克达正要反驳她，周宇轻轻地拨开了她的手说：“我来借你的电话用一下，给朋友打个电话。”

玛佳伸手挎紧了他的胳膊说：“我们这里的电话只是用于专线通信，对外打不通的。”

周宇跟着她上了三楼，让一位白了头发的老年妇女给他们开了三个房间。

周宇说：“我同加克达住一个房间就可以了。”

玛佳调笑着说：“随你们便，你还真认为我爱你了？城堡里男人有的是，我才不会在这么冷的天气里半夜跑来钻你的被窝呢。”

她咯咯地笑着同他们道了晚安下楼去了。

进了房间关好了门，加克达说：“这个俄罗斯女人真骚性……。”

周宇拍了拍他的肩，悄声地说，现在人还在他们手里，不能得罪他们。周宇要他只能眯一时，然后还有事情要做。

75

周宇第二天睁开眼睛已经是晌午了，他摇醒了睡在对面床上的加克达。两个人出门想找点水洗脸，见楼层里空落落的没有一点动静，他们只好掩上门下了楼，到外面的广场边上捧着新雪洗了一把脸。天上还在飘着细碎的青雪，他们走在刚下过新雪的地上，脚下发出“嘎吱、嘎吱”的响声，这时小贝不知道从什么地方钻了出来。他跑到周宇身边鬼鬼祟祟地问：“昨天夜里玩得过瘾吧？”

加克达正要责问他昨晚都跑到哪里去了，周宇赶忙说：“好，玩得过瘾。”

小贝说：“你们要了黑头还是黄头，黄的来劲，就是价码高了……矿扒子发了工钱，到这边来，多数只能玩黑头……”

周宇问他：“黑老霍也跟你去玩了吗？”

小贝说：“喀秋莎跟着他，只能去喝喝啤酒，跳跳舞了。那都是我们单身汉的去处。”

加克达问：“这里能吃到早餐吗，怎么到现在还不见一个人影子。”

小贝说：“这里到下午四点多钟才上客人，天亮前都是不夜城，现在客人们都在睡觉呢！”

加克达说：“那我们今天不回去了？”

小贝说：“回去还是要回去的，恐怕要晚一点，怎么也要等到天擦黑了才能走。”

加克达问：“那是为什么啊？”

小贝鼓着眼睛说：“早出晚归，这样就能避开边防巡逻队。要是被他们抓住了，事情就闹大发了。”

加克达骂道：“你他娘的，吓死人不偿命啊！”

小贝泛着可怜相说：“我没有吓唬你，我说的都是真话，不信回头你去问黑老霍。”

正在这时阿狼从北边的一栋别墅里走了出来，玛佳睡意蒙眬地跟在他后边。

阿狼说：“听玛佳说你又不愿玩，还没到子时就睡觉了。本来玛佳还想给你安排个节目，你呀，就是土鳖一个，放不开。今后如果你在金矿上长住，就常到彼得城堡这边来走动走动，吃喝住全免单，点牌、找小姐自费。”

周宇笑着说:“多谢兄弟关照啊,我就这两个毛病没修炼好。”

阿狼说:“你呀,就是睡在金山上不知咋发财,穷命鬼一个。这样吧,你的本事我也知道,过来跟着兄弟干,你的兄弟也可以带过来。”

玛佳向周宇抛了一个媚眼说:“周总啊,过来吧,我们在一起也省得害相思病……”

阿狼说:“我们这里是不吃早饭,只供夜宵的。我今天破例起个大早,让玛佳给你们安排了个早中饭,我来陪你们吃。”

他说着上去就要拉周宇的手,玛佳抢先挽起了他的胳膊,将他带到昨晚吃饭的餐厅,周宇打了一个寒战。阿狼问怎么到现在还不把火墙烧起来。玛佳赶忙走到后堂,不一会儿便走了回来说,餐厅人员只顾着忙中饭了,忘记了升火墙。现在已经用红松样子点着了火,室内温度很快就能热乎起来。

阿狼问:“黑老霍、喀秋莎还没有起床吧?小贝你叫他们一起来吃饭,人多图个热闹。”

阿狼对周宇说:“兄弟呀,别看你在大狱里把我揍得够呛,我这人不记仇,见到你还是感到特别的亲热。昨晚闲聊时你给了我一个启发,你回去如果能说上话,给你们玛总说一说,我们强强联手干一把,这样兄弟们也好常来常往啊。”

周宇不解地问:“你想在国内开赌城?”

阿狼笑着摇了摇头说:“我们一起在这阿尔泰大山里淘金子。你们有技术,我有实力,有人脉,不就隔着个一二十里地嘛,都是一道山沟,只要你们帮把手找到金矿,我同彼得连手把这边一切都摆平,大家共同发财。”

周宇想了想说:“阿狼,我就是为了寻找格里木来的,对金矿的事我真是一无所知。不过你讲的这个事,回去我可以帮你问一问。”

阿狼兴奋地对玛佳说:“怎么样,我说周兄弟够哥们吧。只要你把这件事帮我办成了,格里木的事就不是事了,我让玛佳帮你摆平。啊,说是说,二百两纸黄金还是要出的啊……”

这时两位黑头发的大婶端着大汤盘走了进来，阿狼皱了皱眉头说：“这大中午就吃黄羊骨头啊？还有没有一点蔬菜啦？”

周宇问：“有没有土豆、大白菜什么的？”

玛佳用蒙语问了端菜的大婶，然后对周宇说：“土豆是有的，大白菜今天下午飞机才能带过来，还有一堆冻鱼……”

周宇说：“行啊，阿狼，我来给你露两手。”

玛佳领着他去了厨房。不大一时，黑老霍他们四个人一起走进了餐厅。加克达进门没有看见周宇，一个健步跳到阿狼身边厉声喝道：“我们周总呢？”

阿狼正在得意的时候，被他吓了一激灵，赶忙说：“兄弟，怎么了？他跟玛佳给我们做菜去了。”

黑老霍笑着说：“兄弟哎，不要紧张，到了这里你们周总丢不掉，我们做战友的时候比你要早得多……”

加克达听了他这话，睁着一双好奇的眼睛站到了一旁。阿狼对喀秋莎说：“昨晚黑老霍没去打野吧？”

喀秋莎不满意地斜了黑老霍一眼说：“他能老实得了，趁着我上茅房消失了一个多小时，我也懒得寻他。到了狼总这里来，他还能不沾点腥味，那还不是白来一回了吗？”

喀秋莎说得阿狼哈哈大笑，他指着黑老霍说，你就不要作怪了吧，喀秋莎是俄、蒙混血美女，跟了你个骚公羊就委屈了她，你还不知足，小心碰到周兄弟这样的狠茬子，把你废了当太监……别人不知道这话里面的道门，小贝同阿狼笑得喘不过气来。这时玛佳端了一个铝盆子走进来放到桌子上，周宇跟在他后边也端着个大盘子放到桌子中央。“看我给你们做了一个生鱼拌土豆丝，还有一个葱爆肉片。赶快吃饭吧，吃了饭还要往回赶呢。”

阿狼说：“玛佳，既然我兄弟要回去，我又留不住，他也是重任在肩啊。拿几瓶伏特加酒来，陪我兄弟整几杯。过几天我带着格里木的消息到小金岭去看望我兄弟。”

周宇随口答道:“那是求之不得啊,都动筷子吃吃我做的菜怎么样……”

大家吃上生鱼丝都连声叫绝。玛佳提来了酒,黑老霍用牙齿咬掉了瓶盖,自己先喝了一大口,又夹了一大筷子生鱼土豆丝,昂着脖颈放进口中咀嚼起来,然后才为每个人倒了一高脚杯的伏特加酒。阿狼一边吃着一边嚷着:“哎呀,真没想到我兄弟还做得一手好菜啊,算我阿狼有口福……。”

玛佳先喝了一口酒,然后叉了一叉子生鱼土豆丝放嘴里。她吃了菜,又喝了一口酒,又叉了一叉葱爆肉片放入嘴中咀嚼了几口,然后放下叉子,二话不说就往后堂跑。

周宇感觉有些莫名其妙,问她怎么了。

“去厨房把剩下的菜给彼得留一口,让他也尝尝……”

黑老霍小声地咕叽道:“有什么头彩都想着她的彼得,人家想不想她还是另一回事呢。”

喀秋莎用筷子打了一下他的手背说:“谁像你,就是个没心没肺的人!”

76

玛丽亚不吃不喝坐在自己的房间里。这可把鲁洋吓坏了,他叫来司马北,让他赶快再组织人员到凡是能想到的地方再去寻找周宇。司马北也感到非常为难,能找的地方都找了,再找只有到境外的彼得城堡去找了。鲁洋也是上天无门,入地无路,只好借着商讨对策,躲进工人宿舍区干着急。

正在这时大门前突然传来了猛烈的狗吠声,几个正在商量办法的人,不约而同地跑向大门前的栈道。只见小贝赶着马爬犁从大铁门外走了进来。司马北连忙问是周总回来了吗。

周宇跳下了爬犁,吆喝着把爬犁上带回来的两头黄羊抬到食堂里去,不要被狗撕吃了。这时玛丽亚从小石楼里冲出来喊道:“是不是周总回来了?是周总回来了吗?”

周宇还没有答上话，她已经跑到了面前。她只穿着紧身的红色羊绒衫，一把抱住周宇，失声地哭出声来。跟出来的几个工人在一旁窃窃私语说："你看玛总为了格里木矿长的事都急成啥样了……"

"正因为她知道爱惜人，大家才玩命地跟着她干呢！"

鲁洋大声地喊道："好了，好了，快进屋吧，外面都零下三十多度呢。"

周宇摘下皮手套，伸出手拉着玛丽亚进了小石楼，立刻感到暖气扑面而来。玛丽亚说："快到我房间来吧，这里空间大一些。"

几个人便一起走进了她的房间。

周宇进了房间，玛丽亚看着他完好如初，也不避人，伸出手来摸了摸周宇的脸颊，仿佛是要验证一下他是真的还是假的似的，弄得周宇倒有点不好意思了。玛丽亚连声说道："回来就好，回来就好！"

司马北问："你是从哪里弄了那么两只大黄羊来的，这可是不让打的珍稀野生动物啊！"

加克达说："是周总朋友送的，那是在境外，听说是蒙古国的黄羊呢。"

周宇说："这个世界上真是无奇不有，我在这深山老林里还碰上了一帮老朋友。"

这时司马北打着手电筒让加克达换上了大灯泡，这下屋里亮堂了许多。

鲁洋见别克来了，便给他让了座，玛丽亚为他沏了茶。周宇把他这次见到阿狼、黑老霍的经过细说了一遍。

聊完经过，人们陆续离开了。

周宇看人都走完了，只剩下鲁洋在屋里，他起身关上了门，压低声音说："还有两件事我见人多没敢讲，第一是对方要二百两黄金赎人，当时我就同阿狼说了，这么多黄金矿上拿不出来，他提出要我们帮他找到富矿坑，他组织人来开采，开出来的矿石按吨位价卖给我们。这样他便从中调解可以少给些赎款。第二，阿狼说过几天要到矿上来看我，如何接待他也是一件大事情。"

鲁洋说："周宇哎，他们提出的第一个要求是万万不能做的，那样口子一开，将会后患无穷啊。再说了，这四五年来我们矿山相安无事，与封闭式运作是分不开的。他们来了你只能在选矿厂外面接待他们，不能带过栈道来。”

玛丽亚说：“那怎么能行呢，他们来不就是想看看选矿厂的吗。不要讲人家还盛情接待了周宇，又帮我们打听到了格里木的下落。下一步营救格里木还要仰仗着他们呢。”

鲁洋说：“啊呀，我的个大姐哎，这可是我们五年多的辛苦成果啊，对黄金矿山来讲安全是第一位的！”

周宇做和事佬地说：“这事还有几天拖头，再商量商量，想个两全其美的办法吧。”

这时司马嫂敲门送来了三碗肉丝面，他们吃了面，鲁洋一看腕子上的手表说：“哎哟，都下三点了，赶快睡觉，明天还有一身活要干呢。”

周宇也站起来说：“那我也回去了……”

玛丽亚一听他这话，立马沉下了脸。

鲁洋对周宇说：“玛丽亚都为你担心了两天，小姐夫哎，你不要装模作样的了，就在这房间睡了吧。”

周宇说：“亚姐不是说在矿山时要分开住吗？”

玛丽亚说：“就在这里睡吧，这也没有什么好保密的了。”

77

周宇醒来时见玛丽亚还在睡着，脸上仿佛还露着笑模样，他轻轻地穿好衣服，走出小石楼见天空还在飘雪花。他听说在阿尔泰大山里冬天飘雪花是常态，出太阳反而是件稀罕事。

他听到南边的车间里传来轰隆隆的机器轰鸣声，便迈开步子朝选矿车间走去。车间里有许多工人不认识他，赶忙跑过来要阻挡住他。司马北喝住了工人，说这是总公司来的周总。司马北陪着他巡看了一遍车间，向他解说了选矿的生产流程。

在他走进小石楼时鲁洋叫住了他，俩人一起走进了化验室，鲁洋便要周宇帮着他忙些杂事，他就像带学生一样，一边做着试验，一边给他讲解着化验的程序和原理。

周宇一边帮着他当下手，一边问东淘西的，很快两个人就配合得比较默契了。鲁洋不时地在一张纸上记录着化学元素和数据，嘴里还在说着调试的方法和过程。两个人不知不觉地一干就到了下午四点多钟。这时玛丽亚走进来问他们还吃不吃饭了，鲁洋一看腕子上的手表说："哎呀，都过了吃饭的时间了。"他回头一看给自己打下手的是周宇，不觉哑然失笑。周宇问他笑什么。鲁洋说："这都是当教师养成的毛病，做事太投入了，竟然把你当成了我的学生了。"

周宇说："我是个大学漏子，哪有资格给你当学生呢！"

鲁洋说："我向你要的化学药剂你都能准确地递到我手中，你还是能过去干过类似的工作吗？我在试剂瓶上写的都是元素符号啊。"

周宇说："考大学不是要熟背化学元素表吗，这个并不难。"

鲁洋说："那我讲的化学方程式你能听懂吗？"

周宇说："有的能听懂，有的是似懂非懂，也有的听不明白。"

鲁洋高兴地拍了拍他的肩膀说："行，我那里还有一些专业书籍，过后拿给你看，不懂的你可以问我。我就收下你这个学生了，帮你来个快捷速成。"

周宇说："行啊，你就是我的老师了！"

玛丽亚又一次催促他们去吃饭。中午司马嫂给大家炖了黄羊肉，特意给他们留了一大碗。鲁洋说这黄羊肉比阿尔泰白山羊肉要柴一些。周宇说但是香膻味要比白山羊肉浓烈得多。玛丽亚看见鲁洋满脸的喜色，便问他又得到了什么欢喜团子，鲁洋用手中的羊骨头指着周宇说："我收他做学生了。"

玛丽亚不解地问："你怎么收他做学生呢？"

鲁洋说："他给我当了一上午的助手，做得得心应手。难得啊，化学元素符号他还能记得住，有些方程式他也能听得懂，真是踏破铁鞋无觅处，得来全不费工夫啊。司马北就是因为文化基础有限，只能算是我的徒弟。周宇悟性高，又有文化基础，我要收他为学生。”

玛丽亚笑着说：“看你得意忘形的……”

吃了饭玛丽亚问司马嫂说：“黄羊肉还有没有了？”

司马嫂说：“这物件在国内也算是个稀罕菜，我还留了一多半等着过年用呢。”

玛丽亚说：“好啊，眼看就要到年根了，这两天哈尼老爹还要给我们送年货，也让他们尝尝鲜。”

周宇边吃肉边说：“阿狼还送给我几只野兔子，晚上我来卤一卤，请大家尝一尝我的手艺。”

别克说：“留着吧，阿狼还要来矿山，到时候也能算上一道菜。”

玛丽亚说：“说到这个阿狼来，这还真是个难题呢。周宇到人家那里去，他们那么热情地款待，临走时又是送黄羊，又是送兔子的。人家来了连门都不让进，似乎有点不近情理。”

鲁洋说：“这不是讲情理的事，对金矿来讲安全大似天，我们又离着边境这么近。他们就是在国境线上走刀口混日子的，什么心没有啊，什么事不敢干。金矿要是被他们蹚熟了路，他们再起了歹心，那就不单是黄金安全的问题了，甚至会丢了人命的。你们啊，警惕性太低了，黄金比钱币还要惹是生非呢！”

鲁洋说：“下午我先到车间看一看，玛总你带着周宇化验矿样吧，你也教一教他。将来万一我们都不在矿上，他也能独当一面啊。”

下午离开化验室时，周宇对玛丽亚说：“关于接待阿狼的事我有些想法，晚上大家再碰一个头，商量一下接待办法。”

78

金矿独处深山，日常生活什么都要用上，斧、刨、锯、凿样样齐全。当下由司马北定下了十多个身强力壮的工人，通知下去明天参加军事训练，这一切听从别克中尉安排。散了会大家都走了，鲁洋回去拿了几本选矿教科书来，交给周宇说，抽时间把这几本书读一读，不懂的你随时来请教鲁老师。

鲁洋对他说，师傅领进门，修行在个人。其实地质找矿是我的专业，很多知识我也是后来为了办这个金矿，赶鸭子上架新学的。对搞黄金总的来说也就是四个步骤：找、采、选、冶。这最复杂的是在找矿上，这里边有着几辈子人都做不完的学问。第二步就是选矿，这里边首先是采矿，这是找矿和选矿的中间环节。这个也简单，只要看看书多实践，功到自然成。选矿听说你也去了车间，它分成球磨、搅拌吸附、电解解吸几个步骤，技能都在后面两个环节上。从溶金液中解吸出来就成了海棉金，或者按通常说就是金砂了。第三步就是想办法去掉海棉金中的杂质，这些杂质也多是贵重金属，比如说铂，也就是通常所说的白金。还有银、铜等伴生矿物，回收了也是很有价值的。然后就简单了，采用一千二到一千四百度高温，把提过纯的金泥冶炼成金条就成了。这里面有个安全问题，要慎之又慎。在这大雪纷飞的冬季，正好你就从室内选矿做起，化验室里的那点活你跟着玛丽亚很快就能熟练了，然后你再学地质找矿。你能学多少，愿学多少，我都知无不尽，毫无保留地传道授业。今晚到此为止，明天你就跟我去调配电解液。

说着鲁洋站起来伸了一个懒腰，瞄了玛丽亚一眼说：“冬宵一刻值千金啊，我该走人了。”

由于格里木没有回来，大家都没有心思过春节。只是为了照顾矿上职工得情绪，选矿厂的工作由司马北主持继续维持着。到这大山里来吃苦，就是为了多赚钱，三天年工钱翻番，没有一个工人愿意息工的。司马北坐着小贝赶的马爬犁，带着哈尼送进来的酒肉，到各个坑道点上拜年去了。

本来别克是要回部队过年的，玛丽亚一再挽留了他。集训的十来个人已经能够走齐站直了，壮壮门面足可以鱼目混珠。加克达在别克指导下做了十来支木头枪，再抹上黑色，远远看去同真枪没有多大区别。

他们万事俱备，就等着阿狼到来。

但是过了初五也没看见阿狼的影子。玛丽亚问周宇，难道他们又要耍什么花招？周宇说，如果明天他们再不来，我就带着加克达再跑一趟彼得城堡，问问他们到底还有什么条件。

晚上，门卫来人说是小贝来到门外传话，说是明天阿狼要来矿山拜会周总。

小贝走后周宇将阿狼来访的事告诉了玛丽亚。大家商量决定还是由周宇带着加克达在小石楼里接待阿狼一行，司马北作为矿山负责人出面作陪。球磨车间和化验室对他们开放，让他们也知道建个金矿也不是一件简单的事。

早上十点钟刚过，门卫就来报告说小贝赶着爬犁上了草场的山坡。别克中尉立刻召集了训练队伍在广场北边集合，对着离开山脚百十来米的两个半身循环靶练习射击。小贝赶着爬犁到了栈道大门前停了下来。俩门卫穿着军大衣扎着皮腰带，腰间别了鼓鼓的手枪套。他们进去一个人向厂部通报。

阿狼突然听到选矿厂里传来砰砰的枪声，他吃了一惊，神色紧张地问小贝是怎么回事。小贝说矿上经常搞军事训练，前几天这里也传出过枪声……

这时周宇跑了过来，热情地迎出大门。阿狼跳下爬犁，两人拥抱到一起。玛佳也跳下爬犁来同周宇拥抱。同他们一起来的还有黑老霍和喀秋莎。周宇把他们迎进选矿厂大院，直接带进了小石楼。这时用眼睛余光瞄见他们的别克，不慌不忙地扣动了微冲的连发，“砰、砰、砰”几声枪响过后，从靶子的方向连连报着十环、九环、九环。接着又是几个连发，还是报着十环、九环。阿狼神情紧张地向那边瞄了一眼，只见十多个人卧成一排，每人手上都端着一支长枪，全神贯注地在练习射击。阿狼问：“周兄弟，你们这里还有军事武装？”

周宇信口说道：“都是上面安排的，二十多人，算是保卫矿山的看家力量吧。”

玛佳说：“你们中国矿山还搞得这么紧张啊。”

周宇说：“有备无患嘛！”

那边还有人在十环九环地报着靶，周宇把阿狼一行引进了小石楼一层的饭厅，他们将这里做了临时布置当作了接待室。饭厅一侧放了一张自制的大条桌，桌子上铺了一条紫罗兰的桌毯，围着条桌放了一圈木制的中背硬椅，椅子上铺着白色的羊皮靠垫。桌子上摆放了几盘茶食点心。

周宇招呼大家坐下来后，彼此做了介绍。大家相互寒暄了几句，玛佳和喀秋莎也不客气，便动手拣着爱吃的食品放入嘴中。很快话题转到了格里木身上。

阿狼说："来前我还去看过格里木矿长，身体没问题，就是精神差了些，没有了往日的派头。那边要我带话给你们，欠赌债太久不还，别说给你饭吃了，下你个手脚胳臂都是常有的事。"

司马北一听顿时变了脸色，连忙说："狼总，这你可要看在我们周总的面子上，不能伤着格里木矿长！"

周宇笑了笑说："有阿狼兄和玛佳小姐在，事情还不至于糟糕到那种地步。他们要的是纸黄金，也不是要人命。我们也没讲不认赌债。我已经同总公司汇报了那边的情况，也讲了阿狼兄弟和玛佳小姐的为人仗义。但是总公司说了就是格里木欠了债，也要他自己认账、确认有这回事才行啊。现在无凭无据的，我们又见不到他本人，上面有顾虑呢。"

阿狼看了一眼不停在吃东西的玛佳说："这事还真亏了玛佳小姐，债主才没有亏待格里木矿长，还让三成价。但是两个好坑口还是要找的，不然这事没法儿谈。"

周宇说："有你阿狼在，有玛佳小姐在，什么都好谈。总部认为这事有点难办，总不能让我们派了工程师偷越国界帮你们找金矿吧。这事在你们那边是算不上大事，可是阿狼你知道这在国内是要坐班房的啊。"

玛佳放下了手中的半个山核桃说："周总啊，我原来认为你是个通情达理的人，怎么就连这么点小事你个老大就当不了家呢？我还想跟你长期搭伙呢，你这也不行，那也不行，看来这碗黄花菜要凉啊。"

她说着话还用风情万种的笑眼斜视着周宇，修长的眉梢向他抖动了几下。周宇闹了个大红脸，但他很快镇定下来笑着说："搭伙不敢当，你长得那么漂亮，就是我有想法阿狼兄还舍不得呢。”

阿狼赶忙说，这是两国会晤，不许当众煽尾巴。周兄弟，你讲的也有道理，至于欠债的事玛佳你再同债主商量商量，把开金矿坑口的事就放在我国境内也行。

他转过身子拍了拍黑老霍的肩膀说：“他不是一直在这九道沟里干活吗，我们跟他联手也行。我知道周兄弟虽说是个‘总’，毕竟不是吃技术饭的，受制于人啊。再说了出国境在你们这些吃公饭的就是一堵墙。不像我们摆手就来了，甩手就走了，就是抓到了坐几天班房也屁事没有。我们就是认人认钱不认事。”周宇说：“狼哥，只要是格里木欠的债我们不赖账，你提出来的事确实超出了我的权力范围，但我尽力去做。玛佳小姐，你看能不能通融对方，先放格里木回来，他不回来我也会被困在这冰天雪地的大山沟里走不出去啊……”

玛佳嘻嘻笑而不语。

周宇打圆场说：“我相信你们会够朋友的，如果不够朋友你们今天就不会来了。你们来一趟也不容易，我带你们参观一下这个厂子吧。”

黑老霍嚷嚷说：“对，看看黄金选矿厂，我在这大山里折腾了好几年，还没看见过这机器是怎么淘出黄金来的呢。”

几个人本来就是想来探听个虚实的，没想到周宇不但带他们进了这个神秘的金窝子，还要带他们参观最核心的选矿厂，他们真是喜出望外，立马兴奋起来了。

周宇把他们带到一楼的化验室，只见这里放了很多仪表仪器，还有瓶瓶灌灌的，鲁洋正带着一个年轻人在那里忙得不亦乐乎。周宇给他介绍了客人，然后指着鲁洋说：“他是鲁老师，我们化验室请来的专家，我们的车间选矿第一关就是要进化验室。”

说着又让司马北带他们出了小石楼，走进磨矿车间，司马北给他们讲解了黄金提取的大概过程。让他们听得是云来雾去的，弄出了一头糨糊。

正在这时有人来请他们到小石楼里去吃饭。他们又回到了刚才的接待室，只见条桌摆设已换，几道菜肴已经上了桌子，他们是烤全羊、大碗鸡、炖红鱼、炒羊杂、清炖牛筋、卤野兔，还上了生鱼丝拌土豆，生切河套红心大萝卜。阿狼一看上了这么多的菜，情不自禁地说："看你们住得不咋样，吃得可比我们城堡要好得多了。"

司马北为他们倒上了大碗的伊犁烧，黑老霍赶忙说："还有鲁老师没有来呢，快请鲁老师来一起喝吧……"

黑老霍早就听人说过矿上有两位大学教授，在化验室一眼看到鲁洋，见他文质彬彬的，说话不多，慢条斯理，心中就明白了他才是这座矿山的灵魂。于是他一个劲地邀请他上桌来喝酒，想从他的嘴里套出一些金矿的实底来。

阿狼一听黑老霍招呼，心里也就明白过来，也跟着吆喝请鲁老师上桌子来喝酒。周宇对司马北耳语道，要他把别克中尉也叫来。大家上了桌子，周宇给大家介绍别克是矿山的保卫科长。黑老霍便不停地拿眼睛睃他。大家对矿山的菜肴赞不绝口，说是金矿有位好厨娘。

司马北哈哈笑着说，最大的大厨就是咱们的周总啊！周宇乘兴出去，不大工夫就端上了一盘牛肉丝来，看着颜色金红油润，不带一点热烟。阿狼上去就叉了一大筷子，毫不犹豫地塞进口中，立马他从椅子上跳将起来，瞪圆了一双大眼睛，一个蹦高只顾甩头，嘴里还在一个劲儿唔唔地叫唤不停。玛佳看见他这种怪样，也叉了一小叉放入嘴中，接着她也跟着跳将起来。黑老霍稍许夹了一筷头牛肉丝，在嘴前吹了吹放进口中，咀嚼了几口连声喊道："好菜，好菜，又嫩又脆又爽口，没想到人世间还有这种绝味好菜！"

阿狼吃下了嘴里的牛肉丝，怪叫一声："爽啊！"

玛佳端起酒杯走到周宇身边说："两个条件，任你选一个。一是同我喝下这交杯酒；二是吻我两分钟。我到你们金矿来你用这不冒烟的肉菜来烫我的口腔，我不能让你白欺负。"

大家一听玛佳这话都来了精神头，齐声叫道："吻一个，吻一个……"

周宇害怕这叫声影响到外面，还不知道小石楼里出了什么事，赶忙端起酒杯连声说着:“碰一杯，碰一杯……”

玛佳嚷道:“没有一点绅士风度，要喝就喝交杯酒。”

周宇只好同她勾肩搭背地喝下了交杯酒，逗得大家哈哈大笑。

黑老霍端起酒对着鲁洋说:“主任，我来敬你一杯。”

鲁洋端起杯子，也不答话便是大大的一口酒。他夹了一个兔子腿啃了起来。玛佳跟着他也叉了一块兔子肉拿在手中啃嚼起来。阿狼看了看别克说:“小伙子啊，我来敬你一杯酒，看来你像是个当过兵的人。你的队伍训练有素啊。”

别克端起杯子一饮而尽，说:“当过几年兵，现在搞保卫工作。”

阿狼也喝下了杯中酒，然后对周宇说:“兄弟啊，外面人都说格里木找金矿有两把勺子，咋听他们讲好像也就那么回事。你同你们总部讲讲，帮我们找到两个好坑口，他那赌债可以勾销一半。我阿狼说话算数……”

鲁洋笑着说:“喝酒不谈正事，那事过后慢慢商量。”

他是害怕周宇刚到矿上时间不长，一不小心把他给暴露出来。周宇看了他一眼，明白他的心事，便接过话茬说:“格里木是我大哥，也算你的兄弟。我就是从你们班房里出来，遇上他推荐我进了疆欧公司的。他的事就是我的事，狼哥哎，来喝酒，喝酒……”

他们一直喝到大雪停飞，西天抹上了一片淡红色的晚霞才罢了手。阿狼说，回去让玛佳找债主，要好好招呼格里木，再给他找个俄罗斯姑娘，让他乐不思蜀，叫你们想赎，他都不想回来。

说着他歪歪扭扭地往爬犁上走，小贝赶忙上去扶他。玛佳也站不稳脚步，她在黑老霍搀扶下走向爬犁，突然间她转过身子一头扑倒在送行的周宇怀里，把周宇吓了一大跳，只好伸出手来搀住她。

这时阿狼向她嚷道:“女王，你别找我朋友麻烦，我要到彼得大帝那里告你。”

玛佳转过身向阿狼挥了挥手说:“我在替彼得要一件信物……”

周宇也喝得晕头转向的，便问她:“你要什么信物?”

玛佳说:“兔子，兔子，你做的兔子真好吃，我要带一只给我的彼得……

格里木你放心，就在我的城堡里，亏待不了他……”

周宇有点明白了，她是想要一只卤兔子带回去。立马叫人到厨房把剩下半只兔子用塑料袋装了拿过来。

周宇送走了客人，回头看了一眼没有鲁洋，便回到二楼，推开鲁洋的房门，见他在床上睡得像尊卧佛，上前便想推醒他。鲁洋向床里边挪了挪身子咕噜道：“别闹，别闹……”

周宇挤在鲁洋身边，鼾声顿起。

79

鲁洋第二天早晨睁开眼睛，发现身边睡着还在打鼾的周宇，从他身上跨过去，跳下地没好气地推醒说：“拜托了，你好好看看这是你的房间吗？还不赶快回去，玛丽亚又要焦急一夜……”

周宇愣了半天神儿，才想起了昨晚的事。他说：“鲁哥，我有个新想法就是来找你商量的。我觉得我是上了阿狼这小子的当了，只看到他讲义气、够哥们的一面，没往深处想，被他们的假象迷惑了。昨天在送他们走的时候，玛佳醉意中说了句格里木就在他们手里。我上次到彼得城堡时，看见他们很快给我接通了格里木的电话，我便试探说要给矿上打个电话，她说那里都是内部电话打不出去。加上他们对靠近山崖的那栋二层小楼看管的十分严密，我怀疑格里木是被他们关押在那里。半夜我同加克达摸了进去，里面是黑灯瞎火的，地上有许多脚印，我怕惊动了看守，便回到了在住的楼房里去了。现在联想起来，格里木很可能就被他们关押在那幢楼上。”鲁洋说我们得赶紧告诉玛丽亚去。

玛丽亚听了周宇的分析问道：“那下一步我们应该咋办呢？”周宇思索了一会儿说：“还是把别克找来一起商量吧。”

大家一起到了餐厅，周宇把事情的来龙去脉又说了一遍，大家认为他分析得有道理。别克中尉思索了一会儿认为，这是阿狼借赌债这个由头，第一要敲诈金矿钱财，第二是想让金矿出技术人员帮着他们找到金矿脉，小贝很可能是他们放在金矿的眼线，将格里木骗到境外再设陷阱扣押。加克达说这个容易，把小贝抓起来一审就清楚了。玛丽亚说这也只是一种分析，抓人要讲证据。

周宇说："这件事对外要做到秘而不宣，晚上我同别克来找小贝把事情弄弄清楚再说。"

第二天晚上周宇说昨天还剩些酒菜，小贝没上了桌子，今晚他同别克请他来喝点小酒。几杯老酒下了肚肠，周宇对小贝说："我早就知道你是阿狼派到金矿来的眼线，他们是想合伙算计小金岭金矿呢。你只是个跑腿的，也是被逼无奈。我没有说破你的身份，还像自家兄弟一样待你，就是想给你一个改邪归正的机会，让你能够重新做个好人。今天别克科长也在这儿，我把话说下，只要你能积极地配合我们，我不但既往不咎，还继续罩着你，保证你的工作和人身安全。"

小贝本来就很感念周宇的关照，对他的人品也是十分的佩服，经他一引导他便吞吞吐吐地说出了他所知道的一些事情来。他承认是阿狼让他想办法将格里木引见给黑老霍的，也是他同黑老霍一起陪伴格里木多次往返彼得城堡的，但是再往核心去的事他就不知道了。至于现在格里木被关押在哪里他更是一无所知了。

别克听了他这话，立马翻了脸，没容他分说，从腰间掏出铁手铐，伸手将他铐了起来。小贝泛着可怜相看向别克说，就凭周总对我的关照，我也会对你们说实话的。我知道跟着你们走是正道，跟着阿狼跑还不知道啥时性命会丢到哪里呢。周宇见他说得很诚恳，于是让别克帮他打开手铐。小贝听说要打开他的手铐，便主动从手上把打开的手铐递给了别克。他们感到很好奇，问他手铐是怎么打开的。小贝说这都是雕虫小技，还当场表演了几种打开手铐的方法。周宇说你小子还有这个本事，过后你把这其中的道门教给我。周宇又对小贝做了一番思想工作，指点他下一步该当怎么做。

送走了小贝，两个人又把鲁洋找来商议出一套营救格里木的方案来。鲁洋说这么大的事情，还是得向玛丽亚汇报，她是法人，出了事别人都顶不了这个包，只有她才能化解方方面面的矛盾。

玛丽亚听了他们的汇报后，下定决心要快刀斩乱麻。他们决定要主动出击，再探彼得城堡。

80

两天前加克达便亲自给乌云马和两匹枣红马增加夜草，今天一早又给它们在干茅草中添加上了精料。

周宇从被窝里拉起了小贝，说前几天阿狼来矿山给我们拜了年，今天我们也去回拜他们。小贝抬起头看了看周宇说：“到那边去是要通过老霍叔事先打招呼的。”

周宇沉下了脸说：“我去看朋友还得他黑老霍同意。你赶你的爬犁，他们要是怪罪下来我顶着。你们快去赶爬犁把礼物装上。”

小贝看见周宇阴沉着脸也不敢言语了。他赶了爬犁同加克达一起到北边的库房，从司马嫂手里领了两个羊筒子和三个大纸箱放到爬犁上。当他们赶着爬犁下山时，太阳已经爬上了山顶，泛出了淡红色的晨曦。

爬犁滑到了谷底，往前走了一截路就看见前面有个人骑了一匹五花马，周宇问：“那人是谁呀，还有比我们起得早的人。”小贝举起鞭子在空中甩出了一个脆响，马儿蹽起四蹄飞奔过去，很快追上了骑马的人。骑马人也看见了追上来的爬犁，他掀起了挂满雾霜的旱獭皮帽子，他们这才看清楚原来是背着微冲的别克中尉。加克达问：“这么大清早你到哪儿去啊？”

别克说：“在矿上猫得浑身都要长毛了，到老林子里去转一转，看看能不能碰上彩头，打点野物正月十五做下酒菜。你们这么大冷的天都去干啥？”

周宇说：“看朋友，有来不往非礼也。”

别克说：“喔，去看初六来的那几个朋友吧？”

周宇说：“是的，还有这一个小贝，都是我刚到新疆时认识的朋友。你要到哪片林子里去碰彩头！”

别克说：“最好是杂树林，树棵低矮，能寻到大家伙。我这枪打小玩意不得劲。”

加克达说：“那你就跟我们一起走吧，到边境上有片杂树林了，你到那里找一找，那里离开矿区远，听不到炸矿的声音，会许有大野兽。”

别克说：“行啊，就托你的口福了。”

别克跳上了爬犁，将五花马缰绳拴到爬犁的后杠上。乌云一马当先，两匹枣红马并驾齐驱，拉着爬犁，踏着没过腿弯的大雪奋力飞奔，刚顶到中午他们就到了拐向彼得城堡去的山口。周宇看着银装素裹的山崖，对别克说：“前面拐进去五六里路，靠北边的山坡上有遍红松林就是我们要去的地方，你不同我们一起去乐和乐和。”

别克说：“我还是到这片林子里去碰碰彩头吧。”

说着他跳下了爬犁同周宇他们道了别，骑上五花马走进了山坡上的杂树林子。三匹马拉着爬犁在雪海中冲起了一道雪幔，坐在前面的小贝将狗皮帽翻戴着，周宇和加克达将背对向前方，抵挡着迎面刮来的寒风阵雪。

小贝看着半山腰的松树林说了声“坐稳了”，便赶着爬犁呈十几度仰角向大斜坡上冲去，他顺着山坡雪道蜿蜒向上一直冲上了山顶。这时正好在北边的雪地上刚刚降落下一架直升飞机，飞机顶上的螺旋桨还在不停地转动着。一辆中型吉普车接着客人往南边开过来。爬犁上到山顶径直向中心大楼奔去。这时吉普车赶到他们前面停了下来，从车上跳下一个人来后，车子一加油门又往前驶去。当爬犁赶到从车上跳下人的身边时，她摘下头上戴着的银狐皮帽，向爬犁挥手让他们停下来。小贝勒紧了马缰绳，玛佳还没等爬犁停稳，就一个鱼跃跳坐到周宇身边，大声地说：“怎么样，才分开不到几天就想我了吧？欢迎你们再次来到彼得城堡。”

周宇顺水推舟跟着插科打诨地说：“是啊，想你了。大过年的，按照我们中国人的传统习惯，有拜年的风俗，今天带点小礼物来回访你们。”

玛佳没有完全听懂他的话，但是意思是明白了。她让小贝把爬犁赶到最北边的一栋楼前停下来，她下了爬犁便对楼里大声地嚷嚷着：“阿狼，阿狼，你看谁来了……”

不大工夫阿狼从楼里穿着紧身的小皮袄跑了出来，他一看见是周宇和加克达先是一愣，然后立马奔下楼前的台阶，上前一把抱住了周宇兴奋地叫道：“兄弟，你咋来了呢！快进屋，快进屋。”

玛佳嚷着说：“周郎给我们送兔子来了……”

阿狼回过头往爬犁上看了看，加克达和小贝从爬犁上抱起纸箱子，打开上面的盖板，露出了紫红色的兔子肉。

玛佳上去拿了一只做出要啃一口的样子。周宇连忙喊道：“不要吃，那只是半成品，还要加工呢。”

阿狼一边把周宇往楼里拉，一边笑着说：“这败家娘们，自从上次吃了你做的兔子，她就说这是她吃过的最好的中国美食，吵着还要到你们那边去呢。我就逗他说我兄弟还没有成家呢，你就嫁给他当老婆算了……哈哈哈。”

阿狼把周宇带到二楼的一间小接待室里坐下，叫服务员给他们泡了一杯红茶，说：“兄弟哎，我这里可没有你们的云南茶了，只能喝这样粗口的红茶。还是为格里木的事情来的吧，你们总部着急了是不？人家是有人在手心中不慌啊。他们说的条件我们是压了又压……”

周宇向他摇了摇手说：“是为他事来的，也不是为他事来的。你大年里去看了弟兄，我也得按路数来回拜你老兄啊。年酒，年酒，一抵一口，不还不如喂狗嘛。”

他们正说着话玛佳领着加克达进来了，她对阿狼说：“狼总……”

阿狼说：“拜托你还是叫我阿狼吧，你那个中国话发的音不对，把这个‘总’字，总是说成了‘种’字，那不是骂人吗？”

说着他先笑了起来。周宇同加克达听懂了他的话，也都跟着笑了起来。玛佳涨红了脸用俄语嚷了他几句。

阿狼用俄语对她说了一串话，她笑了说：“这还像条阿狼。我来告诉你周总还给我们带来了两只大白羊，六只美味的兔子，两箱中国酒，还有两条中国烟卷。”

阿狼说：“兄弟啊，你这是干什么嘛，还跟我这么客气。我在班房里一见到你就觉得你不是个凡脚（角）啊，够哥们……”

玛佳拉了拉周宇的胳膊说：“班房，班房是中国什么样的宾馆？”

阿狼怕周宇说漏了嘴，连忙解释道：“班房，就是军队的连、排、班的班，是中国军队的番号。败家娘们，你连中国话‘打炮’都懂，咋就不知道班房呢？”

说着大家哈哈一笑。玛佳笑着说：“我只知道中国人见面分一半，别的我都不知道。”

阿狼说：“行、行，烟酒你不要分我的，别的都好说。”他回过头来问周宇：“都是什么烟酒？你这是让老哥真的过大年了。”

周宇笑着说：“羊是阿尔泰的大白羊，烟是国产的大中华，酒是咱新疆的伊犁特曲，我让人从乌鲁木齐带来过年的。”又从随身的挎包里拿出一个大纸包，往阿狼面前一拍说：“这是五万元钱，先带来给你做保格里木的押金，你阿狼兄就看在兄弟的面子上，想想办法这趟把人给我带回去。”

玛佳嚷道：“五万元钱太少了吧，至少再翻十倍吧……”

周宇说：“你们到我那里去也看到了矿山那股寒酸相，说是搞黄金的，但是也没有多少油水，有钱他们不知道像你们这样盖洋楼，住宾馆啊。其实我也是奉命办事。就给弟兄一个面子，山不转水转，你看我们兄弟又转到了一起，来日方长嘛！”

阿狼没有吭声，玛佳说：“格里木赌输了那么多钱，五万元钱就想把人带走啊，就是我们同意了，债主也不会愿意的。”

加克达在一旁插话说：“你们说格里木输了很多钱，我们一没看见他的字据，二没见到他本人。周总是诚心诚意地东拼西凑弄了五万元钱送来，你们也应该放人一马了。要是矿上不要人了，你们啥也拿不到。”

玛佳说：“小兄弟哎，话可不好这么说的，人家不要他命，也能让他少个把零部件吧。”

阿狼见话不投机，赶忙说：“别瞎扯，加克达兄弟哎，这人也不是我们扣押的，我们也在帮着你们去求人，怎么火气朝我们来了呢？周兄弟哎，人家说了钱多钱少倒在其次，主要想同你们交个朋友，也求你们帮着开两个富矿坑口。退一步说他们拿到矿石也拿不出金子来，还不是要求你们帮忙从石头里面淘出金子来。我早就跟你说了，还不是个人为财、鸟为食嘛。”

周宇说：“阿狼老兄，你讲的这事不是不能商量，但是我也是新来乍到，这事还是要从长计议啊。”

玛佳说：“周兄弟这还是一个话，我说了不说二百两纸黄金了，五十万总得给人家吧。你们格里木把人家八国联军挑了个遍，又欠了二百两的赌债，还吃吃喝喝了这么些日子，总不能就拿五万元打发了事吧。”

周宇说：“女王啊，你这话就不给兄弟面子了，还口口声声说同我两个好，就这样好的啊。我不是说了吗？来日方长，阿狼还想开金矿呢……”

阿狼说：“周兄弟是明白人。不用多说了，玛佳，你喜欢的人来了，也不安排酒肉，招待我兄弟？”

玛佳嘻嘻笑着拉上周宇向厨房间走去。

81

周宇在厨房忙了一通，把卤兔子加工好，他看见旁边还放着几条冻得硬邦邦的大狗鱼，地上还放着大半袋子土豆，忽然心血来潮，便将土豆切成丝，又把狗鱼片下两块肉，将它做成生鱼土豆丝。

玛佳伸手捏了一撮放入嘴里嚼了嚼，然后显得非常兴奋地将双手举过头顶欢呼道：“呜啦！”

这时彼得怒气冲冲地跑了进来，嘴里嚷道："呜啦，呜啦什么……"他一眼看到了周宇，马上转怒为喜，他用俄国音调的汉语说："你好，原来是在为周总'呜啦'啊！"

玛佳拉过彼得，先从兔子腿上撕下一块肉塞进他嘴里，彼得嚼了嚼伸出大拇指夸奖道："哈拉哨，哈拉哨！"

玛佳脸上笑开了花，她又从生鱼丝盆中捏了一撮塞进彼得嘴里，彼得嚼了嚼张开嘴吸了一口凉气说："你留下来我们合作吧，到彼得堡开一家中国餐馆，一定能赚大钱的！"

玛佳说："你快去陪客人吧，我让服务员给你们上周郎做的美味。"

彼得走后，玛佳拉上周宇出了操作间，一脸认真地对周宇说："周郎，我对你好吧？你可不要听彼得的话，跟他到彼得堡去开餐馆。他老婆孩子都在彼得堡，回去了他们就会搞到一起的。我就会失去他了。我是他亲爱的女人。"

周宇马上明白了她的意思，说："玛佳，你放心，要合作也会同你合作，哪能跟他到彼得堡去呢！"

玛佳顿时喜笑颜开，上前抱住周宇踮起脚，在他脸颊上热烈地吻了一下。他们进了餐厅见大家都坐下了，这里有几个周宇不认识的人在座。玛佳一一给他做了介绍，他们有俄罗斯人、蒙古古人，还有来自阿拉木图的哈萨克斯坦人。阿狼说这都是最要好的朋友，都是中国周边国家的兄弟，也都能说几句汉语。听说你做了中国大菜，又带来了伊犁好酒，朋友们都要我来请客。周宇说欢迎啊，欢迎，什么时候我从国内备齐了中国风味的原料，为朋友们做一桌中国大菜，再请大家来品尝地道的中国菜肴。

客人们动了刀叉，都夸酒香菜好。这时有位客人说，邀请周宇到他在彼得堡的斯大林大酒店当主厨，月薪五千，专做中国菜。

阿狼说："人是可以去的，但工资恐怕谈不好。"

客人问："周厨在中国月薪是多少。"

周宇竖起大拇指。阿狼说："你们说的是两码事。周兄弟说的是人民币，你说的是卢布。他说的是一万，比你那五千要翻上十多倍呢。”

客人只好摇了摇头，用俄语咕噜了一句。玛佳笑了，她悄悄地告诉周宇说，他说请不起你呢。阿狼用俄语嚷道：“现在中国大发了。”

酒光菜尽后大家歪歪扭扭地出了门，阿狼对周宇说：“我陪你去看艳舞吧，今晚有来自土耳其的肚皮舞表演，哈拉哨！”

周宇心里有事，说：“累了一天，就想早点睡觉。”

玛佳送走了客人赶了回来说：“我来送周郎吧，我会把他安排好的。”

周宇说：“我们三个人要安排在一起，明天好起早办事。”

玛佳说：“他们离你就隔着两道门，让你随喊随到就是了。”

周宇上了三楼，看见他们住的果然离开自己不远。他让玛佳回去陪客人。服务员帮他开了门，他见自己的房间灯亮着，便推门走进去，只见有个金发姑娘坐在他的房间里看着一本模特儿画报。他正要缩回去，那姑娘主动站了起来，用汉语说：“周总您好，是玛佳让我来为你服务的。不习惯吧，常来常往就好了。”

周宇走进去看了看姑娘说：“对不起，我很累了，改日吧。”

姑娘看了看他说：“周总，为你服务是免费的。难道我不美丽吗……”

周宇从口袋里掏出五十元钱递给姑娘说：“拜托你走吧，让我早点休息。”

姑娘笑了笑说了声：“谢谢！”转身离开了。

周宇关上门过了一会儿，又有人来敲门，他隔着门说；“我已经睡下了，你们再不让我睡觉，我就要让狼总派人带你们走。”

门外传来了加克达的声音：“周总，是我啊，加克达。”

周宇赶快开了门，加克达说：“那个娘们就在楼梯下面等着呢，刚才她同在你房间的姑娘一起走了，我出门看了看没人了才到你这儿来的。”

周宇说：“放机灵点，下三点准时动手，你让小贝套好爬犁，先不要讲什么事，上了爬犁再同他说清楚。”

82

周宇摸黑几次看了夜光手表，终于时针指到了三点钟。他穿上早就准备好的紧身羊羔皮袄，戴上羔皮手套，轻手轻脚地出了门。正在这时加克达的房门也打开了一条缝，周宇闪身进去。他让小贝将皮大衣和随身用品抱到爬犁上，然后在马厩里做好准备，听到动静随时赶上爬犁接应，假设有人看见他就说是给马儿加点夜料。在这事先加克达已经给小贝做了工作，说是夜间可能有行动，要他一切都要听从周总指挥，不能有半点马虎。

小贝看他们搞得有点神秘兮兮的，坐在床沿上缩了缩脖子说是有点害怕。加克达说不要怕，出了事你就说是我逼着你干的，别的什么也不知道就行了。周宇让加克达先下楼走在前边，然后他也下了楼离开他一段路。加克达按照周宇的交代，在晚上吃饭的时候已经围着小楼侦察过一番，看准二层有三间联排的窗户一直亮着灯，并选中它为突破口。加克达帮着小贝把大衣等物件扔到爬犁上，便从雪地上提气轻步地跑向后面的楼房。到了楼前正在张望，周宇一把将他拉到黑影里。两个人蹲到墙根下脱下皮棉鞋，只穿了厚厚的羊毛袜子，加克达拿出练功鞋递了双给周宇穿上，周宇往后退几步，一个纵身飙到墙头上，跳入了院子。加克达也跟着跳进了院子。

这时突然从黑处蹿出了一条大狼狗来，只“汪”了一声便扑向了周宇。周宇稍一愣神，没敢有半点迟缓，一个健步迎了上去，抬腿一个外摆将它压倒在膝盖下，伸手用上十分的力气掐住狗脖颈，顺势猛一扭，只听到“嘎巴”一声脆响，狗嘴里发出一声低沉的哀鸣，躺在雪地上直蹬着腿。

周宇迅速将它拖到楼房的阴影处，转身只见加克达已经上了二楼，他一猫腰敏捷地跟了上去。他刚出楼梯口，只见加克达蹲在门前的房间里闪出一道手电灯光，屋里传出了一声俄语的厉叫声。周宇顺地几个跃步便到了加克达的身边，向他做了一个手势。正在这时屋里传出了开门声，一个高大的身影从里面走了出来。加克达上去用胳膊肘卡住他的喉咙，将他往后扳倒。周宇立马一只手接住亮着光的手电，另只手抓住他的胳臂往上猛一举，对着他的肋下就是一击。大块头浑身就像塌了似的，没有发出一点声响便瘫软在地上。

周宇轻步走进亮灯的房间，只见这是个里外套间，他让加克达把人放到床上在外间望着风，自己轻轻扭开房门摸了进去，他用手捂着手电灯光看见里面的床上还睡着一个高大的人。他悄无声息地走到那人身旁，借着窗外泻进的雪照光亮，仔细地瞅了瞅觉得那大汉又像格里木，又不大像格里木。他决定冒一次险，轻轻地推了他一下。谁知道睡着的人嘴里冒出了一句维吾尔语。周宇心中大喜，他用手使劲地拍了拍他长满络腮胡子的脸，大汉骨碌一下翻身就要坐起来，用维吾尔语大声地嚷道："你想干啥……"周宇立刻上去捂住了他的嘴，他正要挣扎，周宇在他耳边低语道："别出声，我是周宇，救你来了。"

格里木先是一愣，转过头呆若木鸡地看着周宇。周宇放开了手，格里木从床上就要跳起，结果手却被铁铐锁在了床头的铁架子上，他急得只想哇哇叫。

周宇立马捂住他的嘴，示意他不要乱动。周宇从裤带内侧抽出一根软钢针，借着手电光亮将它探进了锁眼，很快就打开了他的手铐。这套开锁特技正是小贝传授给他的。

格里木上去一把抱住周宇，周宇让他赶快穿上衣服，他们走出里间，把大块头用被子捂盖好。格里木说隔壁房间里还有一个看守。周宇让加克达到外面看住他，不要弄出事情来。他又扎回头，打开手电从大块头看守身上找到了钥匙，带着格里木走下楼去。周宇把钥匙交给加克达，让他带着格里木先走，他留下来监视隔壁房间的看守。

他从二楼一直看到加克达他们出了院子的门，这才轻手轻脚一路小跑下了楼，拿着钥匙把大铁门从外边反锁上。他们拉着格里木躲在楼房的阴暗处，让加克达直奔马厩，帮着小贝将马爬犁赶出来，周宇他们跑过去跳上爬犁，立刻让小贝赶上爬犁向下山的路口奔去。开始马儿还没有放开脚步，小贝也不敢甩响鞭子，只能低声地吆喝着马儿快走。走出一段路，马儿放开了脚步，爬犁渐渐地飞奔起来。

深夜里马儿受到极寒气温的刺激突然打起了嚏喷，吓得坐在爬犁上的人心脏骤然收紧。小贝从爬犁上站立起来，正要挥鞭赶起马冲向下坡，突然发现前面有几匹高头大马，像铁桩子般立在下坡的山口处，挡住了他们的去路。小贝吓得魂飞魄散，一下滚落到爬犁中间动弹不得。加克达眼疾手快，伸手夺过掉落的鞭子，倏地站了起来，就像一尊顶天立地的金刚，将手中鞭子甩出一声脆响，大义凛然地向前冲撞过去。

周宇打开手电筒，一道光束刺向挡在前面的骑马人，只见两个黑洞洞的枪口对着他们。

这时乌云马同挡在它前面的高头大马近在咫尺，加克达扬手一鞭正抽着挡在前面的马首，只听得一声嘶鸣，一声枪响，顿时划破了寂静的夜空。周宇一个箭步跃到另一匹马前，运足了浑身的力气，一声嚎叫冲向马的左胸，用他那宽厚的肩头抵住马的前胸，以排山倒海的力量猛然往上顶去。只听到一声轰响，连马带人一起倒向山坡下去。加克达毫不迟疑地甩起一个响鞭，逼得乌云带着两个伙伴拖着爬犁冲下了山坡。

原来就在格里木明白周宇是来救他而大叫时，早就惊动了睡在另一个房间的看守。当时他还处在惊醒的蒙胧中，只是警惕地躺在床上，竖起耳朵仔细分辨着隔壁房间发出的动静。他直到看见有手电筒灯光在晃动时，才轻轻爬起来，偷偷地躲在房门的缝隙间往外观察。当他清晰地看见有人带着格里木下了楼时，这才急忙打电话向彼得报告。睡梦中的彼得大吃一惊，急忙带人，提了枪支来拦截他们的去路。

加克达冲下了山坡弯道后，按照周宇事先吩咐的也没敢停下爬犁，顺着山坡上结了冰的弯道直往山下冲去。这时小贝也清醒过来了，他从爬犁中央爬了起来，赶忙拉起爬犁前面的木刹，冰雪在爬犁下面发出了刺耳的摩擦声。他们很快就滑到了谷底，这时山上传来几声清脆的枪响，回眼看去月色中有一标人马正从下山路口处往谷底冲来。加克达让小贝赶着爬犁赶快往前奔跑，他要回去寻找摔下山来的周宇。

正在这时周宇从后边翻身上了爬犁，大喊一声：“快蹽吧，后有追兵！”加克达一见周宇上了爬犁心中大喜，顺手夺过小贝手中的长鞭，对着马耳后的上空甩出了响亮的两鞭子，三匹马儿在峡谷的雪道上玩命地飞奔起来。这时小贝才想起来问周宇是怎么跳上的爬犁。周宇说就在他跌下山坡的瞬间，便一不做二不休乘势一个劲地往山下滚来。当他滚出了很长一段山坡时，才从雪地上坐起来，这时发现爬犁正要从他面前滑过。他回头看见山上正在集结人马，他怕喊停爬犁耽误时间，只好在爬犁滑过他身边时死命地抓住了它的后杠木，随它滑下了山谷，这才有机会鱼跃蹿上了爬犁。直到这时格里木还没有从噩梦中清醒过来，嘴里一个劲地低声催促：“快跑呀，快跑呀！”

山上人已经追下山来，他们不停地向爬犁开着枪，弹丸在爬犁后面的雪地上不时发出“啾、啾”的声响。眼看着爬犁已经接近了山口，后面追赶来的人马离开他们仅有几十米远了。加克达扔下了身上的羊皮大衣和狼皮帽子，猛劲地挥响起鞭子。这时追赶他们人的吼叫声都能听得一清二楚了。突然一梭子弹带着“啾、啾”的哨声从他们头顶上飞过。坐在后面的周宇只感到脖颈后面像被刀尖划过一般疼痛，他抬头看见追在最前面的是彼得的身影，他一只手举起枪正对着加克达，周宇上去一把将他拉到爬犁中间趴下。

正在这时突然在他们的前方响起了两声清脆的枪声，彼得连人带马应声摔倒在雪地上。跟在他后面的马儿被绊得翻了过去，也摔倒在冰雪地上。其他人马见彼得摔下马来也都勒住了坐骑，急速地在他身边停了下来。彼得从雪地上爬了起来，疯狂地叫嚣着：“追上他们，开枪打死他们……”

后面的马队又一次打马往前冲来。这个工夫爬犁已经跑到了山口，一个转弯向金矿方向拐去。杂树林里枪声又一次响起，跟着追赶的马队中又一个连人带马摔倒在雪地上。马队又一次整合起来正要往前追赶，黑夜中只听见阿狼用俄语嚷道：快回头，不能追了，他们在前面有埋伏，金矿那边有个神枪队。

追赶的马队在雪地中站了一会儿扎回了头。夜色中还能听到彼得的叫骂声。

周宇他们的爬犁跑出了二里多地，只见后面有一匹单骑追了过来。格里木吓得声嘶力竭地嚷叫起来："快跑啊，快跑啊……"小贝对着马头后方甩开就是一响鞭，拉着爬犁的马儿再次拼命地往前奔跑起来。周宇连忙喊道："别害怕，别害怕，后面来的是别克中尉……"

加克达勒紧了马缰绳，三匹马儿渐渐地放慢了蹄步。别克中尉从后面追了上来说："让马儿遛一遛吧，追兵们都返回去了。"他缓了一口气问："周总，格里木矿长救出来了吗？我看城堡人追得那么急，猜想你们可能是得手了。"

周宇指了指格里木说："这就是格里木矿长，看来没什么大事，就是人瘦了一圈。"

格里木说："都被他们关了一个多月了，天天喂羊肉人也会瘦的！"

周宇向格里木介绍了别克中尉，问伤着他们人没有。

别克朗声地说："放心吧，只打他们的马，没有伤着人。他们摔倒在雪地上，是不是摔伤，就看他们的造化了。"

小贝看了看周宇说："周总，这都是你们事先安排好的吧？"

格里木高声地祈祷道："真主啊，保佑！"

83

晨曦刚刚从森林中悄无声息地透露出来，小贝就赶着爬犁到了栈道的大门前，小贝跳下爬犁一个劲地拍打着选矿厂的大铁门，引来了院子里的一阵狗吠声，门卫打开铁门的观察窗，蒙眬中突然看见这一爬犁披霜挂雪的人吓了一大跳，连忙折回身往小石楼里跑去喊人。

玛丽亚昨天一夜几乎都没有合眼，她听到院子里有动静，连皮大衣都没来得及穿好就跑下了楼。她大声地说："一定是他们回来了，一定是他们回来了。"她不顾一切地向大门前跑去。

他们跑到大门口，打开观察窗一看激动地嚷道:“是他们，就是他们，快开门让他们进来!”

玛丽亚急得在雪地上一个劲地跺着脚。门卫拿出钥匙打开了门，小贝还没甩响鞭子三匹马儿拉着爬犁就跑进了院子，紧随他们后面的别克中尉骑着马也跑了进来。周宇第一个从爬犁上跳了下来，还没等他开口说话，玛丽亚就急不可耐地嚷道:“格里木救回来了吗?”

周宇向爬犁上喊道:“都到家了还不下爬犁?”

小贝跳下了爬犁，加克达也跳下了爬犁，只有格里木坐在爬犁上缩成一团。周宇认为他是被冻坏了，他同加克达赶紧从爬犁上拉下他来。玛丽亚走上前拉开他的帽脸，只见他两眼呆滞，满脸的络腮胡子，下巴都瘦得溜尖起来。玛丽亚上去一把拥抱住格里木激动地哭泣起来。

鲁洋拉了玛丽亚一把说:“回来了就好，回来了就好。不要站在雪地里吃风了，赶紧回屋里说话。”

玛丽亚就像怕格里木再次走失了似的，拉住他的手走进了小石楼。司马嫂说:“都到餐厅里坐吧，那里场子大，我已经把火墙烧热了。”大家都进了餐厅，玛丽亚帮着格里木脱去大衣，拉着他的大手不停地抚摸着。格里木浑身在颤抖，他一句话也说不出来，只是不住地流眼泪。鲁洋走到他们面前拉开玛丽亚的手说:“司马嫂，打些热水来让他们洗一洗。”他又回过头来问起营救格里木的经过。周宇说:“这次行动多亏了别克中尉安排得周到，要不然我们一个人都跑不回来。”

别克中尉说:“还是你们足智多谋，好在有惊无险啊!”

于是他们将营救格里木的经过简单地叙说了一遍。鲁洋夸赞地拍了拍周宇的肩膀，周宇“哎哟”一声叫出了声，这才感觉到脖子后面疼痛起来。

玛丽亚和别克立马跑过来帮他查看，这才发现他的衣领后面有贯穿弹孔，脱下衣服检查才看见他脖子后面早被流弹击伤，到这时还在往外边流着鲜血。别克查看后说真是危险，子弹再往里面偏一点，周总就是不死也会落下重伤。

别克帮他清洗包扎了伤口。周宇换了衣服便坚持走下楼来。这时司马嫂让小贝和加克达帮忙，端来了清炖羊肉汤和刚出锅的大馒头。玛丽亚亲手给格里木盛了一大碗羊肉汤，放上了两根大羊排，又递给他一个热气腾腾的大馒头说：“好了，都到家了，多吃一点。”她又为周宇盛了一碗羊肉汤，然后催着大家趁热吃早餐。很快厂里工人都知道格里木矿长找到了，有人便跑到餐厅里来看望他。他吃下了一大碗羊肉汤，两个大馒头，本来还想再吃一碗羊肉汤的，玛丽亚挡开了他的手说：“还是先睡一觉吧，不要一次吃伤了食。”

饭后，等玛丽亚把格里木安顿睡下后，鲁洋给她使了一个眼色，让她到他的房间去一下。进了房间鲁洋对玛丽亚说：“你呀，当着众人面对着格里木又是拥抱，又是抚摸，你看周宇脸色都成了啥样子，他是你的男朋友，又是内地来的汉人，你已经不是单身贵族了。”

玛丽亚不以为然地说：“格里木是从小看着我长大的，就像我的亲哥哥，这你又不是不知道。他都失踪了快两个月了，才营救回来，我不对他亲切谁会对他亲切。再说了那也是发自我内心的，就你们小汉子心眼窄……”

鲁洋说：“过去你是单身贵族，想怎么做就可以怎么做，别人也不好说三道四的。现在你是名花有主了，你不能只顾自己痛快，不顾念别人的感受。姐姐哎，周宇是个很优秀的小伙子，你得珍惜幸福啊！”

玛丽亚不耐烦地说：“行了，行了，你的话我听到了好吧，下次不这么做了好吗。”

鲁洋摇了摇头说：“我是为了你好……”

84

格里木一回到金矿，满天的乌云都驱散了。

鲁洋让司马北把周宇叫来。司马北问他做什么。鲁洋说：“格里木这一回来，暗室的保险柜就能打开了，今天下午我们把电解室的金泥收集一下，同保险柜里的金砂在一起炼成大条子，过两天哈尼要送货进山，玛总要回去，让他们把大条子带出去，我们矿上也少担些风险。”

吃过饭鲁洋去敲玛丽亚的门，周宇为他开了门。鲁洋说：“你的伤情咋样了？”周宇说：“没有大碍，只是脖子活动起来有些不得劲。”

鲁洋把提炼金子的事说了一遍。鲁洋说：“做这件事是需要绝对保密的，今天只能由我们几个人把电解槽里的金泥取出来，处理好再烘干过重，这就够忙到后半夜的了。然后再升火炼金砂，这要一气呵成。你把加克达也带来做个帮手，干这活人手不能杂。”

要周宇参加冶炼黄金的事是玛丽亚提出来的，格里木这几天有些恍恍惚惚的，有时还会狂躁得大吵大闹，玛丽亚他们商量要尽快地把他带回乌鲁木齐去治疗。

这是周宇第一次接触冶炼黄金，他吃了早餐便大步流星地向电解车间走去。来到电解车间敲开门，鲁洋让他穿上工作服，戴好粗布手套，一边给他讲解着电解金的原理，一边让司马北手把手地教着他扫刮金泥。

直到夜深了他们才到餐厅去吃饭。玛丽亚问这次收获怎么样，司马北说成色还不错，应该有个好收获。

鲁洋问：“格里木起来了没有，让他把保险柜里的金泥拿出来，趁着这次一起冶炼了，过两天你们一起带出去。让加克达跟着你拎黄货，别克中尉同他一起给你当保镖，这次封冻以来的黄金都在这里了。”

玛丽亚说：“让小伙子一同回去，到白房子就不麻烦别克帮我开车了。我到家就要飞往上海，去筹备贾登峪宾馆设计的讨论会，也带他到南方去找个医师帮他检查下伤情。”

鲁洋苦着脸说：“周宇对选矿和冶炼才刚刚走上路，我现在还离不开他呢，姐姐啊，你还是忍痛割爱把他留给我吧。”

玛丽亚笑着说：“好个你大洋啊，我现在真是离不开他了，开论证会我还得靠他顶着半边天呢。”

吃了饭他们到格里木房间，想让他把放在保险柜里的金砂拿出来，乘着晚上一起冶炼了。只见他穿着棉衣坐在床边上一动也不动。司马北问他吃饭了吗，格里木突然发疯似的一把抓住了他的胳臂，如同一个饥渴到了极致的乞丐一般，声泪俱下地嚎叫道：求求你们了，给我抽一口吧，就抽一口……

别克拉住了他，鲁洋再三劝他先把钥匙拿出来，打开保险箱。他全然不顾地嚷着要先“抽一口”。鲁洋知道玛丽亚同格里木的兄妹感情，有些话他不敢如实对她说。别克中尉这几天都在陪伴着格里木，知道他已经染上了毒品。

玛丽亚一听到格里木的嚎叫，赶紧来到他们房间。格里木一见到玛丽亚就咬紧牙关，浑身颤抖着安静了下来。玛丽亚问是怎么了，别克中尉赶忙说可能是被吓着了。他让加克达帮着格里木穿上羊皮大衣，要带着他到外面给寒风吹一吹，看能不能好一点。玛丽亚说还是让我和别克陪他出去转一转吧，你们还是去做你们的事。

格里木听了这话猛地站起身子来，一头向对面的墙上撞了过去。别克眼疾手快，上前一把抱住了格里木，两人就像一座小山似的轰然倒在地上。加克达见没有办法了，只得把周宇找来。周宇让玛丽亚先回房间去，然后帮他点了昏迷穴才让他安顿下来。鲁洋说我们还是再等一等吧，看看他还能不能恢复理智，把保险柜打开，一次性把冬季的金砂都冶炼了带出去。

周宇说彼得他们是黑社会，这次他们吃了亏，说不准他们什么时候还会钻出来报复我们。别克中尉，你能不能帮我们想个长治久安的办法来对付他们。

别克中尉说，你说的真是件大事。过去只听说过这边境大山里有金矿，没想到它离着边境线仅是一步之遥，而且就隔着一道山谷便是他们的娱乐城堡。现在我们国家正在搞发展，这一块又是未定界的争议地区，说实话我这次进山来也有勘查任务。他们那边乱糟糟的，在这阿尔泰大山里上百里路都没有人家，通信也不畅达，很容易发生意外事件。特别是这次营救格里木矿长，他们丢了财源，伤了人马，是不会甘心的，这几天我也在担心他们会出手报复呢。

鲁洋说：“中尉同志，你又不能长期住在金矿，被你这么一讲，我还真是有些后背直淌冷汗呢。”

别克中尉说："我想了，你们给县政府打个报告，组建一支民兵小分队。再让萨特书记出面，从边防部队派两个军事骨干来帮助你们搞一段军训，起码在这边境上也能有一支准军事力量。要是说对付正规武装那确实显得微不足道，但是对付黑恶势力还是管用的。"

85

鲁洋他们忙碌了一夜，直到天光大亮才把金泥炼成了金条。玛丽亚说分工要调整一下，别克中尉到矿上已经一个多月了，为了金矿的事耽误了他探家过春节，实在是有些过意不去了。加克达和别克就跟我回去吧，一来路上好照料格里木，二来也是为押送黄金保驾护航。加克达问："周总回去吗？"

玛丽亚说："周总得留下来，他不但要协助鲁老师工作，还要负责保卫矿山安全呢！"

加克达说："周总不走我也不能走，我来的时候老爹有交代。"

玛丽亚只得将求助的眼睛看向周宇。周宇对加克达说，这样吧，你同别克中尉回去是保护玛总和财产的。你把这次任务完成了，先回图瓦村看一看，等玛总再进来时，你把嫂子一同接进来，嫂子有文化，还当过赤脚医生，矿里正缺这样的人手呢。加克达听了他这话，脸上才露出了笑颜。

第二天，大家把货物搬上爬犁，加克达帮着玛丽亚将格里木扶到爬犁中间坐稳了。别克把周宇拉到一边说，我们这一走矿山的保卫力量就少多了，我给你留下一支微冲，放在我房间书桌的柜子里，还留了两弹夹的子弹，不到万不得已时不要动枪伤人。我回到部队会把这里的情况向领导汇报的，出了格里木的事，阿狼他们说不准啥时就会跑过来找麻烦，你可不能掉以轻心啊。

周宇有些恋恋不舍地说："兄弟哎，谢了，我同玛总说了，要她尽快把你的意见报告给萨特书记，希望在矿山还能再见到你。"

别克转身跳上爬犁，玛丽亚走到周宇身边张开双臂说："小伙子，分别了，来个拥抱吧！”

周宇不习惯在众目睽睽之下同她过分亲热，但是她已经张开了双臂，他只好迎上去同她拥抱在一起。玛丽亚在他耳边喃喃地说：“你是我的爱人，格里木是我的哥哥，又是个病人，你们都是我的亲人。我能把自己全身心地托付给你，也只会把情感分一点给亲人。等着我办完山外的事，马上飞回来陪伴你。”

玛丽亚吻了周宇转身跳上了爬犁。哈尼老爹看到大家都上了爬犁，高喊一声：“走啦！”马鞭在空中甩出了两个炸响，三匹马撒开蹄子奔跑起来。爬犁滑出了大铁门，大家依依不舍地挥手道别。

常言道老马识途，三匹马儿嘴里不停地喷着雾气，拉着爬犁在白雪皑皑的峡谷里转来拐去，很快就走过了几道山口，大家都有点昏昏欲睡，别克警惕地将微冲裹在羊皮军大衣里，枪口倾向右下方。这时候哈尼老爹也眯上了眼睛，他用耳朵听着马蹄发出的声响，突然他感到马儿惊顿了一下，急忙睁开眼睛，只见从前面的山沟中奔出一标人马，挡住了他们的去路。哈尼猛然拉住了刹车，一阵刺耳的怪响将爬犁上的人都惊醒过来。

别克迅速从爬犁后面跳下雪地，往边上走开两步，只见五个蒙面的雪人骑在高头的马背上，一色手中端着长短枪，挡住了他们的去路。他心中“咯噔”一下。拦住他们去路的领头人在马上用俄语高声嚷了一通，旁边一个人用汉语翻译道：“我们堡主说了，要你们周总出来说话。”

别克中尉心中顿时明白了他们的来路，他高声地喊道：“朋友，我们这里没有什么周总，请你们让条道。”

骑在马上的领头人用俄语高声喝道：“统统都给我滚下爬犁来，我们要对你们进行检查！”

玛丽亚看到这种阵势，心想自己人中出了奸细，要不然怎么会带上黄金刚出门就被截道了呢。

她来不及多想，立刻跳下爬犁，取下火狐狸的皮帽子，用俄语喊道：“兄弟，你们越境了吧。你们俄国人没有权利在中国领土上截查车辆！”

这时加克达也跳下爬犁站到了她的身后，他告诉玛丽亚说话的人是彼得，后面的是阿狼，让她不要往前走。彼得嚷道："我们知道你们是金矿的人，你们劫持了我的要犯，我就有权利要你们丢下财物。听话的留你们一条活命，不然就弄死你们。"

玛丽亚说："我们是中国公民，你在中国境内伤害我们中国政府是不会饶恕你们的。有话好说嘛，还是大路朝天，各走一边吧。"

别克中尉低声地对他们说："我来吸引他们，你们赶紧上爬犁。在这里同他们讲道理是对牛弹琴，让哈尼老爹准备好冲过去，只要冲过去我就能制止他们的追赶。"

彼得说："你个娘们，不要用你们的政府来威吓沙皇彼得。我就是彼得城堡的堡主，这阿尔泰大山就是我的领地……"

别克向他嚷道："检查可以，要财物也可以，但是你们不要伤及无辜……"

他一边说着，一边做出让大家从爬犁上往下放东西的样子。当人们都上了爬犁，做出往下要拿随身物品的模样时，别克最后向爬犁走去，当他一接近爬犁，猛地往爬犁上一跳，大叫一声："冲过去！"哈尼正用眼睛的余光瞄着他，他拉紧了马缰绳，见他跳上了爬犁，扬手一甩鞭子，三匹马就像离弦的箭一般迎着蒙面人直冲过去。

自从格里木被营救走后，彼得他们在追赶中又伤了三匹良马，还摔伤了一个人，他们憋了一肚子的气。他同阿狼商量一定要报复周宇。他们分析格里木被救了回去，是一定会送出山去的。昨天他们得到眼线汇报说，矿山来了送物资的爬犁，按常规第二天他们就要返回去。他便同阿狼合计，亲自带了一队人马来截取金矿的人财。当他听到别克说让他们检查爬犁时，认为金矿的人是被他们的阵势震慑住了，于是一招手便带了两个人就要往前去检查他们的爬犁。

阿狼愣了一下，正怀疑别克有诈，刚想喊住彼得他们，没承想三匹健马就拉起爬犁向他们横冲直撞过来。仓促之间还没等他们反应过来，三匹马拉着爬犁就冲了过去。等到他们从慌乱中掉转过马头，爬犁已经冲出去了二三十米远。

彼得气得七窍生烟，嚎叫一声：“追，不要放走一个人！”五匹马分成散兵状疯狂地追了过去。他们刚追出去十来米远，就听见几声清脆的枪响，弹丸在他们的马蹄前方，一米见方的雪地上射出了几个弹孔，冲锋中的马儿吓得立马站住了脚。彼得一愣神再次抖擞起精神，勒紧马缰呼叫着往前冲去。阿狼也带着剩下的人马紧随其后冲了过去。阿狼边追边喊道：“彼得，小心！”话音没落就听见两声枪响，尖厉的弹丸带着哨声从他们耳边飞过。

这时别克朗声喊道：“彼得，你们再放马追来，我可要伤和气了，中国有句俗话说，事不过三，过三就会打弯啦！”

阿狼在马上大声地喊道：“彼得，快回来，他们矿山有一批神枪手。今天他们是有备而来，你不要上当……”

彼得这几年在俄罗斯走南闯北，从来没有吃过这个亏，这时也正在气头上，哪里能听进阿狼的话，他狠命地加上一马鞭，奋起直追过去。他骑下的白马，裹着雪雾，尾巴翘起跑出了一条直线。这时别克对着他耳边一个点射，弹丸夹着哨声，侧着他耳边飞了过去。此刻的彼得就像是一头被撩起了性欲的骚牯牛，领着他的手下无所畏惧地冲锋向前，眼看着就要追赶上了前面的爬犁，只听见两声清脆的枪响，他身边两骑一个趔趄几乎在同时摔倒在谷底的雪地上。

彼得立刻勒住了马缰。他狠狠地竖起手中的枪，对着前面的爬犁就是一梭子弹。跌倒在地上的人，这才想起来对着爬犁飞奔的方向开起枪来。很快爬犁便消失在雪山沟壑之间。彼得从马上跳到雪地上暴跳如雷，阿狼也面有愧色地跳下了马。阿狼查看了马儿的伤情，只见它们都是在前右大腿的外侧，几乎是同一个部位被子弹削去了一块皮肉。彼得听说了还不大相信，他亲自验过马伤后，气急败坏地叫嚷道：“这是他们在向老子示威，走抄他们老窝去！”

阿狼说：“彼得，你就先忍了这口气吧。这是在中国境内，他们这边不像我们那边乱、搞不好他们派了人过去，一个晚上就把我们辛苦了好几年的城堡给端了。再说了他们像今天这样的神枪手矿山还有二十多个呢，而且人人都有一支这样的冲锋枪，这都是我亲眼看见的。再说了，你看今天周宇就没有出来，他一定是留在了金矿守家护院了，那小子才是个狠茬！”

彼得瞪着血红的眼睛说：“难道这事就这么算了……”

阿狼说我们只是伤了马，还没有伤着人呢。你看他们那枪法，就像是鹰隼抓兔子一样的精准，他们这样做也算是放了我们一马了。再说了开金矿才是我们的目的呢！

彼得突然问阿狼说：“你说周宇那小子是个狠茬子，他都狠在哪里了？我咋就没觉察出来呢？”于是阿狼便把当初在牢房里周宇不动声色，打倒一片狱友的事情细说了一遍。

气得彼得高声嚷道：“君子报仇十年不晚，回城堡！”

86

过了清明，阿尔泰山里的早晚还是像寒冬一样的冷寒，鲁洋算着又要到哈尼送物资进山的日子了，他决定利用晚上的时间，把年后生产的金泥收集起来，冶炼成金条，乘着哈尼返程的时候带出山去。这个事他谁都没有告诉，他在心里费起了思量。他自打年前进山就没有回过家，老婆和孩子也有几个月没见着了，学校还有好多事情等着他去处理，他想跟了哈尼的爬犁回去一趟。

这几个月周宇对金矿的一般性技术基本上都能动手了，这小子就是一个天造地就的奇才，干什么像什么，一点就通，一学就会。鲁洋在为她高兴的同时，也惋惜他没有受过正规的高等教育，不然一定能在方家手中雕琢成器。

春节过后，他们决定还是按照原计划先把黄金冶炼出来。鲁洋安排这次冶炼黄金他负责在旁边指导着，主要让周宇操作，司马北给他当下手。第二天晌午二百多两黄金炼成了大金条。清晨山里就飘起了雪花，直到天色灰暗下来他们才看见哈尼赶着爬犁上山来，跟在他后面还有一辆是加克达赶着的爬犁，他们不但带了柴油和日用品，还从前后爬犁上跳下一男一女两个大活人来。周宇跑上前一看，前面爬犁上跳下的是别克中尉。他上去一把拥抱住他高兴得直嚷嚷：“哎，哎，兄弟啊，你咋又回来了呢？”

别克也笑着说：“咋的啦，不欢迎咱就一二一向后转。”

鲁洋兴奋地嚷道：“欢迎啊，欢迎！我们昨晚还在发愁说是人手不够，这一下来得真是太及时了！”

别克说：“我回家休了探亲假，刚返回部队就接到上级指示，要我来帮助你们组建民兵小分队。萨特书记催得急啊，县武装部还给你们配备了十二支全自动步枪，每支枪配备一百发子弹。枪支弹药要集中保管。哎，不要我们光顾着说话了，你们看后面还有谁来了。”

大家往后面一看，爬犁上走下来的是加克达和他的爱人纳仁花。周宇又是高兴得不行，他让司马北张罗人卸货，赶忙拉了他们进到小石楼里说话。

问了窑厂的情况，得知杨文章他们在年前就回了老家去了，小六子烧完了最后一窑砖已到年根。他把这最后一窑砖闷在了大窑里，等着开春再出砖。他跟着阿云娜回了她家过大年。

这次是别克和加克达一起护送鲁洋出山的，因为人手多了，周宇找了由头把小贝拖住，没给他出去的机会。果然不出周宇所料，鲁洋他们出山很顺利，到了白房子别克就开着越野车一直把鲁洋送到阿勒泰，他们把黄金往银行一交，鲁洋带着支票搭班机回了乌鲁木齐市，从那里转机回到了西北工业大学。

别克带着加克达回到军分区住了两天，赶着哈尼下次送货进山前回到白房子，同他一道赶着两辆爬犁又回到了小金岭金矿。

周宇听说他们回来了非常高兴，当他来到爬犁前却意外地见到了陆笑梅，她是提前两天赶到白房子来等候的。她说是玛总有事派她进山来的。能在大山里见到陆笑梅，周宇感到非常意外和高兴。

当晚他们用好菜好酒给大家接风。周宇让司马嫂把鲁洋的房间打开给陆笑梅住，他亲自送陆笑梅到了房间。

陆笑梅跟着玛丽亚来过几次金矿，她对这里并不陌生。他们进了门都感到室内温度比较高，于是脱下了外罩说了一会儿闲话，周宇问了公司里的情况后，又问："格里木现在怎么样了？"

陆笑梅说："在戒毒所住了一段时间，头脑出了一点毛病，出院后小袁把他送回草原老家去了。玛总每个月按时给他邮工资去，还三天两头地给他打电话问候呢。格里木住院那阵子，她只要在乌鲁木齐，工作再忙都要到医院去看望他，比对自己的男人还上心呢。"

周宇在心里抽搐了一下，脸上掠过了一片阴云，嘴上却说："那也是应该的，他是公司的创始人之一，又是个病人，再说了也是为了金矿落下的毛病。"

陆笑梅说："听玛总说，还有一笔金砂在他手里没拿出来。一开春，公司上下就要大笔用钱，她也不采取措施，真不知道她是怎么想的，更不知道他们这不清不楚的关系是怎么处的。哎呀，我这多嘴了。"

周宇思索了一会儿抬起头来说："陆经理，玛总要你来传达什么指示？"

陆笑梅笑着说："也没什么指示，就是想到山里来看看你，想你了。我们相识也有一年多了。我现在感到有点累了，想到内地去闯荡，当个新时代的女闯王。要走了，来同你告个别。"

周宇大吃一惊说："你可是玛总的得力干将啊，她对你就像亲姐妹一样，你咋能在她事业关键的时期走呢？"

陆笑梅冷笑了一声说："什么亲姐妹，我只是个打工仔罢了。哪有利用手中的权力同亲姐妹争夺爱情的！"

周宇更加大惑不解了，赶忙问道："你说的是……"

陆笑梅趁着酒劲说："你真是城府深深深几许啊！我说的就是你，我也不怕得罪你，反正都是要离开疆欧的人了。你不就是看中了玛总是个有着万贯家财的俄罗斯富婆吗！我向你求爱的信息施放的还不够明晰吗？我不美丽漂亮吗？我不年轻温柔吗？我也不缺乏才华和能力。我就是想不通，你为什么在一个清纯的姑娘和富婆之间，甘愿吃这么大的苦，拜倒在金钱的石榴裙下……"

周宇听了她这话，气不打一处来，他猛地站起来对陆笑梅嚷道："你够了，你冒着天寒地冻跑进山里来就是为了羞辱我吗？你也太看扁了我周某人。我知道你对我好，我又不是憨子。但是小袁陪我坐过牢，为了我受过屈辱。在我走出班房时，他就告诉我说你们正在谈恋爱，他在追求你。我能抢恩人的女朋友吗，我周宇做不出来那种缺德事！我能体察到你对我的关心，但那是朋友之间的友谊。至于玛丽亚是在很长时间后，我才发现她对我有了情感。我周宇有做人的准则，她是冒了生命危险把我从大雪窝里救出来，为了拯救我，她甘愿献出了女人的一切！”

陆笑梅嚷道：“你那是感恩，不是爱情，不是爱情！”

周宇说：“什么是爱情我不知道，但是连感恩的心都没有了，还能谈上爱情吗？充其量也只是情欲罢了！”

陆笑梅上前一把抱住周宇柔情地说：“我不管你情也好，欲也罢，今天晚上你别走，我们明天还是朋友，我绝不再纠缠你了。我的朋友，这是我心甘情愿的。对你来说我就是这么不可理喻！”

周宇叹口气，起身就走。他轻轻地拉上了她的房门后，带着一颗纠结的心回到了自己的屋里，久久没有合上眼睛。

87

第二天，周宇要到山下的坑道去，早早地骑着马走了，他让司马北夫妇代他为陆笑梅送行。陆笑梅一觉醒来，直到她离开矿山也没见到周宇来为她送行，心里感到很失落，苦笑着摇了摇头坐上了爬犁走了。

周宇从山下回来，同司马北商量按照鲁洋走前的交代，安排纳仁花到化验室工作，还兼职矿山的医务。他们补充了接受过军训的工人，组成了民兵小分队，由别克中尉率领着每天中午军训一个小时。加克达担任民兵小分队的队长，日常工作是维修和保养机械。

周宇按照鲁洋的吩咐除了日常工作，每天还要学习金矿业务课程。这天吃了早餐周宇便同司马北爬上山腰，把四个坑口走了一遍，跟着他学习指导作业组采运矿石。建矿初期鲁洋选择在这片山腰坪坝上建选矿厂，就是因为在这片山脉上方有一条富集的金矿带，能够支撑选矿厂若干年使用。为了细水长流，鲁洋又选择了在附近几个山沟里打开了六个坑口，冬天以山上矿石为主，山沟矿石为辅。开冻后便反过来以山沟里矿石为主，山上矿石为辅。原则是先吃富矿，把够品位的一般矿石先堆放在一边作为储备。所以金矿一开建他们就在这大山里挖到了第一桶金子。

周宇是个刚刚跨入淘金行业的新人，他跟着工人猫着腰钻进坑道里，在狭窄的巷道里往前走上几百米，才能见到在矿灯照亮下的五颜六色的金矿脉，司马北要工人们先把矿皮边的围崖剥离掉，然后把两边各有三四十公分的矿边皮放到一边，最后把中间的矿心取下来，小心翼翼地将它们分类运出坑道口，溜下矿槽去。

出了坑道口司马北说这一个坑道里只能容下六七个人作业，他们每天只要抠二三吨矿心整月的工资就有了保障，那矿边就是额外赚的了。他们出了坑道口，周宇见两边堆的都是围矿渣，便问司马北这些石头是做什么用的。司马北说这是没有用的废料。周宇想了想说："司马矿长，你让工人每天下班时溜几矿车废石料下去，我有用处呢。"

他们回到选矿厂吃了饭便到选矿车间去，纳仁花早在选矿车间门前等候他们了，她要跟随周宇后面取溶液样化验。周宇同司马北从车间查看一趟，取了样带回化验室做着化验。

饭后，周宇和加克达、别克中尉背上了微冲，到马厩里牵出马来备上鞍子，三个人一路下了山去。他们到了山谷里便顺着谷底策马走去。天气已经到了四月中旬，下午山谷底的冰雪已经开始松软了，马蹄踏在雪地上发出扑哧、扑哧的响声，马前溅起了水花。他们在山谷底走过了几道山口也没见到哈尼老爹的爬犁，他们放开马又往前面奔驰了一段路，转过了一道大弯，隐约听到前面传来一些声响，别克拿出望远镜对着前面观察了一下，大惊失色道："快跟我来！”

他一马当先，周宇双腿猛夹乌云马策马随后，加克达提起五花马缰绳紧随其后。往前跑出一段路他们看见有一个人拉了几匹马儿站在山谷一旁，还有三个人正在踢打着雪地上的几个人，其中有个人将背部转向殴打者任凭他们踢打。几个人正打得不亦乐乎，根本没留意到后面还有三骑正朝他们奔驰过来。当距离缩短到只有三四十米时，别克扣动了手中的扳机，两声枪响吓得踢打者就像受惊的野兽一般，立马停下了手脚，转身就想夺马逃跑。

加克达大叫一声：“不许动！”打人者抬头看见骑在马上的三个大汉，举着黑洞洞的枪口对准了他们。牵马人立刻丢开马缰，举枪正想负隅顽抗，只听得“砰”的一声枪响，他手中的步枪掉落在雪地上。他一声惨叫，捂着手坐到在雪地上。四匹马儿受到了惊吓，顺着山沟向前面奔逃而去。被打的人从雪地上爬了起来，周宇一看原来是哈尼老爹。他翻身跳下马，上前搀扶住他。

哈尼对着三个垂头丧气的家伙嚷道：“你们打呀，你们打呀，我说秃鹫头上有蓝天，乌云遮不住太阳，这是我们中国的地盘，总不能让你们为所欲为吧！”

周宇抬腿一脚把殴打哈尼老爹的汉子踹出老远去，他走过去拉起另一个被打的人，他立马惊得目瞪口呆，原来哈尼老爹保护着的人是玛丽亚。玛丽亚保护的人是哈尼的孙女果儿古丽。玛丽亚看见周宇带人来接应他们，一时兴奋不已，全然忘记了刚才的危险，她上前一把拥抱住他嚷嚷道：“要不是你们来得及时，我们就要遭殃了，有我小伙子保佑，真主睁着慧眼呢！”别克赶紧跑到果儿古丽身边拉起她来，关切地问道：“伤着了没有？”

果儿古丽摇了摇头说：“我没有被打着，都是玛丽亚姑姑保护了我呢。”

周宇转过身来命令打手们摘下头套，其中有两个人乖乖地摘下了白色的头套，最后一个人不愿摘下头套。加克达上去就要扯下他的黑色头套，周宇拉住了他的手说：“给你留点脸面，你们这样一而再、再而三还没完没了了。你回去告诉彼得和阿狼，几次遭遇我们都没有对你们下狠手，就是因为格里木也有不是。但是他是受了你们欺骗的。即使这样我们也给了你们五万元人民币了，那在你们俄罗斯就是三十几万卢布啊。你们还要狮子大张口真是贪得无厌。如果答应了你们的敲诈勒索，这大山里还不乱了套！”

带着头套的人沉默了一会儿，用汉语说：“你的话我听明白了。这次你放过了我们，格里木矿长的事就算过去了。我们今后还是井水不犯河水。”

周宇说：“行，我们先小人后君子。加克达把他们枪里的子弹都退出膛还给他们，也把他们的马儿追回来还给他们。”

哈尼老爹说：“我来帮着你们追回跑了的马匹吧。”

哈尼同加克达骑着马儿向山口追去。别克中尉让他们四个人坐到背阴的雪地上，举着黑洞洞的枪口逼住他们。周宇低声地问玛丽亚和果儿古丽，爬犁上都带了什么吃的。果儿古丽说：“周大哥，你饿了吗？爬犁上有半面袋子馕你拿出来吃吧。”

周宇拿起面口袋掂量了一下，从中拿出了几张馕来。不一会儿哈尼和加克达牵着跑掉的马儿回来了。周宇让坐在雪地上的人都站起来，把马缰绳递给了他们，又把面口袋扔给了戴黑头套的人说：“你们就顺着山谷大道走，上半夜还能赶回城堡，给老朋友带个话，我们后会有期。”

四个人骑上马，头也没回地逃之夭夭。周宇问哈尼老爹伤着没有。哈尼说：“大冬天的都穿着棉衣呢，只要是不打着脸也重不到哪里去。我就怕他们伤着玛总和孩子。”

别克回过头来问周宇：“你干吗要放虎归山，还把武器还给他们？”

周宇说：“在这方圆百里不见人迹的地方，你还真想把他们带回矿山去啊，我们还没有那么多的牛羊肉喂他们呢。这一次也是给他们一个台阶下，希望他们能好自为之。冤家宜解不宜结嘛，何况在这大山里我们做邻居是搬不动的，这也算是统战吧！”

加克达让果儿古丽骑上他的马，同别克跑在爬犁前面，他赶起爬犁载了玛丽亚和周宇向小金岭方向奔跑过去。

周宇说：“吃了午饭我就感到有些心神不宁。最近路上不太平，我们来迎接老爹。做梦也没想到你会回来啊。”

玛丽亚从皮手套中抽出手来，捂住周宇的半边脸，闪着长睫毛说：“怎么呀？不欢迎啊？”

周宇笑着说：“哪能呢，你还是董事长呢，我只是个打工仔！”

玛丽亚轻轻地拧着他的鼻子说：“谁都能说这样的话，就是你不能说这话。加克达你说是吗？”

加克达憨厚地笑了笑所问非所答地说：“格里木矿长身体现在怎么样了？”

玛丽亚皱了皱眉头说：“住了一阵子医院，医师说他患了抑郁症，这是他在彼得城堡被关押时落下的病根子。”

周宇说：“格里木是个性格开朗的人，过了这阵子，他从阴影里走出来就会好的。只是尽量让他少到矿山来，不要勾起他对那段往事的回忆就好了。”

玛丽亚说：“那样这山里边你就得多担当了，本来打算让你主政建设夏登峪大酒楼的，出了这档子事，只能辛苦你们兄弟了。所以我打电话让加克达把纳仁花也带进来，这样也好彼此有个照应。”

周宇问：“这次到海南夏登峪大酒店设计方案论证的怎么样？”

玛丽亚说：“有吴有德在那里主持，‘三剑客’领衔挂帅还有通不过的？这一次连国家旅游局和自治区分管副主席都到会了，马专员、萨特书记都去了，那个论证会啊开得是盛况空前，亚历山大不但到会听了论证，他还邀请了一些国际知名建筑师到会，会议提出了一些建设性的意见。设计团队马不停蹄地赶回上海，对原有的设计进行修改完善。五月上旬到乌鲁木齐来通过最终设计，听说自治区主席也要参加会议呢。我从海南急着赶回来就是筹资调款，准备进入实施阶段，把开工仪式的锣鼓敲得喧天响。”

周宇伸手将玛丽亚揽进怀中，嘴里说着辛苦了，他用眼睛的余光看见加克达正在专心致志地赶着爬犁，他用右胳膊托起她的头，将嘴凑向了她的红唇……

88

天刚泛出铅灰色周宇便起了床，他回头看见玛丽亚白皙的左胳臂裸露在被子外边，脸上透着甜蜜蜜的笑颜，便轻手轻脚地洗漱后走出了房间，下楼去陪着哈尼父女俩吃早餐。因为天气寒冷，周宇请别克中尉护送哈尼父女下山去，叮咛他一定要送过第二道山口。

他穿上劳动布的工作服，同司马北一道去山上掌子面检查采矿情况。司马北看了看周宇诡秘地一笑说：“玛总才进山，你不陪着她说说贴己话，干吗要起这么个大早？”

周宇笑了笑，岔开话头说：“我是在想这金矿每天做啥只磨七八个小时的矿石，然后其他车间还得开机作业。这不是浪费柴油吗？”

司马北说：“天气转暖了，磨矿时间还会长一些，到了冬季矿石量跟不上呢。”

周宇说：“那为啥不能多开几个坑道，多出矿石呢？”

司马北说：“鲁教授计算过，山上开四个坑道口比较合适。”

周宇说：“那就在山下多打开几个坑道嘛，也能多出矿石啊。”

司马北叹了一口气说：“周总哎，你到这大山里来时间不长，开冻后这山里就是一个无政府的世界。上边派不出人来管理这百里不见人毛的鬼地方，乱着呢！我说啊，为啥这黄金就不生长在平原小坡地呢，偏偏往这千仞大山里钻，在我们老家山东也是这样。许多采金人打破头都想接近矿山技术人员，高价聘请去指导他们挖矿石。鲁教授不让矿上人与采金人接近，认为他们的成分复杂，安全隐患大，所以才少开坑口集中采矿，相互有个照管。”

周宇说：“这里边存在个有效管理的问题。我们这么多人在这冰天雪地里干耗着挨冻吃苦，机器却只干几个钟点，这也是一种人力资源的浪费啊。这一天延长几个小时开机时间，看着不多，但是架不住日积月累啊。这样大家就是吃苦受累也能多得工钱！”

司马北说：“你说的也是，但这是鲁教授定下的规矩，他让这么干总该有他的道理吧。”

两个人说说讲讲下了山，纳仁花叫住他们说，玛总让他们去开个碰头会。很快大家都到了玛丽亚房间的会客室。玛丽亚看了看大家说：“这次军分区和布尔津县委对我们很关心，请别克中尉来帮助我们组建民兵小分队，我是非常感激的。另外，县委还让公安局在我们矿上设个民警执勤点，给了两套民警服装，为了方便边境工作，都佩戴了领章和帽徽的。我想啊，这个民警值班员就由加克达来担任。”

加克达感到神情一阵紧张，话也说不利索了。他说：“哎呀，我、我对这活一点也不懂啊……”

玛丽亚说：“这不要紧，开冻后你到公安局报到，他们还要对你们进行培训呢。”

司马北说：“这是天大的好事啊，有了这顶公安帽子，我们对这大山里的管理就名正言顺了。”

玛丽亚说：“彼得城堡同我们的矛盾不能总是这样僵持下去，得想个办法解决它。前两天周总放了他们的人有利于缓和矛盾。格里木的事你们也都知道了，现在他精神基本恢复了正常，据他说是黑老霍多次把他带到彼得城堡去玩耍，玛佳引诱他吸毒的，他们还做了结子陷害他。在关押他的时候，强迫他写下了二百两黄金欠据。他说压根就没有那么多。格里木认为矿上有内鬼呢。”

周宇说这个事我早就留心了，他把怀疑小贝是内线的事情说了一遍。又把从小贝入手，挖出阿狼在矿山内线的想法说了一遍，别克听后又做了一些补充。

周宇说要把这件事情彻底搞清楚，除了小贝，还得审问黑老霍。别克中尉说黑老霍是个江湖油子，他的眼线多，还有一帮淘金的兄弟，不能强抓，还是智取。大家商量了半天，还是由周宇出面把他诳到矿山来再下手。

第二天，天上又飘起了雪花。周宇让加克达把小贝叫了来。周宇对小贝说：“你一个人还能就这样混下去吗，也不想这辈子咋过了，也不想找个女人成个家。

以前你干的那些坏事也是被逼无奈，是受了人家蒙骗，但是今后你打算咋办?”

小贝可怜巴巴地说：“周哥，在班房里就你对我好。这次在山里遇上了你也是我的造化。我就独龙一个人，成天也是三个饱一个倒。你是矿上的大官，我就跟着你干。”

周宇说：“你要是真心在矿山干你就得改邪归正，同过去一刀两断，真心听干部的话。我同他们讲你过去的事就过去了，不让他们找你算旧账。但是你得要有立功表现。”

小贝一听这话紧张的脸皮放下了一些，说：“周哥，我知道你是好人，我听你的话。”

周宇说：“那这样，吃了饭你陪我到黑老霍那里去走一趟，我请他到矿山来喝酒，有些事也想同他问问明白。”

小贝翻了翻白眼，细长的脖颈子往油腻腻的黑棉袄领子里面缩了缩不言语了。周宇说：“这事与你无关，今后我有事你就跟着我，没事就在矿上干活。我也不会为难黑老霍，怎么说格里木也是有错的，苍蝇还不叮无缝鸡蛋呢。再怎么说咱们也是在一起吃过牢饭的人嘛。”

小贝看了看周宇说：“你说这话兄弟心里就有底了，不管怎么说老霍叔对我有恩，在我被人像赶狗一样地打得满街乱跑时，是他伸手救了我，他有吃的也不忘了省半口给我，我不能做忘恩负义的人。老霍叔都坐过两次班房了，周哥，我求你，你让我当牛当马都行，就是不要让他再进班房了。”

周宇说：“你小子还挺仗义的吗！我为啥亲自去请他，就是想挽救他一把呢，要不然我派两个人去，把他五花大绑抓来不就得了？”

小贝说：“周哥，你这么说我陪你去找老霍叔。”

89

周宇和换了便服的加克达坐着小贝赶的马爬犁，不到晌午便赶到了黑老霍的地窨子前，一看是铁将军把门。小贝说这晌午他可能是趁着气温上升，上碾子去提金了。

小贝说阿狼有两个铁碾子交给黑老霍掌管，他也有四分之一的股份在里面。每天要不分昼夜地碾矿石，弄到富矿石一碾子能搞个三四十克汞金呢，有时候干了一天一夜只能弄十来克汞金。小贝说，黑老霍从河南干到甘肃，又从甘肃干到新疆，有一手淘金的好本事，他能做到碾碾不落空，有的人忙了几天连个金毛都看不见。但是现在不像前几年了，富矿不好找，要请到有大学问的人才能找到富矿。

说着他们就来到了山沟的一个弯子里，只见有四、五个人正围着大铁碾子忙活着。小贝要喊黑老霍，周宇向他摆了摆手走到了他们身后，只见黑老霍披着一件破皮大衣冻得浑身哆哆嗦嗦，用两只裂开血口子的宗黑色大手，正将铁碾子底部的水银往一个小木制器里扫，然后将水银倒进叠加了几层的红布里，再用力拧压包裹着水银的红布。他兴奋地大声问："你们说能有几克？"

有人说："应该有十克上下？"

另个人用手捏了捏红布裹紧的鼓囊说："不止，恐怕有十多克！"

黑老霍嘿嘿一笑说："不到二十三克！"

黑老霍抬起老油发亮的衣袖，擦了一把挂有半寸来长的清鼻涕，从身后小心翼翼地掏出一把象牙杆的精细小秤来，小心翼翼地从红布包中拿出浅黄色的金团子，放到袖珍铜盘上一约，立马吆喝道："二十二克七呢。"

大家都把眼睛瞅向黑老霍，夸他是好眼力。

黑老霍叹了一口气说："上一碾子还没挤到十克汞金，这一个星期也就干了这两碾子，再打个三七折，你说这天寒地冻的在这大山里受这份洋罪，还能划得来吗？"

旁边一个碾金人说："这年头干啥都不容易啊。"

周宇说："老霍啊，这一碾子毛金提得还可以吧。"老霍立即抬头同周宇对视了一眼，立马像被马蜂扎了一下似的，一跳老高地嚷道："哎，哎，你们咋来了呢？”说着话他狠狠地对小贝屁股上踢了一脚，嚷道：“你个败家孩子，怎么把他们带到碾子上来了呢。”

小贝向前跄了一个大趔趄。周宇赶忙说：“老霍啊，打人不打脸，是我让他带着来的。”

小贝可怜兮兮地说：“周哥是来请你去喝酒的呢，你也不分好赖就拿脚踢人。”

黑老霍立马堆起冻得拉不起来皮的笑脸说：“哎呀，周兄弟啊，我是不知道你来了，你是做大买卖的，我们这小打小闹的见笑了。”

周宇说：“今天没啥事，就是来请你到矿上喝杯闲酒叙叙旧。”

黑老霍嘿嘿冷笑了一声说：“周兄弟，我知道你是来者不善！”他猛地从铁碾子旁抄起一把大铁锹，突然间就像一只受惊的老狼，声嘶力竭地嚷道：“老子要是不去呢？”

黑老霍一声嚎叫：“兄弟们，挡住他。”话音没落，他转身就向背后的大山上奔去。

这时碾金的几个人顺手抄起了身边的铁锹和棍棒，挡住了周宇的去路。加克达没容分说，乘他们在围堵周宇的空隙，提气迈步像箭一般直冲黑老霍奔去。这几个人见他去追赶黑老霍，便凶神恶煞般地举起手中的家伙就向周宇砸去。当时，就听得周宇大喝一声，几个人只见眼前一道黑影闪动，立刻感到臂麻骨酥，手中拿着的锹棍立马掉落在地，只是龇牙咧嘴，连胳臂都抬不起来。这时加克达已经把黑老霍扛着扔到了他们面前的雪地上。小贝连滚带爬地跑了过来，扑通一声跪倒在地，一连声地哀求道：“周哥哥，你老人家不要生气，都是我们的不是，都是我们的不是，你千万高抬贵手，放了老霍叔一马……”

周宇朗声嚷道：“香的不吃，辣的不尝，请你不去，偏要抓你才走。小贝，这里没有你的事，是哥哥我逼着你赶爬犁的。”

周宇一把拉起小贝往爬犁上一推，加克达把黑老霍抓起来往爬犁上一扔，让小贝赶起爬犁扬长而去。他们出了碾子地拐进山沟，快马加鞭地向山口奔去。他们刚看见山口，只见前面有二十多个人拦住了去路。加克达从爬犁上站起身子来看了看说，周总，你押着这家伙尽管往前走，我来会一会这几头货。爬犁还没到人跟前，马儿先停了步。加克达跳下爬犁厉声嚷道：“你们是要活老霍，还是要死老霍，单凭你们一句话！”

这时从人群中走出一个独臂黑大汉，高声喝道：“兄弟，我不管你是哪路神仙，到老黑沟子来总不能让你这么轻飘飘地把当家的给带走了。放了人你走你的阳关道，不放人你就躺在这雪窝子里，等开化时雪水把你们一起冲进额尔齐斯河，淌到北冰洋喂北极熊去。”

说着独臂黑大汉便冲了过来，加克达没让他近身，一个闪身到他跟前，只用一个黑虎掏心把他打了个黄狗晒蛋，四脚朝天地跌倒在水稀稀的烂雪地里。

加克达刚一立稳脚，四个大汉举着大刀铁棒便奔了过来。周宇一个闪身上前，只听得哗啦啦一声响，从腰间抖出了九节钢鞭。这钢鞭舞起道道寒光，眨眼工夫四个人的刀棒都被打落在雪地上。这时有人高喊一声：“都闪开！”只听得“砰砰砰”几声枪响，子弹在人群前不到一米的地方钻进了雪窝。

加克达举着枪，拉着黑老霍从爬犁上站了起来。黑老霍高声地嚷道：“谢了，兄弟们一片心意，这位周兄弟是我当年的一位战友，我们兄弟之间有些事情要说说清楚，你们就不要掺和，让开一条道吧，明后天我一准回来。”

大家听了他的话这才闪开道路，让他们爬犁走过去。出了山口拐到谷底大道上，周宇说怎么闻到一股臊烘烘的味道。加克达嗅了嗅鼻子说是谁尿了裤子吧。小贝缩了缩脖子，身子矮下去了一截。

黑老霍骂了一句：“没出息的东西！”一路上只要黑老霍稍有动作，加克达就从皮大衣里伸出手去，掐着他的胳膊使上几分力气。这力气足可以让他心寒胆战，不敢发出半点叫喊。

他们回到选矿厂，周宇把黑老霍带进打扫过的餐厅，让食堂端来准备好的饭菜，拿出一瓶伊犁烧酒说，请你来还不愿意，我这瓶好酒都快放馊了。本来我有四瓶伊犁烧酒，上次来人喝了一瓶，今天我也不让你痛快，中午就喝这一瓶酒拉倒。

黑老霍翻了翻眼，不知道他葫芦里卖的是什么药，心中暗暗想到要死鸟朝上，不死再起来，反正你给酒老子就喝，给肉老子就吃。四个人各把一方，黑老霍觉得肚子早就饿得叽叽叫了，端起面前的大碗一扬脖子喝了一大口酒，张开嘴大大地出了一口气，伸出手从羊肉盆里抓起一块小腿骨，大口大口地撕嚼起来。

一瓶酒三下五除二就下了肚子，黑老霍看了看周宇，抢过空酒瓶，将瓶口对向嘴，瓶底朝天滴干了瓶底的残液，又大大地叹了一口气说，周兄弟啊，你也不要这么小气，你不就是想知道我狗肚子里的那点油吗！今天我既然跟你来了，也知道胳膊扭不过大腿。不是吹的，在老黑沟里只要我喊一嗓子，别看你们会几路毛拳，还有冲锋枪，真要动起手来我的兄弟吃亏是少不了的，但是保不齐你们也不能全活身子走出来，采金人急眼了也会拿命不当命使！

周宇说，行，我知道你黑老霍见过世面。他指着加克达说，他是县上派驻我们金矿的公安特派员。刚才在门口那个小伙子你也是见过的，他是边防部队的别克中尉，都是为格里木的事来的。你不让我为难中午就再加一瓶酒，下午把话说清楚了，晚上我亲自弄几个菜孝敬你老哥，陪你老哥一醉方休。黑老霍嚷了一嗓子说，兄弟哎，只要你信得着哥哥，也碍不着别人的事，哥哥就把肚子里的狗宝都掏出来给你。

周宇叫了一声“好”，又拿来一瓶伊犁烧，他们接着又喝起来。

90

说着话天气就转到了五月中旬，山中阳气升腾，几天工夫山坡上的草坪就长出了绿茵茵的嫩草来，在夜间侧耳都能听见茅草啪啪的拔节声，过了三五天就蹿过了人们的脚脖子。

周宇一个人向山腰上的坑道口爬去，他钻进了巷道口感到有些异样的感觉，往常到这个时候巷道里都干得热火朝天了，今天巷道里咋没有了一点动静呢。他猫着腰打着手电筒往里面走，到了作业面他才发现这里没有人在干活。

他一口气走了四个坑道口，只见到一个班组在作业。周宇问采矿的工人其他人都到哪里去了，炮手说这几天老黑沟前的河水要翻动了，他们都去找龙王爷发财去了。

周宇听了明白，这阵子光照强烈，阳气回升，伏盖在千山万壑间的积雪开始融化了，雪水从四面八方流向山涧，汇聚到谷底的冰河里，它们就像汹涌的洪水猛兽一般，活生生地把一米多厚的寒冰胀裂开来，水仗冰势，冰助水威，摧枯拉朽，一泻千里，顺着谷底河道直冲出百里之遥的峡口，奔向额尔齐斯河。从那里同各路水流汇合，一路发出惊天动地的吼叫，浩浩荡荡，左冲右闯直下北冰洋。

周宇从马厩里牵出乌云马，备上马鞍，骑上马顺着坡道下到谷底，快马加鞭踏着烂雪，走了十几里地，奔向老黑沟的冰河。远远地他就听到冰河发出雷鸣般的响声，他心急如焚，毫不顾惜地打着乌云马向河边奔去。当他看见深陷谷底的河水里，你拥我挤着的冰排间，偶尔冒出几股浑浊的水花，有十多人在河边跑来奔去，大呼小叫地忙碌着。他想喊住他们，但是冰排发出的呼啸声惊天动地，就像是千军万马奔腾呐喊的一般。他只好勒住马缰一路碎步小跑过去。还没到河边就看见河岸边横七竖八地摆放着十多根打捞上来的树木，在离它不远的地方还停放着三具湿淋淋的僵尸，小贝正蹲在他们身边翻找着衣服里面的财物。

周宇跳下马来，将它拴到河边一棵独立的红桦树上，走过去对着小贝屁股狠狠地踢了一脚。小贝立马抬起头来正想发火，一看面前站着的是周宇，立马松软了身子，向油腻的领衣里缩了脖子。周宇拉着他离开河岸说，你们这样干一来自己有危险，二来翻弄死人的财物也太缺德了吧。

这时黑老霍走过来，把他们往远处引了引，对着他的耳朵说这是在做善事呢。他说这些死了的人多半是到这大山里来求财的，但是没有发财的命，不是头年被冻死在山沟里，就是被野兽咬伤了死在森林里。被融化的雪水从千山万壑之间冲下了河道。

这时河边急匆匆跑来一个人对着黑老霍大喊大叫，黑老霍丢下周宇，拉上小贝就往河边跑过去。周宇跟在他们后边也向河边跑去。到了河边他看见人们都在焦急万分地用手指着冰排与冰排之间，在一块泛着冰碴和浑水的地方，有一个模糊的物体时隐时现，随着冰排和浊浪向下游急速地漂移去，黑老霍头也没回将暴着青筋的粗糙黑手向后一伸，小贝立马将一盘麻绳递到了他的手中。黑老霍看了看手中的绳索，他身边的人立刻闪开了一个空当。

周宇刚要上前看个究竟，小贝用力一把将他拽向了一边。黑老霍身子往右一扭，转身扬起手，一根半尺长的多爪铁钩，夹着“嗖”的一声响，飞向了冰河中间，不偏不倚地落在了那个时隐时现的物体上。黑老霍顿了顿手中的绳索，然后随着冰流一边向下游走着，一边将物体顺着冰缝往岸边悠悠地拖着。不长时间冰河中的物体就被他钩住了，拉牢了，他全然不顾自己，时而走在河岸边，时而走到冰水里，他顺着缝隙往前拖了大约有半里路，才把物体拖到了河边，小贝立刻伸出手中的铁爪勾，猛力地搭向打捞到河边的物体上，一使劲将他拖上了河岸。这时周宇看清了这原来是一具死尸。

紧接着他们十分默契地用爪钩将他拉起翻了一个身，只见他脸色灰白，眼睛瞪得老大，白色的眼球向外翻鼓着，龇牙咧嘴的，仿佛是死得不情不愿似的，样貌十分吓人。黑老霍让小贝他们把死尸拉到河堤上，小贝让人翻找死尸口袋里的东西。他们从死尸上衣口袋里找到了两张十元、三张五元的人民币，还有一些零钱和硬币。他们又从他身上翻出了一个小本本和一个破旧的信封，紧接着他们又在翻找他的内衣裤，从死者小腹前的裤衩里掏出了一个灰色的小布包，他把小布包高高地呈献到黑老霍面前。

黑老霍黑着脸伸手掂了掂灰布包，嘴里说了一句什么，把布包丢给了小贝。小贝收了从死尸上找到的东西，他让其中一个人到河边把绳索绕成圈，又让一个人拉来马爬犁，将几具死尸扔上爬犁，往离河边不远的一个山沟里拉去。这时河边还有几个人在那里观察，黑老霍用水雪洗了洗手，他把小贝叫到一边，在他耳朵上嚷了几句，小贝又叫来一个人，把一个编织袋交给他，然后十分不情愿地走到周宇面前，让他跟着他回去。他喊上矿上的五六个工人，坐上他的爬犁赶回矿区。黑老霍把周宇拉到红桦树下，对他说先让小贝他们回去扒矿，不要耽误了矿上的机器转动。正在这时河边又有人跑来叫黑老霍。黑老霍向他挥了挥手，赶忙向河边跑去。

周宇跨上乌云马不大工夫就撵上了小贝的爬犁。他对小贝说："本来矿上人手就吃紧，一天扒的矿都不够一天用的，你怎么能带着人到河边来发死人财呢？"

小贝说："我们到这大山里来就是求财的，哪儿赚钱就往哪儿跑，这是天经地义的事。再说了那矿石不采也跑不了，但是这水中财不发，三两天就过去了，一年也就这三两天跑冰的时间，过后就是想捞也捞不到了。去年在入冬前黑老霍就让人在坡上挖了几十个大坑，打捞上来的死鬼都有窝。要是钱财多的还给他们铺上点打捞上来的原木和树枝呢，我们可不会亏待死人的，死人也是人嘛。"

周宇说："我看你们把死人身上的信件和小本子也都收集了起来，那对你们又有什么用处呢？"

小贝说："黑老霍说'死者为大，落叶归根'，我们从这些只言片语中看能不能找到与死人联系上的线索，在他们的坟头上做上标记。开化后出去到布尔津再想办法同他们家中联系，告诉他们死者的下落。要是他们来认领，就协助他们把死者的骨骸带回家乡去。"

周宇问有人来认领吗。小贝说："有人来认领，毕竟是情同手足嘛。当然了，来认领的人家也都会多少舍点钱财，就这些钱财归黑老霍的，他着量着出力的大小，有时也分一点给手下人。有一年，来了一个有钱的主，说是来找她老公的，一甩手就给了两万块钱，比我们六个人辛苦干一年的钱都要多。"

周宇一路上再没有说话，他们回到矿山，玛丽亚正在矿区院落里等着他们。周宇黑着脸一声没吭地走进了小石楼，玛丽亚赶紧张罗着给他重新热饭菜。周宇没有吃饭回到房间里闷闷不语。玛丽亚问他是怎么了，周宇深深地叹了一口气，把今天看到黑老霍他们在冰河里打捞死尸的事，对玛丽亚叙说了一遍。玛丽亚沉默了一会儿说，自己以前也听说过这种事，但没想到还有这么多门道。

周宇说，自从他看到黑老霍和采金人的生活状况后就在想，能不能帮助他们改善一下生存状况，把他们从几百年来原始采金的状态下解放出来。

他说："现在我们的采金工艺算不上先进，但也是机械选矿啊。我们的磨矿机每天只工作七八个小时，然后便是搅拌解吸。如果我们调整一下工作流程，用二十个以上工时来磨矿，同时吸附解吸就能起到事半功倍的效果，用工量也能提高许多，这样就能把很多单体采金人吸收到我们金矿来，在这大山里形成一个核心，很多社会矛盾也能迎刃而解。这是个一举多得的好事，国家多了黄金储备，矿山多了积累，采金人也多挣了工钱，人身也有了安全保障，何乐而不为呢？"

玛丽亚想了想说："对，人与人之间，只要不能采取暴力手段消灭他们，就要用智慧来统顺他们。"

周宇本来还想做一做玛丽亚的工作，让她支持自己把企业做大，没想到她倒做起了他的思想工作来，他像突然丢掉了重负的战士，感觉浑身轻松起来。他上前抱起了玛丽亚说："心有灵犀一点通啊，还是亚姐能理解我。"玛丽亚笑着轻轻地拍着他的脸颊说："那是当然了，你是我亲爱的'小伙子'嘛。"说着便拉他脱衣上了床，玛丽亚压到周宇的身上说："你人高马大的，每次干活都是你压迫我，这次我也要翻身做一回主人翁。"

说着，她将淡红的嘴唇伸到周宇面前。两人彼此调侃着，欢愉着，几乎是在同时发出了快乐的奏鸣声。

91

鲁洋在春夏交替的季节，同哈尼和果儿古丽骑着马，带上几马驮货物，赶着羊群进到阿尔泰大山里来了。他们顺着山沟走了三天两宿才来到小金岭的脚下，在往山上走时，哈尼说这上山的道路修整了，比原先的坡路宽坦好走了。

此时过了晌午，民兵小分队训练结束，别克挎了一支枪想到山谷里去碰碰运气。他突然看见像云彩一般的羊群从山坡下面涌了上来，便一口气跑到山坡前想看个究竟，正巧碰上骑着马儿走上山坡的果儿古丽，他兴奋地跑过去，嘴里一个劲儿地“哎呀呀”地喊着。他张开双臂把果儿古丽揽下马，嘴里又一个劲地嚷着：“来、来、来，叭一个，叭一个！”果儿古丽举起手中的鞭子，轻轻地抽打了他两下，说：“爷爷和鲁老师都在羊群后面呢。”

别克一惊，笑着说：“哎哟，光顾着高兴了，忘记了解放军还有‘三大纪律，八项注意’呢。”他骑着马向山坡下面迎去。他们在山坡中见到了鲁洋和哈尼老爹，他向老爹敬了礼，然后从马上跳下来同他们拥抱在一起。他们来到山腰草场上，哈尼让果儿古丽叫他别克叔叔。果儿古丽斜着眼，笑眯眯地说才多大一个人啊，叫叔叔把他显老了。哈尼唬着脸训斥道：“小姑娘，不要乱说话，要学会尊重解放军叔叔。”

鲁洋看破了其中的奥妙，便会意地开玩笑说：“我们的果儿已经长成大人了，你就管中尉叫别克阿哥吧！”

果儿古丽果然顺着清明打柳枝，脆波波地叫了一声：“别克阿哥！”

别克调侃地说：“称呼到了果儿嘴里，我只有掉下一辈的份了。我叫你阿爸可是吐耶拜大哥呀！”

果儿古丽双脚一踮高，俏皮地说：“各兴各叫，互不搭界。”

说话间他们已经来到了选矿厂门前的栈道，鲁洋对别克眨了眨眼说，你现在已经是我们矿山的半拉主人了，你就陪着果儿妹妹在这草场上找两间房子，帮助他们收拾好住下，再找几个息班的工人帮着他们扎个大栅栏，把羊群揽起来吧。他陪着哈尼走进了选矿厂。加克达一眼看见他们，高兴地嚷了一嗓子：“鲁老师回来啦！”

听到呼喊声，还没换班的工人们都跑出来迎接他们，顿时厂区的院落里热闹起来了，大家纷纷跑过来帮着从马背上往下卸货物，有的便帮着司马嫂往仓库里搬运东西。

他们来到房间坐下后，玛丽亚问了塔吉扬娜和孩子的情况。鲁洋说都好着呢，就是他刚回去的时候小家伙不愿意叫爸爸，但是在他要走的时候又闹着不放他走。说这话时他眼眶里还汪起了泪水，声音都有些哽咽了。

玛丽亚听了这话心里也很酸楚，便安慰他说："你得赶快把小伙子培养起来，加克达也算一个，这样才有人来帮你替轻。"鲁洋说："培养周宇也只是个权宜之计，他是驸马爷，不能长期把他拴在小金岭。"

这时他才想起来问周宇和司马北都到哪里去了。玛丽亚说："他们调整了工作流程，上午气温提高了一些，他们便在车间和化验室忙活，下午带着化验数据再到坑道里去指导采矿，这样做更有针对性。"

鲁洋说："这恐怕又是你那个'小伙计'出的主意吧？"玛丽亚笑了，说："我跟你说过多少遍了，是'小伙子'，不是'小伙计'。"

鲁洋有意打趣地说："在我看来都差不多。"玛丽亚白了他一眼说："小伙子给你当助手，是不是比格里木要强一点。"鲁洋说："不是强一点，格里木是用体力在工作，小伙计是用身心在工作，两人之间没法比较，就不是一类人。小伙计是个绝顶聪明的人，只可惜没有受过高等教育。但是他接受能力和手段都很强，加上有一定的社会阅历，真是一个难得的人才啊。更重要的是他还有一个强壮的体魄和天不怕地不怕的倔强性格，真是一块纯粹的狗头金子！这次我就给他带来了很多专业书籍，我给他来个矿业大学速成教育。"

玛丽亚说："你不要给他压力太大了，你的速成还不知道他能不能承受得起！"

鲁洋说："这个就请你放二十四个心吧，你看小伙计一个多月就把选矿车间的技术吃进去了，冶炼黄金也只是参加了那么二三次，就能提出'修正主义'方案，往金溶液里面加草木灰去杂质。这小子生对了岁月，放在矿山我都为他抱屈呢。"玛丽亚说："你不要把他夸得就像哈密瓜似的，小心他恃才自傲，咱都压不住他。"鲁洋打趣说："你就偷着乐吧，你好亏早几年没有心思找主儿，现在让你抓到了一个大活宝……”

他们正说得热闹，纳仁花来叫鲁洋他们去吃饭。玛丽亚让她去把鲁老师房间收拾一下，方便他晚上好休息。

这时别克陪着果儿古丽也走了进来，别克中尉在一边看着他们吃饭，他说鲁老师回来了，他也该归建部队了。

果儿古丽说：“别克阿哥，在这里再住些日子吧，等把这批小羊羔壮肥了你再走，我选一对最漂亮的羊羔送给你带回去，放在军营里喂养。”

玛丽亚说：“果儿古丽是舍不得别克阿哥走了。”

闹得别克一个大红脸。

92

周宇同司马北正在三号巷道里查看作业面，矿脉出现了品位走高的迹象。巷道口方向闪过了一道亮光，几个人立马停下了手中工作，把矿灯照向巷道口。

来人顶着矿灯一步步走近了，司马北说看样子像是鲁老师。见了面周宇同他寒暄了几句，并告诉他可能要出金娃娃了。鲁洋用头上的矿灯照着矿脉看了看，指着中间矿石两边的夹层油泥说：“这就是矿心与矿边的分界线，从它们的根部打浅孔放隔秒小炮，矿心就会向内倒，扒完富矿石，再放边矿就能把两种品位的矿石分开来。关键是要小心分开边矿和围岩，这样才能提高矿石品位。”司马北不无自豪地感叹说：“教授就是教授，这就是学问。”

他们从三号巷道出来又看了四号坑道，直到太阳西沉他们才走下山来。周宇远远地看见有一男一女骑着马，赶着一群白云似的羊群，从南边的山坡上向矿区漫步，便好奇地问：“那是谁家的羊群，怎么放到这大山窝子里来了？”

鲁洋说那放羊的人是哈尼老爹同果儿古丽，他们是一道进山来的。鲁洋告诉他在七八年前，他同夏生培带着学生到阿尔泰山来开展科考，就是在这个山坡草场上认识了放牧的哈尼夫妇的。因为这一带人烟稀少，他们便请了哈尼夫妇给他们当了向导，晚上就把宿营地扎驻在他们的牧场上，从那以后大家便成了朋友。后来他同玛丽亚到这大山里来开采金矿，他们就成了矿山最早的工人，那时期哈尼一家跟着他们吃了很多苦。近年来矿山走上了正轨，为了矿山的后勤保障，便动员他们在山脚下的小盆地，搭起了毡房当作后勤中转站。现在每年开春他们都会按照往年的习惯，赶着一群羊来到矿山，一边放牧，一边帮着矿山搞后勤，矿上也按市价购买他的羊肉改善伙食。现在布尔津对喀纳斯和哈巴河的公路修通了，进山来旅游的人也多了起来，加上到了旅游旺季，边境上进进出出车水马龙，白房子生意也就兴旺起来，但是他们还是顾念着矿山。今年果儿初中毕业了，他们爷孙俩又赶上了一百多头羊到这片草场上来放牧，还为我们进了五大马驮子的货物呢。

周宇说："我怎么看那骑在马上的人不像是哈尼老爹，像是别克中尉呢？"鲁洋往上推了推架在鼻梁上的眼镜说："就你眼睛尖。"

周宇叹了一口气说："别克中尉不但救过我的性命，也真是帮了我们很多忙呢。这天气转暖了，他也要归队了，真的不想让他走啊！"

鲁洋说："这也是没办法的事。他要是将来转业了，我们一定邀请他到公司里来工作。"

周宇把这些日子的一些想法告诉了鲁洋，说是金矿的生产能力还可以增一增，想把一些零散的淘金人归拢到麾下来……

鲁洋转过头来，白净的脸皮上颤动了几下说，你到矿上时间不长，你是个很有潜力的人，又是玛总的搭档，应该潜下心来学本领，把我们的事情做好，不能同情像黑老霍那样的边危人群，格里木的教训还不够深刻吗？

司马北插嘴说："我看他们这些人没人管没人问的，真的是有些可怜又可怕……"

鲁洋伸出手来拍了拍司马北的肩头说："既是可怜之人，就有可嫌之处。你们可不要做农人焐蛇的蠢事啊。"

阿尔泰山区的春夏之交，早晚同内地的初春时节差不多，时暖乍寒。这时别克陪着果儿古丽背着一编织袋野菜走了进来。别克中尉还没进门就嚷嚷道："周总啊周总，今天我别克可要打打你的'牙祭'了。"果儿见了周宇，甜甜地叫了一声周阿哥。周宇让她把野菜倒在门前的地上让他过个目，说是不要让大家跟着他们误食了野草。果然他从野菜堆里拣出了一些野草来。果儿说我看这些草儿同野菜也没啥两样。

天还没有黑透玛丽亚他们就拎着酒，提着壶过来了。周宇让他们稍坐片刻，并摆开了桌子，一会儿就大盆小碗端上了一桌子的菜蔬来：野葱拌羊头肉、大葱爆羊肚、麻辣羊杂、凉拌马兰头。

哈尼又加了烤羊腿和手抓羊肉。玛丽亚拿出葡萄干和巴达木，司马北打开了伊犁烧，哈尼拿出了带进来的羊奶子酒，大家围坐到一起喝着酒。

鲁洋说："这是我们矿山今年春上头第一次团聚，大家都要喝干了碗中的酒！"大家端起酒碗有的一口干了，有的做两口喝干了碗中的酒。别克见果儿古丽没喝酒，便问她为啥不喝酒。果儿说鲁老师是让你们矿上人喝酒，我也不算是矿上的人。大家被她说得都愣了神。鲁洋赶忙说："你爷爷是我们矿上最老的老人呢，从我们踏勘开始，一直到如今都在为我们矿山服务，你当然算是我们矿上的人了。以前你在上学，要完成学业，现在毕业了，什么时候想进矿山来，都是天经地义的事。"

果儿古丽说："那我现在就想进矿上能行吗？"

鲁洋说："能行。我们矿山说了算数的人都在这里呢，不信问问玛丽亚姑姑是不是这样的。"

果儿古丽端起碗一口气喝干了碗中的酒。别克中尉劝道，你慢一点喝，也没有谁同你抢酒。

这时果儿古丽听见羊栏里传来了牧羊犬惊恐的吠叫声，她慌忙往屋外跑去，别克和加克达提起了随身带着的微冲枪跟了过去。一路小跑来到羊栏前边的空地上，发现在羊栏边的山坡上闪动着绿阴阴的贼光。加克达说一定是狼群闻到了羊膻味。他们选择了两棵大树为依托，借着山间的月光瞄向坡上闪烁的绿眼睛。喝酒的人远远地跟在他们后面蹲到草地上，有的张着嘴，有的咬紧牙，看着他俩如何对付这群恶狼。只听见两阵清脆的点射，几道闪光射向了山坡的野狼，山坡上传来一阵惨烈的狼嚎声，立马狼群的绿贼光消逝得无影无踪。这时有人打开手电筒就要跑到山坡上去找被打死的狼，别克制止了他们，说天黑狼的死伤情况不明，现在去很危险。大家等了一会儿见绿眼睛再没有出现，这时夜色中山雾升腾得浓烈起来，玛丽亚说："散了吧，明天还有工作要做呢……"

果儿拉了别克一把说："下半夜狼要是再回来怎么办？"别克中尉安慰她说："明天就近安排一间房子我也住过来，来为你们保驾护航。果儿说："男子汉说话要算数！"哈尼老爹说这样最好了。"

93

第二天下午开了矿务会，讨论下阶段的工作。玛丽亚请哈尼老爹也参加了矿务会，说老爹是阿尔泰的山神，有些事还是要听听他的主意。别克中尉自告奋勇地陪着果儿去放羊。

哈尼老爹也看出来小伙子对孙女儿有意思，他从心眼里喜欢这个哈萨克族的小伙子，也就顺水推舟地接受了他的好意。就在哈尼还没到会的当口，司马北问鲁洋昨天晚上喝酒时说的话还当不当真。鲁洋忘记了他昨晚都说了什么话。司马北说就是这个金矿至少还能开采五十年的话。鲁洋想了想自诩道："我一个大学教授还能说瞎话？"

这话音一落周宇惊呼道："那我们不是要一辈子都在这大山窝子里开金矿了吗？"司马北抢过话头说："只要有金子淘别说一辈子，就是两辈子也认了，这样就不用再回老家面朝黄土背朝天，从土地老爷嘴里刨食吃了。"他说在这里的工资是内地的两倍多，省下一半寄回家就足够一大家人过得快快活活的了。

鲁洋说："这金子是硬通货，不但不愁销路，而且是国家的战略储备。就是在这大山里条件艰苦些了，好在这黄金附价值高，如果是其他矿种恐怕就干不下去了。"

这时哈尼老爹走了进来，听见了鲁洋的后半截话，便接着话茬说道，冬天赶着马爬犁起个大早，加把紧两天才能赶到小金岭，这还得对大山里的道路烂熟。路上要是走不踏实，话就不好说了。

这句话提醒了周宇，他问哈尼老爹在老黑沟那边有条谷底河流，冰雪融化时水势还很大很急，就不知道它是流向哪里去的。

哈尼说往年放羊走过那条河，小河春夏水胖，弯弯曲曲地流过禾木村，通过黑熊沟，从那里出山口，汇进额尔齐斯河。

周宇说："这可能就是我们金矿春夏季出山的一条水上通道。"

鲁洋打趣地说："现在首先还是想办法把通信联通，好同外面世界畅通联络，不要异想天开了。"

玛丽亚说："都不要扯得太远了，我们还是来讨论矿山近期的工作吧。"

大家都把眼睛看向鲁洋这个大专家，等着他开口说话。鲁洋想了想，往上推了推架在鼻梁上的金丝边眼镜，慢条斯理地说："延长生产时间我们的条件不成熟，首先就是动力不够，小马拉大车，几个单元都动起来，靠这么个小马力的发电机带不动。现在的唯一办法只能是加强采矿强度，先吃富矿，把贫矿先放到一边，这样做资源闲置得厉害……"

鲁洋一开口别人也就不好再说什么了，在技术上他的话是权威。但是周宇并没有这样想，他看大家都不说话，便对鲁洋说能不能在生产结构上调整一下，我们在磨矿的同时，将吸附和电解解吸同时进行，这样就能把关键的磨矿时间延长出一些来，生产力也能大大提高。至于采矿量我们不妨把思路放开一些想，我看了分散的个体采金户用混汞法淘金，只能提取矿石中的一半都不到的含金量。原始的作业方式决定了他们只能用富矿石，舍弃了许多够品位的金矿石。另外，在他们用过的尾砂中含金量也很可观。我们把他们舍弃的原料收购过来，这样就为我们节省了很多成本和劳力……

鲁洋打断了他的话说：“周总啊，你知道这大山里南来北往的采金客有多么复杂吗？你知道他们的来历背景吗？同他们做金矿生意无异是与虎谋皮啊，潜伏着巨大的危险。格里木事件就是一个鲜明的例子。另外，我们选矿动力只有这么大，哪里能吃下这许多的矿石量呢。同志哎，还是稳扎稳打、步步为营的好。”

周宇说：“动力问题也有办法解决，黑熊沟砖瓦厂今年换上了火电，他们的柴油机动力大，把两台柴油机调换一下，他们的新柴油机马力足够我们用的了，放在那里也只是个备用。金矿的柴油机给他们应急也够了。”

鲁洋说：“你说得倒轻巧，首先是那么大个柴油机要是在冬天还能用马爬犁拉进来，这都要进入夏季了，山高路险的，你怎么拉。再说了，就算拉了进来，安装也是个大问题，早先是花了大价钱，请配套厂家帮助我们安装的机械。现在去请人家他们有没有空还是个问题。还有你弄个大柴油机进来，这个油老虎每天喝的油我们都供不上，周总，你说怎么办？”

周宇思索了一下说：“机械安装是大路货，我们把贾登峪的夏守富调过来，加上我和加克达这点活也就齐了。至于运进柴油机就又回到了我们前面说的问题上来了，如果老黑沟的河水像哈尼老爹说的能通到布尔津河，问题就好办了。假设柴油机这庞然大物都能乘水路运进山里来，你还用担心柴油吗？”鲁洋被他问得哑口无言，只得往上推了推鼻梁上架着的眼镜。司马北说：“周总说的也不是没有道理，这就要先摸一摸各方面的情况再说了。”鲁洋说：“反正我们是不能同黑老霍那样的灰色人群合作的。”周宇说：“第一步要看老黑沟的那条河，能不能把我们带出大山去再说下一步。如果人都出不去，那也只能是空嘴说白话。”

玛丽亚抬起美丽的大眼睛看向大家说：“我们是不是来个先办最要紧的事。鲁老师，你们明天就做准备工作，把黄金冶炼出来，周宇、别克护送我把它带出去。再说别克中尉在这次平息格里木事件中是立了大功的，进山的日子也不短了，也该归队了。这次我们把黄金出手了，如是启动资金周转过来，我再找找黄金公司的黄经理，让他帮忙找县里和地区都出点力，先把这山里的通信联通了，今后我们隔着千山万水的联系工作也就方便了。另外，加克达协助哈尼老爹探一探老黑沟的那条河流向，也为下一步打开出山的水路作个可行性探索。至于金矿生产就按鲁老师的办法先吃富矿。”

鲁洋说：“玛总安排得很细致了，但是在用人上是不是还可以再斟酌一下。在生产业务上我不推卸责任，但是这里自从出了格里木的事，周总和别克中尉是万万不能一起离开矿山的，特别是周总他就是金矿的定海神针，目前他一动恐怕工人们的情绪就会出现波动。”周宇笑了，说：“你把我讲得也太玄乎了吧。”

鲁洋认真地说：“我这不是同你开玩笑，生产上没有我司马北还能顶起来，无非就是多出些贫矿，少出些金子罢了。但是现在没有你在矿山我心里都发毛。”玛丽亚白了鲁洋一眼说：“你是真的少不掉他，还是别我的马腿，成心跟我过不去是吗？”

周宇说：“我想了一想，是不是这样来调整一下，我同加克达护送玛总出山，让果儿给我们带路。我们把黄货送到了，玛总你就可以飞回乌鲁木齐去了。我再同果儿快马加鞭地赶回来，加克达再回到喀纳斯等着哈尼老爹。我们回来后哈尼老爹再同别克中尉带人去探水路。别克在部队当参谋能绘制图纸，他把这条河给绘制到图上，也就为我们下一步打通水路打下了基础。他到了黑熊沟再从那里回部队也晚不了几天。如果水路能走，加克达再从喀纳斯湖里把小游艇借到有德河来，顺河而上闯一闯水路，如果有可能的话让杨文章他们弄两辆自卸农用车进来。”

鲁洋笑着说：“你怎么听风就是雨，还不知道水路在什么地方呢，就要往山里运汽车了，真是异想天开！”他的话逗得大家哈哈大笑。

玛丽亚说：“想得远一点总不是坏事吧。”大家才停下了笑声，事情也就这样定下来了。

94

周宇送走了玛丽亚，带着果儿古丽回到金矿，出乎鲁洋意料之外，虽说矿上有别克中尉坐镇，在安全上心里是踏实一些，但是在生产上他还是感到少了帮手。两人商量一下，鲁洋同司马北还是抓生产，周宇侧重抓采矿和探查水路的事。

鲁洋为了表示对寻找水路的支持，决定同周宇一起把他们送到河岸。他们目送着哈尼他们顺着河堤走进前面山坡上的小树林，才勒紧马缰绳回过头来打算往回走，这时他们听见河边的山冈上传来隐隐的哭声。

鲁洋说：“怎么在这荒山野洼里还有女人在哭呢，走，到那边去看看是怎么回事。”

他们寻着哭声打马走了过去，到了山坡的林子里，只见有一位老妇人带着一个半大孩子坐在一座坟茔前，边烧着纸边哭诉着。几乎在这同时，他们看见了站在一旁的黑老霍和一名同伴。自从上次周宇抓了黑老霍问明了格里木的事，然后又把他放了，他就心存感激，他也没想到在这里会碰到周宇，便赶紧一路小跑过来同他们打招呼。

周宇同鲁洋下了马，问他这是怎么回事。黑老霍说：“这是前年一个从河里捞上来的死鬼，他们从他身上翻到的记账本上找到了他家的联系地址，给他们家去了信。今年开春死鬼的老娘带着他儿子来看他了。说是原来家中有两个儿子在上学等钱用，这孩子爹就从甘肃农村跟人跑到阿尔泰山里来淘金，没承想一分钱没能捎回去，反而把性命丢在这大山里了。媳妇听到他的死讯，丢下两个孩子也跟人走了。”黑老霍叹了一口气说：“唉，都是苦命人啊。”他回过头交代同伴，要他把这祖孙俩都带回山沟里去，这大山里没有路，而且野兽又多，不要伤着他们。

鲁洋抬头看了看，这儿是一片土堆子，便问他："这里都是从河里打捞上来的人吗？"黑老霍说：差不多都是从水里打捞上来的死人吧。鲁洋问每年要死多少人。黑老霍说："这也说不准，有一年发大水死了有几百号人吧，平常年景至少也要死上十个八个的。我们每年开春到这里来打捞些上游冲跑下来的树木，顺手把这脏活也就做了。"

鲁洋问："这些人都是到山里来淘金的吗？"黑老霍说："不为这劳什子，谁还会到这百里见不到人拉屎的荒山里来啊。"他陪着周宇他们走出林子。

黑老霍瞄了鲁洋一眼，上次虽然在矿上同鲁洋喝过酒，但鲁洋非常谨慎，很少说话，他想趁今天这个机会摸摸他的底。再一来他认为周宇带人到他的山沟里吃顿饭也是给他撑面子，于是说："这天都到中午了，你们骑马赶回矿上去也要二三个时辰，还不如就近到我们地窨子里吃一口再回去。"

鲁洋早就听说过这些来自五湖四海的采金客，对他们的生活和生存状况有着一种神秘感，也想借这个机会了解他们，于是便同意在他们山沟里吃顿便饭。他从林子里拉出瘦马来，三个人一起向老黑沟走去。

说着话他们就进了山沟，黑老霍说："这山沟本来没名没姓的，大家都叫它老黑沟，随了我的姓。其实我也不姓黑，我姓霍，因为脸长得黑，别人都叫我黑老霍。"

他推开地窨子门让他们进去。周宇来过这里几趟，他让鲁洋在先走。鲁洋走进地窨子惊起了炕上的一位妇人来，鲁洋一眼看出来她就是上次同黑老霍一起到过矿上的那个混血女人。黑老霍说："喀秋莎你看谁来了！"

喀秋莎睁着两只黑眼珠子看着鲁洋直发愣，这时她看见了他身后高出大半个头来的周宇，马上带着夸张地惊呼道："哎哟，原来是周总来了，贵客呀！"

黑老霍说："到山洞里去把黄羊肉和大狗鱼拿出来，我要招待周总和鲁老师，顺便把独臂宋也给我招呼来，让他帮着忙也喝口热乎酒。"

周宇一见来的独臂宋就是上次领头阻拦他的那个独臂黑大汉，俩人见面点点头相视一笑，一切恩怨都化解在不言中。黑老霍怕鲁洋嫌他们不卫生，特地当着他的面，用一只旧暖壶里的开水把酒碗烫了一遍，这才给他们斟上酒。鲁洋说让嫂夫人也来吧。黑老霍大手一挥说：“什么嫂夫人，就是一个搭伙的。她原先是林场工人的老婆，后来林场散伙了，她男人跟着别人出去找活干就没回来，她只好帮人做点粗使活过日子，现在他们那边连饭都混不上，就跟了咱平时为兄弟们做点眼见活，晚上帮着我暖暖脚罢了，你不要当回事，菜上齐了她不请自到。”

黑老霍说：“能到这天寒地冻的大山里来干这份苦活，大多数人都有故事。”周宇故意纵容他说说他们的故事。鲁洋一听说有故事也来了情绪，他端起酒碗敬了黑老霍一大口酒。

这草根阶层也要个脸面，生怕戴眼镜的人看不起他们。他见鲁洋这般尊重他，自己也跟着干了一大口酒说：“都是裤裆里的家伙不争气，旧年在大狱里还差险给周兄弟废了家伙三呢。”周宇说：“过去的事就别提了，还是说说你们为啥要跑到这阿尔泰大山里来吧。”

黑老霍又喝了一口酒说：“年轻时在家同本村的一个姑娘叫小琴的好上了，可是她爹娘嫌我家穷，不同意这门亲事，小琴铁了心要跟我好。她家兄弟多，叔叔又是我们村的村长。我家在村里是单门小户，我又是根独苗，我便同小琴来了个先斩后奏，把她肚子先日弄起来，看你还让不让我们成亲。谁知道他家告了我个强奸犯，把我的种做了，将小琴嫁到了外乡去。好在小琴还是心里向着我，死活不改口说她是主动找我好上的。这样我就坐了一年牢被放了出来。她家放出话来，见到我人就要废了我。有家是不能回了，我便跟着人到林宝当了淘金工，年头长了便学了点淘金的活当了个小把头。后来听说阿尔泰山里有金子，我便带了这帮兄弟来到这大山里。这在外面混都要有帮有派才能立住脚，少受人家欺负。我们这些人啊就投在了阿狼的门下。你别看他年轻，脑袋瓜子好用，在这边境上吃得开，他心狠手辣，日天的事都敢做，但是对手下人也算够义气。你看他知道我裤裆里的家伙闲不住，就把喀秋莎送过来同我搭了伙。人生在世不就是吃喝穿，外加一个女人吗？在哪里还不是活他个几十年……”

说着他端起酒碗狠狠地同周宇碰了一下，“咕嘟”喝下了一大口酒。

鲁洋还想说什么，独臂宋端起酒碗同他碰了一个响，也喝下了一大口。鲁洋只好喝下一口酒。正在这时喀秋莎端了黄羊肉走了进来，一股羊膻味扑面而来。她把黄羊肉放到桌子上，就便坐在黑老霍身旁，端起黑老霍的酒碗要陪周宇干一口。黑老霍瞪着大眼说：“鲁老师是头次到我们地窨子来的贵客，你得先陪鲁老师喝。”喀秋莎笑呵呵地把酒碗伸向鲁洋。鲁洋抬眼看这女人有四十多岁，满头卷曲的亚麻色头发，有点凹陷的长脸生得不算难看，就是人有些发福，眼皮耷拉着总像睡不醒似的。她同鲁洋喝了一口酒，还没放下酒碗就拿起筷子，夹起一块黄羊肉塞进嘴里吃起来。黑老霍对她肥厚的屁股上拍了两下，夸耀地说这女人能吃能干，钻进了被窝里更能造事。喀秋莎也不生气，还是自顾自地吃着黄羊肉。

黑老霍指着独臂宋说：“他就同我不一样了，他家中有个女儿，今年上初中了。他为了让闺女能在县城里上个好学校，出来找苦力活干，在林宝入了我们伙淘金矿。但是他那个家败娘们不省心，跟着包工头睡上了。睡就睡吧，老板回家了也不归窝，还勾着包工头找人打得他不让归家。”独臂宋说：“不是她打得我不能归家，是我为闺女留着脸呢。闺女大了闹出去咋做人呢，鲁老师你说是吧？”

鲁洋说：“对，是这么说。”独臂宋说：“她不就是想过好日子吗？我们是淘金子的，赚了钱回去盖上小洋楼，我还怕那个女人不睡到我怀里来。”看出来独臂宋还是爱着他那个有外遇的妻子的。

周宇说：“黑老霍啊，你说说，你们为什么要把格里木弄到彼得城堡去。”

黑老霍翻了周宇一个白眼说：“你不要哪壶不开你就提哪壶，上次在你们矿上不是都同你讲过了吗？那是阿狼和彼得的主意。”

“你再说一说也无妨，反正是喝闲酒，不讲也是闲着。”

“讲就讲吧，都是自家人。我们这里的矿脉贫的贫，富的富，那阵子好长时间都没出过富矿了，阿狼一着急就让我们带着格矿长到他那里去玩，请他为我们指导开矿。你别说格里木矿长还真有两把刷子，好酒好菜吃了喝了，俄罗斯姑娘睡了，到我们洞子里遛了遛，指了两个山崖让我们开洞子，还真挖出了富矿来。阿狼和彼得见他真能揽下瓷器活，才诱他抽上白粉，想留他在俄罗斯那边开金矿呢。开始他也答应了，好吃好喝好抽地供着，姑娘陪着，他转悠了好长时间却指不出金矿来，还闹着要回中国。正因为这样阿狼才把他软禁起来，他欠的那些债也是长年积累下来的。想逼着你们去替他还债，再帮他们找俩富矿。”

鲁洋这才明白为什么周宇没有为难黑老霍放他归了山。

独臂宋梗着脖子说：“你们放了黑老霍，他也感你们的情，回来后就跑到阿狼那里，求他们不要难为你们矿山了。”

鲁洋说：“周总啊，你也要讲诚意到他们的矿洞里去看一看，格里木哪里有你识得金矿呢！”

周宇听出了他话里有话，也就顺水推舟地说：“那我们吃了饭到他们矿洞里去看一看。”

鲁洋说：“周总，这事你说了算。”

说说讲讲他们就喝了酒吃了饭，黑老霍便带着他们到了山崖上看他们的金矿坑口。他让独臂宋先去做了些准备。他们进了矿洞，独臂宋递给每人一盏头顶上的蓄电池矿灯。鲁洋好奇地问你们这矿灯是咋充电的。独臂宋说：“这有什么难的，我们碾金矿石要用柴油机，变换下电流不就行了吗。这是黑老霍的看家本事呢。他们走进金矿洞看了一时，鲁洋让黑老霍给他拿了一把锤子，敲了几个矿石样本带出了矿洞。黑老霍急着问：“鲁洋，这个矿洞怎么样？”

鲁洋说：“再看看几个矿洞再说吧。”黑老霍又带着他们看了几个矿洞，鲁洋在每个矿洞里都取了矿石样本，太阳落山时他们下了山。黑老霍又猴急地问鲁洋：这矿还能不能干下去？鲁洋说：“这话得问周总。”

周宇一听他这话就急了眼，心里说你是地矿博士，好坏都在你肚子里，你让我说好坏，这不是要我出洋相吗！他转过头一道剑光射向鲁洋。只见他狡黠地一笑，他似乎明白了他的意思，脑筋一转弯说道：“我们也没有点石成金的本事，这些矿石我要带回去分析一番，才能给你们一个大概的说法，金矿不是铜铁矿，肉眼凡胎是很难看出含量来的，我们也不能吃了白饭说黑话吧。”

黑老霍认为这话也有道理，他说：“那你们化验出来后可要给我们指一条明道啊。”鲁洋说：“周总下了你们的矿洞就会给你们一个说法，这个你们大可放心。”黑老霍骑着瘦马一直将他们送到山沟口。

周宇和鲁洋这才打着马悠悠地往小金岭走去。周宇对走在身边的鲁洋说：“你的狡猾的狡猾，不想暴露自己，就把我推出来做挡箭牌。”

鲁洋说：“兄弟哎，你就小瞧我了，在这大山里金矿只能有一个权威，我们要把智慧都体现在你一个人身上，才能树立起威信。金矿对外只能有一个核心，玛丽亚不能长期留守矿山，我又是个文弱书生。在这个纷乱繁杂的大山里，往往不是技术优先，而是权威在上。只有树立起你的威信，才能在这大山里威震四方，也只有借助你这个钟馗，才能压制住这帮小鬼。”

周宇说：“这金矿贫富你让我说，我按你的教授拼命啃书本，读你给我找来的金矿地质书籍，但是也看不出这金矿石的含量啊。”鲁洋说：“金矿石含量只能通过化验才能知道贫富。”周宇好奇地说：“那格里木怎么随意一指就能找到富矿呢?

鲁洋笑了，他说这一带山区他们历年来做了很多地质踏勘工作，原本格里木指出的那两处就是他们金矿的后备矿点，是他酒后向阿狼他们出卖的技术情报。后来鲁洋也发现了这个问题，就没敢把更多的矿点透露给别人，所以他就说不出新的金矿点来了。

这金矿床就像一条河流，水的清浑各不相同，而在含金量高的地方，由于附集现象就形成了大大小小的鱼，我们采矿就是要找到这些大大小小的鱼。找到了鱼有人能抓住，也有人抓不住，更有趣的是有人看见了鱼群，但是只能抓住小鱼，而看着大鱼却望洋兴叹。这就看谁能技高一筹了。周宇问他说：“你认为黑老霍这几个矿洞主要是没有鱼，还是没有技术抓住鱼。”鲁洋说：

“格里木只帮他们看到了鱼，而他是没有本领教会他们如何抓到鱼的。有时他们只吃到了鱼头，有时他们只能吃到鱼尾巴。”

周宇说：“那你就教会他们把整条鱼都吃到吗？”

鲁洋说：“目前单靠他们的技术还达不到这种地步，我也不便出手帮他们，那样会给我们矿山带来危险，也会给将来整个阿尔泰山采矿事业带来不利。”

周宇说：“听你讲的头头是道，就不知道你手上有没有那张捕鱼的网了。”

鲁洋笑着说：“兄弟哎，你也不要给我使激将法，看了他们的生存状况，我还真想出手帮他们一把呢，但是这要等到适当的时机。”

周宇说：“你们当大学教授的，就是看不起出苦力的，你说这大山里的金子五十年都掏不完，干吗还要那么保守呢？这些人都生活在山沟里，日子过得十分清苦，看了他们的生活，听了他们的境遇，铁打的心也会为之动容，难道说你的心都让狼吃掉了？”

他们骑着马一路争论着走进了选矿厂院落，周宇回到自己房间，还在心里责怪着鲁洋缺少同情心。

95

几天来周宇对鲁洋一直是带理不睬的，鲁洋也没有过分看重他的态度，还是一如既往地做着自己的工作。只是他每天晚上都在观察周宇房间的闭灯时间。

这天中午周宇从山上的坑道口查看工作面回来，鲁洋要他吃了饭到他房间来一下。周宇上楼到鲁洋的房间敲了敲门走了进去。鲁洋见是周宇便放下了手中的书，问他最近学习上遇到什么困难没有。

周宇说了几个问题，他一一做了解答。周宇见他也没有什么要紧的事，心里寻思他是在想同自己缓和矛盾吧，他想不能给他这个机会，还要对他施加些压力。

于是站起身子来就要往外走，鲁洋拿出几张图纸来递给周宇说：“给你渔网。”周宇接过来一看是几张金矿巷道掘进示意图，上面还标出了富矿段的品位。在坑道的边上还画出一条虚线巷道。周宇头脑有点发蒙，两只眼睛直直地盯着鲁洋看。

鲁洋说：“我们还是接上前几天的话题说，那天我同你说了黑老霍他们只能看到鱼，而吃不到鱼，原因是金矿在形成过程中，金成分在整个矿化带中分布是极不均衡的，这就形成了贫矿和富矿。黑老霍他们在矿床上掘进巷道，用它来又采矿又做运输巷道，这就决定了他们在巷道中即使遇上了富矿脉，也只能截取巷道中的矿体。”他指着虚线部分说：“如果他们在矿脉的外边再打一条运输坑道，看似费时费力，但是他们可以用贫矿做矿柱，见到富矿时再上下左右尽情地采掘，这样一条富鱼不就全都吃下了吗？”

周宇这才眉开眼笑地说：“鲁哥，真的谢谢你。你真解了他们的燃眉之急了。你是长着良心的呢，是我错怪你了……”

鲁洋说：“你也不要高兴得太早，采挖出了富矿也只是解决了问题的一半。他们那种粗放型的采冶方法，只能回收金矿石中的三成左右。这对资源来说是一种极大的浪费。我之所以不赞成他们这种野蛮开采法，这便是其中一个很重要的原因。”

周宇说：你老兄不讲我还真是不知道呢！这个问题还真得想办法来解决。鲁洋说：“你是个明白人，把话同你说清楚，你掌握好分寸以便灵活处理。要是他们同意按照这种方法采矿，你还要从矿上抽人指导他们掘进，不然还会出大纰漏。”周宇想了想对鲁洋说：“还是把小贝带过去，帮他们一把忙吧，有问题也好再回来找我们。”

周宇骑上马，带上小贝到老黑沟，把金矿品位和如何采掘富矿的方法告诉了他们，并同他们一起对几个坑道做了规划安排，他还留下了小贝为他们做掘进技术指导。

这是黑老霍做梦都没有想到的事，他对周宇千恩万谢。他一定要留周宇在他们的地窨子里过上一夜，周宇谢绝了他的好意，留下了小贝独自一人骑马回了小金岭。其实小贝在矿上也带着一个采矿小组作业，但是如何打矿洞，如何采矿都得听从技术员的。过去他也把矿上的这种掘进方法告诉过黑老霍他们，但是他们不明白这里还有一个矿石品位的问题。他们按照这种方法干过，矿石品位还是上不去，伙计们便说这是脱裤子放屁——多费一层事，便又回到了原始采矿方法上面去了。

哈尼老爹进山来了，他不但带来了一批物资，还带回来两个人。周宇一问才知道这两个师傅是布尔津县移动电话公司的，是玛丽亚推荐他们找到哈尼带路，架设移动手机发射架的。就是说在玛丽亚的努力下，安装通信的事摆上了议事日程了。

周宇同鲁洋商量了一下，一边安排他们吃饭，一边听着哈尼说着他们勘探河流的经过。哈尼说这条河确实能连通黑熊沟的有德河，还算是它上游的主要水源。一路上他们还几次下到河边的浅滩上，有时别克还下到深水里去测量了水深和水流量。到了黑熊沟哈尼回了白房子，别克在神仙滩又住了两天，绘了一张河流地理水文图。他复印了几份，留了一份给杨文章。他在回部队时让他把水文图和一份详细的文字说明都带了过来。

鲁洋接过哈尼递过的图纸和信件，他先看了信件和图纸。周宇听说杨文章回来了，便问哈尼见着他没有。哈尼说见到了，你们的砖瓦厂大烟囱都呼呼冒着黑烟呢。这时鲁洋把手中的信和图纸递给了周宇。从信上看他们最后调整人员是对的，别克中尉把河流走向、水文情况大致弄清楚了。在这条河的下流还有多条山沟往大河里注水，其中有三处大浅滩，六处小浅滩，还有两段山石崩塌阻堵了河流，形成了堰塞湖。

别克在黑熊沟同杨文章讨论了河流的通航问题，杨文章觉得做些工作，小船通过问题不大，但是要想大船通航，还得在有德河下流建起一道拦水坝，抬高整个河床的水位。他们将这件事向玛总做了汇报。玛总与马专员沟通，请他们派水利专家过来做可行性勘查。

周宇又看了别克绘制的河流地理纹图，乐得他一蹦老高，说真是好事不来都不来，要来一起来。他对鲁洋说今晚要喝一餐酒，请哈尼老爹杀只羊，一定要请移动公司的同志吃顿手抓肉，让他们尽快把这通信发射架通了，要不然知道砖瓦厂开工了，也就是百十来里的路，却搭不上话，真是急死人了。现在真是恨不得能长上翅膀飞过去看个究竟。

鲁洋说：“你知足吧，我们都在这大山里干了六七年了，不就是这样过着半文明半蛮荒的生活吗？你就是一颗福星，来了不到一年就又要通电话，又要通水路了！”

哈尼笑呵呵地说：“你们安排人带这两位同志去勘查啊，我就来杀羊犒劳大家。”

96

送走了移动公司的人，周宇对鲁洋说他还要到老黑沟子去。鲁洋有些困惑，还有点儿担心，周宇笑着说：“山人自有妙招，你就姑且待之吧。”

周宇骑着乌云马下了山，一路直奔老黑沟走去，他明白这个时候正是晌午的十来点钟，黑老霍他们一定在坑口里。他到了山崖前，只见小贝坐在一面山坡上晒太阳。他一眼看见是周宇来了，赶忙跑下山坡来到周宇面前，解释说他刚从矿洞里出来。周宇让他把黑老霍找来，他一溜烟地跑到前面的矿洞里喊出黑老霍。

黑老霍在山坡上就嚷嚷道：“哎哟，我的个救命菩萨哎，你可来了，让我怎么来还这个愿呢。”他跑到周宇前面，把他拉到一边鬼叽叽地说：“本来只知道你有一身武功，今天黑老霍才晓得你原来是个世外高人。按照你指点的法子两个矿洞都见黄了。我的两台碾子都开了工，你猜猜一碾子出多少毛货？”

周宇笑了笑向上伸出左手的大拇指，黑老霍笑得更开心了。他右手又向下翘起大小拇指，并伸出左手的一个拇指，代表是一碾子收获一百克左右的毛金。黑老霍向下伸出大小拇指是告诉他再加六十克左右的毛金。这种混汞提金法有个大概的计算公式，从汞液中提出的毛金经过烘烤能出百分之七十左右的金粉，金粉冶炼成金锭子，再折去百分之二十左右提纯，剩下的就是纯金了。这样反过来就能推算出来他们采的矿石一吨应该有大几十克黄金。这在金矿石中算是高品位了。

周宇当然心里也挺高兴，但是他留了一个心眼，没把这种计算方法告诉黑老霍。黑老霍说："兄弟哎，我真要让弟兄们把你当财神供在坑道口，每天给你烧香磕头啊。"

周宇说："挖到金娃娃就好啊。但是这金矿变化大，你们也要有吃贫矿的思想准备。到那时就把贫矿留下来当矿柱，省得往巷道外大量地运矿渣了。我今天来还有一个事要同你商量呢。"

黑老霍笑呵呵地说："你还说什么商量，你的话在老黑沟就是最高指示，你吩咐吧。"周宇把要在小河上建个水岸码头、并从码头至沟口修一条砂石路的事同他说了。周宇告诉他建码头，修路的费用由小金岭金矿出，但是用工得由他们干。黑老霍说："出工没问题，反正也是给工钱的，也是为我们出入山里行方便嘛。但是这码头怎么建，道路怎么修我们是一窍不通啊。"

周宇说："这个不难，你就按照我给你的图纸干，建码头的图纸今天给你带来了，先给你带来了一万元的启动资金。"

周宇拿出图纸给他看，并详细指点他修码头的具体做法。

周宇对黑老霍说："等水路通了，我进了大机械，你用过的尾砂靠近碾子十米之内的我全包了，再往前去的你就当作贡献，给你个人工钱拌了石灰做铺路砂吧。"

黑老霍一蹦高地说："只要你收了我的尾砂，铺路面的尾砂我都免费贡献了，铺路架桥是善举，就当我黑老霍做善事了吧。"周宇笑着对黑老霍说："你明天就开工，我们按立方量来算钱，我两天来一趟，只要合乎我的要求，三时完工四时付款。"黑老霍笑着说："出门就是卖的，只要有钱赚，我下午就开工！"

在周宇的不住督促下很快码头就初具规模了。在这同时周宇又按照别克在信中交代的，带着黑老霍和小贝对河的上游做了考察，发现在河的上游还有五道小的支流，两处泥石流形成的堰塞湖阻挡了上流下泻的河水，一道在靠近边境的谷底，还有一道在俄罗斯境内。周宇同鲁洋商量，在国内的还好办，到了境外就难办了，虽说这一带山区属于有争议地区，可是那道堰塞湖在俄罗斯纵深十多里的大山里。周宇想了想说："这件事就交给黑老霍他们办去吧。虾有虾路，鳖有鳖道……"

周宇在老黑沟忙活了一天，回到矿上准备洗一洗早点休息，只见鲁洋笑嘻嘻地走进来。周宇打趣地说："你又得到了什么欢喜团子了？看把你脸上笑开了一朵花似的。"鲁洋美滋滋地说："你猜猜我们矿上出了一件大喜事是什么？"周宇猜测是又打到了一个金娃娃。鲁洋说不对。周宇说又有掌子面见黄了。鲁洋还说不是。周宇想了想说："还能有什么好事？"鲁洋从口袋里掏出一块巴掌大的黑色手机递给他，说："这家伙通了，信号还很清晰呢。这是傍晚移动公司的人亲自送过来的。"

周宇顿时感到浑身疲劳一扫而尽，他抢过手机一时头脑里竟然是一片空白，只是愣愣地看着它。鲁洋说："傻了吧，傻了吧！"他拿过手机拨了一个电话号码，手机呜呜响了几下，这时手机里传来了一个女人的声音："喂，是大洋吗，小伙子回来了吗？"

鲁洋把手机递给了周宇，周宇一时不知所措。鲁洋催促着他快讲话。他刚把手机盖翻开，送话器里传出了玛丽亚的声音："你怎么不说话？"

周宇赶忙说："我说，我说，我这就说……"

他惊慌失措的语调逗得玛丽亚哈哈大笑。

周宇说："我还认为这是天方夜谭呢，真是不可思议。"

玛丽亚简要地介绍了马专员、萨特他们对疆欧公司的支持和最近一段时间乌鲁木齐和窑厂的工作。本来讲的都是开心事，但是在挂上手机时，她又忍不住轻声啜泣。

手机合上了。周宇心里酸酸的，泪水在小眼眶子里面直打转悠。

鲁洋说："手机通信费很贵的，移动公司留下了两部手机，我们俩各拿一部，对外要保密，不然人们都要用起来，费用可要吓死人呢，还会耽误正事。"

97

周宇给杨文章打去电话，接连两次都没有人接，他感到很懊恼。吃饭时他对司马北说，山上矿洞里出的矿渣都用来铺山崖下到选矿厂的路。司马北半信半疑地看着他说："我们这个山里还真能用得上汽车啊？"

鲁洋说："用不上汽车推板车不是也很平坦吗，你这个人咋就死心眼呢。"

周宇也没认真理会他们的话，饭碗一丢带着小贝下山到老黑沟督战去了。骑在马上想起了劳改农场场长易大安来。这年把来只顾着忙金矿了，怎么会把他给忘记了呢？

他给易大安拨了电话。易大安一接到电话就一连声地喊了三声"俺娘哎"，咋会接到你的电话呢？周宇认为他是在开玩笑，问他知道自己都是谁。易大安说："我忘了亲娘老子也忘不掉你啊，我的个周总兄弟哎。"

周宇笑了，说："真是难为你还能想起我来啊。"易大安说："我打了多少个电话都找不到你，到黑熊沟去又都说不知道你到哪里去了，害得俺都快得相思病了，你都跑到哪里去快活了啊？"

周宇一想自己到这山里来是保密的，是有很多人不知道他的去向，于是说："上次到你那里去，半路受了大寒，身体垮了，还在山里疗养呢。"

一番寒暄之后，易大安还在为砖头的事发愁，他说："去了几次黑熊沟，人家都不搭理，他们说砖头自己都不够用，哪里能卖给你们？"

周宇听玛丽亚说杨文章他们又建成了两座大轮窑，今年的砖头是绰绰有余，便问他要多少砖头，易大安说："不敢多要，给六万块砖头趁着夏季建个大菜窖子，备着冬储就行。"周宇灵机一动说："我也正想求你帮个忙呢。"易大安赶忙说："你说，只要是我能帮上忙的一定办成。"周宇说："你也不要太认真，就是你们农场有没有推土机，借一台给砖瓦厂用一下，我们各找各的价，你看怎么样。”易大安一连声地说：“中、中，我借都给你借两台亲自送过去，只要你让他们给我带回砖头来。”周宇讲：“那你还要借两个推土机手进去，他们里面可没有人会摆弄那家伙啊。”易大安说：“中、中、中，我什么时候能送推土机过去？”周宇笑了，说当然是越快越好了！

放下了电话，他又打杨文章的电话，这下手机通了，他一听就识得是阿云娜的声音，她大大咧咧地问：“是谁啊？”周宇脱口而出说：“老杨的手机怎么在你手里呢？”

阿云娜说：“杨总忙着呢，没有时间搭理你，快说什么事？”周宇有意逗她问：“那你是谁啊？”阿云娜说：“我是杨总办公室主任，你有事就快讲，少套近乎，我还要忙着接待人呢。”周宇笑说：“你一个小小的办公室主任，也敢用这种口气同我说话，你叫杨文章那个老儿来听我说话。”阿云娜一听他这话也来火了，快人快语地说：“有事你讲事，不讲我挂机了。你知道手机是双向收费的吗？”

周宇大声叫道：“阿云娜啊，阿云娜，你还真没听出来我是谁吗？”

阿云娜失声叫道：“你是周总啊，哎呀，你咋不早说呢，真是的，每天来要红砖的都打破了头，杨总让我来给他挡驾，没想到挡到了你老人家头上了，师傅，师傅，我真该死！你稍等几分钟，我让杨总把电话打回去。”

周宇骑马往前走着，脸上露出了笑颜。小贝贼眼看了看他手中的手机问：“周总，你那玩意能同外面人说话，听声音是玛总吧？”周宇说不是，是外地的一个部下。小贝说：“你在外面还有部下啊，你的官真不小啊。”

这时手机铃声响了，他一听是杨文章的声音，俩人好一顿笑。当他说到要易大安支援两台推土机时，可把杨文章高兴坏了，他们正缺这样的大型机械呢。让他给砖头的事更是没说的了。周宇让他在小艇试航时，让小六子开一台农用车进去。杨文章要他们在上游将有堵堰的地方再加高，使下游来水面小一些，便于他们施工筑坝。

鲁洋也接到学校电话，说是要派十多个大学生到矿山来实习，他让司马北把选矿厂的工人住宿做了调整，为他们腾出住房来。见到如此般大动干戈，矿上工人们议论纷纷，大家都觉得周总说话像是天方夜谭。

突然一天小六子开着自卸车带着六个人，披着夕照开上了小金岭金矿的草坪上，这可把门卫吓了一大跳，好像这辆汽车是境外开来的坦克车，掉头就往院子里跑要去报告领导。

小六子把汽车开进了选矿厂院子，一头跳下车来，拼命地扯着嗓门大叫：“师傅，小六子来了！”他这一喊惊动了民兵们，他们紧张地提着枪都跑向了操场，把他们围了个团团转，当他们再一看清是队长加克达带来的人，又都放下枪笑了。等到鲁洋和周宇跑到操场时，小六子拼命地奔跑过去，一把抱住周宇，直把在场的人都感动得热泪盈眶。

坐下一絮叨他们才知道，原来周宇同易大安通了电话的第二天，他就开着汽车，带了两台推土机进了黑熊沟。正好砖瓦厂忙得不亦乐乎，一边做着贾登峪大酒楼的开工准备工作，一边为加高堤坝人手不够正发愁。他们带来的推土机刚好派上大用场。阿勒泰组织了水利专家对有德河做了考察，说这条河不但能蓄水通航，还能够筑坝建个小型水电站，开冰季节发电量能供这个区域使用。

玛丽亚一听有这等好事，马上会同萨特一起到乌鲁木齐找到自治区水利厅，他们说你们来得早不如来得巧，国家正有一笔专款是支持边疆少数民族地区建设的，你们抓紧报项目吧。

萨特书记同水利工程师们一合计，边筑堤坝边设计，先通航后发电。两台推土机送来的真是好钢用在了刀口上。地区又调来了两台挖掘机，他们一边筑堤坝，一边派了机械疏通河道推围堰。为了能把挖掘机、推土机搬到河的上游去，杨文章和夏守富想了一个土办法，他们用冷杉木做了一个大船拖子，每天用小艇拉着它上下游地跑。前几天就把河道疏通了，又提高了一些水位。昨天算试航，杨文章正筹备开工典礼忙得走不开，便让加克达带着小六子开展这次试航之旅。

周宇在电话里说，选矿厂要用砖瓦厂大柴油机来发电，还想把选矿机械改造一番。杨文章在百忙中抽出夏守富带着助手一道进来了。杨文章还让船拖子先拉上一台农用车进来，看看能不能用得上。这一路下流还好走，越往上行水路越难走，有时还得要人跳下水去推着拖挂走。好在随着水位地抬高，疏浚了的航道会越来越好走的。小六子说得眉飞色舞，大家听得是津津有味。周宇说："从老黑沟往上游去还有两道围堰。"夏守富说："现在还动不到那一步，现在下游水浅些还能方便疏通河道。将来正式通航了，在运送大宗货物时再将它们扒开不迟，到时候水量恐怕不够用。"

鲁洋打电话把小艇安全到达的事告诉了玛丽亚。玛丽亚高兴地操着哑嗓子直嚷嚷，要鲁洋和周宇把矿山工作安排一下，明天就跟着小艇返回喀纳斯，参加贾登峪大酒楼的开工典礼。这个消息一宣布更让大家喜上眉梢。周宇让小贝去把黑老霍找来，晚上同大家一起乐和乐和。鲁洋知道从这次通航老黑沟就成了码头要道，今后很多事还得仰仗着他们的力量。同时他也在心中暗暗地佩服周宇处理事情老到，如果上次不是周宇坚持帮助黑老霍他们渡过采矿难关，也就没有了今天的好局面。因此他也就没有反对叫黑老霍来矿山喝庆祝酒。

今天晚上除去值班的工人，其他的人都到食堂来喝酒了，连住在外边的采矿队也都请了来喝酒。没能来的工人也分了一份手抓羊肉。喝到高潮时，周宇站到大板凳上宣布，老黑沟那条河今后就叫哈尼河，因为那条河是哈尼老爹最先发现的，他说这是国际上一条通行的命名规则。黑老霍酒喝高了，他认为那条河在他老黑沟边上，嚷嚷着问鲁洋，周宇说的是不是国际上的通行的办法。鲁洋往鼻梁上推了推金丝边眼镜说：好像是有这么个做法。这下黑老霍哑了嗓子没话说了。

哈尼老爹高兴得没法没法的，他压根没想到自己的名子会在这条年轻的河道上万古流淌。他酒喝高了，回去还是果儿古丽架着走的。

98

小六子驾着小艇顺流直下，一路山高水险，峡谷时开时合，河水时深时浅，两岸山峦叠嶂，峰回路转，河流激起的浪涛，拍打着崖壁发出嘭嘭的声响，峡谷里鸣荡起嗡嗡的回音。周宇同鲁洋不时商量着在地图上标记出河道尚要进一步疏浚的地方。

天蒙蒙亮加克达开车送他们到老黑沟时，他们穿着夹衣直感觉身上有着丝丝的寒意，到上午强烈的阳光就晒得人们感到暖洋洋的了。往前又驶过了几道抬头掉帽子的峡谷湾，水面渐渐地宽阔了一些，周宇让小六子把小艇提起一些速度。下午时分小艇走出了山谷，水面豁然开阔起来，小六子加大了马力，小艇发出“嗷嗷”的欢叫声，昂首发力将哈尼河水犁出了两道水棱，直奔黑熊沟驶去。

燃烧的晚霞映照在远山近水上，立在小艇前面的人终于看到了，在波光浩渺的河水前方隐约出现了一线堤坝，有人欢呼起来：“到了，到了，到家了。”

又开出了一个多小时，小六子收小了油门，将小艇稳稳地驶向堤坝。很快他们看见码头上站着一大群人守望着小艇，站在最前面的是穿着红色风衣的玛丽亚，她的衣襟被山风刮得飘起来。在她的身后站着萨特书记和杨文章，最耀眼的是在迎接的人群中还立着几位穿绿色军装的人。

岸上的人们看见小艇靠向岸边都欢叫起来，周宇眼睛湿润了。他转过头看见鲁洋也在流眼泪。周宇把船缆绳扔给了杨文章，待他在老榆树上拴好缆绳，第一个跳下了小艇。一位老军人上前紧紧地握住周宇的手说：“小伙子，感谢你们为边防建设开辟出一条夏季的水道来啊。”

站在一旁的别克中尉介绍说：“周总，这是我们军分区的付政委啊，政委姓付，是正职政治委员！”

周宇笑着说：“这是我们祖国又一条通往国门的水道啊。”

周宇刚想在人群中寻找玛丽亚，她一下从后面跨了出来，紧紧地拥抱住周宇一句话都说不出来，只是用牙齿轻轻地咬着他的耳垂，两行泪水止不住地往下流淌着。周宇只是含着泪眼傻笑着。鲁洋在一旁轻轻地拍了拍玛丽亚她才松开手来。杨文章上前对着周宇肩窝就是一拳说：“好啊，你个老小子，把我们这帮人带到这天老地荒的大山里来，就丢下我们不管了。看看我们的砖瓦厂是不是像模像样的了……”

巴尔山说，今晚都到神仙滩去，我萨特兄弟请客。下了河堤大家分别坐了几辆车直驶神仙滩。到了神仙滩天已经黑透了，周宇最先跑去看望老爹和老奶奶，老爹拉着周宇的手不愿放开，生怕他飞了似的。直到萨特亲自来请他们上桌子，他们还是手拉着手走到桌子边坐了下来。

周宇问别克咋知道他们今天要通航的。别克说，他是陪着付政委到边防来检查工作，听萨特书记说的，正好政委也有事要同他们商量。付政委说：“军区早就想在阿尔泰山腹地建个边防值勤点了，前个时期别克深入到你们金矿就有了解那里社情的任务。听了别克回来的汇报，军分区领导研究认为你们那儿比较适合建边防点。一来是靠近争议地区，又是四国比邻处；二来靠近地方企业，人口相对也多一些。这次又听说你们同喀纳斯通了航道，这就更加方便了。别克已经初步选择了就在金矿前面的一处山峰下建哨所，准备带人进山做些前期工作。”

鲁洋说：“那敢情好啊，我们又多了一座靠山，也多了一分安全感。”玛丽亚说：“付政委听说我们筑坝人手不够，还从兵团帮我们调了一个民兵连来帮助我们筑堤修坝，这就使我们的工程进度加快了许多。”

萨特书记笑呵呵地说：“政委是无利不起早啊，他不但想在小金岭建哨所，还想借你们的水道，用你们的砖瓦盖营房呢。”付政委笑着击了萨特一掌说：“书记啊，你话可不能这么说啊，我们部队讲究三大纪律八项注意的，公买公卖不差半分毫嘛。就是有一点你们企业要支持一下，你们还要为别克参谋提供方便呀。”

鲁洋说：“别克中尉同我们处得就像一家人似的，他就住在我们小石楼里面，我们吃啥他吃啥，这个请政委把心放到肚子里面吧。”付政委想了想说：“就目前这个水道上光靠小艇跑交通是远远不行的。”萨特接上话茬说：“这个好办，玛总出钱买几条船，连同喀纳斯湖的游艇都有了。”周宇说：“这条河同一般的河不一样，进了山谷流急湾险滩涂多，恐怕买不到这样标准的船。”大家听他这话都放下了酒杯望向他。周宇喝了一口酒说：“这条航道得用上非标船，在船的设计上还要有些特殊的要求。”付政委说：“听说周总是个上天入地的人物，你看这事该怎么办呢？”

周宇说：“明天打个电话给我姐夫，动用他的关系就地打造非标船。”杨文章看着大家都在小眼瞪大眼，便快人快语地说：“周总说的姐夫，是他老干妈魏大娘的女婿，在建长江大桥的时候就是副总工程师，后来周总就是跟在他后面干活的，一直干到了桥梁工程师。现在他姐夫早就当老总了。”鲁洋不解地问：“这建桥与造船也不搭界啊！”

杨文章说：“这架桥、造船、建码头都属于水上交通，从大项来说就是一个配套工程，找几家上乘的造船企业那还不是小菜一碟。”周宇说：“你也不要把事情说得太玄乎，我明天给姐夫打个电话，看他能不能帮助找两个造船工程师到哈尼河上来考察一下，再想办法帮我们量身打造几条船。如果行就请他帮助我们就地造船，杨总手下有一帮能工巧匠呢。我们做不了的活就请他们代劳，反正是市场经济，按进度付款。如果能这样办最好，还能把我们的修配厂带动起来。”

萨特听了他这话，高兴地举起杯子来喝下一大杯酒，挥舞着手中的筒子骨指向周宇，边咀嚼着边说：“你小子胆子贼大，我看你小子将来能造天上的卫星！”说得大家哈哈大笑。

清晨，周宇也没顾上吃早餐，便开上车到贾登峪去了。吴有德和郑大鹏住在工地临时搭建的木板房里。俩人见了面狠狠地亲热了一番，通报了分别后各自的情况，吴有德便拿出大酒楼的效果图来给周宇看。原来讲的是大酒楼，其实是一片别墅群建筑，一色的红砖蓝顶钢瓦的五层各式各样的小洋楼，容进了许多西欧、边城和图瓦民居元素。只有中间是一幢八层标志性的大洋楼，它是青色砖墙，红瓦红尖顶，大沿边的图瓦民族的建筑元素更加浓烈，从效果图上看真是耳目一新，煞是好看。

正在他们说说讲讲十分开心时，陆笑梅闯了进来，周宇先是一愣，接着向她问了一声好。陆笑梅苦笑着说："你没想到我会来吧，是不是认为我已经离开了疆欧公司了？"

周宇说："我还真没那么想，只是不好问玛丽亚罢了。"陆笑梅说："是玛总挽留了我，说是现在公司正缺人手，让我算留下来帮帮她的忙，答应在适当的时候满足我离开的要求。玛总对我一直都很关照，又是我的老师，话都讲到了这种地步，我也只好留下来帮帮老师了。"周宇看着面前的陆笑梅说："小袁人很好，对你就更没有说的了……"陆笑梅打断了他的话说："我没有说他不好，就是你的光环把他遮掩得没有了一点亮光。"

这时，开工典礼就要开始了。他们一起赶到开工典礼现场，人都站了黑压压的一片。开工典礼上付政委、萨特书记和玛丽亚都讲了话，放了很多鞭炮。图瓦村和附近群众倾巢而出，都骑了马跑来看热闹，小小的边地有史以来还是第一次这样热闹。

典礼一结束付政委对周宇说："改日子我让别克住到你们矿上去搞哨所建筑规划，你得帮着我把这个值勤点建起来。"玛丽亚笑着说："这个没有问题，安邦保国嘛，也是我们的任务。"

玛丽亚说："中午好好吃顿饭，开弓就没有回头箭了。现在我们的各方诸侯都在这儿，开个会商量一下下一步工作。"周宇说："商量不商量，杨总你得把大柴油发电机给我装上拖船，明天一早我就要拖到山里去，夏守富我也得借用一阵子。"杨文章说："拉了我的柴油机，我这里要停电怎么办？"周宇说："山里的小柴油机我给你运过来，你们用的是火电，停电也不是经常的，小柴油机够你临时救急的。”

杨文章指着周宇说：“反正我们都是被你骗来的，只能听你使唤了，别说一个夏守富了，就是我杨文章也得听你调遣。”杨文章说：“玛总啊，现在建堤坝的人也用不了，我要求抽调一个排过来用一用，按市价给工钱。”玛丽亚说：“这边事我不管，都是你杨总说了算，我只管两点，按质量验收，按进度拨款。”

这时周宇的手机响了起来，知道他手机号码的人很少，他连忙接了电话，一听是易大安打来的，说是谢谢他的砖头了。周宇说：“都是自家兄弟，就不要客气了。”他眼珠子一转说：“我还想请你帮个忙呢。”易大安说：“行啊，让兄弟帮你忙说明没拿我当外人。”周宇说：“就是柴油的事，每月你得给我弄五吨计划内的柴油。”易大安想了想说：“行啊，那你还得给我三万块红砖。”周宇连忙捂住了手机，对杨文章说这老小子还要三万块红砖。杨文章轻声说：“往后推他半拉月。”周宇对着电话说：“你等半拉月到黑熊沟来提砖，到时杨总一定会给你安排的。”易大安心满意足了。

放下电话杨文章问他：“你老小子要那么多柴油做什么？还能当水喝啊？”鲁洋接过话茬说：“山里换上大柴油机每天还不就像喝水的一样，周宇哎，你老小子不要高兴得太早了，矿石能不能供上还是两说呢。”

周宇说：“矿石供不供上是你的事，机械转不转是我的事。我们是包产到户，各人自扫门前雪。”

99

周宇打通了姐夫的电话。姐夫询问了周宇近来的情况，听了周宇关于急等船用的诉求，让他明天等着他的电话。周宇见有了空闲，便跑到建筑工地去看杨文章他们下楼基。杨文章带着他的虾兵蟹将们，正在吴有德指导下忙着为第一幢楼房下地基。这次杨文章进疆害怕窝工，只带了十多个建筑骨干来准备先做前期工作。因为他知道喀纳斯只有半年的工程期，按照他同疆欧公司的合同，封冻前他要盖起三幢楼房来，而且还要做到精装潢。谁知道事情来得这么快，刚着手做准备工作，大酒楼的建筑图纸就审批了下来，玛丽亚就像失火似地催着他开工。他一边向家里打电话催兵发将，一边借了兵团的四十多号人，在郑大鹏的指挥下，为第一幢楼下基础。

陆笑梅跟了付政委的车到阿勒泰去，从那里乘飞机回乌鲁木齐总部主持日常工作。马上就要到抛售棉花的关键季节，早就有几家大客户找上门来洽谈购棉事宜了。玛丽亚这阵子忙里忙外累得亏损太大，她感到非常疲惫，想着在这里养息几天。

鲁洋和周宇带上夏守富一干人马住到了神仙滩，一头扎进木屋里研究他们的选矿机械改造方案。他们一直讨论到太阳落山还是没有一个结果。

又经过将近一天的再三推敲讨论，终天把选矿机械改造升级方案敲定了，周宇驾驶着越野车迎着喀纳斯河畔美丽的夕照，送鲁洋一行人向黑熊沟驶去。他们要在砖瓦厂吃了晚饭后，连夜乘小艇拉上装有柴油机的拖船，从有德河开往阿尔泰山腹地的老黑沟。周宇同夏守富不能与他们同行了，夏守富让他的两个助手随同鲁洋先进山里去做准备工作，他同周宇明天一早就要赶到阿勒泰市去，采购选矿机提升改造所需的机械材料。玛丽亚这次要同他们一起赶到阿勒泰去，从那里乘飞机赶回乌鲁木齐，同内地几家棉纺厂家敲定库存的棉价，将手中棉花抛售出去。他们本来是可以提前赶往阿勒泰的，但是他们也为柴油机能否安全装上拖船而担心，周宇决定先送走拖船，明天起个大早去阿勒泰采购机械材料，顺便送玛丽亚到机场。到了黑熊沟堤坝码头上，他们看见柴油机已经牢牢地捆绑上了拖船，杨文章还派了押运人员在河边专门看守着。夏守富又跳到小艇上发动了船机，试了试夜航照明灯，见到一切正常这才放下了心。

100

周宇和夏守富押着一辆卡车路过贾登峪时，看见山脚下一幢楼基已经平地而起有一尺多高了。他们下了车同杨文章和吴有德打了个招呼，便匆匆忙忙地向黑熊沟奔去，他们要在天黑前赶到码头上，组织人员将车上的机械器材转载上拖船，连夜运往小金岭金矿。他们赶到码头时还是天光大亮，巴尔山同小六子早就组织好工人在那里等候了。

车子一停稳，巴尔山便指挥工人们把车上的货转装上拖船。前两天周宇就接到电话听说易大安送了五吨桶装柴油来，他知道只要选矿设备提升改造好，柴油供应就是一个大问题了，所以他是四处托门子储备柴油。他清楚这些维修提升器材堆头不小，但是重量有限。他事先让巴尔山在拖船上装上了十来桶柴油。在器材转装上船后，他看见拖船上还有一些空着的船面，便又让巴尔山装了几十编织袋的煤炭，他想进山一次不容易，能多带点就多带点吧。听说上次半夜行船，到了第二天十一点多钟才进了峡谷口，船到老黑沟码头正是黑夜，只好等到第二天天亮再卸船，这样就耽搁了一天时间。因为是逆水行舟，加上又是满载负荷，行船要比预想的慢得多。

吃了饭他们乘着西天的彩云便出发了。开始小艇由巴尔山驾驶着，到子夜周宇驾船让他到船舱里去休息。天光大亮，船正好开进峡谷口。两边的山峰高耸起来，河面隙窄了许多，河水湍急，水面上雾气蒙蒙的，给人一种阴森森的感觉。渐渐地周宇的心情有些沉郁起来，头脑里就像是灌进了铅水似的昏昏欲睡。恰在这时巴尔山替换了他，他扶着船舷走下船舱，拉了一件大衣便靠到了船帮上。他隐约中看见一个披头散发的白衣女人，从碧蓝的河水中冉冉飘进船舱，没有一点声息地走到他面前，抖开披发露出惨白的脸面和布满绿丝的眼睛，他看着她觉得似曾相识，但又想不起来在什么地方见过。

她轻轻地压到他的胸口上，他想翻身将她掀下去，却怎么也翻不动身体。她冷冷地看着他，突然吐出鲜红的舌头要舔食他，吓得他用尽吃奶的力量拼命喊叫。这时夏守富使劲地摇醒了他，问他是怎么了。他抬头一看已经到了老黑沟的码头，只见加克达在码头上向他们招手。一觉醒来周宇感到头重脚轻头脑发涨，他想可能是几天来连续奔波操劳，身体透支的缘故。他走上岸黑老霍蹿上来握住他的手说："我的个天神哎，你可回来了，我又遭到灭顶之灾了。"

周宇让他先组织工人卸船转货上车，有话过一时再说，不然天就要黑下来了。黑老霍转过身子让独臂宋带着人到木拖船上去卸货。加克达带着小贝指挥着工人们往码头上先扛维修器材，然后再往岸上卸柴油桶和煤炭。

周宇见大家都忙起来了，这才问黑老霍又是哪块天塌下来了。黑老霍说，那个金娃娃吃完了，好多天都没见到够品位的矿石，铁碾子也停了好几天了。周宇问他的巷道都掘进了多少米。黑老霍苦着驴脸说："都往前挖了大几十米了。"周宇问他把矿石都拿到矿上化验了吗。黑老霍说："你不在家谁给我们化验呢？他说他们用淘洗法测试了，矿石品位都是平平，上了二碾子也是赔了夫人又折兵。"周宇取了几个矿样带回去化验，说然后再来讨论掘进办法。

夏守富检查了柴油机座，觉得保养期还没到，暂时还不能安装柴油机。周宇同鲁洋商量，让夏守富着手做改造提升的准备工作。他们赶紧到各矿洞口去查看采矿作业面。他们知道一旦机械改造升级完成，机械就要全天候生产，黄金产量也要翻一番。那么矿石供应就成了矿山的头等大事，他们要抓紧时间尽量多采矿石，增加矿石的储备量。

正在矿山忙得热火朝天的时候，巴尔山带着两个造船工程师找到了矿上，周宇和鲁洋只好放下手中的活来接待他们。周宇对船的建造提出了一些具体的设想和要求。张工说，近些年来我们国家的造船业有了突飞猛进的发展，你们的要求都不难办到，只是时间紧了一些，人家找到厂里订船都要到两年以后才能提到货，没听说三两个月就要现货的。

周宇笑着说："我们希望你们能来黑熊沟建造船只，不然从南方把船运到喀纳斯，那真是把豆腐盘成了肉价钱了。”周宇告诉他们说：“这里的成套设备都是自己动手改造装配的，在我们这里只缺设计和工程师，不缺动手的技工，各色人才都有，只要你们愿意，我们造它五六条船出来也不成问题。目前急需要的是造一条驳船，然后再造拖船、游船。”张工听他说得也在行，便同意向厂里汇报这边的情况。

周宇说：“今年我们先造两条船，明年如果你认为我们合作得愉快，再造几条船。你们厂里的钱分文不少，在我们这里每天一切费用全包，再给你们一百元的生活补助。只要船只能按时下水，每条船再给你们两万元奖金。”周宇又补充说：“让你们住在神仙滩，还为你们配一辆小车。”周宇进一步说：“我们这里是改革的典范，你看鲁老师是大学教授，不也是利用个人时间在为我们帮忙吗？”

张工看他很有诚意，当场打开电脑，一边让他看有关船只的效果图样，一边谈他的设想。过后周宇又给韩总打了电话，说了要张工在这里造船的想法，求他帮助再同厂家通融。韩总笑了，说：“你这个小舅子还真难缠呢！”第二天他让张工用手机给厂长打电话请示，厂长竟然破天荒地同意了。

夏守富一听说能在这儿造船，就别提有多高兴了。这是他偷师学艺的又一绝佳时机。张工决定就在矿上把驳船的初步设计做出来，同周宇他们讨论好再到神仙滩去进一步绘制工程图。他们决定船的发动机和关键部件还是从厂里运过来，其他的全国采购，船龙骨钢壳就地取材。一切设备车、铣、刨床都由张工同夏守富商量着办。夏守富一边带着他的助手连天加夜地改造选矿机械，一边用手机从家乡往新疆调动着能工巧匠。这几天周宇和鲁洋忙得四脚朝天，鲁洋忙急眼了便骂周宇真是个“能不够”。

真是多事有事，黑老霍看了小贝带去的化验单，矿石品位都没有超过每吨五克的。他真的是急了眼，立马骑上瘦马一奔子跑到小金岭找到周宇说：“兄弟哎，你不能见死不救啊。”周宇说：“我怎么救你，我又不能帮你生出个金娃娃，你只能在三个矿洞里继续往前掘进，希望尽早遇上金娃娃。”黑老霍拉着苦瓜脸说："现在的矿石品位都上不得碾子啊，你不能看着我们坐吃山空吧。我找过阿狼，他说我们是无底洞，也不愿意伸出手来帮我们了。碰到金娃娃时他来就地分财，挖到贫矿他就躲得连人毛都见不到了，真他娘的是只白眼狼。"

周宇让他坐下喝点开水。他到化验室找到鲁洋，把黑老霍来找的事情对他说了。鲁洋一连声三个"息"字，说："你赶快让他走吧，我看你这个人什么都优秀，就是爱跟这些江湖人士走动不怎么样。"周宇说："人家也帮了我们不少忙，现在码头上还仗着他们看管呢。鲁老师啊，在这大山里多个人就多条路啊。"鲁洋说："他们为我们做事，我们都是按价付钱的，总不能把我赔偿给他们当总工吧。"

周宇说出了一个主意，把他们能用的矿石作价收买过来，正好马上升级过的选矿机用矿量要多出一倍多，矿上本身的采矿量是远远跟不上的。鲁洋思索了片刻说："讲起来我们也真需要矿石，但是这件事情很复杂，就算是我们诚心给他化验数据他不认账，在这大山里闹起来公说公的理，婆说婆的理。整不好还会弄巧成拙，不但要危及到个人，还会影响整个矿山。"

周宇诚心想帮黑老霍的忙，但是心有余而力不足，他只好回到黑老霍身边再三地安慰他，说改天抽出时间来再到他矿上看一看。黑老霍看出他满脸的无奈，只好骑上瘦马快快地走了。走出老远他又回过头来说："兄弟，你要尽快地来啊，伸出手来拉兄弟一把！"

101

选矿机改造安装好了，夏守富带着一干人马没天没夜地睡在机械旁调试检修，很快便走入了正常。机器一响矿石只顾着往喂料口里填加，每天的用矿量比起改造前翻了一番还拐弯，柴油用量也比以前要多出许多。好亏周宇提早购进了很多柴油存贮，原来空荡荡的选矿厂草坪上，现在是一边堆积如山的矿石，一边堆放着成片的柴油桶，还有从黑老霍手里购来准备扩建工厂的木材。

每天机器就像军队出操似的嗷嗷地叫着，叫得全矿职工喜笑颜开，叫得人们心花怒放。

周宇和鲁洋同意了张工造船的基本方案，他们决定让张工他们到神仙滩住下绘制驳船的工程图，同时由夏守富按照张工的要求带人出去采购造船的材料。夏守富留下一名技术骨干，继续保养着升级后的选矿机械，他同张工一起坐上送柴油来的小艇回喀纳斯去了。

在矿里还是按老分工，鲁洋管生产，周宇抓协调。小艇进出也形成了规律，没有特殊需要每周一个来回，主要是往矿山送柴油和储备冬季用煤，顺便带上进出矿山的人。

本来鲁洋要同张工他们一起走的，但是电解出的金砂还没处理，再也是因为机械刚升级他还不放心。加上每天化验报告金品位噌噌地往上升，看着都喜庆人，他也就一天一天地拖了下来。但是烦心事也是接踵而至，眼看着矿石堆见天萎缩，他同周宇一个把山上，一个把山下，采矿工人每天两班倒，矿石堆还是少去了一多半。这件事让鲁洋上了心火，好几天都睡不着觉。

司马北更是火上加火，矿石一断顿再好的机械也是白瞎，他便每天在鲁洋耳朵边说个没完没了。鲁洋没了主意，只好找周宇商量。三个人聚到一起，憋了老半天只有一个办法：收购黑老霍的矿石，对他们同矿上的工人一视同仁。鲁洋和司马北只得连声说好。

黑老霍求之不得。周宇当即让纳仁花拿了五千元钱给黑老霍，说这钱先给大家救救急，以后再从矿石量上扣除。周宇说，矿上的两台车就负责从老黑沟往选矿厂拉矿石，然后再拉他们碾子用下来的尾砂。黑老霍一听说连尾砂都有了着落，恨不得趴在地上给周宇磕上三个响头，喊他六声活祖宗。鲁洋看着周宇送黑老霍出门时那个劲头只想发笑，其实周宇心里也有他的小九九，要想在这阿尔泰大山中站住脚，就是要收服这些金把头，不然的话在这大山里做事就会七拱八翘的，弄不好还会闹出大乱子。再说了他们也是出来混穷的，能帮一把就帮一把，总得给人一条活路，况且是在这人烟稀少，过着半原始生活的大山里呢。

两台车一天七八趟地往选矿厂拉着矿石，老黑沟的采矿工们又见到了花票子，而且不再用担心铁碾子掏不到金砂了，他们放开手脚拼命地往前掘进。周宇又让小贝随着拉矿车带去了三头羊筒子，工人们见了荤腥干劲就更足了。

矿石堆又高了起来，鲁洋脸上也泛出了笑靥。他便带着司马北着手处理金泥的工作。现在金泥量多出了一倍多，小范围作业已经落伍了，他同周宇商量又抽调了加克达和两个民兵参加炼金工作。

说来也快，杨文章从家乡调来了能工巧匠，跟他们协议是包工不包料，多干多得。他们出门就是为了挣钱的，于是也不分个白天还是黑夜拼了命地玩活。

新的驳船很快就试水了，经过几次调试主要指标都达到了设计要求。周宇让杨文章同张工他们将协议对了线。玛丽亚打来电话说要乘坐新船来参加首航。正好鲁洋也要坐这班船带着黄金出山去，然后返回学校休整一个阶段，再带学生进山来实习。

按照新船的航速算，从黑熊沟码头天亮出发，第二天上午就能抵达老黑沟码头。大家听到这个消息都很兴奋，周宇和鲁洋亲自开车到码头去接站，当太阳升过友谊雪峰时，就看见一艘银灰色崭新的大船乘风破浪地向码头驶来，站在岸上的人们高兴地欢呼起来。

这时周宇看见玛丽亚和萨特陪着一位中等身材，但是很魁梧的老军人站在船舷边上向他们招手。周宇和鲁洋看清楚了来人原来是军分区的付政委。当巴尔山放下跳板，玛丽亚引导他们走下驳船时，周宇和鲁洋赶忙跑过去同他们一一握手，表示欢迎。这时从驳船的甲板上开下来一辆军用吉普车，周宇没想到从车上跳下了别克中尉，周宇先是一愣神，接着冲上去同他拥抱到一起。这时从车上又跳下来一个戴着金丝边眼镜的年轻人，周宇又是一愣，接着大叫一声：“有德！”两人又是好一顿拥抱。

正在大家欢腾雀跃时，突然小贝骑着瘦马跑了过来，他还没跳下马就大呼小叫道：“不好了，不好了，黑老霍被人打伤了……”

他的呼叫声时吓得在场的人立马紧张起来，付政委的警卫员连忙抽出手枪，挡护在他的前面。周宇问：“什么人吃了熊心豹子胆了，竟敢打到矿山来了？”

小贝吞吞吐吐地不敢说话。周宇猛提一口气炸声道：“说！”

小贝吓得只得说出阿狼的名字来。周宇一把夺过小贝手中的马缰绳，就要翻身上马。别克说：“不用骑马，快上我的车。”

周宇将马缰绳往小贝怀里一扔跳上吉普车，俩人开上车就往山崖边的金矿洞口驶去。他们到了矿洞的山崖下，只见独臂宋正从地上扶起黑老霍。周宇同别克跳下车来，问阿狼他们往哪里跑了。黑老霍龇牙咧嘴地只是摇头说：“算了，算了，算我遇到鬼了。平时称老大，有事找到他又不理采，我们刚找到活路他又说我们……”

他的话音没落，周宇一声炸响：“人往哪里跑了？”

独臂宋往山口方向指了指说：“他们骑马向边境方向跑了……”

周宇同别克跳上车便追赶过去……

其实当阿狼他们听到汽车的马达声便吓了一跳，四个人惊慌失措地跳上马，便向谷口方向逃去。当别克开着车子追到谷口时，阿狼他们已经折向了边境的九道沟谷底方向，前面都是布满乱石的沟壑，吉普车到了这里只得停了下来。阿狼他们看见追赶来的吉普车停了下来，便大声地朝着他们嚎叫着：“姓周的，你等着，我要小猴子大闹天宫，不闹得你人仰马翻是不会撒手的。我是谁，我是阿尔泰山中的阿狼……”

在逃的人中有人故意骑在马上回过头来向他们开枪射击，子弹带着哨声嗖嗖地从他们头顶上飞过。别克从车上取出冲锋枪，咬牙切齿地说我来教训教训这个不懂事的家伙。他端起枪只是一个点射，骑在马上打枪的家伙应声摔下马来。骑在马上的人赶紧折回头救了摔下马的人，狼狈地向边境方向逃窜。

周宇苦笑着说在这大山里，真是机械化跑不过牲畜化啊。他们开车回到黑老霍的矿洞下，只见独臂宋扶着痛苦不堪的黑老霍坐在山崖下的草地上，周围站着他们的一帮兄弟。别克看了看黑老霍红肿的胳膊，让工人找了几根树枝把他的手臂固定上，说是过一夜还不见好的话就跟着船到军分区卫生所去看一看。

周宇一问才知道，原来是阿狼知道黑老霍带人扒开了哈尼河上游的两个堰坝，使山里与外界通了航，他怕政府很快就会进驻到这大山里来，便要到老黑沟来告诫他们今后不许帮着金矿做事情。这次他又听说黑老霍把金矿石卖给了矿山，便怒发冲冠地带了人来修理黑老霍，他要杀鸡给猴看。矿工们说，他们逃走时，还往矿洞里扔了两颗手雷，但是没听到爆炸声。

别克在工人们的帮助下，进到矿洞里拿出了手雷，原来在慌乱中他们忘了打开手雷的保险栓。周宇安慰了黑老霍和工友们，便同别克回到了码头上。付政委听了他们的汇报，说这就是长期活跃在边境上的一股黑恶势力，一定要设法给予严厉打击，这也说明了军区决定在这里建哨所是必要的。

周宇让人拿了两只羊、四只鸡和一纸箱牛肉，送到黑老霍的矿点上去。玛丽亚和萨特陪着付政委坐上吉普车先走了。周宇同鲁洋、张工、夏守富一行人走到船上，里里外外看了一个遍，他见到在驾驶室后面还设计了一排座位。张工说："这个船是按照你们要求，前后和底部都加了厚的，浮力大吃水浅，动力也是加强版的，顺水每小时能行近四十里水路，逆水也能走上二十多里，船头还有破冰的功能。用的钢板都是耐寒的，船舱里还加装了保暖设备，以防春秋天早晚行船天气寒冷。"周宇同鲁洋看了都很高兴，觉得这就是他们要的那种能在哈尼河上行走的船。张工说："你们说这里十月下旬就要跳冰凌了，现要满打满算也只能跑上一个多月了。我们再造一只小游艇吧，这样你们在枯水季节也能跑水上交通。"

102

其实军分区早就想在阿尔泰大山的边境上建立哨所，只是这里人烟稀少，开冻后交通十分艰难才一推再推。这次萨特书记找到军分区请求派员到边境上维稳，军分区领导一合计，在请示军区后派出了侦察参谋别克进到山里来，一边协助金矿维护治安，一边侦察大山里的社情和地形地貌。付政委带着一行人骑马到前沿看了地形，然后在金矿食堂开了一个军政联席会，在军用地图上标上了新哨所的位置。哨所建在小金岭金矿前面的北山口，距离边境只有五里来路的一个山腰草坪上。在它的东边有一座视野开阔的山峰，正好在上面盖个瞭望塔。

萨特书记说："这次别克中尉和吴总就驻在矿上搞边防哨所规划设计。军分区派一个工兵排来，在建筑队的大师傅们指导下，帮着矿山在南边的空地上盖座五层小楼房，样式呢是贾登峪宾馆主楼的浓缩版。砖瓦黑熊沟现成的，水泥和钢材由我负责，钱当然还得羊毛出在羊身上，由矿山出，可以从今年的费税中抵扣，支持企业发展嘛。"

付政委接着说："部队由别克中尉负责，任务是两项：一是用两个多月的时间完成这座楼房的建设，同时还要搞好建哨所的前期准备工作，建设哨所要速战速决，在封冻之前力争要完工，今年冬季就要驻兵开展工作；二是在这同时还要加强矿山保卫工作，摸清当地设情，沟壑河汊，山林峰嶂。我再调一个工兵班进山来修路，就用金矿的筑路方法铺出一条阿尔泰山地的边境道路来。"

第二天清晨，玛丽亚和周宇、别克送付政委和萨特到了码头上，鲁洋和加克达带着冶炼出的黄金，他们要一道乘阿尔泰一号船出山去。黑老霍的手红肿疼痛得厉害，付政委让他到军分区卫生所去就医治疗。喀秋莎看见黑老霍整夜不能入睡，疼痛不已的样子十分的心痛，坚决要求陪同黑老霍一起去阿勒泰看病。

周宇对玛丽亚说，黑老霍那里被阿狼这一闹，人心不稳呢。我想让小贝到他们那里待几天，白天拉矿，晚上再做做稳定工作。玛丽亚转过头问周宇，总听黑老霍说你当初差点废了他，你是如何要废了他的。周宇扑哧的笑了，赶忙说回去单独向你汇报吧。

回到矿山开了会，周宇把果儿古丽送来的化验单一看，发现又有两个工作面出现了高品位矿石，他让人送信到矿洞里告诉值班班长，要他们格外小心采矿。吃了饭他又到选矿厂转了转，看见解吸液的金品位也在上升，心里美滋滋的。回到寝室他把好消息告诉了玛丽亚，玛丽亚说，生产管理是你们的职责，我也不管，我也不问，你就给我说说你要废掉黑老霍的事情吧。周宇早把这事忘到九霄云外去了，猛然被她这么一提醒，立马笑得喷了腔。于是他将当初在乌鲁木齐看守所时，黑老霍如何要作弄袁冷杉，反而被他整治了的事叙说了一遍。

这一说不要紧，笑得玛丽亚一边在床上打着滚，一边用手指着周宇一个劲地点着，就剩没有岔过气去。笑够了她让周宇上了床，无限柔媚地抱着他使劲地亲了一阵说，你们这些男人啊，什么缺德事都能做出来，真得要女人们好好管束着。

103

第二班通航带进来了一个加强排的工兵，他们自带了军用帐篷和给养，同船还带来了砖头、水泥和钢筋，还有一辆军用卡车。郑大鹏带着两名大师傅也同船进来了。工兵排长从别克中尉那里认领了任务。吴有德给他看了电脑中的办公楼建筑图，并放出图样交给了他。玛丽亚让哈尼杀了两头大白羊送了过去，开始排长说什么也不愿接受。玛丽亚找到别克中尉说了情，别克让排长收下了两只羊。当晚做了清炖羊肉汤，一个排战士吃了饭，支起电灯就开始挖楼基，惊得矿山工人们直喊解放军真神速。

到了下半夜排长把休息的一个班换了上去，天亮时楼地基便挖了出来。别克找到周宇让他给杨文章打电话，两条船得不息气地两头跑运输，做到息人不息船。部队的一台车昼夜不停地忙着搬运砖瓦水泥。矿上安排了两个年轻人跟着卡车跑，不到十天就能开着卡车上了路。周宇打电话叮嘱小六子船到就要组织好力量装砖上货，这边小贝要做到汽笛一响，就要停下一班工人去卸载。工人们也被部队感染得有了军事化的味道。按要求倒了圈梁七天才能往上砌砖墙，工兵排长有高招，他把一幢楼房分成两半干，一班人倒钢筋混凝土圈梁，一班人往另一半做好的混凝土梁上砌砖头。

这边忙得热火朝天，境外的阿狼和彼得却像热锅上的蚂蚁坐不住了，他们隔三差五地派人过来鬼头日脑地搞侦探。自从上次打伤了黑老霍，他们也没倒到什么巧，一个人被枪打穿了小腿还躺在病床上没起来，弄得他们也不敢轻易再到老黑沟里来。他们听说有了解放军在帮着金矿修路盖楼房，心里着实也害怕起来。

这阵子采矿进度不断翻新，化验室从早忙到晚还得加夜班。下了夜班的别克中尉隐约看见斜对面的山坡上有灯光往矿洞去，当机立断找来周宇。周宇猜测他们是阿狼、彼得一伙人，不是又要来炸我们坑道的吧。别克中尉转身让加克达领着排长赶到后山堵住这帮人。周宇说："要是矿洞口被炸损失就大了。"别克说："还是像上次打狼那样，你打头我来打尾。"山崖上的灯光时隐时现，时明时暗。两个人刚找到路边的大树做依托，排长小声地喊起来："手电灯亮了！"

别克发出指令："射击！"

"嗒嗒嗒，嗒嗒嗒"，两串夹着绿色曳光的点射划破了夜空，像闪电一般射向了山上的亮光。立马山崖上的灯光熄灭了，很快山上也响起了一阵枪声，子弹打在他们身边的树冠上发出"啪、啪"的声响，紧接着山上又响起了两声"轰隆隆"的爆炸声。过后大山间只有风吹树叶沙沙的声响，还有一片漆黑的夜色。加克达和排长带着人马赶到后山时，他们早就逃之夭夭。别克中尉让排长放上警戒哨，说是明天再进一步查勘案情。第二天别克带着加克达查看了发事地点，发现逃跑的马蹄印一直延续过了边界线。

打这以后，矿山便放上了流动哨。

104

红桦树叶子红了，白桦树叶子黄了，冷杉树变成了墨绿色，西伯利亚红松树叶子绿得像碧玉一般，阿尔泰大山走进了最美丽的五花山季节。小金岭金矿的办公楼已经封了顶，沙石路也修到了勇士峰下的山腰上。这个勇士峰原来是个无名的山峰，付政委给它冠以勇士峰的大名。两个班的工兵都已经转战到了勇士峰下的山腰草坪上，他们先把勇士峰的东侧岩石斫成平地，在上面盖起了六棱形蓝顶瞭望塔，从而结束了阿尔泰大山腹地有边无防的现象。别克上尉按照上级指示，率领战士们在大师傅指导下正在抢盖哨所营房。

鲁洋带着十二个实习大学生和一位带队老师，乘着驳船回到了金矿，他们一到正好住上正在收工的办公大楼。他惊叹不已道："走的时候还是一片草地，回来就能住进了红顶子的大楼了，真是兵贵神速啊。"他们把学生分成二个作业组一边搞野外地质调查，一边到各个矿点去实习。

黑老霍在军分区卫生所做了检查，他的左胳膊被打成了骨裂，军医帮他做了固定医疗，给他拿了些药物，让他回来疗养。他不能再做动手的事了，只能干干动嘴的活，采矿的事只得由独臂宋领着大伙儿干。老黑沟也分来了五个年轻的男同学，他们几乎每天都要下到作业面上去采矿样带回去分析，然后指导工人们进行采矿。

鲁洋发现一连三天老黑沟有个掌子面的金品位持续升高，他知道这是碰上了金娃娃。说来也真怪，这好事要不来一个都不来，要来就一窝蜂地往外冒。紧接着矿山的另一个工作面也碰到了金娃娃。

鲁洋把事情告诉了周宇，建议先把矿石品位降一降，将来矿石品位落下来了，再把扣下的矿石品位给他们加上去，免得工人们思想产生波动。周宇的意见还是如实告诉他们，他认为压低矿石品位的事一旦败露，后果不堪设想。这件事正在协商中，老黑沟的金矿量突然减少了，矿石品位也猛然掉了下来。

这事引起了鲁洋的疑心，他悄悄地让学生们留意采了几次矿样，化验的矿石品位没有变化，这就说明有人在矿石上做起了手脚。他把这事告诉了玛丽亚和周宇，怀疑有人在这其中做了手脚。他说："我当初叫你不要同他们来往过密，你偏要我行我素，现在问题出来了吧。"

周宇说："现在这种局面总比过去那种乱象强得多，要改造大山里的金把头，比当年改造山里的土匪还要难。形势一天一天地比过去好就行，现在解放军在这儿建了哨所，问题到时候都是会解决的。"

鲁洋还想争辩，玛丽亚说先就维持这个现状吧，但是也不能掉以轻心，往前走着再说。但他派学生们去老黑沟矿洞的次数减少了。

周宇背下让小贝把矿石品位如实告诉了黑老霍。

大酒店已经盖好了二栋楼房，主建筑也到了封顶的地步。刚盖好的新楼游客们就蜂拥而至，大家都争先恐后到大山里来，对有着欧洲情调的大酒店先登为快。玛丽亚在大山里养息了一阵子，回到乌鲁木齐去了，一年一度的棉花大战已经战鼓擂响。

105

阿尔泰山里的人没想到今年寒流得这么早，大家在不经意中被卷进了严寒。周宇同鲁洋看着满院子堆放的柴油桶，购买来盖楼房和维修厂房的木材真是一筹莫展。现在正要人手做冬修防寒工作，还要抓紧时间增加采矿量，以备奇寒天补用，实在是抽不出来人力来归拢这些乱七八糟的东西。哨所营房已经在做了手工作，新盖的楼房阴湿浸人，棉帐篷也挡不住寒冷。周宇只好开着车子把战士们接到新楼里来避寒。好在河水刚开始跑冰凌，这时驳船就发挥了它头硬底厚的作用，顶风破冰为部队送来了棉衣和大头鞋，顺船也把学生们御寒的冬装带了进来。吴有德为矿山做了一件大好事，在新楼设计时配备了锅炉，安排了取暖设备。大家尽管在野外作业冻得龇牙咧嘴的，回到新楼里还是能暖暖和和的。

哈尼老爹在秋草泛黄的时候就转场回到了白房子，果儿古丽留在了矿山上。果儿古丽加班到夜晚，别克送她回新楼房时，就看见边境方向的天际是一片红光，空气中弥漫着刺鼻的浓烈烟味。

他们赶快叫出正在看书的周宇和鲁洋，几个人看了分析是边境处的森林失了火，正赶上这第一场寒流刮的是西北风，吓得他们出了一身冷汗。连忙带上矿灯，顺着草坪后面的山崖悬梯一口气爬到了山顶观火台上，只见斜侧面的边境线上大火已经烧到了树梢，离着勇士峰也只隔着七八座山峰。这时寒风刮得呜呜作响，像这样风借火势，火助风威，要不了多长时间就会殃及勇士峰和小金岭金矿。

他们赶紧下了山崖，召集了排长和干部，把危急情况做了通报。大家七嘴八舌一商量，做出了几条应急措施：第一，现在就组织人吃了加餐饭，带着灭火工具火速赶往失火的最前沿，汽车往前能送多远就送多远，剩下的路程只能用脚来量，以最快的速度赶到失火场；第二，赶快把这里的火情向军分区和县委汇报，求得他们的支援和帮助；第三，武器弹药放进矿洞里，由一名战士和一名民兵死看硬守寸步不离；第四，赶快通知玛丽亚和杨文章，要他们做好应急准备；第五，矿山停止一切活动，鲁洋留下来坐镇指挥，搞好上下联络，除了学生和女人，还有一名生病的解放军战士，其他人都要奔赴救火现场。

第一队由排长和加克达做领队马上行动。第二队由别克和司马北带队做好充分准备再出发。第三队由周宇带着小贝赶到老黑沟，从那里发动他们组织一切力量参加灭火。加克达说，带的队伍不要靠近火场，要在离它几里路以外，砍倒树林，拉走树木，清出防火道。这大山里一无水二无沙，只能让火把可能烧到的树木烧掉，阻止火头蹿过防火带。周宇说："大家听好了，这是个原则。"鲁洋以最快的速度把这里失火的信息报了上去。别克也让报务员向军分区发去了紧急电文，并汇报了他们的应急措施。很快加克达和排长带着工兵排出发了。鲁洋叫醒了大家，说明了火情，分配了任务。这时有的男同学也要参加灭火行动。鲁洋同别克商量了一下，要带队老师把学生分成两个班，先帮助矿上做后勤保障工作，只有到了万不得已的时候，再组织男生上火线。

周宇同小贝开着车子直奔黑老霍的地窨子，听到敲门声黑老霍吓了一大跳，老半天没放一个响屁，他以为又是阿狼带人来找他麻烦了。小贝急得抬脚猛踢地窨子门，在外面嚷道："开门啊，是周总周大哥和我小贝啊！"

黑老霍听出了小贝的声音，但他还是说："你让周总说句话我听听。"

周宇说："我是周宇啊，你快起来吧，有急事找你呢。"

黑老霍屋里堆的都是金矿石，本来是不想让他们进来的，但听口气是火上房子了，正在这时独臂宋也被他们的敲门声惊醒了，他也穿上衣服跑出来帮着敲门。黑老霍打开电瓶灯给他们开了门，喀秋莎也裸着半个膀子伸出头来听闲话。黑老霍上去把她按进被窝里，骂了句败家娘们儿，回过头便问周宇什么事。周宇火急火燎地把边境上森林失火的事说了一遍，并动员他们顾全大局，马上组织人手前去救火。

黑老霍赶忙说："兄弟哎，这事责无旁贷，矿上要被烧了，我们这些采矿人还能做啥呢。真是怕啥来啥啊。"他转了身对喀秋莎说："败家娘们你也不要翘着头听了，赶快起来到这附近叫人吧，让他们麻利地都到我这屋里来，有急事。"屋里人转身就要往外去避让。

黑老霍扯着嗓子说："兄弟哎，外面冷，你们不要出去了，她一个老娘们有什么没见过，都是自家兄弟没那么多讲究……"

黑老霍说："小贝陪你婶子赶快去叫人吧。独臂宋你也挪挪福脚，快去找人！"

不大工夫来了三十多人，周宇同大家讲了火情，让大家把锯、斧子和锹都带上，正要上车直奔火场，喀秋莎突然对黑老霍嚷道："你的胳膊还打着石膏绑带呢，你不能去火场！"

黑老霍掉转头向她嚷道："我不能动手救火，还不能帮我兄弟出点主意吗？"

周宇还真没见过森林大火，心中正在愁着救火没有底呢，听他这么一嚷，还真像临时抓到了救命稻草，他对喀秋莎说："嫂子，霍哥去就是给我出出主意，你放心我保证他绝对安全。"

全部人员挤上了农用车，周宇开着车驶向大火燃烧的地方。

106

当周宇他们到了路尽头时天还黑着，不知是谁有心还带了一把手电筒，独臂宋打头，周宇和黑老霍断尾，大家排着一字长龙阵，向火光闪耀的地方跌跌撞撞地走去。等他们赶到火场时天已经亮了，只见到许多人都脱了棉衣，在山坡上砍伐云杉树木往山沟里拉着。周宇找到了别克和司马北，看着大火正隔着山峰在燃烧。

黑老霍说，赶快派人翻过后面这道岭，那片山岭上生长的是西伯利亚红松林和冷杉林，这冬天水分少，油性大，只要有一个火团子飞进去，就会引起冲天大火。这大山里失的是天火，热火隔着千米都能飞过去，灭林火要后防三道才能有胜算。

大家听他这么说一合计，决定由排长和加克达带着部队以及部分强壮劳力，迅速撤到后面一道山岭，砍伐南坡山腰以上的树木，拉进山沟里。独臂宋带着老弱劳力再往后撤一道山岭，先清理那里的山道林壑，为下一步抢伐树木做准备。这样一来眼前这道山岭清理伐木的人便少了许多。小贝说这一带的山林他熟悉，他就在这儿帮着司马北清理第一道防线。周宇同别克带着黑老霍跟着部队撤上了第二道山岭，他们站到山岭的高峰上，看着火头蹿过树梢有两丈来高，热浪烤得空气像蒸锅一般热气腾腾的。

到了早晨风小了，周宇看这火势还一时半晌烧不到身后的山沟里来，便打了电话给鲁洋，让他赶快动员所有的人做饼子送到前方来。

黑老霍观察说，这把火是从境外烧起来的，但这个风向又是直接对着哨所和小金岭来的，这把火烧得蹊跷，说是无心也是有意。别克有心把电台带了来，他要给军分区汇报，说这里的火势稳住了，让首长放心。黑老霍赶忙制止他说，万万不可，常言到水火无常。这个阿尔泰山怪得得，它是上午刮小风，下午刮大风，夜里刮狂风。只要风向向着西北刮，我们就踏在火焰山上。大家也只是当他这么一说也没太在意。

三点多钟司马嫂和纳仁花带着几个男学生骑着马送饭来了，还给大家带了几大塑胶桶的热开水。

大伙吃了饼喝了水，见火情有些减小的趋势，也就有点怠工了，有的人还偷偷地跑到林子里打个盹。好像天气跟着黑老霍指挥的一样，四点钟一过山风突然大了起来，在前两道山坡上都能听到隔着山梁的火蹿风吼声，热浪更是把山中的空气都烤得燥热异常，大家不约而同地紧张起来。

周宇、别克、黑老霍立马跑上了二道防火岭，只见西北风鼓噪着数丈高的火头形同一只燃烧的金龙，蹿腾至山脉顶上的高空，一次又一次地向着前面的山坡喷舌吐火，顿时被热浪烤焦的森林就像被倒进了汽油，呼地火焰平地而起，顷刻之间山坡就成了一片火海。黑老霍一屁股坐到山梁上嚷嚷道，快向上面求救吧，再不发救兵来大山就要被烧焦了，一百年也缓不过劲来啊。周宇和别克分别打电话，发电报向上级求援。看着隔坡的云杉林火势越烧越大，火头蹿上了半空，热浪烤得空气似乎都要燃烧起来。在第一道防火坡上砍树的工人都脱得只穿着衬衫，甚至有人在热浪的蒸烤下把上衣都脱了赤膊上阵。黑老霍变了调地颤抖着向周宇哀求道：“哥哥哎，赶快把前面的人撤到二道岭来吧，不要伤着人啊，人命大似天啊！”

别克说：“千米坡以上的森林都被砍伐得差不多了，只要再有个把小时就把山坡上的树冠拉到沟里来，这大火该不会贴着地皮飞过来吧。”

周宇咬了咬牙说：“多拉下来一棵树就多一分安全，好亏这一道坡上的冷杉树都被砍倒了。”

他说着话还是往北坡上走去，打算把一道坡的人调回后方来。黑老霍一把拉住他声嘶力竭地叫道，这个时候你是主帅啊，不能离开指挥岗位！他让身边的一个青年工人快去把前坡的人调到二道坡来。这个青年工人顺着向北的山坡一溜烟地跑了过去。这时山沟里被腾腾燃烧的大火照得通红。眼看着前坡的人拖着疲惫不堪的身子向着第二道山梁上走过来。他们转身看了看身后，还是这些年轻的战士干劲大，南坡的树木都被砍倒了一大半，大多数都被拉到了山沟里。这时天色泛起了鱼肚白，风渐渐地有所收敛，火头似乎也比先前小了些。

周宇看着爬到了半山腰的工人们，沙哑着嗓子喊道：“加把油啊，快上山上来喝水吧！”

山下的人根本像是没有听见他的叫喊，还是像蜗牛似的慢腾腾地向第二道山脉上爬行着。别克同山上站着的几个人一起呼喊起来，这才引起了他们的注意，但是他们已经是筋疲力尽了，只能是一步一步地往山上挪动着。就在人们络绎不绝地上到二道梁上，有的拼命地喝着塑胶桶里的开水，有的倒在地上大口喘着粗气。突然一阵寒风骤起，只见隔着山脉的山坡上减弱了的火焰呼地一下升腾起来，从燃烧着的树林中蹿向天际，肆虐的大风裹挟着火头绞结成了一条巨大的火龙，从半空中乘着风势，夹着火威，带着呼啸，以排山倒海之势直扑第一道防火岭。眼看着火焰离开山坡还有几十丈远，瞬间就像是神差鬼使一般，呼地一下大火就像滚地龙一般，贴着山坡奔蹿向了千米以下的冷杉林，只听到一声“轰”地爆响，森林立刻成了一片火海，眨眼工夫山沟里的树木也接着燃烧起来。顿时把一座肆意燃烧着的火焰山推到了他们面前。周宇倒吸一口凉气，在心中默默地祈祷：“苍天有眼啊，神灵保佑啊……”

别克说，各队赶快清点人数，看有没有人没回来。这时黑老霍嚷了起来：“小贝呢，小贝呢，我兄弟小贝呢？”人群里你看着我，我看着你，谁也没说话。周宇和黑老霍在人群里挨个看也没见到他的人影。黑老霍一下跪倒在山梁上。别克让人们赶快下山去寻找，他拉起周宇说，现在乱糟糟也搞不清谁在谁不在，到山下再找一找吧。

这时已经到了中午，天空出现了两架军用直升飞机，他们用军用频道同别克取得了联系，让他们指出一块平坦的山场好让降落。别克在三道山岭的山沟里找了一块平坦的山地，引导它们徐徐地降落到地面。这是军区陆航团的两架飞机，带来了支援的部队，军分区的吴副参谋长也同他一起飞了过来。新来的战士们立刻加入到砍伐树木的队伍中，把工兵排的战士们替换到三道岭的山坡去砍伐树木。别克带着吴副参谋长爬上了二道岭，察看一道岭燃烧的山脉，他们把这里的情况向军分区做了汇报。吴副参谋长让干部们撤到三道岭上，在那里建立起临时指挥部。他命令两架直升飞机赶到哈尼河用吊桶运水，泼到一道岭南坡的大火上，削减它的火势，减少了对二道岭的威胁。

周宇立刻打电话给杨文章，要他们将驳船为矿山送去给养后，设法停留在哈尼河水面上，协助飞机吊运河水。飞机飞越了山区，在较为宽敞的河面上降至二十来米处，放下草绿色的军用布兜桶。但是布兜被冰凌挡在了水面上，怎么也下不到水下去。正在这时驳船开了过来，夏守富用一根带钩的长杆把布兜桶挑进了水中，飞机升高吊起了绿色的布兜桶飞向了大山里。飞机将空运来的河水浇洒到一道岭熊熊燃烧的火焰上，乍看起来真是杯水车薪起不到大作用，但是两架飞机在天空中来回飞奔着，速度越来越快，到了下午便明显地压制了火势。到了下午六点多钟又一架直升飞机从布尔津方向飞了过来，它降到三道岭指挥部，送来了食品和瓶装水，还带来了萨特书记和玛丽亚，以及两个班的消防队员。

周宇同鲁洋通了电话，通报了这边的情况，要他赶快安排同学们吃上一顿饭。飞机一直工作到能见度暗淡下来才停飞。它们两架飞回布尔津准备明天运送物资和食品，留下一架接了吴副参谋长和萨特、玛丽亚到金矿休息，跟他们同时回去的还有排里的炊事员。县里来的林业局施局长和消防队长不愿回矿山，他们要留在前沿和大家同甘共苦。

施局长握着周宇的手说：“真的要好好谢谢你，你们保住了我们后面这片大森林，也就保住了阿尔泰大山的生命啊。”

周宇苦笑着指着黑老霍说：“这哪里是我的功劳啊，都是黑老霍出的主意，解放军和工友们出的力气。”施局长问消防队长下一步该怎么办。消防队长说：“周总现在用的办法就是最好的办法了。”

周宇对黑老霍说："你说说下一步还该怎么办。"

黑老霍说："你们都在这里，哪里轮到我来说话呢？"

施局长说："你就说吧，大家商量着办。"

黑老霍说："还是设三道防火线，第三道防火线就设在新盖的哨所。当前要抓紧一切时间，乘着风还没起势，把一道坡上的树木清理干净，在上半夜以前能拉走多少就是多少，这叫作釜底抽薪；第二道岭往山坡下能砍多少就砍多少，把坡上的树木尽量拖到沟底去，这是为了以防万一；第三道岭派些体弱轻伤人员，尽量把山坡上的路修到山谷里，做好砍伐树木的前期准备，一旦大火飞进了一道岭，这三道岭就要砍伐树木，这叫作有备无患。至于人力嘛，你们就调配吧。"

消防队长说："把我的兵力调在第一线，他们是刚到的生力军干劲大。"周宇说："那就把工兵排同青工放到第二线，其他人员放在第三线。领导也分工，我同黑老霍熟悉这里的情况还是留在第一线。别克陪着局长、队长你们就在第二线指挥部。消防队长说："我哪能临阵脱逃呢，一定一地要留在第一线，不然叫什么消防队长呢？"最后大家决定，局长和别克到二线指挥部协调全局救火。

这天夜里的风更大了，但是白天对大火上浇洒的河水起到了关键作用，直到天亮火势也没闹腾起来。到了白天树木燃尽了能量，火头反而熄了下去。九点多钟飞机又开始运水灭火，忙到中午，后方的飞机送来了给养和用具。到晚上火势更小了，两架飞机都飞回去加油做准备，送给养的飞机留下来值班。这天晚上矿山送来了手抓羊肉让大家解馋。到了天亮火情越来越小，傍晚时分萨特书记、吴副参谋长和玛丽亚又来到灭火指挥部，他们冒着凛冽的寒风，上了一道岭看着前面烧焦的山坡，听说还死了人，萨特说查一查牺牲了几位同志，这是保护国家财产，应当算烈士。

黑老霍哭了。吴副参谋长看救火大局已定，便向别克下达了死看严守的命令后，同萨特带着增员的部队和一干人马飞回了布尔津城。临走时他对别克上尉说，听反映这场大火可能同境外的一个叫阿狼的人有关联，你不能掉以轻心，要尽力侦破这起案件，我们也会通过边防会晤，向俄方通报这件案子，争取把它弄个水落石出。晚上阿尔泰山里的寒风吹得气温已经降到了零度以下，周宇同别克商量把大部分人都撤了回去，只留下消防队和少数年轻力壮的工人在山上巡查看死火苗。

107

天随人愿，当天夜里阿尔泰大山下了头场大雪，纷纷扬扬下了两天，山里的人都撤了出来。飞机接走了工兵排，送来了边防值勤班。别克上尉没有走，因为他熟悉这儿的情况，留下来和排长作为首批边防值班干部。飞机带走了鲁洋和他的学生们，玛丽亚留了下来。

雪停了，黑老霍和周宇带着人在一道岭的山坡上寻找了一个遍，他们什么也没找着，回来后又查了查，小贝没有回来，矿上还有两个工人也没有回来。金矿向布尔津县民政局写了追认他们为烈士的报告，但一直如泥牛入海杳无音信。听说是因为他们不是国家公职人员，所以国家没有追认他们为烈士的政策。对矿上失踪的工人，玛丽亚同周宇商量，给了两万元的抚恤费，因为没找到他们的遗骸，周宇决定在失事的山坡上为他们堆了三座衣冠冢，每人立一块碑，碑上刻写上“救火英雄”的字样。当要在碑的背面写上他们籍贯简历时，谁都说不出来小贝是从哪里来的，甚至对他的贝姓都存疑。

黑老霍说，他们是在石河子吃饭时碰到他的，当时他坐在他们身边，一双小眼睛直勾勾地盯着他们的羊肉汤碗和手中的馕，黑老霍看他可怜，扔了一块馕给他。看他吃得狼吞虎咽的，觉得他大冷天穿着单衣薄裳的，又让店家给了他一碗羊肉汤。他转眼间吃了馕，喝光了羊肉汤，还是没有走的意思，可怜巴巴地看着他手中的馕，碗里的羊肉汤。黑老霍又让店家给了他两毛钱一大碗的羊肉汤，给他两块馕，他把馕和汤都吃下去了，吓得黑老霍直瞪眼，再也不敢给他买吃的了。他没名没姓地跟着黑老霍进了阿尔泰山，大伙都叫他“暧、嗳”的，他的名字就叫“嗳”了。一年多过去了，他长高了一些，这“嗳嗳”的总不是个办法。有一天黑老霍问他：“‘嗳’，你姓什么啊？”他想了想，翻了翻白眼说姓河边的小贝壳。黑老霍又问他：“叫什么名字啊？”他说：“叫河边的小贝壳。”在场的人都笑了。黑老霍说：“笑什么笑，你没看人家孩子多可怜，今后就叫小贝吧，也算姓，也算名了。”这样小贝就叫开了。

但是这墓碑上刻着小贝似乎也不太像姓名，周宇说小贝没了，就把他翻过来吧，叫“贝晓”。黑老霍认为周总这个名字起得好。就这样在这大山里，燃烧过森林大火的山坡上，出现了三座新坟，有了三块新碑。其中一块新碑上刻的名字是贝晓，立碑单位是小金岭金矿。当坟茔堆就，新碑立好后，黑老霍抚摸着贝晓的石碑说：“小子哎，知足吧，多好啊，有姓有名还有了单位……”

透过小石楼二层的窗户玻璃，周宇看着堆在院子中乱七八糟的树木和柴油桶，深深地叹了一口气说：“要是大火烧到了这里，这小金岭啊还不化为灰烬啊，这在救火时真是我最担心的事。”玛丽亚说：“我没想那么多，就想到你同大伙不能出事。”周宇说：“讲是这样讲，但是这是你同鲁老师，还有大伙多年的心血啊。这对我们也是个教训，今后再忙也要把院子归顺好，不然就要提心吊胆地过日子！”

他感到疲惫不堪，将头靠到硬木椅子上眯上眼想小息一会儿，迷糊中他觉得眼前走来一位披头散发的白衣女人，站在他面前似笑非笑地看着他。他觉得这个女人仿佛在什么地方见过，他想起来在小艇上，她还压在了他的身上，让他翻不了身。周宇试探着问她，你找我有什么事情吗？白衣女人张了张嘴，没有说出话来。周宇猛然认出了她，她是多年未见的妈妈，他伸手要去拉她，她却隐遁了。

周宇睁开眼睛见身上盖了一件裘皮大衣，他沉思了一时，拿开裘皮大衣，掏出手机拨了一个电话号码。玛丽亚问他打电话找谁。周宇说找劳改农场的易大安。这时电话那边有人说话了，周宇一听正是易大安的声音，二人寒暄了几句，周宇开门见山地说，想找他借个十多吨的大油罐。易大安说：“什么借不借的，我腾一个十五吨的大油罐送给你，另加一个红桦树的大爬犁。”

他放下手机，玛丽亚问他要那么大个油罐做什么。周宇说，把这些小油桶归大罐，把大罐移到院子的西北角去，离开作业区远一些，安全系数会大一些。这时门岗打电话来，说黑老霍要找他。周宇说让他进来，他这时候不组织出矿还在想啥呢。

周宇和玛丽亚都在想，前天才用爬犁给老黑沟送去了大米、白面和羊筒子，现在黑老霍又骑着瘦马来干啥？门岗领着黑老霍上了小石楼，周宇站在房前的过道里等着他。他一见周宇“扑通”一下跪倒在地上，哭丧着脸说：“周总，你打我吧。”周宇闹不清他唱的是哪一出戏，上去就要拉他起来，说有话起来说。黑老霍哭着腔说：“你不打我几耳刮子我就没脸站起来。”

玛丽亚听到他们的说话，赶紧走出房间，她不知道他们之间又闹了什么误会，赶忙上前来要拉起黑老霍。黑老霍甩开她的手，狠狠地在自己脸上扇了一耳刮子，这才从地上爬起来。玛丽亚让他有话到屋里说。他走进了小客厅，玛丽亚给他倒了一杯开水，周宇说：“霍哥啊，你这是又碰到啥事了，说出来我们一起商量吧。”黑老霍眨了眨他的鱼泡眼说：“小贝那孩子托梦给我了，把我骂得狗血喷头。这事是我对不起你和鲁老师，你们把我当人看，我却做的不是人事。”玛丽亚说：“你看你把什么事说得这么严重啊。”黑老霍说：“鲁老师帮着我们打开了三号矿洞的二号脉，打开后我就看出来那是个金娃娃，我用土法子测试了矿石，起码每吨有三四十克往上。在出二号脉矿石时我生了歹心，把矿心都留下藏匿了起来。后来小贝把矿石品位告诉了我，比我想象的还要高出许多，我小心眼做了对不起矿山的事，我今天就是来负荆请罪的……”

周宇笑了说：“你没有必要这样认真，没有你的富矿我们不是一样地选矿炼金子吗？”

黑老霍说：“从今后我们再不上碾子了，挖的矿石都交给矿山。”周宇说：“我们也会按照矿石品位付给你们应得的报酬的。”

黑老霍走了，玛丽亚说：“现在看来你当初放他们一马的政策是对的。我真想不到小伙子年岁轻轻的，从哪里学到这么多的主张。”周宇想了想所问非所答地说：“社会就是一所大学校吧。”其实黑老霍截留富矿石也有自己的小九九，他想等待矿上干部减少时，他再开动碾子多赚点外快。通过这次扑灭山林大火，他看到了国家的强大，看到了只有依靠国家才能谋得长久的利益。他也看到了解放军的力量，连在这千山万壑间的深山老林中，冲天的大火他们都能在短短的几天时间里将它扑灭了，这样的国家还有什么事情办不到呢？他想了很久，下定决心弃暗投明，走一条人间正道。

108

学生和部队都飞走了，矿里的干部搬进了新楼，司马北说他是抓生产的，成天跟工人们打交道，在新楼里住着不方便，还是坚持住在小石楼里。只不过他们夫妇上了一层楼，住进了鲁洋原先住的房间。贾登峪大酒楼首期工程如期完成了，玛丽亚准备热热闹闹地搞个开业典礼，抓个好彩头。她把日子定在正月十六日。玛丽亚同周宇商量，要他提前把金子冶炼出来一并带出山。

他们冶炼了黄金，做好了出发的准备，但是阿尔泰大山连着下了三天三夜的大雪，把山里通往外面的道路封了个严严实实。正在他们愁眉不展的时候，恰巧哈尼老爹冒着大雪给矿山送年货进山来。

周宇同别克、加克达一商量，套上三匹马的爬犁，在哈尼老爹带领下，通过老黑沟从河道上奔向贾登峪。玛丽亚、周宇带着纳仁花押着黄金箱坐在哈尼老爹赶的爬犁上跑在前面，加克达赶着乌云驾着的爬犁，坐着果儿、别克和一名回乡探亲的战士殿后，一路飞奔到了哈尼河冰面上天才泛亮。

哈尼老爹说：这回我可跑了一回自家的河道了。冰面上的积雪被寒风刮到了岸边，河道上只剩下薄薄的霜雪。在冰道上马蹄发出嗒嗒的响声，跑起来既轻快又爽意。直到太阳西沉变成了一团大火球，他们才在一个河湾处息下马，喂它们吃着精饲料。他们跑到岸边拢了一堆火，吃着烤馕饼，喝着带来的保温瓶里的热茶。他们息了一个时辰便上了路，直到第二天晌午他们才跑到贾登峪大酒楼。阿云娜早就等在门口，看见两张爬犁上走下一个个披霜挂雪的人，她推开门卫，一把拉着玛丽亚一边蹦高，一边嚷着快进屋。周宇和别克从爬犁上拎下箱子跟在她们后面走进接待大厅。

这是新装潢的楼房主建筑，别克走进大厅四处看了看说："咳，真气派，比阿勒泰的亚西亚大酒楼都要精美！"阿云娜把周宇和别克带到四楼的一个套间里，把装着黄金的箱子放进保险柜，又给房间加上了锁然后才回到楼下。

听说周宇回来了，杨文章从五楼上一奔子跑了下来。杨文章带着他们参观了大酒楼内外，都是青墙红色钢瓦的六方尖顶，在这一片墨色青崖的云杉林衬映下更显派出异邦情调。

午休后，玛丽亚领着周宇、加克达开着车子到神仙滩拜见了萨勒达老爹夫妇，天黑透了才回，少不了这帮人在一起喝了个一醉方休。

周宇第二天爬起来的时候，看见他同小六子、吴有德睡在一个标间里，他同小六子还睡在了一张床上。他悄悄地回到了玛丽亚的房间，玛丽亚从床上坐起来说，昨天放松了吧，连自己的窝都找不到了。周宇憨憨地笑了。

他们在白房子放下了果儿古丽，当晚到了阿勒泰交售了黄金，放下了顺道探家的战士。第二天一早他们直奔沙窝子劳改农场，到那里他们明里说要带回十五吨的柴油罐，实际上周宇是要追踪寻找了十多年的仇人董成虎。他是害死妈妈姚香梅的真凶，也是气死公公的罪魁，周宇前半生的生活轨迹都在寻觅中画出了曲线。

周宇竭力回忆起他在自己脑海中的形貌，似乎是一张年轻的长方形脸，还有些络腮胡子，他那双闪动着兽光一般的眼神让他刻骨铭心，他在心中涌动起一种奇怪的渴望。他叫停了加克达，接过了他手中的方向盘，加上了前后加力，车子猛然间突飞猛进起来。加克达看着周宇阴沉的脸色，心头掠过了一丝不安。他喃喃地说："周总你是不是心里有什么事情啊？"

这时周宇想到部师傅的教诲：练武人不要喜怒于色，得把万物包藏于心底。他想到了农场先不要提董成虎的事，等到把事情办完了再瞅他一眼。只有亲眼看到这个恶魔，在这茫茫的沙海子中受到惩罚，才能稍稍平息他那颗熊熊燃烧着的复仇心。想到未来还要查证他罪恶的路，他设计现在还不能让这只恶魔知晓自己的身份。

他正想着心事卫兵拦下了他的车子，易大安从大铁门里迎了出来，紧紧地握住从越野车上跳下来的周宇的手，将他拉进办公室，对在座的几位狱警干部做了介绍。

大家寒暄了一时，周宇提出来去看看储油罐。易大安将他带到后面一幢修配厂的大院子里，在土墙边上放着三个储油罐，两个大的一个小的。其中有个大储油罐已经安放到一个用桦树做成的简易爬犁上了。易大安问周宇："这个大家伙怎么样？我老易也是'四海'人，你敬我一尺，我得敬你一丈。吃了饭我让拖拉机送你回去，怎么走说一声就行。"他们直接回到了农场食堂，几个干部陪着他坐到了一张八仙桌边，丰盛的晚餐，盛情的干部，被老酒催情的周宇本来是想等到吃了饭再问的，还是忍不住悄悄地把嘴巴凑到易大安耳边说："我以前听说有个老乡在你这里坐班房，他现在咋样了？"

易大安说："你是说那个叫什么虎的吧，他啊，关心他的人还真不少啊，还有地区领导打听过这个人的情况。"周宇说："我想看看这人长的是啥样子……"

易大安说："哎呀，周总啊，我可没法满足你这个好奇心了。听说他是因为男女作风问题，成天说有人冤枉了他，这小子在我们这里十多年表现得还不错，减过三次刑。我们见上面有人过问他的事，就给他报了个假释将他放回到内地去了。"

周宇听了这话顿时如五雷轰顶，愣了半天没说出话来。他在心里恨自己这一年多来只顾着金矿发展了，为什么不能早一点到沙窝子来？！

此刻他在心里也埋怨玛丽亚，为什么拜托别人做事也不交代清楚，让这样的恶人钻了空子逃避了惩罚。这时老酒正喝在兴头上，谁也没有注意到他突然间的变化，只是一个劲地劝他喝酒。此时的周宇就像灵魂出窍一般，有找就喝，有请就吃，一桌人都夸周总好海量。加克达看出周宇有些不对劲，骤然间他也不知道是咋回事，只得不停地帮他挡驾代酒。结果可想而知，两个人醉倒一双，等到他们睁开眼睛已经是第二天的晌午了。易大安看见周宇走出了房门，赶紧跑过来问候他。周宇喃喃地说丢丑了。易大安说：“哪里啊，海量啊，你一个人喝倒了半桌子，有的到现在还在趴窝呢。”周宇想起来了问：“你说那个什么虎的，是什么时候放回内地去的？回到了什么地方去？你能不能帮我查查清楚？”

易大安说：“哎呀，周总啊，你真仁义，对一个不相干的乡亲还关怀备至嘛，真是热心肠人！我这就去查一下再来告诉你。可能是遣送回原籍了吧，这也说不准，出了劳改农场就不是我们的事了。”

周宇点了点头，心中盘算着下一步打算。这时加克达也起来了，他问周宇我们怎么把那么大个油罐拉回去。易大安说：“再玩两天吧，我陪你们到下面分场转一转。”周宇说：“不麻烦了，老兄仗义，今后有事说一声就是一声响雷。”

易大安说：“在我这里周总的话比雷还响。”他喊了两个四十多岁模样的人来。易大安说：“这是疆欧公司的周总和加克达科长，从现在起他们就是你们的领导，你们要像对我一样服从他们的命令听指挥。”他让俩人到仓库里扛了两麻袋瓶装酒，放到周宇的车上，又送给他一大块骆驼前截肉和两只羊，一直把他们送到农场前面的雪道上。越野车在前面开道，拖拉机拉着大油罐在后面跟进，中午他们到了白房子打尖。

哈尼一家见到周宇和加克达都格外的亲切，又是烧砖茶，又是拿小点心。周宇让两个拖拉机手同他们一桌吃了饭，又劝他们喝了一些酒。几杯老酒落肚肠，话也就多了起来。周宇问他们认不认识董成虎。年岁稍长点的人说：“那咋不认得。他在这个农场待了十多年，这老小子脑袋瓜子好使，尽会做些表面文章，哄着领导高兴呢。但是他手黑着呢，要是得罪了他，他就会暗不叽地整死你。”他又对周宇说：“领导，你是个仁义人，我们都是无家可归的刑满留场人员。黑熊沟我们运砖都去过十来趟了，你们那儿的路我们都认得。你们要是放心的话，小车跑得快就在先走吧，这大冷的天，不要跟着我们遭老罪了，我们拉着大油罐八更八点都会赶到指定的地点找到你们。”

周宇让加克达给了他们五十元钱以备万一时用，让他们开着拖拉机在途经的贾登峪大酒楼找他们。加克达开的越野车很快就超过了走在前面的拖拉机，他们在太阳落山前赶到了贾登峪大酒楼。玛丽亚看见周宇他们回来了，说了酒店开业的事，还说了阿尔泰那场大火的调查进展，认为是人为所致，中俄两国将进一步取证……他跟着她进了三楼住的大套间，把出售黄金的手续和转存的折子交给了她。

玛丽亚看出他的情绪不对，连忙问他发生了什么事，周宇摇了摇头转身下了楼，带上加克达开着越野车走了。

玛丽亚赶忙找到杨文章和吴有德，他们也是丈二和尚摸不着头脑，几个人便开了车带上酒，赶到神仙滩找到他。老爹说周宇来了倒头就睡下了。几个小时过去了，菜和酒都上了桌子，吴有德到木屋里叫起他来，见他像是流过眼泪的样子，也不知道是咋好了。

他打了一盆热水让他洗了脸，说是老爹都在桌子上等着他，玛总带着巴尔山父女也来了。周宇出门一看不是砖瓦厂的老兄弟，就是喀纳斯的老朋友，齐刷刷坐了一大桌，也只好强打着精神坐上了桌子。

他说忙里忙外，不知不觉一年又过去了，大家难得在神仙滩老爹家聚到一起。他让加克达把易大安送的农场烧酒拿来，就算补过大年了，喝个一醉方休。加克达从越野车上扛来了一麻袋的老烧酒，从中取出六瓶子放到桌面上。

小六子把周宇拉到木屋外鬼叽叽地说：“师傅啊，我同阿云娜的事你可要为我做主了，现在都水到渠成了，就是老萨满嫌我不是边疆人，怕我把阿云娜拐跑了。你知道我是一个小光蛋，在哪里活不是活，他们要是愿意，我当个上门女婿也行啊。这事我只能对师傅你说。你一定要帮忙把小六子这事办成啊，这个老萨满就听你的话。”周宇说：“行啊，今晚我就把你们的窗户纸给点破。”

周宇拉上小六子一边往屋里走，一边喊着开席了，开席了。他的态度来了个一百八十度大转弯。大家开了怀，三杯下了肚，你来我往，只要举杯就喝他个底朝天，没有一个要三请四邀的，真有了一个过大年的样子。

杨文章为了把气氛挑腾得更热闹，他端起杯子说："本来我是答应放大家回家过大年的，但是我们是开冻盖酒楼，年底就开张，这在我老杨来说，还真是大姑娘坐花轿有生以来头一回。这都是周总帮我们引导得好，玛总领导得好，两好交一好，我提议两个老总喝杯交杯酒，大家说好不好？"

大家高呼道："好！"

玛丽亚端起杯子走到周宇面前说："周总就是我玛丽亚的红太阳，照着玛丽亚事业发达，人也年轻光彩，我来敬老公一杯谢恩酒！"

周宇被她说得感动不已，端起杯子来同她喝了交杯酒。大家各找对象开怀畅饮。周宇端着杯子走到巴尔山面前说："我到喀纳斯来认识的第一个人就是巴尔山大哥，他还救了鲁老师和我兄弟俩的性命，我来敬老哥哥一杯酒。"

俩人一碰杯喝干了酒，巴尔山心中喜气洋洋。周宇问巴尔山，你认不认我这个兄弟？巴尔山说，咋能不认你这个兄弟呢，你就是我的周宇兄弟嘛！周宇说，那我想同你做个亲家，你赏不赏兄弟这个脸吧。巴尔山先是一愣，说："亲家，亲家，我们兄弟俩怎么做亲家呢？"

周宇说："阿云娜也在这儿，我徒弟小六子也在这儿。他们俩人在砖瓦厂上班小两年了，现在阿云娜调到了大酒楼工作，玛总还要送她去学习酒楼管理，都老大不小的了。我也看出来他们是情投意合的人，我就为徒弟小六子保个大媒，你也说句痛快话。"

巴尔山把酒放到了桌子上，眼看就要冷了场。这时老爹说："我看这事行，小六子这孩子有身好手艺，人也忠厚，到什么地方都是人才。"巴尔山苦着脸说："我就阿云娜这么一个女儿，家里的大情小事都靠着她呢，我是把她当儿子养活的啊。"

周宇清了清嗓子问："小六子，你愿意留下来发展吗？"

小六子朗声答应道："愿意！"

周宇顺势说："小六子就给老兄你做个上门女婿咋样？"

阿云娜说："我的事你们怎么不问我愿不愿意，就这样不明不白地把我给卖了。"

吴有德看了阿云娜一眼，冒出一句话说："你就偷着乐去吧！"

逗得满桌人哄堂大笑。

巴尔山端起酒响响地同周宇碰着杯子说："大侄女的事，你兄弟也能当这个家！"

小六子兴奋地从旁边钻到巴尔山面前，大声地嚷道："阿爸，我来敬您老一杯酒！"

这一场本来以闷酒开始，喝到后来红红火火热闹异常，直喝到周宇大哭不止，喊着叫着要回家去，被杨文章和吴有德俩人架下桌子送回了房间。

酒席散了，玛丽亚问加克达他们在外面遇到什么事情没有。加克达苦思冥想了一会儿说，就是在劳改农场说到周总想见一个老乡，年初放回了内地，从那以后他的话就少了，脸色也阴沉了下来。

玛丽亚又问吴有德，周宇在家乡有没有什么不顺心的事。吴有德想了想说："上学时他在班上成绩一直都在前几名，但每次高考就差一点点分数，这个事对他刺激很大，最后放弃了考大学的念头。"

玛丽亚问他在家乡有没有什么仇人。吴有德猛然想起了他妈妈被害的事，点了点头说："他在很小的时候妈妈被人害死了，而且至今也不知道葬于何处。"

玛丽亚头脑"轰"地炸开了，她记起来了，他让她打听的一个在沙窝子同乡劳改犯人下落的事，这事他托了马专员，后来听说这个人提前释放了，那时候正赶上格里木失踪，她害怕告诉他影响营救格里木，后来因为忙他也没问起这件事，她也就把这码事给忙忘记了。该不会是这件事刺痛了他的哪根神经吧？

她回到房间只见吴有德抓住周宇的双手，将他按在沙发上，他衣冠不整，赤着双脚，絮絮叨叨地嚷着要回家。周宇像发了疯似的狂叫道：“你知道吗，他们放跑了杀人犯，我要找到这个杀人犯为我妈妈报仇。”

玛丽亚上前用热毛巾帮他擦着脸说：“是谁放走了杀人犯？”周宇一把抢过毛巾，猛力地扔到玛丽亚的脸上，咆哮道：“你知道吗，他杀死了我妈妈，还让她死得一丝不挂，气死了我公公，公公死不瞑目啊！”玛丽亚上前想抚摸一下他的脸庞，使他的情绪安静下来。

周宇顺手抓住她的胳膊往前一搡，一下把她推得摔到了对面的墙壁上，“嘭”的一声跌倒在地下。吴有德吓了一跳，赶忙跑过去扶起玛丽亚，一个劲地说对不起。玛丽亚同周宇认识三年了，这还是第一次看到他发这么大的酒疯，她对他的行为毫无思想准备，这一跤摔得她头晕脑胀，两眼直冒金花。

她放开了抓住的吴有德的手，还是上前扶住周宇的胳臂说：“你回去要杀了他吗？”周宇嚷道：“杀了他都不解我的恨，我要看着他罪有应得，看到他的灭亡。”玛丽亚说：“只要你不触犯法律，为亲人报仇我们都是支持的。你劳累了，睡一会儿吧，不要搞得四邻不安。”玛丽亚像哄孩子一样地顺着他的话茬说，吴有德在玛丽亚的帮助下终于将他抱上了床。周宇在她的安抚下，似乎明白了点什么，多日来的劳累和歇斯底里的发作，终于使他精疲力竭，闭上了眼睛。

109

第二天早晨，周宇睁开眼睛看见玛丽亚已经起了床，赶紧问她：“我昨天晚上喝高了吧？”玛丽亚为了让他淡忘痛苦的记忆，淡淡地说是喝高了一点。周宇问：“我没有胡言乱语吧？”玛丽亚说：“也没说什么，散席了有德把你送回房间便睡下了，下次喝酒时要控制一点量，酒多伤身啊。”周宇笑了笑，问：“拉油罐的拖拉机到了吗？”

玛丽亚说：“天快亮时才到，吃了早餐让师傅们睡下了。”玛丽亚问他：

“你是在这里过正月还是回山里过正月？”

周宇说：“大油罐要送回去架起来，过大年，山里人少也不行。”

玛丽亚说：“我也跟你进山去吧。”周宇没有表示反对。

吴有德听说他们要到山里去过正月，说在这里只有周宇这么一个同学，也要跟着他们到山里去过正月。这样第二天起个早，别克、果儿古丽同他们一道，带着准备了的年货进了山。

过了正月周宇向玛丽亚提出来要回老家探望父亲。玛丽亚说：“你看现在疆欧公司三大摊子，说我是董事长，其实两个都是围着你在转，你这一走我们公司就塌了大半个天。这边的事业离不开你半步，疆欧公司也离不开你，我更是离不开你啊！”

周宇思考了两天，对玛丽亚说：“我还是回去吧，不然我这颗心冷静不下来。”玛丽亚哭了，她哭得很伤心。周宇同吴有德说了要回去的事。吴有德恨恨地说：“是你把我们引荐到这儿来的，现在贾登峪大酒楼才盖了三分之一，布尔津小城正在由我主持规划设计，我们的事业刚见端倪，你就要甩手走人，你对得起朋友吗？你这是釜底抽薪啊，这可是我十年寒窗，小荷刚露尖尖角的时候！”

周宇打电话给杨文章说打算回家的事，杨文章叫岔了嗓子说：“你个周宇怎么是个无情无义的人呢！是你把我们招惹到这边塞极地来的，事业刚开始你就要扔下我们，只顾报自己的私仇，把我们扔在这人生地不熟的边疆，要是在这里我们遇到大事还能找谁呢！你长心了吗？你对得起香水河的交情吗？”

小六子听说师傅要走，他同阿云娜赶着爬犁跑到金矿，开口只说一句话，感动得周宇泪如雨下。他说：“我小六子没父没母，只把师傅当成是我的父母，你就是要回家也要等我办完婚事再走吧。”他抱住周宇号啕大哭。

周宇又思虑了两天，决定暂时不走了。大家都放下心来，一切似乎又恢复如初。

疆欧公司形成了以玛丽亚为总揽，格里木掌控着棉花收售这一摊，袁冷杉转行主管了旅游，阿云娜负责贾登峪大酒店的工作，周宇以金矿为主控，连带打点着建筑和外事一摊。第二年事业干得更加火红了，喀纳斯的游人成倍地往上翻，湖里的游船也多了起来。金矿因为没有地质详勘资料，国家不让进大型机械设备，但实际生产却干得蒸蒸日上，上交国库的黄金产量不断刷新。鲁洋的《阿尔泰山脉南坡金矿床的成因初探》的学术论文，引起了国内外地质界的轰动，他的副教授职称减去了一个字，成为了名副其实的教授了。阿云娜在玛丽亚的运作下，到她的母校进修旅游专业学习了一年，在她放寒假的时候同小六子喜结良缘。对陆笑梅辞职离开疆欧公司众说纷纭，有人说她深陷爱的漩窝中不能自拔，也有人说玛总对她另有奇用。

又到了阿尔泰山最美的五花山秋季，周宇渐渐地消瘦起来，经常做噩梦说梦话，半夜里倒冷汗湿透了衣衫。玛丽亚陪他到乌鲁木齐医学院，找到最好的大夫为他诊治，可是疗效不大。老爹为他号了脉，配治了奇方妙药也不见效。老爹摇着脑袋说，心事太重了。周宇说："这是妈妈和公公在惩罚我呢。"玛丽亚知道他得的是心病，当来年冰融雪化的时候，她见周宇身体有所好转，在乌鲁木齐温泉山别墅的家中，她请周宇和吴有德吃了一顿烧烤大红鱼、清蒸骆唇边。

饭后她拉着周宇的手，递给周宇一张金卡，说这里面有点零用钱，你带在身边应急用吧。如果回家需要用钱时打个电话来，我随时给你打到卡上去。

周宇正要推辞，她制止他说："这是你几年来的劳动所得，疆欧公司永远是你的家。我有这么一个摊子一时走不开，当你觉得需要我时打个电话来，我随时都会飞到你身边去。只是我请求你在实施复仇计划时，千万不要触犯到国家法律的底线。"

周宇点了点头，将金卡退还给她说："你对我的一片情意我知足了，谢谢你这几年来对我的关爱。"

第二天上午九点钟玛丽亚开着白色的凯迪拉克跑车，直接把周宇和吴有德送到了机场，玛丽亚拥抱了吴有德，在他耳边轻声地说："吴总，拜托你为我护送小伙子回家，谢谢你我们真诚的朋友。”她转过身含着泪眼紧紧地拥抱着周宇，半晌说不出话来。

周宇眼泪夺眶而出，他转身走上了飞机舷梯。当他坐到头等舱的座位上时，玛丽亚穿着一身黑色衣裙，站在微风中似乎是在微笑，分明也在流泪，她看着飞机滑向跑道冲天而起，瞬间只能看见一团银灰色的圆点，前面是苍穹下的蓝天和白云。